本书受广东省质量工程建设卓越人才培养计划"汉语言文学卓越教师班"项目资助

本书为韩山师范学院 2020 年校级重点科研项目"北宋戏谑诗文献整理与研究"（202007）、2020 年广东省社科规划一般项目"宋代戏谑诗研究"（GD20CZW02）阶段性成果

北宋戏谑诗

校注

张福清◎校注

暨南大学出版社
JINAN UNIVERSITY PRESS

中国·广州

图书在版编目（CIP）数据

北宋戏谑诗校注 / 张福清校注 . —广州：暨南大学出版社，2020. 12
ISBN 978 - 7 - 5668 - 2995 - 5

Ⅰ. ①北… Ⅱ. ①张… Ⅲ. ①古典诗歌—诗歌研究—中国—北宋 Ⅳ. ①I207. 227. 441

中国版本图书馆 CIP 数据核字（2020）第 190637 号

北宋戏谑诗校注

BEISONG XIXUE SHI JIAOZHU

校注者：张福清

- -

出 版 人：张晋升
策划编辑：张仲玲
责任编辑：陈绪泉
责任校对：黄　球　林　琼　朱良红
责任印制：汤慧君　周一丹

出版发行：暨南大学出版社（510630）
电　　话：总编室（8620）85221601
　　　　　营销部（8620）85225284　85228291　85228292　85226712
传　　真：（8620）85221583（办公室）　85223774（营销部）
网　　址：http：//www. jnupress. com
排　　版：广州市天河星辰文化发展部照排中心
印　　刷：广州市穗彩印务有限公司
开　　本：787mm×1092mm　1/16
印　　张：22
字　　数：600 千
版　　次：2020 年 12 月第 1 版
印　　次：2020 年 12 月第 1 次
定　　价：76. 00 元

（暨大版图书如有印装质量问题，请与出版社总编室联系调换）

凡 例

一、本书之校注以《全宋诗》、宋人别集为底本，校以各家抄本、总集本、选本、别集校注本。

二、本书校注合一，一般一句一校注，少数两句或数句用同一典者则一并校注。按字词在诗中之先后排列，校之字词后用"，"标识，注之字词句后则用"："标识。校与注内容之间空两格以示区别。凡有自注、原注者，其后有校注者，亦空两格。

三、本书是有宋三百年大家、名家、无名诗辈之戏谑诗的汇总校注，已有大家、名家全集或诗集校注之善者兼收并取，复互参考订，补其缺而匡其谬，征典释义，力求详明。校之底本、参校本皆采原书之简称，以便核实与阅读。

四、注文征引之文献资料，包括史书、小说、佛典、诗话、笔记、杂著、总集、全集、别集及最新研究成果等，均标出作者、书名、卷次、篇名等。

五、较为生僻的词语均简要释义，深奥隐曲、不易解之句，除引典故外，亦做句意梳理，便于理解。

六、人名、少数无简化字者皆保留繁体，个别异体字亦保留原字。

七、注条重出者，一般采用见前注，若角度不同，则适当重注。

前　言

一、"戏谑诗"的命名缘由

为什么名为"戏谑诗"？其理由如下：第一，《诗经·卫风·淇奥》曰："善戏谑兮，不为虐兮。"① "戏谑"一词最早出现在《诗经》中，比出现在汉代典籍中的"俳谐"一词要早。第二，六朝时期文论之集大成者——刘勰的《文心雕龙》文体分类中有"谐隐"，即诙谐、戏谑之意。其赞曰："古之嘲隐，振危释惫；虽有丝麻，无弃菅蒯。会义适时，颇益讽诫；空戏滑稽，德音大坏。"② 虽然对"戏谑"一类评价不高，但"谐隐""嘲隐""空戏滑稽"之意与"戏谑"一词最为接近。第三，唐白居易原本、宋孔传续撰《白孔六帖》目录分类有"寝、游侠、故旧、恤孤、戏谑、笑、喜、怒"等，"戏谑"类下又分："滑稽好戏、频伸谐戏、诏学士嘲之"等③，也是"戏谑"的含义。清代编纂《全唐诗》，其中专设"谐谑诗"类，辑有近二百首诗歌。诗题中大多含有"戏""嘲""诮""谑"等字样，但并未收杜甫的《戏作俳谐体遣闷二首》与李商隐的《俳谐》诗，可见编者对俳谐体的理解与"戏谑"并不相同。第四，更多的宋代文献皆以"戏谑"来分类。宋赵希弁撰《郡斋读书志附志》云："《能改斋漫录》二十卷。右吴曾虎臣所纂也。曰事始、曰辨误、曰事实、曰沿袭、曰地理、曰议论、曰记诗、曰纪事、曰记文、曰类对、曰方物、曰乐府、曰神仙诡怪、曰诙谐戏谑，一一载之。"④ 虽然我们今天已看不到"诙谐戏谑"类，但从《四库全书总目》提要中可窥一斑："而诸家传本或分卷各殊，或次序颠倒，或并为十五卷，或以第十一卷分作两卷而并第九卷入第八卷内，或无谨正一类而并入记事类中，或多类对一门、诙谐戏谑一门，盖辗转缮录，不免意为改窜，故参错百出，莫知孰为原帙也。"⑤ 宋徐度《却扫编》、宋曾慥《高齐漫录》、无名氏《滑稽小传》、宋陈日华《谈谐》，还有宋王钦若等撰《册府元龟》"总录部"分"诙谐""庚词"，《渊鉴类函》"人部五十八"之"嘲戏"分五个部分，宋祝穆撰《古今事文类聚》别集"性行部"分"滑稽"（"嘲谑"同）等，均可看出宋人心目中是以"诙谐""嘲

---

① 程俊英译注：《诗经译注》，上海：上海古籍出版社2014年版，第74页。

② （南朝梁）刘勰著，范文澜注：《文心雕龙》，北京：人民文学出版社1958年版，第272页。

③ （唐）白居易原本，（宋）孔传续撰：《白孔六帖·外三种》，上海：上海古籍出版社1992年版。

④ （宋）吴曾撰，中华书局上海编辑所编：《能改斋漫录》（上、下），北京：中华书局1960年版，第596页。

⑤ （清）纪昀等：《四库全书总目》，北京：中华书局1965年版，第1018页。

戏""戏谑""滑稽"为同一体类。"宋程子《遗书》曰:'戏谑不唯害事,兼亦志为气所动,不戏谑是持志之一端。'张横渠《东铭》曰:'戏言出于思也,戏动作于谋也,发于声见于四支,谓非己心不明也,欲他人已从不能也。'"① 理学大家朱熹《诗序》卷上云:"《山有扶苏》刺忽也,所美非美。"《序辨》曰:"然此下四诗(按:《捧兮》《狡童》《褰裳》《丰》)及《扬之水》,皆男女戏谑之词。序之者不得其说而例以为刺忽,殊无情理。"② 张载《张子全书》卷六云:"戏谑直是大无益,出于无敬心,戏谑不已,不惟害事,志亦为气所流,不戏谑亦是持气之一端,善戏谑之事,虽不为无伤。"③ 朱子曰:"横渠学力绝人,尤勇于改过,独以戏为无伤。一日忽曰:凡人之过犹有出于不知而为之者,至戏则皆有心为之也,其为害尤甚,遂作东铭。"理学家朱熹、张载所言皆为"戏谑"。这在诗话中也有反映,《许彦周诗话》云:"黄鲁直爱与郭功甫戏谑嘲调,虽不当尽信。至如曰公做诗费许多气力做甚,此语切当大有益于学诗者,不可不知也。"④ 但"戏谑诗"的地位正如戴复古《戏题诗稿》所云:"古今胸次浩江河,才比诸公十倍过。时把文章供戏谑,不知此体误人多。"⑤ 往往被人认为非正体,不被学者采纳。明吴讷《文章辨体序题·杂体》说得更明白:"昔柳柳州读退之《毛颖传》有曰:'善戏谑兮,不为虐兮',学者终日讨说习复,则罢惫而废乱,故有息焉游焉之说,譬诸饮食,既'荐味之至者,而奇异苦咸酸辛之物,虽蜇吻裂鼻,缩舌涩齿,而咸有笃好之者,独文异乎?'予于是而知杂体之诗盖类是也。然其为体,虽各不同,今总谓之杂者,以其终非诗体之正焉。"⑥ 正因为其非正体,历来诗评家们很少把它纳入诗学研究的范畴来观照。而宋人文献中虽有按"俳谐"分类的,如《通志》卷七十"艺文略"第八"俳谐":"俳谐文三卷、俳谐文十卷,袁淑撰;俳谐文一卷,沈宗之撰;任子春秋一卷,杜嵩撰;博阳春秋一卷,宋零陵令辛邕之撰。凡俳谐一种五部十六卷。"⑦ 但都是散文或小说,并没有诗歌。而《诗人玉屑》卷五所云"十戒":"一戒乎生硬,二戒乎烂熟,三戒乎差错,四戒乎直置,五戒乎安诞,六戒乎绮靡,七戒乎蹈袭,八戒乎浊秽,九戒乎砌合,十戒乎俳谐。"⑧ 涉及诗歌,则是从诗歌创作角度提醒要注意戒用"俳谐"的问题。也就是说,诗歌是忌用"俳谐"的。第五,俳谐与戏谑不是同一个概念,它们是有区别的。正如李静对"俳谐词"与"戏作"词所作的明确界定:"俳谐词的核心是诙谐、幽默,而与诙谐、幽默相表里的,应该是在语言风格上,俳谐词常与浅近通俗甚或俚俗的语言相伴,而在手法上则以隐喻、反讽等为介质。……所谓的'戏作',其核心在于'戏',所谓的'戏',即游戏或戏弄,究其实质,则是一种和严肃、认真相对的态度,即戏弄或开玩笑。而俳谐词

① 张文治编:《国学治要》,北京:北京理工大学出版社2014年版,第1035页。
② (宋)朱熹:《诗集传》,《朱子全书》本,上海:上海古籍出版社;合肥:安徽教育出版社2002年版,第364页。
③ 金沛霖主编:《四库全书·子部精要》(上),天津:天津古籍出版社1997年版,第101页。
④ (宋)许顗:《许彦周诗话》,上海:商务印书馆1939年版,第12-13页。
⑤ 吴茂云校注:《戴复古全集校注》,北京:中国文史出版社2008年版,第272页。
⑥ (明)吴讷:《文章辨体序题》,北京:人民文学出版社2016年版,第313页。
⑦ (宋)郑樵:《通志》(全三册),北京:中华书局1987年版,第828页。
⑧ (宋)魏庆之撰:《诗人玉屑》,上海:商务印书馆1938年版,第115页。

则不同，俳谐词在展现其诙谐幽默的同时，有时还带有讽喻、讥刺的意味。"① 这里的"戏作"亦等同于"戏谑"。基于以上五点认识，我们因而取"戏谑诗"的概念来展开研究，比较符合宋代文学乃至整个古代文学的时代特征与历史氛围。

虽然北宋戏谑诗研究取得了一定的成就，但在文献整理方面尚阙，因而有必要对整个北宋戏谑诗做系统的文本整理与研究。我们从《全宋诗》《全宋诗订补》《全宋诗辑补》中辑出北宋戏谑诗 1300 余首，其中 10（含 10）首以上的 42 人，他们分别是王禹偁（20 首）、释智圆（15 首）、宋庠（10 首）、梅尧臣（40 首）、文彦博（13 首）、欧阳修（30 首）、韩琦（13 首）、文同（17 首）、刘敞（42 首）、司马光（33 首）、王安石（27 首）、郑獬（10 首）、强至（22 首）、刘攽（14 首）、沈遘（10 首）、徐积（10 首）、程颢（12 首）、韦骧（12 首）、苏辙（42 首）、彭汝砺（15 首）、孔平仲（43 首）、李之仪（11 首）、米芾（10 首）、陈师道（13 首）、晁补之（12 首）、张耒（28 首）、晁说之（35 首）、邹浩（33 首）、毛滂（12 首）、洪朋（11 首）、饶节（33 首）、谢逸（27 首）、赵鼎臣（30 首）、唐庚（11 首）、释德洪（41 首）、葛胜仲（11 首）、李彭（56 首）、张扩（19 首）、程俱（66 首）、李光（38 首）、韩驹（25 首）、周紫芝（41 首）。其中排前 10 名的是程俱、李彭、孔平仲、苏辙、刘敞、释德洪、周紫芝、梅尧臣、李光、晁说之，俱是当时著名诗人。有笺释的只有黄庭坚、苏轼、周紫芝、梅尧臣等少数几家，其他皆只有点校本，还留有很大的文献整理与研究的空间。

二、北宋戏谑诗校注的学术创新和学术价值

（1）本校注在吸收最新校注或笺注成果基础上，梳理了北宋诗人之间的交游及生平事迹等基础文献，可以为专业研究者提供参考。如欧阳修《戏石唐山隐者》原本题注：熙宁□年。刘德清等《欧阳修集编年笺注》认为："熙宁元年知青州时作。"② 丁功谊则认为"此诗作于熙宁五年初秋，时退居颍州"③。王水照、崔铭著《欧阳修传》附录一"欧阳修生平创作年表"亦作"熙宁五年"诗人临终前的作品。④ 诗歌编年上就出现了不同的年代，那么此诗到底作于何年？隐者为谁？经文献梳理，石唐山隐者，即嵩山少室缑氏岭石唐山紫云洞道士许昌龄。治平四年（1067）秋，欧阳修知亳州时，结识了嵩山道士许昌龄，作有《赠隐者》诗。宋葛立方《韵语阳秋》卷一二："（欧）公集中载许道人、石唐山隐者，皆昌龄也。""所谓《石唐山人》诗，乃公临终寄许之作也。"⑤ 通过这样的梳理，诗歌创作的时间和人物就基本清晰明了了。再如韩琦《使回戏成》："专对惭非出使才，执圭申好致旌回。礼烦偏苦元正拜，户大犹轻永寿杯。敧枕顿无归梦扰，据鞍潜觉旅怀开。明朝便是侵星去，不怕东风拂面来。"作于宝元二年（1039）。《辽史·兴宗纪》："（重熙）八年春正月壬辰朔，宋遣韩琦、王从益来贺。"重熙八年，即宋宝元二

① 李静：《宋代"戏作"词的体类及其嬗变》，《北京大学学报》（哲学社会科学版）2014 年第 5 期，第 70－77 页。
② 刘德清等：《欧阳修集编年笺注》（1），成都：巴蜀书社 2007 年版，第 371 页。
③ 丁功谊、刘德清编著：《欧阳修诗评注》，南昌：江西人民出版社 2012 年版，第 325 页。
④ 王水照、崔铭：《欧阳修传》，天津：天津人民出版社 2013 年版，第 373 页。
⑤ （宋）葛立方：《韵语阳秋》，北京：中华书局 1985 年版，第 93－94 页。

年。其中"礼烦"句有自注："虏（原作虚，据四库本改）廷元日拜礼最烦。"《辽史·礼志四》有详细记载："宋使见皇帝仪：宋使贺生辰、正旦，至日，臣僚昧爽入朝，使者至幕次，奏'班齐'，声警，皇帝升殿坐。宣徽使押殿前班起居毕，卷班出，契丹臣僚班起居毕，引应坐臣僚上殿，就位立；其余臣僚不应坐者，并退于北面侍立。次引汉人臣僚北洞门入，面殿鞠躬。舍人鞠躬，通某官某以下起居，皆七拜毕，引应坐臣僚上殿，就位立。引首相南阶上殿，奏宋使并从人榜子，就位立。臣僚并退于南面侍立。教坊人，起居毕，引南使副北洞门入，丹墀内面殿立。阁使北阶下殿，受书匣，使人捧书匣者跪，阁使缙笏立，受于北阶。上殿，栏内鞠躬，奏'封全'讫，授枢密开封。宰相对皇帝读讫，舍人引使副北阶上殿，栏内立。揖生辰大使少前，俯伏跪，附起居。俯伏兴，复位立。大使俯伏跪，奏讫，俯伏兴，退；引北阶下殿，揖使副北方，南面鞠躬。舍人鞠躬，通南朝国信使某官某以下祗候见，起居，七拜毕；揖班首出班，谢面天颜，舞蹈，五拜毕；出班，谢远接、御筵、抚问、汤药、舞蹈。五拜毕，赞各祗候。引出，归幕次。阁使传宣赐对衣、金带。勾从人以下入见。舍人赞班首姓名以下，再拜；不出班，奏'圣躬万福'，赞再拜，称'万岁'。赞各祗候。引出。舍人传宣赐衣。使副并从人服赐衣毕，舍人引使副入，丹墀内面殿鞠躬。舍人赞谢恩，拜，舞蹈，五拜毕，赞上殿祗候。引使副南阶上殿，就位立。勾从人入，赞谢恩，拜，称'万岁'。赞'有敕赐宴'，再拜，称'万岁'。赞各祗候。承受官引北廊下立。御床入，大臣进酒，皇帝饮酒。契丹舍人、汉人阁使齐赞拜，应坐并侍立臣僚皆拜，称'万岁'。赞各祗候。卒饮，赞拜，应坐臣僚皆拜，称'万岁'。赞各就坐行酒，亲王、使相、使副共乐曲。若宣令饮尽，并起立饮讫。放盏，就位谢。赞拜，并随拜，称'万岁'。赞各就坐。次行方茵地坐臣僚等官酒。若宣令饮尽，赞谢如初。殿上酒一行毕，赞廊下从人拜，称'万岁'。赞各就坐。莲传宣令饮尽，并拜，称'万岁'。赞各就坐。殿上酒三行，行茶、行肴、行膳。酒五行，候曲终，揖廊下从人讫，赞拜，称'万岁'。赞各祗候，引出曲破，臣僚并使副并起，鞠躬。赞拜，应坐臣僚并使副皆拜，称'万岁'赞各祗候。引使副南阶下殿，丹墀内舞蹈，五拜毕，赞各祗候。引出，次日众臣僚下殿出毕，报阁门无事。皇帝起，声跸。"① 这些注释为研究宋辽两国历史提供了翔实资料。又如祖无择《诮王安石乞分司西京避谤而去因以述怀》："割断攀缘宰相权，忧危争似我身全。试观竿上抛生体，且拟波中戏钓船。名利不求还独乐，是非莫辨只高眠。何当对景幽堂坐，更得闲吟度百年。" 其标题注释云：《宋史·祖无择传》："寻复光禄卿、秘书监、集贤院学士，主管西京御史台，移知信阳军，卒。"按：祖无择起复在熙宁八年（1075）十一月。《续资治通鉴长编》卷二七〇云：熙宁八年"十一月己未朔，复光禄卿、提举崇福宫祖无择为秘书监、集贤院学士。"《龙学始末》云："不幸值安石专政，司马君实坚辞求出，公慨然乞分司提举西京御史台。"按：熙宁三年（1070）王安石专政时，司马光、富弼均坚辞求出。祖无择也慨然祈分司西京御史台，并作《诮王安石乞分司西京避谤而去因以述怀》以明志。② 通过考察，可知祖无择与王安石之间的微妙关系，这些都是我们研究北宋诗人难得的材料。

---

① （元）脱脱等撰：《辽史》，北京：中华书局1974年版，第847页。
② 祝尚书主编：《宋才子传笺证》（北宋前期卷），沈阳：辽海出版社2011年版，第576页。

（2）本校注在吸收现今校注或笺注成果的基础上，还匡正了以往校注或笺注中的误注情况。如从《全宋诗辑补》第611页辑录的李觏《嘲蔡君谟妓宴上陈烈逃席》："七闽山水掌中窥，乘兴登临到落晖。谁在画帘沽酒处，几多鸣橹趁潮归。晴来海色依稀见，醉后乡心积渐微。山乌不知红粉乐，一声檀板使惊飞。"李觏诗在《全宋诗》第4291页。按此诗：《宋诗纪事》卷一九李觏题作《望海亭席上作》，内容全同，只是标题不一样。在注释时标示出来，可避免混淆。再如邵雍《依韵和王安之少卿见戏安之非是弃尧夫吟》："安之殊不弃尧夫，亦恐傍人有厚诬。开叔当初言得罪，希淳在后说无辜。悄然情意都如旧，划地杯盘又见呼。始信岁寒心未替，安之殊不弃尧夫。"诗中的人名"开叔"注云：任逵，字开叔①。《巴蜀佛教碑文集成》"宋千佛崖题名七则"之第四则："本路转运使、光禄卿杨宁道卿，转运判官、太常少卿石辂君乘，提点刑狱、尚书祠部郎中任逵开叔。治平四年丁未四月十九日，会别利州大云寺。"② 而《司马温公集编年笺注》云："姓任，任布居于洛阳时，其子任达随侍，或是任达的字，亦或是温公在洛阳结识的退居旧吏"，其笺注便有误。《司马温公集编年笺注》卷四有《宝鉴贻开叔》，卷一二有《和任开叔观福严院旧题名》，卷一三有《又和开叔》。其中，作于熙宁六年（1073）末在洛阳提举嵩山崇福宫时的《又和开叔》诗："寒梅犯雪荣，大隐久专名。异种生江渚，何年到洛城？色如虚室白，香似主人清。向使吴儿见，不思莼菜羹。"③ 这样《司马温公集编年笺注》中存在的问题就得到纠正。

（3）本校注的文献材料还可延伸到北宋诗歌的辑佚。校注中的文献材料不仅解决了本书本身的许多问题，其还为《全宋诗》辑佚提供了有价值的资料。如司马光《和张伯常贺迁资政》："不驾使车开汉关，不栖岩穴炼金丹。岂无开径三人友，分著垂缨五寸冠。坐饱太仓犹自愧，谬跻秘殿益难安。愿同野老嬉尧壤，长守先生苜蓿盘。"此诗为司马光元丰七年（1084）在洛阳提举嵩山崇福宫时作。题中之"张伯常"，原本题下注云："徽，字伯常。"张徽，字伯常，湖北竟陵人。司马光、范纯仁皆与友善。宋神宗熙宁初为福建转运使兼知福州。以上柱国致仕。又以诗名，著有《沧浪集》，已佚。《全宋诗》及《全宋诗订补》录诗10首。张徽曾游柏山，于柏山摩崖石刻题《游参村山》诗："未穷双佛刹，先到一渔家。山雨已残叶，溪风犹落花。汲泉沙脉动，敲火石痕斜。应是佳公子，竹间曾煮茶。"④《全宋诗》《全宋诗订补》未收录，即可补入。赵嵘《云叟道人自夫子林骤款段先我而归口占一诗戏之》："道人乘款段，辄尔驰山川。翻然两角巾，似与风争颠。左手不停勒，右手复争鞭。乌裙拍马腋，欲拟鹤升天。释耕观者人，莫知所以然。定疑云路阔，坠落骑鹿仙。"标题中的"云叟道人"，据明清县志载，宋人，姓侍其，名璃，号云叟，"住钓鱼台，隐居不仕，乡里推为经师"。在上元县祈泽寺中旧时有四块碑刻，刻的是"云叟道人"的三首《招隐诗》。其中两首为七绝，一首为五绝。前两首是："官南宫北添身累，年去年来换鬓青。何日归来闲岁月，扫山庐墓过余龄。""云窗云暗春灯

① 魏崇周：《邵雍文学思想研究》，郑州：中州古籍出版社2009年版，第209页。
② 龙显昭主编：《巴蜀佛教碑文集成》，成都：巴蜀书社2004年版，第91页。
③ 李之亮笺注：《司马温公集编年笺注》（2），成都：巴蜀书社2009年版，第394页。
④ 黄荣春主编：《福州十邑摩崖石刻》，福州：福建美术出版社2008年版，第171页。

小，松柳无风春悄悄。子规枝上叫梦回，清馨一声山月小。"后一首是："美绿三千盏，娇红一万枝。家山归未得，更听鹧鸪词。"① 这三首《全宋诗》《全宋诗订补》《全宋诗辑补》均未收录，亦可补入。

（4）本校注为专业研究者提供了一条认识北宋诗歌的新途径，可通过戏谑诗重新审视北宋著名诗人乃至一般诗人或无名诗人的审美心理及精神面貌。北宋王安石、苏轼、黄庭坚、司马光等许多诗人都创作了数量不少的戏谑诗，对其校注，既可为专业研究者提供戏谑诗阅读理解之方便，又可通过戏谑诗侧面了解他们的审美心理和精神面貌，诚如王兆鹏先生对"诚斋体"诗谐趣的评价："他在诗歌创作中才能赋予自然万物、江山风云以生命灵性、情意知觉，建构出一个别具一格的灵性自然。"② 这些都为北宋诗歌纵深和全面研究提供了新的方向。

① 窦天语、张亮主编，江宁县政协文史委员会编印：《江宁胜迹》，1995 年，第 78 页。
② 王兆鹏：《建构性灵的自然——杨万里"诚斋体"别解》，《文学遗产》1992 年第 6 期，第77 页。

目 录
CONTENTS

卷 一

001 徐 铉
001 欧阳大监雨中视决堤因堕水明日
见于省中因戏之

001 郭忠恕
001 嘲聂崇义

001 王 伸
001 忧制中游处答人嘲

002 张齐贤
002 致仕后戏赠故人

002 张 咏
002 解 嘲

003 王禹偁
003 戏赠嘉兴朱宰同年
003 游仙娥峰后戏题
003 独酌自吟拙诗次吏报转运使到郡
戏而有作
003 自 嘲
003 戏从丰阳喻长官觅笋
004 量移后自嘲
004 量移自解
004 自 笑
004 戏题二章述滁州官况寄翰林旧
同院（二首）
005 戏和寿州曾秘丞黄黄诗
005 又和曾秘丞见赠三首
006 张屯田弄璋三日略不会客戏题短
什期以满月开筵

006 和仲咸除知郡后雨中戏作见赠
006 又和仲咸谑成口号以代优人之句
007 知州厅杏花昨日烂漫录事院今日
零落唯副使公署未开戏题二韵
007 海棠木瓜二绝句（并序）

007 魏 野
007 经嵩阳废观因有戏题

007 丁 谓
007 戏答白积

008 许 洞
008 嘲林和靖

008 石中立
008 句
008 嘲刘子仪

008 陈 亚
008 亚字谜
008 药名诗
008 赠祈雨僧
008 药名诗
009 戏答杨球
009 嗤人面黑

009 释智圆
009 玛瑙院居戏题三首
009 予近卜居孤山之下友人元敏以
四绝见嘲遂依韵和酬
010 嘲写真
010 自 嘲
010 戏题夜合树

010　病起自嘲
010　戏题四绝句

释重显
011　戏靠安岩呈双溪大师

王　周
011　巫山公署壁有无名氏戏书二韵

释楚圆
011　善僧还闽调之

释昙颖
011　戏作偈

晏　殊
012　社日戏题呈任副枢

王　逵
012　嘲苗振

石延年
012　登第后被黜戏作
012　调二举子

刁　约
013　使契丹戏作

胡　宿
013　嘲　蝶
013　自　嘲

卷　二

宋　庠
014　讥　俗
014　时贤多以不才诮我因自咏
015　柳嘲竹
015　和吴侍郎向号乐城居士今复职守
　　　陕临歧自哂二绝
015　时余不得预会戏成二韵
015　今日棋轩风爽天休可纡步无以簿
　　　领为解兼戏成短章

016　早渡洛水见流渐尽解春意感人马
　　　上偶成戏咏二首
016　遇雨放朝余至掖门方审戏呈同舍

王　洙
016　戏改杜赠郑广文诗

宋　祁
016　答道卿舍人桐竹之嘲
017　次望喜驿始见嘉陵江得予友天章
　　　张文裕西使日咏嘉陵江诗刻于
　　　馆壁有感别之叹予因戏答二章
　　　他日见文裕以为一笑（二首）
017　戏答天休
017　月中嘲鹊
017　戏招君况舍人

梅尧臣
018　依韵和徐元舆读寄内诗戏成
018　王殿丞赴莫州日就余求钓竿数茎
　　　以往今因其使回戏赠
018　戏寄师厚生女
018　病痛在告韩仲文赠乌贼鲞生醋酱
　　　蛤蜊酱因笔戏答
018　魏文以予病渴赠薏苡二丛植庭下
　　　走笔戏谢
019　寄宋中道
019　宋中道失小女戏宽之
019　次韵和王道损风雨戏寄
019　答韩六玉汝戏题西轩
019　宋中道快我生女
019　走笔戏邵兴宗
020　戏酬高员外鲫鱼
020　得沙苑榅桲戏酬
020　廷老传沛语戏作
020　依韵和正仲寄酒因戏之
021　正仲答云堂酱乃是毛鱼耳走笔戏之
021　吴正仲见访回日暮必未晚膳因以
　　　解嘲

021 前以甘子诗酬行之既食乃绿橘也
　　顷年襄阳人遗甘予辨是绿橘今
　　反自笑之
021 和韵三和戏示
022 依韵和戏题
022 永叔白兔
022 戏作常娥责
023 和公仪龙图戏勉
023 和永叔内翰戏答
023 较艺和王禹玉内翰
024 再　和
024 较艺赠永叔和禹玉
024 戏答持烛之句依韵和永叔
024 重答和永叔
025 又依韵
025 较艺将毕和禹玉
025 依韵和永叔戏作
026 江邻几暂来相见去后戏寄
026 依韵和永叔都亭馆伴戏寄
026 叙两会事戏寄刁景纯学士
027 次韵和酬刁景纯春雪戏意
027 次韵永叔试诸葛高笔戏书
027 嘲江翁还接篱
028 戏谢师直
028 闻曼叔腹疾走笔为戏

卷　三

029 **富　弼**
029 尧夫先生示秋霁登石阁之句病中
　　聊以短章戏答

029 **林　槩**
029 得赵昌画戏答李硕

029 **石　介**
029 御史台牒督光台钱牒云以凭石柱
　　镌名因戏书呈通判寺丞景元

030 **文彦博**
030 东枢后轩列植花草随时竞秀种类

　　寔繁滋蔓因依未易图也然昔之
　　造化者为不少矣故录其名数榜
　　于北垣意欲后之人勿剪勿伐且
　　无忘于封植也因观其榜偶作小
　　诗三章曰嘲曰解曰断云
030 前朔宪孔嗣宗太博过孟云近于洛
　　下结穷九老会凡职事稍重生事
　　稍丰者不得与焉其宴集之式率
　　称其名其事诚可嘉尚其语多资
　　噰嗏因作小诗以纪之亦以见河
　　南士人有名教之乐简贪薄之风
　　辄录呈留守宣徽聊资解颐
030 提举刘司封监牧张职方咏酴釀诗
　　皆以微文形于善谑辄成累句奉
　　呈聊用解纷（二首）
031 招仲通司封府园避暑
031 效唐杜牧之对酒绝句
031 追　和
031 龙图给事使还过魏少留仙旆道旧
　　为乐因及北史魏收之语作为雅
　　章辄敢寄声聊资一噱
031 端午日招诸公于敝园为角黍之会
　　独尧夫不至因成小诗奉呈用资
　　一笑
031 令弟坚官满归京，偶成四十言代
　　书寄判武学顾学士，略资一噱
032 承答诗披览叹服无已，今复和呈
　　资一噱而已

032 **释契嵩**
032 南涧傍游戏呈公济冲晦

032 **欧阳修**
032 太白戏圣俞
033 思白兔杂言戏答公仪忆鹤之作
034 戏答圣俞
034 折刑部海棠戏赠圣俞二首
035 刑部看竹效孟郊体
035 于刘功曹家见杨直讲（褒）女奴

弹琵琶戏作呈圣俞

036　寄题刘著作羲叟家园效圣俞体

036　山斋戏书绝句二首

037　嘲少年惜花

037　戏石唐山隐者

037　县舍不种花惟栽楠木冬青茶竹之
　　　类因戏书七言四韵

038　戏答元珍

038　戏赠丁判官

038　西湖戏作示同游者

039　戏答圣俞持烛之句

039　戏　书

039　和原父扬州六题（一首）

039　戏书示黎教授

040　戏书拜呈学士三丈

040　数　诗

041　闻梅二授德兴令戏书

041　戏　赠

042　眼有黑花戏书自遣

042　圣俞惠宣州笔戏书

042　和晏尚书《自嘲》

043　戏答仲仪口号

043　戏刘原甫（二首）

韩　琦　043

043　使回戏成

044　戏题仙掌

044　阅古堂前植菊二本九月十八日花
　　　犹未开因以小诗嘲之

044　次韵答致政杜公小诗见戏

044　走笔戏呈机宜著作与诸同席

045　柳溪嘲莲

045　烧煤戏成

045　和运判张端秘丞戏题安阳郡园

045　代郡园见答

046　再戏郡园

046　再代答

046　壬子春分方见迎春盛开以小诗嘲之

046　荣归观莲戏成

卷四

赵　抃　047

047　雨中见花戏呈伯庸秋曹

李　觏　047

047　戏题玉台集

048　嘲汉武

048　戏题荷花

048　戏赠月

048　自　解

048　嘲蔡君谟妓宴上陈烈逃席

释文莹　048

048　嘲愿成

祖无择　049

049　诮王安石乞分司西京避谤而去因
　　　以述怀

049　戏别申申堂

邵　雍　050

050　戏谢富相公惠班笋三首

050　代书戏祖龙图

050　戏呈王郎中

051　依韵和王安之少卿见戏安之非是
　　　弃尧夫吟

051　戏答友人吟

张伯玉　051

051　九日蒇山戒珠寺戏呈僚友

蔡　襄　051

051　戏答王仲仪

曹　琰　052

052　自嘲落牙

陈　襄　052

052　和桃花因戏如晦

052　寄戏刘道渊

052 中和堂木芙蓉盛开戏呈子瞻

053 **韩 维**

053 赋永叔家白兔

053 戏 月

053 晚过象之葆光亭戏呈一首

053 史局坐寝戏呈崇文掌学士

054 览景仁君实议乐以诗戏呈景仁

054 景仁招况之闻用歌舞望门而反作
　　此戏之

054 观安公亭戏呈观文主人

054 戏示程正叔范彝叟时正叔自洛中
　　过访

055 **文 同**

055 戏呈凤凰长老用师

055 小阁戏书

055 可笑口号七章

056 史少讷见许江豚未得以诗戏

056 师鲁推官惠甘蔗戏谢

056 嘲任昉

057 袁 术

057 子平寄惠希夷陈先生服唐福山药
　　方因戏作杂言谢之

058 不饮自嘲

058 嘲中条

058 子瞻戏子由依韵奉和

059 **曾 巩**

059 戏呈休文屯田

059 戏 书

060 戏 书

卷 五

061 **刘 敞**

061 与邻几对棋戏作

061 乐郊陈渔台下柏林中结茅作小亭
　　命曰幽素本懿臣刑部之书也谢
　　且戏之

061 讥谢十三

062 邻几过门不留戏作

062 直舍留道粹广渊君实圣民伯初饮
　　是日邻几济川宴王金吾园亭不
　　预会戏作五言寄之

063 摄领审官六日还印长文戏作五言

063 戏题西湖中鱼

063 听江十诵食鲙诗戏简圣俞

064 得萧山书言吏民颇相信又言湘湖
　　之奇及生子名湘戏作此诗

064 去年得澄心堂纸甚惜之辄为一轴
　　邀永叔诸君各赋一篇仍各自书
　　藏以为玩故先以七言题其首

064 戏作泛槎篇呈知府给事

065 戏金壶道士法墨走笔杂言寄邻几
　　圣俞

065 戏题欧阳公厅前白鹤

065 刘泾州以所得李士衡观察家宝砚
　　相示与圣俞玉汝同观戏作此歌

066 戏作青瓷香球歌

066 戏和同年时在荐福寺

066 戏呈府公

066 连日西南风戏作

066 戏贺段生

067 斋宿集禧观戏酬永叔见寄时永叔
　　在后庙摄事

067 某往岁侍大人守丹阳粗知此郡之
　　盛复戏成小诗呈子高

067 戏 题

067 戏呈叔恬府辟入幕不谐得宛丘簿

068 闻江十吴九得洛相酒戏呈二首

068 答杜九重过东门船戏作

068 遍阅斋房题名独不见永叔戏作七言

069 自东门泛舟至竹西亭登昆丘入蒙
　　谷戏题二首

069 探花郎送花坐中与邻几戏作七首

070 闻张给事倍道兼程已过古北戏作
　　七言

070　观儿童逐兔辄失之戏呈希元二首
070　戏成一首
071　戏作二首

071　**王　珪**
071　和永叔思白兔戏答公仪忆鹤杂言
071　戏呈唐卿
072　依韵和永叔戏书
072　戏书试闱考簿后

卷六

073　**司马光**
073　和之美讽古二首
073　早春戏作呈范景仁
074　友人楚孟德过余纵言及神仙余谓
　　　之无孟德谓之有伊人也非诞妄
　　　者盖有以知之矣然余俗士终疑
　　　之故作游仙曲五章以佐戏笑云
075　贡院中戏从元礼求酒
075　子高有徐浩诗碑昌言借摹其文甫
　　　及数本石有微衅惧而归之子高
　　　答简有碎珊瑚之戏昌言以诗赠
　　　子高同舍皆和
076　昌言见督诗债戏绝句
076　自　嘲
076　虞部刘员外约游金明光以贱事失
　　　期刘惠诗见嘲以诗四首谢之
077　兴宗约游会灵久不闻问以诗趣之
077　和王道粹垂拱早朝王范二直阁班
　　　列在前戏成小诗
078　阏逢敦牂二月十一日与一二僚友
　　　游叔礼园亭以诗戏呈
078　晚行后园见菊戏宜甫
078　自　嘲
079　北轩老杏其大十围春色向晚只开
　　　一花予悯其憔悴作诗嘲之
079　杏解嘲

079　戏书宋子才止足堂
080　送酒与邵尧夫因戏之
080　自题写真
080　其日雨闻姚黄开戏成诗二章呈子
　　　骏尧夫
081　戏呈尧夫
081　和子骏新荷
081　闻正叔与客过赵园欢饮戏成小诗
081　观孙儿戏感怀
081　又书一绝戏呈

082　**潘兴嗣**
082　戏郭功甫

082　**王安石**
082　用前韵戏赠叶致远直讲
084　次韵公辟正议书公戏语申之以祝
　　　助发一笑
084　上元戏呈贡父
084　戏示蒋颖叔
085　戏城中故人
085　戏赠段约之
085　见鹦鹉戏作四句
085　戏长安岭石
086　代　答
086　上元夜戏作
086　戏赠育王虚白长老
086　嘲叔孙通
086　戏赠湛源
087　字谜（七首）
087　酒　令
087　持练帛付外浣谜
088　持棋谜
088　安石至此四字谜
088　字　谜
088　字　谜
088　拆刘攽名字戏嘲

卷七

089　郑獬
089　戏酬正夫
089　夷陵张仲孚以荆州无山为戏辄书二绝
089　再赋如山
090　嘲范蠡
090　戏言寄雪溪使君唐司勋
090　汪正夫为人撰墓志有中金之赠因以二绝戏之
090　自嘲
090　戏友人

091　强至
091　向负春游辍以风雨开霁既久乐事未果因书百言聊以自戏
091　纯甫以予去岁九日赴东阳今年复趋府作菊花问答见遗因以戏答（二首）
091　通判国博惠建茶且有对啜之戏因以奉谢
091　寒炉偶坐戏呈任道
092　闻升甫南池观鱼所获无几戏成小诗奉呈
092　贾麟自睦来杭复将如苏戏赠短句
092　久雨不果行乐偶书短篇自戏
092　戏赠孙师尹
093　承天元长老弃本寺寄净慈以诗戏之
093　戏呈宋周士
093　顺师归湖寺后以诗见招因戏答之
093　暮春伯宪留饮席上走笔戏成二首
093　公度惠花走笔戏谢
094　戏书保安院壁
094　承之幕府晨出马上戏书
094　李景初许借翦彩花数轴一观累日不至戏成二绝督之
094　闻无愧夜会二三君子戏呈二十八字

094　河亭戏题
094　席上戏成

095　刘攽
095　约谢师直出猎师直小疾不行作诗戏之
095　昭君怨戏赠
096　戏谢师直买伊阳田
096　戏题西湖中鱼
096　侠少行戏王子直
096　陈和叔贺兰溪所居近有信来言水竹事戏赠
096　地震戏王深父
097　戏作卖雪人歌
097　新开湖上待潜珠不出偶书戏孙莘老二首
097　嘲昼眠
097　拆王安石名字戏嘲
097　口吃谜
098　戏对傅钦之

098　吴处厚
098　戏王安国

098　俞紫芝
098　戏作

098　范纯仁
098　病起闻走马宴同僚走笔戏呈席上

098　陕府知县
098　戏书僧房窗纸

099　沈遘
099　五言后殿考进士解嘲
099　戏卢中甫钱才翁
099　和中甫新开湖
099　使还雄州曹使君夜会戏赠三首
100　发瓦桥十里而河梁败还坐客亭复上马戏咏道旁垂柳二首
100　还家自戏二首

卷 八

101	**徐 积**
101	李太白杂言
102	答倪令挑战之句
102	戏答二首
102	绣屏戏呈思权
102	戏答君锡酬战之句
102	戏呈魏评事三首
103	戏答何楚才酒肆

103	**吕 陶**
103	戏作客从中州来
103	官舍东偏海棠开最晚落亦后时以诗嘲之
104	王定国北归过衡阳惠示四诗其聚散忧乐之兴尽矣率赓二篇可资笑噱
104	闻蛩和长句

104	**杨 杰**
104	庐山五笑

105	**刘 挚**
105	戏呈诗会诸友
105	戏简许教授
105	戏李质夫
105	再赠李质夫

106	**晏几道**
106	戏作示内

106	**蒋之奇**
106	北人嘲南人不识雪

107	**王 令**
107	戏食雀

107	**程 颢**
107	是游也得小松黄杨各四本植于公署之西窗戏作五绝呈邑令张寺丞
108	象 戏

108	九日访张子直承出看花戏书学舍五首
108	戏 题

108	**沈 辽**
108	戏赠伯泓供备
109	戏呈庆复乞画
109	戏赠莘叟明之
109	五 言
109	德相送荆公三诗用元韵戏为之
110	德相所示论书聊复戏酬
111	以沉香拄杖奉寄总老戏呈句偈
111	戏赠石堵二师

111	**释净端**
111	戏书二十三字

112	**吕惠卿**
112	解日字谜
112	戏题风乞儿扇

112	**曹 辅**
112	次韵无咎戏赠兼呈同舍诸公

113	**周 邠**
113	吕吉甫八月十八日生时年五十以诗戏之

113	**杨处厚**
113	菊花诗问答（二首）

113	**黄 廉**
113	调王辟之

卷 九

115	**韦 骧**
115	摄户纠二曹事因自戏
115	贾尉见迫给廪因以诗戏
115	昨暮会饮庆甫署观女真花因求一二诺以厌明至期不至遂戏成一首
115	戏别颜令

116　九月八日薄晚离赣城十余里而雷雨作遂倚舟以宿九日晓行又十余里而逆风暴甚乃泊于白鹏滩侧虔之史君相留不可屡以亟行见谑今日会宾席间当语及濡滞以为笑矣因书以自戏云

116　次韵社日且以善谑

116　和腊日初晴会同僚射饮投壶

116　坐中闻击鼓殷傩声戏联数韵

116　雨后城上种蜀葵效辘轳体联句

117　戏呈吴伯固同年

117　又次前韵答所和诗

117　戏答宋茂宗

118　冯　山

118　效皮陆体药名诗寄李献甫

118　和徐之才春晴偶成句皆双关

118　和徐之才回纹

119　和徐之才觭体

119　戏谢赵良弼寄薏苡山药

119　戏题辛叔仪花园

119　王钦臣

119　戏书长老院

120　郭祥正

120　楮溪重九阻风戏呈同行黎东美

120　左蠡亭重九夕同东美玩月劝酒

120　三妓顾予幽独戏作四韵

120　闻陈伯育结彩舟行乐游湖戏寄三首

121　史充侍禁以简问予小舟摇兀绝句戏谢

卷　十

122　张舜民

122　感时事戏作

122　旧闻台城辱井石上有胭脂泪痕，久未之信，今见之，似是淋漓涂抹之迹，失笑不已，因成此句

122　戏米元章以九物换刘季孙子敬帖

123　薛似宗

123　戏题团扇自写山水

123　孔文仲

123　次韵穆父见戏

123　舒　焕

123　苦学涪翁夜过其家戏作

124　朱长文

124　雪夕，林亭小酌，因成拙诗四十韵以贻坐客。昔欧阳公与人咏雪，先戒勿用梨、梅、练、絮、白、舞、鹅、鹤等字，今篇中辄守此戒，但愧不工，伏惟采览

125　苏　辙

125　自陈适齐戏题

125　施君既去复以事还戏赠

125　雪中会孙洙舍人饮王氏西堂戏成三绝

126　闻王巩还京会客剧饮戏赠

126　次韵张恕戏王巩

126　马上见卖芍药戏赠张厚之二绝

126　联句嘲僧

126　次韵王巩同饮王廷老度支家戏咏

126　戏次前韵寄王巩二首

127　戏赠李朝散

127　戏　答

127　试院唱酬十一首（二首）

127　次前韵三首

128　张惕山人即昔所谓惠思师也，余旧识之于京师，忽来相访，茫然不复省。徐自言其故，戏作二小诗赠之

128　元老见访，留坐具而去，戏作一绝调之

128　程之元表弟奉使江西次前年送赴
　　楚州韵戏别
128　奉使契丹二十八首（二首）
129　戏作家酿二首
129　城中牡丹，推高皇庙园，迟、适
　　联骑往观，归报未开，戏作
129　蜀人旧食决明花耳，颍川夏秋少
　　菜，崇宁老僧教人并食其叶，
　　有乡人西归，使为父老言之，
　　戏作
130　戏题菊花
130　久旱府中取虎头骨投邢山潭水得
　　雨戏作
130　中秋新堂看月戏作
130　闰八月二十五日菊有黄花园中粲
　　然夺目九日不忧无菊而忧无酒
　　戏作
130　戏题三绝
131　读乐天集戏作五绝

131　**邓忠臣**
131　感兴复用钟字韵戏呈同舍
132　和文潜嘲无咎夜起明灯诵予诗
132　奉答张文潜戏赠
132　小诗戏无咎
132　初伏大雨戏呈无咎四首
133　考校同文馆戏赠子方兼呈文潜

134　**王　氏**
134　戏咏白罗系髻

卷十一

135　**彭汝砺**
135　察院学士灸病连日戏作鄙句
135　再用前韵呈察院学士
135　城东行事去李简夫甚迩可以卜见
　　而俱有往返之禁因戏为歌驰寄
136　执中学士以蔬菜见贶戏寄小诗

136　戏呈叶提举
136　戏呈子直
136　千乘先生有草堂之吟而人或讥之
　　因次其韵
137　粹老召饮滕王阁遂过徐亭泛舟戏
　　呈粹老
137　答毛提举惠新酒鸡头依韵奉寄辛
　　一笑
137　途中食菜戏成呈诸僚友兄
137　役兵初自邓来戍邵，因问法曹弟
　　动静，戏成小诗
137　竹间见梅花，呈都运大夫提刑学
　　士一笑
137　余宿鄂州崇阳县之麻步，使仆问
　　途，曰：西去七里至南楼山，
　　而余诗遂称南楼。及过山，有
　　叟云：彼南劳山。余笑曰：培
　　塿之土人妄名为山，又妄名为南
　　劳。予妄问，彼又妄应，予又
　　妄听，又从而妄言，是俱为一
　　幻，然山为山而已。曰南劳亦
　　可，曰南楼亦可，而彼皆无所
　　与物有故常。予亦从其旧而已，
　　因复作偈寄心师，师当为予
　　一笑
138　戏招史秘校
138　戏招史秘校

138　**陆　佃**
138　戏和郑通叔仲春晨起

138　**释道潜**
138　子瞻席上令歌舞者求诗戏以此赠
138　戏招李无悔秀才
139　戏书诚师秋景小屏

139　**孔平仲**
139　戏张子厚
139　答陈君佐戏吟
139　戏寄邵瞻远

139　剪玫瑰寄晦之仍书此为戏
140　戏书劝人饮酒
140　戏寄叶县黄鲁直
140　黄道士求诗，戏为口号赠之
140　戏为难韵同官和之
140　戏促二幕客
140　雨中戏梦锡
140　戏呈叶秘校求蔷薇栽
141　叶晦之送蔷薇栽仍贻诗因以韵和
141　戏张天觉（二首）
141　新作西庵将及春景戏成两诗请李
　　　思中节推同赋
142　孙元忠寄示种竹诗戏以二十篇答
147　累约慎思视事，今已入境，盘桓
　　　不进，欲以十四日交承。又云
　　　六甲穷日。戏作藏头一首
147　嘲承君
147　戏承君（四首）
148　与董承君棋辄胜四筹作药名五言
　　　诗奉戏

卷十一

149　张商英
149　跋东坡戏鸿举书

149　黄　裳
149　悼礼兵部久不作诗偶成数韵奉戏
149　戏寄南华翁三首
150　戏赠席上侍人

150　李之仪
150　累日气候差暖，梅花辄已弄色，
　　　聊课童仆，芟削培灌，以助其
　　　发。戏成小诗三首
151　读吴思道藏海诗集效其体
151　戏子微兼次韵陈君俞寄题兰皋
151　延之云：久迟公来，不谓迫之乃
　　　肯顾我，既开此路，却当以匪

人为津梁矣。致我佳客，敢忘
　　　其德，口占为戏
151　将过大乘，薄晚不能到。既见祖
　　　灯，以寄一笑
152　汤泉才到便问浴处何在戏呈长老
152　得延之书书尾戏答
152　蒙宠惠朋樽深佩眷意聊奉一噱
152　伯成已归尚阻雨会聚聊申短唱容
　　　易一笑

152　黄叔达
152　戏答刘文学

152　吕南公
152　戏作数目诗
153　道先贤良寄示长篇辄此酬和略希
　　　一笑
153　戏题白鹤观
153　戏题白鹤观
154　戏题妙灵观怪松

154　毕仲游
154　寓宿乐明之殿直家戏作
154　会草堂尝酒戏成四十字呈子思舅
154　戏赠济阴令罗正之
154　戏留僧圆益
154　自　嘲

155　赵令铄
155　子瞻和予致斋诗有端向瓮间寻吏
　　　部老来惟欲醉为乡之句因送薄
　　　酒兼成斐章冀发笑也
155　子瞻辞免起居之命令铄复用前韵
　　　一首以勉之

155　王祖道
155　嘲杭州祥符寺久阇梨

155　秦　观
155　偶　戏
156　次韵范纯夫戏答李方叔馈笋兼简
　　　邓慎思

156　戏云龙山人二绝

156　梦天女戏赠

梅 窗

157　西湖戏书二首

刘 跂

157　见苏黄邦字韵诗戏示王倅安国二首

158　七夕戏效西昆体

158　坐进庵戏作（三首）

158　戏示语道

米 芾

158　将行戏呈彦楚彦昭彦舟

159　戏成呈司谏台坐

159　将之苕溪戏作呈诸友（六首）

160　阊门舟中戏作呈伯原志东二首

卷十二

华 镇

161　戏呈程民老

161　鱼戏动新荷

161　闻酒香戏作

李 复

162　戏酬杨次公

162　依韵戏答胡沙汲

163　戏谢漕食豆粥

163　江公著举棋无偶忽败于予有诗戏
　　　用其韵

163　戏答山人赵颖忆山居

164　陈再有诗诮梅开晚戏酬

164　戏书德公轩后桃花（二首）

贺 铸

164　戏答张商老

余 幹

164　次韵天启戏为禅句之作

陈师道

165　嘲秦觏

165　嘲无咎文潜

165　戏元弼（四首）

166　敬酬智叔三赐之辱兼戏杨理曹二首

167　酬智叔见戏二首

167　戏寇君二首

168　三月二十二日榴花盛开戏作绝句

晁补之

168　邓御夫秀才为窟室戏题

168　扬州被召著作佐郎自金山回阻冰
　　　效退之陆浑山火句法

169　答陈履常秀才谑赠

169　顺之将携室行而苦雨用前韵戏之

169　次韵李柜灵山亭宴集宠戏之句

170　复和定国惠竹皮枕谑句

170　旧说庐山有紫芝田百亩，人莫得
　　　见，偶于开先栖贤林中步两日，
　　　各得一枝，正紫如玉，戏成
　　　一首

170　叔与戏云谓我穷我尝伤食从而嘲之

170　与子真诸人饮求仁不与作怨诗因
　　　戏答

170　奉答文潜戏赠

171　考校同文馆戏赠子方兼呈文潜

171　复用方字韵奉赠同舍慎思文潜同
　　　年天启

杨 时

172　戏赠詹安世

172　吴子正招饮时权酒局不赴作诗戏之

谢举廉

173　戏题《指纹斗牛图》

吴 可

173　过许醉吟痛饮月下戏书

173　戏作冷语

张 耒

174　代 嘲

174　围棋歌戏江瞻道兼呈蔡秘校

174　和仲车元夜戏述

174　昨夜月中一睡殊有秋色觉书所见
　　　戏呈道孚

175　嘲南商

175　苏叔党吕知止许下见访叔党有诗
　　　戏赠以此奉答

175　对莲花戏寄晁应之

176　二十三日晨欲饮求酒无所得戏作

176　耒病臂比已平独挽弓无力客言君
　　　为史官何事挽弓戏作此诗

176　二月三日舣舟徐城戏呈戚郎

176　僦居小室之西有隙地不满十步新
　　　岁后稍暖每开户春色斗进戏名
　　　其户曰嬉春因为此诗

176　大暑戏赠希古

177　中秋无月戏呈希古年兄

177　戏赠张嘉甫

177　戏同小儿作望南京内门

177　耒尝病痹亲友以酒为戒作小诗戏答

177　戏呈希古

178　晁二家有海棠，去岁花开，晁二
　　　呼杜卿家小娃歌舞，花下痛饮。
　　　今春花开，复欲招客，而杜已
　　　出守，戏以诗调之

178　黄州酒务税宿房北窗新种竹戏题
　　　于壁

178　斋中列酒数壶皆齐安村醪也今旦
　　　亦强饮数杯戏成呈邠老昆仲
　　　二首

178　嘲无咎夜起明灯听慎思诵诗

178　出伏调潘十

179　迁居罗溪潘邠老昆仲比以火惊相
　　　见殊阔作诗调之

179　戏二潘

179　闻邠老下第作诗迎之

179　久不见潘十作诗戏之闻其别墅晚
　　　稻稍收

179　戏作雪狮绝句

卷十四

180　**潘大临**

180　诗一首

180　张文潜齐安行解嘲

180　**刘廷世**

180　戏作墨竹

180　**陈瓘**

180　文饶自京师还欲往昌国而风作不
　　　可渡乃为绝句戏之

181　花光仁禅师以墨戏见寄以小诗致谢

181　**张继先**

181　戏　吟

181　**孙实**

181　书语集句诗讥一老生

181　**李廌**

181　求茶戏丘公美

182　戏赠史次仲

182　晓至长湖戏赠德麟

182　**蔡肇**

182　和无咎奉答文潜戏赠

182　小诗戏无咎

182　和文潜初伏大雨戏呈无咎

183　**宗泽**

183　道逢乡人笑仆驽马之瘦

183　**晁说之**

183　夜行自戏六五言

183　偶得双头莲花戏作

184　大热戏作

184　乘小艇戏作

184　园中戏作白纻

185　闻圆机累日病酒戏作存问之

185　戏　作

185　予今春多入城戏作村里来绝句村

里来是蛱蝶名滕王所画者

185 依韵和蔡天启任四明绝句三首时
暂来四明便还丹阳颇不乐此后
篇为四明解嘲

186 秋日有感因诵王元之送文元公诗
云追思元白在江东不似晁丞今
独步之句戏作

186 九日戏作

186 戏呈通叟年兄索其近诗

186 花开未几忽已落尽戏作

186 二十六弟寄和江子我竹夫人诗一
首爱其巧思戏作二首

187 河中戏作绝句

187 村馆寒夜忽忽不乐学古乐府当句对

187 八月十五戏作

187 次韵江子我见戏长句

187 即事戏作五言（二首）

188 郡斋戏句（七首）

189 笑

189 荔枝送郭玄机戏作（二首）

189 闻八弟朝议二十一弟朝奉二十弟
迪功与安郎仓部谢郎比部诸人
集于葆真宫戏作绝句

189 有客喜予为江东之役者辄效齐梁体

190 晁冲之

190 戏李相如携妇还金乡

190 戏 成

190 戏留次褒三十三弟

190 王敦素许纸不至戏简促之

190 范元章惠然相过见问奇章公服钟
乳三千两事因为长句戏之

卷 十 五

191 邹 浩

191 戏世美

191 仲益约游延庆不至作此戏之

191 戏督潜亨作春羹

192 次韵仲益解嘲

192 嘲仲益

192 戏示柄

192 除 名

193 戏 作

193 戏浯溪长老伯新

193 戏孙扬休

193 戏社正李子温

194 戏王宽之（二首）

194 戏史述古多问相

194 曾存之以仁云名庵以待缁流因作
此戏之

194 仲弓意欲协律作此戏之

194 戏明豫

194 戏舜俞游西湖

194 送郭舜俞再任颍昌

194 仲益遽塞便门作此戏之

195 冒雪渡江游朝阳火星二岩既归戏作

195 戏泽老

195 梦立求轩名以其面莲池十许顷名
之曰妙喜轩

195 以常宁铅炉合供政首座因用旧韵
发一笑

195 览镜戏作（二首）

195 元礼乘渔船见访作此戏之

196 寓寿宁方丈州人求识面继来焚香
作礼戏呈晓老

196 戏灵川令王洵仁仲

196 观真珠花留戏陈莹中

196 戏简钱济明（二首）

196 嘲龚彦和

197 毛 滂

197 昨夜陪诸公饮，今尚委顿未能起
坐。闻孙守出送陈祠部，供帐
溪上，见招不果往，戏作小诗
寄之

197 六月二十日，舍贾耘老溪居。旦

起，蔡成允见访。仆方蓬头赤脚坐溪上，乃用此见成允。而君不以为无礼，反寄诗有襃借意，甚愧过情，戏作一首奉报

197　仆罢官，东归过杭州，寓六游堂。而楼阁倚空，江山在目，仆甚乐之。无畏老师自武康送客至此，过仆于此堂之上，留饭终日。顷仆作武康令，居县之东堂，每与师饭于堂上。数称东堂饭美，每食辄兼人。别十数年，饭犹健也。然师于世故，泊然了无芥蒂；独于东堂故人，若不能忘情者，亦复可怪。戏作诗一首，其末并道所怀

198　某获造司空府，得至便座，见文禽五六夷犹曲池上，意甚得所。慨然有感于衷，戏作二绝句

198　顷刘子先学士守姑苏，尝寄洞庭春酒，得为西湖十日之醉。今流落于此，但觉村醪可憎。戏作一首，奉寄吴天用使君舍人

198　蔡天逸以诗寄梅，诗至梅不至
198　见　戏
198　子温以诗将菊本见遗数日，适病伏枕。今少间，戏作三绝句以报

199　散药过东湖戏作绝句寄陈巨中

199　郭　思
199　秋日游合江戏题之亭上

199　李　新
199　妇　嘲
200　月下口占戏子温（二首）
200　戏书元明厅壁
200　戏子常携妓见访
200　春闲戏书三首

200　晁咏之
200　戏葛试官

201　王　当
201　戏画古松真清斋前
201　戏画松柏壁

201　吴则礼
201　从王谨常求墨戏
201　谨常以墨戏见遗作此答之
202　戏作简朱天球
202　戏简狄周臣
202　戏嘲壁上画轴

卷十六

203　赵令畤
203　次韵晁以道嘲陈叔易得官入京

203　袁　灼
203　戏贺何端明得子

203　李作乂
203　戏马巨济

204　洪　朋
204　绍圣二年秋七月乙未夜梦游一胜处非平生所经行见一道士延余坐饮以醇酒酒酣道旧故恍然不知所以因而赋诗既觉漫不复记忆戏作五言以补之
204　北寺小阁戏作呈广心诸公
204　七峰阁作呈广心从老
204　戏作公子歌送宣明府
204　春雨戏赵立之
205　戏汪汲
205　戏效吴语
205　戏赠弹筝小妓
205　戏作呈广心
205　戏呈王立之
205　戏　简

206　**洪刍**

206　戏用荆公体呈黄张二君

206　翠岩道人蒔猫头竹，生大笋十余，
　　　调护甚谨，为予从者髡盗殆，
　　　尽戏作长句解嘲

207　戏酒官

207　戏余天申（二首）

207　戏答王雍

207　中秋戏赵公子

207　戏赠僧庵二首

208　**林迪**

208　闻伯育承事结彩舟作乐游东湖戏
　　　寄四韵

208　次前韵

208　**饶节**

208　赵元达妇孕不育后数日其犹子生
　　　一女子二子皆有戚戚之色戏作
　　　此诗开之

209　立之作诗讥仆沉浮于酒次韵答之

210　戏汪信民教授

210　次韵卿山主解嘲

210　赵元达久不至池上作诗戏之

210　再用韵

210　戏赵元达

210　次韵吕原明侍讲欢喜四绝句

211　喜官人悟道

211　龟山戏赠谐文章

212　戏乞石菖蒲

212　晁以道赠杨中立诗有谈禅诋毁之
　　　语盖以讽予因用其韵解嘲且开
　　　之云

212　比复僧相不愚戏作三颂恐傍观以
　　　谓吾徒实有喜愠故复次来韵不
　　　免道破兼寄祖禹同参道人

212　再次韵且召游山

213　适承再示佳句亦强勉再成一首

213　昨日一诗乃是见赠亦复次韵为报

213　复用韵成一首特作狡猾尔勿诮吾
　　　作梦也想当一笑

213　复用韵自咏倚松一首

213　昨日承佳赠浮实甚矣谨再用韵酬赠

213　复用前韵寄伯容兼其三子

214　再用韵戏作二庵图

214　不愚兄示上元佳句谨次韵为笑

214　再次前韵

214　再用韵戏纪山中之胜

214　用韵奉赠巢云兄

215　老懒一首亦次元韵

215　双池通老以笋见遗发之皆腐矣作
　　　颂戏之

215　闳老求席因以戏之

215　戏邀道人观残花

215　嘲杜鹃

215　**苏庠**

215　戏成小诗留子静兄

215　德友求蘑卜花栽戏作小诗代简

卷十七

216　**李昭玘**

216　戏赠阎汉臣庙令

216　又戏赠汉臣

216　**慕容彦逢**

216　次韵答翟公巽见戏

217　**释清远**

217　嘲道行侍者

217　**刘韐**

217　答郡推官戏语

217　**洪炎**

217　戏和公实感秋对酒

217　十月十五日山中下视云气自山椒
　　　出已而弥漫咫尺不辨岩谷戏成
　　　五言一首

218　　**绍圣时人**

218　讥章持

218　　**释行持**

218　嘲妙普偈

218　戏宏智

218　　**谢　逸**

218　寄洪驹父戏效其体

219　寄徐师川戏效其体

219　寄洪龟父戏效其体（二首）

219　嘲潘邠老未娶

220　汪信民顷赴符离约谒告还家为盛集戏作诗嘲之以助一笑仍率诸友同赋

220　同信民出城南访正叔共约南湖之游至今不果信民即有长沙之行恐遂爽约戏作诗以督之

220　王立之寄书言其子阿宜渐学作诗及问余稚子梦玉安否作诗奉戏

220　复用前韵寄李声之子阿大

221　以水沉香寄吕居仁戏作六言二首

221　闻幼槃弟归喜而有作（二首）

221　戏题百叶梅花

221　梨花已谢戏作二诗伤之

222　南湖绝句戏高彦应司理（五首）

222　文美约游南湖戏作绝句（二首）

222　亡友潘邠老有满城风雨近重阳之句今去重阳四日而风雨大作遂用邠老之句广为三绝句

223　仲邦惠菊花诗以戏之

223　　**赵鼎臣**

223　读史戏作

223　嘲春诗

223　子庄猎于近郊志康闻之盛赞如皋之举且督分鲜之饷再以诗往而子庄不报夫践霜雪跨陵谷以从禽荒之游乐则乐矣然未必贤偗

俪之所喜也不然鲜胡为而不至哉故余再次来韵以索其情

224　再次前韵戏志康

224　戏杨丞许尉

224　属疾在告郡中诸公相继服药戏作病中九客歌

225　犹子奕来乞酒戏以诗饷之

225　驿中燕北使戏成

225　瞿经国筑室于乡里人夸传以为盛其西吾苕溪也以诗戏之

225　嘲咏诗

226　少夷见和戏以其韵赠之

226　暇日过西曹谒何安中得之李倞冲季咸许出近诗而未也戏以诗索

226　春日燕百花堂有怀前太守许子大以诗戏之

226　顷官会稽与江彦文赵胜非为僚盖二十余年于今矣前日相会于庭中道旧乐胜非许以家酿饷我久而不至尝请为后堂之客屡矣辄复未果意者殆余请之未坚也因以诗戏之并约彦文同赋

227　既以诗乞酒于胜非而彦文云吾酒殆不减渠当以饷子九日绕菊独对空樽而彦文使至因次前韵戏之

227　时可屡欲尝白酒会有客馈余因分以饷之既而惠诗讥酒器之隘因复次深字韵为答时可新买舞鬟甚丽而尚稚故云

227　史东美置酒见招偶以释奠致斋不果往因为诗戏之以请他日之约兼呈周与刘敏叔

227　闻苏叔党至京客于高殿帅之馆而未尝相闻以诗戏之

227　辛丑二月二十四日以故事被檄诣贡院榜下诃止观者五鼓至院前榜未出假寐门台之上忽忆秦夷

行在院中因作小诗戏之预约西
池之游秦出当以呈也

228　榜出即事戏成

228　容之在薰城闻欲从帅辟用前韵戏之

228　七月朔集于河沙方允迪辞疾不至
已而闻新买妾甚美用葆真韵作
俚语戏之

228　以双蟹杯酒饷阿宝作诗戏之

228　雁荡山中逢雨戏成诗

229　仲春至王官铺壁间读时可诗戏次
其韵云簿领堆中不举头坐令双
鬓欲惊秋苍生未必须安石自为
青衫作滞留已而时可见之复次
韵解嘲十二月复过此重次前韵

229　谒子约不遇戏书其壁

229　犹子弃画盘谷图戏书其后

229　戏马子约

229　余有鉴，其制如书册，戏号勋业
簿，取子美诗所谓"勋业频看
鉴"者，马子约题诗其上云
"勋业簿中频点捡，只添白发与
苍颜"。和之

229　戏书纸尾寄犹子弃问锦绣亭春色

卷十八

230　唐　庚

230　腊岭戏书

230　闻勾景山补蠹屋丞，仍闻学道有
得。以诗调之，发万里一笑

230　端孺籴米龙川得粳糯数十斛以归
作诗调之

231　戏题醉仙崖

231　戏赠王推官诚中

232　嘲陆羽

232　会饮尉厅效八仙体

232　调华阳尉

233　自笑二绝

233　自　笑

233　释德洪

233　大雪戏招耶溪先生邹元佐

234　洽阳何退翁谪长沙会宿龙兴思归
戏之

234　戏廓然

234　景醇见和甚妙时方阅华严经复和
戏之

235　雪霁谒景醇时方筑堤捍水修湖山
堂复和前韵

235　和景醇从周廷秀乞东坡草虫

235　长沙邸舍中承敏觉二上人作记年
刻舟之诮以诗赠

235　送瑫上人往临平兼戏廓然

236　初到鹿门上庄见灯禅师遂同宿爱
其体物欲托迹以避世戏作此诗

236　宋迪作八境绝妙人谓之无声句演
上人戏余曰道人能作有声画乎
因为之各赋一首（八首）

237　四月二十五日智俱侍者生日戏作
此授之

237　与客啜茶戏成

237　偶读和靖集戏书小诗卷尾云"长
爱东坡眼不枯，解将西子比西
湖。先生诗妙真如画，为作春
寒出浴图"。廓然见诗大怒前诗
规我又和二首

238　蜀道人明禅过余甚勤久而出东山
高弟两勤送行语句戏作此塞其
见即之意

238　禅首座自海公化去，见故旧未尝忘
追想悼叹之情。季真游北游大梁，
闻其病，忧。得书，辄喜。为人
重乡义，久要不忘湘西，时访史
资深，亦或见寻，此外闭门高卧
耳。宣和二年三月日，风雨。有
怀其人，戏书寄之

238　唐生能视手文乞诗戏赠之

238　要阿振出门山已暝而烟翠重重一
　　　抹万叠秀峰缺处日脚横度红碧
　　　相通余晖光芒倒射作虹霓色微
　　　风忽兴新秧翻浪如卷轻罗坐新
　　　丰亭流目而长吟读云庵老人戏
　　　墨为诗

239　戏呈师川驹父之阿牛三首

239　道逢南岳太上人游京师戏赠其行

239　琛上人所蓄妙高墨戏三首并序

240　英上人手录冷斋为示戏书其尾

240　读和靖西湖诗戏书卷尾

240　介然馆道林，偶入聚落，宿天宁
　　　两昔，雨中思山，遂渡湘，饭
　　　于南台。口占两绝戏之。介然
　　　住庐山二十年，尚能详说山中
　　　之胜（二首）

240　古诗云芦花白间蓼花红一日秋江
　　　惨淡中两个鹭鸶相对立几人唤
　　　作水屏风然其理可取而其词鄙
　　　野余为改之曰换骨法

240　陈处士为予画像求颂戏与之

240　游龙山断际院潜庵常居之有小僧
　　　乞赞戏书其上

241　戏赠刘跛子

241　嘲临川景德寺失第五尊罗汉像

241　廖　刚

241　戏呈吴江令张明达

241　招康朝小饮不至以诗来谢次韵戏答

242　戏赠万花翁

242　戏谢万花翁

242　廖常山人惠珠副以诗文戏谢之

242　擢太学录戏寄所知

卷十九

243　苏　过

243　戏题姚美叔睡轩

243　李方叔治颍川水磨作诗戏之

244　小子籥与其友作隐亭置酒泛舟唱酬
　　　之什予肃戏用其韵

244　戏赠吴子野

245　许景衡

245　次韵杨时可戏高潜翁

245　和陈文仲嘲梦

245　坠马戏作

245　戏远大师

245　葛胜仲

245　嘲茶山

246　茶山解嘲

246　嘲渊明代答

246　工部兄新治小阁垒土为火炉戏作
　　　劝召客

246　次韵王得之方池父子玩月

247　戏　书

247　嘲渊明

247　梦良以书献吉梦戏作二绝

247　以糟水灌芍药戏题（二首）

247　曾　纡

247　戏作冷语

248　谢　薖

248　无逸病目以诗戏问

248　戏咏鼠须笔

248　赵　嶬

248　云叟道人自夫子林骤款段先我而
　　　归口占一诗戏之

249　李　彭

249　戏赠兼简李翘叟

249　和季敌戏书

249　雪夜戏玉侯

250　观诸少移瑞香花诗皆属意不浅次
　　　转字韵戏之

250　醉中戏赠淳上人

250　五月二十四日晨起隔壁闻季敌营

　　　诗戏作此嘲之

250　夜坐怀师川戏效南朝沈炯体

251　戏答粽笋

251　食鳆鱼戏呈夏侯

251　东庵舒老出徐兔图障求诗章末兼
　　　戏行叟

251　客有以戏鱼竹枕见饷作此谢之

252　戏答赋蚊

252　游东园戏作长句

252　阻风雨封家市

252　观法华牛斗戏呈戒上座

253　正月二十六日寇顺之饮仆以醴渌
　　　酒径醉闻横笛音李仲先顺之有
　　　苍头能作龙吟三弄偶不果戏成
　　　此诗

253　舟中戏作杂言

253　次文虎韵戏晖书记

253　次九弟韵后篇戏奉世十一第二首

254　戏　赠

254　戏次居仁见寄韵

254　用韵戏呈仲诚

254　茸茅屋戏成

255　戏次人韵

255　予以王褒僮约授嗣行叟叟有书抵
　　　予并求跋奚移文且云要与僮约
　　　作伉俪以此诗戏之

255　戏何人表

256　仲豫买侍儿作小诗戏之

256　扇上画雪景戏书

256　度章水道中戏用城字韵呈驹甫师川

256　戏书山水枕屏四段

257　夜坐兼戏环上人（三首）

257　寄赠择言两绝句

257　戏赠行密上人

258　戏赠嗣誉二首坐（二首）

258　戏刻真牧堂竹间

258　戏呈子苍

258　舟中戏作俳体（二首）

259　戏书（四首）

259　代二螯解嘲

259　解嘲（二首）

259　醉中戏次师言韵兼简少逸（四首）

卷二十

261　王安中

261　达之质衣不售作诗某次韵达之有
　　　田在蒲阴日以侵削旧居尝质人
　　　家既还而井亡于是箪瓢益艰故
　　　有争畔改井之嘲

261　以魏花两枝送梁才甫花不甚大作
　　　二诗解嘲

262　同名诗

262　张　扩

262　子温作驱疮诗伯初与顾景蕃皆属
　　　和蕃以谓不当止酒初以谓宜炼
　　　元气予亦戏次其韵

263　短句调子温侄

263　盛暑得竹簟甚精戏为之赋

263　酒官张君造曲以十八仙为名作诗
　　　戏之

263　古律诗戏简汪彦章学士

263　文之暇日作诗戏用其韵

264　再和戏子公（二首）

264　子公复和亦次韵（二首）

264　顾景蕃以诗乞西汉书于子公子公
　　　以奏议唐鉴遗之戏次其韵

264　嘲　鹊

265　文之雪霰落砚诗戏用其韵

265　与客争棋客有所负坐人以目无解
　　　围者客怒甚而去作诗戏之

265　戏成二毫笔绝句

265　蜡梅近出或谓药中一种不结子非
　　　梅类戏作数语为解嘲云

265　释怀深

265　初至包山大雪戏题

266　次日有鹊巢于庵前枣树上树高数
　　　尺因笔戏题

266　题一笑庵（二首）

266　睡起戏题

陈公辅

266　雪晴可喜戏作四韵奉呈

266　戏和德升赏梅因记十三日梅园之
　　　游发诸兄一笑

叶梦得

266　陈子高移官浙东戏寄

267　戏示幕客

267　戏方仁声四绝句

钱伯言

267　戏书送澹山入院（二首）

卷二十一

程　俱

269　即事戏作四首

270　秋将获水行田中不复留因夤塍通
　　　沟引水过堂下小儿以芒苇作车
　　　其上昼夜决决不休戏书

270　戏呈虞君明察院薹（二首）

271　君明见和再作（二首）

271　出北关再以前韵作寄（二首）

272　数诗述怀

272　雨霁同仲嘉小酌久之云开月出光
　　　照席上颇发清兴戏作此诗

272　西安谒陆蒙老大夫观著述之富戏
　　　用蒙老新体作（二首）

272　戏示江协律汉

273　再和一篇以答固穷之句

273　江再和戏答四篇

274　季野见和次韵二首

275　次韵江司兵寄示所和赵司录相从
　　　饮解嘲之句

275　戏赠江仲嘉司兵

276　同赵奉议离吴兴江仲嘉与其兄仲
　　　举送百余里醉中戏作此句一首

276　蜗庐有隙地三两席稍种树竹已有
　　　可观戏作七篇

278　仲嘉被檄来吴按吏用非所长既足
　　　叹息而或者妄相窥议益足笑云
　　　戏作十二辰歌一首

278　园居荒芜春至草生日寻野蔬以供
　　　匕箸今日枯栴间得蒸菌四五亦
　　　取食之自笑穷甚戏作此诗一首

279　南窗夜集叔问戏取樟木脑然雪为
　　　灯因与仲嘉叔问联句一首

279　和柳子厚诗十七首（一首）

279　戏书古句题山居

279　戏题钱守宋汉杰《泉岩古刹》

280　初到书局以万七千钱得一老马盲
　　　右目戏作古句自嘲一首

280　避寇村舍戏踏杷颠仆

280　渐寒补治篱壁防盗戏书

280　自宽吟戏效白乐天体

281　秀峰游戏效李长吉体

282　癸巳岁除夜诵孟浩然归终南旧隐
　　　诗有感戏效沈休文八咏体作
　　　（八首）

283　戏呈叔问

283　郁郁涧底松

283　观元章帖有寄王宝文绝句戏和

284　戏题画卷（二首）

284　庭菊烂开招子我共赏，而空无酒
　　　饮，闻瓜洲酒美，遣酤数升，
　　　殆如灰汁，戏作三绝句，因以
　　　酬九月四日戏赠之作

284　戏题郭慎求所寄书尾

284　新作纸屏隆师为作山水笔墨略到
　　　而远意有余戏题此句末句盖取
　　　所谓柴门鸟雀噪游子千里至也

284　戏简陆学士宰

285　归至山居戏集古句

285　九日夜月色如昼，山林清绝，念
　　　无以共此赏者。闻元长宗正、
　　　仲长隐居、陪端殿枢公过彦文
　　　太常，因游招福，戏简彦文
　　　三首

卷 二 十 二

286　**李　光**

286　九月二日徙居双泉翌日徐自然使
　　　君李申之监郡携酒见过退成古
　　　调百三十言戏简二公一笑

286　近买扁舟蓬棹悉具戏示诸儿

286　又德循补之宠示七夕酬唱聊发狂
　　　言以当一笑

287　客醉而亟归不虑畏涂之可戒当为
　　　罪首丞令不行与吏慢丞命其罪
　　　均也以为不然则县令先入又何
　　　逃焉因次韵戏答德循且诮深山
　　　道人眷眷炬火非胥靡登危而不
　　　栗者遂并以寄之

287　甲寅仲秋水涨，独民先兄、元发
　　　弟徙居招提，日有登览棋酒之
　　　胜，连日雨复大作，水且洊至，
　　　举室几于湿浸，仰二公之旷达，
　　　叹辎重之为累。辄成鄙句以寄，
　　　并呈志尹宣教表兄，泊往来诸
　　　友兄一笑

287　比见客谈东福昌之胜，若可避世，
　　　恨未能一游。偶杜某出诸公宿
　　　云庵诗轴，戏题其后

287　宫使少卿作喜雨诗予辄续貂然连
　　　日烝郁雨意殊未解雪川地濒太
　　　湖畏雨而喜旱亦有足忧者辄再
　　　和贺子忱韵并呈少卿公一笑

287　己巳二月已发书殊不尽意偶成长
　　　句寄诸子俓并示元发商叟德举
　　　资万里一笑

288　昨晚约逢时使君今日食后过宾燕
　　　瀹茗观莲今日雨忽作因记东坡
　　　游西湖遇雨诗云湖光潋滟晴方好
　　　山色空蒙雨亦奇之句作雨中观
　　　莲诗戏呈并示同行诸君

288　吴德永远寄干栗五百颗荷其厚意
　　　戏作长句谢之

288　离阳寿县百余里遇大风雨溪流涨
　　　溢宿修仁境小寺新洁可喜不复
　　　有滞留之叹偶成长句老病字画
　　　欹斜辄自笑也仲子孟坚同来

288　五月八日雨大作闻守倅游湖以前
　　　日白莲见寄戏成小诗谢之

288　洞下宗风冷秋初地而近时了觉二
　　　老化行淮甸今复盛于闽浙学徒
　　　常千余人予固疑之昨天童访予
　　　于五松山交臂立谈之顷疑情顿
　　　释因成偈四句奉呈大众一笑
　　　可也

289　戏成寄介然先辈

289　览义叟秋香二首词情凄惋使人感
　　　叹义叟新有闺房之戚因戏续其
　　　韵且知予感念故人不忘之意

289　雨中承厉吉老送芍药色微黄者尤
　　　奇戏成二小诗为谢

289　予与天台才上座相别逾二十年惠
　　　然抱琴见访老懒日因朱墨度不
　　　能款戏赠小诗

289　与善借示鲁直集雕刻虽精而非老
　　　眼所便戏成小诗还之

290　戏题林庭植茅亭

290　癸亥上元余谪藤江是时初开乐禁
　　　人意欣欣吴元预作纪事二绝颇
　　　入风雅戏和其韵

290　昨以酒熟邻士皆来戏作小诗而国
　　　幹和章独未至今日天气温和再
　　　成鄙句促之（二首）

290　五月望日市无鱼肉老庵撷园蔬杂以

北宋戏谑诗校注

杞菊作羹气味甚珍戏成小诗适梁
　军判送酒头来并成三绝谢之

291　陈氏面北小亭远依林壑下瞰长江
　主人每醉卧其下叹美不足戏留
　小诗云

291　德举予丱角友生也书来寄三小诗
　并示杜门圆妙方指趣深远因次
　韵为谢仍寄出门散方亦反招隐
　之义也兼示商叟一笑

291　老野狐并序

291　庖人宋奕请告往琼般家怪久不至
　闻已设厨矣戏赠朱推

291　戊辰冬，与邻士纵步至吴由道书
　会，所课诸生作梅花诗，以
　"先"字为韵，戏成一绝句。后
　三年，由道来昌化，索前作，
　复次韵三首，并前诗赠之

291　陈渭老今夕开阁诚为盛事戏成二
　小诗以侑坐客

292　**宇文虚中**

292　庭下养三鸳鸯忽去不反戏为作诗

292　**汪　藻**

292　孙益远试归堕车败面已而荐书至
　作诗戏之以送其行

293　戏孙仲益暮春自尚书郎予告迎妇
　浙东留毗陵久之

293　嘲人买妾而病二首

294　德劭亲迎而归乃有打包辟谷之兴
　以诗见贻戏用其韵

294　戏题寂庵

294　万上人将游三吴袖杅山居士赠言
　见过戏成两绝送之

294　**左　鄯**

294　歇后语刺嘲诸官任命

295　**韩　驹**

295　善相陈君持介甫子瞻手字示予戏

295　　赠短歌

295　至国门闻苏文饶将出都戏赠长句
　兼简其兄世美

296　分宁大竹取为酒樽短颈宽大腹可
　容二升而漆其外戏为短歌

296　湖南有大竹世号猫头取以作枕仍
　为赋诗

296　二十九日戎服按军城外向仪曹亦
　至戏赠一首

296　戏作冷语三首

297　顺老寄菜花干戏作长句

297　戏留圆首座元上人

297　李氏娱书斋

297　夜与疏山清公对语因设果供戏成
　长句

298　闻富郑公少时随侍至此读书景德
　寺后人为作祠堂因跋余旧诗后
　以自嘲（二首）

298　便衣访徐师川坐定陈莹中太守亦至
　余避入室巳而同语良久戏呈师川

299　芜湖戏赵德夫

299　信州连使君惠酒戏书二绝谢之

299　世谓七夕后雨为洗车雨又七夕后鹊
　顶毛落俗谓架桥致然戏作二绝

299　嘲　蚊

299　嘲　蝉

299　嘲　萤

300　嘲　蝇

300　曹山老送笋蕨与诸禅客同食戏成

卷二十三

301　**刘一止**

301　无言兄以银壶作粥糜颇极其妙舟
　居夜饥顷刻可办戏作此诗

301　家侄季高作诗止酒戏赋二首

302　山居作折字诗一首寄江子我郎中比尝
　以折字语为戏然未有以为者请自

今始

302　从子非登月波楼戏用前韵并简何
　　　子楚

302　卢叔才相过夜话戏成一首

302　戏题法真师见南山斋一首

303　王庭珪

303　欧阳公制粮尽扣门索米戏书绝句
　　　送之

303　雪中遇胡烈臣归自郴阳戏成一绝

303　游沅陵刘道人庵中唯一禅椅不置
　　　卧榻云不睡四十年矣戏作二绝

303　戏赠文彦明（二首）

304　南岳张道人见访言论矗矗若有所
　　　自非鹿鹿然者也摭其语作诗赠
　　　之三十年相见为汝掀髯一笑考
　　　其所自也

304　戏向文刚生子

304　孙觌

304　壁上人开轩辟地栽花种橘戏留小诗

304　涂子野九岁子名驹字千里戏作绝
　　　句（二首）

304　熊夫人遣介欲婿泽民小诗戏之

305　何嘉会以侍儿归彭生小诗戏之

305　志新遣两介致书，馈以巴源纸、
　　　黄甘、珠榄、大栗、鹅鲊、枯
　　　虾为饷，戏作长句为谢

305　蜀妇新寡从何纯中读左氏戏呈纯中

306　四月十五日牧之赴南昌辟某与季
　　　野从周饯于松沛佛舍竟酒步月
　　　至垂虹亭久之遂别戏作数句送
　　　牧之

306　绍兴壬子某南迁，过疏山，上一
　　　览亭，见拟东坡煨芋诗刻龛之
　　　壁间，诗律句法良是，殆不能
　　　辨，乃宣卿侍郎守临川时所拟
　　　作也。后数日，道次安仁县，
　　　一士人吴君出宣卿诗数十解示

余，奇丽清婉，咀嚼有味，如
嚼蔗，然读之惟恐尽，于是拊
卷三叹，而后知公置力于斯文
久矣。又二十年，宣卿筑室荆
溪，山中别营一堂，以平生所
蓄东坡诗文、杂言、长短句，
残章断稿，尺牍游戏之作，尽
椟藏其中，号景坡，自书榜仍
为记，刻之。某欲具小舟造观，
而宣卿召用今以集撰守吴门乃
赋诗为之先

307　周紫芝

307　病中戏作本草诗

307　戏　蛙

307　为蛙答

307　蔡生缚毡根毛笔戏书小诗

308　蔡长源以老马见借驽甚戏作

308　玉友初成戏作二首

308　捡故书得旧写真戏书

308　于潜道中戏作

308　四月二十八日江元楷置酒坐客皆
　　　醉卧已而主人亦就睡戏作数语
　　　以纪其事

309　道卿论吴中夏果，词颇夸，且借
　　　苏内相春菜诗韵作诗，仆亦同
　　　赋，聊为江南解嘲

309　闻张伯真割奉粟二十斛，见遗而
　　　书未至，戏题小篇

309　黄文若携秦别驾侍儿像见过戏题
　　　二绝

309　苕霅舟中戏题

310　再赋二首

310　湖上戏题

310　客有为予言笋不可食，食之令人
　　　瘦者，戏作二绝为解嘲

310　酴醾小壶色香俱绝灯下戏题二首

311　碧岩子作诗为小儿求纹袴戏作三绝

北宋戏谑诗校注

311　小儿灯下读细书戏作

311　次韵鲍仲山官居临大池傍鲍题以
　　　协趣取谢宣城所谓复协沧洲趣
　　　之句也

312　食鮰鱼颇念河鲀戏作二诗

312　王兴周以苏养直诗见借，今日偶
　　　携至直舍且诵且已自喜，亦自
　　　笑也，为题三诗因效其体

312　读韦庄浣花集戏题二诗

313　河鲀之美唯西施乳，得名旧矣，
　　　而未有作诗者，戏作此诗

313　课吏抄书戏作

314　大冶山中有东方寺，世传东方曼
　　　倩尝读书于此。寺后有圣泉，
　　　凡邑人之乞子于此者，随愿辄
　　　得。僧慧满住持十载，无日不
　　　醉。癸酉冬十二月之吉，跌坐
　　　示寂，九日而色不变，人皆携
　　　酒来酹，师至暮必频频沺颡，
　　　状如醉人然，其事甚怪。金山

贯道人将赴东方之请，于其行
也，戏作三诗送之，因纪其事，
使刻之山中，以传好事者

314　十月十七日，大风，约客登虎渡
　　　亭观浪，人言"今日下水风，
　　　不可往也"，戏作此篇

315　戏作小诗用少陵事

315　李正民

315　徐元美甲第新修同诸公赋诗

315　再赋戏元美

315　先畴戏简尹叔

316　和叔来谒李守值其在告作诗戏之

316　戏德邵

316　戏和叔

316　自　嘲

316　元叔易去假服戏作

317　后　记

卷 一

徐 铉
（916—991）

字鼎臣，五代时广陵（今江苏扬州）人。官至散骑常侍。著有《徐公文集》等。今录戏谑诗1首。

欧阳大监雨中视决堤因堕水明日见于省中因戏之[1]

闻道张晨盖，徘徊石首东[2]。浚川非伯禹[3]，落水异三公[4]。衣湿仍愁雨，冠剞更怯风。今朝复相见，疑是葛仙翁[5]。

校注

[1] 大监：《全唐诗》作"太监"，当为"大监"之形误。唐五代秘书省，少府、将作监均置监与少监，监即称为"大监"。省：官署。　[2] 石首：根据徐铉仕南唐之经历，应指南唐首都金陵石首城，即江宁石头城。在今江苏江宁西石头山后。　[3] 伯禹：即夏禹。其父鲧为崇伯，故称"伯禹"。
[4] 三公：辅助国君的最高军政长官。东汉以太尉、司徒、司空为三公。《晋书·羊祜传》：晋羊祜，善相墓者谓其祖墓有帝王气，若凿之则无后。祜遂凿之，相者谓犹当出折臂三公。后祜竟堕马折臂，位至公而无子。　[5] 葛仙翁：《太平广记·葛玄》引《神仙传》：葛玄，三国吴琅邪（今作琅琊，在山东境内）人，字孝先，葛洪之从祖父。传说从左慈得到《九丹金液仙经》，修炼成仙。同见《抱朴子·金丹》。

郭忠恕
（？—977）

字恕先，一字国宝，河南洛阳（今属河南）人。官至国子监主簿。今录戏谑诗1首。

嘲聂崇义

近贵全为聩[1]，攀龙即是聋。虽然三个耳，其奈不成聪。

校注

[1] 聩：耳聋。

王 伸

宋太祖建隆中任殿中侍御史。乾德中以左补阙知永州。今录《全宋诗》未收戏谑诗1首。

忧制中游处答人嘲

有年光德一王伸，恋酒贪歌不厌贫。三年得替归朝去，赢得髭须白似银[1]。

校注

[1]《诗话总龟》前集卷四〇引《零陵总记》："文潞公常言：潞中有一士人，忧制中游处，坐中有人嘲，辄尝自云，其不羁检也如此。"《诗话总龟》卷四一：王伸知永州，为人耽于酒色，其宴乐往往自早至暮不之

止，忧制素冠，有素患六指者嘲之云："鸳鸯未老头先白。"应声曰："螃蟹才生足便多。"时人以为名对。

张齐贤
（943—1014） 字师亮，曹州冤句（今山东曹县）人。太宗太平兴国二年（977）进士。官至兵部尚书，同中书门下平章事。有集五十卷，不传。今录戏谑诗1首。

致仕后戏赠故人[1]

午桥今得晋公庐[2]，花竹烟云兴有余。师亮白头心已足[3]，四登两府九尚书[4]。

校注

[1]《宋诗拾遗》作"得裴晋公午桥庄"。此诗录自宋文莹《玉壶清话》卷三。　　[2] 午桥：即午桥庄，在河南省洛阳市南十里。即唐裴度所居绿野堂，筑山穿池，有风亭水榭，燠阁凉台之胜，宋张齐贤致仕后居此。晋公：唐裴度。历任宪宗、穆宗、敬宗、文宗四朝宰相。为中兴名臣，爵封上柱国晋国公，晚年卜居洛阳集贤里。又于午桥创别墅。　　[3] 师亮：齐贤字，因慕唐李大亮为人，故字曰师亮。宋张齐贤罢相归洛，得裴度绿野堂，修正池榭松竹，日与亲友畅咏其间。　　[4] 此句意谓自己一生四次在两府（中书省、枢密院）任相，多次担任尚书，官职显赫，于愿已足。两府：汉代指丞相府、御史府。宋代指中书省和枢密院。九尚书：九，言多次。尚书：官名，为协助皇帝处理政务的官员。

张咏
（946—1015） 字复之，自号乖崖子，濮州鄄城（今属山东）人。太平兴国五年（980）进士。官工部、刑部侍郎。有《乖崖集》，今录戏谑诗1首。

解　嘲

我本高阳徒[1]，平生意气凌清虚。词锋即日未见试，壮年束手来穷途。蛟龙岂是池中物，风雨不夹狂不得[2]。五都年少莫相猜[3]，鸾凤鸡犬非朋侪。志士抱全节，愚下焉复知[4]。宁作鸾凤饥，不为鸡犬肥。君不见淮阴汉将未逢时[5]，市人颇解相轻欺。又不闻宣尼孜孜救乱治[6]，厄宋围陈亦何已。往者尚有然，余生勿多耻。休夸捷给饶声光[7]，莫以柔滑胜刚方。我爱前贤似松柏，肯随秋草凋寒霜。道在康民致尧禹，岂要常徒论可否[8]。兴来转脚上青云，何必羸驴苦相侮。

校注

[1] 高阳徒："高阳酒徒"之简称。指好饮酒而狂放的人。《史记·郦生陆贾列传》："初，沛公引兵过陈留，郦生踵军门上谒曰：'高阳贱民郦食其，窃闻沛公暴露将兵助楚讨不义，敬劳从者愿得望见，口画天下便事。'使者入通，沛公方洗，问使者，曰：'何如人也？'使者对曰：'状貌类大儒，衣儒衣，冠侧注。'沛公曰：'为我谢之，言我方以天下为事，未暇见儒人也。'郦生瞋目案剑，叱使者曰：'走，复入言沛公，吾高阳酒徒也，非儒人也。'"唐李白《梁甫吟》诗："君不见高阳酒徒起草中，长揖山东隆准公。"　　[2] 夹，《全宋诗》校：清曹溶旧藏抄本、清吕无隐抄本、四库本作"来"。　　[3] 五都：指古代的五大繁华城市。《汉书·食货志下》："遂于长安及五都立五均官，更名长安东西市令及洛阳、邯郸、临淄、宛、成都市长皆为五均司市师。"《三国志·魏志·文帝纪》"改许县为许昌县"裴松之注引《魏略》："改长安、谯、许昌、邺、洛阳为五都。"　　[4] 下，《全宋诗》校：宋咸淳五年伊赓刻本（以下简称"残宋本"）、清莫祥芝刻本（以下简称"莫刻"）作"士"。　　[5] 淮阴汉将：指韩信。汉将韩信先被封为齐王，又为楚王，后削王爵封为淮阴侯，终被杀。　　[6] 闻，《全宋诗》校（以下所校全部省略）：残宋本、莫刻作"见"。　宣尼：指孔子。汉元始元年追谥孔子为褒成宣尼公。左思《咏史》诗："言论准宣尼，辞赋拟相如。"　　[7] 捷给：不诚实、虚伪。《礼记·王制》："行伪而坚，言伪而辩，学非而博，顺非而泽"，郑玄注："皆谓虚华、捷给、无诚者也。"　　[8] 常徒：

一般的人。五代齐己《送吴先辈赴京》诗："千篇未听常徒口，一字须防作者心。"

王禹偁
(954—1001)

字元之，济州钜野（今山东巨野）人。宋太宗太平兴国时进士。官翰林学士、知制诰。有《小畜集》《小畜外集》。今录戏谑诗20首。

戏赠嘉兴朱宰同年[1]

县前苏小旧荒坟[2]，应作行云入梦频[3]。犹胜白公尉盩厔，庭花刚唤作夫人[4]。

校注

[1] 太平兴国八年（983）作。朱宰：朱九龄，曾为嘉兴宰。同年：即同科，同榜。王禹偁与朱九龄同是太平兴国八年进士。　[2] 苏小：即苏小小，南朝钱塘名妓，容色俊丽，颇工诗词。　[3] 行云：用宋玉《高唐赋》楚怀王梦神女的典故。　[4]"犹胜"二句：化用白居易《戏题新栽蔷薇时尉盩厔》中的"少府无妻春寂寞，花开将尔当夫人"。盩厔：在陕西省，今作周至，白居易曾在盩厔任县尉。

游仙娥峰后戏题[1]

为爱一峰形窈窕[2]，岂辞十里路崎岖。谁知不似阳台女[3]，别后经宵梦也无。

校注

[1] 淳化三年（992）作于商州。仙娥峰：《陕西通志》：在商州西十里，峰之麓有西岩，洞壑幽邃，下临丹水，古称栖真之地。《陕西通志》载："又有仙娥峰，一名吸秀峰，乱山中特起一峰，下临丹江，谓之仙娥溪，亦曰石娥溪。"溪北古有一处仙娥驿。　[2] 窈窕：有逶迤曲折之意。　[3] 阳台女：指传说中的巫山神女。楚宋玉《高唐赋》称楚怀王游高唐时在白天梦见女神愿荐枕，神女临去时称自己"旦为朝云，暮为行雨，朝朝暮暮，阳台之下"。

独酌自吟拙诗次吏报转运使到郡戏而有作[1]

日高睡足更何为，数首新篇酒一卮[2]。郡吏谩劳相告报[3]，转输应不管吟诗。

校注

[1] 淳化三年（992）作于商州。转运使：唐代以后各朝主管运输事务的中央或地方官职。[2] 卮：盛酒的器皿。　[3] 谩劳：徒劳。谩，通"漫"。

自　嘲

三月降霜花木死，九秋飞雪麦禾灾[1]。虫蝗水旱霖淫雨，尽逐商山副使来。

校注

[1] 九秋：指秋天。晋张协《七命》："晞三春之溢露，溯九秋之鸣飙。"南朝谢灵运《善哉行》："三春燠敷，九秋萧索。"

戏从丰阳喻长官觅笋

春来春笋满丰阳[1]，只把盘餐劝孟光[2]。犀角锦文虽可惜[3]，也须分惠紫微郎[4]。

校注

[1] 丰阳：即丰阳县。西晋泰始三年（267）分商县置。治今陕西山阳县，属上洛郡。后几废复。隋仍属上洛郡。唐属商州，麟德元年（664）还治今山阳县。　[2] 孟光：东汉隐士梁鸿之妻，字德曜。在这首诗中指丰阳喻长官的妻子。　[3] 犀角：指竹笋。可惜：应予爱惜。　[4] 紫微郎：唐代中书舍人的别称。白居易曾担任此清要文职，常自称紫微郎。王禹偁曾担任知制诰、翰林学士等职，与唐中书舍人职同，亦称紫微郎，不仅表示他对白居易的认同，而且在职务上两人相类。

量移后自嘲[1]

可怜踪迹转如蓬[2]，随例量移近陕东[3]。便似人家养鹦鹉，旧笼腾倒入新笼[4]。

校注

[1] 淳化四年（993）作于商州。量移：指官吏因罪远谪，遇赦酌情调迁近处任职。　　[2] 蓬：草名，蓬蒿。秋枯根拔，风卷而飞。　　[3] 随例：按照惯例。　　[4] 腾倒：转移挪动。

量移自解

商山五百五十日，若比昔贤非滞留。试看江陵元相国，四年移得向通州[1]。

校注

[1] 自注：元稹自江陵士曹，四年移通州司马。　　元相国：即元稹，字微之，河南洛阳人。幼孤，母郑贤而文，亲授书传。举明经书判入等，补校书郎。元和初，应制策第一，除左拾遗，历监察御史，坐事贬江陵士曹参军，徙通州司马。

自　笑[1]

年来失职别金銮[2]，身世漂沦鬓发残。贫藉俸钱犹典郡[3]，老为郎吏是何官[4]。开樽暂喜愁肠破，堆案仍劳病眼看。自笑不归田里去，谩将名姓挂朝端[5]。

校注

[1] 至道元年（995）贬于滁州后作。　　[2] 年来：至道元年（995）五月九日，王禹偁由翰林学士、礼部员外郎、知制诰，罢为工部郎中，知滁州军州事。金銮：殿名，借指官廷。　　[3] 藉：同"借"。典郡：掌管一郡的政务，当郡守。这里指王禹偁知滁州军州事（滁州郡守）。　　[4] 郎吏：宋尚书省各部司郎中和员外郎，总称郎吏或郎官。这里指王禹偁罢为工部郎中。　　[5] 谩：空，徒劳。这句谓罢为工部郎中，知滁州军州事，只是在朝廷挂个名，不能有所作为。

戏题二章述滁州官况寄翰林旧同院（二首）

其一

要知滁上兴如何，养拙偷安幸亦多[1]。小郡既无衣袄使，丰年兼有裤襦歌[2]。公余处处携山屐，官酝时时泛海螺。病眼白头唯醉睡[3]，朝廷好事不闻他。

校注

[1] 养拙：谓才能低下而闲居度日。常用为退隐不仕的自谦之辞。晋潘岳《闲居赋》："仰众妙而绝思，终优游以养拙。"唐钱起《春宵寓直》诗："养拙惯云卧，为郎如鸟栖。"　　[2] 裤襦歌：对地方官吏善政的称颂歌谣。宋杨万里《辛卯五月送邱宗卿太傅出守秀州》诗："身达当难免，能称未要多。但无田里叹，不必裤襦歌。"　　[3] 病眼：谓老眼昏花。唐白居易《别行简》诗："漠漠病眼花，星星愁鬓雪。"前蜀韦庄《酬吴秀才霅川相送》诗："离心不忍闻春鸟，病眼何堪送落晖。"

其二

要见滁州谪宦情，信缘随俗且营营。不夸两制词臣贵[1]，多伴三班奉职行[2]。楼堞倚空乘月上[3]，樽罍有酒对山倾。升沉得丧何须同，况是浮生已半生[4]。

校注

[1] 两制：内制和外制的合称，指翰林学士和中书舍人。　　[2] 三班奉职：武阶官名。宋初承旧制，有殿前承旨。淳化二年（991），改为三班奉职，无职掌，高于三班借职而低于右班殿直，为低级武臣阶官。政和二年（1112），改名承节郎。　　[3] 楼堞：城楼与城堞，泛指城墙。《宋书·桂阳王休范传》："表治城池，修起楼堞，多解榜板，拟以备用。"　　[4] 浮生：语本《庄子·刻意》："其生若浮，

其死若休。"以人生在世，虚浮不定，故称人生为"浮生"。

戏和寿州曾秘丞黄黄诗[1]

黄黄真是小巫娥，买恐千金价不多。别母语娇空有泪[2]，对人声颤未成歌。产从南国胜桃李，携去东山隐薜萝[3]。滁上老郎无妓女[4]，草玄读易拟如何[5]。

校注

[1] 曾秘丞：即曾致尧。致尧，南丰人，字正臣，太平兴国进士，官秘书丞，出为两浙转运使，性刚直好言事。此诗作于至道二年（996）滁州任上。参见徐规著《王禹偁事迹著作编年》。 [2] 别母，原作母别，据清孙星华增刻本、清赵熟典刻本、经锄堂本乙改。 [3] 薜萝：指薜荔和女萝。引申为隐士或高士的衣饰或住所。《楚辞·九歌·山鬼》："若有人兮山之阿，被薜荔兮带女萝"，王逸注："女萝，菟丝也，言山鬼仿佛若人，见（现）山之阿，被薜荔之衣，以菟丝为带也。" [4] 老郎：沉滞于郎官者之典。《史记·冯唐列传》："唐以孝著，为中郎署长，事文帝。文帝辇过，问唐曰：'父老何自为郎？'" [5] 草玄：指汉扬雄撰《太玄经》。诗文中常用以比喻人襟怀淡泊，寄情著述。也作玄草、草太玄等。

又和曾秘丞见赠三首[1]

其一

非才误受帝恩深，报国空存一片心。命薄任从官进退[2]，道孤难与众浮沉[3]。日边信断无归梦[4]，滁上公余且醉吟。劳寄新诗远相唁，野云何处望为霖[5]。

校注

[1] 至道二年（996）作。 [2] 进退：晋升与黜降。 [3] 道孤：没有同道的朋友或邻居。《论语·里仁》："子曰：'德不孤，必有邻。'"浮沉：犹言"随波逐流"。《史记·袁盎晁错列传》："袁盎病免家居，与闾里浮沉，相随行斗鸡走狗。" [4] "日边"句：王禹偁盼望着朝廷的来信，希望再度起用。"日边"一词，化用《世说新语·夙惠》"日近长安远"的典故，比喻向往帝都而不得至，希望和理想难以实现。《滁上谪居》"谪官淮上老，京信日边遥"亦此意。 [5] 自注："来诗云：'其如夷忧待为霖。'"夷忧，《全宋诗》据清孙星华增刻本、清赵熟典刻本、经锄堂本改为"夷夏"。 为霖：比喻皇帝的恩泽。因曾致尧来诗，故有此语。

其二

谬因文字立虚名，寓直金銮冒宠荣。两度黜官谁是援，二毛侵鬓自堪惊。宫花谩役春来梦，山蕨聊供醉后羹[1]。身外浮华尽闲物，不将穷达问君平[2]。

校注

[1] 山蕨：《诗经·小雅·四月》："山有蕨薇。"三国陆玑《毛诗草木鸟兽虫鱼疏》："蕨，山菜也。初生似蒜茎，紫黑色，可食。"《尔雅·释草》："蕨，初生无叶，可食。"宋庄绰《鸡肋篇》卷上："蕨有二种，生山间，以紫者为胜。春时，嫩芽如小儿拳，人以为蔬。" [2] 君平：即严君平，为西汉蜀郡隐士，以卖卜为生。李白《送友人人蜀》："升沉应已定，不必问君平。"

其三

箧中经岁锁朝衣，自觉心闲少梦思。失马叟言徒喻道[1]，牧猪奴戏任争棋[2]。且持使节安黔首[3]，莫爱恩波沃漏卮[4]。况是无功头已白，此身长恐负明时。

校注

[1] 失马叟：即"失马塞翁"，源见"塞翁失马"。指因祸得福之人。 [2] 牧猪奴戏：原指樗蒲，后

指赌博活动。《晋书·陶侃传》："樗蒲者，牧猪奴戏耳。"　　[3] 安黔首：使百姓安乐。黔首，战国及秦代对百姓的称谓。　　[4] 漏卮：渗漏的酒杯。《淮南子》："今夫溜水足以溢壶榼，而江河不能实漏卮。"

张屯田弄璋三日略不会客戏题短什期以满月开筵

布素相知二十年[1]，喜君新咏弄璋篇[2]。洗儿已过三朝会[3]，屈客应须满月筵[4]。桂子定为前进士[5]，兰芽兼是小屯田[6]。至时担酒移厨去，请办笙歌与管弦[7]。

校注

[1] 布素：布质素色衣服。古代寒士的服装，因以代称贫寒的士人。南朝梁任昉《王文宪集·序》："玩好绝于耳目，布素表于造次。"《玉泉子》："德裕好奇，凡有游其门者，虽布素皆接引。"　　[2] 弄璋：中国民间对生男的古称。始见周代诗歌中。指生下男孩子把璋给男孩子玩，璋是指一种玉器，后来把生下男孩子就称为"弄璋之喜"，生女孩子叫"弄瓦之喜"。　　[3] 三朝会：旧俗指婴儿出生三日，设筵招待亲友。又谓之"汤饼筵""汤饼宴""汤饼会"。明彭大翼《山堂肆考》："生子三朝会日汤饼会。"　　[4] 屈客：请客。　须满，原作满须，据清孙星华增刻本、清赵熟典刻本、经锄堂本乙改。　　[5] 桂子：双关词，即贵子。　　[6] 兰芽：兰的嫩芽，常比喻子弟挺秀。南朝梁刘孝绰《答何记室》诗："兰芽隐陈叶，荻苗抽故丛。"　　[7] 笙歌：泛指奏乐唱歌。管弦：指管弦乐。《汉书·礼乐志》："和亲之说难形，则发之于诗歌咏言，钟石笙弦。"

和仲咸除知郡后雨中戏作见赠[1]

明代何人为荐雄[2]，专城犹与众人同[3]。徒闻清政如黄霸[4]，尚借绯衫似白公[5]。我有金章知是忝[6]，君无银楗信为穷[7]。不须厌见随车雨，岁晚当期五谷丰[8]。

校注

[1] 仲咸：即冯伉，字仲咸，新安（今浙江省淳安县）人。太宗太平兴国八年（983）与王禹偁同榜进士，累迁殿中侍御。太宗淳化三年（992），外放知商州，当时王禹偁正贬官为商州团练副使，二人多有唱和。　　[2] 明代：政治清明的时代。唐马戴《怀故山寄贾岛》诗："心偶羡明代，学诗观国风。"　　[3] 专城：指任主宰一城的州牧、太守等地方长官。　　[4] 黄霸：古代廉吏的代表。生于汉代，历任延尉正、颖川太守、御史大夫、丞相等职，以宽和、法平、力行教化著称。史称"自汉兴，言治民吏，以霸为首"。事见《汉书·循吏传》。诗中常用于称美州郡长官。　　[5] 绯衫：《宋史》卷一五三《舆服志》："中兴仍元丰之制，四品以上紫，六品以上绯，九品以上绿……或为通判者许借绯。"白公：指白居易。　　[6] 金章：金质的官印。一说铜印。因以指代官宦仕途。南朝宋鲍照《建除》诗："开壤袭朱绂，左右佩金章。"钱振伦注引《文选·孔稚圭〈北山移文〉》注："金章，铜印也。"　　[7] 自注：白公诗云："银楗长随亦不贫。"　　[8] 当期：如期；准时。《公羊传·成公十六年》："成公将会厉公，会不当期，将执公。"

又和仲咸谑成口号以代优人之句[1]

就转专城喜气舒，开筵应待雨晴初[2]。又淹驳正春坊笔[3]，为重循良刺史车。事简郡斋唯捡药[4]，夜长铃阁只看书[5]。好倾官酤招闲客[6]，篱畔金英尚有余[7]。

校注

[1] 优人：优子，古代以乐舞、戏谑为业的艺人。　　[2] 专城：见上诗注 [3]。　　[3] 春坊：太子官所属官署名。唐置太子詹事府，以统众务；左右二春坊，以领诸局。历代相承，属官时有增减。　　[4] 郡斋：郡守起居之处。唐白居易《秋日怀杓直》诗："今日郡斋中，秋光谁共度？"　　[5] 铃阁：指翰林院以及将帅或州郡长官办事的地方。　　[6] 官酤：官府酿造和专卖的酒。王禹偁《寄题陕府南溪兼简孙何兄弟》诗："官酤绿开岳，时果青出笼。"　　[7] 金英：常绿灌木，嫩茎红色。叶片绿色，对生。

知州厅杏花昨日烂漫录事院今日零落唯副使公署未开戏题二韵[1]

知州宅畔繁如雪，录事厅前落似梅[2]。副使官闲花亦冷[3]，至今未有一枝开。

校注

[1] 淳化三年（992）作于商州。 [2] 录事：录事参军之略称。品秩在正八品上阶以下。 [3]副使：官名。淳化二年（991），庐州尼姑道安诬告徐铉。当时王禹偁任大理评事，执法为徐铉雪诬，又抗疏论道安诬告之罪，触怒太宗，被贬为商州（今属陕西商洛）团练副使。

海棠木瓜二绝句（并序）

上雒郡西百步，有邮亭，亭植海棠一株，花甚繁丽。又有木瓜数十本。清明前二花竞开，如较胜负。言其艳，则木瓜差劣矣；言其华而实，则海棠宜有惭色。木不能言，爰戏为赠答，岂惟自适，亦取讽于有名无实者矣。

海棠赠木瓜

我向商山占断春，风流还似锦江滨。群花自合知羞耻，莫对西施更学颦。

木瓜答海棠

莫夸颜色斗扶疏，称艳繁香总是虚。看取卫风诗什里，只因投我得琼琚[1]。

校注

[1]《诗经·卫风·木瓜》："投我以木瓜，报之以琼琚。"

魏　野
（960—1019）
字仲先，号草堂居士，早为蜀州人，后迁居陕州（今属河南三门峡）。宋初著名隐逸之士。有《东观集》十卷。今录戏谑诗1首。

经嵩阳废观因有戏题

嵩阳多废观[1]，欲验少碑文。地属村夫子，苔漫石老君[2]。草生泉更浸，松死烧犹焚。欲问神仙事，悠悠空白云。

校注

[1] 嵩阳：嵩山之南。一片萧瑟之景，真废观也。面对永恒或长生不死之物，人类显得多么渺小！ [2] 石老君：太上老君的石雕。

丁　谓
（966—1037）
字谓之，后改字公言。苏州长洲（治今江苏苏州）人，登淳化三年（992）进士。累官至宰相，封晋国公。著有《知命集》等。今录戏谑诗1首。

戏答白积[1]

欺天行当吾何有，立地机关子太乖。五百青蚨两家阙[2]，白洪崖打赤洪崖[3]。

校注

[1] 白积：丁谓、张君房同年进士。有俊声，以文名世，早卒。宋文莹《湘山野录》卷下："丁晋公释褐授饶倅，同年白积为判官，积一日以片幅假缗于公云：'为一故人至，欲具飨，举箧无一物堪质，奉假青蚨五镮不宣。积白谓之同年。'晋公笑曰：'是绐我也。榜下新婚京国富室，岂无半千质具邪？惧余见挠，固矫之尔。'于简尾立书一阕云云。" [2] 青蚨：铜钱。 [3] 洪崖：指传说中的仙人名。晋郭璞《游仙诗七首》之三："左把浮丘袖，右拍洪崖肩。"

许 洞	字洞天（一作渊天）。苏州吴县（治今江苏苏州）人。咸平三年（1000）进士，除乌江县主簿。年四十二病卒。著《春秋释幽》《演玄》等，已佚。今录戏谑诗1首。

嘲林和靖[1]

寺里掇斋饥老鼠，林间咳嗽病猕猴。豪民遗物鹅伸颈，好客临门鳖缩头。

校注

[1] 录自宋江休复《江邻几杂志》。此诗讽刺挖苦林逋是鼠、猴、鹅、鳖四种动物的集合体，非常形象，这与当时清高的隐士形象反差巨大，可补充和丰富传统隐士的另类形象。

石中立 (972—1049)	字表臣，洛阳（今河南洛阳）人。官至参知政事。有文集二十卷。今录戏谑诗2句。

句

寻常不召犹相造，况是今朝得指挥[1]。

校注

[1] 宋范镇《东斋记事》卷三：石资政中立，好诙谐，乐易人也。杨文公一日置酒，作绝句招之，末云："好把长鞭便一挥。"石立其仆，即和云云。其诙谐敏捷，类如此也。

嘲刘子仪

只消一服清凉散[1]。

校注

[1]《诗话总龟》前集卷四十引《侯鲭录》：刘子仪三入玉堂望大用，颇不怿，移疾不出。朝士问疾，刘云："虚热上攻。"石文定在座云云，谓两府方得凉伞。

陈 亚	字亚之，扬州（今属江苏）人。咸平五年（1002）进士。官至太常少卿。著有《澄源集》，已佚。今录戏谑诗5首1联。

亚字谜

若教有口便哑，且要无心为恶。中间全没肚肠，外面强生棱角。

药名诗

风月前湖近，轩窗半夏凉。棋怕腊寒呵子下，衣嫌春暖宿沙裁。

赠祈雨僧

无雨若还过半夏，和师晒作葫芦把。

药名诗[1]

地居京界足亲知，倩借寻常无歇时。但看车前牛领上，十家皮没五家皮。

校注

[1] 宋文莹《湘山野录》卷上载。陈亚曾为祥符知县时，亲友们经常托他的关系借车、借牛使用。他便作此诗，用了四种药名：京界（荆芥）、歇时（全蝎）、车前（车前子）、五家皮（五加皮）。

戏答杨球[1]

蒙君遗长笺，语意如何说。请看身上衣，裈中本无蝎。

校注

[1] 此首与下首录自宋曾慥《类说》卷五五。

嗤人面黑

笑似乌梅裂[1]，啼如豉汁流[2]。眉间粘帖子，已上是幞头[3]。

校注

[1] 乌梅：属小本植物，味食香料。味道酸、香，只用于调制酸甜汁，或加入醋中泡之，使醋味更美。　[2] 豉（chǐ）汁：为淡豆豉加入椒、姜、盐等的加工制成品。　[3] 幞头：朝服也。北周武帝始用漆纱制之，至唐又有纱帽之制，逮今用之。

释智圆
(976—1022)

俗姓徐，字无外，号中庸子，又号潜夫，钱塘（今属浙江杭州）人。其精于佛学典籍外，又长于儒家经学，著有《闲居编》等。今录戏谑诗15首。

玛瑙院居戏题三首[1]

其一

水边闲卧万缘休，言欲无瑕行欲修。草屋衡门任穷困，屠龙终自胜屠牛[2]。

校注

[1] 玛瑙院：释智圆所住之地。　[2] 屠龙：《庄子·列御寇》："朱汗漫学屠龙于支离益，单（同'殚'）千金之家，三年技成，而无所用其巧。"朱汗漫学习屠龙的技术，花了三年工夫，用尽千金家产，学会后没有地方使用。用"屠龙手"称有真才实学而不为世所用的人。

其二

湖光淡淡涵幽户，苔色依依满破廊。寂寞便同夫子庙，更无流俗入焚香。

其三

白傅湖西玛瑙坡[1]，轩窗萧洒漾烟波。讲余终日焚香坐，毁誉荣枯奈我何。

校注

[1] 玛瑙坡：在杭州孤山放鹤亭下，一个开满杜鹃和野花的小山坡，有一条十分幽静的林荫小道在其右侧，是释智圆常去之地。

予近卜居孤山之下友人元敏以四绝见嘲遂依韵和酬

其一

穷居已蹑黔娄迹[1]，孤岛徒称玛瑙坡。糗饭藜羹且闲乐[2]，更无车马暂经过。

校注

[1] 黔娄：春秋时齐国隐士，安贫自守，拒绝重金征聘，死后衾不蔽体。多用以喻指操守高洁的贫士。　[2] 糗饭藜羹：糗饭，指蒸饭或煮饭；藜羹：用嫩藜煮成的羹；均指粗劣的食物。

其二

所栖幽致异人寰，野艇秋归碧浪间。残日淡烟凝望处，参差楼阁认孤山。

其三

烟波云木映闲扉，养病深栖是所宜。便欲上生寻内院，却因泉石住多时。

其四

虚堂入夏讲残经，不击钟声击鼓声。林下唯君问幽趣，纪阳仪式近方成[1]。

校注

[1] 自注：后汉董春字纪阳，每升讲堂，鸣鼓三通，余近学焉。　方成：方士李少翁，汉武帝时方士。以方术为武帝所宠，拜文成将军。

嘲写真

泡幻吾身元是妄[1]，丹青汝影岂为真。吾身汝影俱无实，相伴茆堂作两人[2]。

校注

[1] 泡幻：谓虚幻。　[2] 茆堂：草堂。

自　嘲

门径任苔荒，长年寝一床。病中消白日，诗里发清狂。窗暗云遮月，林明叶坠霜。百年能几日，两鬓已苍苍。

戏题夜合树[1]

明开暗合似知时，用舍行藏诚在兹[2]。绿叶红葩古墙畔，风光羞杀石楠枝[3]。

校注

[1] 夜合树：一名合欢花、绒花树、鸟绒树、合昏（婚）树。落叶乔木，小叶对生，白天对开，夜间合拢。　[2] 用舍行藏：谓被任用则出仕，不被任用则退隐。《论语·述而》："子谓颜渊曰：'用之则行，舍之则藏，唯我与尔有是夫！'"　[3] 石楠：蔷薇科。常绿灌木或小乔木，花白色。

病起自嘲

林下羸羸一病躯，四旬欹枕减肌肤。闲来试照秋泉看，金镀形容雪染须。

戏题四绝句

潜夫之居[1]，濒湖倚山。有野鹤野鹿焉，以为耳目之玩；有家鸡家犬焉，以为警御之备。潜夫每自色目，其鹤为在阴，其鹿为食蘋，其犬为吠月，其鸡为司晨。有时天雨晴，秋气清，在阴唳于大泽，食蘋鸣于幽谷，吠月吠于闲轩，司晨啼于乔木，音响更作，似于潜夫前各大夸其能也。传称介葛卢别牛鸣，世谓公冶长辩鸟语，信矣。夫先民有通于禽兽语者，吾无先民之能，以意度之，似有所得，遂为四绝句以见其意，适足以自取欢笑乎。昔者乐天为八绝，盖陈乎鹤鸡乌鸢鹅赠答之意，故吾得以学啊焉。噫，亦有所傲，非直以文为戏云耳。得前诗所谓"彼我更相笑，是非无实录"者，斯四绝也近之矣。

鹤自矜

紫府青田任性游[2]，一声清唳万山秋。仙材况有千年寿，鹿犬凡鸡岂合俦。

校注

[1] 潜夫：释智圆之别号。　[2] 紫府：道家所谓的仙人居所。后用作咏仙府或升仙的典故。《抱朴子·祛惑》："及到天上，先过紫府，金床玉几，晃晃昱昱，真贵处也。"

鹿让鹤

身有素斑文既备，顶峨双角武仍全。我兼文武为时瑞，汝但白身空有年。

犬争功

雪氄文毛虚有表，防奸御寇且无功。中宵谁解频频吠，庭皎秋蟾树袅风。

鸡怨言

三个因何各自强，竞夸己德掩他长。冥冥风雨茅堂闭，至竟谁先报晓光。

释重显
(980—1052)

俗姓李，字隐之，遂州（今四川遂宁）人。幼出家，受具足戒。后为苏州洞庭山翠峰寺、明州雪窦山窦圣寺主持，朝廷赐号明觉大师。著有《明觉禅师语录》六卷。今录戏谑诗 1 首。

戏靠安岩呈双溪大师

陕府铁牛却知有，春秋几几成过咎。一身还作二如来，黑白不分辨香臭。

王 周

明州奉化（今属浙江）人。真宗大中祥符五年（1012）进士，曾在巴蜀为官。今录戏谑诗 1 首。

巫山公署壁有无名氏戏书二韵[1]

南陵直上路盘盘[2]，平地凌云势万端。堪笑巴民不厌足，更嫌山少画山看。

校注

[1] 自注：施州路一百八盘。　　施州：今湖北恩施。　　[2] 南陵：即陆游在《入蜀记》中记录巫山隔江南陵山，极高大，山路如线，盘屈至绝顶，谓之一百八盘，盖通往施州之路也。

释楚圆
(986—1039)

即石霜楚圆，俗姓李，号慈明，全州（今属广西）人。汾阳善昭禅师法嗣。《续藏经》存《石霜楚圆禅师语录》一卷。今从《全宋诗辑补》中录戏谑诗 1 首。

善僧还闽调之[1]

七折米饭，出炉胡饼[2]。自此一别，称锤落井[3]。

校注

[1] 辑自《罗湖野录》卷上。　　[2] 胡饼：又作"搏炉""炉饼"，于炉内烘烤而成。并有"胡饼炉"这样的专门用具。　　[3] 称锤落井：比喻不见踪影，不知消息。宋释晓莹《罗湖野录》卷一："福州资福善禅师，自此一别，称锤落井。"

释昙颖
(989—1063)

俗姓丘，号达观。即达观禅师。钱塘（今浙江杭州）人。临济宗禅僧，皇祐四年（1052）主雪窦寺。《高僧传》载"宋长干寺有释昙颖，会稽人"。实为一人。今从《全宋诗辑补》中录戏谑诗 1 首。

戏作偈[1]

解答诸方语，能吟五字诗。二般俱好艺，只是见钱迟。

校注

[1] 辑自《禅林僧宝传》卷二〇。按：《〈全宋诗〉订补稿》作释道隆诗，误。

晏 殊
(991—1055)

字同叔。抚州临川（今属江西）人。14 岁时以神童参加科举考试，赐同进士出身。官同中书门下平章事兼枢密使。今录戏谑诗 1 首。

社日戏题呈任副枢

开樽幸有治聋酤[1]，把叶能无送燕章[2]。所惜近停司饮会[3]，不如村叟醉秋光。

校注

[1] 幸，原作辛，据四库本改。　治聋酤：指治疗耳聋的佳酿。　[2] 送燕章：指送燕子南飞过冬的篇章。　[3] 自注：近年二府以秋宴近而不赐社宴。

王 逵
(991—1072)

字仲达，濮阳（今属河南）人。天禧三年（1019）进士。官尚书兵部郎中。工诗。今录戏谑诗 1 首。

嘲苗振[1]

伯起雄豪世莫偕[2]，官高禄重富于财。田从汶上天生出，堂自明州地架来[3]。十只画船风破浪，两行红粉夜传杯。自怜憔悴东邻叟，草舍茅檐真可咍。

校注

[1] 宋魏泰《临汉隐居诗话》：苗振，熙宁初知明州，致仕归郓，自明州造一堂极华壮，载以归，或言郓州置田亦多机数而得。是时，王逵亦居郓，作诗嘲之云云。　[2] 伯起：苗振，字伯起。仁宗朝及第，召试馆职。　[3] 汶上：指汶水流域。汶水在今山东省。王逵讥笑的就是此事。

石延年
(994—1041)

字曼卿，一字安仁，先世幽州（今北京）人。其祖举族南迁，家于宋城（今河南商丘）。应进士累举不中。《宋史·艺文志》著录有《石延年诗》二卷，不传。今录戏谑诗 2 首。

登第后被黜戏作

无才且作三班借[1]，请俸争如录事参[2]。从此免称乡贡进[3]，且须走马东西南。

校注

[1] 无，《梦溪笔谈》作“君”。　三班：宋代三班院省称，掌领武官大、小使臣，即包括三班借职、三班奉职、右班殿直、左班殿直、东头供奉官、西头供奉官及左右侍禁及殿侍等。　[2] 录事参：宋代州录事参军事省称。见《宋会要辑稿·职官》《宋史·职官志》。　[3] 免，《孔氏谈苑》《梦溪笔谈》作“罢”。

调二举子[1]

司空怜汝汝须知，月下敲门更有谁。叵耐一双穷相眼，得便宜是落便宜。

校注

[1] 宋胡仔《苕溪渔隐丛话》前集卷三二引《西清诗话》。

刁 约
（994—1077）

字景纯，润州丹徒（今属江苏镇江）人。天圣八年（1030）进士。嘉祐中出使契丹。今录戏谑诗1首。

使契丹戏作[1]

押燕移离毕[2]，看房贺跋支[3]。饯行三匹裂[4]，密赐十貔狸[5]。

校注

[1]《梦溪笔谈》刁景纯《使契丹戏作》云云。　　[2]押燕：主持宴会。指契丹为使者刁约设宴。移离毕，亦作"夷离毕"。官名。初为辽参知政事之官，后置夷离毕院，掌刑狱，属北面官。设有夷离毕，左、右夷离毕，知左、右夷离毕事等官。　　[3]看房：指护卫使者住处。贺跋支，如执衣、防合。即官员的役人。唐代在京文武职事官皆有防合（从事护卫斋阁等），州县官及在外监官皆有执衣（以随从执笔砚等）。　　[4]匹裂：似小木罂，以色绫木为之，加黄漆。　　[5]貔狸：即黄鼠狼。形如鼠而大，穴居，食谷梁。北人为珍膳，味如豚肉而脆。此处代指狼毫笔。

胡 宿
（995—1067）

字武平，常州晋陵（治今江苏常州）人。天圣二年（1024）进士。官至枢密副使。著有《文恭集》。今录戏谑诗2首。

嘲 蝶

三春流寓寄花房，雌去雄飞过短墙。双翅薄匀何晏粉[1]，一身偷带贾充香[2]。风多苑后飞无数，日暖池边舞更狂。却为有情人爱惜，六宫皆作绣衣裳。

校注

[1]何晏：字平叔，三国时魏人，一代美男，喜妆饰。据传何晏粉不离手，时时敷之。此以敷粉何郎代指蝴蝶双翅。　　[2]贾充香：南朝宋刘义庆《世说新语·惑溺》："韩寿美姿容，贾充辟以为掾。充每聚会，贾女于青琐中看，见寿悦之，恒怀存想，发于吟咏。后婢往寿家，具述如此，并言女光丽。寿闻之心动，遂请婢潜修音问，及期往宿，寿蹻捷绝人，逾墙而入，家中莫知。自是充觉女盛自拂拭，悦畅有异于常。后会诸吏，闻寿有奇香之气，是外国所贡，一着人则历月不歇。充计武帝唯赐己及陈骞，余家无此香，疑寿与女通……充乃取女左右婢考问，即以状对。充秘之，以女妻寿。"后以"贾女香"或"贾充香"指馥郁的异香，或男女倾情之物。

自 嘲

雪梅连日碍层阴，昨夜银台瑞霰深[1]。待诏多年无屐齿[2]，窗间犹作洛生吟[3]。

校注

[1]银台：通政司的别称。　　[2]待诏：官名。汉代以才技征召士人，使随时听候皇帝的诏令，谓之待诏，有待诏公车、待诏金马门等名目。《汉书·公孙弘传》："时对者百余人……拜为博士，待诏金马门。"唐初，凡文辞经学之士及医卜等有专长者，均待诏值日于翰林院，以备传唤。玄宗时遂以名官，称翰林待诏，掌批答四方表疏、文章应制等事。《旧唐书·职官志二》："翰林院……其待诏者有词学、经术、合炼、僧道、卜祝、术艺、书弈。"　　[3]洛生吟：南朝宋刘义庆《世说新语·雅量》："桓公伏甲设馔……（谢安）方作洛下咏讽。"南朝梁刘峻注："（谢）安能作洛下书生咏，而少有鼻疾，语音浊，后名流多斅（效）其咏，苦（弗）能及，手掩鼻而吟焉。"《世说新语·轻诋》："人问顾长康（顾恺之）何以不作洛生咏，答曰：'何至作老婢声。'"刘峻注："洛下书生咏，音重浊，故云老婢声。"东晋名士盛行为洛生咏，即带鼻浊音的吟咏。指学人吟咏，或泛指吟咏，诵读。

卷 二

宋 庠
(996—1066)

初名郊，字伯庠，后改字公序。安州安陆（今属湖北）人，后迁居开封雍丘（今河南杞县），天圣二年（1024）进士第一。官至兵部侍郎同平章事。与弟祁并有文名，时称"二宋"。有《宋元宪集》等。今录戏谑诗10首。

讥 俗

白雪赓歌苦，华颠答难频。寒惊穿履客，饿耻祭墦人[1]。洴澼金终贱[2]，胡卢琐未真[3]。原生宁是病[4]，结驷往相亲[5]。

校注

[1] 祭墦（fán）人：即"齐人乞墦"典。《孟子·离娄下》："齐人有一妻一妾而处室者，其良人出，则必餍酒肉而后反，其妻问所与饮食者，则尽富贵也。其妻……蚤起，施从良人之所之，遍国中无与立谈者。卒，之东郭墦间，之祭者乞其余，不足，又顾而之他，此其为餍足之道也。"形容人少廉寡耻，乞求利益。宋何梦桂《八声甘州》："看墦间富贵，妻妾笑施施。" [2] 洴澼金：《庄子·逍遥游》"宋人有善为不龟手之药者。世世以洴澼絖为事。客闻之，请买其方百金，聚族而谋曰：'我世世为洴澼絖，不过数金，今一朝而鬻技百金，请与（予）之。'客得之，以说吴王。越有难，吴王使之将，冬，与越人水战，大败越人，裂地而封之。能不龟手一也，或以封，或不免于洴澼絖，则所用之异也。"洴：浮。澼：在水里漂洗。絖：丝絮。后遂用"不龟药、不龟手、龟手、洴澼药"等比喻平常之物，如使用得法，即可发挥巨大作用，又有慨叹才非所用的意思。 [3] 胡卢：胡卢形的连环。 琐，四库本作"璞"。 [4] 原生：指孔子学生、甘于贫贱的原宪。 [5] 结驷："结驷连骑"之简称，源于孔子学生子贡、原宪之典。驷，古时一辆车所套的四匹马。随从、车马众多。形容排场阔绰。

时贤多以不才诮我因自咏[1]

我本无心士，终非济世才。虚舟人莫怒[2]，疑虎石曾开[3]。蚊负愁山重，葵倾喜日来[4]。欲将嘲强解，真意转悠哉。

校注

[1] 宋王得臣《麈史》卷下："元宪雍雍然有德之君子，后既登庸，天下承平日久，尤务清净，无所作为，有为者病之，后为人言排诋，出知河南，改许及河阳，归京判都省。久之，卒于私第。公尝自谓时贤多以不才诮我，因为诗曰云云。" [2] 虚舟：《庄子》："方舟而济于河，有虚船来触舟。虽有偏心之人，不怒。人能虚己以游世，其孰能害之？"白居易诗曰："未闻风浪覆虚舟"，人能虚心容物，外患无由至矣。 [3] 疑虎石：即"疑虎射石"。《新序·杂事四》"昔者楚熊渠子（西周时楚国的国君）夜行，见寝石，以为伏虎，关（弯）弓而射之，灭矢饮羽。下视知石也，却（退）复射之，矢摧无迹。"此在后代相传中发生变化，变为西汉时名将李广的故事。 [4] 化用杜甫《自京赴奉先县咏

怀五百字》："葵藿倾太阳，物性固莫夺。"

柳嘲竹

好在碧檀栾，丛低度岁寒。何堪裁凤律[1]，只好制鱼竿。拂水烟梢润，含风钿叶攒。芳阴聊奉庇，君试仰天看。

校注

[1] 凤律："伶伦凤律"之省。指音律。《乐府诗集·周郊祀乐章》："乐鸣凤律，礼备鸡竿。"宋范成大《次韵郊祀庆成》："日丽鸡竿矗，天旋凤律新。"

和吴侍郎向号乐城居士今复职守陕临歧自哂二绝[1]

其一

竹圃云斋谢病还，更将禅号拟香山。诏恩叙旧君何让，从古英贤不得闲。

校注

[1] 吴侍郎：吴育（1004—1058），字春卿，建州浦城（今属福建）人。天圣进士。历著作郎、直集贤院，迁知太常礼院。庆历五年（1045），任枢密副使，旋为参知政事等。据宋庠诗可补充吴育传：自号"乐城居士"。向号：往日自号。

其二

催拜连翩凤诏飞，乐城幽概愿相违。高云出岫虽无意，且待商岩作雨归[1]。

校注

[1] 商岩：又叫"商岩发梦""商岩有梦"等。《书·说命上》："高宗梦得说，使百工营求诸野，得诸傅岩……"后因以"拔才岩穴"为君王寻求贤相之典。

时余不得预会戏成二韵[1]

笔阵谈锋醉幕天，遥知三俊共周旋[2]。据鞍旧将曾销髀[3]，不得行间左执鞭[4]。

校注

[1] 原注：此题上有脱文。　　[2] 三俊：古指具备刚、柔、正直三德的人。《书·立政》："严惟丕式，克用三宅三俊。"孔颖达疏："三俊，即是《洪范》所言刚克、柔克、正直三德之俊也。"[3] 销髀：大腿消瘦。司马彪《九州春秋》（《蜀志·先主备传》裴松之注引）："备曰：吾常身不离鞍，髀肉皆消；今不复骑，髀里肉生。"　　[4] 左执鞭：《左传·僖公二十三年》：（晋公子重耳）及楚，楚子飨之，曰："公子若反（返）晋国，则何以报不穀（谷）。"对曰："子女玉帛则君有之；羽毛齿革，则君地生焉。其波及晋国者，君之余也，其何以报君。"曰："虽然，何以报我？"对曰："若以君之灵，得反（返）晋国，晋、楚治兵，遇于中原，其辟（避）君三舍。若不获命，其左执鞭弭，右属櫜（gāo，用以受箭）鞬（盛弓之物），以与君周旋。"

今日棋轩风爽天休可纡步无以簿领为解兼戏成短章

不肯归休本俗才，痴儿了事太悠哉[1]。劝君抽取文符手[2]，且就凉轩斗茗来。

校注

[1] 痴儿：俗言庸夫俗子。宋黄庭坚《登快阁》诗："痴儿了却公家事，快阁东西倚晚晴。"[2] 文符：古代官府之文书。南朝梁锺嵘《诗品·总论》："若乃经国文符，应资博古，撰德驳奏，宜穷往烈。"《南史·齐纪上·武帝》："文符督切，扰乱在所，至是除荡，百姓悦焉。"

早渡洛水见流渐尽解春意感人马上偶成戏咏二首[1]

其一

春色东来不待招，烟光已过洛阳桥。如何解尽人间冻，鬓畔霜华转不消。

其二

洛浦冰消润辔尘[2]，野禽何处不呼春。柳梢弄色花条软，已似遥嗤白首人。

校注

[1] 流渐：即流水。　　[2] 洛浦：指今河南黄河支流洛水。三国魏曹植《洛神赋·序》："黄初三年，余朝京师，还济洛川（洛浦）。古人有言，斯水之神名曰宓妃，感宋玉对楚王说神女之事遂作斯赋。"李白《感兴八首》其二："洛浦有宓妃，飘飘雪争飞。"

遇雨放朝余至掖门方审戏呈同舍[1]

诏恩蠲谒静朝扉[2]，掀淖都街独未知[3]。同舍恣成庄蝶梦，可怜臣朔忍朝饥[4]。

校注

[1] 掖门：指宫殿正门两侧之小门。如人之臂掖，故名"掖门"。　　[2] 蠲谒：免除拜访。
[3] 掀淖：掀开烂泥。　　[4]"同舍"二句：前句用"庄周梦蝶"典。后句出自《汉书·东方朔传》，史载东方朔不满意自己的地位和待遇，对汉武帝说："朱（侏）儒长三尺余，奉（俸）一囊粟，钱二百四十。臣朔长九尺余，亦奉（俸）一囊粟，钱二百四十。朱（侏）儒饱欲死，臣朔饥欲死。臣言可用，幸异其礼；不可用，罢之，无令但索长安米。"后以此典表示不满于不公正的待遇。

王 洙 (997—1057)	字原叔，应天宋城（今属河南商丘）人。少聪悟博学，记问过人。天圣二年（1024）进士及第。官翰林学士、侍读学士兼侍讲学士。尝编《杜工部诗集》为二十卷，并撰序，后之杜甫诗集皆沿其本。著《王氏谈录》一卷（或署王钦臣撰）。今录戏谑诗1首。

戏改杜赠郑广文诗[1]

景纯过官舍[2]，走马不曾下。蓦地趁朝归，便遭官长骂。

校注

[1] 宋刘攽《中山诗话》载。杜子美《赠郑广文》诗："广文到官舍，系马堂阶下。醉则骑马归，颇遭官长骂。"郑广文即广文馆博士郑虔。按：《全宋诗》即按《中山诗话》将此戏改杜诗分列于王洙与李淑名下。但按沈括《梦溪笔谈》之记载，此戏改诗属于李淑，不过叶清臣和王洙当时也分别作有一诗。　　[2] 景纯：刁约，字景纯。

宋 祁 (998—1061)	字子京，开封雍丘（今河南杞县）人，后迁安陆（在今湖北省）。仁宗天圣二年（1024）进士。官龙图阁学士、史馆修撰、知制诰、工部尚书、翰林学士承旨。谥号景文。有《景文集》传世。今录戏谑诗6首。

答道卿舍人桐竹之嘲[1]

桐竹连云阿阁西，修茎浓叶蔽璇题[2]。本来鸾鹭排翔地，正恐羁禽不借栖[3]。

[1] 道卿：即叶清臣（1003—1049），字道卿。乌程（今浙江吴兴）人。天圣二年（1024）进士。　　[2] 璇题：亦称"玉题"。玉饰的椽头。《文选·扬雄〈甘泉赋〉》："盖天子穆然珍台闲馆璇题玉英……之中。"李善注："应劭曰：'题，头也。榱椽之头皆以玉饰，言其英华相触也。'铣曰：'璇题，以玉饰椽。'"　　[3]"本来"二句：排，《佚存丛书》刊残宋本《景文宋公集》卷二九作"徊"。　鸾鹭：鸾鸟和凤凰。鹭鹭，凤之别名也。羁禽：被关进笼子的鸟或失群无伴的鸟。

次望喜驿始见嘉陵江得予友天章张文裕西使日咏嘉陵江诗刻于馆壁有感别之叹予因戏答二章他日见文裕以为一笑[1]（二首）

其一

江流东去各西行，江水无情客有情。此地怀归心自苦，不应空枉夜滩声。

其二

东流江水鸭头春，南隔高原背驿尘。便使滩声能怨别，此愁不独北归人。

校注

[1] 望喜驿：在原广元县（今属四川省广元市）之南，《羯鼓录》："出蜀至利州西界望喜驿。"冯浩注引《广元县志》云："南去有望喜驿，今废。"嘉陵江：《太平寰宇记》："嘉陵水一名西汉水，又名阆中水……源出秦州嘉陵谷，因名。"张文裕：陕州（今属河南、山西间）人。六世同居，朝廷赐诏在其门闾树旗表彰。

戏答天休[1]

老书堆几宁堪读，酸酒盈樽不用赊。料得君非贪九锡，短辕长柄趣还家[2]。

校注

[1] 自注：元夜，天休移简云，薄暮即还家，翻老书酌酸酒以自娱耳。　　天休：郑戬，字天休，苏州吴县（今苏州市吴中区）人。中进士甲科。官至吏部侍郎。治小学。参与纂修《集韵》。谥文肃。《宋史》有传。　　[2]"料得"二句：九锡，即为九赐，是天子赐给诸侯、大臣有殊勋者的九种器用之物：车马、衣服、乐、朱户、纳陛、虎贲、斧钺、弓矢、鬯，表示最高礼遇。短辕：辕，驾车用的直木或曲术，代称车。短辕，指牛车或粗俗的小车。

月中嘲鹊

月驭初明露掌西[1]，翩翩犹伴夜乌啼。驾巢树冷空三匝[2]，却是鸣鸠得稳栖[3]。

校注

[1] 月驭：神话中为月亮驾车的神。也指月亮。露掌：即承露盘。汉武帝时所制，铜仙人以手掌擎盘承甘露。　　[2] 三匝：环绕三周。曹操《短歌行》："月明星稀，乌鹊南飞。绕树三匝，何枝可依？"　　[3] 鸣鸠：斑鸠。鸠不筑巢，常侵夺鹊巢。

戏招君况舍人

红白戎葵相间繁[1]，含情尽日对书轩。夫君太恃西垣贵[2]，只爱当阶药树翻。

校注

[1] 戎葵：今蜀葵，花如木槿。　　[2] 西垣：中书省的别称。因在宫殿西，故名。亦称"西掖"。唐韦应物《和张舍人夜直中书寄吏部刘员外诗》："西垣草诏罢，南宫忆上才。"宋苏轼《谢中书舍人表》："西垣视草，复玷近班。"

字圣俞，宣州宣城（今属安徽）人，宣州古称宛陵，人称"宛陵先生"。以祖荫任官，皇祐中赐进士出身，官至尚书都官员外郎。有《宛陵集》传世。今录戏谑诗40首。

依韵和徐元舆读寄内诗戏成[1]

鸳鸯同白首[2]，相得在中河。水客莫惊笑，云间比翼多。

校注

[1] 徐元舆：继尧臣知建德县事。　[2] 鸳鸯：鸟名。似野鸭，体形较小。嘴扁，颈长，趾间有蹼，善游泳，翼长，能飞。栖息于内陆湖泊和溪流边。旧传雌雄偶居不离，古称"匹鸟"。

王殿丞赴莫州日就余求钓竿数茎以往今因其使回戏赠[1]

去日觅钓竿，定能垂钓否。若不暇钓鱼，钓竿当去取。

校注

[1] 作于康定元年（1040）。王殿丞：未详。莫州：今河北任丘。

戏寄师厚生女[1]

生男众所喜，生女众所丑。生男走四邻，生女各张口[2]。男大守诗书，女大逐鸡狗[3]。何时某氏郎，堂上拜媪叟。

校注

[1] 作于庆历五年（1045）。　[2] 张口：朱东润选注《梅尧臣诗选》：张口笑谑。《汉语大词典》中解释为"惊愕不能言说状"。　[3] 逐鸡狗：犹言嫁鸡随鸡，嫁狗随狗。

病痛在告韩仲文赠乌贼觜生醢酱蛤蜊酱因笔戏答[1]

我尝为吴客，家亦有吴婢。忽惊韩夫子，来遗越乡味[2]。与官官不识，问侬侬不记。虽然苦病痛，馋吻未能忌[3]。

校注

[1] 在告：官吏在休假期中。告，古时官吏休假。韩仲文：韩综字仲文。开封（今属河南）人。仁宗天圣八年（1030）进士。觜：同"嘴"。蛤蜊酱：王从谨《清虚杂著补阙》载："京师旧未尝食蚬蛤，自钱司空始访诸蔡河，不过升勺，以为珍馔。自后士人稍稍食之，蚬蛤亦随而增盛。其诸海物，国初以来亦未尝多有。钱司空以蛤蜊为酱，于是海错悉醢，以走四方。"　[2] 越乡：指越地。今浙江绍兴一带。李白《别储邕之剡中》有"借问剡中道，东南指越乡"。　[3] 馋吻：馋嘴。

魏文以予病渴赠薏苡二丛植庭下走笔戏谢[1]

愧无相如才，偶病相如渴[2]。溪水有丈人，薏苡分丛茇[3]。为饮可扶衰，余生幸且活。安知恶己者，不愿变野葛。

校注

[1] 薏苡：即薏米。　[2] 相如渴：《史记·司马相如列传》载："相如口吃而善著书。常有消渴疾。"消渴疾：糖尿病。汉文学家司马相如，字长卿，曾为孝文园令。患有消渴疾。因仕途失意，常称病闲居。后因以"多病相如""相如病渴""多病马卿"为文人失意居闲、贫病交加、不羡慕官位和爵禄之典。李商隐《汉宫词》："侍臣最有相如渴，不赐金茎露一杯。"　[3] "溪水"二句：溪（yì）水：源出河南密县大騩山，东南流经新郑县，曰洧河。茇（bá）：草根。

寄宋中道[1]

尔书我不答，尔怒从尔骂。天马新羁时，气横未可驾。傥我一日死，尔岂无悲咤。唯知道义深，小失不足谢。

校注

[1] 作于庆历六年（1046）。宋中道：赵州平棘人，参知政事宋绶子。兄敏求，字次道，见《宋史·宋绶传》。尧臣与次道、中道兄弟交谊甚深，这是一首嘲弄之诗。

宋中道失小女戏宽之

宋子失汝婴[1]，苦将造物怪。造物本无恶，尔责亦已隘。且如工作器，宁复保存坏。收泪切勿悲，他时多婿拜。

校注

[1] 汝，四库本作"女"。

次韵和王道损风雨戏寄[1]

小雪才过大雪前，萧萧风雨纸窗穿。而今共唱新词饮，切莫相邀薄暮天。

校注

[1] 王道损，名徽，王旭次子。王旦侄。据司马光记载：王旦死，"子素、弟子徽俱未官，素补太常寺太祝，徽秘书省校书郎"。《宗谱》则记载较详："字道损。生宋真宗咸平六年（1003）癸卯十月十七日。荫补著作佐郎，累迁司门郎中，以尚书职方郎中，出守边藩。民怀吏爱。时岁饥，捐俸赈恤，劳苦成疾。治平元年（1064）甲辰十一月初八日卒于官，年六十二。赠银青光禄大夫。配向氏，赠河南郡君。"宋代荫补官吏，无补"著作佐郎"者，此当是后人误记。

答韩六玉汝戏题西轩[1]

吾轩今于水[2]，吾居易为足。谁与哦其间，风窗数竿竹。虽无泉石清，尚不愧茅屋。所乐违俗暄[3]，此趣大已熟。

校注

[1] 韩六玉汝：名缜，维弟。哲宗朝，官尚书、右仆射兼中书侍郎。　　[2] 今，诸本作"今"，《全宋诗》校：疑当作"冷"。　　[3] 违俗：违背世俗。暄，四库本作"喧"。

宋中道快我生女[1]

尔尝喜诅予，生女竟勿怪。今遂如尔口，是宜为尔快。亦既以言酬，固且殊眦睚[2]。慰情何必男，兹语当自戒。

校注

[1] 此诗作于庆历七年（1047）。是年十月十七日，梅尧臣得一女，名称称，次年三月二十一日死，有《小女称称砖铭》，见《宛陵文集》卷三二。作是诗时，梅尧臣已回汴京。　　[2] 眦睚：目眦曰眦，目际曰眦。怒色见于眉目之间曰眦睚，亦作睚眦。举目相忤也。《汉书·杜钦传》："报眦睚怨。"

走笔戏邵兴宗[1]

子鱼一尾不曾有[2]，又诺毗陵苍鼠毫[3]。细粒吴粳谁下咽[4]，尖头越管底能操[5]。

校注

[1] 邵兴宗，邵亢，字兴宗。润州丹阳（今属江苏镇江）人。《东都事略》卷八一、《宋史》卷三一七有传。　　[2] 子鱼：变称"子鲚"，即凤尾鱼，因尾如凤尾而得名。春末夏初，凤尾鱼满腹卵子，故名"子鱼"。又为"鲻鱼"的别名。　　[3] 毗陵：古地名，即今江苏常州。本春秋时吴季札封地延

陵邑。苍鼠毫：苍鼠须（毫）制成的毛笔。又云用黄鼠狼的毛制成的笔。也称狼毫。　　[4] 吴粳：吴地的粳米。　　[5] 越管：越竹所制的毛笔杆。亦代称上等毛笔。唐薛涛《十离诗·笔离手》："越管宣毫始称情，红笺纸上撒花琼。"

戏酬高员外鲫鱼

天池鲫鱼长一尺[1]，鳞光鬣动杨枝磔[2]。西城隐吏江东客[3]，昼日驰来夺炎赫。冷气射屋汗收额，便教斫脍倾大白[4]。我所共乐仲与伯，羡君赴约笑哑哑[5]。持扇已见飞鸾翮[6]，欲往从之云雾隔。

校注

[1] 天池：本指大海，此处当指皇家园林中的水池。　　[2] 鬣：本指马颈上的长毛，此指鱼鳍。磔（zhé）：这里指鲫鱼压弯了柳枝。　　[3] 隐吏：退隐的官吏。此指职位低微的官员，虽居官位，却与隐者相似。江东客：指高员外，可能其家乡在江东。　　[4] 斫脍：薄切鱼片。倾大白：饮酒。大白，一种大酒杯名。　　[5] "我所"二句：仲与伯：相处极亲切的朋友。仲，排行第二；伯，老大。笑哑（è）哑：出声大笑。　　[6] 飞鸾：飞翔的鸾鸟。祝人高升的意思。鸾，古代传说中的凤凰一类的鸟。翮：羽根，引申为鸟的羽翼。

得沙苑榲桲戏酬[1]

蒺藜已枯天马归[2]，嫩蜡笼黄霜冒干[3]。不比江南楂柚酸，橐驼载与吴人看[4]。

校注

[1] 沙苑：在今陕西省大荔县境内。榲桲：别名木梨、木瓜。《群芳谱》云："榲桲出关陕沙苑者更佳。"可见，沙苑出产的榲桲，是负有盛名的一种水果。　　[2] 天马：骏马的美称。本是汉代西域所产的一种良马，此处泛指放牧的马群。　　[3] 冒干：触犯；冒犯。　　[4] 驼，宋嘉定十六年刻本（存三十卷，以下简称"残宋本"）、明正统间宁国府袁旭刻本（以下简称"正统本"）、明万历间宣城姜氏刻本（以下简称"万历本"）、清康熙间梅氏重修会庆堂刻本（以下简称"康熙本"）作"驰"。清康熙间商丘宋荦刻本（以下简称"宋荦本"）作"驼"。据宋荦本改。　唐柳宗元《种树郭橐驼传》述一善于植树者，驼背，人因号之曰"橐驼"。后以代指善种植物之人。此指袋子装上榲桲用马驮回家乡。吴人：梅氏系宣城人，宣城（今属安徽）系古之吴地，故有"吴人"之说。

廷老传沛语戏作[1]

夷门市里侯嬴老[2]，公子时能释礼过[3]。莫问孟尝招致客[4]，薛中遗俗尚应多。

校注

[1] 廷，《全宋诗》校，当作"延"。　沛语：沛县方言。　　[2] 夷门：大梁（开封）的别称。侯嬴：《史记·魏公子列传》载：信陵君，战国魏安釐王异母弟，名无忌，封信陵君。礼贤下士，有食客三千人。大梁夷门监者侯嬴老而贤明，信陵君从车骑，虚左，自迎侯生，至家，奉为座上客。魏安釐王二十年，秦围赵邯郸，赵求救于魏，信陵君用侯嬴计，使如姬窃得兵符，击杀将军晋鄙，夺得兵权，救赵却秦。　　[3] 公子：此指战国"四君子"之一的信陵君。　　[4] 孟尝：即田文，战国齐贵族，封于薛（今山东省滕州市南），称薛公，号孟尝君。为战国四公子之一，以善养士著称。一度入秦，秦昭王要杀害他，赖门客中擅长狗盗鸡鸣者的帮助而逃归。后卒于薛。招致：招而使至；收罗。

依韵和正仲寄酒因戏之[1]

上字黄封谁可识[2]，偷传王氏法应真[3]。清淮始变醅犹薄[4]，句水新来味更醇[5]。欲拟比酥酥少色[6]，曾持劝客客何人。红梅虽是吾家物，老去无心一醉春。

校注

[1] 正仲：即吴正仲，作者友人。 [2] 黄封：酒名。苏轼诗："倦游怜我忆黄封"，范成大诗："菉葱顶上拆黄封"。 [3] 应真：谓方是真话。佛教语。罗汉的意译。意谓得真道的人。 [4] 清淮：酒名。 自注：清淮酒，本王九传法于山阳（今江苏淮安）。 [5] 句水：酒名。产于安徽句溪。 [6] 少色：少年的气色。喻生气或豪情。

正仲答云鲎酱乃是毛鱼耳走笔戏之[1]

折却毛鱼一品资，吴郎声屈向吾诗[2]。若论鲚子无从著[3]，冤气冲喉未可知[4]。

校注

[1] 题注："未开误认其器。" 鲎（hòu）酱：鲎肉、卵制成的酱。毛鱼：学名梅鲚，系刀鱼幼子。又称毛叶鱼、毛花鱼。体形微扁薄，头小而口大，眼生于头的前上端。鲜细色白，肉质细嫩，味道鲜美。 [2] 声屈：喊冤。 [3] 鲚（jì）子：鱼名。即刀鱼。 [4] 自注："正仲诗云鲟黄鲚子出苏台。苏台非出鲚也。"

吴正仲见访回日暮必未晚膳因以解嘲

永日无车马，闲坊有竹邻。雨中乌帽至，门外绿苔新。不杀鸡为具，堪题凤向人[1]。山公识墨在[2]，知我旧来贫。

校注

[1] "不杀"二句：反用陶渊明典。题凤：用嵇康、吕安故事。《世说新语·简傲》："嵇康与吕安善，每一相思，千里命驾。安后来，值康不在，喜出户延之，不入，题门上作'凤'字而去。喜不觉，犹以为欣，故作。'凤'字，凡鸟也。"唐陈子昂《酬田逸人见寻不遇题居隐里壁》："闻莺忽相访，题凤久徘徊。"钱起《酬赵给事相寻不遇留赠》："忽看童子扫花处，始愧夕郎题凤来。" [2] 山公识：又称"山公启事、名贤启事、山涛启、山涛鉴"等，称扬荐贤举能，知人明鉴之典。《晋书·山涛传》云：山涛字巨源，曾任吏部尚书，"涛甄拔隐屈，搜访贤才，旌命三十余人，皆显名当时"。"涛再居选职十有余年，每一官缺，辄启拟数人，诏旨有所向，然后显奏……涛所奏甄拔人物，各为题目，时称'山公启事'。"山涛任吏部尚书，善于甄拔人才，每有官缺，先亲自品题数人，写成启奏，以供选录，被山涛甄拔的人物大都有学有识。黄庭坚《和范廉》："汲直非刀笔，山公识宁馨。"

前以甘子诗酬行之既食乃绿橘也顷年襄阳人遗甘予辨是绿橘今反自笑之[1]

昔辨荆州误，今为越叟迷[2]。黄甘与绿橘，正似珷玞圭[3]。

校注

[1] 朱东润《梅尧臣集编年校注》（以下简称"朱校本"）校，甘子：残宋本作"甘"，万历本作"柑"，宋荦本作"相"。 [2] 越叟：指越王勾践师事的越公，即文种、范蠡。《越绝书》："（文）种见（范）蠡时，相与谋道：东南有霸兆，不如往仕。相要东游，入越而止。"《宋书·瑞符》亦载此事：伍子胥、文种、范蠡三人由楚至吴，伍子胥辅佐吴王夫差，先胜后败，文、范辅佐勾践反败为胜，谓识行止。 [3] 珷玞：石之次玉者。赤地白采，葱茏白黑不分。《山海经·南山经》载："会稽之山，四方其上多金玉，其下多珷石。"珷石即珷玞，郭璞注曰："玞，武夫，石似玉。今长沙临湘出之。赤地白文，色茏葱不分明。"

和韵三和戏示

筊箐画蛤瓦虹醅[1]，海若淮壖各寄来[2]。将学时人斗牛饮[3]，还从上客舞娥杯。蓬蒿自有蒋生乐[4]，珠翠宁容郑氏陪[5]。莫计喧寒与风雪[6]，古来黄土北邙堆[7]。

校注

[1] 笭箵：渔具的总称。亦指贮鱼的竹笼。　　[2] 壖（ruán）：古同"堧"。古代宫殿的外墙：壖垣，墙壖。　　[3] 斗牛饮：指狂饮、痛饮。　　[4] 蓬蒿：飞蓬和蒿子，借指野草。蒋生：据《宣室志》载：汉代仙人章全素家有沃田数百亩，后归田于官，遨游荆江间，后得仙丹，能化石为金。相传蒋生学炼丹，十年不成，章全素与蒋生同隐四明山下，蒋生不以为异。后章全素尸解仙去，遗仙丹化石砚为紫金。蒋生始悟章全素为仙人。　　[5] 珠翠：盛装的女子。　自注：郑康成与卢子干同事马融，融后堂有珠翠之会，康成不得预焉。　　[6] 朱校本校，暄寒：残宋本作"暄寒"，万历本、宋荦本作"寒暄"。　　[7] 黄土：指坟墓。北邙：山名。亦作北芒，即邙山，也叫郏山、北山。西起三门峡门，东止伊洛河岸。在今河南省洛阳市东北。自东汉城阳恭王刘祉葬于此后，遂成三侯公卿葬地。后因此泛称墓地。

依韵和戏题

杨州太守重交情[1]，我欲西归未得行。寒食尚赊花水近[2]，妻孥煎去到天明。

校注

[1] 杨（扬）州太守：指曾任职扬州的欧阳修，与作者是好友。　　[2] 寒食：节日名。在清明前一日或二日。相传春秋时晋文公负其功臣介之推。介之推愤而隐于绵山。文公悔悟，烧山逼令其出仕，之推抱树焚死。人民同情介之推的遭遇，相约于其忌日禁火冷食，以为悼念。以后相沿成俗，谓之寒食。花水：农历二、三月间桃花开放时盛涨的河水，即桃花水。唐严维《酬王侍御西陵渡见寄》诗："柳塘熏昼日，花水溢春渠。"

永叔白兔[1]

可笑常娥不了事，走却玉兔来人间。分寸不落猎犬口，滁州野叟获以还[2]。霜毛羊茸目睛殷，红绦金练相系攓。驰献旧守作异玩[3]，况乃已在蓬莱山[4]。月中辛勤莫捣药，桂旁杵臼今应闲。我欲拔毛为白笔，研朱写诗破公颜。

校注

[1] 欧阳修有《思白兔杂言戏答公仪龙图忆鹤》之作。　　[2] 滁州：今属安徽。　　[3] 旧守：欧阳修曾知滁州。　　[4] 蓬莱山：言其在翰林院也。《后汉书》："学者谓东观为老氏藏室，道家蓬莱山。"

戏作常娥责

我昨既赋白兔诗，笑他常娥诚自痴。正值十月十五夜，月开冰团上东篱[1]。毕星在傍如张罗[2]，固谓走失应无疑[3]。不意常娥早觉怒，使令乌鹊绕树枝。啅噪言语谁可辨[4]，徘徊赴寝寨寒帷。又将清光射我腹，但觉轸粟生枯皮[5]。乃梦女子下天来，五色云拥端容仪。雕琼刻肪肌骨秀[6]，声音柔响扬双眉。以理责我我为听，何拟玉兔为凡卑。百兽皆有偶然白，神灵独冒由所推[7]。裴生亦有如此作，专意见责心未夷。遂云裴生少年尔，谑弄温软在酒卮[8]。尔身屈强一片铁[9]，安得妄许成怪奇。翰林主人亦不爱尔说[10]，尔犹自惜知不知。叩头再谢沈已去[11]，起看月向西南垂。

校注

[1] 冰团：形容月亮洁白明亮如浑圆之冰。　　[2] 毕星：星宿名。二十八宿之一。张罗：张设罗网以捕鸟兽。　　[3] 走失：逃走；逃失。　　[4] 啅噪：鸟声喧噪。　　[5] 轸，通"疹"。夏校：当作"疹"。　轸粟：指人体因受寒而起的疙瘩。枯皮：指老年人干瘦粗糙的皮肤。　　[6] 肌骨：肌肉与骨骼。汉应场《侍五官中郎将建章台集诗》："常恐伤肌骨，身陨沉黄泥。"《汉书·王莽传下》："军

人分裂莽身，支节肌骨脔分，争相杀者数十人。" ［7］独，宋荦本作"触"。 ［8］裴生：裴煜，字如晦。与刘敞、刘攽为同年进士。嘉祐元年（1056）秋与二年（1057）春，欧阳修、梅尧臣、苏洵、王安石、刘敞、刘攽、韩维、裴煜、王珪等人，为获得的一只白兔举行了两次唱和活动。现存15首白兔诗，此云裴煜的唱和诗，但今已不存。言裴煜诗亦与己同意也。夷，平也。谑弄：戏谑嘲弄。
［9］屈强：倔强。《史记·匈奴列传》："杨信为人刚直屈强，素非贵臣。"《汉书·陆贾传》："乃欲以新造未集之越，屈强于此。" ［10］翰林主人：指欧阳修。 ［11］沈，夏敬观校语：疑为"汝"误。

和公仪龙图戏勉[1]

五公雄笔厕其间[2]，愧似丘陵拟泰山[3]。岂意来嘲饭颗句[4]，忙中唯此是偷闲。

校注

［1］《宋史》：梅挚，字公仪。成都新繁人。欧阳修《归田录》："嘉祐二年余与端明韩子华、翰长王禹玉、侍读范景仁、龙图梅公仪，同知礼部贡举，辟梅圣俞为小试官。凡锁院五十日，六人者相与唱和，为古律歌诗一百七十余篇，集为三卷。"龙图：龙图阁直学士。 ［2］五公：指嘉祐二年（1057）礼部贡举事时，梅尧臣为参详官的同僚，即知贡举的欧阳修、同知贡举的翰林学士王珪、龙图阁直学士梅挚、知制诰韩绛、集贤殿修撰范镇五人。雄笔：犹雄文。唐王勃《秋晚入洛于毕公宅别道王宴序》："雄笔壮词，烟霞照灼。" ［3］此指梅尧臣地位低下，似丘陵对泰山。 ［4］饭颗句：孟棨《本事诗》："李太白……戏杜曰：'饭颗山头逢杜甫，头戴笠子日卓午。借问别来太瘦生，总为从前作诗苦。'"

和永叔内翰戏答[1]

从他舞姝笑我老，笑终是喜不是恶[2]。固胜兔子固胜鹤，四蹄扑握长啄啄[3]。任看色与月光混[4]，只欲走飞情意薄[5]。拘之以笔縻以索，必不似纤腰夸绰约[6]。主人既贤豪，能使宾客乐。便归膏面染髭须[7]，从今宴会应频数[8]。

校注

［1］内翰：唐宋称翰林为内翰。唐徐夤《辇下赠屯田何员外》诗："内翰好才兼好古，秋来应数到君家。"《欧阳文忠公集》卷七《戏答圣俞》，题嘉祐二年（1057）。 ［2］欧阳修《戏答圣俞》："奈何反舍我，欲向东家看舞姝。须防舞姝见客笑，白发苍颜君自照。"梅尧臣此戏和应是从此引发。欲向东家看舞姝：偏偏要到东家去欣赏美人跳舞。按：此乃欧公与梅尧臣戏谑之语。 ［3］扑握：一云"脚毛丛生貌"；一云"兔的代称"。后者如宋陆游《赠湖上父老十八韵》："已遣买扑握，亦可致喰喰。"啄啄：象声词。 ［4］混，残宋本作"混"，万历本、宋荦本作"湿"。 ［5］走飞：指走兽飞禽。
［6］绰约：柔弱貌。《荀子·宥坐》："淖约微达，似察。"杨倞注："淖当为绰；约，弱也。绰约，柔弱也。"《文子·道原》："夫水所以能成其至德者，以其绰约润滑也。" ［7］膏面：以膏涂面，谓修饰面容。髭须：胡子。唇上曰髭，唇下为须。《乐府诗集·相和歌辞三·陌上桑》："行者见罗敷，下担捋髭须。" ［8］频数：多次；连续。

较艺和王禹玉内翰[1]

分庭答拜士倾心，却下朱帘绝语音[2]。白蚁战来春日暖，五星明处夜堂深[3]。力搥顽石方逢玉，尽拨寒沙始见金[4]。淡墨榜名何日出[5]，清明池苑可能寻[6]。

校注

［1］王珪，字禹玉，成都华阳人。《宋史》有传，王琪从兄。较艺：阅卷。 ［2］此联写答拜之礼。第二句谓在厅前答拜后，放下帘幕，不得与帘外官及举子往来。 ［3］五星：指欧阳修、王珪、

梅挚、韩绛、范镇五人。此联写众举子笔走龙蛇，如百蚁争战；五位主考在贡院内连夜阅卷，如五星聚奎，诗作虽不免有居高临下的倨傲，却也将众试官琢璞求玉、披沙拣金的苦心表现得淋漓尽致。　[4]化用王禹偁《依韵和李安见寄》："烧残灰烬方分玉，拨尽寒沙始见金。"　[5]淡墨榜名：范镇其时赠欧阳修诗亦有"淡墨题名第一人"之句。宋时进士榜的书写，榜首"礼部贡院"四字用淡墨，及第进士的姓名用浓墨。　[6]清明池苑：指金明池之游。金明池是汴京城西的一处游赏胜地，与琼林苑、宜春苑、玉津园并称四园，且与琼林苑相邻。

再　和

廉纤小雨破花寒，野雀争巢斗作团[1]。手卷白云光引素，舌飞明月响倾盘[2]。群公锦绣为肠胃，独我尘埃满肺肝。强应小诗无气味，犹惭白发厕郎官[3]。

校注

[1]团：分不开；聚合在一起。　[2]明月：以此比珠，犹言咳唾珠玉也。　[3]自谦之辞。因为诗人侧身郎官，地位低下，自谦诗才凡庸、诗篇诗味不足，不能与群公的锦绣文章相比。其实，诗歌的优劣不是跟地位的高下成正比的，恰如欧阳修说得好："诗穷而后工。"

较艺赠永叔和禹玉[1]

今看座主与门生，事事相同举世荣。并直禁林司诏令[2]，又来西省选豪英[3]。飞龙借马天边下[4]，光禄供醪月底倾[5]。食叶蚕声句偏美，当时曾记赋将成[6]。

校注

[1]原注：此篇在《答述旧》前，据残宋本，万历本、宋荦本无注。　[2]禁林：唐翰林院别称。唐《白居易集》卷九《酬张太祝晚秋卧病见寄》："高才淹礼寺，短羽翔禁林。"五代十国、宋以来为翰林学士院别名。宋王溥《五代会要》卷一二《翰林院》："（晋天福二年）十一月敕：'新除翰林学士张昭远。今既擢在禁林，所宜别宣班序。'"　[3]西省：中书省的别称。《南史·王韶之传》："晋帝自孝武（司马炎）以来，常居内殿，武官主书于中通呈，以省官一人管诏诰，住西省，因谓之西省郎。"宋苏轼《再次韵答完夫穆父》："岂知西省深严地，也著东坡病瘦身。"　[4]飞龙：皇家御厩之马的美称。　[5]此句谓期待出院后在月下开怀畅饮一番。　[6]"食叶蚕声"，谓欧公句也。阮阅《诗话总龟》前集卷七引《王直方诗话》：欧阳知贡举日，有诗云："无哗战士衔枚勇，下笔春蚕食叶声。"绝为奇妙。故圣俞作诗云："食叶蚕声句偏美，当时曾记赋初成。"

戏答持烛之句依韵和永叔[1]

卢仝只有赤脚婢[2]，吏部曾吟似笑仝。红烛射眸从结客[3]，清歌帖耳苦怜翁。归时虽已过寒食，芳物犹能逐暖风[4]。但点纱笼续清夜，西园游兴古何穷。

校注

[1]作于嘉祐二年（1057）丁酉，时梅尧臣五十六岁。　[2]卢仝：卢仝（约795—835），祖籍范阳（今河北涿州），生于河南济源，早年隐少室山，自号玉川子。其性格狷介，颇类孟郊；但其中更有一种雄豪之气，又近似韩愈。赤脚婢：唐韩愈《寄卢仝》："一奴长须不裹头，一婢赤脚老无齿。"韩诗云卢家有一长须的老奴和一赤脚的婢女。后以"赤脚婢"喻隐士贫穷而洁身自好的生活。　[3]结客：指所结交的宾客。　[4]芳物：芳香之物。多指花卉草木。

重答和永叔

我家唯有一团月，挂在飕飕草屋东。玉兔已为公取玩[1]，更休窥望桂丛中[2]。

校注

[1]玉兔：月亮。传说月中有白兔，故用"玉兔"代称月。傅玄《拟天问》："月中何有，白兔捣

药。" 　　[2]桂丛：桂树林。因传说月中有桂，故以"桂丛"代指月亮。唐李商隐《和友人戏赠》："殷勤莫使清香透，牢合金鱼锁桂丛。"

又依韵

多病相如不复云[1]，更何曾有卓文君。他时我向会稽去，只是荆钗与布裙[2]。

校注

[1]多病相如：见梅尧臣《魏文以予病渴赠薏苡二丛植庭下走笔戏谢》注[2]。　　[2]荆钗与布裙：《太平御览》卷七一八引《列女传》："梁鸿妻孟光荆钗布裙。"据《续列女传》：梁鸿妻孟光姿貌甚丑而德行甚修。光年三十未嫁，自称欲德操如梁鸿者。时鸿未娶，遂纳为妇。光盛饰饰入门，鸿拖延七日而不成礼。光问其故，鸿曰："吾欲得衣裘褐之人，与共遁世避时，今若衣绮绣傅黛墨，非鸿所愿也。"妻"乃更粗衣椎髻而前，鸿喜曰：'如此者，诚鸿妻也。'"。

较艺将毕和禹玉[1]

窗前高树有栖鹊，记取明朝飞向东。家在望春门外住，身居华省信难通[2]。夜闻相府催张榜，晓听都堂议奏中[3]。龙阁凤池人渐隔[4]，犹因朝谒望鳌宫[5]。

校注

[1]作于嘉祐二年（1057）。　　[2]华省：即尚书省。北魏高允《答钦宗》诗："窃名华省，厕足丹墀。"李白《江夏使君叔席上赠史郎中》有"多惭华省贵，不以逐臣疏"。　　[3]都堂：尚书省总办公处的称呼。唐代尚书省的总办公处居中，东有吏、户、礼三部办公处，西有兵、刑、工三部办公处，尚书省的左右仆射、左右丞、左右司郎中、员外郎等官总辖各部，称为都省，故总办公处称为都堂。宋、金尚书省的办公处，也沿用此称。　　[4]龙阁：宋朝龙图阁学士的略称。叶梦得《避暑录话》："龙图阁学士，旧谓之老龙，但称龙阁。"凤池：即凤凰池。本是皇宫中的池沼名。魏晋时中书省地近皇宫，掌管政治机要，故称"凤凰池"，后以凤凰池代指中书省。　　[5]鳌宫：指禁中宫殿。因宫殿陛石镌刻巨鳌，故名。

依韵和永叔戏作[1]

琵琶转拨声繁促，学作饥禽啄寒木。木蠹生虫细穴深，长啄歊铿未充腹[2]。拢弦叠响入众耳[3]，发自深林答空谷。上弦急逼下弦清，正如螳螂捕蝉声。坐中宾欢呼酒饮，门外客疑将欲行。主人语客客莫去，弹到古树裂丁丁[4]。内宾外客曾未听，乍闻此曲无不惊。还忆昭君入胡虏[5]，乌孙帐下边马鸣[6]。安知如今有乐事，能使女奚飞玉觥[7]。女奚年小殊流俗，十月单衣体生粟。言事关西杨广文[8]，广文空腹贪教曲。曲奇谱新偷法部[9]，妙在取音时转轴。翰林先生多所知[10]，又笑画图收满屋。不肯那钱买珠翠，任从堆插阶前菊。功曹时借乃许出[11]，他日求观龟壳缩[12]。我嗟老钝不如渠，幸得交朋时借娱。但乐休计有与无。

校注

[1]按：欧阳修原唱为《于刘功曹家听杨直讲褒女奴弹琵琶戏作呈圣俞》。　　[2]铿，据残宋本，正统本、万历本、康熙本作"鉴"。歊铿，当作"敲铿"。夏敬观云："歊铿当作敲铿。韩愈孟郊联句诗：树啄头敲铿。"　　[3]拢弦，残宋本、万历本皆作"拢"，宋荦本作"摆"。《全宋诗》误作"胧弦"。　　[4]丁丁（zhēng）：象声词。伐木声。《诗经·小雅·伐木》："伐木丁丁。"这里形容琵琶声。　　[5]昭君：汉南郡秭归（今属湖北）人，名嫱，字昭君，元帝宫人。晋避司马昭讳，改称为明君，后人又称明妃。详见《西京杂记》等。　　[6]乌孙：汉西域城国名，在今新疆伊犁河流域。汉武帝以江都王刘建女为江都公主，以楚王刘戊孙女为解忧公主，先后嫁乌孙王。详见《汉书·张骞传》

《汉书·西域传》。　　[7]女奚：女奴，婢女。玉觥：玉制的酒杯。亦以代酒。　　[8]关西杨广文：指杨褒，褒为华阳（今陕西省商洛市商州区）人，华阳在函谷关或潼关以西的地区，故谓关西；而时为国子监直讲，故称广文。《唐书·郑虔传》："虔坐谪十年，还京师，明皇爱其才，置广文馆，以虔为博士。"唐天宝九年（750）在国子监增开广文馆，设博士、助教等职，以教国子监学子。　　[9]法部：唐时皇官梨园训练和演奏法曲的部门。后借指教坊或法曲。　　[10]翰林先生：指欧阳修，时为翰林学士。　　[11]功曹：官名。汉代郡守有功曹史，简称功曹，除掌人事外，得以参预一郡的政务。北齐后称功曹参军。唐时，在府的称为功曹参军，在州的称为司功。此指刘功曹。　　[12]龟壳缩：龟遇危险，将首尾四足缩甲壳中。《阿含经》："有龟被野干所包，缩六而不出，野干怒而舍去。"这里以喻缩头袖手，不予借出。

江邻几暂来相见去后戏寄[1]

低头拜我苍髯翁，来如飞鸟去如风。一夕共饮斗柄北[2]，平明已向函关东[3]。众中旧骑破鳖马[4]，塞下新买连钱骢[5]。疾驱似逐邓林日[6]，不肯暂住行何穷。

校注

[1]江邻几：江休复（1005—1060），字邻几。开封陈留人。曾官集贤校理、刑部郎中等职。著有《唐宜鉴》《春秋世论》《江邻几文集》等，已佚。现存《江邻几杂志》。　　[2]斗柄北：北斗柄。指北斗的第五至第七星，即衡、开泰、摇光。北斗，第一至第四星像斗，第五至第七星像柄。《国语·周语下》："日在析木之津，辰在斗柄。"唐韦应物《拟古》诗之六："天河横未落，斗柄当西南。"　　[3]平明：犹黎明。天刚亮的时候。函关：函谷关的省称。　　[4]众中：众人之中。破鳖：比喻驽钝；低劣。　　[5]连钱骢：马名。《尔雅·释畜》："青骊驎驒。"晋郭璞注："色有深浅，斑驳隐鳞，今之连钱骢。"　　[6]邓林：古代神话传说中的树林。《山海经·海外北经》："夸父与日逐走，入日。渴欲得饮，饮于河渭，河渭不足，北饮大泽。未至，道渴而死。弃其杖，化为邓林。"晋郭璞《山海经图赞》："神哉夸父，难以理寻，倾沙逐日，遁形邓林。"唐韩愈《海水》诗："海水非不广，邓林岂无枝？"

依韵和永叔都亭馆伴戏寄[1]

去年锁宿得联华[2]，二月墙头始见花。今日都亭公感物，明朝太学我辞家[3]。

校注

[1]都亭：都邑中的传舍。秦法，十里一亭。郡县治所则置都亭。馆伴：古代陪同外族宾客人士的官员。　　[2]锁宿：谓锁闭于科举试场内应试。联华：花开并蒂。此指优美的联句。南朝梁刘勰《文心雕龙·丽辞》："炳烁联华，镜静含态。"　　[3]此诗末原注：上丁释奠致斋。注据残宋本，他本皆无。欧集卷五十七末附记云：嘉祐三年（1058）二月，公馆伴北使在都亭驿，有戏寄梅圣俞绝句。太学：古代设于京城的最高学府。西周已有太学之名。

叙两会事戏寄刁景纯学士[1]

东家红梅开出墙，墙西女儿学新妆。春风引客白日长，天河绿水浮鸳鸯。摘花赠渠到渠处，更问鸳鸯寄声去。昨日吴郎坐上时，袖中小字鸳鸯付[2]。酒虽入唇不能醉，醉得人心是朝暮。朝愁衾枕旧熏香，暮愁霰雪飘如絮。听他双韵舞伊州，舞彻夭妍不转头[3]。众人笑语曾不语，肠作车轮一万周[4]。屈节请还无甚愧[5]，当时麈尾自驱牛[6]。

校注

[1]诗见残宋本，他本皆无。刁景纯，名约，是胥偃的妻兄。与欧阳修、梅尧臣皆为朋友。[2]小字鸳鸯：指相思相爱的文字。　　[3]伊州：唐代教坊流行歌曲名。其来自唐边远地区州郡，其歌词犹用当地的名字来称呼。伊州在今新疆的哈密。白居易诗有"新教小工唱伊州"，以后词曲中有

"贪与萧郎眉语，不知错舞伊州"。夭妍：美丽妩媚。　　[4] 肠作车轮：西曲《襄阳乐》："黄鹄参天飞，中道郁徘徊。腹中车轮转，欢今定怜谁。"汉乐府《悲歌》："欲归家无人，欲渡河无船。心思不能言，肠中车轮转。"　　[5] 屈节：降低身份相从。汉刘向《九叹·怨思》："顾屈节以从流兮，心巩巩而不夷。"　　[6] 麈（zhǔ）尾：古人闲谈时执以驱虫、掸尘的一种工具。在细长的木条两边及上端插设兽毛，或直接让兽毛垂露外面，类似马尾松。因古代传说麈迁徙时，以前麈之尾为方向标志，故称。

次韵和酬刁景纯春雪戏意

雪与春归落岁前，晓开庭树有余妍。杨花扑扑白漫地，蛱蝶纷纷飞满天。胡马嘶风思塞草[1]，吴牛喘月困沙田[2]。我贫始觉今朝富，大片如钱不解穿[3]。

校注

[1] 嘶：马鸣声。嘶风：迎风嘶叫，形容马势雄猛。　　[2] 吴牛：《世说新语·言语》："满奋畏风，在晋武帝坐，北窗作琉璃屏，实密似疏，奋有难色。帝笑之。奋答曰：'臣犹吴牛，见月而喘。'"后以"吴牛喘月"比喻因害怕某一事物，见表面相似的事物也害怕。　　[3] 补注：嘉祐三年（1058）闰十二月，立春在岁除前，故有首句。

次韵永叔试诸葛高笔戏书[1]

公负天下才，用心如用笔。端劲随意行，曾无一画失。因看落纸字，大小得疏密。笔工诸葛高，海内称第一[2]。频年值我来，我愧不堪七[3]。安能事墨研[4]，欲效前人述。懒性真嵇康，闲坐喜扪虱[5]。是以持献公，不使物受屈[6]。果然公爱之，奇踪写名实[7]。岂惟播今时，当亦传异日。嗟哉试笔诗，藏不容人乞[8]。

校注

[1] 嘉祐四年（1059）诗。欧阳修有《圣俞惠宣州笔戏书》一首，与此诗同韵，未题何年作。诸葛高：《梅尧臣集编年校注》卷二九此诗注："《宣城事函》：诸葛高世工制笔，最称颂于荐绅间，每获一束，辄世袭藏之。圣俞有《次韵永叔诸葛高笔》诗云：'笔工诸葛高，海内称第一。'苏子瞻谓：'诸葛氏笔，譬如内法酒、北苑茶，他处纵有佳者，尚难得其仿佛。'……"诸葛高，宣城笔工。家世代制笔，至高尤为出名。精于制作鸡毛、老兔、鼠须诸笔，良健耐用，受到当时书法家的一致赞许。[2] 称第一：当时宣城诸葛笔在国内首屈一指。黄庭坚在《跋东坡论笔》文中说："东坡平生喜用宣城诸葛家笔，以为诸葛之下者，犹胜它处工者。"又《谢送宣城笔》诗："宣城变样蹲鸡距，诸葛名家捋鼠须。一束喜从公处得，千金求买市中无。"　　[3] 不堪七：不堪礼法束缚的七件事。山涛（字巨源）将去选官，议以嵇康自代做选曹郎，康拒绝，说自己"不涉经学。性复疏懒，筋驽肉缓，头面常一月十五日不洗，不大闷痒，不能沐也。每常小便而忍不起……又纵逸来久，情意傲散，简与礼相背，懒与慢相成"。并列陈不能出仕的原因，"有必不堪者七，甚不可者二"。抨击礼教，以示不愿做官。这里梅尧臣借以形容自己不愿受文墨生活的拘束，是自谦之词。　　[4] 墨研：指笔砚文具。研，同"砚"。[5] 扪虱：以手摸虱。这里指不受拘束的闲散生活。嵇康《与山巨源绝交书》："性复多虱，把搔无已。"　　[6] 物：指诸葛笔。这二句说，因此把得到的诸葛笔转送给您，不让宝物受到委屈。[7] 奇踪：指奇妙的笔迹。写名实：写出名实相符的文字。　　[8] 试笔诗：指欧阳修寄来的诗篇。这句赞扬欧阳修用诸葛笔写下的诗章与字体的精美，应当珍藏起来。

嘲江翁还接篱[1]

何言恐偷样，自是君妇懒。五日缝一巾，犹道苦未晚。

校注

[1] 原注：江简云：尝忆张籍诗有"唯恐傍人偷剪样，寻常懒戴出画堂"。朱校本校，"接篱"万

历本、康熙本作"篱"，宋荦本作"罱"。　接篱：古代的一种头巾。《晋书·山简传》云：西晋山简喜欢喝酒，常到高阳池上喝酒，大醉而归。当时有童谣说他"日夕倒载归，茗芋无所知。时时能骑马，倒著白接篱"。《襄阳记》亦载：汉侍中习郁于岘山南做鱼池。池边有高堤，种竹及长楸，芙蓉菠茨覆水，是游燕名处也。山简每临此池，未尝不大醉而还，曰："此是我高阳池也。"襄阳小儿歌之曰："山公时一醉，径造高阳池。日暮倒载归，茗芋无所知。"后以"习家池""高阳池""倒接篱"形容醉酒。北周庾信《杨柳歌》："不如饮酒高阳池，日暮归时倒接篱。"

戏谢师直[1]

古锦裁诗句[2]，班衣戏坐隅[3]。木奴今正熟[4]，肯效陆郎无[5]。

校注

[1] 录自宋阮阅《诗话总龟》前集卷三九引《零陵总记》。　[2] 古锦：用李贺的故事。李贺每天都骑着毛驴，命书童背着一个又破又旧的锦囊跟在后面，想到好诗句，就记下来投进锦囊里，供晚上整理、创作。　[3] 班衣：班，一本作"斑"。即斑衣。指相传老莱子为戏娱其亲所穿的彩衣。此句讲的是老莱子的故事。老莱子是春秋时楚国的隐士，相传他年已七十，父母健在，他时常穿五色彩衣，假装睡在地下，像小娃娃一样啼哭，或在父母旁玩鸟以逗双亲高兴。宋刘克庄《贺新郎·实之用前韵为老者寿，戏答》词："老去聊攀莱子例，倒著斑衣戏舞。"　坐隅：座位旁边。[4] 木奴：指柑橘的果实。此句用李衡种橘的故事。三国时吴国的丹阳太守李衡在住房边种了千余株橘树，临死时对其儿说，你母亲讨厌我治家产，所以穷成这个样了。不过我州里有木奴千株，不愁衣食。　[5] 陆郎：三国时吴国的陆绩，六岁时在九江见袁术。袁术拿橘子给他吃，他装了三个在怀里，拜辞的时候，掉在地上。袁术问："陆郎做客，还要带橘子去？"陆绩跪着回答说："我想带回去给母亲。"后来就用怀橘作为孝顺父母的典故。

闻曼叔腹疾走笔为戏[1]

方闻病下利[2]，曾不药物止。区区溷匽间[3]，其往宁得已。每为青蝇喧，似与紫姑喜[4]。倾肠倒腹后，乃是胸中美。

校注

[1] 录自《永乐大典》卷二〇三一〇。曼叔：孙永（1020—1087），字曼叔，长社（今河南长葛东北）人。仁宗庆历六年（1046）进士，官至工部、吏部尚书，谥康简。见《宋史》卷三四二。[2] 下利：古代医学对"泄泻"与"痢疾"的统称。　[3] 溷（hùn）匽：指污水沟池。　[4] 紫姑：神话中厕神名。又称子姑、坑三姑。相传为人家妾，为大妇所嫉，每以秽事相役。正月十五日激愤而死。故世人以其日作其形，夜于厕间或猪栏边迎之。见南朝宋刘敬叔《异苑》卷五、南朝梁宗懔《荆楚岁时记》。一说，姓何名楣，字丽卿，为唐寿阳刺史李景之妾，为大妇曹氏所嫉，正月十五日夜，被杀于厕中，上帝怜悯，命为厕神。旧俗每于元宵在厕中祀之，并迎以扶乩。事见《显异录》以及宋苏轼《子姑神记》。

卷 三

富弼
(1004—1083)
字彦国。河南府洛阳（今属河南）人，晏殊女婿。天圣八年（1030）举茂材异等。累擢至枢密副使，拜同中书门下平章事。著有《富郑公诗集》等。今录戏谑诗1首。

尧夫先生示秋霁登石阁之句病中聊以短章戏答[1]

高阁岩峣对远山[2]，雨余愁望不成欢。拟将敛黛强消遣，却是幽思苦未阑[3]。

校注

[1] 尧夫，即邵雍。其有《秋霁登石阁》诗。　　[2] 岩峣：高峻貌。　　[3] 自注：来诗断章云："为报远山休敛黛，这般情意久阑珊。"

林栗
字端父（甫），福州福清人。林希之父。景祐元年（1034）进士。官至兵部尚书。著有《史论》《辨国语》等。今从《全宋诗辑补》中录戏谑诗1首。

得赵昌画戏答李硕[1]

赵昌下笔敌韶光，一鬴黄金满斗量[2]。借我圭田三百亩，直须买取作花王。

校注

[1] 辑自《搜神秘览》卷下。云林栗庆历中出知怀安军与广汉知州李硕同行，话及赵昌画，二人以诗相戏，林诗云云。《全宋诗》据《馆阁续录》收作宋徽宗诗，恐误，语不类帝王言，可能是《馆阁续录》误将宋徽宗画当其诗著录。赵、林、李同时人。赵昌：生卒年不详。宋代画家。广汉（今四川广汉）人。擅长花果，兼工草虫。所画花果，得到"写生逼真，时未有其比"之荣，自号"写生赵昌"。[2] 鬴：亦作"釜"。古代的一种炊器。青铜制。后多以铁制。圆腹，双耳，无足。即现代的"锅"。又有一种大釜，称为"鬵"。

石介
(1005—1045)
字守道，人称徂徕先生，兖州奉符（今山东泰安东南）人。天圣八年（1030）进士。官太子中允，直集贤院，著有《徂徕集》。今录戏谑诗1首。

御史台牒督光台钱牒云以凭石柱镌名因戏书呈通判寺丞景元

幕中久次无他术，衔内兼官带宪司[1]。石柱镌名诚似是，豸冠加首竟何为[2]。几曾执简抨弹去，空被光台督责随。一起鸳鸾夏云汉，应嗤燕雀守藩篱。

校注

[1] 衔，原作"御"，据清康熙间燕山石氏刻本、清乾隆间剑舟居士抄校本改。　宪司：御史台（中丞）别称。　[2] 豸冠：古代执法官戴的帽子，即獬豸冠。《后汉书·舆服志》："法冠，或谓之獬豸冠。獬豸，神羊，能别曲直，故以为冠。"《新学记·职官部下》："汉官仪曰，御史四人皆法冠，一名柱后，一名獬豸。"

文彦博
（1006—1097）

字宽夫，号伊叟，汾州介休（今属山西）人。天圣五年（1027）进士。历仕仁、英、神、哲四朝，有宋第一名相。封潞国公。著有《潞公集》。今录戏谑诗13首。

东枢后轩列植花草随时竞秀种类寔繁滋蔓因依未易图也然昔之造化者为不少矣故录其名数榜于北垣意欲后之人勿剪勿伐且无忘于封植也因观其榜偶作小诗三章曰嘲曰解曰断云[1]

嘲
百种闲花草，皆非药笼材。如何桃与李，曾不预栽培。

解
勿谓闲花草，色成各有宜[2]。君看桃与李，未是岁寒姿。

断
天地育万物，物物遂其生。何须强分别，不若两忘情。

校注

[1] 此是一幅利用物理去解构物性、调控物情的绝妙流程图。讽刺转化成幽默。　[2] 色，四库本作"生"。

前朔宪孔嗣宗太博过孟云近于洛下结穷九老会凡职事稍重生事稍丰者不得与焉其宴集之式率称其名其事诚可嘉尚其语多资喧噪因作小诗以纪之亦以见河南士人有名教之乐简贪薄之风辄录呈留守宣徽聊资解颐[1]

洛城冠盖敦名教，任是清贫节转高。见说近添穷九老[2]，从初便不要山涛。

校注

[1] 孔嗣宗，字伯绍，河南人。孔子四十六代孙。孔嗣宗与人在洛阳结过穷九老会。该九老会具体已不可考。　[2] 自注：洛中旧有九老之会三，与此四矣。

提举刘司封监牧张职方咏酴醾诗皆以微文形于善谑辄成累句奉呈聊用解纷[1]（二首）

其一
蛮笺往复写琼瑰，皆是论都作赋才。花本无情亦无语，清香自到邺城来。

其二
已折素华迷雪苑，更将琼艳照冰台。刘郎曾入仙源路，又到唐昌观里来。

校注

[1] 刘司封监牧：刘航，字仲通，曾任河南监牧使、司封郎中。张职方：疑为曾以职方郎中或职方

员外郎担任道州知州之张器。光绪《道州志》卷四郡守题名："张器，治平四年任。"职方，职方郎中或员外郎的省称。

招仲通司封府园避暑

骑山楼下水轩东，一室初开待白公[1]。虽是不如南涧上，都缘却有北窗风。衔杯避暑称河朔，飞盖延宾在邺中。解榻况逢徐孺子，馈浆如饭与君同[2]。

校注

[1]自注：白云奇章欲于南溪上别葺一室，与白傅止宿，故诗云："终恐不如南涧上，别开一室待闲人。" [2]自注：卒章戏之耳。 按：此借用唐代牛僧孺和白居易的一段典故（牛僧孺，敬宗时封奇章郡公），牛僧孺是白居易的学生，二人之间有着深厚的师生之谊。此以喻自己和刘航之间的情谊。

效唐杜牧之对酒绝句

醒时忙事醉时闲，随分倾杯也破颜。若使玉楼休酿酒，春风应不到人间。

追 和

销磨岁月功名内，检束身心礼法中。除却高阳诗酒伴[1]，人间谁解惜春风。

校注

[1]高阳：指郦食其，以"高阳酒徒"自称。见张咏《解嘲》注[1]。

龙图给事使还过魏少留仙旆道旧为乐因及北史魏收之语作为雅章辄敢寄声聊资一噱[1]

剧谈矗矗倍尘氂，奇表堂堂对伏犀[2]。易作诗章频有得，难为遄峭岂无稽[3]。回驱大旆龙沙北，归直清厢虎帐西[4]。久困土山缘直道，侃然常耻病于畦[5]。

校注

[1]自注：苏相颂。 苏颂（1020—1101），字子容，泉州南安（今福建省厦门市同安区）人，官到宰相。 [2]矗矗：勤勉不倦貌。伏犀：《后汉书》卷六三《李固传》："固貌状有奇表，鼎角匿犀，足履龟文。"唐李贤注："鼎角者，顶有骨如鼎足也。匿犀，伏犀也。谓骨当额上入发际隐起也。足履龟文者二千石。见《相书》。"伏犀指从前额中央（天庭）至头顶的骨头。古人认为这块骨头一般长在前额，插入发际则是贵相。 伏，原作"伏"，据四库本改。 [3]遄峭：山势倾斜曲折貌。此指文字的峭拔。 [4]自注：龙图阁在资政殿西。 [5]自注：子容顷罢西掖，退为散郎，奉常参逾年。

端午日招诸公于敝园为角黍之会独尧夫不至因成小诗奉呈用资一笑[1]

药饵从来多客至，人情大抵见荣观。戴崇贪赴安昌会，必为东田不足欢[2]。

校注

[1]自注：范相尧夫时为西台。 范纯仁，字尧夫，范仲淹之子。《宋史》卷三一四有传。[2]戴崇：汉沛县（今属江苏徐州）人，字子平。官至九卿，受《易》于张禹。见《汉书》。《年谱》按：此乃玩笑之语。安昌馆是杜衍罢相后在南都所建居所之名。

令弟坚官满归京，偶成四十言代书寄判武学顾学士，略资一噱[1]

多年判武学，未改旧官衔。有意将投阁[2]，无人为解骖[3]。师资尽韬略[4]，况味极齑盐[5]。闻说鲈鱼好，归心风满帆[6]。

校注

[1]令弟：古代称自己的弟辈，犹言贤弟。文彦坚：生平不详。武学：古代培养军事人才的学校，

北宋庆历三年（1043）正式设置，数月即废。熙宁五年（1072）复置。 [2] 投阁：汉扬雄校书天禄阁时，刘棻曾向雄问古文奇字，后棻被王莽治罪，株连扬雄，当狱吏往捕时，雄恐不能自免，即从阁上跳下，几乎摔死，后有诏勿问，时人语曰："惟寂寞，自投阁。爱清静，作符命。"见《汉书·扬雄传赞》。按：扬雄作《解嘲》，有"惟寂惟寞，守德之宅"语，故时人以此讥其言行不一。后用为文士不甘寂寞而遭祸殃之典。 [3] 解骖：解脱骖马赠人，谓以财物救人困急。语出《史记·管晏列传》："越石父贤，在缧绁中。晏子出，遭之途，解左骖赎之。" [4] 韬略：古代兵书《六韬》《三略》的并称，泛指兵书，后借指谋略、计谋。 [5] 况味：境况和情味。齑盐：腌菜和盐，借指清贫的生活。 [6]"闻说"二句：用"思鲈"典。

承答诗披览叹服无已，今复和呈资一噱而已

药录虽称性味寒，涤烦功效有多般。从来御宿嘉名著[1]，岂与西沙一例看[2]。

校注

[1] 御宿：在陕西省西安市长安区南。《汉书·扬雄传》："武帝开上林至昆吾御宿。"亦作"御羞"。如淳曰：御羞，地名。其地肥沃出御物，扬雄谓之御宿。《太平御览》卷八二四："《三秦记》曰：'汉武帝名园，曰樊川，一名御宿，有大梨如五升，名含消。'" 嘉，四库本作"佳"。 [2] 自注：魏人谓压沙为西沙。"压沙"，即压沙寺，在大名府（今河北大名东北）。据说当时大名压沙寺梨花之盛闻于天下。

释契嵩
（1007—1072）

字仲灵，自号潜子，俗姓李，藤州镡津（今广西壮族自治区藤县）人。七岁出家，十九岁而游方，下江湘，陟衡庐，入吴中，至钱塘。熙宁五年（1072）卒于杭州灵隐寺。著有《嘉祐集》《镡津文集》等。今录戏谑诗1首。

南涧傍游戏呈公济冲晦[1]

相引朝来碧涧傍，山林雪尽水流长。未应惊鸟下苔岸，先共观鱼跨石梁。日淡沙寒鸥自聚，岁阑春入草含芳。鲍昭汤老须同咏[2]，何必人间万事忙。

校注

[1] 公济冲晦：杨蟠，字公济。释惟晤，字冲晦。此二人皆与契嵩有唱和。契嵩自言其喜好山水，晚年与杨蟠、释惟晤畅游灵隐、天竺诸山，三人唱和诗最后由释契嵩亲自编辑成《山游唱和诗集》。
[2] 鲍昭汤老：鲍昭即鲍照，南朝宋著名文人。后常以鲍家诗喻优秀诗篇。汤老，指汤惠休。齐己《寄唐禀正字》："鲍昭多所得，时忆寄汤生。"鲍照与汤惠休有唱和之谊。作者以鲍照、汤惠休比公济、冲晦。

欧阳修
（1007—1072）

字永叔，号醉翁，晚年号六一居士，庐陵（今江西吉安）人。仁宗天圣八年（1030）进士。历官知制诰、翰林学士、枢密副使、户部侍郎改参知政事等。北宋中期诗文革新运动的领袖。曾与宋祁等合修《新唐书》，并独撰《新五代史》。著《欧阳文忠公集》一百五十卷。今录戏谑诗30首。

太白戏圣俞[1]

开元无事二十年，五兵不用太白闲。太白之精下人间，李白高歌蜀道难[2]。蜀道之

难难于上青天，李白落笔生云烟。千奇万险不可攀，却视蜀道犹平川[3]。宫娃扶来白已醉，醉里诗成醒不记[4]。忽然乘兴登名山，龙咆虎啸松风寒。山头婆娑弄明月，九域尘土悲人寰[5]。吹笙饮酒紫阳家，紫阳真人驾云车。空山流水空流花，飘然已去凌青霞[6]。下看区区郊与岛，萤飞露湿吟秋草[7]。

校注

[1] 太，元曾鲁考异、明正统刻《居士集》（以下简称"曾本"）"太"字上有"效"字。原校："一作《读李白集效其体》。" [2] "开元"四句：无事，原校：一作"太平"。 生活在太平盛世的天才诗人李白，高歌一曲《蜀道难》。五兵：五种兵器，此处指军队。太白：即金星。又名启明、长庚。古星象家以为太白星主杀伐，故多以喻兵戎。太白之精：唐裴敬《翰林学士李公墓碑》："或曰太白之精下降，故字太白；故贺监（贺知章）号为谪仙，不以然乎?"《本事诗·高逸》："李太白初自蜀至京师，舍于逆旅。贺监知章闻其名，首访之。既奇其姿，复请所为文。出《蜀道难》以示之。读未竟，称叹者数四，号为谪仙。" [3] "蜀道"四句：引《蜀道难》诗句，赞颂李白的英雄豪迈气概。唐殷璠《河岳英灵集序》："李白性嗜酒，志不拘检，常林栖十数载，故其为文章率皆纵逸。至如《蜀道难》等篇，可谓奇之又奇，自骚人以还，鲜有此体调也。"蜀道犹平川：李白《上皇西巡南京歌十首》其四："谁道君王行路难，六龙西幸万人欢。地转锦江成渭水，天回玉垒作长安。" [4] "宫娃"二句：天宝元年（742），李白应诏入京，受到唐玄宗的特殊礼遇，实际上被视为宫廷御用文人。一天，唐玄宗与杨贵妃在宫中沉香亭畔赏牡丹，并召来李龟年等演奏新曲，宣召李白入宫，李白早已喝得大醉，入宫后乘醉写成《清平调》三章。《新唐书·李白传》："帝坐沉香亭子，意有所感，欲得白为乐章。召人，而白已醉。左右以水沫面，稍解，援笔成文，婉丽精切。" [5] "忽然"四句：然，原校：一作"来"。九域尘土，续校：民国上海锦章书局石印本（以下简称"石本"）作"扰扰"。原校：一作"下看尘世"。 化用李白诗句，铸成奇幻瑰丽之景，表现李白诗歌关注民生的内容和浪漫主义风格。登名山、龙咆虎啸，见李白诗《梦游天姥吟留别》。弄明月、悲人寰，见李白诗《古风·西上莲花山》。[6] "吹笙"四句：空山，石本作"山中"。 化用李白诗句，概述李白游仙诗的神奇意境，咏叹诗仙已经逝去。吹笙饮酒，见李白诗《忆旧游寄谯郡元参军》："紫阳之真人，邀我吹玉笙……我醉横眠枕其股。"紫阳真人：李白有《冬夜于随州紫阳先生餐霞楼送烟子元演隐仙城山序》《汉东紫阳先生碑铭》等作品。其《汉东紫阳先生碑铭》："先生姓胡氏，代业黄老，门清儒素。予与紫阳神交，饱餐素论，十得其九。弟子元丹丘等咸思鸾凤之羽仪，想珠玉之云气。洒扫松月，载扬仙风。"王琦注："此文中之贞倩当即其人。"据《汉东紫阳先生碑铭》王琦注，紫阳先生当卒于唐敬宗宝历三年（827）。另外，紫阳真人为道家传说中的神仙，本名周义山，因在蒙山遇到古仙人羡门人传道而成仙。驾云车：仙去，逝去。 [7] "下看"二句：下看，原校：一作"堪笑"。续校：石本"看"作"视"。 李白诗歌的成就远远超过只会吟咏秋草流萤之类细碎景物的孟郊与贾岛。严羽《沧浪诗话》："李、杜数公，如金鳷擘海，香象渡河。下视郊、岛，直虫吟草间耳。"郊与岛：中唐诗人孟郊、贾岛，二人皆以苦吟著称，为韩愈赏识。二者皆注重雕琢，推敲字句，获得"郊寒岛瘦"的评语和"苦吟诗人"的称号。

思白兔杂言戏答公仪忆鹤之作[1]

君家白鹤白雪毛[2]，我家白兔白玉毫。谁将赠两翁，谓此二物皎洁胜琼瑶。已怜野性易驯扰，复爱仙格何孤高。玉兔四蹄不解舞，不如双鹤能清嗥[3]。低垂两翅趁节拍[4]，婆娑弄影夸娇饶[5]。两翁念此二物者，久不见之心甚劳。京师少年殊好尚，意气横出争雄豪。清醑美酒不辄饮，千金争买红颜韶[6]。莫令少年闻我语，笑我乖僻遭讥嘲。或被偷开两家笼，纵此二物令逍遥。兔奔沧海却入明月窟，鹤飞玉山千仞直上青松巢[7]。索然两衰翁，何以慰无憀。纤腰绿鬓既非老者事[8]，玉山沧海一去何由招。

校注

[1] 作于嘉祐二年（1057）知贡举时。作者曾经写过的一首《白兔》杂言诗，可参看。公仪，梅挚。《东都事略》卷七五《梅挚传》："梅挚字公仪，成都新繁人也。举进士，稍迁太常博士、知苏州。入为三司户部副使。以事出知海州，徙苏州，入为三司度支副使。拜天章阁待制、陕西都转运使。迁龙图阁直学士、知滑州。入知三班院。出知杭州，仁宗赐诗以宠其行。徙江宁府，拜右谏议大夫，移知河中府，卒，年六十五。"挚，《宋史》卷二九八亦有传。　　[2] 白鹤白雪毛，续校：石本作"双鹤轻霜毛"。　　[3] 嘌，原作"嘍"，据宋刻本改。　　[4] 节拍，曾本校："苏本作'拍节'"。　　[5] 娇，续校：一作"妖"。　　[6] 争，续校：石本作"斗"。　　[7] 玉山：传说中的仙山。《山海经·西山经》："又西三百五十里曰玉山，是西王母所居也。"郭璞注："此山多玉石，因以名云。《穆天子传》谓之群玉之山。"　　[8] 纤腰绿鬓：指美女娇娃。陆云《为顾彦先赠妇诗》之一："雅步擢纤腰，巧笑发皓齿。"唐崔浩《虞姬篇》："虞姬少小魏王家，绿鬓红唇桃李花。"

戏答圣俞

鹤行而啄，青玉嘴，枯松脚。兔蹲而累，尖两耳，攒四蹄。往往于人家高堂净屋曾见之，锦装玉轴挂壁垂[1]。乍见拭目犹惊疑，羽毛襂褷眼睛活，若动不动如风吹[2]。主人矜夸百金买，云此绝笔人间奇。画师画生不画死，所得百分三二尔，岂如玩物玩其真。凡物可爱惟精神，况此二物物之珍。月光临静夜，雪色凌清晨。二物于此时，莹无一点纤埃尘。不惟可醒醉翁醉，能使诗老诗思添清新[3]。醉翁谓诗老，子勿诮我愚。老弄兔儿怜鹤雏，与子俱老其衰乎。奈何反舍我，欲向东家看舞姝[4]。须防舞姝见客笑，白发苍颜君自照。

校注

[1] 屋，曾本校：家本作"室"。　此言士大夫家里往往挂有鹤和兔子的画轴。　　[2] 襂褷：羽毛初生之貌。《文选》卷一二木华《海赋》："兔雏离褷，鹤子淋渗。"李善注："离褷、淋渗，毛羽始生之貌。"此句谓曾见到不少鹤和兔子的画，羽毛和眼睛活灵活现，栩栩如生。　　[3] 醉翁：欧公自指；诗老：欧公对梅尧臣的雅称。　　[4] 向，原校：一作"去"。　此句谓偏偏要到东家去欣赏美人跳舞。按：此乃欧公与梅尧臣戏谑之语。

折刑部海棠戏赠圣俞二首[1]

其一

摇摇墙头花，笑笑弄颜色[2]。荒凉众草间，露此红的皪[3]。草木本无情，及时如自得。青春不可恃，白日忽已昃。绕之重吟哦，归坐成叹息。人生浪自苦，得酒且开释。不见宛陵翁，作诗头早白[4]。

其二

摇摇墙头花，艳艳争青娥。朝见开尚少，暮看繁已多。不惜花开繁，所惜时节过。昨日枝上红，今日随流波。物理固如此，去来知奈何[5]。达人但饮酒，壮士徒悲歌。

校注

[1] 嘉祐二年（1057）知贡举时作。　　[2] 笑笑：花盛开貌。　　[3] 的皪：又作"的烁"，指花色鲜明光亮。杨炯《庭菊赋》："花的烁兮如锦，草绵连兮似织。"　　[4] 宛陵翁：指梅尧臣。梅尧臣为宣城人，故称。《嘉庆重修一统志》卷一一五《宁国府》："宣城县，汉置宛陵县。晋为宣城郡治。隋大业初，改县曰宣城，仍为宣城郡治。宋为宁国府治。"　　[5] 物理：万物生长消亡的自然规律。《周

书·明帝纪》："生而有死者，物理之必然。" 去，曾本校：家本作"古"。

刑部看竹效孟郊体[1]

花妍儿女姿，零落一何速。竹色君子德，猗猗寒更绿[2]。京师多名园，车马纷驰逐。春风红紫时，见此苍翠玉。凌乱迸青苔，萧疏拂华屋。森森日影闲，濯濯生意足[3]。幸此接清赏，宁辞荐芳醑[4]。黄昏人去锁空廊，枝上月明春鸟宿[5]。

校注

[1] 嘉祐二年（1057）知贡举时作。孟郊体：孟郊，唐代诗人。其诗刻画深刻、恳挚动人，号为苦吟。此诗即模仿孟郊诗风所作，故称孟郊体。 [2] 竹色君子德：《世说新语·任诞》："王子猷尝暂寄人空宅住，便令种竹。或问：'暂住，何烦尔？'王啸咏良久，直指竹曰：'何可一日无此君？'"猗猗：美盛之貌。《诗经·卫风·淇奥》："瞻彼淇奥，绿竹猗猗。"毛亨传："猗猗，美盛貌。"《文选》班固《西都赋》："兰茝发色，晔晔猗猗。"吕向注："猗猗，美貌。言草树花色美盛。" [3] 濯濯：光明之貌。《诗经·商颂·殷武》："赫赫厥声，濯濯厥灵。"郑玄笺："濯濯乎其见尊敬也。"孔颖达疏："濯濯乎光明者，其见尊敬如神灵也。" [4] 清赏：欣赏幽雅的景致或器物。谢朓《和何议曹郊游》诗之一："江陲得清赏，山际果幽寻。" [5] 黄昏人去，原校：一作"黄昏寂寂"，一作"寂寂人去"。春，原校：一作"看"。

于刘功曹家见杨直讲（褒）女奴弹琵琶戏作呈圣俞[1]

大弦声迟小弦促，十岁娇儿弹啄木[2]。啄木不啄新生枝，惟啄槎牙枯树腹[3]。花繁蔽日锁空园，树老参天杳深谷。不见啄木鸟，但闻啄木声。春风和暖百鸟语，山路硗确行人行[4]。啄木飞从何处来，花间叶底时丁丁。林空山静啄愈响，行人举头飞鸟惊[5]。娇儿身小指拨硬，功曹厅冷弦索鸣。繁声急节倾四坐，为尔饮尽黄金觥。杨君好雅心不俗，太学官卑饭脱粟[6]。娇儿两幅青布裙，三脚木床坐调曲[7]。奇书古画不论价，盛以锦囊装玉轴[8]。披图掩卷有时倦，卧听琵琶仰看屋。客来呼儿旋梳洗，满额花钿贴黄菊[9]。虽然可爱眉目秀，无奈长饥头颈缩[10]。宛陵诗翁勿诮渠，人生自足乃为娱，此儿此曲翁家无。

校注

[1]《欧阳修集编年笺注》：嘉祐三年（1058）任翰林学士时作。《欧梅诗传》：嘉祐二年（1057）作于汴京，时为右谏议大夫。刘功曹，不详其人。功曹：功曹参军，开封府属官。《宋史·职官志》六："开封府，其属有判官、推官四人，功曹、仓曹、户曹、兵曹、法曹、士曹参军各一人，视其官曹分职莅事。"杨直讲：杨褒，字之美，成都华阳人，时与梅尧臣同为国子监直讲。直讲，学官名，掌教学子诸经，一向被视为清苦衙门。杨好收藏古画，曾在市上购得《盘车图》一幅，请梅尧臣为之题诗。欧阳修乃有和梅诗之作。琵琶：古乐器名。应劭《风俗通义》卷六："此近世乐家所作。以手批把，因以为名。长三尺五寸，法天地人与五行，四弦象四时。"《初学记》卷一六引《释名》："琵琶，本胡中马上所鼓也。推手曰琵，引手却曰琶，因以为名。" [2]"大弦"二句：促，曾本作"速"。琵琶分为大弦和小弦，以区别高音和低音。白居易《琵琶行》："大弦嘈嘈如急雨，小弦切切如私语。"啄木：琵琶曲名。司马光有《同张圣民过杨之美听琵琶女奴弹啄木曲》诗，知其为曲名也。 [3]"惟啄"句：谓小女子的琵琶活像啄木鸟啄空树干的砰砰声。 槎牙，原校：一作"牙槎"。 [4]"花繁"二句：描写琵琶曲中烘托啄木之声的空阔幽深的境界。"春风"句：写曲中百鸟和鸣的声音。"山路"句：写曲中撩人想象的情景。硗确：形容多石瘠薄之地。 [5]"行人"句，续校：一作"众鸟啁啾飞且惊"。 《西江诗话》引王安石语，称"近代诗人，无出欧公右者。如'行人举头飞鸟惊'之句，酷有

天趣，第人不解耳"。朱自清《宋五家诗钞·欧阳修》以为："惊韵比中出比，故安石称之。" 　[6] 太学：即国子监，宋代汴京的最高学府。《宋史·选举志》三："凡学皆隶国子监。国子生以京朝七品以上子孙为之，初无定员，后以二百人为额。太学生以八品以下子弟若庶人之俊异者为之。及三舍法行，则太学始定置外舍生二千人，内舍生三百人，上舍生百人。始入学，验所隶州公据，试补外舍，斋长、谕月书其行艺于籍。行谓率教不戾规矩，艺谓治经程文。季终考于学谕，次学录，次正，次博士。"脱粟：糙米。《史记·平津侯主父列传》："食一肉脱粟之饭。"司马贞索隐："脱粟，才脱谷而已，言不精凿也。"《晏子春秋·杂下》二六："晏子相景公，食脱粟之食。" 　[7] 三脚木床：即今三条腿的凳子。按：北宋时尚无今天的椅子，大多为凳子，如圆凳、方凳、鼓凳等。又谓四脚之床，折其一脚。形容主人之贫。 　[8] "奇书"二句：盛以锦囊，续校：一作"古锦裁囊"。 谓杨褒喜欢古董字画，凡有此物，不论贵贱，也要买到家中，精心装裱。韩维《又和杨之美家琵琶妓》："有时陈书出众画，罗列卷轴长短俱。破缣坏纸抹漆黑，笔墨仅辨丝毫余。补装断绽搜尺寸，分别品目穷锱铢。以兹为玩不知老，自适其适诚吾徒。" 　[9] 贴黄菊：南北朝以来女子梳妆的一种习俗。古乐府《木兰辞》："当窗理云鬓，对镜帖花黄。" 　[10] 长饥头颈缩：由于长期挨饿而显得头大颈细的样子。

寄题刘著作羲叟家园效圣俞体[1]

　　嘉子治新园，乃在太行谷[2]。山高地苦寒，当树所宜木。群花媚春阳，开落一何速。凛凛心节奇，惟应松与竹[3]。毋栽当暑槿，宁种深秋菊[4]。菊死抱枯枝，槿艳随昏旭[5]。黄杨虽可爱，南土气常燠[6]。未知经雪霜，果自保其绿。颜色苟不衰，始知根性足。此外众草花，徒能悦凡目。千金买姚黄，慎勿同流俗[7]。

校注

[1] 嘉祐四年（1059）任翰林学士时作。刘著作羲叟：《宋史》卷四三二《刘羲叟传》："刘羲叟，字仲更，泽州晋城人。欧阳修使河东，荐其学术。皆修《唐史》，令专修《律历》《天文》《五行志》。寻为编修官，改秘书省著作佐郎。以母丧去，诏令居家编修。书成，擢崇文院检讨，未入谢，疽发背卒。"著作，此处为著作佐郎之简称。著作郎、著作佐郎，宋初时皆为文臣迁转寄禄官名。《宋史·职官志》九："诸寺监丞，有出身转著作佐郎，无出身转大理寺丞。著作佐郎，有出身转秘书丞，无出身转太子左赞善大夫。" 　[2] 太行谷：羲叟为晋城人，晋城在太行山南部，故云。《元丰九域志》卷四："晋城，有太行山、晋山、丹水。" 　[3] 凛凛：威严而使人敬畏之貌。王勃《慈竹赋》："气凛凛而犹在，色苍苍而未离。""惟应"句：谓有气节的植物，当数松、竹之类。 　[4] 当暑槿：木槿，落叶灌木名，夏、秋时节开花，有紫、白、粉等颜色。 　[5] 昏旭：犹"昏旦"，即早晚。 　[6] 黄杨：常绿灌木或小乔木，叶对生，披针或卵形，花黄色而有臭味。多生长在南方暖湿地带。 　[7] 姚黄：牡丹花的名种之一。

山斋戏书绝句二首[1]

　　其一

　　蜜脾未满蜂采花，麦垅已深鸠唤雨[2]。正是山斋睡足时，不觉花间日亭午[3]。

校注

[1] 熙宁三年（1070）知青州时作。原本题下注云："熙宁三年。" 　[2] "蜜脾"二句：蜜脾，蜂房中收贮蜂蜜的巢脾。王禹偁《蜂记》："其酿蜜如脾。谓蜂脾。"麦垅已深：麦苗长势很旺，已近吐穗时节。鸠唤雨：斑鸠在下雨前叫唤，俗称"斑鸠鸣，雨才生"。 唤，原校："一作'叫'。" 　[3] 亭午：正午。《文选》孙绰《游天台山赋》："尔乃羲和亭午，游气高褰。"李周翰注："亭，至也。即直午之义。"苏轼《上巳出游随所见作句》："三杯卯酒人径醉，一枕春睡日亭午。"

其二

经春老病不出门，坐见群芳烂如雪[1]。正当年少惜花时，日日春风吹石裂[2]。

校注

[1] 坐见：犹言眼看着，徒然看着。　　[2] 吹石裂：形容寒风凛冽。

嘲少年惜花[1]

纷纷红蕊落泥沙，少年何用苦咨嗟。春风自是无情物，肯为汝惜无情花。今年花落明年好，但见花开人自老[2]。人老不复少，花开还更新。使花如解语，应笑惜花人[3]。

校注

[1] 原本题注：熙宁□（曾本作"七"）年。　　[2] 化用唐刘希夷《代悲白头翁》"年年岁岁花相似，岁岁年年人不同"诗意。　　[3] 解语：善解人意。王仁裕《开元天宝遗事》："明皇秋八月，太液池有千叶白莲数枝盛开，帝与贵戚宴赏焉。左右皆叹羡。久之，帝指贵妃示于左右曰：'争如吾解语花？'"

戏石唐山隐者[1]

石唐仙室紫云深，颍阳真人此算心[2]。真人已去升寥廓，岁岁岩花自开落[3]。我昔曾为洛阳客，偶向岩前坐盘石[4]。四字丹书万仞崖，神清之洞锁楼台[5]。云深路绝无人到，鸾鹤今应待我来[6]。

校注

[1] 原本题注：熙宁□年。　　《欧阳修集编年笺注》编年："熙宁元年知青州时作。"丁功谊则认为"此诗作于熙宁五年初秋，时退居颍州"。王水照、崔铭著《欧阳修传》附录一"欧阳修生平创作年表"亦作"熙宁五年"诗人临终前的作品。石唐山隐者，即嵩山少室缑氏岭石唐山紫云洞道士许昌龄。治平四年（1067）秋，欧阳修知亳州时，结识了嵩山道士许昌龄，作有《赠隐者》诗。宋葛立方《韵语阳秋》卷一二："（欧）公集中载许道人、石唐山隐者，皆昌龄也。""所谓《石唐山人》诗，乃公临终寄许之作也。"　　[2] 石唐仙室：即嵩山少室缑氏岭石唐山紫云洞。紫云：即紫云洞。颍阳真人：指唐人邢和璞，曾隐颍阳石唐山，作《颍阳书》。《旧唐书》卷一九一："有邢和璞者，善算人而知夭寿善恶。"《畿辅通志》卷八三："邢和璞，不知何许人。隐于瀛海间，善算术。凡人心之所许，布算而知之。卜居嵩颍间，著《颍阳书》三篇，有算心旋空之诀。"算心：算心术。　　[3] 升寥廓：升天成仙。寥廓，辽阔的天空。　　[4] 洛阳客：诗人天圣九年（1031）三月至洛阳补西京留守推官。坐盘石：指明道二年（1033）嵩山之游。　　[5] 四字丹书：明道元年（1032）九月，欧阳修曾随谢绛等奉旨告庙游嵩山所见的"神清之洞"。苏辙《蔡州壶公观刘道士并引》："（欧）公亦尝自言：昔与谢希深、尹师鲁、梅圣俞数人同游嵩高，见藓书四大字于苍崖绝洞之上，曰'神清之洞'。问同游者，惟师鲁见之。以此亦颇自疑。"　　[6] 云深路绝：《宋史》卷四五七《陈抟传》："陈抟字图南，亳州真源人。因服气辟谷历二十余年，但日饮酒数杯。移居华山云台观。又止少华石室。每寝处，多百余日不起。"鸾鹤：鸾与鹤，相传为仙人所乘。南朝宋汤惠休《楚明妃曲》："骖驾鸾鹤，往来仙灵。"

县舍不种花惟栽楠木冬青茶竹之类因戏书七言四韵[1]

结绶当年仕两京，自怜年少体犹轻[2]。伊川洛浦寻芳遍，魏紫姚黄照眼明[3]。客思病来生白发，山城春至少红英[4]。芳丛密叶聊须种，犹得萧萧听雨声[5]。

校注

[1] 景祐四年（1037）任夷陵县令时作。诗题下自注："景祐四年。"　　[2] "结绶"二句：结绶，系结印带。此喻出仕做官。两京，指汴梁开封和西京洛阳。按欧阳修于仁宗天圣八年（1030）登进

士第，初仕西京留守推官。怜：爱慕，喜爱。 [3]"伊川"二句：伊川，此指伊河。源出河南省卢氏县东南，东北流经嵩县，至偃师市与洛河汇合为伊洛河。洛浦，洛水之滨。寻芳，此指寻访牡丹花。魏紫、姚黄原指宋代洛阳两种名贵的牡丹品种，魏紫为千叶肉红牡丹，出于魏仁溥家；姚黄为千叶黄花牡丹，出于姚氏民家；后泛指名贵的花卉。 [4]客思：客居异乡的人对家乡或旧居之处的怀念。骆宾王《在狱咏蝉》诗："西陆蝉声唱，南冠客思深。"此二句写早生白发，喻多愁善感，未老先衰。[5]萧萧：象声词，形容马叫声、风雨声、流水声，或草木摇落声、乐器声等。《诗经·小雅·车攻》："萧萧马鸣，悠悠旆旌。"王安石《试院中五绝句》之五："萧萧疏雨吹檐角，喧喧暝蚕啼草根。"

戏答元珍[1]

春风疑不到天涯[2]，二月山城未见花[3]。残雪压枝犹有橘，冻雷惊笋欲抽芽[4]。夜闻归雁生乡思，病入新年感物华[5]。曾是洛阳花下客[6]，野芳虽晚不须嗟。

校注

[1]元珍，原校：一本下云"花时久雨之什"。此诗作于景祐四年（1037）夷陵县令时。题注："景祐四年。" 元珍：丁宝臣，字元珍，常州晋陵（今江苏常州）人，时为峡州（今湖北宜昌）军事判官，与欧阳修常相过从。 [2]天涯：极边远的地方。诗人贬官夷陵（今湖北宜昌），距京城已远，故云。 [3]山城：亦指夷陵。 [4]"残雪"二句：诗人在《夷陵县四喜堂记》中说，夷陵"风俗朴野，小盗争，而令之日食有稻与鱼，又有橘柚茶笋四时之味，江山秀美，邑居缮完，无不可爱"。冻雷：春天的雷声。 [5]"夜闻"二句，原校：一作"鸟声渐变知芳节，人意无聊感物华"。归雁：春季雁向北飞，故云。隋薛道衡《人日思归》："人归落雁后，思发在花前。"感物华：为物华所感染。物华：美好的景物。 [6]"曾是"句：宋仁宗天圣八年（1030）至景祐元年（1034），欧阳修曾任西京（洛阳）留守推官。洛阳以花著称，作者《洛阳牡丹记·风俗记》："洛阳之俗，大抵好花。春时，城中无贵贱皆插花，虽负担者亦然。花开时，士庶竞为游遨。"

戏赠丁判官[1]

西陵江口折寒梅，争劝行人把一杯[2]。须信春风无远近，维舟处处有花开[3]。

校注

[1]景祐四年（1037）任夷陵县令时作。原本题下注云："景祐四年。" 戏，原校：一作"寄"。[2]西陵：西陵峡。《嘉庆重修一统志》卷三五〇《宜昌府》："西陵峡在东湖县西北二十五里，一名夷山。《汉书·地理志》'夷陵'颜师古注引应劭曰：'夷山在西北。'《水经注·江水注》：'江水又东，径西陵峡。'《宜都记》曰：'自黄牛滩东入西陵峡，至峡口百许里，山水纡曲，两岸高山重嶂，非日中夜半，不见日月。绝壁或千许丈，林木高茂。猿鸣至清，山谷传响，泠泠不绝。所谓三峡，此其一也。'《荆州记》：'自夷陵溯江二十里入峡口，名为西陵峡，长二十里。'"折梅：古人折梅表示送别。 一，原校：一作"酒"。 [3]言春风大公无私，无论远近的地方，都能吹到。维舟：系舟。

西湖戏作示同游者[1]

菡萏香清画舸浮，使君宁复忆扬州[2]。都将二十四桥月，换得西湖十顷秋[3]。

校注

[1]题下原校：一作"初泛西湖"。 皇祐元年（1049）知颍州时作。原本题下注云："皇祐元年。" [2]菡萏香清，原校：一作"绿菱红莲"。宁，原校：一作"不"。 "菡萏"二句：泛舟于颍州西湖的荷花清香之中，难道还会思念扬州吗？菡萏，荷花的别称。画舸：装饰彩绘的大船。使君：州郡长官。此欧公以颍州太守自谓也。 [3]"都将"二句：扬州"二十四桥明月夜"不如颍州"西湖十顷秋"，自己愿以扬州二十四桥换取颍州西湖。二十四桥：扬州古名胜。一说二十四座桥，北宋沈

括《梦溪笔谈·补笔谈》卷三中对每座桥的方位和名称都做了记载。本句化用杜牧《寄扬州韩绰判官》诗句："二十四桥明月夜，玉人何处教吹箫？"

戏答圣俞持烛之句[1]

辱君赠我言虽厚，听我酬君意不同。病眼自憎红蜡烛[2]，何人肯伴白须翁。花时浪过如春梦，酒敌先甘伏下风。惟有吟哦殊不倦，始知文字乐无穷。

校注

[1] 嘉祐二年（1057）知贡举时作。原本题下注云："嘉祐二年。"《全宋诗》作"至和二年"。持烛之句：梅尧臣有《谢永叔答述旧之作和禹玉》诗有"金带系袍回禁署，翠娥持烛侍吟窗。"　[2] "病眼"句：有眼病的人见到日光或烛光，往往会受到刺激而流泪。

戏　书[1]

支离多病叹衰颜，赖得群居一笑欢[2]。人老思家甚年少，身闲泥酒过春寒[3]。来时御柳天街冻，归去梨花禁箓残[4]。纵使开门佳节晚，未妨双鹤舞霜翰[5]。

校注

[1] 嘉祐二年（1057）知贡举时作。原本题下注云："嘉祐二年。"《全宋诗》作"至和二年"。[2] 得，原校：一作"有"。　"支离"二句：自己体衰多病，幸有群居言笑之欢。支离：衰疲之态。《晋书·郭璞传》："支离其神，萧悴其形。"　[3] 泥酒：犹嗜酒。韩偓《有忆》诗："愁肠泥酒人千里，泪眼依楼天四垂。"　[4] 柳，原校：一作"水"。　"来时"句：谓初进贡院时，御街上的柳树还没有发芽，好像被冻住一样。出院时当见梨花凋零。禁箓残：宫苑中花朵凋谢。禁箓：古代帝王的禁苑，周围有墙垣、篱落，禁人往来。　[5] "纵使"二句，宋周必大刻本、丛刊本校："一作'朝锁漠台空怅望，欲将春恨托飞翰'。"误，此一作联为王珪《依韵和永叔戏书》一诗中结尾句，校者误为欧阳修句了。即便出院时已错过春游佳节，还可观赏梅挚家的双鸥翩翩起舞。霜翰：白色的翅膀，指白鹤。

和原父扬州六题（一首）

自东门泛舟至竹西亭登昆丘入蒙谷戏题春贡亭[1]

昆丘蒙谷接新亭，画舸悠悠春水生。欲觅扬州使君处，但随风际管弦声。

校注

[1] 六，原校：一作"五"。嘉祐二年（1057）任翰林学士时作。原本题下注云："嘉祐二年。"　竹西亭：在扬州城东禅智寺，此处环境清幽，是文人士大夫常到的地方。《嘉庆重修一统志》卷九七《扬州府》："竹西亭在甘泉县北，唐杜牧《题扬州禅智寺》诗：'谁知竹西路，歌吹是扬州。'后以此名亭。宋欧阳修、梅尧臣皆有诗，后向子諲易名歌吹亭。《舆地纪胜》：'竹西亭在北门外五里。'"

戏书示黎教授[1]

古郡谁云亳陋邦，我来仍值岁丰穰[2]。乌衔枣实园林熟[3]，蜂采桧花村落香。世治人方安坺亩，兴阑吾欲反耕桑。若无颍水肥鱼蟹，终老仙乡作醉乡[4]。

校注

[1] 治平四年（1067）知亳州时作。原本题下注云："治平四年。"黎教授：名字不详，教授为州县学官。作者曾在熙宁元年（1068）知亳州时作过《七言二首答黎教授》诗。此戏诗中反映的一派世治年丰，人安坺亩的景象，是和作者一心辞官"归田"的精神状态相合的。　[2] "古郡"句：意谓亳州乃是古郡，不能说是僻陋之邦。《大明一统志》卷七《凤阳府》："亳县在（凤阳）州城北二百八十里，本春秋谯邑，秦属砀郡，汉置谯县，属沛国。魏为谯国。后魏置南兖州，后周改亳州。"仍：却。

表转折语气。　　[3] 熟，原校：一本作"密"。　　[4] 仙乡：指亳州。真宗是个热衷道教的皇帝，尊老子李聃为"太上老君混元上德皇帝"，此为李聃"太上老君"称号之来历。大中祥符七年（1014）正月，真宗又到亳州太清宫"拜谒"老子，从史料所记来看，着实热闹了一阵。以后亳州便被称为"仙乡"。可参《宋史·礼志》七。醉乡：王绩《醉乡记》："醉之乡，不知去中国其几千里。其土旷无涯，无丘陵阪险，其气和平一揆，无晦冥寒暑。其俗大同。无邑居聚落。其人湛静，无忧憎喜怒，吸风饮露，不食五谷。其寝于于，其行徐徐。"

戏书拜呈学士三丈[1]

　　渊明本嗜酒，一钱常不持。人邀辄就饮，酩酊篮舆归[2]。归来步三径，索寞绕东篱[3]。咏句把黄菊，望门逢白衣[4]。欣然复坐酌，独醉卧斜晖。

校注

　　[1] 明道元年（1032）任西京留守推官时作。学士三丈：指谢绛，字希深。欧阳修《欧阳文忠公集》卷一一有诗《夷陵书事寄谢三舍人》，欧阳修与之多有"书简"、和诗。　　[2]"渊明"四句：《晋书·陶潜传》："刺史王弘以元熙中临州，甚钦迟之，后自造焉。潜称疾不见。弘每令人候之，密知当往庐山，乃遣其故人庞通之等赍酒，先于半道要之。潜既遇酒，便引酌野亭，欣然忘进。"　　[3] 三径：陶渊明《归去来兮辞》有"三径就荒"。东汉赵岐《三辅决录·逃名》：西汉末，王莽专权，兖州刺史蒋诩告病辞官，隐居乡里，于院中辟三径，唯与求仲、羊仲来往。后常用"三径"指隐士的家园。王勃《赠李十四四首》："乱竹开三径，飞花满四邻。"骆宾王《送费六还蜀》："还愁三径晚，独对一清尊。"东篱：陶渊明《饮酒诗》之五："采菊东篱下，悠然见南山。"　　[4]"咏句"二句：檀道鸾《续晋阳秋》："陶潜九月九日无酒，于宅边菊丛中摘盈把，坐其侧，人望见白衣人，乃王弘送酒，即便就酌而后归。"

数　诗[1]

　　一室曾何扫[2]，居闲俗虑平。二毛经节变[3]，青鉴不须惊。三复磨圭戒，深防悔吝生[4]。四愁宁敢拟[5]，高咏且陶情。五鼎期君禄[6]，无思死必烹。六奇还自秘[7]，海宇正休兵。七日南山雾[8]，彪文幸有成。八门当鼓翼[9]，凌厉指霄程。九德方居位[10]，皇猷日月明。十朋如可问[11]，从此卜嘉亨。

校注

　　[1] 数诗：从一数到十的游戏之作。疑此为天圣末至明道初任西京留守推官时作。　　[2]"一室"句：《后汉书》卷六六《陈王列传》："陈蕃字仲举，汝南平舆人也。祖河东太守。蕃年十五，尝闲处一室，而庭宇芜秽。父友同郡薛勤来候之，谓蕃曰：'孺子何不洒扫以待宾客？'蕃曰：'大丈夫处世，当扫除天下，安事一室乎！'勤知其有清世志，甚奇之。"　　[3] 二毛：斑白的头发。《左传·僖公二十二年》："君子不重伤，不禽二毛。"杜预注："二毛，头自有二色。"　　[4] 三复：犹言三遍，谓反复阅读。《论语·先进》："南容三复白圭，孔子以其兄之子妻之。"何晏《集解》引孔安国曰："《诗》云：'白圭之玷，尚可磨也；斯言之玷，不可为也。'南容读诗至此，三反复之，是其心慎言也。"悔吝：灾祸、悔恨。《周易·系辞》上："悔吝者，忧虞之象吐王。"《后汉书·马援传》："出征交趾，士多瘴气，援与妻子上诀，无悔吝之心。"　　[5] 四愁：东汉张衡有《四愁诗》，借诗寓意，抒发心烦纡郁之情。　　[6]"五鼎"句：《仪礼·少牢馈食礼》："雍人陈鼎五，三鼎在羊镬之西，二鼎在豕镬之西。"五鼎：古代行祭礼时，大夫用五鼎，分别盛羊、豕、肤（切肉）、鱼、腊五种供品。后亦喻高官厚禄。[7] 六奇：指汉初陈平为刘邦所谋划的六种奇计。《史记·太史公自序》："六奇既用，诸侯宾从于汉。"后因以指出奇制胜的谋略。唐黄滔《郭陲李相公》诗："计吐六奇谁敢敌，学穷三略不须论。"　　[8]"七日"句：刘向《列女传·陶答子妻》："妾闻南山有玄豹，雾雨七日而不下食者，何也？欲以泽其毛而成文章也，故藏而远害。"　　[9] 八门：《晋书·陶侃传》："（侃）梦生八翼，飞而上天，见天门九重，已

登其八，惟一门不得入。阍者以杖击之，因坠地，折其左翼。及寤，左腋犹痛。又尝如厕，见一朱衣介帻，敛板曰：'以君长者，故来相报。君后当为公，位至八州都督。'" [10]九德：古谓贤人所具备的九种优良品格。《尚书·皋陶谟》："皋陶曰：'都，亦行有九德，亦言其人有德，乃言曰：载采采。'禹曰：'何？'皋陶曰：'宽而栗、柔而立、愿而恭、乱而敬、扰而毅、直而温、简而廉、刚而塞、强而义，彰厥有常，吉哉！'"《逸周书·常训》："九德：忠、信、敬、刚、柔、和、固、贞、顺。" [11]十朋：谓用以占吉凶、决疑难的十类龟。《周易·损卦》："十朋之龟，弗克违。"王弼注："朋，党也。龟者，决疑之物也。"孔颖达疏："蓬、党也者，马、郑皆案《尔雅》云：十朋之龟者，一曰神龟，二曰灵龟，三曰摄龟，四曰宝龟，五曰文龟，六曰筮龟，七曰山龟，八曰泽龟，九曰水龟，十曰火龟。"

闻梅二授德兴令戏书[1]

君家小谢城，为客洛阳里[2]。绿发方少年，青衫喜为吏[3]。重湖乱山绿，归梦寄千里。洛浦见秋鸿，江南老芳芷[4]。自言北地禽，能感南人耳。京国本繁华，驰逐多英轨[5]。争歌白雪曲，取酒西城市[6]。朝逢油壁车，暮结青骢尾[7]。岁月倏可忘，行乐方未已。忽尔畏简书，翻然浩归思[8]。江山故国近，风物饶阳美[9]。楚柚烟中黄，吴莼波上紫。还乡问井邑，上堂多庆喜。离别古所难，更畏秋风起[10]。

校注

[1] 景祐元年（1034）任馆阁校勘时作。是年梅尧臣应进士举下第，授德兴县令。参《欧阳文忠公集》卷三三《梅圣俞墓志铭》。梅二：梅尧臣排行第二，故称。德兴：宋代县名，属江南东路饶州，治所在今江西省德兴市。《元丰九域志》卷六："（饶州）紧，德兴，州东二百四十里。" [2] 小谢：谢朓，宣城人。梅尧臣亦宣城人，故以喻之。 [3] 绿发：乌黑而有光泽的头发。李白《游泰山》诗之三："偶然值青童，绿发双云鬟。"青衫：《宋史·舆服志》："七品以上服绿，九品以上服青。" [4] 洛浦：洛水之滨。张衡《思玄赋》："载太华之玉女兮，召洛浦之宓妃。"芳芷：香草名。《楚辞·离骚》："畦留夷与揭车兮，杂杜蘅与芳芷。"王逸注："杜蘅、芳芷，皆香草也。" [5] 英轨：优良的法则。谢朓《游后园赋》："仰微尘兮美无度，奉英轨兮式如璋。"江淹《为萧骠骑让封第二表》："名爵无假，前世之雄规；车旗勿滥，中叶之英轨。" [6] 白雪曲：宋玉《对楚王问》："客有歌于郢中者，其始曰《下里》《巴人》，国中属而和者数千人；其为《阳阿》《薤露》，国中属而和者数百人；其为《阳春》《白雪》，国中属而和者不过数十人；引商刻羽，杂以流徵，国中属而和者，不过数人而已。" [7] 油壁车：古时女子乘坐的一种轻型车子，因车壁用油涂饰，故名。晏殊《寓意》诗："油壁香车不再逢，峡云无迹任西东。" [8] 简书：公府中的简牍簿书。畏简书者，谓梅尧臣厌倦了幕僚生活。 [9] 饶阳：指德兴所在的饶州。 [10] 离别古所难：江淹《别赋》："黯然销魂者，唯别而已矣！"秋风起：用《世说新语·识鉴》张季鹰典。

戏　赠[1]

莫愁家住洛川傍，十五纤腰闻四方[2]。堂上金罍邀上客，门前白马系垂杨。春风满城花满树，落日花光争粉光。城头行人莫驻马，一曲能令君断肠。

校注

[1] 洪本健《欧阳修诗文集校笺》："原未系年，约为景祐元年（1034）作，时在洛阳。"《欧阳修集编年笺注》"编年"为"明道二年（1033）任西京留守推官时作"。似都有理。戏赠：此诗当为赠妓诗。唐宋时代官府宴饮，常召官妓侑酒。欧阳修早年生活放纵，游饮无节，宋人笔记多有记载，《欧阳修集编年笺注》卷六八《答孙正之第二书》："仆知道晚，三十以前尚好文华，嗜酒歌呼，知以为乐，不知其非也。及后识圣人之道，而悔其往咎。" [2] 莫愁：古乐府中传说之女子。梁武帝《河中之水歌》："河中之水向东流，洛阳女儿名莫愁。"此处代指洛阳的歌妓。

眼有黑花戏书自遣[1]

洛阳三见牡丹月[2]，春醉往往眠人家。扬州一遇芍药时[3]，夜饮不觉生朝霞。天下名花惟有此，罇前乐事更无加。如今白首春风里，病眼何须厌黑花[4]。

校注

[1] 欧阳修著《欧阳修集编年笺注》"编年"：皇祐元年（1049）或二年（1050）知颍州时作。眼有黑花，应为一种病态，或借喻为早衰或年老。白居易《自问》诗："黑花满眼丝满头，早衰因病病因愁。"自遣，排遣自己心中的忧愁。　　[2] 言在洛阳过了三个春天。欧公自天圣九年（1031）任西京留守推官，至景祐元年（1034）三月秩满，闰六月乙酉，授宣德郎、试大理评事兼监察御史，充镇西军节度掌书记、馆阁校勘。前后四年。其中第二年［明道元年（1032）］春因和梅尧臣出游，没有在洛阳。所以，欧阳修在洛阳是三次见到牡丹开花之月。牡丹月：农历三月的别称。因牡丹于每年暮春时节开放，时值农历三月。欧阳修《送张屯田归洛歌》："少年意气易成欢，醉不还家伴花寝。"　　[3] "扬州"句：指担任扬州知州，在那里度过了一个春天。《欧阳文忠公年谱》："庆历八年（1048）闰正月乙卯，转起居舍人，依旧知制诰，徙知扬州。二月庚寅，至郡。皇祐元年（1049）正月丙午，移知颍州。"《渑水燕谈录》卷八："扬州后土庙有花一株，洁白可爱，岁久，木大而花繁，俗目为'琼花'，不知实何木也，世以为天下无之，惟此一株。"古代扬州市芍药十分有名。宋刘攽《芍药谱序》："天下名花，洛阳牡丹、广陵（今江苏扬州）芍药为相侔埒（móu liè，齐等，同等）。"欧阳修于庆历八年（1048）闰正月徙知扬州，二月庚寅至郡，适逢芍药花盛开；翌年正月移知颍州，二月丙子至郡，未能再次看到扬州芍药，故云"一遇芍药时"。　　[4] "如今"二句：化用王禹偁表中"早年多病，眼有黑花；晚岁多忧，头生白发"句意，以表达"戏书自遣"的题旨。

圣俞惠宣州笔戏书[1]

圣俞宣城人，能使紫毫笔。宣人诸葛高，世业守不失[2]。紧心缚长毫，三副颇精密。硬软适人手，百管不差一[3]。京师诸笔工，牌榜自称述。累累相国东，比若衣缝虱[4]。或柔多虚尖，或硬不可屈。但能装管榢，有表曾无实。价高仍费钱，用不过数日。岂如宣城毫，耐久仍可乞[5]。

校注

[1] 宣州笔：《嘉庆重修一统志》卷一一七《宁国府三》："土产：笔。《方舆胜览》：'土产：紫毫笔。'"即首联所云"紫毫笔"，用紫色兔毛制成。　　[2] 诸葛高：见梅尧臣《次韵永叔试诸葛高笔戏书》注［1］。　　[3] "紧心"四句：述写诸葛氏制笔技艺高超。三副：指三种毛笔，即栗尾、枣核、散卓。　　[4] "京师"四句：京城制笔作坊比比皆是，且名目繁多。相国：相国寺。在开封府治东北。《嘉庆重修一统志》卷一八七《开封府》："大相国寺在祥符县东北，齐天宝六年始建，名曰建国，唐睿宗改为相国寺。宋至道二年重建，题寺额曰大相国寺。"　　[5] "或柔"八句：京师笔工模仿诸葛氏笔，但徒得其表，价钱且高，不如宣城紫毫笔耐用，用坏了还可向梅尧臣讨要。

和晏尚书《自嘲》[1]

未归归即秉鸿钧[2]，偷醉关亭醉几春[3]。与物有情宁易得，莫嗔花解久留人。

校注

[1] 景祐元年（1034）任馆阁校勘时作。刘德清著《欧阳修纪年录》：景祐元年甲戌（1034），二十八岁。是夏，与晏殊诗唱和。其中便有此诗，按云"晏殊时在亳州任。《长编》卷一一二明道二年（1033）四月己未（二十四日）：晏殊罢政出知亳州"。　　[2] 言晏殊此时尚未归朝，只要归朝，就会入政府执掌权柄。欧阳修《晏公神道碑铭》："改参知政事。迁尚书左丞。太后崩，大臣执政者皆罢。公

为礼部尚书、知亳州，徙知陈州，迁刑部尚书。复召为御史中丞，又为三司使，知枢密院事，拜枢密使，再加检校太尉、同中书门下平章事。庆历三年（1043）三月，遂以刑部尚书居相位，充集贤殿大学士兼枢密使。"鸿钧：喻国柄。　[3] 言晏殊在地方官任上偷闲了几年。

戏答仲仪口号[1]

弊居回看如蛙穴，华宇来栖若燕身[2]。敢望笙歌行乐事，只忧无米过来春[3]。

校注

[1] 嘉祐六年（1061）任枢密副使时作。仲仪：王素。真宗时宰相王旦之次子，开封人。以荫赐进士出身。　[2] 原本句下注云："寄宿人家。"　[3] 原本句下注云："今年远近大水，稼穑何望？"《宋史·仁宗纪》四："（嘉祐六年）秋七月乙酉，泗州淮水溢。丙戌，诏淮南、江、浙水灾，差官体量蠲税。"

戏刘原甫[1]（二首）

其一

平生志业有谁先，落笔文章海内传[2]。昨日都城应纸贵，开帘却扇见新篇[3]。

其二

仙家千载一何长，浮世空惊日月忙[4]。洞里新花莫相笑，刘郎今是老刘郎[5]。

校注

[1]《欧阳修集编年笺注》"编年"："熙宁四年（1071）退居颍州时作。"时刘原父已卒，不可能戏作。原本题下注云："见蔡绦《西清诗话》。"此注亦甚可疑。按：《两宋名贤小集·公是集》卷四署刘敞作。检刘敞《公是集》，未见此诗。　[2] "平生"二句：欧阳修《集贤院学士刘公墓志铭》："其为文章，尤敏赡。尝直紫微阁，一日，追封皇子、公主九人，公方将下直，为之立马却坐，一挥九制数千言，文辞典雅，各得其体。"　[3] 纸贵：即"洛阳纸贵"。称誉别人的著作受人欢迎，广为流传。左思作《三都赋》，构思十年，赋成，不为时人所重。皇甫谧为作序，张载、刘逵为作注，张华见之，叹为班、张之流也，于是富豪之家争相传写，洛阳纸价因之而贵。见《晋书·左思传》。却扇：古人行婚礼，新妇以扇遮面，交拜后去之。此代指完婚。　[4] 浮世：人间，人世。旧时认为人世间是浮沉聚散不定的，故称。　[5] 刘郎：东汉刘晨。相传东汉永平年间，刘晨和阮肇入天台山采药迷路，遇二仙女，为其所邀，留半年始归。时已入晋，抵家时子孙已过七代。后复入天台山寻访，旧踪渺然。另，见唐刘禹锡《元和十一年自朗州召至京，戏赠看花诸君子》《再游玄都观》诗。

韩 琦

（1008—1075）

字稚圭，自号赣叟，相州安阳（今属河南）人。仁宗天圣五年（1027）进士。历枢密直学士、陕西经略安抚副使、陕西四路经略安抚招讨使。与范仲淹共同防御西夏，名重一时，时称"韩范"。宋夏议和，召为枢密副使，后擢为枢密使，拜相。神宗朝，自请以司徒兼侍中出判永兴军、相州、大名府等州府。谥"忠献"。有《安阳集》。今录戏谑诗13首。

使回戏成[1]

专对惭非出使才，抚圭申好敛旌回[2]。礼烦偏苦元正拜[3]，户大犹轻永寿杯[4]。欹枕顿无归梦扰，据鞍潜觉旅怀开。明朝便是侵星去[5]，不怕东风拂面来。

校注

[1] 宝元二年（1039）作。《辽史·兴宗纪》：" （重熙）八年春正月壬辰朔，宋遣韩琦、王从益来贺。"重熙八年，即宋宝元二年。　[2] 专对：谓使节独自随机应答。《论语·子路》："诵诗三百，授之以政，不达；使于四方，不能专对；虽多，亦奚以为？"何晏集解："专，犹独也。"《汉书·王吉传》："光禄勋匡衡亦举骏有专对材。"颜师古注："谓见问对，无所疑也。"拭圭：《仪礼·聘礼》："贾人北面坐，拭圭。"注："拭，清也。"拭圭，即拭玉，谓奉命出使。《北史·伊娄谦传》："帝寻发兵。齐主知之，令其仆射阳休之责谦曰：'贵朝盛夏微兵，马首何向？'答曰：'仆拭玉之始，未闻兴师。'"　[3] 自注："虏（原作虚，据四库本改）廷元日拜礼最烦。"《辽史·礼志》四有载。　[4] 自注："永寿，虏主生辰节名。其日以大白酌南使。"《辽史·兴宗纪》一："（景福元年）闰十月辛亥，有司请以生辰为永寿节，皇太后生辰为应圣节。从之。"户：酒量。大白：大酒杯。　[5] 侵星：拂晓。言天星尚悬。鲍照《上寻阳还都道中》："侵星赴早路，毕景逐前俦。"闻人倓注："侵星，犹戴星也。"

戏题仙掌[1]

三峰晴晓碧相挨，仙掌分明出雾开[2]。莫向巍峨衔高手，也曾先得桂枝来[3]。

校注

[1] 宝元二年（1039）作。《韩魏公家传》卷一："（宝元二年八月）以益利路大饥，为体量安抚使。"　[2] 仙掌：华山中峰旁侧峰名，在今陕西省华阴市。《华岳志》："岳顶东峰曰仙人掌。峰侧石上有痕，自下望之，宛然一掌，五指具备。"　[3] 桂枝：《晋书·郤诜传》："武帝于东堂会送，闻诜曰：'卿自以为何如？'诜对曰：'臣举贤良对策，为天下第一，犹桂林之一枝，昆山之片玉。'"此句戏称仙掌峰如今面对青天炫耀自己为仙家高手，而韩琦亦不示弱，自称也曾夺得桂林一枝，不亚仙掌也。

阅古堂前植菊二本九月十八日花犹未开因以小诗嘲之[1]

只趁重阳选菊栽，当栏殊不及时开。风霜日紧犹何待，甚得迎春见识来[2]。

校注

[1] 皇祐三年（1051），知定州时作。阅古堂：作者任定州安抚使时所建，壁绘前贤故事六十条，他自己写了《定州阅古堂记》。二本：二株。　[2] "甚得"句：意谓怎么跟那些迎春花一般见识？

次韵答致政杜公小诗见戏[1]

塞上区区罄拙勤，回头芳岁已三旬。何须更黡中山酒[2]，日日忧边似醉人。

校注

[1] 皇祐三年（1051），知定州时作。致政：致仕。《礼记·王制》："五十而爵，六十不亲学，七十致政。"郑玄注："还君事。"《国语·晋语》五："范武子退自朝，曰：'余将致政焉。'"韦昭注："致，归也。"杜公：杜衍，字世昌，越州山阴人（今属浙江绍兴）。第进士。见《宋史·杜衍传》。
[2] 中山酒：又名千日酒。亦泛指好酒。干宝《搜神记》卷一九："狄希，中山人也，能造千日酒，饮之千日醉。"中山，即定州（今属河北）。

走笔戏呈机宜著作与诸同席[1]

不草边书绝塞氛[2]，英僚高会喜同群。朋间射鹄虽连中[3]，坐上飞觥不五分。烈士感时何晚岁[4]，男儿行乐是从军。速挥大白申严令，多得红心即战勋[5]。

校注

[1] 皇祐五年（1053），知并州时作。机宜著作：张吉甫。《梅尧臣集编年校注》卷二九有《送张殿丞吉甫知资阳》诗，嘉祐四年（1059）作。《宋会要辑稿·职官》四三之二："神宗熙宁二年（1069）九月九日……诏差官充逐路提举常平广惠仓兼管勾农田水利差役事。于是……都官员外郎张吉甫利州

路。"机宜，宣抚司中主管机宜文字、主管书写机宜文字的通称。《宋史·职官志》七《宣抚使》："机宜、干办公事，并依发运司主管文字叙官。" [2] 塞氛：边塞之杀气。苏轼《韩康公》诗："旧学严诗律，余威靖塞氛。" [3] 朋间射鹄：朋，即堋，射堂的矮墙，用以分隔射道。鹄，箭靶。鹄心，箭靶中心。《礼记·射义》："为人君者，以为君鹄；为人臣者，以为臣鹄。故射者各射己之鹄。"不五分：谓不胜酒力，饮至中席，已觉将醉。 [4] 烈士：曹操《步出夏门行》诗："老骥伏枥，志在千里。烈士暮年，壮心不已。" [5] "多得"句：多多地射中靶心，亦可聊代战功。

柳溪嘲莲[1]

清香奇色匝芳洲，只得公余一见休[2]。道是好花堪谑问[3]，几时曾上美人头？

校注

[1] 皇祐五年（1053），知并州时作。 [2] 一见休：意谓一见而已。《诗词曲语辞汇释》卷三："休，语助辞。杨万里《江行七日阻风繁昌舍舟出陆》诗：'山行辛苦水行愁，只是诗人薄命休。'此犹云只是薄命耳。" [3] 谑问：戏谑玩笑的发问。

烧煤戏成[1]

无臭含天德，资贫乃地珍[2]。群阴徒肆暴，万室自融春。丰黍轻邹律，歌襦陋蜀民[3]。何妨灰弃道，仁政不同秦[4]。

校注

[1] 熙宁元年（1068），知相州（今河南安阳）时作。 [2] 天德：上天之德，天赋之德。董仲舒《春秋繁露·人副天数》："天德施，地德化，人德义。"地珍：地之珍藏。李白《明堂赋》："瑞物咸见，元符剖兮地珍见。" [3] 丰黍轻邹律：《列子·汤问》："邹衍之吹律。"注："北方有地美而寒，不生五谷。邹子吹律暖之，而禾黍滋也。"此句谓禾稼因燃煤变暖而丰，更胜于邹衍吹律也。歌襦陋蜀民：《后汉书·廉范传》："廉范字叔度。建初中迁蜀郡太守。……旧制令民夜作，以防火灾。……范乃毁削先令，但严使储水而已。百姓为便，乃歌之曰：'廉叔度，来何暮！不禁火，民安作。平生无襦今五绔。'" [4] "何妨"二句：意谓煤燃尽后，扬弃其灰，物有所值。暴秦焚书，虽同为焚，而焚煤得其仁，与焚书全然不同也。

和运判张端秘丞戏题安阳郡园[1]

垂杨阴里百花开，谁记当是任意栽[2]。好事继逢贤太守，算无心望主人来[3]。

校注

[1] 熙宁四年（1071），判大名府时作。运判：转运判官之简称。佐转运使总一路漕政，兼监察一路官吏。《文献通考·职官》一五："宋朝艺祖开基，惩五季之乱，藩臣擅有财赋，不归王府。自乾德以后，僭伪略平，始置诸道转运使，以总利权。开宝六年（973），广南平，除徐泽为判官，盖转运判官始此。"张端：籍里未详。《续资治通鉴长编》卷二四四："（熙宁六年四月丙子）秘书丞、河北路转运判官张端兼审官院。"安阳郡园：即相州康乐园。 [2]《安阳集编年笺注》卷二〇《乙卯昼锦堂同赏牡丹》："我是至和亲植者，雨中相见似潸然。"意谓此花乃至和年间首知相州时亲自栽种。 [3] 贤太守：指继韩琦为相州知州的张宗益。《安阳集编年笺注》卷一五有《次韵和张宗益工部初到相台书事》诗："好事庶逢贤太守，康时聊使里民游。"

代郡园见答[1]

昼锦轻抛又几年，纵逢春色亦依然[2]。争知台榭笙歌外，尽是猿惊鹤怨天[3]。

校注

[1] 熙宁四年（1071），判大名府时作。 [2]"昼锦"句：指离开相州昼锦堂。昼锦堂，韩琦知相州时所建堂名。 [3] 猿惊鹤怨：对官场厌倦、有意归隐之情。孔稚圭《北山移文》："蕙帐空兮夜

鹤怨，山人去兮晓猿惊。”

再戏郡园[1]

一辞康乐困喧嚣，花笑莺啼似借嘲[2]。日望君恩容病质，得归应自解诮诮[3]。

校注

[1] 熙宁四年（1071），判大名府时作。　　[2] 康乐：康乐园，韩琦知相州时所建园名。
[3] 诮诮：喧噪争辩之声。《庄子·至乐》：“彼唯人言之恶闻，奚以夫诮诮为乎？”成玄英疏：“诮诮，喧聒也。”《玉篇·言部》：“诮，争也，恚呼也。”此喻为官之喧嚣烦乱。

再代答[1]

买臣素贱犹乡守[2]，庄舄虽荣尚越吟[3]。已葺吾园似仙府，莫教归信苦沉沉。

校注

[1] 熙宁四年（1071），判大名府时作。　　[2]“买臣”句：《汉书·朱买臣传》：“朱买臣字翁子，吴人也。家贫，好读书，不治产业。常艾薪樵，卖以给食。担束薪，行且读书。……会邑子严助贵幸，荐买臣。召见，说《春秋》，言《楚辞》，帝甚悦之，拜买臣为中大夫。……上拜买臣会稽太守。上谓买臣曰：‘富贵不为故乡，如衣绣夜行，今子何如？’”　　[3]“庄舄”句：《史记·张仪列传》：“越人庄舄任楚执圭，有顷而病。楚王曰：‘舄故越之鄙细人也，今仕楚执圭，富贵矣，亦思越不？’中谢对曰：‘凡人之思故，在其病也。彼思越则越声，不思越则楚声。’使人往听之，犹尚越声也。”

壬子春分方见迎春盛开以小诗嘲之[1]

迎得新春入旧科，独先嘉卉占阳和[2]。今年顿被寒摧杌，应为尖头送暖多[3]。

校注

[1] 熙宁五年（1072），判大名府时作。春分：二十四节气之一，为日夜时间最均之时，正当春季九十日之半，故称。《春秋繁露·阴阳出入上下》：“至于中春之月，阳在正东，阴在正西，谓之春分。春分者，阴阳相半也，故昼夜均而寒暑平。”迎春：辛夷之俗名。落叶灌木，枝条细长而成拱形。叶对生，花黄色。早春先叶开放，故称。白居易《对新家酝玩自种花》诗：“迎春报酒熟，垂老看花开。”　　[2] 旧科：犹言旧颗，往年之枝颗也。阳和：春阳之气。《史记·秦始皇本纪》：“时在仲春，阳和方起。”方干《除夜》诗：“煦育诚非远，阳和又欲升。”　　[3] 尖头：谓由于天气寒冷，迎春花苞迟迟不能开放，其苞似尖锐之物也。

荣归观莲戏成[1]

风卷莲香不断头，田田荷影动清流[2]。红包密障鱼鹰坐，绿盖低容水马游[3]。时折嫩梢供玉箸，更裁圆叶代金瓯[4]。何如满舰倾醇酎，醉向花前打拍浮[5]。

校注

[1] 熙宁六年（1073），判相州时作。　　[2] 田田：莲叶盛密之貌。《乐府诗集·相和歌辞一·江南》：“江南可采莲，莲叶何田田。”　　[3] 水马：水蝇的一种。身褐色，腹白色，两鬓，四足；常逆流疾步，轻快如飞。俗称水划虫、水爬虫。《本草纲目·虫部四》引陈藏器曰：“水黾（蝇）群游水上，水涸即飞，长寸许，四脚，非海马之水马也。”杜甫《大历三年春白帝城放船将适江陵四十韵》诗：“雁儿争水马，燕子逐樯乌。”　　[4] 玉箸：玉制的筷子。杜甫《野人送朱樱》诗：“金盘玉箸无消息，此日尝新任转蓬。”更裁圆叶代金瓯：以荷叶代替酒杯。金瓯：酒杯之美称。　　[5] 酎，原作“酌”，据明张士隆河东行台刻本、明安成尹仁校本改。酎：美酒。《说文》：“酎，三重醇酒也。”段玉裁注：“谓用酒为水酿者，是再重之酒也。次又用再重之酒为水酿之，是三重之酒也。”拍浮：《世说新语·任诞》：“毕茂世云：‘一手持蟹螯，一手持酒杯，拍浮酒池中，便足了一生。’”

卷 四

赵抃
（1008—1084）

字阅道，号知非子，衢州西安（浙江衢州旧县名）人。少孤。景祐元年（1034）进士。官殿中侍御史，弹劾不避权责，京师号"铁面御史"。官至参知政事。卒谥清献。有《清献集》。今录戏谑诗1首。

雨中见花戏呈伯庸秋曹[1]

脸红消尽泪阑干，似向人前欲诉难。若是东君与为主，肯教风雨尽摧残。

校注

[1] 伯庸：王尧臣（1003—1058），字伯庸，北宋应天府虞城（今河南省虞城县北）人。仁宗天圣五年（1027）丁卯科状元，授将作监丞，通判湖州。改秘书省著作郎，值集贤院。为三司度支判官，擢知制诰，同知通进银台司，提举诸司库务，入翰林为学士，知审官院，权三司使。宋夏战事起，历任陕西体量安抚使、泾原路安抚使，于边防部署、将帅任用等事多所建树。转右谏议大夫，拜枢密副使，户部侍郎，为参知政事。工诗词，擅书，以文学名。秋曹：宋刑部别称。宋李焘《续资治通鉴长编·太祖乾德四年八月壬寅》："诏以宪府绳奸，天官选吏，秋曹谳狱，俱谓难才，理宜优异。应御史台、吏部铨南曹、刑部、大理寺，自知杂侍御史、郎中、少卿以下，本司莅事满三岁者，迁其秩。"

李觏
（1009—1059）

字泰伯，建昌军南城（今属江西）人。世称盱江先生、直讲先生。庆历二年（1042）举"茂才异等"不第。倡立盱江书院。皇祐初，以范仲淹荐试太学助教，后为直讲。嘉祐中，为太学说书。著有《直讲李先生文集》（亦称《盱江集》）。今录戏谑诗6首。

戏题玉台集[1]

江右君臣笔力雄，一言宫体便移风[2]。始知姬旦无才思，只把豳诗咏女功[3]。

校注

[1]《玉台集》：即《玉台新咏》，诗集名，南朝陈徐陵编选。收录诗篇大都为辞藻靡丽的"艳歌"。徐陵本人即宫体诗代表作家。 [2] 江右，误，应为"江左"。四部丛刊影印本《直讲集》作"江右"，涵芬楼本《宋诗钞·盱江集》、中华书局校点本《李觏集》并同，疑皆误。按：长江在芜湖至南京一段，呈西南往东北流向，古代习惯上称长江南岸地区为江东，亦称江左。南朝宋、齐、梁、陈营建都建康（南京），所以应是"江左君臣"。作"江右"者殆，"左""右"两字形近致误，今予订正。

江左君臣：指南朝梁简文帝（萧纲）和词臣徐摛、徐陵（后入陈为臣）、庾肩吾等。简文帝与徐摛等常在宫廷中作诗，互相唱和，内容多写男女私情和宫廷享乐生活，诗格轻靡浮艳，当时号为"宫体"。见《梁书·简文帝本纪》。笔力雄：才力豪雄。这是讽刺的反语。"一言"句：谓简文帝君臣倡行宫体，风靡一时，转变整个诗风。"一言""便"，正所以见"笔力雄"和影响之大。　　[3]姬旦：即周公。姓姬，名旦，周武王之弟。武王死后，成王年幼，由周公摄理政事。豳诗：《豳风》中的诗。豳风，《诗经》十五国风之一，为西周时期豳地（今陕西西部一带）歌谣。女功：同"女工（红）"，指妇女所做的纺绩、刺绣等事。咏女功，指《豳风》中一篇诗《七月》。汉郑玄笺："言女功，自始至成。"唐孔颖达正义："养蚕，女功之始；衣服，女功之成。"

嘲汉武[1]

甲帐居神本妄言，露盘犹在国东迁。欲知千载金人泪，为耻君王不得仙。

校注

[1] 嘲讽汉武帝，实则讽刺真宗的祀神之举。

戏题荷花

昔人诗笔说莲花，不嫁春风早可嗟[1]。今日倚栏添懊恼，池台多是属僧家。

校注

[1] 不嫁春风：此指荷花不在春天开花。

戏赠月

梦中识路亦何为[1]，恰要逢人已自迷。一月解行天一匝，嫦娥犹未免单栖。

校注

[1] 自注："古诗有'梦中不识路'之句。"

自　解

人生何苦要多才，百虑攒心摘不开[1]。夜月几曾无梦处，春风只管送愁来。秃毫强会悠悠事，浮世无过满满杯。看取秦坑烟焰里，是非同作一抔灰[2]。

校注

[1] 百虑攒心：各种思虑一齐聚集在心头。唐赵元一《奉天录》（二）："情怀恍惚，百虑攒心。"　　[2] 秦始皇"焚书坑儒"事。

嘲蔡君谟妓宴上陈烈逃席[1]

七闽山水掌中窥，乘兴登临到落晖。谁在画帘沽酒处，几多鸣橹趁潮归。晴来海色依稀见，醉后乡心积渐微。山鸟不知红粉乐，一声檀板便惊飞。

校注

[1] 辑自《诗话总龟》前集卷三九。按：《宋诗纪事》卷一九李觏《望海亭席上作》与上诗内容全同，只是标题不一样。

释文莹　字道温，一字如晦，钱塘（今浙江杭州）人。尝居西湖菩提寺，后居荆州金銮寺，神宗熙宁中居湖南长沙。与丁谓、欧阳修、苏舜钦等为方外之友。撰《湘山野录》《玉壶清话》等。今录戏谑诗1首。

嘲愿成[1]

童头浮屠浙东客，传呼避道长以陌。宝挝青盖官仪雄[2]，新赐袈裟椹犹黑。察车后乘从驱挈，庸夫无谋动蛮穴。暗滩夜被猿猱擒，缚入新溪哭残月。牂牁畏佛不敢烹[3]，脱身腥窟存余生。放师回目不自愧，反以意气湘南行。我闻辛有适伊川[4]，变戎预谶麟经编[5]。暌车载鬼吁可怪[6]，宜入熙宁志怪篇。

校注

[1] 阮阅《诗话总龟》前集卷四〇引《诗史》：熙宁中，章子厚察访湖北，因以兵收辰溪之南江诸蛮，时有吴僧愿成亦在军中，自称察访大师，每出则乘大马，以挺剑拥从呵殿而行。随兵官李资入洞，资为蛮人所杀，成亦被缚，既而放归，犹扬扬自得。诗僧文莹嘲之云云。　　[2] 宝挺：鼓的美称。宋梅尧臣《莫登楼》诗："鲜衣壮仆狞髭虬，宝挺呵叱倚王侯。"明杨慎《均藻·平麻》："宝挺，鼓。"
[3] 牂牁：即牂牁郡，武帝置。洛阳西五千七百里。今湖南、贵州一带。　　[4] 辛有：周平王时大夫。伊川：古地名。指伊水所流经的伊河流域。《左传·僖公二十二年》："平王之东迁也。辛有适伊川，见被发而祭于野者，曰：'不及十年，此其戎乎？其礼先亡矣。'"杜预注："伊川，周地。伊，水也。"杨伯峻注："伊川，伊河所经之地，当今河南省嵩县及伊川县境。"　　[5] 麟经：孔子有"西狩获麟"之说，"麟"即"麟经"。刘师培言："麟经笔削，深切著明，北斗可移，南山可堕，此义不可易矣。故观于黄氏待访录，则君为臣纲之说破矣。"此不仅以"北斗可移，南山可堕"比喻王政兴废，亦以"北斗可移，南山可堕"暗示《海山经》为"麟经"，《海山经》经"笔削"而为《山海经》。一云"麟经"为《春秋》的别称。元马祖常《都门一百韵用韩文公会合联句韵》："群儒修麟经，诸将宣豹略。"
[6] 暌车载鬼：《暌车志》书名，宋郭象撰，所记皆当时鬼怪神异之事。其名盖取《易·暌卦上六》"载鬼一车"之语。

祖无择

（1011—1084）

《全宋诗》将其生卒年误作"1010—1085"，字择之，上蔡（今属河南）人。仁宗宝元元年（1038）进士，历知南康军、海州，权知开封府，进龙图阁学士。后贬忠正军节度副使，移知信阳军。今录戏谑诗2首。

诮王安石乞分司西京避谗而去因以述怀[1]

割断攀缘宰相权，忧危争似我身全。试观竿上抛生体，且拟波中戏钓船。名利不求还独乐，是非莫辨只高眠。何当对景幽堂坐，更得闲吟度百年。

校注

[1]《宋史·祖无择传》："寻复光禄卿、秘书监、集贤院学士，主管西京御史台，移知信阳军，卒。"按：祖无择起复在熙宁八年（1075）十一月。《续资治通鉴长编》卷二七〇云：熙宁八年（1075）"十一月己未朔，复光禄卿、提举崇福宫祖无择为秘书监、集贤院学士"。《龙学始末》云："不幸值安石专政，司马君实坚辞求出，公慨然乞分司提举西京御史台。"按：熙宁三年（1070）王安石专政时，司马光、富弼均坚辞求出。祖无择也慨然祈分司西京御史台，并作《诮王安石乞分司西京避谗而去因以述怀》以明志。

戏别申申堂[1]

翠柳和烟笼碧沼，红芳如火照诸邻。主公欲去宁无恋，倚翠隈红属后人。

校注

[1] 祖无择康定元年（1040）官于齐（济南历城），作有《申申堂记》。此诗表达了他的惜别之情。

邵 雍 (1011—1077)	字尧夫，范阳人，随父徙居卫州共城（今河南辉县）。后至洛阳，名其居处为"安乐窝"，自号"安乐居士"。与富弼、司马光、吕公著等友善，曾两度被荐举，均称疾不赴。元祐中赐谥"康节"。著有《皇极经世》《渔樵问答》《伊川击壤集》二十卷。今录戏谑诗7首。

戏谢富相公惠班笋三首[1]

其一

名园不放过鸩飞，相国如今遂请时[2]。鼎食从来称富贵，更和花笋一兼之。

其二

承将大笋来相诧，小圃其如都不生。虽向性情曾着力，奈何今日未能平。

其三

应物功夫出世间，岂容人可强跻攀。我侬自是不知量，培塿须求比泰山[3]。

校注

[1] 富相公：指宰相富弼，字彦国，河南（今河南洛阳）人。以枢密直学士出使契丹，力拒割地。后历知青、郑、蔡、河阳、并等州郡，官至枢密副使。至和二年（1055），召拜同中书门下平章事、集贤殿大学士。英宗即位，为枢密使。判扬州，徙汝州。王安石用事，自相位出知亳、汝二州。神宗元丰六年（1083）卒，赠太尉，谥文忠。《宋史》有传。　[2] 遂请时：指送来班笋之类的时令蔬菜。　[3] 培塿：亦作"部娄""培娄"。指小土山。《左传·襄公二十四年》："部娄无松柏。"杜预注："部娄，小阜。"《说文·阜部》引作"附娄"。晋左思《魏都赋》："亦独犫麋之与子都，培塿之与方壶也。"

代书戏祖龙图[1]

祖兄同甲申，二十七日长[2]。无怨可低眉，有欢能抵掌。交情日更深，道义久相尚。但欠书丹人，黄金八百两[3]。

校注

[1] 祖龙图：祖无择，字择之。上蔡（今属河南）人。仁宗宝元元年（1038）进士，皇祐元年（1049），擢广南东路转运使，英宗治平间加龙图阁直学士，权知开封府，进龙图阁学士。　[2] 祖无择与邵雍同甲申，且略长雍二十七日。在祖氏中进士之前［景祐三年（1036）］两人曾在海东相逢共饮，十年后一人官场得意一人清闲自在。　[3] 自注：择之葬其亲也，书志用予名姓。

戏呈王郎中[1]

近年好花人轻之，东君恶怒人不知。直与增价一百倍，满洛城春都买归。一株二十有四枝，枝枝皆有倾城姿。又恐冷地狂风吹，盛时都与籍入诗[2]。

校注

[1] 王郎中：不详。欧集中有多封《与王郎中书》，郭预衡、郭英德认为是"王道损，生平不详，据第一书所议王质（字子野）去世及范仲淹《王公墓志铭》事，可知道损为王质、王素家族成员。欧阳修与王质、王素交谊深厚，与王道损早年相识"。　[2] 自注：予家有牡丹一枝，名"添色红"，开二十有四枝。

依韵和王安之少卿见戏安之非是弃尧夫吟[1]

安之殊不弃尧夫，亦恐傍人有厚诬。开叔当初言得罪[2]，希淳在后说无辜[3]。悄然情意都如旧，划地杯盘又见呼[4]。始信岁寒心未替，安之殊不弃尧夫。

校注

[1] 王安之：王尚恭，字安之。《司马温公集编年笺注》卷一五有《安之朝议哀辞二首》。范纯仁《范忠宣公集》卷一四有《朝议大夫王公墓志铭》。《宋史翼》卷一有传。　　[2] 开叔：任逵，字开叔。《巴蜀佛教碑文集成》"宋千佛崖题名七则"之第四则："本路转运使、光禄卿杨宁道卿，转运判官、太常少卿石辂君乘，提点刑狱、尚书祠部郎中任逵开叔。治平四年丁未四月十九日，会别利州大云寺。"《司马温公集编年笺注》云："姓任，任布居于洛阳时，其子任达随侍，或是任达的字，亦或是温公在洛阳结识的退居旧吏。"有误。　　[3] 希淳：指李希淳。作者有《答李希淳屯田三首》，王安石、欧阳修、梅尧臣、苏颂均有送李屯田诗，"李屯田"便是"李希淳"。　　[4] 悄，原作"诮"，据四库本改。悄然：表示不变的副词，意为"依然"。划地：依旧、无端、只是，宋元词曲习惯用语。

戏答友人吟

邵尧夫者是何人，岁岁春秋来谒君。车小半年行一转[1]，非如骏马走香尘。

校注

[1] 自注：余春秋一出。

张伯玉
（1003—约1068）

字公达，建安（今福建建瓯）人。仁宗天圣二年（1024）进士。官终检校司封郎中。著有《蓬莱诗》2卷，已佚。今录戏谑诗1首。

九日蕺山戒珠寺戏呈僚友[1]

秦望山前晓雁斜[2]，蕺山云外看黄花。谁能蒂芥关心绪，且插茱萸伴物华。岁计簿书宁有尽[3]，日生公事了无涯。樽前况有兵厨酒，不待兵厨酒亦赊[4]。

校注

[1] 蕺山：位于浙江山阴（今绍兴）城北，山高不足百米。戒珠寺便在蕺山南麓，相传是王羲之当年来此地当官时所购置的别业。　　[2] 秦望山：在今江苏省江阴市，相传秦始皇南巡登此四望而得名。　　[3] 簿书：古代记录财物出纳的簿册、官署中的文书簿册，都称为"簿书"。《周礼·大官·小宰》"八日听出入以要会"汉郑玄注："要会，谓计最之簿书。"　　[4] 兵厨酒：指借酒消极避世，也以"步兵酒""步兵厨"等借指美酒、酿酒之所。《世说新语·任诞》："步兵校尉缺，厨中有贮酒数百斛，阮籍乃求为步兵校尉。"注引《文士传》曰："闻步兵厨有酒三百石，忻然求为校尉。于是入府舍，与刘伶酣饮。"《晋书·阮籍传》亦载。

蔡襄
（1012—1067）

字君谟，兴化仙游（今属福建）人。仁宗天圣八年（1030）进士。终端明殿学士知杭州。著有《蔡忠惠集》。今录戏谑诗1首。

戏答王仲仪[1]

零落黄花动节辰，送行杯酒感风尘。谁知最恨张京兆，画遍修眉不示人[2]。

校注

[1] 王仲仪：即王素，字仲仪，太尉王旦的幼子。赐进士出身，官至屯田员外郎，工部尚书。卒谥

"懿敏"。蔡襄《蔡忠惠公集》卷四《喜欧阳永叔余安道王仲仪除谏官诗》。本篇当作于至和二年（1055），写与友人的别离及与友人的戏言。 [2] 张京兆：《汉书·张敞传》："（敞）又为妇画眉，长安中传张京兆眉怃。有司以奏敞。上问之，对曰：'臣闻闺房之内，夫妇之私，有过于画眉者。'上爱其能，弗备责也。"后用为夫妇或男女相爱的典实。

曹琰 　与苏舜钦同时代人，滑稽之雄者。官虞部郎中。今录戏谑诗1首。

自嘲落牙

昨朝饭里有粗砂，隐落翁翁一个牙[1]。为报妻儿莫惆怅，见存足以养浑家[2]。

校注

[1] 隐：犹云"硌"。《倦游杂录》："曹琰郎中，滑稽之雄者。一日因食落一牙，戏作诗云云。"宋江少虞《宋朝事实类苑》卷六五、六七亦引。"隐落牙"即硌掉牙。　翁翁，《类说》卷一六作"公公"。　 [2] 见，《类说》作"舌"。

陈襄（1017—1080）　字述古，学者称"古灵先生"，福州侯官人。文惠公陈尧佐长子。庆历二年（1042）进士。累迁刑部侍郎、知制诰等。著有《古灵先生文集》。今录戏谑诗3首。

和桃花因戏如晦[1]

颜色已饶丹杏蕊，馨香不减雪梅疏。自从移入青阳观，前度刘郎记得无[2]？

校注

[1] 如晦：裴煜，字如晦，河东（今山西太原）人。知润州（今江苏镇江）军事。镇江焦山有石刻，全文为："郡太守河东裴煜如晦、率上党鲍安上子和，东莞徐亿仲永、吴兴郏修辅景臣、晋陵丁宝臣元珍、武功苏洞大雅同游焦山普济院。治平甲辰岁（1064）仲春十八日洞题。"陈襄、梅尧臣、杨蟠、欧阳修均与之有唱和书信往来。 [2] 前度刘郎：指唐代著名文学家刘禹锡，系唐朝贞元年间进士，曾任监察御史，参与永贞革新，被贬为朗州（今湖南常德）司马。元和十年（815）调返长安，因作《元和十年自朗州至京，戏赠看花诸君子》《再游玄都观》诸诗，讽刺新贵，连遭贬谪。

寄戏刘道渊[1]

陆羽茶亭枕水隈，为言无酒且徘徊。山中此物尤难得，应是刘生不肯来。

校注

[1] 刘道渊：壶公观道士。欧阳修曾送衣，刘道士为怀念欧阳修，终日穿此衣而不易。苏辙《蔡州壶公观刘道士》诗引言记之。按：引言所云曹焕，苏辙女婿也，非朋友。

中和堂木芙蓉盛开戏呈子瞻[1]

千林寒叶正疏黄，占得珍丛第一芳。容易便开三百朵，此心应不畏秋霜。

校注

[1] 陈襄知杭州时，苏轼任杭州通判，两人同为僚佐，又是诗友，在一起共事两年，此诗便是此期唱和之一。

韩 维

（1017—1098）

字持国，开封雍丘（今河南杞县）人，一说颍昌（今河南许昌）人。仁宗时，欧阳修荐知太常礼院，不久出任泾州通判、淮阳郡王府记室参军。官至门下侍郎，后出知邓州、汝州，以太子少傅致仕。著《南阳集》三十卷。今录戏谑诗8首。

赋永叔家白兔

天公团白雪，戏作毛物形。太阴来照之[1]，精魄孕厥灵。走弄朝日光，艳然丹两睛[2]。不知质毛异，乃下游林坰[3]。一为世俗怪，置网遂见萦。我尝论天理，于物初无营。妍者偶自得，丑者果谁令。豺狼穴高山，吞噬饫膻腥。苍鹰攫不得[4]，逸虎常安行。是惟兽之细，田亩甘所宁。粮粒不饱腹，连群落焄烹[5]。幸而护珍贵，愁苦终其生。纠纷祸福余，未易以迹明。将由物自为，或系时所丁[6]。恨无南华辩[7]，文字波涛倾。两置豺与兔，浩然至理真。

校注

[1] 太阴：月亮。　　[2] 艳然：又红又亮。　　[3] 林坰：一作林垌：树林以外之地。远郊。[4] 攫，《全宋诗》作"搏"。　　[5] 焄烹：用火烧熟。　　[6] 丁：遭遇。　　[7] 南华：指《庄子》一书。

戏 月

缺处还孤守，圆时亦独栖。何曾闻合璧，只见是如珪。桂子遗秋信，方诸寄夜啼[1]。建章残漏促[2]，又伴玉绳低[3]。

校注

[1] 方诸：指仙山、仙境。《云笈七签》卷七八："纵赏三清，遨游五岳，往来圆峤，出入方诸。"　　[2] 建章：即建章宫。一云汉代长安宫殿名。在唐未央宫西，长安城外。王绩《过汉故城》："群后崇长乐，中朝增建章。"一云南朝宋时以京城建康（今江苏南京）北邸为建章宫。李白《秋夜板桥浦泛月独酌怀谢朓》："斜低建章阙，耿耿对金陵。"唐宋诗中多泛指皇宫。　　[3] 玉绳：北斗七星之斗杓，在北斗第五星玉衡之北，即天乙、太乙二星。《太平御览》卷五引《春秋纬·元命苞》："玉衡北两星为玉绳。"王夫之《姜斋诗话》附录《夕堂永日绪论外编》："有代字法，诗赋用之，如月曰'望舒'，星曰'玉绳'之类。"顾况《悲歌》（五）："愁人夜永不得眠，瑶井玉绳相对晓。"苏轼《洞仙歌》："试问夜如何，夜已三更，金波淡，玉绳低转。"

晚过象之葆光亭戏呈一首[1]

萧洒崔家宅，重门一径通。竹烟虚晚碧，花雨重秋红。傲睨怜苔石，徘徊俯桂丛。自期新月色，不为主人翁。

校注

[1] 象之：崔公孺（1014—1071），字象之。首联标明姓崔。北宋河南开封府鄢陵（今属河南许昌）人。后魏清河大房殿中尚书崔休之后，崔立次子。公孺幼喜学，善属文。

史局坐寝戏呈崇文掌学士[1]

闲官身散诞，饱食坐欹斜。永日槐阴静，清风葆鬓华。废书良愧马，落帽偶同嘉[2]。此适谁知者，逢人莫浪夸。

[1] 史局：即史馆。《新唐书·刘子玄传》："史局深籍禁门，所以杜颜面，防请谒也。"崇文：即崇文馆。唐宋贵族子弟学校。唐太宗贞观十三年（639）始置于太子东宫，名崇贤馆；高宗上元二年（675），避太子李贤名，改名崇文馆。《新唐书·百官志四上》："崇文馆：学士二人，掌经籍图书，教授诸生，课试举送如弘文馆。"　　[2] 落帽：《晋书·桓温传》附《孟嘉传》及《世说新语·识鉴》南朝梁刘孝标注引《孟嘉别传》载：晋代孟嘉于九月九日出席桓温在龙山的宴集，兴致很高，帽子被风吹落全然不知。桓温命孙盛作文嘲讽他，孟嘉挥笔作答，文辞甚美，满座赞叹。后以落帽表示重阳登高、游兴酣畅。形容才子名士风雅洒脱、才思敏捷。

览景仁君实议乐以诗戏呈景仁[1]

少年议乐至颠华，作得文章载满车。律合凤鸣犹是末，尺非天降岂无差。劳心未免为诗刺，聚讼须防似礼家。一曲银簧一杯酒[2]，且于闲处避风沙。

[1] 景仁：范镇，字景仁，成都人。举进士第一，擢起居舍人，知谏院，迁翰林学士兼侍读。后以银青光禄大夫致仕，累封蜀郡公，故称蜀公。《宋史》卷三三七有传。君实：司马光，字君实。范镇、司马光议乐，来往书信多达十四封，时至三十年。　　[2] 银簧：即笙簧。

景仁招况之闻用歌舞望门而反作此戏之

一夜严风结素波，盍簪宁避晓寒多。范滂揽辔方清俗[1]，墨子回车岂恶歌[2]。云外雁寒惊岁晚，林间鸦语弄春和。知君不久承宽诏，始奈红裙绿酒何？

[1] 范滂揽辔：《后汉书·党锢传·范滂》：东汉桓帝时，冀州饥荒，盗贼四起。朝廷因范滂清廉而派他前去整治。范滂登车挽住马缰，激情高扬，慨然有澄清天下之大志。辔，驾驭牲口用的嚼子和缰绳。指有治国平天下的志向。宋赵长卿《好事近·伐赵知丞席上作》词："范滂揽辔正澄清，知我公明哲。"　　[2] 墨子回车：《淮南子》《水经注》等载之。战国初，作为宋国大夫的大思想家墨翟（墨子），坐着不加彩绘的黑色马车，带着学生到各国游说，途经卫国，询问前边是什么地方，学生答曰：朝歌。墨子一听是殷纣王的旧都，是产生"新声靡乐""郑卫之声"的地方，大惊失色，如遇不祥之物，赶紧命令车夫调转车头绕道而行。

观安公亭戏呈观文主人[1]

十五年来此地行，白头重到不胜情。寒梅未放黄金蕊，冰绽初流碧玉声。憔悴霜松如有诉[2]，纷披风竹似相迎[3]。红裙散后歌音绝，海鹤阶前时一鸣[4]。

[1] 韩维集中有《同三兄安公亭看雨》诗，尾联："清景虽嘉欢意少，白头支策坐题诗。"[2] 自注：庵前一松枯悴，辄呼国吏汲水洒（《全宋诗》作"灌"）之。　　[3] 纷披：倒伏貌。南朝梁范缜《拟招隐士》："弱萝兮修葛，互蔓兮长枝。绿林兮被崖，随风兮纷披。"　　[4] 海鹤：海鸟。《西京杂记》谓海鹤，江鸥也。此句化用杜甫句。杜甫《寄常征君》诗："楚妃堂上色殊众，海鹤阶前鸣向人。"末句注云："风流潇洒，二俱不恶。"

戏示程正叔范彝叟时正叔自洛中过访[1]

曲肱饮水程夫子，宴坐烧香范使君。顾我未能忘外乐，绿尊红芰对朝曛[2]。

[1] 程正叔：程颐（1033—1107），字正叔。洛阳（今河南洛阳）人。学者称伊川先生。曾和兄程

颢受业于周敦颐，同为北宋理学奠基者，并称"二程"。有《易传》《春秋传》等，收集在《二程遗书》中。范彝叟：名纯礼，范仲淹三子。徽宗时以龙图阁直学士知开封府，后擢尚书右丞。　　[2]原校，"曲肱饮水"一作"闭门读易"。"宴坐烧香"一作"隐几烧香"。"朝曛"一作"斜曛"。

文　同
(1018—1079)

字与可，号笑笑居士、笑笑先生，或称石室先生。梓州永泰（在今四川绵阳盐亭东）人。仁宗皇祐元年（1049）进士，官至尚书司封员外郎充秘阁校理知湖州。世称文湖州。著有《丹渊集》。今录戏谑诗17首。

戏呈凤凰长老用师[1]

七十头陀会语言[2]，舌根流利口阑珊[3]。罗浮居士最难奈[4]，稳把无弦琴与弹[5]。

校注

[1]凤凰：山名，凤凰山，位于四川大邑城西。有后岩（药师岩）摩崖造像，以石窟寺主供药师佛得名，造像始凿于唐代。文同在药师佛殿石壁题有《题凤凰山后岩》诗。用师：不详。　　[2]头陀：梵语称僧人为头陀，意为抖擞。《文选·王巾〈头陀寺碑文〉》李善注："天竺言头陀，此言斗薮，斗薮烦恼，故曰头陀。"　　[3]阑珊：阻隔，此谓口齿不清。　　[4]罗浮居士：不详所指何人。罗浮，山名。在今广东惠州，山大景秀，为粤中名山。传说晋人葛洪于此山得仙术。山上有洞，道教列为第七洞天。居士，在家奉佛的人。　　[5]无弦琴：未上弦的琴。南朝梁萧统《陶靖节传》："渊明不解音律，而蓄无弦琴一张，每酒适，辄抚弄以寄其意。"

小阁戏书

闲揭新刊集，时装旧窖香[1]。还如到茂灌，无物在床旁[2]。

校注

[1]新刊集：指新刻之书。旧窖香：指老窖之酒。　　[2]"还如"二句：到茂灌，名溉，南朝梁人。少孤贫，历御史中丞、吏部尚书，俄授国子祭酒。因疾失目。曾官侍中，以散骑常侍、金紫光禄大夫就第卒。《梁书·到溉传》云："所莅以清白自修，性又率俭，不好声色，虚室单床，傍无侍姬。"《南史》卷二五亦有传。

可笑口号七章

其一

可笑庭前小儿女，栽盆贮水种浮萍[1]。不知何处闻人说，一夜一根生七茎[2]。

其二

可笑陵阳太守家[3]，闲无一事只栽花。已开渐落并才发，长作亭中五色霞。

其三

可笑此公何太惑，读书写字到三更。也知学得终无用，自肯辛勤比后生。

其四

可笑生平事迂阔，向人不肯强云云[4]。到头官职难迁转，一似城南萧次君[5]。

其五

可笑为官太侥幸，养愚藏拙在深山。君看处置繁难者，日夜经营心不闲。

其六

可笑儿孙亦满眼，朝朝庭下立参差。谓言饱读诗书去，憔悴如翁亦好为。

其七

可笑山州为刺史，寂寥都不似川城。若无书籍兼图画，便不教人白发生[6]。

校注

[1] 栽盆：埋盆。浮萍：水上植物，又叫青萍，浮萍科。植物体叶状，倒卵形成长椭圆形，浮生水面，两面均绿色，下面有根一条，叶状枝自植物体下部生出、对生。　　[2]"不知"二句：意思是说小儿女们不知听见什么人说种下一根浮萍经过一夜就能长成七根，于是一本正经地进行实验。这是承接前两句补充说明他们埋盆装水种浮萍的缘由，写他们的童心与童趣。　　[3] 陵阳太守：指文与可，文同在熙宁三年（1070）从京师到陵阳任太守。据范百禄《文与可墓志》："熙宁三年，（与可）知太常礼院，执政欲兴事功，多所更厘。附丽者众，公独远之。及与陈荐等议宗室袭封事，执据典礼，坐夺一官。再请乡郡。以太常博士知陵州。"陵阳，即陵州，治所在今四川省仁寿县。东坡有《送文与可出守陵州》诗。　　[4] 强云云：勉强附和别人之言。云云，众人之言。　　[5] 萧次君：《汉书》卷七八《萧望之传》附《萧育传》："育字次君，少以父任为太子庶子。……拜为司隶校尉。……后坐失大将军指免官。……以鄠名贼梁子政阻山为害，久不伏辜，育为右扶风数月，尽诛子政等。坐与定陵侯淳于长厚善免官。……育为人严猛尚威，居官数免，稀迁。"萧育为人威猛，多次被免官，而很少迁升。后世因借以喻指仕途失意的官员。杜牧《自贶》以萧育自比，抒写仕途失意之感："杜陵萧次君，迁少去官频。"　　[6] 不，《舆地纪胜》卷一五〇作"即"。

史少讷见许江豚未得以诗戏[1]

霜重水落岸有冰，江豚乘寒弄晴日。摇波拍浪乍群起，尾厚喙长鬐鬣赤[2]。鱼人清晓横巨舟，一举大网凡数头。想君盘箸已厌足[3]，何不略遣来陵州。

校注

[1] 史少讷：行迹不详。江豚：我国长江及印度大河中所产的一种鲸类。《文选·郭璞〈江赋〉》："鱼则江豚海狶。"李善注："《南越志》曰：'江豚似猪。'"　　[2] 鬐鬣：指鱼的脊鳍。　　[3] 盘箸：盘子、筷子。

师鲁推官惠甘蔗戏谢[1]

满节甘滋渗齿寒，醍醐谁与酿琅玕[2]。不知佳境何时入，试似前人取倒餐[3]。

校注

[1] 师鲁：不详。推官：官名。唐代在节度使、观察使等之下置推官，掌勘问刑狱。宋代，三司各部设推官，主管各案公事；开封府设左右厅推官，分日轮流审判案件；南宋时，临安府设节度推官、观察推官；各州幕亦设节度和观察推官，掌本州司法事务。《新唐书·百官志四下》："节度使、副大使知节度事、行军司马、副使、判官、支使、掌书记、推官……各一人。"又："兼观察使，又有判官、支使、推官……各一人。"推官为州府之属官，位次于通判。职掌收发符书，协长史治州府公事。元丰新制后为正九品。　　[2] 醍醐：美酒。白居易《将归一绝》："更怜家酝迎春熟，一瓮醍醐迎我归。"琅玕：本指珠树，此喻甘蔗如珠树一般。　　[3] "不知佳境"二句：境，原作"景"，据四库本、傅增湘校本改。《世说新语·排调》："顾长康（恺之）啖甘蔗，先食尾。问所以，云：'渐至佳境。'"这首诗赞美甘蔗的味道如醍醐。

嘲任昉[1]

幸自文章亦可怜，不消一事已为贤[2]。何如却逐虫儿去，忍耻更来王亮前[3]。

校注

[1] 任昉（460—508）：字彦升，南朝梁乐安博昌（今山东寿光）人。仕宋、齐、梁三代。为政清省，吏民便之。卒于官舍。百姓为立祠堂。追赠太常卿，谥曰敬子。所著文章数十万言，盛行当世。
[2] "幸自"二句：任昉擅长表、奏等各体散文，当时有"任笔沈（约）诗"之称，《梁书·任昉传》："昉雅善属文，尤长载笔，才思无穷，当世王公表奏，莫不请焉。昉起笔即成，不加点窜。沈约一代词宗，深所推挹。" [3] "何如"二句：《南史·任昉传》："永元中，（任昉）纡意于梅虫儿。东昏中旨用为中书郎。谢尚书令王亮，亮曰：'卿宜谢梅，那忽谢我。'昉惭而退。"任昉去感谢王亮，是因为同出竟陵王府，料到王亮必有所引荐。王亮不受任昉的致谢，是因为两人都委身于太监梅虫儿，实在有损士大夫的清望。

袁　术[1]

四代司空倚世劳[2]，可嗟不肖事奸豪[3]。妄云名字与谶合，直欲起应当涂高[4]。

校注

[1] 袁术，字公路，司空蓬之子，袁绍之从弟，后汉汝南汝阳（今河南商水西北）人。建安二年（197），称帝于寿春（今安徽寿县），号仲家。荒侈滋甚，士卒冻馁，人民相食。先后为吕布、曹操所败，病死。 [2] 四代司空：《三国志·袁绍传》："高祖父安，为汉司徒。自安以下四世居三公位，由是势倾天下。"司空，三公之一。东汉以太尉、司徒、司空为三公，为辅助国君掌握军政大权的最高官员。 [3] 事奸豪：指袁术依附李傕作乱。《后汉书·袁术传》："李傕入长安，欲结术为援，乃授以左将军，假节，封阳翟侯。"李傕，董卓部将，卓死，兵围长安，烧杀劫掠，后被曹操诛杀。
[4] "妄云"二句：《三国志·袁术传》："兴平二年冬，天子败于曹阳。术会群下谓曰：'今刘氏微弱，海内鼎沸。吾家四世公辅，百姓所归，欲应天顺民，于诸君意如何？'众莫敢对……用河内张炯之符命，遂僭号。"裴松之注："《典略》曰：'术以袁姓出陈，陈、舜之后，以土承火，得应运之次。又见谶文云：代汉者，当涂高也。'自以名字当之，乃建号称仲氏。"当涂高，《后汉书·袁术传》："又少见谶书，言'代汉者当涂高'，自云名字应之。"李贤注："当涂高，魏也。然术自以'术'及'路'皆是'涂'，故云应之。"

子平寄惠希夷陈先生服唐福山药方因戏作杂言谢之[1]

蜀江之东山色尽如赭，有道人云此是丹砂伏其下[2]。烟云光润若洗濯，涧谷玲珑如刻画。我闻神仙草药不在凡土生，是中当有灵苗异卉之根茎。果然人言所出山芋为第一，西南诸郡有者皆虚名[3]。就中唐福众称赏，肥实甘香天所养。有时岩头倒垂三尺壮士臂，忽然洞口直举一合仙人掌。土人入冬农事闲，千箄万锸来此山[4]。可怜所鬻不甚贵，著价即售曾不悭。往年子瞻为余说，言君所部之内此物尤奇绝。后复寄书劝我当饵之，满纸亲题华岳先生诀[5]。予因购之不惜钱，依方服饵将二年。其功神圣久乃觉，筋牢体溢支节坚。自问丹霄几时上，早生两翅教高扬[6]。尘世如帘不可居，待看鸿蒙对云将[7]。

校注

[1] 子平，即子瞻，苏轼。诗中"子瞻"下《全宋诗》误按："此作子瞻。诗题中作子平，当系改者疏漏。"希夷，陈抟之赐号，字图南，亳州真源（今河南鹿邑东）人。后唐长兴中，举进士不第，往栖居武当山九室岩。后移居华山云台观，又止少华石室。周世宗、宋真宗皆曾诏见，真宗赐号希夷先生。著《指玄篇》八十一篇，言导（道）养及还丹之事。《宋史》卷四五七有传。唐福山药方，指服食山芋。此诗旧集编为《陵阳诗》，据"依方服饵将二年"，当作于熙宁五年（1072）冬。作诗谢苏轼所寄

陈希夷唐福山药方。　　[2] 丹砂：即朱砂，为道家炼丹之主要材料。　　[3] 山芋：即甘薯。
[4] 篓：竹篓。锸：锹。　　[5] 华岳先生：指陈抟。　　[6] 丹霄：天空。《北堂书钞》卷一五一引贾
谊诗："青青云寒，上拂丹霄。"　　[7] "尘世"二句：典出《黄庭内景经》。《说文解字·巾部》：
"帗，一曰币巾。"段玉裁注："帗当为敝字之误也。"徐锴系传："《黄庭经》曰：人间纷纷臭如帗。皆
塞漏孔之故帛也，故以喻烦臭。"帗，破旧的巾。"鸿蒙对云将"：《庄子·在宥》："云将东游，过扶摇
之枝而适遭鸿蒙。"鸿蒙，指自然元气。云将，云之主将，指云。

不饮自嘲

能诗何水曹，眼不识杯铛[1]。而我岂解吟，亦得不饮名。持此以立世，可笑实
浪生[2]。

校注

[1] 何水曹：指何逊（？—518），字仲言，南朝梁东海郯（今山东郯城北）人。八岁能赋诗。沈
约爱之，尝曰："吾每读卿诗，一日三复，犹不能已。"官至安西安成王参军事，兼尚书水部郎。其诗善
于写景，工于炼字。《梁书》卷四九、《南史》卷三三有传。杯铛：饮器。铛：温器。如酒铛、茶
铛。　　[2] 浪生：虚生、白活着。

嘲中条[1]

荆山赴太华[2]，百万如走驼。嘴尾不相殊，前后翻海波。既至拥而蹲，仰首争列罗。
太华势愈尊，引手欲下摩。中条从北来，亦愿依巍峨[3]。岂知队伍弱，只类马与骡。奔
腾气力尽，群伏饮大河[4]。饮已只南望，叹然将奈何。

校注

[1] 中条：山名，在今山西永济市东南十五里。西起雷首山，逶迤而东。直接太行山，南跨虞乡、
芮城、平陆，北跨临晋、解县、安邑、夏县、闻喜、垣曲诸县境。山狭而长，西华山，东太行，此山居
中。故曰中条。　　[2] 荆山：在今陕西省富县西南。太华：太华山，即华山。　　[3] 依巍峨：谓依
附、服从高大雄伟的华山。　　[4] 大河：黄河。

子瞻戏子由依韵奉和[1]

子由在陈穷于丘[2]，正若浅港横巨舟。每朝升堂讲书罢，紧合两眼深埋头。才名
至高位至下，此事自属他人羞。犹胜俣俣彼贤者[3]，手把翟籥随群优[4]。叹如老鹤立
海上[5]，退避不与鹙鸧游[6]。文章岂肯用一律，独取无间有神术[7]。所蓄未尝资己身，
撙撙恰如蜂聚蜜[8]。有时七日不火食[9]，支体虽羸心不屈[10]。陵阳谬守卑且劳[11]，马
前空愧持旌旄[12]。平生读书若瞆诟[13]，老大下笔侵离骚[14]。贫且贱焉真可耻，欲挞
群邪无尺棰[15]。安得来亲绛帐旁[16]，日与诸生供唯唯[17]。须知道义故可乐，莫问功
名能得几。君子道远不计程，死而后已方成名。千钧一羽不须校[18]，女子小人知
重轻[19]。

校注

[1] 当作于熙宁五年（1072）春。熙宁四年（1071），苏轼通判杭州。时苏辙（字子由）为陈州州
学教授，作者也于同年春天离京出知陵州。苏轼《戏子由》作于熙宁四年十二月，虽说是"戏"，实是
安慰表彰子由。　　[2] 陈：陈州（今河南淮阳），州治宛丘。穷于丘：谓子由像孔子当年被困于陈州
那样。见《庄子·让王》："孔子穷于陈、蔡之间，七日不火食，藜羹不糁，颜色甚惫，而弦歌于室。"
穷，窘迫。丘，孔子。　　[3] 俣俣（yǔ）：魁伟貌。《诗经·邶风·简兮》："硕人俣俣，公庭万舞。"
毛传："俣俣，容貌大也。"贤者：指东方朔。武帝时待诏金马门，官至太中大夫。善辞赋，以诙谐滑稽

著名。　　[4]翟籥（díyuè）：翟，古代乐舞所执的雉羽；籥，古代乐器，即排箫的前身。《诗经·邶风·简兮》："左手执籥，右手秉翟。"群优：优本谓演戏艺人，这里指专门奉迎皇上的侏儒。苏轼原诗两句都谈到侏儒：西汉东方朔曾为自己身长九尺与身长三尺的侏儒受一样待遇鸣不平，秦始皇的殿前卫士曾求优人伽的援助以避雨。此以东方朔比苏辙。　　[5]炭，原作"笈"，据四库本改。　　[6]鹙鸧（qiū cāng）：似鹤的水鸟。鹙：秃鹰。鸧：鸧鸹，大如鹤，青苍色，亦有灰色者。鹙鸧喻凡人、恶人。　　[7]苏轼原句谦称自己"不读律""知无术"。作者反其意，所以说"岂肯用一律""有神术"。言苏辙写文不受规则（包括音律）所束缚，有时反而写得神妙。　　[8]搰搰（gǔ），原作"榾榾"，据四库本改。犹"碌碌"，形容忙碌。《庄子·天地》："搰搰然用力甚多而见功寡。"　　[9]火食：熟食。见注[2]。　　[10]支体：身体。羸：瘦弱。　　[11]谬守：谬误的太守。作者自谦之称。[12]旌旄：古代旗的一种，缀旄牛尾于竿头，主将用以指挥或开道。　　[13]若，四库本作"苦"。虞诟（jí gòu）：谓无志操也，耻也。《汉书·贾谊传》："虞诟亡节。"颜师古注："虞诟，无志分也。"　　[14]《离骚》：《楚辞》篇名，屈原作。谓下笔像屈原写《离骚》那样发泄忧愤。　　[15]群邪：指贬谪子由的人。尺棰：刑具。　　[16]绛帐：红色帷帐。《后汉书·马融传》："常座高堂，施绛纱帐，前授生徒，后列女乐。"后因以"绛帐"为师长或讲座的代称。　　[17]诸生：指跟子由学习的学生。唯唯：谦卑地应答。此恭敬之意。　　[18]千钧：古代以三十斤为一钧，千钧，极言其重。校：同"较"。　　[19]"女子"句：言虽女子与小人亦知其重轻也。

曾 巩
（1019—1083）

字子固，建昌南丰（今江西南丰）人。仁宗嘉祐二年（1057）进士。官至中书舍人。世称"南丰先生"。卒谥"文定"。著有《元丰类稿》。今录戏谑诗3首。

戏呈休文屯田[1]

陈侯隽拔人所羡[2]，岁晚江湖初识面。已闻清论至更仆，更读新诗欲焚砚。天子无由熟姓名，诸公固合思论荐。乌靴况已踏台省，黑绶未得辞州县[3]。落落逢人愈难合，欣欣顾我能忘倦。跬步粗官别经岁，角巾广坐今相见[4]。绕郭青山叠寒玉，萦堤远水铺文练。明红靓白花千树，隔叶跳枝莺百啭。佳时苦雨已萧索，落蕊随风还面旋[5]。纵无供帐出郊野，尚有清樽就闲燕。脱遗拘检任真率，放恣嘲谐较豪健。东廊解榻不共语，明日离亭空眷眷。

校注

[1]休文：根据此诗第一句"陈侯隽拔人所羡"，可知是陈休文，曾官至屯田员外郎。其余不详。　　[2]隽：意为选拔。秋隽即秋试中选。　　[3]黑，元刻本作"墨"。　　[4]角巾：古代隐士常戴的一种有棱角的头巾。代指隐士。唐陈子昂《唐左朝仪大夫梓州长史杨府君碑》："始以角巾应命，褐衣诣阙。"　　[5]面旋：谓落花、飞雪等徘徊飞旋貌。唐宋时常用语。宋欧阳修《蝶恋花》："面旋落花风荡漾，柳重烟深，雪絮飞来往。"宋苏轼《临江仙》："面旋落英飞玉蕊，人间春日初斜。"

戏 书

家贫故不用筹算，官冷又能无外忧。交游断绝正当尔，眠饭安稳余何求。君不见黄金满籯要心计[1]，大印如斗为身雠。妻孥意气宾客附，往往主人先白头。

校注

[1]黄金满籯：《汉书·韦贤传》："（韦）贤四子：长子方山为高寝令，早终。次子弘，至东海太

守。次子舜，留鲁守坟墓。少子玄成，复以明经历位至丞相。故邹鲁谚曰：'遗子黄金满籝，不如一经。'"籝：箱笼一类的器具。此典称颂人诗书传家，教子有方。

戏　书

集贤自笑文章少[1]，为郡谁言乐事多。报答书题亲笔砚，逢迎使客听笙歌。一心了了无人语，两鬓萧萧奈老何。还有不随流俗处，秋毫无累损天和。

校注

[1] 集贤：指集贤院。《新唐书·百官志二》："集贤殿书院：学士、直学士、侍读学士、修撰官，掌刊缉经籍。凡图书遗逸、贤才隐滞，则承旨以求之。谋虑可施于时，著述可行于世者，考其学术以闻。凡承旨撰集文章、校理经籍，月终则进课于内，岁终则考最于外。"

卷 五

刘敞

(1019—1068)

字原父（甫），号公是，临江新喻（今江西新余）人。刘攽兄。仁宗庆历六年（1046）进士第二。累迁知制诰，拜翰林学士，改集贤院学士，判南京御史台。曾奉使契丹。长于《春秋》学，不拘传注。著有《公是集》等。今录戏谑诗42首。

与邻几对棋戏作[1]

碌碌无用智，玩此方罫间[2]。君乘百战余，胜气不可攀。拙速亦天幸，出奇犯险艰。数俘効军实，斥境除边关。捧觞跪进养，座客欢解颜。安得百壶酒，使君酩酊还。

校注

[1] 邻几：江复休（1005—1060），字邻几，宋开封陈留（今属河南）人。举进士，为蓝山县尉，迁殿中丞。曾与修起居注，累迁尚书刑部郎中。著有《嘉祐杂志》（一名《江邻几杂志》）二卷。

[2] 方罫（guǎi）：棋盘之方格。三国吴韦弘嗣《博弈论》："然其志不出一枰之上，所务不过方罫之间。"《通雅·器用·戏具》："罫，棋枰总目也。"

乐郊陈渔台下柏林中结茅作小亭命曰幽素本懿臣刑部之书也谢且戏之[1]

结茅更何好，列柏自成林。素履宜独往[2]，幽人欣宿心[3]。炎辉翳羽盖[4]，清吹和瑶琴[5]。稍与事物远，忽如丘壑深。良无山水趣[6]，安得契知音。

校注

[1] 结茅：亦作"结茆"。编茅为屋。幽素：幽雅的情怀。犹幽怀。李贺《伤心行》："咽咽学《楚》吟，病骨伤幽素。"懿臣：王举元（1009—1070），字懿臣，真定（河北正定）人。化基第四子。　[2] 素履：素雅无装饰的鞋。《易·履》："初九：素履往，无咎。象曰：素履之往，独行愿也。"王弼注："履道恶华，故素乃无咎。"高亨注："素，白色无文彩。履，鞋也。'素履往'比喻人以朴素坦白之态度行事，此自无咎。"后用以比喻质朴无华、清白自守的处世态度。　[3] 幽人：幽隐之人；隐士。宿心：本来的心意；向来的心愿。　[4] 炎辉：即"炎晖"，炎热的阳光。翳羽盖：古时以鸟羽为饰的车盖。　[5] 清吹：清风。瑶琴：用玉装饰的琴。泛指精美贵重的乐器。　[6] 趣，《两宋名贤小集》（以下简称"名贤本"）作"乐"。

讥谢十三[1]

利交势相营，义交气相得。千岁若旦暮，万里犹咫尺。昔我相闻声，但嫌未相识。今我相同游，又恨莫相益。同时复同道，同官又同籍。平生重结交，然诺亦自惜。子为太守丞[2]，我为里中客。虽复戒疏数，不应事形迹。

　　[1] 谢十三：名不详。根据此诗内容可知，其与刘敞是同乡同官且同道之人。刘敞另有《同谢十三赋盆池》诗。此诗之前首《送胥元衡殿丞通判湖州》云："平生笑山涛，非隐复非吏……人生难自谐，禄仕当若此。"亦流露出诙谐之趣。　　[2] 太守丞：（东汉）郡丞别称。《后汉书·百官志》五《州郡》："每郡置太守一人，二千石；丞一人，郡当边成者，丞为长史。"刘昭注："建武十四年，罢边郡太守丞，长史领丞职。"同书《臧洪传》："（陈容）为东郡丞。"

邻几过门不留戏作[1]

　　陈平少负郭，亦回长者车[2]。贫贱虽足羞，犹问道何如。此风固宜少，未谓今便无。所望台阁贤，尚能念古初[3]。左轓涂朱漆，长绶要银鱼[4]。化我不少留，始知心见疏。弥年寄禄仕，竟日劳簿书[5]。相与同笑言，俱幸逃空虚。春秋期知我，雅颂诲起予[6]。兹意未可忘，君宜诵权舆[7]。

　　校注

　　[1] 邻几：江休复，字邻几。喜琴弈饮酒，不以声利为意。过门：登门。　　[2] 陈平：西汉丞相，开国功臣之一。负郭、长者车：《史记·陈丞相世家》："（张）负随平至其家，家乃负郭穷巷，以弊席为门，然门外多有长者车辙。"陈平家贫，因相貌堂堂被富人张负相中，发现陈家虽贫但门前多贵人车轮印，后把孙女嫁与他，陈因此得到张的财力和人脉支持。"负郭"后因以指穷巷或贫居。长者，指有德行的人，显贵者。　　[3] 台阁：旧时指官府。古初：古时、往昔。　　[4] 左轓：车厢左侧的障蔽。汉时以朱色涂障蔽来表示官阶，凡俸禄在六百至一千石者皆以朱涂左轓。绶：古代用以系佩玉、官印等的丝带。绶带的颜色常用以标志不同的身份与等级。要：通"腰"，佩在腰上。银鱼：指银鱼袋，鱼袋是唐、宋时官员佩戴的证明身份之物。唐用鱼符置于袋中，宋则只用绣鱼袋。三品以上穿紫衣者用金饰鱼袋，五品以上穿绯衣者用银鱼袋，此即为"章服制度"。　　[5] 弥年：经年、终年。寄禄仕：寄禄官，官阶名，有名而不任事。簿书：官署中的文书簿册。　　[6] 春秋：即《春秋》，孔子依据鲁国史书加以删编而成的编年体史书。有《春秋公羊传》《春秋穀梁传》和《春秋左氏传》。雅颂：指《诗经》。分"风""雅""颂"三个部分。起予：指启发他人。　　[7] 权舆：即《权舆》，《诗经·秦风》的一篇，描写了一个没落贵族的生活变化，表现了他对往日生活的留恋和对现实生活的不满，而在其沉重的叹息中更感到了时代发生的变化。

直舍留道粹广渊君实圣民伯初饮是日邻几济川宴王金吾园亭不预会戏作五言寄之[1]

　　校雠中秘书，闻子宴城隅[2]。大第丞相府，主人执金吾。浮云驻清唱，回雪舞妖姝[3]。金罍溢醽液，犀箸厌鲜腴[4]。高谈郁不发，应接固已劬[5]。我从四五公，置酒此石渠[6]。开窗扫残雪，列俎焚枯鱼[7]。呶言规姚姒，小说本虞初[8]。不知敝缊寒，未觉膏粱殊。从容忽竟日，此乐亦谁如。长安事交游，贫富固有徒。不恨我失君，恨子不顾予。回头成陈迹，万事与化俱。题诗寄余欢，毋乃笑其迂。

　　校注

　　[1] 直舍：古代官员在禁中当值办事之处。道粹广渊君实圣民伯初：吴道粹，王广渊，司马君实，张圣民，王伯初，在刘敞文集中均有寄赠唱和之作。济川：何济川，见《贺司马君实何济川得宠公发》。王金吾：金吾，古官名，掌天子大臣警卫、仪仗以及徼循京师。唐、宋以后有金吾卫、金吾将军、金吾校尉等。崔豹《古今注》："车辐，棒也。汉朝'执金吾'，'金吾'亦棒也。以铜为之，黄金涂两末，谓为'金吾'。"宋代为武官使职名，与文官之大学士相类。然自真宗以后，即无此授，盖为武臣者大都

以节度使授之。《宋史·职官志》一〇：“使相仍加金吾上将军，同正节度使，大将军同正留后，以下无之。”王金吾，疑是王德用。《宋史》卷二七八有传。作者有《题王金吾园亭》，司马光亦有《王金吾北园》。　　[2]校雠：一人独校为校，二人对校为雠。谓考订书籍，纠正讹误。中秘书：宫廷藏书。[3]清唱：优美嘹亮的歌唱。回雪：常以形容舞姿如雪飞舞回旋。　　[4]金罍：饰金的大型酒器。醅液：醅同“醇”，美酒。犀箸：筯，同“箸”。用犀角制成的筷子。　　[5]高谈：高明的谈吐；高尚的言谈。　　[6]石渠：石渠、天禄、麒麟三阁是西汉皇家图书典藏与编校机构。“石渠”“天禄”以后成为皇家藏书之别称。　　[7]俎：切肉或切菜时垫在下面的砧板。　　[8]姱言：博大精深的言论。姚姒：指《尚书》中的《虞书》《夏书》；或指古代传说中虞舜、夏禹。相传舜生于姚墟，以姚为姓；禹，姒姓。《宋书·礼志三》：“盖陶唐姚姒商姬之主，莫不由斯道也。是以风化大治，光熙于后。”唐韩愈《进学解》：“上规姚姒，浑浑无涯。”虞初：西汉河南洛阳人。武帝时，以方士侍郎号黄车使者。著《虞初周说》九四三篇，有“小说九百，本自虞初”之说，已佚。

摄领审官六日还印长文戏作五言[1]

山野不事事，未尝中绳墨[2]。得官笔砚间，懒与慢成癖。前日承君乏，始亲薄领役。捶钩校毫芒，简发差寸尺[3]。自知非其任，良有不可力。君诚神仙人，那得头不白。繇兹谢睎跂，依隐就闲寂[4]。

校注

[1]审官：审官院省称。隶中书门下，掌文武六品以下京朝官铨选事。　　[2]山野：喻指民间。与“朝廷”相对。　　[3]捶钩：喻功夫纯熟。　　[4]繇：古同“由”，从，自。睎：眺望。跂：古通“企”，踮起。依隐：对政事既有所近，又无为如隐，谓依违于政事和隐居之间。

戏题西湖中鱼

育育水满湖，中有千金鱼[1]。浮沈得意似太古，不畏网罟畏鹈鹕[2]。绿蒲欲齐藻初密，红尾差差映朝日[3]。疾雷骤雨人莫知，潜有蛟龙取之逸[4]。

校注

[1]育育：活泼自如貌。　　[2]太古：远古，上古。网罟：捕鱼及捕鸟兽的工具。鹈鹕：水鸟，善于游泳和捕鱼，捕得的鱼存在皮囊中。　　[3]差差：参差不齐貌。　　[4]蛟龙：古代传说的两种动物，居深水中。相传蛟能发洪水，龙能兴云雨。

听江十诵食鲙诗戏简圣俞[1]

长安贫客食无鱼，浩歌弹铗归来乎[2]。主人聆歌知客意，酌酒买鱼相与醉。一鱼百金不可偿，操刀作鲙挥雪霜[3]。鳞分骨解珠玉光，举盘引箸丝线长。楚饭雕胡香且洁，吴羹入口如沃雪[4]。主欢赋诗客称寿，裂简摇毫落寒月[5]。我亦羁旅秋萧条，思鲈回首江汉遥[6]。过门大嚼取快意，咏诗忘味如闻韶[7]。君若乘风驾沧海，更鲙长鲸且相待。

校注

[1]江十：江休复，字邻几。圣俞：梅尧臣，字圣俞。此诗写主人以鱼鲙、雕胡饭和吴羹待客，宾主尽情欢乐。　　[2]引“弹铗而歌”典。门客冯谖以苛刻要求试探得知孟尝君的胸怀和眼光，遂尽力辅佐孟尝君。详见《战国策·齐策四》。后以“食无鱼”为待客不丰或不受重视、生活贫苦的典故。铗，剑把。后因以“弹铗”谓处境窘困而又欲有所干求。　　[3]鲙：同“脍”。细切肉。雪霜：盐。　　[4]雕胡：雕胡即指菰白，果实就是“菰米”（雕胡米）。煮熟为雕胡饭。战国楚宋玉《讽赋》：“为臣炊雕胡之饭，烹露葵之羹，来劝臣食。”喻指宾客受到优待。吴羹：吴人所作的羹。以味美著称。故常用指美味佳肴。　　[5]“主欢”二句：三国魏吴质《答魏太子笺》：“置酒乐饮，赋诗称寿。”裂

简：残编裂简，指残缺不全的书籍或零散不整的诗文字画。　　[6] 思鲈：同"思鲈莼"。《世说新语·识鉴》："张季鹰辟齐王东曹掾，在洛见秋风起，因思吴中菰菜羹、鲈鱼脍，曰：'人生贵得适意尔，何能羁宦数千里以要名爵！'遂命驾便归。俄而齐王败，时人皆谓为见机。"喻思乡归隐。　　[7]"过门"二句：曹植《与吴季重书》言："过屠门而大嚼，虽不得肉，贵且快意。"屠门，肉铺，宰牲的地方。闻韶：韶，传为虞舜之乐。《论语·述而》："子在齐闻《韶》，三月不知肉味，曰：'不图为乐之至于斯也！'"孔子推《韶》为尽美尽善。见《论语·八佾》。

得萧山书言吏民颇相信又言湘湖之奇及生子名湘戏作此诗[1]

吾家千里驹，气与齿俱壮[2]。去年射策雄东堂，今年调官在越上[3]。指挥小吏遣簿书，笑语不废才有余。清酒肥鱼宴宾客，时时骑马临湘湖。湖波无风百里平，人道官心如此清。居民爱尹氏为字[4]，令尹生儿湖作名。家家祝君多男子，越中更有余山水。

校注

[1] 得萧山书：指得到其弟刘和父（也作"甫"，名敞）的信。刘敞与刘和甫的关系很好，常有书信、诗文等往来，《公是集》中有许多诗文提及刘和甫，如《别和弟》《舟中夜饮忆和弟联句》等诗文。　　[2] 千里驹：喻指少年有为的人才。常用以称赞自家子孙后辈。语出《三国志·魏志·曹休传》："曹休，字文烈，太祖族子也。年十余岁，见太祖。太祖谓左右曰：'此吾家千里驹也。'使与文帝同止，见待如子。"齿：因幼马每岁生一齿，故以齿计算马的岁数，亦指人的年龄。　　[3] 射策：汉代考试取士方法之一。《汉书·萧望之传》："望之以射策甲科为郎。"东堂：指晋宫的正殿。晋武帝时郄诜于东堂殿试得第，后因以为试院的代称。　　[4] 自注：韩子为县，百姓生子皆字韩。又见《送韩七寺丞知萧山》，题注：韩，颍川人，兄弟八人皆仕宦显名。萧山即为韩子任职之地。《宋人行第考录》"韩七"条云："韩七，即韩纬，字文饶。韩绛（韩三）弟。"

去年得澄心堂纸甚惜之辄为一轴邀永叔诸君各赋一篇仍各自书藏以为玩故先以七言题其首[1]

六朝文物江南多，江南君臣玉树歌[2]。擘笺弄翰春风里，斫冰析玉作宫纸。当时百金售一幅，澄心堂中千万轴。摛辞欲卷东海波，乘兴未尽南山竹[3]。楼船夜济降幡出，龙骧将军数军实[4]。舳舻衔尾献天子，流落人间万无一。我从故府得百枚，忆昔繁丽今尘埃。秘藏箧笥自矜玩，亦恐岁久空成灰[5]。后人闻名宁复得，就令得之当不识。君能赋此哀江南，写示千秋永无极。

校注

[1] 澄心堂纸：南唐后主李煜监制的一种细薄光润的纸，以南唐烈祖李昇所居室澄心堂而得名。欧阳修《六一诗话》云："余家尝得南唐后主澄心堂纸，曼卿为余以此纸书其《筹笔驿》诗。"　轴，原作"白"，据四库本改。　　[2] 玉树歌：指《玉树后庭花》。《后庭花》，《南史》云："陈后主每引宾客，对张贵妃等游宴，使诸贵人及女学士与狎客共赋新诗相赠答。采其尤艳丽者为曲调，其曲有《玉树后庭花》。"　　[3] 摛辞：铺陈翰藻。　　[4] 唐刘禹锡《西塞山怀古》诗的前半部分："王浚楼船下益州，金陵王气黯然收。千寻铁锁沉江底，一片降幡出石头。"降幡：表示投降的旗帜。龙骧将军：三国魏置（一说西晋始置）。魏、晋、南朝宋皆三品，梁武帝大通三年（529）定为武职三十四班中的十二班，陈改为拟七品、比秩六百石，北魏从三品。军实：指车马、人数、器械和猎获物。　　[5] 箧笥：箱与笥之类存放物品的家具。

戏作泛槎篇呈知府给事[1]

君不见枯槎去时八月风[2]，海水自与天河通。飘飘反出扶桑上，恍惚遍历群仙宫[3]。

宫旁佳人莹如玉，邂逅相聚欢不足。诈言物外日月长[4]，正苦归来光景促。回头稍与烟霞隔，世人空辨支矶石[5]。伯劳燕子东西飞，惆怅中间断消息[6]。

校注

[1] 泛槎：亦作"泛查"。据晋张华《博物志》卷三载，相传天河通海，有居海渚者见每年八月海上有木筏来，因登木筏直达天河，见到牛郎织女。后以"泛槎"指乘木筏登天。 [2] 枯槎：亦作"枯查"。指竹木筏或木船。 [3] 扶桑：传说日出于扶桑之下，拂其树杪而升，因谓为日出处。亦代指太阳。 [4] 物外：世外。谓超脱于尘世之外。 [5] 支矶石：据《蜀中广记·严遵传》载，张骞出使大夏（现阿富汗北部），误入仙境，得一巨石，归来后送与严君平，严君平道是天上织女星的支矶石。 [6] 伯劳：鸟名。《玉台新咏·古词〈东飞伯劳歌〉》："东飞伯劳西飞燕，黄姑织女时相见。"后借指离别的亲人或朋友。

戏金壶道士法墨走笔杂言寄邻几圣俞[1]

狂鲸荡海海逆潮，巨鳌抃山山动摇[2]。疾雷劲风自相薄，潜鳞伏介俱不聊[3]。我无巨曲复藉糟[4]，无思远人心忉忉[5]。

校注

[1] 走笔：挥毫疾书。 [2] 巨鳌抃山：出于《楚辞·天问》："鳌戴山抃，何以安之？"后以"鳌抃"形容欢欣鼓舞。 [3] 潜鳞：即鱼。介：指有甲壳的虫类或水族。 [4] 曲：酿酒或制酱时引起发酵的东西。这里是指酒。藉糟：垫着酒糟。谓嗜酒，醉酒。 [5] 忉忉：忧思貌。《诗经·齐风·甫田》："无思远人，劳心忉忉。"毛传："忉忉，忧劳也。"朱熹言："思远人而人不至，则心劳矣。"

戏题欧阳公厅前白鹤[1]

明公双鹤未易知，志在赤霄万里外[2]。低头啄泥不自聊，拊翼向人几可爱[3]。北风崩云三尺雪，侧睨天池颇愁绝[4]。不忍凫雁争稻粱，误讥燕雀附炎热[5]。答公厚意终一飞，万人仰首公看之。

校注

[1] 诗题自注：欧云此鹤畏寒，常于屋中养之。 [2] 明公：旧时对有名位者的尊称。此指欧阳修。赤霄：极高的天空。《淮南子·人间训》："背负青天，膺摩赤霄。"亦暗指帝王所居的京城，杜甫《送覃二判官》有"肺肝若稍愈，亦上赤霄行"句。 [3] 拊翼：拍打翅膀。 [4] 崩云：碎裂的云彩。多形容波涛飞洒貌。 [5] 凫雁：鸭与鹅。

刘泾州以所得李士衡观察家宝砚相示与圣俞玉汝同观戏作此歌[1]

李侯宝砚刘侯得，上有刺史李元刻。云是天宝八年冬，端州东溪灵卵石。我语二客此不然，天宝称载不称年。刺史为守州为郡，此独云尔奚所传。两君卢胡为绝倒，嗟尔于人几为宝[2]。万事售伪必眩真[3]，此固区区无足道。

校注

[1] 刘泾州：当是刘几，字伯寿，河南洛阳人。仁宗时，知泾州，《宋史》有传。泾州，今甘肃省泾川县。李士衡（959—1032），字天均，秦州成纪（今属甘肃）人。太宗进士，真宗时官河北转运使、三司使等。此公曾任职馆阁，应有学识，何以不识此砚伪铭？梅尧臣《宛陵集》卷十八云："刘泾州以所得李士衡观察家号蟾蜍砚，其下刻云：'天宝八年冬，端州刺史李元得灵卵石造。'示刘原甫，原甫与予饮。辨云'天宝称载，此称年，伪也'。遂作诗。予与江邻几诸君和之。"玉汝：韩缜字。
[2] 卢胡：笑声发于喉间。绝倒：大笑不能自持。 [3] 眩真：以假乱真。

戏作青瓷香球歌[1]

蓝田仙人采寒玉，蓝光照人莹如烛。蟾肪淬刀昆吾石[2]，信手镂花何委曲。蒙蒙夜气清且嫮[3]，玉缕喷香如紫雾。天明人起朝云飞，仿佛疑成此中去。

校注

[1] 香球：指金属制的镂空圆球。内安一能转动的金属碗，无论球体如何转动，碗口均向上，焚香于碗中，香烟由镂空处溢出。　[2] 蟾肪：肪，脂也。蟾蜍肪涂玉，刻之如蜡。昆吾石：美石名。《云笈七签》卷二六："（流洲）多山川积石，名为昆吾。冶其石成铁作剑，光明洞照如水精状，割玉如泥。"公麟曰："秦玺用蓝田玉，今玉色正青，以龙蚓鸟鱼为文，著'帝王受命之符'。玉质坚甚，非昆吾刀、蟾肪不可治，雕法中绝，此真秦李斯所为不疑。"　[3] 嫮（hù）：美好貌。

戏和同年时在荐福寺[1]

逃暑涓涓酒，开襟细细风。过云催急雨，落日澹秋空。树影经行熟，泉声笑语通。少年兴不浅，宁与老人同。

校注

[1] 荐福寺：今陕西省西安市南。

戏呈府公[1]

残春亦无几，短夜不须眠。翠幕深灯烛，清风引管弦。诙谐玩兹世，醉倒忘吾年。不作方外趣[2]，安知濠上贤[3]。

校注

[1] 府公：泛称官府长官。《资治通鉴·后周广顺二年七月》："（孙钦）往辞承丕，承丕邀俱见府公。"胡三省注："府公，谓郭延钧也。公者，人之尊称；一府所尊，故谓之府公。"后遂泛称官府长官为府公。亦含尊敬之意。　[2] 方外：犹言世外。《庄子·大宗师》曰："彼游方之外者也。"今谓僧道曰方外。　[3] 濠上贤：濠水之上的贤人。《庄子·秋水》记庄子与惠子游于濠梁之上，见儵鱼出游从容，因辩论鱼知乐否。后多用"濠上"比喻别有会心、自得其乐之地。

连日西南风戏作

连日风且曀[1]，端居突不黔[2]。西南人殆绝，甲子雨还兼[3]。巫峡云屡起，洞庭波正添。谁能诛屏翳[4]，试使后飞廉[5]。

校注

[1] 曀：阴沉而有风。　[2] 端居：平常居处。突不黔：黔突，因炊爨而熏黑了的烟囱。《文子·自然》："孔子无黔突，墨子无暖席。"突不黔，烟囱不黑，形容事情繁忙。　[3] 甲子雨：甲子日所下的雨。俗谓可兆天时并人事。　[4] 屏翳：古代传说中的神名，指掌控云、雨、雷、风的神仙。　[5] 自注：《离骚》曰：后飞廉使奔属。飞廉：风神。一说能致风的神禽名。"前望舒使先驱兮，后飞廉使奔属"，屈原上天入地漫游求索，坐着龙马拉来的车子，前面由月神望舒开路，后面由风神飞廉作跟班。

戏贺段生[1]

骠骑门下士[2]，蹉跎已白头[3]。知人家监误[4]，弹剑起吹愁[5]。忽逐侏儒饱，遥闻禄仕优[6]。还乡问耆旧，当忆负薪讴[7]。

校注

[1] 自注：生本会稽人，娶妻上国，居李师门下十年得官。　[2] 骠骑：将军名。门下士：门客。

[3] 蹉跎：虚度光阴。　　[4] 知人：能鉴察人的品行、才能。家监：家臣，春秋时各国卿大夫的臣属。　　[5] 弹剑：弹击剑把。谓处境窘困而又欲有所干求。　　[6] 侏儒：见宋庠《遇雨放朝余至掖门方审戏呈同舍》注[4]。禄仕：泛指居官食禄。　　[7] 耆旧：年高望重者。负薪：指地位低微的人。

斋宿集禧观戏酬永叔见寄时永叔在后庙摄事[1]

尚平故有五山期[2]，独许迎年太液池[3]。贝阙碧城相绚烂[4]，石林琪树共参差[5]。玉杯醮好经时醉，冰簟风多尽日棋。正想火龙劳陟降，更烦佳句寄相思。

校注

[1] 集禧观：即会灵观。其位于北宋东京南熏门外东北普济水门西北。为当时著名宫观。大中祥符五年（1012）创建。　　[2] 尚平：向长字子平，又作尚平，汉隐士。不愿做官，料理完子女婚嫁之事，即纵情遨游，不知所终。后用作咏出世隐遁的典故。事见《后汉书·向长传》。　　[3] 迎年：《史记·封禅书》："方士有言'黄帝时为五城十二楼，以候神人于执期，命曰迎年'。"太液池：宫中池名。《三辅黄图》卷四："太液池，在长安故城西，建章宫北，未央宫西南。太液者，言其津润所及广也。"太液池位于建章宫前殿西北，是渠引昆明池水而形成的人工湖。　　[4] 贝阙：以贝装饰的宫门楼观。《楚辞·九歌·河伯》："鱼鳞屋兮龙堂，紫贝阙兮珠宫。"王夫之释："以鱼鳞为屋，龙鳞为堂，珠贝为宫阙。"唐李商隐《利州江潭作》诗："河伯轩窗通贝阙，水宫帷箔卷冰绡。"　　[5] 琪树：即玕琪树。古代神话仙境中的玉树。《山海经·海内西经》："昆仑之虚，方八百里，高万仞……面有九门，门有开明兽守之，百神之所在。""开明北有视肉、珠树、文玉树、玕琪树、不死树。"《文选·孙绰·游天台山赋》："建木灭景于千寻，琪树璀璨而垂珠。"后用作咏仙境、仙树的典故。

某往岁侍大人守丹阳粗知此郡之盛复戏成小诗呈子高[1]

自古佳丽地，到今风物奇。群山尽回抱，绿水止逶迤。事体存都会，繁华盛昔时。秋声雄鼓角，晓色乱旌旗。楼观浑飞动，林峦互蔽亏[2]。子鹅留客饮，白纻送歌词[3]。太守贵如此，郎官清可知[4]。虚投射堂策，深恨著鞭迟[5]。

校注

[1] 子高：钱彦远。见司马光《子高有徐浩诗碑昌言借摹其文甫及数本石有微蚌惧而归之子高答间有碎珊瑚之戏昌言以诗赠子高同舍皆和》。　　[2] 楼观：泛指楼殿之类的高大建筑物。蔽亏：谓因遮蔽而半隐半现。　　[3] 子鹅：幼鹅，嫩鹅。白纻：乐府吴舞曲名。南朝宋鲍照《白纻歌》之五："古称《渌水》今《白纻》，催弦急管为君舞。"　　[4] 郎官清：酒名。唐李肇《唐国史补》卷下："酒则有郢州之富水……京城之西市腔、虾蟆陵郎官清、阿婆清。"　　[5] 射堂：古时习射的场所，亦为考试贡士之所。著鞭：挥鞭催马。比喻他人比自己抢先一步，自己也要迎头赶上，争取后来居上。《晋书·刘琨传》："吾枕戈待旦，志枭逆虏，常恐祖生先吾著鞭耳。"

戏 题

薄宦遭百舌，不如归去来。提壶沽美酒[1]，泥滑滑如苔[2]。

校注

[1] 提壶：鸟名。其鸣声如呼"提壶"。　　[2] 泥滑滑：竹鸡的别名。生南方，爱栖竹林。　　如，《两宋名贤小集》、傅增湘校本作"于"。

戏呈叔恬府辟入幕不谐得宛丘簿[1]

闻道珠履客[2]，今朝黄绶归[3]。定知高士贵[4]，一府莫言非。

校注

[1] 叔恬：杨叔恬。梅尧臣、刘敞（刘敞之弟）与之多有唱和，知杨叔恬与梅尧臣、刘敞兄弟有

交往。辟：古称官吏。入幕：指入为幕僚。不谐：不成。宛丘：地名，今安徽宣城。　　[2]珠履客：《史记·春申君列传》："赵平原君使人于春申君，春申君舍之于上舍。赵使欲夸楚，为玳瑁簪，刀剑室以珠玉饰之，请命春申君客。春申君客三千人，其上客皆蹑珠履以见赵使，赵使大愧。"战国时，春申君门下的上客所穿之鞋缀有明珠。诗中多喻有谋略的门客、幕宾。　　[3]黄绶归：黄绶：指县尉。汉县尉用铜印黄绶。归：休假。　　[4]高士：志行高洁之士。

闻江十吴九得洛相酒戏呈二首[1]

其一

洛城春酒碧霞光，东阁遥分东观郎[2]。陈侠应嗤伯松拙[3]，魏侯元惜次公狂[4]。

其二

众人皆醉屈原醒，天禄寥寥白发生[5]。束缊君当游相国，那能我自胜公荣[6]。

校注

[1]江十：江邻几。吴九：吴充，字冲卿。刘敞《公是集》卷一二有诗《吴九秋过西池作诗，持国和之，邀予同赋》。其先为建州蒲城人。又"迁尚书祠部员外郎知陕州"，"召入翰林为学士"。《东都事略》卷七三、《宋中》卷三一六有传。　　[2]洛城：指洛阳。春酒：指春节期间的饮宴。碧霞：青色的云霞。多用以指隐士或神仙所居之处。东阁：古代称宰相招致、款待宾客的地方。东观：称官中藏书之所。　　[3]陈侠：《汉书》卷九二《游侠列传·陈遵》：陈遵，字孟公，杜陵县（今属西安）人。陈遵早年就失去了父亲，后来与一位名叫张竦号伯松的人都做了京兆史。张竦学问渊博，理事通达，以清廉节俭自我约束，而陈遵却放纵而不拘小节，然二人操守品行虽然不同，但互相之间却很亲近友爱，陈遵是狂放之人，常取笑伯松拘谨约束。　　[4]次公：《汉书·盖宽饶传》：盖宽饶，字次公。为官廉正不阿，刺举无所回避。平恩侯许伯治第新成，权贵均往贺，宽饶不行，请而后往，自尊无所屈。许伯亲为酌酒，宽饶曰："无多酌我，我乃酒狂。"丞相魏侯笑道："次公醒而狂，何必酒也？"　　[5]天禄：汉代阁名。后亦通称皇家藏书之所。　　[6]束缊：捆扎乱麻为火把。公荣：兖州刺史刘昶字公荣。《世说新语·简傲》："王戎弱冠诣阮籍，时刘公荣在座。阮谓王曰：'偶有二斗美酒，当与君共饮。彼公荣者，无预焉。'二人交觞酬酢，公荣遂不得一杯。而言语谈戏，三人无异。或有问之者，阮答曰：'胜公荣者，不得不与饮酒；不如公荣者，不可不与饮酒；唯公荣，可不与饮酒。'"南朝梁刘孝标注："《刘氏谱》曰：'昶字公荣，沛国人。'《晋阳秋》曰：'昶为人通达，仕至兖州刺史。'"

答杜九重过东门船戏作[1]

共醉江南日落春，悲歌一曲思离人。却寻陈迹愁先乱，况复青青柳色新[2]。

校注

[1]门，傅增湘校本下有"回"字。　　杜九：杜且，字挺之。　　[2]化用王维《送元二使安西》诗句："渭城朝雨浥轻尘，客舍青青柳色新。"

遍阅斋房题名独不见永叔戏作七言

十二楼居五碧城[1]，祠官多识汉名卿[2]。蓬莱仙客飞升早[3]，不向丹台稍刻名[4]。

校注

[1]十二楼：指神话传说中的仙人居处，昆仑山上。后面的五碧城也是此意。后用作咏仙境的典故。《史记·封禅书》："方士有言'黄帝时为五城十二楼，以候神人于执期，命曰迎年'。"东汉应劭注："昆仑玄圃五城十二楼，仙人之所常居。"　　[2]祠官：掌管祭祀之官。名卿：卫叔卿。　　[3]蓬莱：蓬莱山。古代传说中的神山名。亦常泛指仙境。　　[4]丹台：道教指神仙的居处。

自东门泛舟至竹西亭登昆丘入蒙谷戏题二首[1]

其一

泛泛扁舟春水平，缘巅白芷欲齐生[2]。王孙且喜山中客，臭唱淮南招隐卢[3]。

其二

万竿苍翠隔晴川，寂寞芜城三百年[4]。此地重闻歌吹发，扬州风物故依然。

校注

[1] 竹西亭：位于禅智寺前，大运河边。唐杜牧《题扬州禅智寺》诗："谁知竹西路，歌吹是扬州。"后人因于其处筑竹西亭，又名歌吹亭，亭在扬州甘泉县（今江苏扬州）北。昆丘：古台名，在禅智寺之侧，欧阳修重建。蒙谷，在城东北五里，竹西亭之北；有小径通入谷中，为种茶树之地。
[2] 缘巅白芷：香草名。 [3] 淮南招隐：《楚辞·招隐士》："《招隐士》者，淮南小山之所作也。" [4]芜城：古城名，即广陵城。

探花郎送花坐中与邻几戏作七首[1]

其一

两郎探花如顾山，红紫黄白俱可怜。春风过此即扫地，尔复碌碌慰眼前[2]。

其二

两郎放荡不自羁[3]，春物寂寥宁得知。能读离骚饮美酒，头白江翁殊复奇。

其三

春服始成天气新，沂水风起如鱼鳞。由来舞咏吾与点，童子与公凡几人[4]。

其四

眼昏头白老冯唐，三十余年离举场[5]。春色年年在琼苑，曾经十榜探花郎[6]。

其五

溱洧芍药堂背萱，浓红柔绿相映繁[7]。郑卫之风久寂寞，坐无诗翁谁使言[8]。

其六

酴醾蔷薇香最奇，古人不闻今始知[9]。世间此辈复何限[10]，零落深林方足悲。

其七

牡丹开尽群芳少，红药丹萱亦可怜[11]。眼看春事已如此，有酒不饮讵为贤。

校注

[1] 探花郎：宋代进士探花使别称。宋魏泰《东轩笔录》卷六："进士及第后，例期集一月……又选最年少者二人为探花，使赋诗，世谓之探花郎。"邻几：江休复。 [2] 扫地：谓扫除净尽。亦喻完全丧失。碌碌：随众附和貌。慰眼：有眼福。 [3] 放，原作"敖"，据名贤本、明抄本改。 [4] 此首用了孔子之典。《论语·先进》："莫（暮）春者，春服既成，冠者五六人，童子六七人，浴乎沂，风乎舞雩，咏而归。夫子喟然叹曰：'吾与点也！'"沂水：在山东东南部，孔子出生地。沂河上游。汉置东莞县，隋改沂水县。 [5] 老冯唐：《史记·冯唐列传》卷一二〇："景帝立，以冯唐为楚相，免。武帝立，求贤良，举冯唐。唐时年九十，不能复为官，乃以唐子冯遂为郎。"汉时冯唐，被举荐做官，时年已老，不能复任职。后以"冯唐易老"比喻仕宦不得志。唐王勃《滕王阁序》："时运不齐，命途多舛，冯唐易老，

李广难封。"　　[6]琼苑：苑囿的美称。　　[7]溱洧：溱水与洧水在今河南省。芍药：多年生草本植物。后有以"芍药"表示男女爱慕之情，或以指文学中言情之作。　　[8]郑卫：指郑卫二国的音乐。诗翁：当指欧阳修之属。　　[9]酴醾：花名。俗作荼蘼、荼蘼、佛见笑、独步春。开于暮春，重瓣空心泡，是蔷薇科悬钩子属空心泡的变种。宋张邦基《墨庄漫录》卷九："酴醾花或作荼蘼，一名木香。"《渊鉴类函》卷四六○："《群芳谱》曰：一名独步春，一名百宜枝，一名琼绶带，一名雪缨络，一名沉香蜜友，大朵千瓣，香微而清，本名荼蘼，一种色黄似酒，故加酉字。唐时寒食宴，宰相用酴醾酒。"《清异录》卷三亦有记载。苏轼《杜沂游武昌以酴醾花菩萨泉见饷》诗："酴醾不争春，寂寞开最晚。"侯寘《四犯令》词："明日江郊芳草路，春逐行人去。不似酴醾开独步。能著意、留春住。"　　[10]何限，明抄本、傅增湘校本作"可恨"。　　[11]红药：芍药花。丹萱：红色的萱草。

闻张给事倍道兼程已过古北戏作七言[1]

叱驭勤王肯暂留[2]，边沙朔雪犯貂裘[3]。飞黄一日须千里[4]，应笑迂儒骑土牛[5]。

校注

[1]倍道兼程：加倍速度赶路。《孙子·军争》："卷甲而趋，日夜不处，倍道兼行，百里而争利。"古北：长城隘口之一。在北京市密云区东北，为古代军事要地。　　[2]叱驭：喻为报效国家，因公忘险，奋不顾身。《汉书·王尊传》："（王尊）迁益州刺史，先是，琅邪王阳为益州刺史，行至邛崃九折阪，叹曰：'奉先人遗体，奈何数乘此险！'后因病去。及王尊为刺史，至其阪，问吏曰：'此非王阳所畏道耶？'吏对曰：'是！'尊叱其驭曰：'驱之！王阳为孝子，王尊为忠臣。'尊居部二岁，怀来徼外，蛮夷归附其威信。"勤王：谓尽力于王事。　　[3]貂裘：貂皮制成的衣裘。　　[4]飞黄：传说中的神马名。又名乘黄。《淮南子·览冥训》："青龙进驾，飞黄伏皂。"　　[5]骑土牛：《三国志·周泰传》注引《世语》："（周泰）擢为新城太守。（司马）宣王为泰会，使尚书钟繇调泰：'君释褐登宰府，三十六日拥麾盖，守兵马郡。乞儿乘小车，一何驶乎？'泰曰：'诚有此。君，名公之子，少有文采，故守吏职，猕猴骑土牛，又何迟也！'众宾咸悦。"形容行进（提拔）速度缓慢。

观儿童逐兔辄失之戏呈希元二首[1]

其一

碧眼儿童夸绝伦，竞驰奔兔蹙飞尘。俯身捷下重冈去，空听弦歌不见人。

其二

满目苍山宿草衰[2]，雪残深谷正多岐。莫将弓箭穷飞走，笑杀黄须邺下儿[3]。

校注

[1]希元：窦舜卿，字希之，相州安阳人。以荫为三班奉职，监平乡县酒税，官刑部侍郎。《宋史》卷三四九有传。　　[2]宿草：来年的草。《礼记·檀弓上》："朋友之墓，有宿草而不哭焉。"后多用为悼亡之辞。这里代坟墓。　　[3]自注：窦，相州人，髭亦黄。　黄须邺下儿：原指曹彰，曹操第二子，须黄色，性刚猛，曾亲征乌丸，颇为曹操爱重，称"黄须儿，竟大奇也"。王维诗《老将行》："射杀山中白额虎，肯数邺下黄须儿。"黄庭坚《次韵答曹子方杂言》："当年闻说冷卿客，黄须邺下曹将军。"邺下：今河南临漳县。此处因相州人窦髭亦黄，戏喻为"黄须邺下儿"。

戏成一首

参差翠巘坐中分，断续流泉尽日闻。何异高唐与巫峡，梦余真复有朝云[1]。

校注

[1]高唐与巫峡、朝云：《高唐赋序》：楚襄王曾梦游高唐，与巫山神女幽会，临别时，神女与约：妾"旦为朝云，暮为行雨"。

戏作二首[1]

其一

仙家千载亦何长，人世空惊日月忙。洞里桃花莫相笑，刘郎今是老刘郎。

其二

文章落笔有谁先，坐上诗成海外传。明日帝京应纸贵，开帘却扇有新编。

校注

[1] 录自《两宋名贤小集·公是集》。《全宋诗》按：蔡绦《西清诗话》云此二绝乃欧阳修作，周必大刻《欧阳文忠公集》，录此二绝入《居士外集》卷七，文字稍异。张按：此二绝非刘敞作，而是欧阳修戏作，原题《戏刘原父》。

王珪
(1019—1085)

字禹玉，华阳（今属四川成都）人。仁宗庆历二年（1042）进士。历仁宗、英宗、神宗三朝，熙宁三年（1070），拜参知政事，后升任同中书门下平章事、集贤殿大学士，封岐国公。谥号文恭。有《华阳集》六十卷。今录戏谑诗4首。

和永叔思白兔戏答公仪忆鹤杂言[1]

兔自明月窟中出，鹤从群玉峰头下。人间俗眼未尝窥，已为两家藏以诧。玉堂词人本仙材，光芒偶落银河罅。谪向埃尘五十春，所趣无一不潇洒。为爱霜蹄特皎洁，贮以雕笼绿槱亚。有时惊踯歘若奔，丹眸眩转双珠射。灵昌太守新归来，惜将清唳寄京舍[2]。玉绳低阙春露寒[3]，常恐阴林恶声吓。传宣忽出右银台[4]，诏急许驰天厩马。却辞丹陛锁南宫[5]，兔鹤欲携俱不暇。是时雪后帘幕明，灯火冷落入清夜。两翁相顾悦有思，便索粉笺挥笔写。有客月底吟影动，猝继新章亦奇雅。大都吟苦不无牵，遂约东家看娅姹[6]。醉翁良愤诋高怀，却挥醉墨几欲骂。我闻此语初未平，随手欲和思殊寡。玉山沧海莫放翻然归，纤腰绿鬓何妨为君倒金罍。

校注

[1] 欧阳修编《礼部唱和诗集》，收录欧阳修、王珪、韩绛、范镇、梅挚、梅尧臣唱和诗中有此诗。其《礼部唱和诗序》云："余六人者欢然相得，群居终日，长篇险韵，众制交作。笔吏疲于写录，僮史奔走往来。间以滑稽嘲谑，形于风刺。更相酬酢，往往哄堂绝倒。自谓一时盛事，前此未之有也。"
[2] 灵昌：县名，故治在今河南省滑县西南。　　[3] 玉绳：北斗七星之斗杓，在北斗第五星玉衡之北，即天乙、太乙二星。　　[4] 右银台：唐翰林院在大明宫右银台门内。李肇《翰林志》："学士每下值出门相谑，谓之小三昧（解脱束缚，获得小自由），出银台门乘马，谓之大三昧。"《宋东京考》卷一"宫城"："宫城……周回五里……左、右北门内各二门曰左、右长庆，左、右银台。"　　[5] 南宫：指礼部进士考试。　　[6] 娅姹：形容娇美姿态。和凝《江城子》："娅姹含情娇不语，纤玉手，抚郎衣。"

戏呈唐卿[1]

行到鹿儿山更恶，八千归路可胜劳[2]。长安日远思亲发，紫汉星回促使轺。晓磴云浓藏去驿，阴崖冰折断前桥[3]。蜀怀一夕犹难遣，况是辞家九十朝。

校注

[1] 为王珪出使契丹所作。唐卿：疑为李世南，字唐卿，宁远人。大中祥符八年（1015）进士。授

长沙尉。历全、韶二州判官，改任闽县、衡山知县，后迁均州及江宁通判，转太常博士。为官清廉，不苛察，政尚简要，所至皆有声誉。致仕归，讲学不倦，亲至孝。　　［2］鹿儿山：《畿辅通志》舆地略十五：布祐图山，汉名鹿儿山，在奈曼西南八十里（《热河志》）。此二句言其艰险。　　［3］此二句言鹿儿山和鹿儿峡之高峻。

依韵和永叔戏书[1]

良辰并与赏心难，偶对清樽且共欢。梦忆江湖无奈远，吟牵月露不胜寒。曲逢郢雪须歌尽，漏绕宫花几听残。朝锁楼台空怅望，欲将春恨托飞翰。

校注

［1］作于嘉祐二年（1057）二月，时欧阳修以翰林学士权知礼部贡举。欧阳修作《戏书》，诗人依韵和永叔诗。欧诗调侃，戏谑成文，诗风明快，意态闲适，可见其诙谐性格与旷达胸襟。此诗则少了一份诙谐与戏谑，实写锁院之寂寞与惆怅。

戏书试闱考簿后[1]

黄州才藻旧词臣，几叹门生未有人[2]。自笑晚游金马客，曾来三锁贡闱春[3]。

校注

［1］《全宋诗订补》从《墨庄漫录》卷十辑补此诗。《全宋诗辑补》第667页题作《戏书考簿后》，属重复辑佚。试闱：科举考场。宋周密《齐东野语·方翥》："他年，翥为馆职，偶及试闱异事，因及之。"　　［2］"黄州"二句：王禹偁字元之，久为从官，而未尝知举，有诗云："三入承明不知举，看人门下放门生。"王岐公在翰林凡十七八年，三为主文。尝在试闱，戏书考簿后云云。　　［3］金马客：又作金门客，喻指朝廷官吏。金马门，汉代官门名。汉武帝得大宛马，乃命善相马者东门京以铜铸像，立马于鲁班门外，因称金马门。汉代文人东方朔、主父偃、严安、徐乐皆待诏于此，为朝廷所用。后遂沿用为官署或朝廷的代称，并用于咏士人入仕之典。

司马光
(1019—1086)

字君实，号迂夫，世称涑水先生。陕州夏县（今属山西）人。仁宗景祐五年（1038）进士。与王安石政见相左，出知永兴军。居洛阳十五年，主修《资治通鉴》。官至左仆射兼门下侍郎。卒赠太师、温国公。谥文正。有文集八十卷，杂著多种。今录戏谑诗33首。

和之美讽古二首

其一

曲逆从汉祖[1]，出奇谁与让[2]。一朝寄天下，不及王陵戆[3]。

校注

[1] 曲逆：古地名，秦置，因曲逆水得名。故城在今河北省顺平县东南。汉高祖过曲逆封陈平为曲逆侯，因以曲逆指陈平。晋陆机《汉高祖功臣颂》：“曲逆宏达，好谋能深。”　　[2] 出奇：出奇招，制奇胜之意。　　[3] 王陵戆：汉王陵助高祖平天下，封安国侯。为人任气，好直言。高祖以为可继任相国，“然陵少戆，陈平可以助之”。高祖死，吕后欲王诸吕，陵直言不可。后怒，迁陵太傅，陵谢病不朝，七年卒。事见《史记·高祖本纪》《汉书·王陵传》。后以“王陵戆”谓大臣刚直不阿。

其二

海客久藏机[1]，鸥知人未知。如何毫末到，管鲍亦相欺[2]。

校注

[1] 藏机：《列子·黄帝篇》：“海上之人有好鸥鸟者，每旦之海上，从鸥鸟游，鸥鸟之至者百住而不止。其父曰：‘吾闻鸥鸟皆从汝游，汝取来，吾玩之’。明日之海上，鸥鸟舞而不下也。”　　[2] 管鲍：春秋时管仲和鲍叔牙的并称。两人相知很深，后常用以此比喻交情深厚的朋友。

早春戏作呈范景仁[1]

闰余春意早，卉木先有思[2]。嘤嘤群鸟翔，东西各求类[3]。伊予忝谏垣，动息抱忧悸[4]。衮职旷不补，言责真可畏[5]。况复禁过从，陋巷若囚系[6]。茅茨庇风雨，偏隘无余地。时于坏垣隙，历历生新荑。君侯乃比邻，跬步难自致。常思去岁初，西轩学歌吹。座客皆故人，欢笑无拘忌。平生不喜酒，是日成烂醉。岂言长揖归，良会难再值。东风忽复来，时华一何驶[7]。丛竹固无恙，夭桃作花未[8]。朝廷正清明，讵肯容窃位[9]。何当遂废放，欢饮还自恣[10]。

校注

[1] 嘉祐七年（1062）任起居舍人、同知谏院时作。《长编》卷一九六：“（嘉祐七年）五月丁未

朔，命起居舍人、天章阁待制兼侍讲司马光仍知谏院。"范景仁，即范镇。益州华阳（今属四川成都）人。少举进士，善文赋。司马光曾作《范景仁传》，见《司马温公集编年笺注》卷六七。　　[2] 有思：能够感觉到，有意。　　[3]《诗经·小雅·伐木》："伐木丁丁，鸟鸣嘤嘤。出自幽谷，迁于乔木。嘤其鸣矣，求其友声。相彼鸟矣，犹求友声。"　　[4] 忝谏垣：忝（tiǎn）：辱，有愧于，常用作谦辞。谏垣：谏官官署。宋欧阳修有诗《谢知制诰启》："代言禁掖，已愧才难，兼职谏垣，犹当责重。"《长编》卷一九四："（嘉祐六年七月）壬辰，同修起居注、同知谏院司马光同详定均税。"《长编》卷一九八："（嘉祐八年四月癸未）天章阁待制、知谏院司马光言事。"动息：指出仕与退隐。　　[5] 衮职：指皇帝的职事。《左传·宣公二年》："'衮职有阙，惟仲山甫补之。'能补过也。君能补过，衮不废矣。"杨伯峻注："衮，天子以及上公之礼服。仲山甫，周宣王时之贤臣樊侯，故亦称樊仲甫，时为卿士，辅佐宣王中兴。"衮职旷不补：谓数日没有进谏之奏，实属旷职。言责：进谏言说的意思。　　[6] 况复：原缺，据陈本补。禁过：省察过错。　　[7] 时华：应时的花卉。　　[8] 夭桃：《诗经·周南·桃夭》："桃之夭夭，灼灼其华。"后以"夭桃"称艳丽的桃花。　未，四库本《家传集》作"异"。　　[9] 窃位：谓才德不称，窃取名位。　　[10] 废放：废黜放逐，这里应该是退休归隐之意。自恣：放纵自己，不受约束。

友人楚孟德过余纵言及神仙余谓之无孟德谓之有伊人也非诞妄者盖有以知之矣然余俗士终疑之故作游仙曲五章以佐戏笑云[1]

其一

神仙谓无还似有，秦汉可怜空白首[2]。会须一蹑青云梯[3]，与子同袪千古疑。

校注

[1] 庆历四年（1044）间任武成军判官时作。楚孟德：其人不详。俗士：见识浅陋的人。司马光自谦之辞。　　[2] 意谓秦始皇、汉武帝都是迷信神仙之术的帝王，可惜到头来还是白头而死。　　[3] 青云梯：上天的阶梯，多指高峻入云的山路。唐李白《梦游天姥吟留别》："脚著谢公屐，身登青云梯。"王琦注："青云梯，谓山岭高峻，如上入青云，故名。"

其二

仙术有无终未知，眼看白发乱如丝。何时得接浮丘袂[1]，沧海横飞万余里。

校注

[1] 浮丘袂：即浮丘公，古代传说中的仙人。《文选·谢灵运〈登临海峤与从弟惠连〉诗》："傥遇浮丘公，长绝子徽音。"李善注引《列仙传》："王子晋好吹笙，道人浮丘公接以上嵩山。"

其三

若士北游穷地角，还食蛤蜊卷龟壳。卢敖凡骨不能飞，今朝九陔何处期[1]。

校注

[1]《淮南子·道应》："卢敖游乎北海，经乎太阴，入乎玄阙，至于蒙谷之上。见一士焉，深目而玄鬓，泪注而鸢肩，丰上而杀下。轩轩然方迎风而舞。顾见卢敖，慢然下其臂，遁逃乎碑。卢敖就而视之，方倦龟壳而食蛤梨（蜊）。"仙人卢敖往北方游历荒僻贫瘠的地方。后因以"若士"代仙人。九陔：亦作"九阂"，中央至八极之地，指天。《文选·司马相如〈封禅文〉》："上畅九垓，下泝八埏。"李善注："垓，重也……言其德上达于九重之天。"

其四

仙家不似人间欢，瑶浆琅菜青玉盘[1]。乘醉东游憩阳谷[2]，酒瓢闲挂扶桑木[3]。

校注

[1] 瑶浆：玉液，指美酒。青玉盘：喻碧绿的荷叶。 [2] 阳谷：即旸谷，古代神话传说中日出日浴的地方。三国魏嵇康《卜疑》："夫如是，吕梁可以游，阳谷可以浴。方将观大鹏于南溟，又何忧于人间之委曲？" [3] 扶桑：神话中的树名。《山海经·海外东经》："汤谷上有扶桑，十日所浴，在黑齿北。"郭璞注："扶桑，木也。"东方朔《海内十洲记·扶桑》："多生林木，叶皆如桑。又有椹树，长者数千丈，大二千余围。树两两同根偶生，更相依倚。是以名为扶桑仙人。"

其五

楫师知子能操舟[1]，稳过茫茫沧海流。白浪驾天千万里[2]，真令挂骨长鲸齿[3]。

校注

[1] 楫师：船上掌舵的人。宋祁《宋景文公笔记·考古》："蜀人谓楫师为长年三老。"宋代陆游《瞿唐行》："千艘万舸不敢过，篙工楫师心胆破。" [2] 驾天：凌空。 [3] 真，陈宏谋校刊本、四库本作"直"。

贡院中戏从元礼求酒[1]

顾我虚罍耻[2]，知君余沥多[3]。庭前有春雪，如此薄寒何。

校注

[1] 治平四年（1067）任龙图阁直学士、判吏部流内铨、知贡举时作。《年谱》卷四："治平四年丁未，公任龙图阁直学士。春正月八日，英宗崩，神宗即位。二月，公知贡举。" 贡院中戏从元礼求酒：原本题下注云："太常博士毕田。" 毕田字元礼，仕履阙考。贡院：科举时代士子考试的场所。唐李肇《唐国史补》卷下："开元二十四年，考功郎中李昂为士子所轻诋。天子以郎署权轻，移职礼部，始置贡院。" [2] 罍耻：语本《诗经·小雅·蓼莪》："瓶之罄矣，维罍之耻。"罍、瓶皆为盛水器，罍大而瓶小。罍尚盈而瓶已竭，喻不能分多予寡，为在位者之耻。后多用以指因未能尽职而心怀愧疚。五代王定保《唐摭言·阴注阳受》："其人以巨杯引满而饮，寝少顷而觉，觉而复饮。暨罍耻，即整衣冠北望而拜。"参见"瓶竭罍耻"。 [3] 余沥：本指酒的余滴；剩酒。今多喻别人所剩余下来的点滴利益。

子高有徐浩诗碑昌言借摹其文甫及数本石有微衅惧而归之子高答简有碎珊瑚之戏昌言以诗赠子高同舍皆和[1]

徐公精笔老生神，石刻犹能妙夺真[2]。几为通书翻丧宝，愈令好事惜传人。锋铓半折犹能健[3]，圭璧微瑕自足珍[4]。直使尽随如意碎[5]，石家玉树未全贫[6]。

校注

[1] 作于皇祐元年（1049）试馆阁校勘、同知太常礼院时。子高：原本题下注云："司谏钱彦远。"《宋史》卷三一七本传："彦远字子高，以父荫补太庙斋郎，累迁大理寺丞。举进士第，以殿中丞为御史台推直官。通判明州，迁太常博士。举贤良方正能直言极谏科，擢尚书祠部员外郎、知润州。"《宋会要·选举》三三之七："（皇祐元年）六月十七日，右司谏钱彦远为起居舍人、直集贤院、知谏院。"徐浩：唐代书法家。欧阳修《集古录跋尾》卷七《唐明禅师碑》自注："天宝十年，郑民之撰，徐浩书。"《新唐书》有传。浩书法至精，八体赅备，尤以楷、隶、草书见长，受玄、肃、代、德四朝皇帝恩宠，苏轼曾称赞徐氏三代书家为"徐家父子亦秀绝，字外出力中藏棱"。昌言：石扬休，字昌言。《宋史》卷二九九有传。 [2] "徐公"二句：徐公笔法精巧传神，刻有书法的石碑好像能够巧取真字的奇妙之处。 [3] 锋铓：指书画的笔锋。宋姜夔《续书谱·用笔》："不欲多露锋芒则不持重，不欲浮藏圭角则体不精神。" [4] 圭璧：指佳作。 [5] 如意碎：《世说新语·汰侈》："石崇与王恺争豪，

并穷绮丽，以饰舆服。武帝，恺之甥也，每助恺。尝以一珊瑚树高二尺许赐恺。枝柯扶疏，世罕其比。恺以示崇；崇视讫，以铁如意击之，应手而碎。恺既惋惜，又以为疾己之宝，声色甚厉。崇曰：'不足恨，今还卿。'乃命左右悉取珊瑚树，有三尺、四尺，条干绝世，光彩溢目者六七枚，如恺许比甚众。恺惘然自失。" [6]自注："昌言家图书所收最多。" 石家：《晋书》卷三三《石苞传》附《石崇传》："崇字季伦，生于青州，故小名齐奴。少敏惠，勇而有谋……财产丰积，室宇宏丽。后房百数，皆曳纨绣，珥金翠。丝竹尽当时之选，庖膳穷水陆之珍。"玉树：本指用珍宝制作的树。《汉武故事》："上于是于宫外起神明殿九间，前庭植玉树。"此处指石崇家的珊瑚。

昌言见督诗债戏绝句[1]

学馁才贫杼轴劳[2]，逾年避债负诗豪[3]。倒囊不惜偿虚券[4]，未敌琼瑶旧价高[5]。

校注

[1] 作于庆历五年（1045）知韦城县任满归汴京后。诗债：谓他人索诗或要求和作，未及酬答，如同负债。唐白居易《晚春欲携酒寻沈四著作先以六韵寄之》："顾我酒狂久，负君诗债多。"自注："沈前后惠诗十余首，春来多醉，竟未酬答，今故云尔。" [2] 杼轴：指纺织。织布机上的两个部件，即用来持纬（横线）的梭子和用来承经（竖线）的筘，亦代指织机。《诗经·小雅·大东》："小东大东，杼柚其空。"朱熹《诗经集传》："杼，持纬者也；柚，受经者也。"李白《任城县厅壁记》："杼轴和鸣，机罕颦蛾之女。" [3] 诗豪：诗人中出类拔萃者。此指石昌言。唐白居易《刘白唱和集解》："彭城刘梦得，诗豪者也，其锋森然，少敢当者。" [4] 倒囊：倾囊，倒出囊中所有的钱物。亦喻慷慨助人。 [5] 琼瑶：喻美好的诗文。《诗经·卫风·木瓜》："投我以木瓜，报之以琼琚。匪报也，永以为好也。投我以木桃，报之以琼瑶。匪报也，永以为好也。"《文选·江淹〈杂体诗·效谢惠连"赠别"〉》："烟景若离远，未响寄琼瑶。"李善注："琼瑶，谓玉音也。"

自 嘲[1]

盘殽罗新蔬，充腹不求余。穷巷昼扃户[2]，闲轩卧读书。有心齐塞马[3]，无意羡川鱼[4]。世道方邀逐[5]，如君术已疏。

校注

[1] 作于庆历六年（1046）为国子监直讲时。 [2] 扃户：闭户。李白《赠清漳明府侄聿》诗："牛羊散阡陌，夜寝不扃户。" [3] 塞马：即塞翁失马。见《淮南子·人间》。 [4] 羡川鱼：喻空有愿望而无行动。《淮南子·说林》："临河而羡鱼，不若归家织网。"张衡《归田赋》："徒临川以羡鱼，俟河清乎未期。" [5] 邀逐：邀名逐利，全无公平正义可言。《论衡·自然》："尧则天而行，不作功邀名，无为之化自成。"《吕氏春秋·介立》："今世之逐利者，早朝晏退，焦唇干嗌，日夜思之，犹未之能得。"

虞部刘员外约游金明光以贱事失期刘惠诗见嘲以诗四首谢之[1]

其一

丝管嘈嘈耳不分，绮罗杂踏自成春[2]。不唯汉帝昆明小[3]，更觉唐家曲水贫[4]。

校注

[1] 作于庆历六年（1046）为国子监直讲时。虞部刘员外：原本题下注云："宗孟。"虞部，北宋前期文官带职名。刘宗孟时任司门员外郎。金明：池名，在汴京西郑门西北，周回约九里。《宋史·太宗纪一》："（太平兴国三年）诏凿金明池。"《东京梦华录》卷七："三月一日，州西顺天门外开金明池、琼林苑。每日教习车驾上池仪范。以禁从士庶许纵赏。" [2] 丝管嘈嘈：乐声纷乱之貌。白居易《琵琶行》："大弦嘈嘈如急雨，小弦切切如私语。"绮罗：泛指华贵的丝织品或丝绸衣服。这里指穿着

绮罗的人。　　[3] 汉帝昆明：指汉代昆明池。《汉书·元后传》："秋历东馆，望昆明，集黄山宫。"《三辅黄图》卷四："汉昆明池，武帝元狩三年穿，在长安西南，周回十余里。"　　[4] 唐家曲水：唐代长安东南的一条河，水流曲折，为都人中和、上巳等盛节的游赏胜地。《大明一统志》卷三二："曲江池在府城东南一十里，汉武帝所凿。其水曲折似嘉陵江，故名。唐开元中疏凿，为胜境，都人游赏，盛于中和节。江边菰蒲葱翠，柳阴四合。"

其二

绛阙朝归散玉珂[1]，不游不饮奈春何。皇仁听使欢娱极，白简从君冷峭多[2]。

校注

[1] 绛阙：宫殿寺观前的朱色门阙，亦指朝廷、寺庙、仙宫等。陆机《五等论》："钲鼙震于阊宇，锋镝流乎绛阙。"玉珂：马络头上的玉制、贝制装饰物。李贺《马》诗之二二："汗血到王家，随鸾撼玉珂。"王琦汇解："玉珂者，以玉饰马勒之上，振动则有声，故有'撼玉珂''鸣玉珂'之语。"
[2] 白简：古时弹劾官员的奏章。《晋书·傅玄传》："玄天性峻急，不能有所容；每有奏劾，或值日暮，捧白简，整簪带，竦踊不寐，坐而待旦。"白简从君冷峭多，谓身为谏官，在这样热闹的场合里，大扫众人之兴。

其三

碧柳红桃照眼春，绮肴芳醴集朝绅[1]。自嫌林野疏顽迹，难预风流席上宾。

校注

[1] 绮肴：品色繁多的菜肴。《文选·鲍照〈数诗〉》："八珍盈雕俎，绮肴纷错重。"李周翰注："肴，膳也。谓其品色多名，如绮文。"芳醴：香甜的美酒。晋葛洪《抱朴子·畅玄》："宴安逸豫，清醪芳醴，乱性者也。"

其四

上苑花繁高覆墙[1]，曲堤风暖柳丝长。炉边应有步兵尉[2]，瓮下难寻吏部郎[3]。

校注

[1] 上苑：皇家的园林。　　[2] 步兵尉：《晋书·阮籍传》："籍闻步兵厨营人善酿，有贮酒三百斛，乃求为步兵校尉。"　　[3] 瓮下：谓醉于酒瓮下。唐李瀚《蒙求》诗："阮宣杖头，毕卓瓮下。"吏部郎：《世说新语·任诞》："刘道真少时，常渔草泽，善歌啸，闻者莫不留连。有一老姥，识其非常人，甚乐其歌啸，乃杀豚进之，了不谢。姥见不饱，又进一豚。食半余半，乃还。后为吏部郎，姥儿为小令史，道真超用之，不知所由，问母，母告之，于是赍牛酒诣道真。道真曰：'去，去！无可复用相报。'"

兴宗约游会灵久不闻问以诗趣之[1]

胜地何妨行乐频，万双白璧不赊春。腊醅已老久未压，杨柳青青不待人。

校注

[1] 作于庆历八年（1048）为国子监直讲时。兴宗：邵亢。《东都事略》卷八一本传："邵亢字兴宗，润州丹阳人也。举茂才异等……以资政殿学士、给事中知越州，徙知鄂、郓、亳三州，迁吏部侍郎以卒，年六十一。赠吏部尚书，谥曰安简。"《宋史》卷三一七亦有传。会灵：会灵观，汴京观名。李焘《续资治通鉴长编》卷一七四："（皇祐五年六月）丙戌，新修集禧观成。初，会灵观火，更名曰集禧。"

和王道粹垂拱早朝王范二直阁班列在前戏成小诗[1]

霁日扶霜仗[2]，祥烟覆晓班。帝车回北斗[3]，天阙竦南山[4]。紫殿鸿鸾肃[5]，金门虎豹环[6]。蓬莱两仙伯，迥立白云间[7]。

校注

[1] 王道粹：即"检讨王纯臣"。检讨，史馆检讨，学官名。《宋史·职官志》四："天禧初，令以三馆为额，置检讨、校勘等员。检讨以京朝官充，校勘自京朝、幕职至选人皆得备选。"王范二直阁：王珪、范镇。王珪字禹玉，著《华阳集》。范镇，字景仁。直阁：官名。宋时称供职龙图阁、秘阁等机构者为"直阁"，位次于修撰。宋吴曾《能改斋漫录·事始·直阁名官》："真宗大中祥符末，（冯）元尝讲《易》泰卦，赐五品之服，除直龙图阁学士。直阁名官，盖始于此。"垂拱：北宋殿名。《宋史·地理志》一："紫宸殿旧名崇德，明道元年改，视朝之前殿也。西有垂拱殿，旧名长春，明道元年改。" [2] 霜仗：闪耀着寒光的仪仗。 [3] 帝车：北斗星。《史记·天官书》："斗为帝车，运于中央，临制四乡。"李白《闻李太尉出征东南》诗："帝车信回转，河汉复纵横。" [4] 天阙：天子的宫阙。韩愈《赠刑部马侍郎》诗："暂从相公平小寇，便归天阙致时康。" [5] 紫殿：帝王的宫殿。《三辅黄图·汉宫》："武帝又起紫殿，雕文刻镂黼黻，以玉饰之。"杜甫《赠蜀僧闾邱师兄》诗："当时上紫殿，不独卿相尊。"鸿鸾：《文选》卷四八扬雄《剧秦美新》："振鹭之声充庭，鸿鸾之党渐阶。"李善注："振鹭、鸿鸾，喻贤人也。" [6] 虎豹：比喻勇猛的战士。唐罗隐《春日投钱塘元帅尚父》诗之一："门外旌旗屯虎豹，壁间章句动风雷。" [7] 蓬莱两仙伯：戏称王珪和范镇。称其为蓬莱山的两位仙人，屹立在白云之间。仙伯：借称官职清贵、文章超逸的人物。蓬莱，传说中的神山名。《史记·封禅书》："自威、宣、燕昭使人入海求蓬莱、方丈、瀛洲，此三神山者，其传在渤海中。"

阏逢敦牂二月十一日与一二僚友游叔礼园亭以诗戏呈[1]

下马久徘徊，林芳殊未开[2]。春风真有意，须待主翁来。

校注

[1] 作于皇祐六年（1054）为殿中丞、集贤校理时。阏逢敦牂，甲午也。仁宗皇祐六年为甲午之岁。是年改元至和元年。阏逢敦牂（zāng），古代用于纪年、纪日的一套名称，可以与传统六十甲子纪年、纪日对应。温公好古博雅，其《资治通鉴》纪年即用这套名称，文多且繁。阏逢：亦作"阏蓬"。十干中"甲"的别称，用以纪年。《尔雅·释天》："太岁在甲曰阏逢。"《淮南子·天文训》："寅，在甲曰阏蓬。"敦牂：古称太岁在午之年为"敦牂"，意为是年万物盛壮。《尔雅·释天》："（太岁）在午曰敦牂。"叔礼，孙瑜的字，见《宋史》卷三一〇《孙瑜传》。 [2] "下马"二句：从马上下来徘徊了很久，园林中的花还没有开。

晚行后园见菊戏宜甫[1]

野菊荒无数，班班初见花[2]。径须求一醉[3]，试遣问东家。

校注

[1] 作于皇祐六年（1054）任郓州州学教授时。宜甫：司马光集中有《再呈宜甫》等，凡五见，卷九前数首，皆与宜甫唱和者。此人当是温公在郓州时的幕僚。 [2] 班班：通"斑斑"，众多之貌。白居易《山中五绝句·石上苔》："漠漠班班石上苔，幽芳静绿绝纤埃。" [3] 求，原作"来"，据陈宏谋校刊本、四库本改。

自 嘲

英名愧终贾[1]，高节谢巢由[2]。直取云山笑，空为簪组羞[3]。浮沉乖俗好，隐显拙身谋。惆怅临清鉴，霜毛不待秋。

校注

[1] 终贾：汉终军和贾谊的并称。两人皆早成，后因以指年少有才的人。《后汉书·胡广传》："终

贾扬声，亦在弱冠。"《晋书·潘岳传》："岳少以才颖见称，乡邑号为奇童，谓终贾之俦也。" [2] 巢由：巢父和许由的并称。相传皆为尧时隐士，尧让位于二人，皆不受。因用以指隐居不仕者。《汉书·薛方传》："尧舜在上，下有巢由。"五代齐己《题郑郎中谷仰山居》诗："秦争汉夺虚劳力，却是巢由得稳眠。" [3] 簪组：原指冠簪和冠带，代指显贵或官服。《旧五代史·唐书·庄宗纪四》："伪宰相郑珏等一十一人，皆本朝簪组，儒苑品流。"

北轩老杏其大十围春色向晚只开一花予悯其憔悴作诗嘲之[1]

春木争秀发[2]，嗟君独不材。须惭一花少，强逐众芳开。顽艳人谁采，微香蝶不来。直为无用物[3]，空尔费栽培。

校注

[1] 作于嘉祐元年（1056）任河东路并州通判时。北轩有一棵非常粗大的老杏树，春来已久却只开了一朵花，诗人见它憔悴便作诗嘲弄它。 [2] 秀发：指植物生长繁茂，花朵盛开。语出《诗经·大雅·生民》："实发实秀。" [3] 无用：《庄子·逍遥游》："今子有大树，患其无用，何不树之于无何有之乡，广莫之野，彷徨乎无为其侧，逍遥乎寝卧其下。不夭斤斧，物无害者，无所可用，安所困苦哉！"

杏解嘲[1]

造物本非我，荣枯那足言[2]。但余良干在[3]，何必艳花繁。壮丽华林苑[4]，欢娱梓泽园[5]。芳菲如可采，岂得侍君轩。

校注

[1] 作于嘉祐元年（1056）任河东路并州通判时。解嘲：因被人嘲笑而自作解释。《汉书·扬雄传下》："时雄方草《太玄》，有以自守，泊如也。或嘲雄以玄尚白，而雄解之，号曰《解嘲》。"《文选》作"解嘲"。 [2] 足言：谓用完美的文采夸饰言语。《左传·襄公二十五年》："仲尼曰：'《志》有之："言以足志，文以足言。"不言，谁知其志？言之无文，行而不远。'"陆德明释文："足，将住反。"汉扬雄《法言·吾子》："足言足容，德之藻矣。"李轨注："足言，夸毗之辞。" [3] 良干：坚实的茎干。 [4] 华林苑：古宫苑名，本东汉芳林园，魏正始初，避齐王芳讳，改为华林。故址在今河南省洛阳市东。有瑶华宫、景阳山、天渊池诸胜。 [5] 梓泽园：晋石崇别墅"金谷园"的别称。故址在今河南省孟州市境内。《晋书·石崇传》："崇有别馆在河阳之金谷，一名梓泽。送者倾都，帐饮于此焉。"王勃《秋日登洪府滕王阁饯别序》："胜地不常，盛筵难再。兰亭已矣，梓泽丘墟。"

戏书宋子才止足堂[1]

举世恋荣禄，夜行无乃劳[2]。独君年未至，止足一何高[3]。矮制乌纱帽[4]，宽裁白氎袍[5]。华穰坐终日，闲按紫檀槽[6]。

校注

[1] 作于熙宁六年（1073）以端明殿学士兼翰林侍读学士判西京留守司御史台时。宋子才：宋选。止足：谓凡事知止知足，切忌贪得无厌。《老子》第四十四章："知足不辱，知止不殆，可以长久。" [2] 夜行：履德而不事张扬。《管子·形势》："召远者使无为焉，亲近者言无事焉，唯夜行者独有也。"尹知章注："夜行，谓阴行其德，则人不与之争，故独有之也。"无乃：相当于"莫非""恐怕是"，表示委婉测度的语气。 [3] 年未至：谓未至致仕年龄也。《宋史·职官志一〇》："七十致仕，学者所知，而臣下引年自陈，分之常也。" [4] 乌纱帽：南朝宋时始有乌纱所制官帽，以后各代仍多为官服。五代马缟《中华古今注·乌纱帽》："武德九年（626）十一月，太宗诏曰：'自今已后，天子服乌纱帽，百官士庶皆同服之。'"矮制乌纱帽者，谓自制矮筒纱帽，区别于官服也。《汉书·司马相如传

上》："华榱璧珰，辇道纚属。"颜师古注："榱，椽也。华，谓雕画之也。"南北朝谢灵运《拟魏太子邺中集诗·应玚》："列坐荫华榱，金樽盈清醑。" [5] 氎（dié）：以细毛布或细棉布制成的大衣类披衣。白氎袍：白布缝制的袍子。《南史·高昌国传》："有草实如茧，茧中丝如细鲈，名曰白氎子，国人取织以为布。" [6] 华：雕画的屋椽。紫檀：木名。常绿乔木，木材坚实，紫红色，可做贵重家具、乐器或美术品。晋崔豹《古今注·草木》："紫㯕木，出扶南，色紫，亦谓之紫檀。"唐张彦远《历代名画记·论装背褾轴》："故贞观、开元中，内府图书，一例用白檀身、紫檀首、紫罗褾织成带，以为官画之褾。"此指弦乐器上架弦的凹格子，以檀木或玉石制成。张籍《宫词》："黄金捍拨紫檀槽，弦索初张调更高。"

送酒与邵尧夫因戏之[1]

林下虽无忧可消，许由闻说挂空瓢[2]。请君呼取孟光饮[3]，共插花枝煮药苗。

校注

[1] 熙宁七年（1074）在洛阳提举嵩山崇福宫时作。原本题下注云："前送牡丹、药苗，尧夫皆有诗。"邵尧夫，邵雍。 [2] 许由：晋皇甫谧《高士传》卷上："尧让天下于许由，不受而逃去，由于是遁耕于中岳颍水之阳，箕山之下，终身无经天下色。尧又召为九州长，由不欲闻之，洗耳于颍水滨。"事亦见《庄子·逍遥游》《史记·伯夷列传》。南北朝江淹《为萧太傅谢侍中敦劝表》："臣不能遵烟洲而谢支伯，迎云山而揖许由，激昂荣华之间，沉潜珪组之内。"唐李华《咏史十一首》之三："九州尚洗耳，一命安能亲。"以"洗耳""洗耳翁"喻洁身自隐、厌闻利禄。 [3] 孟光：东汉隐士梁鸿之妻，字德曜。夫妻隐居于霸陵山中，以耕织为生。见《后汉书·梁鸿传》。后作为古代贤妻的典型。

自题写真[1]

黄面霜须细瘦身，从来未识漫相亲[2]。居然不可市朝住[3]，骨相天生林野人[4]。

校注

[1] 熙宁十年（1077）在洛阳提举嵩山崇福宫时作。写真：画像。王安石《胡笳十八拍》之八："死生难有却回身，不忍重看旧写真。" [2] 意谓对自己的相貌若从未相识者。漫相亲，徒然相亲。相亲：互相亲爱；相亲近。苏轼《留别雩泉》诗："二年饮泉水，鱼鸟亦相亲。" [3] 市朝：指争名逐利之所。《战国策·秦策一》："臣闻争名者于朝，争利者于市。今三川、周室，天下之市朝也。"此指朝廷。司马光曾因反对王安石变法而退居著书。 [4] 骨相：指骨骼相貌。古时以骨相推论人的命和性。

其日雨闻姚黄开戏成诗二章呈子骏尧夫[1]

其一

谷雨后来花更浓[2]，前时已见玉玲珑[3]。客来更说姚黄发，只在街西相第东[4]。

其二

小雨留春春未归，好花虽有恐行稀。劝君披取渔蓑去，走看姚黄判湿衣。

校注

[1] 元丰五年（1082）在洛阳提举嵩山崇福宫时作。姚黄：牡丹中的名贵品种，为千叶黄花，出于民姚氏家。欧阳修《洛阳牡丹记·花释名》："钱思公尝曰：'人谓牡丹花王，今姚黄真可为王，而魏花乃后也。'"子骏：鲜于侁，《司马温公集编年笺注》卷五《和利州鲜于转运〈公居八咏〉》注曰：原本题下注云："侁，字子骏。"鲜于侁，《宋史》卷三四四有传。范仲淹第二子。 [2] 原本句下注云："洛人谓谷雨为牡丹厄，今年谷雨后名始开。" [3] 原本句下注云："前时与尧夫游西街，得新出白千叶花以呈潞公，潞公名之曰'玉玲珑'。" [4] 原本句下注云："园夫张八，家在富相宅东。"富相，

指富弼。李格非《洛阳名园记》："洛阳园池，多因隋唐之旧，独富郑公园最为近辟，而景物最胜。游者自其第东出探春亭，登四景堂，则一园之景胜可顾览而得。"

戏呈尧夫[1]

近来朝野客[2]，无座不谈禅。顾我何为者，逢人独懵然[3]。羡君诗既好，说佛众谁先。只恐前身是，东都白乐天[4]。

校注

[1] 元丰六年（1083）在洛阳提举嵩山崇福官时作。　　[2] 朝野：朝廷与民间。亦指政府方面与非政府方面。《后汉书·杜乔传》："由是海内叹息，朝野瞻望焉。"唐韩愈《为宰相贺雪表》："见天人之相应，知朝野之同欢。"　　[3] 懵然：不明貌。唐白居易《与元九书》："然仆又自思，关东一男子耳，除读书属文外，其它懵然无知。"《明史·蒋钦传》："愁叹之声动彻天地，陛下顾懵然不问。"　　[4] 东都：指洛阳。

和子骏新荷

懒不窥园久，元非效仲舒[1]。新荷满沼密，篮舁出门疏[2]。借问含烟晚，能胜裛露初[3]。愧无鱼戏句，弄翰白纷如[4]。

校注

[1] 仲舒：汉哲学家、今文经学家董仲舒。专治《春秋公羊传》，强调"天人之际，合而为一"之说。　　[2] 舁：轿子。　　[3] 裛：古同"浥"，沾湿。　　[4] 弄翰：晋左思《咏史》之一："弱冠弄柔翰，卓荦观群书。"后以"弄翰"谓执笔写作、绘画。古以羽翰为笔，故称笔为翰。

闻正叔与客过赵园欢饮戏成小诗[1]

吾庐寂寞类荒村，但有林间鸟雀喧。不似楚家多乐事，笙歌拾得醉邻园[2]。

校注

[1] 元丰六年（1083）在洛阳提举嵩山崇福官时作。正叔：楚建中，字正叔，洛阳人。第进士，知荥河县。累迁提点京东刑狱、盐铁判官。《司马温公集编年笺注》卷六五《洛阳耆英会序》："太中大夫、充天章阁待制、提举崇福官楚建中，字正叔，年七十三。"《宋史》卷三三一有《楚建中传》。　　[2] 笙歌：合笙之歌。亦谓吹笙唱歌。《礼记·檀弓上》："孔子既祥，五日弹琴而不成声，十日而成笙歌。"唐代王维《奉和圣制十五夜然灯继以酬客应制》："上路笙歌满，春城漏刻长。"

观孙儿戏感怀[1]

我昔垂髫今白头[2]，中间万事水东流。此心争得还如尔，戏走阶前不识愁。

校注

[1] 元丰七年（1084）在洛阳提举嵩山崇福官时作。　　[2] 垂髫：指儿童或童年。髫：儿童垂下的头发。《三国志·魏志·毛玠传》："臣垂龆执简，累勤取官。"晋陶潜《桃花源记》："黄发垂髫，并怡然自乐。"

又书一绝戏呈[1]

伯常远自郢中回[2]，喜与愁心相继来。幸得兼葭依玉树[3]，愁将瓦砾报琼瑰[4]。

校注

[1] 元丰七年（1084）在洛阳提举嵩山崇福官时作。　　[2] 伯常：即张伯常，《司马温公集编年笺注》卷一四有《奉和大夫同年张兄会南园诗》，原本题下注云："徽，字伯常。"伯常，湖北竟陵人。司马光、范纯仁皆与友善。神宗熙宁初为福建转运使兼知福州。以上柱国致仕。又以诗名，著有《沧浪

集》，已佚。郢中：郢都。借指古楚地。战国时期宋玉《对楚王问》："客有歌于郢中者，其始曰《下里巴人》，国中属而和者数千人。"　　[3] 蒹葭依玉树：南朝宋刘义庆《世说新语·容止》："魏明帝使后弟毛曾与夏侯玄共坐，时人谓'蒹葭依玉树'。"蒹葭，指毛曾；玉树，指夏侯玄。谓两个品貌极不相称的人在一起。后以"蒹葭玉树"表示地位低的人仰攀、依附地位高贵的人。亦常用作谦辞。明陈汝元《金莲记·小星》："云屏初列，彩丝新恋，袖映屏山云艳，蒹葭玉树，低回笑揽芳年。"　　[4] 琼瑰：泛指珠玉、美玉。《诗经·卫风·木瓜》："投我以木瓜，报之以琼琚。匪报也，永以为好也。投我以木桃，报之以琼瑶。匪报也，永以为好也。投我以木李，报之以琼玖。匪报也，永以为好也。"

潘兴嗣 （1021—?； 1023—1100）	字延之，号清逸居士。新建（今属江西南昌）人。宰相丁谓之甥。幼以父荫得官，授江州德化县尉，不赴。熙宁二年（1069）授筠州军事推官，亦不就。有高节，徜徉山水间。与王安石、曾巩、王回、周敦颐友善。著有《西山文集》六十卷、《潘兴嗣诗话》一卷，已佚。今录戏谑诗1首。

戏郭功甫[1]

休恨古人不见我，犹喜江东独有君。尽怪阿戎从幼异[2]，人疑太白是前生。云间鸾凤人间现，天上麒麟地上行。诗律暮年谁可敌，笔头谈笑扫千兵。

校注

[1] 宋胡仔《苕溪渔隐丛话》前集卷三七引《潘子真诗话》：袁世弼宦游当涂，时功甫尚未冠也。世弼爱其才，荐于梅圣俞，自尔有声。功甫尝谓大父清逸云："数载汲引，梅二丈力也，篙埋三尺，不敢忘其赐。"功甫既壮，颇恃其才力，下笔曾不经意，论者或惜其造语无刻厉之功。清逸云："如功甫岂易得。但置作者中，便觉有优劣耳。"清逸尝有诗戏之云云。郭功甫：郭祥正，字功父。"甫"通"父"。　　[2] 阿戎：晋王戎小名阿戎，为竹林七贤之一，以早慧著名。后因以阿戎作为男童的美称，常以之称美他人之子。《世说新语·简傲》："王戎弱冠诣阮籍。"南朝梁刘孝标注引《竹林七贤论》："初，籍与戎父浑俱为尚书郎，每造浑，坐未安，辄曰：'与卿语，不如与阿戎语。'就戎，必日夕而返。"

王安石 （1021—1084）	字介甫，号半山。抚州临川（今属江西）人。仁宗庆历二年（1042）进士。神宗时任参知政事，前后两度出任宰相，积极变法，推行新政。后因受旧党的反对而失败，被罢相，闲居金陵。封荆国公，世称荆公。著有《临川集》等。今录戏谑诗27首。

用前韵戏赠叶致远直讲[1]

叶侯越著姓，胄出实楚叶[2]。缙云虽穷远[3]，冠盖传累叶。心大有所潜，肩高未尝胁。飘飘凌云意，强御莫能慑。辟雍海环流，用汝作舟楫。开胸出妙义，可发蒙起魇[4]。词如太阿锋，谁敢触其铗。听之心凛然，难者口因嗫[5]。抟飞欲峨峨，锻堕今跕跕[6]。忘情塞上马，适志梦中蝶[7]。若金静无求，在冶惟所挟。载醪但彼惑，馈浆非我谍[8]。经纶安所施，有寓聊自惬。棋经看在手，棋诀传满箧[9]。坐寻棋势打[10]，侧写棋图贴。携持山林屐，刺擿沟港艓。一枰尝自副，当热宁忘箑[11]。反嗤褦襶子，但守一经笈[12]。亡羊等残生[13]，朽策何足折。欢然值手敌，便与对匕筴。纵横子堕局，腷膊声出堞[14]。

樵父弛远担，牧奴停晏饁[15]。旁观各技痒，窃议儿女嗫。所矜在得丧，闻此更心慄。熟视笼两手，徐思捻长鬣。微吟静惵惵，坚坐高帖帖。未快岩谷叟，斧柯尝烂浥[16]。趋边耻局缩，穿腹愁危罋[17]。或撞关以攻，或觑眼而擪[18]。或羸行伺击，或猛出追蹑。垂成忽破坏，中断俄连接。或外示闲暇，伐事先和燮。或冒突超越，鼓行令震迭。或粗见形势，驱除令远蹀。或开拓疆境，欲并包总摄。或仅残尺寸，如黑子著靥。或横溃解散，如尸僵血喋。或惭如告亡，或喜如献捷。陷敌未甘虏，报仇方借侠。讳输宁断头，悔误乃批颊[19]。终朝已罢精，既夜未交睫。翻然悟且叹，此何宜劫劫。孟轲恶妨行，陶侃惩废业。扬雄有前言，韦曜存往牒[20]。晋臣抑帝手，挍侯何啻涉。冶城子争道，拒父乃如辄。争也实逆德，岂如私斗怯[21]。艺成况穷苦，此殆天所厌。如今刘与李，伦等安可躐。试令取一毫，亦乏寸金镊。以此待君子，未与回参协。操具投诸江，道耕而德猎。

校注

[1] 用前韵：即用《游土山示蔡天启秘校》《再用前韵寄蔡天启》韵。　　[2] 楚有叶公诸梁，食采于叶，僭称公。　　[3] 缙云：县名。建县始于天册万岁二年（696），是浙江唯一与"四个州府"——温州、台州、婺州、处州交界的县。叶氏家族生长繁衍在缙云。　穷，张元济影印季振宜旧本《王荆文公诗李雁湖笺注》（以下简称"张本"）作"云"。　　[4]《汲黯传》："如发蒙振落耳。"　　[5] 嗋（xié）：闭合。《庄子·天运》：予口张而不能嗋。　　[6] 跕跕（diē）：堕貌也。　　[7] 塞上马：即塞翁失马。《淮南子·人间训》："近塞上之人，有善术者，马无故亡而入胡。人皆吊之。其父曰：'此何遽不为福乎？'居数月，其马将（jiàng，带领）胡骏马而归。人皆贺之。其父曰：'此何遽不能为祸乎？'家富良马，其子好骑，堕而折其髀（大腿）。人皆吊之。其父曰：'此何遽不为福乎？'居一年，胡人大入塞，丁壮者引弦而战，近塞之人，死者十九。此独以跛之故，父子相保。故福之为祸，祸之为福；化不可极，深不可测也。"　　[8] 陶渊明诗：时赖好事人，载醪祛所惑。庄子：吾食于十浆，而五浆先馈。　　[9]《博物志》："尧造围棋，丹朱善之。"邯郸淳撰《棋经》。　　[10] 寻，张本作"看"。　　[11] 箑（shà）：方言"扇子"。　　[12] 褦襶子（nài dài zǐ）：指不晓事的人。《古文苑·（魏）程晓〈嘲热客诗〉》："只今褦襶子，触热到人家。"章樵注："音耐戴，言不爽豁也。《类说》《集韵》：'褦襶，不晓事之名。'"　　[13] 亡羊：臧与谷牧羊，俱亡其羊。　　[14] 腷膊：鸡鸣前的拍翅声。　　[15] 饁（yè）：给耕田的人送饭；或云古代打猎时用兽祭神。　　[16] 晋王质入山斫木，见二童围棋，坐观之。及起，斧柯已烂矣。　　[17] 危，张本作"岋"。　穿腹：《棋经》有边腹关眼。危罋（yè）：高耸貌。　　[18] 擪（yè）：用手指按压；压，压抑。元乔吉《越调小桃红中秋怀约》："桂花风雨较凉些，愁字儿难藏擪。"　　[19]《遯斋闲览》：荆公棋品殊下。每与人对局，未尝致思，随手疾应。觉其势将败，便敛之。曰：本图适性忘虑，反苦思劳神，不如已。与叶致远敌手，尝赠叶诗，有"垂成""中断"之句。是知公棋不甚高。诗又云"讳输""悔误"，是又未能忘情于一时之得丧也。贾谊《请封建子弟疏》：淮阳之比大诸侯，仅如黑子之着面。《左传·襄公二十四年》："告亡而已。无告无罪。"《左传·庄公三十一年》："齐侯来献戎捷。"《游侠传》：郭解以躯藉友报仇。注藉，谓借助也。《蜀志》：严颜有断头将军，无降将军。五代优人敬新磨、戏批庄宗颊。　　[20]《陶侃传》：诸参佐谈戏废事，命取博具投之江。《扬子》："焉事博乎。"《吴韦曜传》："时蔡颖亦在东宫。性好博弈。太子和以为无益，命曜论之。"韦曜，字弘嗣，孙吴时历任丞相掾、西安令、太子中庶子、太史令、中书仆射等。有文才，有专谈博弈之害的论文《论博弈无益世务》。　　[21]《杜预传》：时晋武帝与中书令张华下围棋，预表适至。华推枰敛手曰：陛下圣明神武，国富兵强。吴之荒淫骄虚、宜承讨之。《左传·定公八年》：晋侯盟于瓡泽。赵简子曰：群臣谁敢盟卫君者？涉佗、成何曰：我能盟之。卫人请执牛耳。成何曰：卫，吾温、原也，焉得视诸侯？将歃，涉佗挍卫侯之手，及腕，卫侯怒。注云：挍，挤也。

血至腕。捘，子封反。《晋书·王导传》：王导尝共子悦弈棋，争道。导叹曰：相与有瓜葛，那得为尔耶？卫出公辄拒其父庄公。蒯聩事，见《左传·哀公十五年》。《国语·越语》：范蠡云：勇者，逆德；争者，事之末也。《史记·商君列传》：民怯于私斗。

次韵公辟正议书公戏语申之以祝助发一笑[1]

故人辞禄未忘情，语我犹能作扞城[2]。身不自遭如贡薛，儿应堪教比韦平[3]。老罴岂得长高卧，雏凤仍闻已闲生[4]。把盏祝公公莫拒，缁衣心为好贤倾。

校注

[1] 次韵公辟正议，《王荆公诗笺注》作"辄次公辟韵"，并校。公辟：即程公辟，名师孟。吴中人，中进士甲科。累知南康军、楚州，提点夔州路、河东路刑狱。出知福州、广州、越州、青州。《宋史》卷三三一、卷四二六有传。正议：正议大夫的简称，寄禄官名。北宋元丰三年（1080）九月，由六部侍郎阶改名。为文臣京朝官三十阶之第八阶，从三品。《石林燕语》卷四："官制：寄禄官银青光禄大夫，与光禄、正议、中散、朝议，皆分左右。朝议、中散，有出身皆超右，其余并又序迁。" [2] 扞城：保卫城池。 [3] 不自，张本作"自不"。 贡薛：指贡禹、薛广德，皆为御史大夫，列三公。广德晚岁，甫遂悬车之请，禹求退不能，竟卒于位。今云不遭，似言公辟之身，不如贡薛之遭遇也。贡禹（前124—前43），字少翁，西汉琅邪（郡治今山东诸城）人。通晓儒家经学，被征为博士，任凉州刺史。晚年任长信少府。元帝初元五年（前44）六月，任御史大夫，以上均见班固《汉书》：薛广德字长卿，沛郡相人也。以《鲁诗》教授楚国，龚胜、舍师事焉。萧望之为御史大夫，除广德为属，数与论议，器之，荐广德经行宜充本朝。为博士，论石渠，迁谏大夫，代贡禹为长信少府、御史大夫。《平当传》：汉兴，惟韦（贤）平（当）父子至宰相。谓韦贤、玄成，平当、晏也。 [4] 王罴守洛阳，魏将侵之。罴曰：老罴当道卧，貆子安得过？此言公辟之贤，可令守边。不当命闲。《焦赣易林》：凤生五刍，长于南郭。《庞统传》：此间自有伏龙凤刍，诗引《缁衣》及韦平凤刍事，似并其子。然公辟之后无闻，传亦不著子某某。

上元戏呈贡父[1]

车马纷纷白昼同，万家灯火暖春风。别开闾阖壶天外，特起蓬莱陆海中[2]。尽取繁华供侠少，只分牢落与衰翁。不知太乙游何处，定把青藜独照公[3]。

校注

[1] 张本"呈"下有"刘"字。贡父：即刘攽（1023—1089），字贡父。或作鬶父、赣父，号公非，临江新喻（今江西新余）人。刘敞弟。庆历六年（1046）进士。为州县官二十年，迁国子监直讲，官至中书舍人。曾助司马光修《资治通鉴》，分任汉代部分。有《彭城集》及《公非集》。 [2] 壶天：《云笈七签·二十八治》："施存，鲁人，夫子弟子。学大丹之道，三百年，十炼不成，唯得变化之术。后遇张申，为云台治官。常悬一壶，如五升器大，变化为天地，中有日月如世间，夜宿其内，自号'壶天'，人谓曰'壶公'。"《后汉书·费长房传》和晋葛洪《神仙传·壶公》载汉代费长房随壶公入壶事。 [3] 青藜独照：晋王嘉《拾遗记》卷六："刘向于成帝之末，校书天禄阁，专精覃思。夜有老人，著黄衣，植青藜杖，登阁而进，见向暗中独坐诵书。老父乃吹杖端，烟然，因以见向，说开辟已前事。向因受《洪范》《五行》之文，恐辞说繁广忘之，乃裂裳及绅，以记其言。至曙而去，向请问姓名。云：'我是太一之精，天帝闻金卯（刘）之子有博学者，下而观焉。'乃出怀中竹牒，有天文地图之书，'余略授子焉。'"此形容刘攽接受高人指点，通宵达旦勤学苦读之情形。

戏示蒋颖叔[1]

扶衰南陌望长楸，灯火如星满地流[2]。但怪传呼杀风景[3]，岂知禅客夜相投[4]。

[1] 蔡絛《西清诗话》载："王荆公元丰末，居金陵。大漕蒋之奇，夜谒公于蒋山（即钟山），驺呼甚都（传呼开道声很大）。公取'松下喝道'语，作此诗戏之。自此杀风景之语颇著于世。"蒋之奇，字颖叔，常州宜兴人。即治平四年（1067）诬告欧阳修"帷簿不修"终被罢官之人。据《宋史》本传，他在元丰二年（1079）"擢江淮荆浙发运副使，元丰六年，漕粟至京"。此诗即作于元丰六年（1083）蒋之奇漕粟经金陵谒见安石时。　　[2]"扶衰"二句：此取曹植《名都篇》"走马长楸间"句意，写蒋之奇走马而来的排场和盛气。　　[3]《西清诗话》云："杀风景，谓清泉濯足，花上晒裈（有裆的裤），背山起楼，烧琴煮鹤，对花啜茶，松下喝道。"这些都是损害美好景色的举动，用之比喻在兴高采烈的场合使人扫兴。　　[4] 禅客：僧人。禅是梵语"禅那"的省称，静思之意。据载，蒋之奇好参禅，现在却又耍威风，安石故以禅客称之，以示嘲弄。

戏城中故人[1]

城郭山林路半分[2]，君家尘土我家云。莫吹尘土来污我[3]，我自有云持寄君[4]。

校注

[1] 龙舒本题作"戏赠约之二首"，此为第一首。城中：金陵城中。此篇当系营就半山园之初所作。　　[2] 路半分：地处从城郭到山林道路的一半的位置。即指所营造的半山园。去城七里，去蒋山亦七里。　　[3] 尘土来污我：语本《世说新语·轻诋》："庾公（庾亮）权重，足倾王公。庾在石头，王（导）在冶城坐。大风扬尘。王以扇拂尘曰：'元规尘污人！'"　　[4] 有云持寄：语本南朝梁陶弘景《诏问山中何所有，赋诗以答》："山中何所有？岭上多白云。只可自怡悦，不堪持赠君。"

戏赠段约之[1]

竹柏相望数十楹[2]，藕花多处复开亭。如何更欲通南埭，割我钟山一半青[3]。

校注

[1] 段约之：段缝。王安石《招约之职方并示正甫书记》诗李壁注："约之姓段，亦家金陵，与公居止接近。"沈钦韩注："《苏集》施元之注：'段缝字约之，居金陵，与王介甫游，而意不相与。知兴国军，尝论免役法不便。元丰初，吴冲卿为相，颇进熙宁异议之人，除知泰州。蔡确言其无才能，止以尝诋毁新政，故膺奖任。诏管勾宫观，秩为朝散大夫。'"《宋史翼》卷一九有小传。　　[2]《文选》诗："峭蒨青葱间，竹柏得其真。"　　[3] 南埭：在半山园附近。埭：堵水的土坝。《建康志》："南康（南康是南埭之讹）今上水闸也。正对青溪闸。"段约之家有割青亭。见《建康志》。

见鹦鹉戏作四句[1]

云木何时两翅翻，玉笼金锁只烦冤[2]。真须强学人间语，举世无人解鸟言[3]。

校注

[1] 本篇一题作《鹦鹉》。大约作于变法期间。　　[2]"玉笼"句：语本欧阳修《画眉》："始知锁向金笼听，不及林间自在啼！"烦冤：烦恼，冤苦。杜甫《兵车行》："新鬼烦冤旧鬼哭。"　　[3] 真，张本作"直"。解鸟言：理解其语言。《神异经》曰："西方大荒中有人焉，长丈，其腹围九尺……知天下鸟兽言语。"

戏长安岭石[1]

附巘凭崖岂易跻[2]，无心应合与云齐[3]。横身势欲填沧海[4]，肯为行人惜马蹄[5]。

校注

[1] 长安岭：在舒州怀宁县，去县八十里。岭下有木瘤寺，寺上有大石。王安石有《自舒州追送朱氏女弟，憩独山馆，宿木瘤僧舍，明日度长安岭，至皖口》诗，可证。　　[2] 巘（yǎn）：高岩。跻：

攀登。 [3]无心：指山石之高本无意之事。与云齐：与云之无心是一样的。陶渊明《归去来兮辞》："云无心而出岫，鸟倦飞而知还。" [4]填沧海：填塞大海。喻山石之大，又有起飞之势。古有"精卫填海"的神话传说，见《山海经》。 [5]惜马蹄：爱惜马蹄。唐人张谓《同诸公游云公禅寺》："共许寻鸡足，谁能惜马蹄?"杜甫《陪郑广文游何将军山林十首》之一："平生为幽兴，未惜马蹄遥。"

代 答[1]

破车伤马亦天成[2]，所托虽高岂自营[3]。四海不无容足地，行人何事此中行。

校注

[1]代答：谓代"长安岭石"答问。前篇末句问云："肯为行人惜马蹄。"故诗人作本篇以相答。当与上首作于同时。 [2]破车伤马：车马若是经行长安岭，可能有破伤之虞。天成：天然之事，必然之理。意谓不可避免。 [3]所托：指长安岭石所处的地势。自营：为自己营造有利形势。

上元夜戏作[1]

马头乘兴尚谁先，曲巷横街一一穿。尽道满城无国艳，不知朱户锁婵娟[2]。

校注

[1]张本李璧注：疑此平甫所作。上元：即元宵节。 [2]国艳：国色。婵娟：美女的代称。

戏赠育王虚白长老[1]

白云山顶病禅师，昔日公卿各赠诗。行尽四方年八十，却归荒寺有谁知[2]。

校注

[1]育王：即育王山与育王寺，据《宝庆四明志》载："在鄞山之东，高数百仞。昔阿育王见灵，建寺其下，因以名山。"育王寺建于西晋太康三年（282），东晋义熙元年（405）迁今址。梁普通三年（522）武帝赐"阿育王寺"额，宋大中祥符元年（1008）赐名"广利寺"，为"天下禅宗五山"之一。虚白长老：明州（德清县）金鹅山虚白禅师。《建中靖国续灯录》："问：'如何是直截一路?'师云：'鸟道羊肠。'问：'如何是一体师子?'师云：'驼驴猪狗。'僧曰：'恁么则四生六道全也。'师云：'哑。'" [2]"行尽"二句：李璧注：遍参诸方，老而归也。司空图诗："后生乞汝残风月，自作深林不语僧。"此岂更欲世人知乎?

嘲叔孙通[1]

马上功成不喜文，叔孙绵蕝共经纶[2]。诸君可笑贪君赐，便许当时作圣人[3]。

校注

[1]张本李璧注：或云此诗宋景文作。叔孙通：秦博士，秦亡，降汉，为汉博士，为刘邦稳定汉天下、制定汉礼仪做出了巨大贡献，成一代大儒。 [2]马上功成：《史记·郦生陆贾列传》："陆生时时前说《诗》《书》，高帝骂之曰：'乃公居马上而得之，安事《诗》《书》!'陆生曰：'居马上得之，宁可以马上治之乎?'且汤武逆取而以顺守之，文武并用，长久之术也。'"后因以"马上得天下"为武功建国之典。唐林宽《歌风台》诗："莫言马上得天下，自古英雄尽解《诗》。" 蕝：同"蕞"。一本作"蕞"。 [3]当时，张本校：一作"先生"。

戏赠湛源[1]

恰有三百青铜钱[2]，凭君为算小行年[3]。坐中亦有江南客[4]，自断此生休问天[5]。

校注

[1]此为集句诗。《王安石全集》《王文公文集》此题皆作《戏赠湛源二首》，与《与北山道人》合并为一。两种版本在集句诗的排列顺序上不一，标题也有差异。 [2]杜甫《偪侧行赠毕曜》："速

宜相就饮一斗，恰有三百青铜钱。" [3] 算，秦克、巩军标点《王安石全集》，宋王安石《王文公文集》皆作"看"字。张籍《赠任道人》："欲得定知身上事，凭君为算小行年。" 小行年：小运。旧时星相家谓每年行一运，主一年吉凶，称小运，也称流年。 [4] 坐，《全唐诗》又作"座"。郑谷《席上贻歌者》："坐中亦有江南客，莫向春风唱鹧鸪。" [5] 杜甫《曲江三章，章五句》之三："自断此生休问天，杜曲幸有桑麻田，故将移住南山边。"张相《诗词曲语辞汇释》释"断此生"：为了此生。其云："断此生与送此生同义，亦为度此生涯或过此生活之义。"自是。

字谜[1]（七首）

其一

兄弟四人两人大，一人立地三人坐。家中更有一两口，任是凶年也得过。[俭（儉）]

其二

将军身是五行精，日日燕山望石城。待得功成身又退，空将心腹为苍生[2]。（甑）

其三

常随措大官人，满腹文章儒雅。有时一面红妆，爱向风前月下[3]。

其四

亲兄弟，日月昌。堂兄弟，目木相。亲兄弟，火火炎。堂兄弟，金今钤。

撅地去土，添水成池。（也）

其五

寒则重重叠叠，热则四散分流。兄弟四人下县，三人入州。在村里只在村里，在市头只在市头。（字中一"点"）

其六

兄弟二人，同姓同名。若要识我，先识家兄。不识家兄，知我为谁？ （叠字下两"点"）

其七

左七右七，横山倒出。（妇。《鸡肋编》上）

校注

[1] 此组字谜诗辑自汤华泉辑撰：《全宋诗辑补》，合肥：黄山书社2016年版，第746页。
[2] 上二谜《全宋诗》收，失谜底"俭""甑"。参见《蝉精隽》卷七。 [3]《齐东野语》卷二〇载印章谜："方圆大小随人，腹里文章儒雅。有时满面红妆，常在风前月下。"有异文，《全宋诗订补》收，失谜底。

酒 令

任（餁）任入，金锦禁急[1]。

校注

[1] 有商人姓任名（餁），贩金与锦，至关，关吏告之云云。《鸡肋编》上。

持练帛付外浣谜

虽居色界中，不染色界尘。一朝解缠缚，见性自分明。

持棋谜[1]

彼亦不敢先，此亦不敢先。惟其不敢先，是以不敢争。惟其不敢争，故能入于不死不生。

校注

[1] 辑自汤华泉辑撰：《全宋诗辑补》，合肥：黄山书社 2016 年版，第 748 页。以下三首同。

安石至此四字谜

欲据而食又无木，欲饲吾蚕又无木。有木则利用刑人，无木则不可伐而烧[1]。

校注

[1] 王荆公游山题壁云云，乃"安石至此"四字。《高斋漫录》。

字　谜

目字加两点，不得作贝（貝）字猜。贝（貝）字欠两点，不得作目字猜[1]。

校注

[1]"贺"（賀）、"资"（資）二字。

字　谜

四个口尽皆方，加十字在中央。不得作田字道，不得作器字商[1]。

校注

[1] 图（圖）。《说郛》卷四五下引《玉壶清话》。《蝉精隽》卷七引《钱氏私记》此字谜："四口尽皆方，十字在中央。若做田字商，不是杜家郎。"第四句与《说郛》引异。

拆刘攽名字戏嘲[1]

刘攽不直一分文。

校注

[1] 辑自《默记》，汤华泉辑撰：《全宋诗辑补》，合肥：黄山书社 2016 年版，第 752 页。

郑獬
（1022—1072）

字毅夫（一作"义夫"），安州安陆（今属湖北）人。仁宗皇祐五年（1053）进士第一，神宗时官至翰林学士。为人正直敢言。有《郧溪集》。今录戏谑诗10首。

戏酬正夫[1]

汪子怪我不作诗，意欲窘我荒唐辞。自顾拙兵苦顿弱，安敢犯子之鼓鼙。子之文章既劲敏，屡从大敌相摩治。左立风后右立牧，黄帝秉钺来指麾。蚩尤跳梁从风雨，电师雷鬼相奔驰。顷之截首挂大旆，两肩冢葬高峨危。如何韬伏不自发，欲用古术先致师。遗之巾帼武侯策，司马岂是寻常儿。应须敌气已衰竭，然后铁骑来相追。回戈坐致穷庞伏，得非欲学韩退之。嗟我岂敢与子校，唯图自守坚城陴。况兹忧窘久废绝，空余衰老扶疮痍。开卷旧字或不识[2]，岂能有意争雄雌。朝来据鞍试矍铄，是翁独足相撑支。检勒稍稍就部伍，亦欲一望将军旗。曹公东壁不羞走[3]，周郎未得相凌欺。便须持此邀一战，非我无以发子奇。

校注

[1] 正夫：即汪辅之，字正夫。宣州（今安徽宣城）人。皇祐进士。有才名，与郑獬、滕达道齐名，以意气自负（《石林诗话》卷中）。郑獬称其诗文伟奇（《还汪正夫山阳小集》诗）。著有《山阳小集》，今已佚。　[2] 字，原作"守"，据蒲圻张国淦据京师图书馆所抄库本《郧溪集》刊刻本（以下简称"张本"）改。　[3] 东，张本校：夏本作"赤"。

夷陵张仲孚以荆州无山为戏辄书二绝[1]

其一

使君终日倚朱栏，绿树高楼掩映间。自有碧江无限好，荆州佳境不须山。

其二

雨后飞云冉冉回，碧天都似镜初开。只应峡口多山处，不见秋光万里来。

校注

[1] 夷陵：今湖北宜昌。荆州：位于江汉平原西沿，是古代重要的军事要冲。张仲孚：题注"颙"。张颙（1008—1086），字仲孚，桃源（今属湖南）人。仁宗庆历六年（1046）进士。嘉祐六年（1061），为江南东路转运使。神宗熙宁三年（1070），以湖南路转运使知鄂州，后以中散大夫致仕。

再赋如山

小堂草草屋三间，暇日徜徉养寿闲。揭榜如山还自笑，何人不老似青山。

嘲范蠡[1]

千重越甲夜成围，宴罢君王醉不知。若论破吴功第一，黄金只合铸西施。

校注

[1] 范蠡，字少伯，生卒年不详，春秋楚人。与文种同事越王勾践二十余年，苦身勠力，卒以灭吴，尊为上将军。蠡深知勾践为人，可与共患难，难与同安乐，遂与西施一起泛舟齐国，变姓名为鸱夷子皮，自号陶朱公。

戏言寄霅溪使君唐司勋[1]

水精宫殿从来小[2]，寂寞蓬莱不可游[3]。十万人家明镜里，神仙都会是杭州。

校注

[1] 霅溪：在浙江省湖州市吴兴区境内。合苕溪、前溪、余不溪为一水，入于太湖。唐张籍《霅溪西亭晚望》诗："霅水碧悠悠，西亭柳岸头。"司勋：司勋郎中之省称。宋尚书省吏部司勋司郎中简称。从七品。宋谢维新《古今合璧事类备要·后集》卷二七《司勋郎中》："隆兴诏省并司勋郎中，以司封郎中兼领。" [2] 自注：霅上号水精宫。 [3] 自注：会稽号小蓬莱。

汪正夫为人撰墓志有中金之赠因以二绝戏之[1]

其一

飘然才思是真仙，凤字仍留碧玉镌。换得黄金满书箧，可能独具买山钱[2]。

其二

宝字奇文刻夜台，黄金论价未当才。诸生可是无豪气，不就韩公乞取来。

校注

[1] 题"中"字，张本作"十"。 [2] 买山钱：《世说新语·排调》："支道林因人就深公买印山，深公答曰：'未闻巢由买山而隐。'"意即指买山而隐。原意是深公讽刺支道林的话，后来用以比喻归隐之志。

自　嘲

乐府休翻白苎歌[1]，樽前已怯卷红螺[2]。壮心虽欲未伏老，争奈秋来白发何。

校注

[1] 白苎歌：乐府名，吴之舞曲。其词盛称舞者之美。 [2] 红螺：即海螺。

戏友人[1]

文闱数载作元锋[2]，变化须知自古同。霹雳一声从地起，到头须是白龙翁[3]。

校注

[1] 据《全宋诗订补》（陈新、张如安等补正，郑州：大象出版社2005年版）第120页补辑。
[2] 文闱：科举考场。元锋：指登第为天下第一事。 [3] 白龙翁：宋刘斧《青琐高议·别集》卷七：郑内翰獬未贵时，常病瘟疫，数日未愈，甚困。俄梦至一处若宫阙，有吏迎谒甚恭。公谓吏曰："吾病甚倦，烦热，思得凉冷，以清其肌。"吏云："以为公澡浴久矣。"吏导公至一室，中有小方池，阔数尺，甃以明玉，水光滟滟，以水测之，清冷可爱。公乃坐甃上，引水渥身，俄视两臂已生白鳞，视其影则头角已出。公惊遁去。吏云："玉龙池也。惜乎公不入水，入其水，公当大贵。但露洒而已，不知贵也。幸而公自是白龙翁，虽贵，终不至一品也。"公乃觉，少选，即汗出。后登第为天下第一。公为诗戏友人云云。郑公平日以文章擅名天下，终难望登庸，议者颇惜。

强至
（1022—1076）

字几圣，钱塘（今浙江杭州）人，仁宗庆历六年（1046）进士。曾任三司户部判官，尚书祠部郎中。著有《祠部集》。今录戏谑诗22首。

向负春游辞以风雨开霁既久乐事未果因书百言聊以自戏

常恨春日少，况遭风雨多。桃李冷不觉，□□如浊河[1]。广陌断游骑，寂不闻行歌。方其正雨时，乐事空蹉跎。晴来又累朝，日暖风祥和。红入桃李枝，绿转池塘波。何曾到花下，把酒呼青蛾[2]。屈指九十期，今已一半过。系日乏长绳，欲却无神戈。花落解笑人[3]，谓我前言何。

校注

[1] 浊河：黄河之别名。裹挟泥沙，混沌不清，故称浊河。《史记·苏秦列传》："天时不与，虽有清济、浊河，恶足以为固！"北魏郦道元《水经注·河水一》："河水浊，清澄一石水，六斗泥……是黄河兼浊河之名矣。"　[2] 青蛾：青色的蛾眉。代称美人。唐杜审言《戏赠赵使君美人》诗："红粉青蛾映楚云，桃花马上石榴裙。"　[3] 落，武英殿聚珍版活字本《祠部集》作"若"。

纯甫以予去岁九日赴东阳今年复趋府作菊花问答见遗因以戏答[1]（二首）

其一
问篱菊，何事秋香欠春馥。渊明岁岁走征途，冷落重阳谁采劚。

其二
篱菊答，自古人生有离合。不得渊明泛玉觞，还有子真携酒榼[2]。

校注

[1] 纯甫：杨处厚（1034—1071），字纯甫。其先汉州绵竹（今属四川）人，徙居江州（今江苏扬州）。仁宗宝元初以恩补郊社斋郎，后为婺州浦江尉、楚州淮阴主簿、终永康军录事参军。事见《道乡集》卷三四《杨都曹墓志铭》。　[2] 子真：西汉高士郑朴，字子真，褒中（今陕西省汉中市西北）人，居谷口，世号谷口子真。修道守默，汉成帝时大将军王凤礼聘之，不应；耕于岩石之下，名动京师。见《汉书·王贡两龚鲍传序》。另汉儒梅福，字子真；东汉崔寔，字子真。

通判国博惠建茶且有对啜之戏因以奉谢[1]

数饼建溪春，求逾尺璧珍。封从乡国远，惠与郡僚均。午榻忘搘臂，晨觞厌启唇[2]。拜嘉当对啜，相待况如宾[3]。

校注

[1] 通判国博：即通判国子博士的简称。　[2] 搘臂：支撑着手臂。　[3] 拜嘉：《左传·襄公四年》载："晋国享鲁使臣穆叔，歌《鹿鸣》之诗，穆叔说：'《鹿鸣》，君所以嘉寡君也，敢不拜嘉！'"意谓对鲁君的嘉美，敢不拜领！《鹿鸣》本来是嘉美宾客的诗，穆叔所以归之于鲁君，是一种委婉的外交辞令，后来用为拜领厚赐之意。

寒炉偶坐戏呈任道[1]

人事车轮转，年光木叶摧[2]。交情论晚岁，生意共寒灰[3]。未足胜宽褐，那能暖冻杯。知君寻气类，不为附炎来。

校注

[1] 任道：黄莘（1021—1085），字任道，舒州太湖（今属安徽）人，孝绰子。皇祐五年（1053）进士。有文集四十卷，今已佚。　[2] 摧，武英殿聚珍版活字本《祠部集》作"催"。　[3] 寒灰：犹死灰，灰烬。《三国志·魏志·刘传》："扬扬止沸，使不烂，起烟于寒灰之上，生华于已枯之木。"

闻升甫南池观鱼所获无几戏成小诗奉呈[1]

巨鳞非尺泽，多目漫污池。网漏从今日，筌忘复几时。饔人颜惨淡[2]，渔子兴参差。岂似任公捷，群鳌一钓丝[3]。

校注

[1] 升甫：即张升甫。生平不详。强至有《送张升甫三十韵》《张升甫惠新笋走笔代简谢之》等诗。　[2] 饔人：春秋时齐国所置掌饮食烹调之官。《左传·襄公二八年》："公膳日双鸡，饔人窃更之以鹜。"杨伯峻注："饔人，主割烹之事者。"《左传·昭公二五年》："及季姒与饔人檀通。"杜预注："饔人，食官。"　[3] 任公：神话中钓大鱼的人。喻指善钓的渔翁。后世诗文中用指超世的高士。《庄子·外物》："任公子为大钩巨缁，五十犗以为饵，蹲乎会稽，投竿东海，旦旦而钓，期年不得鱼。已而大鱼食之，牵巨钩锧没而下，骛扬而奋鬐，白波若山，海水震荡，声侔鬼神，惮赫千里。"谓政治理想不能实现，就约任公子飘游出海钓鱼去。

贾麟自睦来杭复将如苏戏赠短句[1]

春风那解系狂游，朝醉桐江暮柳洲。大手千篇随电扫，孤踪四海学云浮。荣名不落闲宵梦，退筑聊为晚岁谋。老橘残鲈犹有兴，片心还起洞庭舟。

校注

[1]《瀛奎律髓》云："强至几圣，余杭人，精于诗，有《祠部集》，此特一耳。纪批：起得飘洒，四句'逐'讹'学'字，病在着力。'还'字复'犹'字。"《西湖游览志余》云："强几圣至，钱唐（塘）吴山里人，刻苦攻诗，韩魏公甚重之。所著有《祠部集》。"特举此诗。

久雨不果行乐偶书短篇自戏

年来穷山少见日，十日阴雨一日晴。春色于人既无分，酒徒与我宜违盟。林花及时亦自蕊，山鸟应节犹知鸣。况复吾生异花鸟，何为对景如忘情。

戏赠孙师尹

是非不到酒樽边，樗散谁呼小谪仙[1]。天上浮查空有路[2]，人间种秫独无田[3]。花明绿野吟毫秃，月近青楼饮帽偏。姓字未劳金简记[4]，圣经方倚大儒传。

校注

[1] 樗（chū）散：《庄子·逍遥游》："惠子曰：'吾有大树，人谓之樗（臭椿）。其大本拥肿，而不中绳墨；其小枝卷曲，而不中规矩。立之涂，匠者不顾。今子之言，大而无用，众所同去也。'"樗树高大而没有用处。后遂用其比喻不才，多作谦辞；或指不愿为世所用、放任不羁。　[2] 浮查：漂浮海上的木筏。晋王嘉《拾遗记·唐尧》："尧登位三十年，有巨查浮于西海，查上有光，夜明昼灭，海人望其光，乍大乍小，若星月之出入矣。查常浮绕四海，十二年一周天，周而复始，名曰贯月查，亦谓挂星查，羽仙栖息其上。"　[3] 种秫：梁萧统《陶渊明传》："执事者闻之，以为彭泽令。不以家累自随，送一力给其子，书曰：'汝旦夕之费，自给为难，今遣此力，助汝薪水之劳。此亦人子也，可善遇之。'公田悉令吏种秫，曰：'吾尝得醉于酒足矣！'妻子固请种粳，乃使二顷五十亩种秫，五十亩种粳。"陶渊明以俸田种秫用于酿酒，但求一醉。后人以"种秫田"比喻有高尚志节的人喜饮酒而超绝尘俗的行径。　[4] 金简记：即《金简记》，古传道教冶炼秘籍。

承天元长老弃本寺寄净慈以诗戏之[1]

城里丛林一唾捐，收身微笑寄湖边。此生直欲看山老，不住真为出世贤。野屦懒穿双露脚，云裘嫌重右披肩。人间万事都无著，独与风骚有夙缘。

校注

[1] 元长老：疑觉海大师。王安石有《祭北山元长老文》："元丰三年九月四日，祭于北山长老觉海大师之灵。自我壮强，与公周旋，今皆老矣，公弃而先。逝孰云远，大方现前。馔陈告违，世礼则然。尚飨！"此文作于神宗元丰三年（1080）九月。王安石与觉海大师交厚，曾作《白鹤吟》赠之。

戏呈宋周士[1]

腊去垂垂冻欲消，春光未动思先饶。最宜才客临歌席，更看佳人转舞腰。一笑劳生应有定，三冬薄宦独无聊。兰台侍从风流裔[2]，合为行云赋此朝。

校注

[1] 宋周士：曾任宣教郎、成都府郫县县丞。彭山"戴氏《礼》"传人宋绍庭、宋元发之曾大父。见魏了翁《渠阳集》卷一七《果州流溪县令通直郎致仕宋君墓志铭》。　[2] 兰台：汉代宫中收藏图书之处。以御史中丞掌之，后世称御史台为兰台。《汉书·百官公卿表上》："（御史）中丞，在殿中兰台，掌图籍秘书。"又东汉时史学家班固为兰台令史，受诏撰史，故后世亦用以借指班固。《后汉书·班固传》："召诣校书郎，除兰台令史。"又唐高宗时曾改秘书省为兰台。

顺师归湖寺后以诗见招因戏答之[1]

山月溪云思有余，岭猿沙鸟静相于。闲中物象都收敛，别后诗才愈发舒。拟就邻翁沽竹叶[2]，直邀野令走篮舆[3]。提壶漫叫无凭准，一醉春风莫误予[4]。

校注

[1] 顺师：一为洪州蓝顺禅师。与苏辙及其父亲苏洵常有往来，苏辙有《呈顺禅师偈》。二为苏州虎丘顺师。苏州有一拓片"缘起得名"记载："苏州虎丘山塘渡僧桥者，故中书令陈公省华自至道年除吏部员外郎临莅是邦，为长老顺师出世聚徒，接四方之来者，济乡乡之居民，特给公用之所置也。"
[2] 竹叶：酒名，又名"竹叶青"。产于山西。以优质汾酒为底酒，配以砂仁、紫檀、当归、陈皮、公丁香、零香、广木香等十余种名贵药材精制酿成的酒。其历史可追溯到南北朝。　[3] 篮舆：竹轿。《宋书》卷九三《隐逸传·陶潜传》："江州刺史王弘欲识之，不能致也。潜尝往庐山，弘令潜故人庞通之赍酒具于半道栗里要之，潜有脚疾，使一门生二儿举篮舆，既至，欣然便共饮酌。"东晋诗人陶潜隐居田园，有足疾，曾乘篮舆外出。后因用作咏隐士出行。　[4] "提壶"句：顺师有可能沽酒引柴桑之句。

暮春伯宪留饮席上走笔戏成二首

其一
春从花际来，却向天边去。莺蝶空徘徊，寻春不知处[1]。

其二
春去无多日，勤来把酒卮。残花聊点缀，犹胜对空枝。

校注

[1] 不知处，原作"下知去"，据武英殿聚珍版活字本《祠部集》改。

公度惠花走笔戏谢

二月都城未见花[1]，不知春色落谁家。满盘折惠情何重，略嗅生香思已嘉。

校注

[1] 化用欧阳修《戏答元珍》诗："春风疑不到天涯，二月山城未见花。"

戏书保安院壁[1]

僧言此寺从唐建，冠盖无人一到来。还似长官居僻邑，不逢使者枉行台[2]。

校注

[1] 保安院：一疑桃源保安院，阮元《两浙金石志》卷五云："按，保安院，周显德中钱亿建，在广德湖之阴。今府西南空相教寺，旧名四明保安院，未知即此寺否？"按：据《同治鄞县志》卷五九《金石》之《空相院敕牒碑》，空相院原名小溪保安院，当非桃源保安院。一疑常州谢原保安院。《全元文》卷一七七九有《重修保安院记》。　[2] 行台：马端临说："行台自魏晋有之。昔，魏末晋文帝讨诸葛诞，散骑常侍裴秀、尚书仆射陈泰、黄门侍郎锺会等以行台从，至晋永嘉四年（310），东海王越帅众许昌以行台自随是也。及后魏，谓之尚书大行台，别置官属。北齐行台兼统民事，自辛术始焉。其官置令、仆射，其尚书、丞、郎，皆随时权制。"

承乏幕府晨出马上戏书[1]

五载青衫走两都[2]，北门官绪更区区。马鞍出带残更梦，却是双飞邺县凫。

校注

[1] 戏，原缺，据武英殿聚珍版活字本《祠部集》补。此诗当为治平四年（1067）王举元帅陕，辟强至入幕时所作。　[2] 自注云："始作开封掾，今为县元城。"

李景初许借剪彩花数轴一观累日不至戏成二绝督之

其一

壶蜂蛱蝶日徘徊，只欠生香去复来。应是春风随玉指，剪刀行处一花开。

其二

剪彩茸茸细逼真，秋风堂上数枝春。为偷造化防天觉，却拟深藏不借人。

闻无愧夜会二三君子戏呈二十八字[1]

烛边醉脸拟融酥，盏畔歌喉欲贯珠。应念东家多病叟，静披宽褐拥红炉。

校注

[1] 无愧：赵君锡，字无愧。《宋史》卷二八七本传："君锡字无愧。性至孝。母亡，事父良规不违左右，夜则寝于旁。……以吏部侍郎、天章阁待制知郑陈澶三州、河南府，徙应天。……绍圣中，贬少府少监，分司南京，卒，年七十二。"

河亭戏题

黄沙衮衮激洪流，白舫人群杂马牛。却忆春风湖上月，画船载酒鉴中游。

席上戏成

玉溪一别十年余，北绾铜章西辟书[1]。寄语湖山好相待，苍颜归日骇禽鱼。

校注

[1] 铜章：古代铜制的官印。借指县令，唐官皆为铜章。《宋史·舆服志》："两汉以后，人臣有金印、银印、铜印。唐制，诸司皆用铜印，宋因之。"辟书：召书之别称，辟召之书。《文选》阮籍《诣蒋公奏》"辟书始下"注："辟，犹召也。"

字贡父，号公非，新喻（今江西新余）人。与兄刘敞同举仁宗庆历六年（1046）进士，历仕州县二十余年始为国子监直讲。官至中书舍人。攽精通经学、史学，史学造诣尤深，与司马光同修《资治通鉴》。今存《孟子外书》《汉宫仪》《彭城集》。今录戏谑诗14首。

约谢师直出猎师直小疾不行作诗戏之[1]

雪后原野空，风高弓矢劲。岁时有阴杀，自古顺天令。跃马径丰草，呼鹰下空復。烈火生鼻端[2]，割鲜矧余兴。此亦壮夫乐，不与儿女并。苦无枚叔辨，试起夫子病[3]。

校注

[1] 谢师直：名景温，谢绛子，梅尧臣妻侄，官至刑部尚书、知河阳。　[2] 烈，武英殿聚珍版《彭城集》作"然"。　[3] 病，武英殿聚珍版《彭城集》作"痡"。　枚叔：即枚乘（？—前140），字叔。淮阴（今属江苏）人。景帝时，为吴王刘濞郎中。吴王欲反，他上书劝阻，不听，遂去梁，梁孝王尊为上客。景帝召拜弘农都尉，以病去官。武帝即位，以安车蒲轮征其入京，死于途中。有赋九篇，大多亡佚，今存《七发》等三篇。

昭君怨戏赠[1]

武皇听歌长太息，倾城不难难绝色[2]。连娟修嫭果自得，三十六宫宠无敌[3]。君不见孝宣既没王业衰，优游时事牵文辞[4]。延寿丹青最巨信，无盐侍侧捐毛施[5]。此时昭君去宫掖，边风侵肌雪满碛。穹庐旃墙烧煤蠡，琵琶怨思胡笳悲[6]。犹怜敌情不消歇，子孙累世称阏氏。传闻汉宫翻可愁，纨扇绿衣长信秋[7]。燕啄皇孙两凄恻[8]，当时无事成深仇。覆杯反水难再收，深渊瞬息为高丘。尘沙萧条猛虎塞，边民独记和亲侯[9]。

校注

[1] 昭君怨：本为古乐府歌诗，为汉代人怜王昭君远嫁匈奴而作。宋郭茂倩《乐府诗集》卷二九"相和歌辞"有载。又为古琴曲名。《琴曲谱录》："中古琴弄名有《昭君怨》，明妃制。"　[2] 武皇听歌：汉武帝听李延年所作《佳人歌》，武帝听后叹息："世岂有此人乎？"当时平阳公主以李延年之妹妙丽绝色，推荐给汉武帝，封为李夫人。　[3] 连娟修嫭（hù）：指汉武帝所宠爱的李夫人苗条美好的体态。《汉书·孝武李夫人传》："美连娟以修嫭兮。"连娟：纤弱，苗条。果自得：终归是天生的。　[4] 孝宣：即汉宣帝（前91—前49）刘询，汉武帝的曾孙，西汉的第七任皇帝。在位期间社会稳定，经济发展，国力强盛，号称盛世。优游：犹豫不决。此指汉元帝处理政事优柔寡断。牵文辞：拘泥于左右的言论。[5] 无盐：齐国丑女。"齐有妇人，极丑无双，号曰无盐女。白头深目，长壮大节，仰鼻结喉，肥项少发，折腰出胸，皮肤若漆。行年三十，无所容入。于是乃自诣宣王曰：'妾，齐之不售女也，闻君王之圣德，愿备后宫之扫除。'谒者以闻。宣王方置酒于渐台，左右闻之，莫不掩口而笑，曰：'此天下强颜女子也。'于是宣王乃召而见之。"然后陈述己见，被齐国纳为后。后形成成语"无盐安齐"。叵：不可。无盐侍侧：丑女侍奉在旁。捐：抛弃。毛施：毛嫱和西施，都是古代著名的美女。　[6] 煤，本作"爆"。"煤"同"爆"。　旃墙：以毛毡为墙，指毡帐。煤蠡（mǐ）：指干酪，一种奶制食品，今俗称奶豆腐。　[7] 翻可愁：反而可愁。"纨扇"句：指汉成帝宠妃班婕妤，因赵飞燕姐妹入宫后失宠。自求供奉皇太后于长信宫，因自伤冷落而作《怨歌行》。　[8] 燕啄皇孙：汉成帝宠幸赵飞燕姐妹，皆无子，妒杀成帝后宫妃嫔所生诸子，后人称此事为"燕啄皇孙"。后赵飞燕及其妹合德均以自杀结束生命。　[9] 猛虎塞：汉代西河郡塞名，位于今内蒙古鄂尔多斯市南部。和亲侯：王昭君兄子王歙曾被封为和亲侯，汉末王莽当政

时，匈奴人通过猛虎塞吏求见和亲侯。

戏谢师直买伊阳田

雒阳东周苏子贤[1]，兄弟驰说雄当年。一身曾兼六国印，举世皆羞二顷田。君才十倍鬼谷子[2]，期年已出揣摩篇。公侯将相可自致，何竟高蹈伊阳川。

校注

[1] 雒阳：东周王城，故城在今河南洛阳东北。雒，同"洛"。苏子：指苏秦。战国时著名纵横家，曾到赵、韩、魏、齐、楚游说。　[2] 鬼谷子：姓王名诩，春秋时人。常入云梦山采药修道。因隐居清溪之鬼谷，故自称鬼谷先生。鬼谷子为纵横家之鼻祖，苏秦与张仪为其最杰出的两个弟子。另有孙膑与庞涓亦为其弟子之说。

戏题西湖中鱼

重明水深波洗空，嘉鱼万族连西东。鲲鲕细碎长者惜，赤鲤成就随飞龙[1]。南风吹雨中宵雷，众鳞不去真常才。鲂鱼如玉鲙第一[2]，安得大网相随来。

校注

[1] 鲲鲕：小鱼。《国语》韦昭注"鲲，鱼子也。鲕，未成鱼也"。　[2] 鲂鱼：即鳊鱼，体形略显方形，身体扁平。以江河居多。

侠少行戏王子直[1]

长安少年侠自任，一生意气过人甚。许身直以豪取名，快意那知武犯禁。宝刀强弓千里马，风驰电射无敌者。有时独醉倡楼春，一身歌舞兼百人。休来著书吐胸臆，脱落章句嗤丘坟。王侯愿交不可得，贵者虽贵犹埃尘。君不见汉家云台画良将，高冠长剑森相向。由来落拓尘土中，不妨论议岩廊上。乃知功名为世贤，安知轻欺恶少年。

校注

[1] 王子直：名原。号鹤田处士。与苏轼等人有交往。苏轼被贬惠州，王原从千里之外去探望，一住七十日，足见王对苏之仰慕之情。

陈和叔贺兰溪所居近有信来言水竹事戏赠[1]

北山移文那尔为，淮阳招隐殊未归[2]。流泉涨溪可厉渡，修竹饱雨添旧围。鸣禽作巢皆有托，白云抱石初无机。主人已知战胜乐，溪童未老情庶几[3]。

校注

[1] 陈和叔：陈睦，字和叔，福建莆田人。嘉祐六年（1061）进士。累迁史馆修撰，改鸿胪卿。以宝文阁待制知广州，移知潭州卒。一云名陈绎（1021—1088），字和叔。开封人（一说洛阳人）。历翰林学士、权知开封府事，晚年曾兼任经略安抚使。王安石、苏轼与之有交往。兰溪：兰溪江，也称兰江，浙江富春江上游一支流，在今浙江省兰溪市西南。　[2] 北山移文：孔稚圭作。嘲周颙。周颙，汝南人，字彦伦，隐于北山，后应诏出为海盐令，秩满入京，复经此山，孔稚圭借山灵之意移之，使不许再至。北山，即钟山，在今江苏南京江宁区北。　[3] 自注：小谢诗云："方同战胜者，剪去北山莱。"

地震戏王深父[1]

员方肇开坼，积块成坤舆[2]。漂浮大波不自止，幸有万里之鳌鱼。抃首戴炎州，尾直昆仑墟。亿载不坠陷，始知力有余。扬鬐播四岳，鼓鬣摇五湖。岂知古今士，竟以地震书。自是世俗闻见拘，潢污蛙黾相随居[3]。我从龙伯借钩饵，钓鳌惟子知非诬。

校注

[1] 题注：俗云地震龟鱼动。王深父：王回（1024—1065），字深父。福州侯官（治今福建福州）人。进士出身。英宗治平二年（1065），为忠武军节度推官，知南顿县，命下而卒。著有《文集》二十卷。 [2] 员方：即圆方。 [3] 潢污：《左传·隐公三年》："苟有明信，涧溪沼沚之毛，苹蘩蕴藻之菜，筐筥锜釜之器，潢污行潦之水，可荐于鬼神，可羞于王公。"孔颖达疏："畜水谓之潢，水不流谓之污。"意谓只要有诚信，即使潢污之水也可用来祭祀鬼神。唐陈子昂《为建安王献食表》："白茅微藉，愿享于钧台；潢污菲诚，思奉于瑶水。"

戏作卖雪人歌[1]

北风沍寒红日短，火炉燃薪不知暖。南山阑干雪塞满，连玉叠琼何足算。时移事异不可言，眼看星火垂南天。道傍暍死常比肩[2]，市儿相与赢金钱。彻功有时难久全，物生岂有金石坚。煎汤沸腾在眼前，可得意气长矜夸。

校注

[1] 卖雪人：指卖冰块的人。 [2] 暍死：指中暑晕倒之人。

新开湖上待潜珠不出偶书戏孙莘老二首

其一

贝阙藏珠安在哉，九渊深绝若为媒。风波可畏且归去，漫道扁舟湖上来。

其二

合浦因人去不还，隋侯未值报恩年[1]。欲凭泉客传微信，夜久凉风月满川[2]。

校注

[1] 合浦：暗用"合浦还珠"典。《艺文类聚》卷八四引三国谢承《后汉书》："孟尝为合浦太守，郡境旧采珠，以易米食。先时二千石贪秽，使民采珠，积以自入，珠忽徙去，合浦无珠，饿死者盈路。孟尝行化，一年之间，去珠复还。"隋侯：高诱注："隋侯见大蛇伤断，以药傅之。后蛇于江中衔大珠以报之。因曰隋侯之珠，盖明月珠也。" [2] 泉客：鲛人的别称。传说，鲛人流泪即成珍珠。诗中因以泉客珠咏珍珠。南朝梁任昉《述异记》："蛟人，即泉先也，又名泉客。"蛟，同"鲛"；先，同"仙"。泉客，本作渊客，唐人避高祖（李渊）讳，改为泉客。

嘲昼眠

利名苦厌兹多口，朝市那能尽信书。一枕凉风云满目，民谣民讼不关渠。

拆王安石名字戏嘲[1]

失女便成宕，无宀真是妬。下交乱真如，上头误当宁。

校注

[1] 辑自《默记》。

口吃谜

本是昌徒，又为非类。虽无雄材，却有艾气[1]。

校注

[1] 指周昌、韩非、扬雄、邓艾四人皆口吃。艾气：指口吃。南朝宋刘义庆《世说新语·言语》：邓艾口吃，说话必艾艾。宋邵博《闻见后录》卷三十："士人口吃，刘贡父嘲之曰：'本是昌徒，又为非类；虽无雄才，却有艾气。'盖周昌、韩非、扬雄、邓艾皆口吃也。"

戏对傅钦之[1]

七上八下人才。

校注

[1]《高斋漫录》：傅钦之为御史中丞，尝有章论刘仲冯。一日贡父邂逅见之问曰："小侄何事敢烦台评？"钦之惭云："三平二满文字。"贡父笑曰云云。

吴处厚
（约1031—1093）

字伯固。邵武（今属福建）人。仁宗皇祐五年（1053）进士。仅存《青箱杂记》十卷。今录戏谑诗1首。

戏王安国

飞卿昔号温锺夔，思道通俛还魁肥。江淹善啖笔五色[1]，庾信能文腰十围[2]。只知外貌乏粉泽，谁料满腹填珠玑。相逢把酒洛阳社，不管淋漓身上衣。

校注

[1] 江淹（444—505），字文通，济阳考城（今河南兰考）人。少孤贫，早有才名。历仕宋、齐、梁三代，晚年官高禄厚，文思枯竭，谓江郎才尽。　[2] 庾信，字子山，南阳新野（今河南新野）人。梁中书令肩吾子。

俞紫芝

字秀老，金华（今属浙江）人。流寓江淮间，不事科举，不娶妻子，与王安石、黄庭坚、秦观为文字友。诗歌清逸秀雅。卒于元祐初。今录戏谑诗1首。

戏 作

郁郁襟怀怨别离，风楼西角正斜晖。洞房风细春华暖，落尽碧桃人未归[1]。

校注

[1] 碧桃：复瓣的桃花。即千叶桃。

范纯仁
（1027—1101）

字尧夫，仲淹子。吴县（今属江苏苏州）人。仁宗皇祐元年（1049）进士，累官尚书右仆射兼中书侍郎，赠开府仪同三司。谥忠宣。今录戏谑诗1首。

病起闻走马宴同僚走笔戏呈席上[1]

平日倦仍衰，那堪更病羸。宾僚闻燕集，冠盖阻追随。歌筦宜嘉赏，觥觞莫苦辞。酒深缘意厚，但看乐天诗[2]。

校注

[1] 走马宴：婚礼习俗。迎娶新娘时，新郎到女方家行礼后，女方家设筵招待男方，称"走马宴"。　[2] 自注：白公诗云："客知主意厚，分数随口加。"

陕府知县
姓名不祥，与范纯仁同时。

戏书僧房窗纸[1]

尔非慧远我非陶，何事窗间酒一瓢。僧野避人聊自醉，卧看风竹影萧萧。

[1] 宋王晫《道山清话》：范尧夫帅陕府，有属县知县，至一僧寺少憩。见一僧房，案上有酒一瓢，知县者戏书一绝于窗纸云云。

沈遘
（1028—1067）

字文通，钱塘（今浙江杭州）人。仁宗皇祐元年（1049）进士，历知杭、越、扬三州，官终翰林学士。有《西溪集》。今录戏谑诗10首。

五言后殿考进士解嘲

绛阙连碧城，白日横采霓[1]。钧天万舞彻，鸾凤鸣且飞。我为帝所游，十日不知返。我乐殊未央，尚恨春昼短。东风吹蟠桃，花落满我衣。拂去还复来，悠然生我思。顾谢众仙人，我自人间世。世累虽可憎，天上亦多事。

校注

[1] 绛阙：历代皇帝所居宫别称。明吴昭明等《五车霏玉》卷四《皇居》："绛阙：天子宫。"

戏卢中甫钱才翁[1]

晴日春风花气浮，少年嬉逐满扬州。谁怜居士身常病，独坐空船理白头。

校注

[1] 卢中甫：即卢秉（？—1092）。字仲甫，湖州德清（今属浙江）人。卢革子，仁宗皇祐元年（1049）进士。钱才翁：生平不详。黄庭坚有诗《观秘阁西苏子美题壁及张侯家墨迹十九纸率同舍钱才翁学士赋之（元祐元年秘书省作）》。 [2] 居士身常病，原校：一作"终岁悁悁病"。

和中甫新开湖

渺渺清波百里浮，昔游曾是一扁舟。十年人事都如梦，犹识湖边旧客邮。

使还雄州曹使君夜会戏赠三首[1]

其一

风霜满面使胡归，洗眼看君喜可知。更出佳人对红烛，今宵醉倒欲何辞[2]。

其二

法曲新声出禁坊，边城一听醉千觞。明朝便是南归客，已觉身飞日月傍。

其三

粉面娇环红绣裙，主翁独遣劝佳宾。它时金谷重相遇，还许尊前问故人[3]。

校注

[1] 雄州：今河北省雄县，由雄安新区托管。秦统一后，先属广阳郡，后属上谷郡。汉始置县（易县）属涿郡，后周显德六年（959）世宗亲征伐辽，收复瓦桥关（今雄县南关）置雄州。 [2] 宵，原作"霄"，据四库本改。 [3] 金谷：本地名，在今河南省洛阳市西北。晋卫尉卿石崇筑金谷园于此，日夜与王侯富绅等宴游，"时琴瑟笙筑，合载车中，道路并作。及往，令与鼓吹递奏，遂各赋诗，以叙中怀"（石崇《金谷诗序》）。此指仕宦文人游宴饯别的场所。

发瓦桥十里而河梁败还坐客亭复上马戏咏道旁垂柳二首[1]

其一

客亭门外纤纤柳，解使行人去复还。为谢春风摇荡意，上林桃杏正堪攀。

其二

行尽塘陂日已西，回头绿树却迟迟。柔条秀绝向人甚，忍不从容折一枝。

校注

[1] 瓦桥：建在易水上，从辽境新城县返宋必经之桥，是辽宋的分界处。《梦溪笔谈》卷一一《权智》："瓦桥关，北与辽人为邻。"是宋辽往来必经之途。此二首及《华阳集》卷三《新城寄瓦桥郭太傅》"水天行绝驾归轺，十里清烟望界桥"便记此处。

还家自戏二首[1]

其一

忆昨边城初见春，纤纤垂柳正矜新。不知远客贪归意，欲把狂丝系画轮[2]。

其二

远客归来眼自明，小桃满院笑相迎。当时若折边城柳，定负春风薄行名[3]。

校注

[1] 还家：指从出使辽回国。 [2] 画轮：彩饰的车轮。亦指装饰华丽的车子。 [3] 行，四库本作"侔"。

徐 积 (1028—1103)	字仲车，楚州山阳（今江苏淮安）人。事母极孝，有耳疾。治平四年[1067,《全宋诗》作治平二年（1065）]进士及第。元祐元年（1086）近臣交荐其孝廉文学，乃以扬州司户参军、楚州教授，转和州防御推官，改宣德郎。崇宁二年（1103），监西京嵩山中岳庙，卒年七十六，政和六年（1116），赐谥"节孝处士"。著有《节孝先生集》二十卷。今录戏谑诗10首。

李太白杂言

噫嘻欷奇哉[1]，自开辟以来，不知几千万余年。至于开元间，忽生李诗仙。是时五星中[2]，一星不在天。不知何物为形容，何物为心胸。何物为五脏，何物为喉咙，开口动舌生云风。当时大醉骑游龙，开口向天吞玉虹。玉虹不死蟠胸中，然后吐出光焰万丈凌虚空。盖自有诗人以来，我未尝见大泽深山。雪霜冰雹，晨霞夕霏。万化千变，雷轰电掣。花葩玉洁，青天白云，秋江晓月。有如此之人，有如此之诗。屈生何悴[3]，宋玉何悲[4]。贾生何戚[5]，相如何疲[6]。人生胡用自缧绁[7]，当须荦荦不可羁[8]。乃知公是真英物[9]，万叠秋山耸清骨。当时杜甫亦能诗[10]，恰如老骥追霜鹘。戴乌纱，著宫锦[11]，不是高歌即酣饮[12]。饮时独对月明中，醉来还抱清风寝。嗟君逸气何飘飘，枉教谪下青云霄。大抵人生有用有不用，岂可戚戚反效儿女曹。采蟠桃于海上[13]，寻紫芝于山腰[14]。吞汉武之金茎沆瀣[15]，吹弄玉之秦楼凤箫[16]。

校注

[1]"噫嘻"句：此句连用感叹词，表示高度的惊奇。 [2]五星：旧称金、木、水、火、土星为五星。传说李白的母亲梦见长庚星而生白，世称太白（金星）之精。 [3]屈生：屈原。《史记·屈原贾生列传》："屈原既放，行吟泽畔，颜色憔悴，形容枯槁。" [4]宋玉：屈原弟子。宋玉《九辩》有"悲哉！秋之为气也"之句。 [5]贾生：贾谊，汉文帝时政论家、辞赋家，有《陈致事疏》《过秦论》等著名文章。 [6]相如：司马相如。汉武帝时著名辞赋家。相如在蜀生活贫困，曾与卓文君至临邛置酒舍自为佣保，而令文君当垆。 [7]缧绁：黑色的粗绳，旧时用以系囚犯。 [8]荦荦：卓越不凡。 [9]真英物：杰出的人物。《晋书·桓温传》："生未期（一年），太原温峤见之，曰：'此儿有奇骨，可试使啼。'及闻其声，曰：'真英物也！'" [10]杜甫：与李白同时，小于李白十一岁。杜集中有赞颂和怀思李白的诗篇近二十首。 [11]乌纱：乌纱帽。宫锦：宫锦袍。李白在江南，着宫锦袍戴乌纱帽，饮酒行吟。 [12]高歌即酣饮：杜甫《赠李白》："痛饮狂歌空度日，飞扬跋扈为谁雄。" [13]"采蟠桃"句：旧传瑶池畔有蟠桃树，三千年开花，三千年结子。 [14]紫芝：灵芝草，菌类，可食。《乐府诗集》有《采芝操》："晔晔紫芝，可以疗饥。" [15]汉武帝太液

池中有金人承露盘。沆瀣：夜间的水气。　　[16] 弄玉：秦穆公女。其夫萧史，善吹箫，为鸾凤之音，后皆乘鸾凤仙去。见《列仙传》。

答倪令挑战之句[1]

南城病客方闭门，西郭檄书俄入手。霜涛洗开醉合眼，清风吹起困低首。诗阵须知少敢当，吟魔已遁无何有。可笑将军不用机，示以强兵殆非诱。

校注

[1] 倪令：倪敦复。倪为楚州山阳令，与徐积、秦观等多有唱和。

戏答二首

其一

我喉已吞霜，我口复吞月。吞霜吞月太粗豪，五脏心胸总清彻。东家亦有人中清，一从年少名豪英。文章余事能用兵，蛇矛丈八折羽旌。排成大阵将横行，太华屹立洪河倾。螭腾豹跃哮虎鸣，斗胆可落突眼睛。冲车突骑出不意，锋不可当声动地。前军已胜后兵继，唱罢凯歌毡帐睡。将军但筑受降城，老大不烦修武备[1]。

其二

君看月上霜，君看霜下月。不知月盖霜，不知霜盖月。但觉我一身，上下中央四旁总澄彻。霜是何物如此清，月是何物如此明。白头老翁坐中庭，半夜可数毛发茎。群阴积聚纯粹精，虾蟆吸尽瑶池津。银河两道来藏冰，玉龙走入蟠千寻。倩君两耳为我听，其闲恐有波浪声。初出海时蛟螭鸣，却入海时潮头生。小鲸走入尾闾内，大鲸大鳅寒不睡。莫教射倒金银宫，鳌背神人难设备。

校注

[1] 大，四库本作“夫”。

绣屏戏呈思权[1]

先生卧内花为屏，锦堆四面红云生。珊瑚枕上三四更，半醒半醉魂梦惊。安得仙范千万英，不是天台是武陵。

校注

[1] 思权：钱思权。曾任学官，徐积任楚州教授时的同僚。徐积有《答钱思权》诗。

戏答君锡酣战之句[1]

檄书插羽来何速，铁骑成林势未分。北垒嗷声雄似虎，南营杀气猛如云。阵前剑客投犀袂，帐外歌姬曳绣裙。且待挥兵酣战罢，却行三舍避将军。

校注

[1] 君锡：范君锡，曾做过掾史之类的属官。作有《答范君锡（三首）》《和范君锡观梅二首》《答范君锡泛泛爱花之句》等诗。

戏呈魏评事三首

其一

北斋有酒夜开门，独酌灯前酒一樽。只被诗魔无处避，待教醉魄战吟魂。

其二

我向灯前置酒杯，南轩北户一时开。如今正是花时节，且放春风数路来。

其三

紫府瑶关夜更深[1]，阿谁闲醉洞中春。呼童去问烟霞事，只见桃花不见人。

校注

[1] 紫府：道家所谓的仙人居所。《抱朴子·祛惑》："及到天上，先过紫府，金床玉几，晃晃昱昱，真贵处也。"

戏答何楚才酒肆

身在尘埃气在云，丈夫贫贱岂须论。且为韩信淮阴事[1]，休著相如犊鼻裈[2]。

校注

[1] 韩信淮阴事：指韩信贫贱时在淮阴所受胯下之辱。　　[2] 犊鼻裈：《汉书》本传："司马相如自著犊鼻裈，与庸保杂作，涤器于市中。"

吕　陶
(1031—1107，《全宋诗》作 1028—1104)

字元均，号净德，眉州彭山（今属四川）人，徙居成都。皇祐四年［1052，《宋登科记考》作五年（1053）］进士。曾奉命出使契丹，回，进给事中。后出知陈、河阳、潞州、梓州。著有《净德集》三十八卷。今录戏谑诗5首。

戏作客从中州来

客从中州来，有旨谪岭外。道由长沙郡，行李极狼狈。地主恶迁客，不许宿阛阓[1]。驰逐使之出，威势如下磕。我嗟伏蒲君[2]，力小忠謇大。一言犯雷霆，万里窜江海。方当困羁旅，复尔招咎悔。谁为守者谋，义理亦甚昧。人道异邪正，天时分否泰。外物慎取舍，中肠权利害。小人炫迎合，君子耻附会。如何鄙流放，辄欲登善最。所持况轻货，安可迁重贿。恶名被诸身，巨衾不可盖。羞色晬于面，洪水安能霮。尝闻贤人生，希阔须异代。声华无今昔，趣尚一进退。李唐距圣宋，乃有二徐晦[3]。

校注

[1] 阛阓（huán huì）：街市；街道。借指店铺；商业。《文选·左思〈魏都赋〉》："班列肆以兼罗，设阛阓以襟带。"吕向注："阛阓，市中巷绕市，如衣之襟带然。"　　[2] 伏蒲：代指苦谏，强谏。《汉书》卷八二《史丹传》："竟宁元年，上寝疾……丹以亲密臣得侍视疾，候上问独寝时，丹直入卧内，顿首伏青蒲上，涕泣言……天子素仁，不忍见丹涕泣，言又切至，上意大感……太子由是遂为嗣矣。"唐颜师古注："应劭曰：'以青规地曰青蒲，自非皇后不得至此。'"汉元帝欲废太子，史丹闯入帝卧室，伏在青蒲上苦苦规劝。　　[3] 徐晦：唐人，素为杨凭所知赏。进士擢第，登直言极谏制科，授栎阳尉，皆杨凭所荐。累官御史中丞、兵部侍郎，以礼部尚书致仕，以守正闻。《唐书》载："杨凭贬临贺尉，姻友惮累，无往候者，独徐晦至蓝田慰饯。宰相权德舆谓曰：'无乃为累乎？'晦曰：'方布衣时，临贺知我，今忍遽弃邪？有如公异时为奸邪谮斥，又可尔乎？'德舆叹其直。李夷简表为监察御史，晦遇谢。夷简曰：'君不负杨临贺，肯负国乎？'"

官舍东偏海棠开最晚落亦后时以诗嘲之

花到春深半已过，此花犹见满枝柯。传来芳信虽为晚，占得韶光却是多。爱惜锦文愁雨急，留连妆脸笑风和。后先荣谢人休问，且伴樽前一醉歌。

王定国北归过衡阳惠示四诗其聚散忧乐之兴尽矣率赓二篇可资笑噱[1]

其一

腊寒尝醉蒲桃酒，春霁空摇舴艋船[2]。倦客偶来皆失路，故人相值似逢仙。半生感事惊残梦，两世知音话宿缘。闻说三槐长秀茂，子孙才业信家传[3]。

其二

壮年驰走太行车，晚岁还家幸有余。进取厚颜嗟鹤发，退藏深计得蜗庐。五湖谪去谁收骨，千骑归来尚载旟。回首太平堪颂咏，圣君勤政式商闾。

校注

[1] 王定国：即王巩（1048？—1117？），字定国，号清虚居士，大名莘县（今属山东聊城）人。真宗时名相王旦之孙，庆历新政中名臣王素之子，张方平之婿。　率赓二篇，文津阁本作"率尔继唱"。　[2] 舴艋：形似蚱蜢的小船。《广雅·释水》："舴艋，舟也。"王念孙疏证："《玉篇》：'舴艋，小舟也。'小舟谓之舴艋，小蝗谓之蚱蜢，义相近也。"　[3] 三槐：北宋初期王祐、王旦家族因庭院植有三株槐树而得名。

闻蛩和长句

唧唧微吟透绮疏，乍令人意少欢娱。留连夜景萧条甚，引惹秋声迤逦殊。似向蜗庐频学啸，恐随蛙鼓亦吹竽。能鸣岂羡蚣蝑股[1]，不语堪嗤蛱蝶须。赋就情诗感长信，惊回仙梦失苍梧[2]。虽知物性何喧寂，应念年华却叹吁。从此渐为寒月计，凭谁与画小轩图。西堂忽起东归兴，望断青嵩接绿芜。

校注

[1] 蚣蝑：即斯螽。《诗经·豳风·七月》："五月斯螽动股。"毛传："斯螽，蚣蝑也。"《尔雅·释虫》："斯螽，蚣蝑。"　[2] 苍梧：山名，舜帝葬之地。《史记》曰：舜帝葬于此山。其山有九峰，常有愁云浮罩，莫辨陵之所在，呼为"九疑山"也。

杨 杰
（1078 年前后在世）

字次公，又号无为子，无为（今安徽无为市）人，仁宗嘉祐四年（1059）进士。元祐初，为礼部员外郎，出知润州。三年，提点两浙路刑狱。卒年七十。杨杰曾与欧阳修、王安石、苏轼等游，学有根柢。著有《无为集》十五卷。今录戏谑诗5首。

庐山五笑[1]

无为子愿游庐山者二十年矣。治平三年冬，赴官江西，舟过汇泽，乃得侍亲携幼，搜奇寻胜，以偿素望，一宿山间而去。马上不觉自笑，顾一己无足笑，故广之而成《庐山五笑》云。

远师

我笑东林寺，孤高远法师。种莲招社客，平地凿成池[2]。

陶渊明

我笑陶彭泽，闻钟暗皱眉。篮舆急回去，已是出山迟。

陆先生

我笑陆简寂[3]，修真脱世埃。九霄一飞去，重入旧山来。

开先招老

我笑开先老[4]，家风双剑高。云间本无事，拭目看金毛。

无为子

我笑无为子，游山学古人。康庐不能住，骑马入红尘。

校注

[1] 宋阮阅《诗话总龟》后集卷四五："远师作白莲社，与谢灵运、陆修静等十八人为社客，独渊明不肯入社，视众人固已高矣。无为子杨次公又从而笑之。其作庐山五笑，于陶有曰……视彭泽又高一著矣。"　　[2] 平，《全宋诗》作"干"，校云："四库本作平。"　　[3] 陆修静，字元德，号简寂。浙江吴兴人，三国吴丞相陆凯的后代。早年弃家修道，好方外游，晚年在庐山筑精庐（即今太虚官）修炼，传道授徒。　　[4] 开先老：即庐山开先寺高僧善暹禅师，江西临川人，云游天下而到庐山，因与慧远有段公案机锋而被慧远看重，立为法嗣。

刘 挚
（1030—1098）

字莘老，永静军东光（今河北东光）人。仁宗嘉祐四年（1059）中进士甲科。官至御史中丞、尚书右仆射。著有《忠肃集》。今录戏谑诗4首。

戏呈诗会诸友

郧楼吟唱近萧疏，椽笔贪抄未见书[1]。拙客懒同嵇叔夜[2]，少年文爱马相如[3]。夜凉灯火心亲古，秋老江湖兴起予。欲整赢师寻战地，清风无使旧坛虚。

校注

[1] 唱，《忠肃集》作"倡"。　　自注：泽民近多传书。　　[2] 自注：自谓也。　　[3] 自注：彦修、直夫颇闻会赋。

戏简许教授

虽有董盐甘寂寞[1]，如闻颜粥更艰辛[2]。莫将秉釜论多少，聊为君家拂甑尘。

校注

[1] 董，清王灏编《畿辅丛书》作"斋"。斋，又作"虀"。虀盐：欧阳修《寄圣俞》诗："我今俸禄饱余剩，念子朝夕勤盐虀。"盐虀，切碎后腌渍的菜，喻指生活清苦。　　[2] 颜，清王灏编《畿辅丛书》作"飱"。

戏李质夫[1]

曾醉江梅烂漫时，北乡寒冷见花迟。知君独倚瑶林赏，不向春风赠一枝。

校注

[1] 李质夫：与作者和王安石均有交往。王安石有《次韵奉酬李质夫》《次韵质夫兄使君同年》等诗，知其与王安石为同年，即仁宗庆历二年（1042）进士。

再赠李质夫[1]

赠春须记折花时，坐恨江南信息迟。还向瑶林主人问，东风应傍去年枝。

[1]《忠肃集》按：两诗韵脚相同，且内容有相承之处。

晏几道 (1038—1110)	字叔原，号小山，临川（今属江西）人。殊幼子。有临淄公风。自幼潜心六艺，旁及百家，尤喜乐府，文才出众，深得其父同僚之喜爱。著有《小山词》。今录戏谑诗1首。

戏作示内[1]

生计唯兹碗，般擎岂惮劳。造虽从假合，成不自埏陶[2]。阮杓非同调，颜瓢庶共操[3]。朝盛负余米，暮贮藉残糟。幸免墦间乞[4]，终甘泽畔逃。挑宜筇作杖，捧称葛为袍。觉受桑间饷，何堪井上螬。绰然真自许，嘻尔未应饕。世久轻原宪，人方逐子敖[5]。愿君同此器，珍重到霜毛。

校注

[1] 宋张邦基《墨庄漫录》卷三《晏叔原乞儿搬漆碗》：晏叔原聚书甚多，每有迁徙，其妻厌之，谓叔原有类乞儿搬漆碗。叔原戏作诗云云。　　[2] 埏陶：指陶器。《南齐书·礼志上》："婚亦依古，以卺酌终酳之酒，并除金银连锁，自余杂器，悉用埏陶。"苏辙《息壤》诗："埏陶鼓铸地力困，久不自补无为忧。"　　[3] 颜瓢：《论语·雍也》："子曰：'贤哉，回（颜回，字子渊）也！一箪食，一瓢饮，在陋巷，人不堪其忧，回也不改其乐。贤哉，回也！'"颜回吃的只有一箪饭，喝的只有一瓢水，住在破陋的巷子里，却不改变志趣，感到很快乐。表现贫苦笃志之人的安贫乐道生活。　　[4] 墦间乞：即"墦间乞余"。墦：坟墓，指祭祀余下的祭品。在坟墓之间向人家讨要祭祀剩下的祭品吃。出自《孟子·离娄下》。　　[5] 原宪：《庄子·让王》："原宪居鲁，环堵之室，茨以生草，蓬户不完，桑以为枢而瓮牖，二室，褐以为塞，上漏下湿，匡（正）坐而弦。"原宪家贫，生活困苦，但安贫乐道，不愿迎合世俗去当官。子敖：即王驩，战国时齐国大夫，字子敖。为盖邑（今沂水西北）宰，受齐宣王宠爱，后任右师。曾作为副使随孟子（时为齐卿）到滕吊唁滕文公，却独断专行。两人朝暮相见，孟子从未同他一道谈过公事。后又说孟子对他简慢，但当场受到孟子的驳斥。

蒋之奇 (1031—1104)	字颖叔，一作颍叔。常州宜兴（今属江苏无锡）人，蒋堂之侄。仁宗嘉祐二年（1057）"春秋三传科"进士。历任太常博士、监察御史。神宗即位，转为殿中御史。因听信人言上书弹劾欧阳修而成诬告，贬官监道州酒税。徽宗崇宁元年（1102），知枢密院事，出知杭州，以疾归。三年（1104）卒。能诗。今录戏谑诗1首。

北人嘲南人不识雪

南人不识雪，向道似杨花[1]。

校注

[1] 辑录宋彭乘《墨客挥犀》卷六。向道：指引道路。唐韩愈《送齐皞下第序》："今之君天下者，不亦劳乎？为有司者，不亦难乎？为人向道者，不亦勤乎？"朱熹考异："所谓人者，指应举者而言。为之作向道者，谓指引其道路所向。"

王令
(1032—1059)

初字钟美，后改字逢原。原籍元城（今河北大名）。五岁丧父母，随其叔祖王乙居广陵（今江苏扬州）。有治国安民之志，王安石对其文章和为人皆甚推重。著有《广陵先生文章》《十七史蒙求》等。今录戏谑诗1首。

戏食雀

秋风云气寒，秋雨昼夜兼。饥禽湿不飞，左右烦顾瞻。有雀独飞下，施徐入吾檐。毛羽刷参差，嘴距交钩铦[1]。跳乘新舂箕，取饱公不嫌。而吾本有意，听之取微纤。忽惊自飞去，欸聿不少淹[2]。反就高高枝，唧哳气不恬。嗟乎此微类，岂不无以厌。来既冒弹射，固难责其廉[3]。然余乃无罪[4]，见怒何过严。

校注

[1] 铦，原校：一本作"钳"。　　[2] 欸聿：疾飞貌。　　[3] 责，《王令集》作"贵"。明抄本、四库本、吴说编次本作"责"。　　[4] 然，原校：一本作"而"。清蒋继轼校本亦作"而"。

程颢
(1032—1085)

字伯淳，学者称明道先生。河南洛阳人。仁宗嘉祐二年（1057）进士。官至太子中允、监察御史里行。哲宗即位，司马光执政，荐程颢为宗正寺丞，未及行即病逝。著有《明道先生文集》，与弟程颐的著作合为《二程全书》。今录戏谑诗12首。

是游也得小松黄杨各四本植于公署之西窗戏作五绝呈邑令张寺丞[1]

其一

中春时节百花明，何必繁弦列管声。借问近郊行乐地，潢溪山水照人清[2]。

其二

心闲不为管弦乐，道胜岂因名利荣。莫谓冗官难自适，暇时还得肆游行。

其三

功名不是关心事[3]，富贵由来自有天。任是榷酤亏课利[4]，不过抽得俸中钱。

其四

有生得遇唐虞圣[5]，为政仍逢守令贤。纵得无能闲主簿，嬉游不负艳阳天。

其五

狱讼已闻冤滞雪，田农还喜土膏匀。只应野叟犹相笑，不与溪山作主人。

校注

[1] 题"寺丞"后注："兴宗"。　张兴宗（？—1260），生平、籍贯不详。　　[2] 潢溪：即今湖南省宜章县潢溪。　　[3] 不，清同治十年涂宗瀛六安求我斋刻本（以下简称"涂本"）作"未"。
[4] 榷酤：自秦国商鞅执政后采取的禁酒政策，汉初也是如此。《汉书·武帝本纪》云：武帝天汉三年（前98年）二月"初榷酒酤"。应劭曰："县官自酤榷卖酒，小民不复得酤也。"　　[5] 唐虞：唐尧与虞舜的合称，或借以指君主之贤。綦毋潜《经陆补阙隐居》："不敢要君征亦起，致君全得似唐虞。"韩愈《嘲鲁连子》："独称唐虞贤，顾未知之耳。"

象　戏

大都博弈皆戏剧，象戏翻能学用兵。车马尚存周战法，偏裨兼备汉官名[1]。中权八面将军重，河外尖斜步卒轻[2]。却凭纹楸聊自笑[3]，雄如刘项亦闲争。

校注

[1] 偏裨：即象棋之士、相。　　[2] 权，涂本作"军"。　步卒：即象棋之兵、卒。　　[3] 纹楸：即楸局，多指围棋棋盘，此指象棋棋盘。郑谷《寄棋客》诗："松窗楸局稳，相顾思皆凝。"

九日访张子直承出看花戏书学舍五首[1]

其一

平日邀相见[2]，过门又不逢。贪随看花伴，应笑我龙钟。

其二

须知春色酿于酒[3]，醉得游人意自狂。直使华颠老公子，看花争入少年场。

其三

贪花自是少年事，泥酒定嫌醒者非。顾我疏慵老山野，却骑归马背斜晖。

其四

下马问老仆，言公赏花去。只在近园中，业深不知处。

其五

桃李飘零杏子青，满城车马响春霆。就中得意张公子，十日花前醉不醒。

校注

[1] 张子直：作者妹夫。曾官至尚书虞部员外郎。程颢撰有《祭张子直文》。　　[2] 日，涂本作"昔"。　　[3] 色，明弘治八年陈宣刻本、明万历二十年蒋春芳刻本作"光"。

戏　题

曾是去年赏春日，春光过了又逡巡[1]。却是去年春自去，我心依旧去年春。

校注

[1] 逡巡：迟疑，犹豫，徘徊。刘希夷《将军行》："诸将欲言事，逡巡不敢入。"

沈 辽
（1032—1085）

字睿达，钱塘（今浙江杭州）人。沈括侄、遘弟。神宗熙宁年间以太常奉祀郎，改监杭州军资库。后为人书裙带，削职为民，流放永州，遇赦徙池州，筑室齐山上，名云巢。著有《云巢编》。今录戏谑诗8首。

戏赠伯泓供备[1]

公子好乐惟好琴，初传一曲费千金。其声微妙出世外，若听无闻古与今。乌孙琵琶止四弦，濮上箜篌人不传[2]。西湖圆月笼修烟，一杯绿酒为陶然。

校注

[1] 供备：宋供备库使、供备库副使省称，政和新武官阶名，易为武翼大夫（正七品）、武翼郎（从七品）。《宋史·职官志九》："新官：武翼大夫，旧官：供备库使。……新官：武翼郎，旧官：供备

　　[2] 乌孙：古国名。濮上：旧称淫风流行的地方。《礼记·乐记》："桑间濮上之音，亡国之音也。"

戏呈庆复乞画

鸷鸟宁有种，诗书多不传。岂期猛厉气，专美鹰与鹯。有客画鸦鹊，古纸含秋烟。羽毛被玄甲，爪角森戈鋋[1]。想见太公望，桓桓统中权。何如郫中尉，侧目谁敢前。吾方病拘郁，逍遥溪水边。赏此神骏物，霜风相孤骞[2]。从公乞妙墨，小斋伴衰孱。何以报雅况，作诗致拳拳[3]。

校注

[1] 角，原作"用"，据四库本改。　戈鋋（chán）：鋋，铁把的短矛。戈、鋋都是古代兵器，常以借指战争。亦指争斗、冲突。唐杜甫《秋日夔府咏怀奉寄郑监李宾客一百韵》："国须行战伐，人忆止戈鋋。"　　[2] 骞，原作"寒"，据四库本改。　孤骞：独自飞翔。唐杨炯《王勃集序》："得其片言而忽然高视，假其一气则遄矣孤骞。"　　[3] 拳拳，原作"卷卷"，据四库本改。

戏赠莘叟明之[1]

仲子绝不出，留侯数相顾[2]。二客虽不同，所知均一趣。仲子屏世故，翛然掩蓬户。留侯喜弈棋，清欢寄玄悟。

校注

[1] 题目注：莘叟姓陈，明之姓张。　　[2] 仲子：陈莘叟。以仲由借指莘叟。仲子，即仲由，字子路，又字季路。留侯：以张良借指张明之。秦末，张良运筹帷幄，佐刘邦平定天下，以功封留侯。张明之，作者友人，生平不详。

五　言

五言七言正儿戏，三行五行亦偶尔。我性不饮岂解醉，正如春风弄群卉。四十年来目幻事[1]，老去何须别愚智。古人不生亦不灭[2]，吾今不作亦不止[3]。寄语悠悠世上人，浪生浪死一埃尘[4]。洗墨无池笔无冢[5]，时亦作戏怡吾真。

校注

[1] 幻，原作"幼"，据四库本改。　　[2]《唯识论》：生相谓本无今有，住相谓生位暂停，异相谓住别前后，灭相谓暂有还无。　　[3]《圆觉经》：云何四病？一者作病，二者任病，三者止病，四者灭病。　　[4] 佛经：流浪生死。　　[5]《豫章志》：临川墨池，王羲之学书处。至今池水尽黑。笔无冢：即"退笔冢"。唐李绰《尚书故实》："右军孙智永禅师……往住吴兴永福寺，秋年学书，秃笔头十瓮，每瓮皆数石。人来觅书，并请题头者如市……后取笔头瘗之，号为退笔冢，自制铭志。"唐李肇《唐国史补》卷中："长沙僧怀素好草书，自言得草圣三昧，弃笔堆积，埋于山下，号曰笔冢。"形容人练习书法勤奋刻苦。

德相送荆公三诗用元韵戏为之

幽居卧山间，不与世相接。余生委蒲柳，滞想遗空劫。德相蚤相亲，顾我情未厌。数枉南堤步，更引青溪艓。相见亦何事，坐对群峰叠。春阳始萌动，烟岚森剑铗。廉纤数日雨，万里浮尘泡。赤白未残花，修秼半敷叶。行招老僧语，遥瞩东田馌[1]。穷崖历可造，峻流谁敢涉。衰龄易生倦，幽岩就调摄。德相知我惫，双眸困垂睫。高咏楚公作[2]，欲引维摩箑[3]。初闻未甚解，静听疑可猎。有如太华峰，跂躄岂易蹑。不知泛沧海，何力施舟楫。遥窥土山胜，昔乃文靖业。二公虽异时，名德远相躡。山川若有待，风物增悲慓。未知蔡侯履，孰与支郎蹀[4]。胜游可概见，笔力方峨嶪。更纾别后情，琅琅铺简牒。倡高必和寡，排比安且帖。箫竽合古律，宫商自谐协。世人所钦慕，有口空嚅嗫。东床坦腹士[5]，左右参经笈。为赋弈棋句，璆琳吐胸胁。锵然不可闭，由来知健捷。谓如伯升勇[6]，扬兵开宛叶[7]。岂比文信君[8]，无谋丧张黡[9]。致死在必胜，甘言方示怯。尾章示戒训，足以传芳谍。后生知自励，何必箠楚挟。正如嚼冰雪，清冷快牙颊。我昔造公室，公方任调燮。辱枉渊明赠，今犹秘巾箧。当时隳官去，终身欣废跕。冠带遂已捐，头脑深埋厴[10]。肯羡冥冥鸿，安知栩栩蝶。心清久无梦，神固安知魇。少小锐文史，老大心更慊。是古岂余心，非今宁我惬。况复论翰墨，尔来那可辄。不识浑脱舞[11]，何愧张颠帖。所居养鹅雁，菰蒲观睫喋。亦有藜藿畦，粗充匕与梜。孰知名可贵，安用禄为槢。无求岂有沮，不动谁能嗫。汝坚百万众，淮溃空雉堞。陵阳丈五坟，朱云本轻侠。百年竟何往，终当封马鬣。何必怅霜毛，更向窗前镊。

校注

[1] 馌（yè）：送饭到田里吃。《诗经·豳风·七月》："同我妇子，馌彼南亩。" [2] 楚公作：即荆公诗。 [3] 维摩箑（shà）：维摩扇子。 [4] 蔡，原作"葵"，据四库本改。 支郎蹀：蹀，履也。支道林的鞋子。 [5] 东床坦腹：代指女婿。南朝宋刘义庆《世说新语·雅量》："郗太傅（鉴）在京口，遣门生与王丞相（导）书，求女婿。丞相语郗信：'君往东厢，任意选之。'门生归白郗曰：'王家诸郎亦皆可嘉，闻来觅婿，咸自矜持，唯有一郎在床上坦腹卧，如不闻。'" [6] 伯升：李淑，字伯升，豫章人。更始时为博士。以《上书谏更始》忤旨，系狱被杀。 [7] 宛叶：二古邑的并称。宛，即今南阳；叶，在今叶县南。《史记·项羽本纪》："汉王之出荥阳，南走宛叶，得九江王布，行收兵，复入保成皋。" [8] 文信君：楚元王（？—前179），名刘交，字游，汉高祖刘邦之弟。同高祖起兵，封为文信君。高祖六年（前201）被封楚王。 [9] 张黡：张耳部将，战死于秦军。张耳与陈余为此争执而成仇敌。 [10] 脑，原作"恼"，据浙局本改。 [11] 浑脱舞：一种羊皮帽子。《朝野金载》："赵公长孙无忌以乌羊毛为浑脱毡帽，天下慕之，其帽为'赵公浑脱'。后坐事长流岭南，'浑脱'之言，于是效焉。"

德相所示论书聊复戏酬

野舍老余生，雅尚今已慊。不逃世忧患，余事寄巾蹀。行寻青山转，坐对青山叠。欲随白云去，怳与幽人接。盘桓太清洞，怅望长江楪。昔时古锦囊，今还白羽箑。不复叔夜锻[1]，真得孙登摄[2]。九华一枯藜[3]，青溪一孤楫。得丧苟自达，死生安足慓。朱颜久不驻，白发何为镊。群物自流转，吾生寄天燮。德相屡相过，老夫宁足蹑。由来废井水，不如长剑铗。往往论书法，轩轩两目睫。中郎石经在，元常表军捷。汉魏多传人，至宋有遗帖。唐室初最盛，渐衰自中叶。欧虞缅谁嗣，颜柳何足躐。篆籀昔难工，草圣谁敢辄。巨山作散隶，雄古掀龙鬣。贞观喜飞白，凌厉腾春蝶。岂特豁神观，直可祛鬼魇。古人有所寓，天性难必协。所志有小大，其材有勇怯。或惮懦文雅，或轩昂豪侠。或转战鞍马，或驱驰弋猎。或发于止谏，或得于讼牒。或奋夺床陛，或造成械楪。或为神所追，或自执所劫。或醉以贾祸，或诈以行谍。或习于娱乐，或劳于咕嗫。有灿如文锦，有劲如金梜。有倚如戈锋，有点如山栞。有驶或如波，有媚或如靥。或腾如烟霏，或落如鸟跕。渊妙欲飞动，拙恶愧偏厴。当寝或不寐，当昼亦忘馌。有誉终甚微，或毁则群嗫。为功有不至，考古安能厌。十年幸能就，万金毫岂浥。金玉敷卷轴，龙蛇闼箱笈。是惟小夫技，宁当丈夫业。譬如论唐虞，何曾道郇叶[4]。如君负高识，于此何足挟。一战虽未霸，遐心岂即怗。朝廷方洽熙，四夷皆远慑。坐复洮河地，直捣幽燕胁。朝夕奏奇功，群儒争鼓箧。太平任文治，战血何烦喋。道德以为宇，威武以为堞。岂比叔孙生[5]，杂用随何颣[6]。吾衰何可道，不死同原涉。

校注

[1] 叔夜锻：嵇叔夜（康）好锻。《世说新语·简傲》"锺士季精有才理"条注引《文士传》："（嵇）康性绝巧，能锻铁。家有盛柳树，乃激水以圜之，夏天甚清凉，恒居其下傲戏，乃身自锻。家虽贫，有人说锻者，康不受直。唯亲旧以鸡酒往与共饮啖，清言而已。"　　[2] 孙登（生卒年不详）：字公和，号苏门先生。汲郡共（今河南辉县）人。西晋隐士。他逃避战争，来到苏门山，住在山洞里。《晋书·列传·隐逸》记载："夏者编草为裳，冬者披发自覆。"终日不与外界交往，读《易经》，弹一弦琴，性无喜怒，后不知所终。　　[3] 枯藜：老翁常杖藜，因以枯藜为老翁的代称。　　[4] 郇叶：郇，周代诸侯国。在今山西省临猗县一带。叶，河南省叶县。　　[5] 叔孙：叔孙通。《史记·叔孙通列传》载：西汉人，本鲁国儒生。汉高祖刘邦初立汉朝，去秦朝苛法，群臣饮酒争功，失朝仪，叔孙通建议召集鲁儒参考古礼与秦仪制定汉朝礼仪，礼仪制备后，汉高祖在长乐宫受群臣朝贺，见仪礼之隆，自叹："吾乃今日知为皇帝之贵也。"后用为咏儒生或礼仪之典。李白《嘲鲁儒》："君非叔孙通，与我本殊伦。"　　[6] 随何：汉初谋士。曾任谒者，刘邦击楚，他奉命出使淮南，说淮南王英布归汉。后为护军中尉。

以沉香拄杖奉寄总老戏呈句偈

七尺潜虬出海污，久同病士御三车[1]。旃檀雕断终非相，薝卜芬芳漫散花[2]。绝是离非参妙用，穿云涉水伴生涯。东林大士还知否，止此无言是作家。

校注

[1] 御三车：《华法经》："出火宅而御三车。""三车"指牛车、鹿车、羊车。言三个孩子身陷火宅而不知危险，菩萨就用三车各装上孩子喜欢的金银宝物，吸引他们纷纷跳上三车，脱离危险。《华法经》云："无数稚子深陷火宅……牛车、鹿车、羊车譬若声闻乘、缘觉乘、菩萨乘，方便诱引出火宅。"[2] 旃檀：一种用作雕刻佛像之木。

戏赠石垱二师

青山古木隐禅扃，一炷清香数卷经[1]。却笑担囊南北客，强寻言语学无生[2]。

校注

[1] 清，原作"青"，据四库本改。　　[2] 无生：亦称无生法。与涅槃、实相、法性等具有同样的内涵，肯定一切现象的生灭变化都是众生虚妄分别的产物。现象本质为无生，无生当然无灭，故寂静如涅槃，此是现象的实相、真如。

释净端　谓字表明，误，应为明表。俗姓邱，归安（今浙江省湖州市吴兴区）（1032—1103）人。著有《吴山集》，已佚。今录戏谑诗1首。

戏书二十三字[1]

谁知万象是无常，林下闲闲人自忙。思忆高僧守孤节，惭惶。

校注

[1] 辑自《全宋诗辑补》（汤华泉辑撰，合肥：黄山书社2016年版）第1005页。

吕惠卿 （1032—1111）	字吉甫，泉州晋江人。仁宗嘉祐二年（1057）进士。王安石变法集团重要成员。官参知政事。著有《孝经传》《道德经注》《论语义》《庄子义》等，多散佚不传。今录戏谑诗2首。

解日字谜[1]

东海有一鱼，无头亦无尾。更除脊梁骨，便是这个谜。

校注

[1] 宋彭乘《续墨客挥犀》卷六：荆公戏作四句谜示吉甫云：画时圆，写时方，冬时短，夏时长。吉甫亦作四句解云云。

戏题风乞儿扇[1]

无人肯作除非乞，没药堪医最是风。求乞害风都占断，算来世上少如公。

校注

[1] 宋赵与时《宾退录》卷三：先鉴堂《朝野遗事》载，吕吉甫在赵韩王南园，京师丐人曰风乞儿者，持大扇造吕求诗，吕即书扇上云云。

曹　辅 （1034—1092）	字子方，号静常先生，海陵（今江苏泰州）人。仁宗嘉祐八年（1063）进士。官至朝奉郎。尝与祖无择、苏轼、张耒、晁补之有诗歌唱和，邓忠臣编《同文馆唱和诗》收其诗多篇。今录戏谑诗1首。

次韵无咎戏赠兼呈同舍诸公[1]

少年落魄走四方，看山听水兴难忘。深林谁复知孤芳，十载江湖称漫郎[2]。紫溪风月幽思长[3]，绿水如镜烟苍苍。追随豪俊多清狂，春风烂醉胥山堂[4]。下瞰群峰耸如枪，吴侬棹歌笛灵羌[5]。攀萝扪壁疲获臧，经旬选胜行赉粮。客儿经台倚高冈，共卧明月吟胡床。投身忽落昆仑傍，征西万马随腾骧[6]。官军夜半填贼隍，食尽师老催归装[7]。将军数奇设鹰扬，斩捕不能酬失亡。曲突徙薪语莫偿，幕中病客非智囊。扁舟夷犹忆吴乡，晁侯平日丈人行。生驹今始见骕骦[8]，伯乐一盼过老商。恐是禀质苍龙房，尤工吴语放降王。叔敖抵掌对烛光[9]，秋英落尽金钿黄。玉瓮浮春醅泼香，九天广乐来新凉。笑谈聊此共一觞，天街六翮将翱翔。正值羿彀游中央，我老委翅无复望。洞庭橘熟千林霜，行当拂衣解银章。买取百花洲畔庄，世外日月何曾忙。翛然一室生吉祥，车马还能过我墙。夜具茗饮与柘浆，更看君诗云绵张。

校注

[1]《同文唱和诗》中有晁补之、邓忠臣、蔡肇、张耒、李公麟、柳子文、余幹等人多首唱和之作。　[2] 漫郎：唐诗人元结之绰号。元结曾任水部员外郎、著作郎。入仕前自称"浪士"，入仕后，人以"漫郎"呼之。《新唐书·元结传》："会代宗立，授著作郎。益著书，作《自释》，曰：'家瀼滨，乃自称"浪士"。及有官，人以为浪者亦漫为官乎？呼为"漫郎"。'"　[3] 郦道元《水经注》卷四〇："溪水又东南与紫溪合，水出县西百丈山，即潜山也。山水南流，名为紫溪。中道夹水有紫色盘石，石长百余丈，望之如朝霞，又名此水为赤濑，盖以倒影在水故也。"紫溪在今浙江临安。　[4] 胥山堂：伍子胥（？—前484），名员，原为楚国人，其父伍奢，兄伍尚，皆被楚平王杀害，子胥被迫逃奔吴国，

受封于申地，故称申胥。后来，他跟孙武辅佐吴王阖闾讨伐楚国，攻入楚国都城郢（在今湖北省江陵县西北），掘开楚平王坟墓，鞭尸三百。吴王夫差击败越国后，越王勾践求和，夫差从之。子胥力谏，吴王不听，子胥乃自刭而死。吴王闻之大怒，乃取子胥尸盛于皮袋中，浮之江中。吴国人怜之，为其立祠，命名曰胥山。伍氏"胥山堂"遂由此而得名。事见《史记·伍子胥传》。　　[5] 灵羌：即先灵羌，汉代羌族的一支。一般作先零或先零羌。　　[6] 腾骧：《文选》张衡《东京赋》："六玄虬之奕奕，齐腾骧而沛艾。"薛综注："六，六马也，玄黑也，天子驾六马。腾骧，趣走也。"刘良注："腾骧，马行貌。"　　[7] 师老：《左传·僖公二十八年》："晋师退。军吏曰：'以君辟臣，辱也。且楚师老矣，何故退？'子犯曰：'师直为壮，曲为老。岂在久乎？'"古人称军队长期在外士气低落为"师老"。[8] 骕骦：良马名。本作"肃爽""肃霜"，亦作"骕骦"。《左传》云："唐成公有两骕骦马。"《后汉书·马融传》："登乎疏镂之金路，六骕骦之玄龙。"李贤注："骕骦，马名。"　　[9] 叔敖：《元和姓纂·一屋》："八凯之后。《公羊传》有叔敖段，为景王大夫。"《通志·卷二七·氏族略第三·以字为氏》："叔敖氏，芈姓。蚡冒之后。芴买之子芴艾猎（猎），字叔敖，为令尹，称孙叔敖，因以为氏。"《古今姓氏书辨证·一屋》："姓书云：'楚令尹孙叔敖之后。'误，谨按：敖字孙叔。古人先字后名，故曰孙叔敖。自古无兼名字为氏者。"

周 邠

字开祖，钱塘（今浙江杭州）人。仁宗嘉祐八年（1063）进士。官乐清令、朝请大夫。今录戏谑诗1首。

吕吉甫八月十八日生时年五十以诗戏之[1]

中分秋气才三日，不动心来已十年。

校注

[1] 辑自《六帖补》卷八。吕吉甫：即吕惠卿（1032—1111），字吉甫。

杨处厚
（1034—1072）

字纯甫，其先汉州绵竹（今属四川）人，徙居江都（今江苏扬州）。曾官婺州浦江尉、楚州淮阴主簿，终永康军录事参军。今录戏谑诗2首。

菊花诗问答[1]（二首）

其一
问篱菊，谁遗金英秋始缛[2]。花枝依旧去年黄，人发不如当日绿。

其二
篱菊答，清香数日还飘飒。纵使人生鬓易华，犹见黄花开几匝。

校注

[1] 宋强至《祠部集》卷三《纯甫以予去岁九日赴东阳今年复趋府作菊花问答见遗因以戏答》附。　　[2] 缛：繁多、繁茂貌。

黄 廉
（1034—1092）

字夷仲，洪州分宁（今江西修水）人，黄庭坚族叔。仁宗嘉祐六年（1061）进士。官陕西路都转运使、给事中。能诗。今录戏谑诗1首。

调王辟之[1]

高唐不是那高唐，风物由来各异乡。若向此中求梦雨[2]，只应愁杀楚襄王。

校注

［1］王辟之（1031—?），字圣涂，北宋临淄（今山东临淄）人。英宗治平四年（1067）进士。著有《渑水燕谈录》十卷。其卷一〇载："（王）辟之元丰元年调博州高唐县令，时黄夷仲廉为监察御史，予往别焉。夷仲口占一绝句见谑云云。盖讥河朔风土人物之质朴也。"这是让王辟之不要抱有贪欲，想入非非。　　［2］梦雨，《宋诗纪事》卷二九引《山东通志》作"荐枕"。

卷 九

韦骧
（1033—1105）

本名让，字子骏，世居衢州。随父徙钱塘（今浙江杭州）。仁宗皇祐五年（1053）进士。建中靖国初，除知明州，以左朝议大夫提举洞霄宫。著有《钱塘集》，有缺佚。今录戏谑诗12首。

摄户纠二曹事因自戏[1]

三参军事归权握，贱务区区日倍增。却笑近贤衔署贵，时人虚号一条冰[2]。

校注

[1] 摄户纠二曹事：摄户曹与纠曹两种曹务。户曹：即户曹参军之省称。为府州曹官之一，掌户籍、税赋、仓库收纳等。纠曹：谓州录事参军事。《唐六典》卷三〇：录事参军事掌"纠正非违，监守符印"，故称纠曹。　　[2] 一条冰：宋代凡文翰清秘之职，如翰林学士、知制诰等官衔，俗称"冰衔"。倘使一人同时兼任数职，即有"一条冰"之俗称。宋谢维新《古今合璧事类备要·后集》卷二二《翰苑门·事类》："文翰清秘：陈彭年兼数职，皆文翰清秘之目，人谓其官衔为'一条冰'。"

贾尉见迫给廪因以诗戏[1]

月粟见须何太迫，贱生奔走正无聊。蕲君勿虑晨炊绝，吾党而今解折腰。

校注

[1] 见迫给廪：粮食短缺。

昨暮会饮庆甫署观女真花因求一二诺以厥明至期不至遂戏成一首[1]

见许黎明和露剪，日高何事尚稽期[2]。也知更欲延宾履，次第开时固未迟。

校注

[1] 庆甫：即贾庆甫，贾中甫之弟。生平不详。韦骧有《贾中甫送庆甫弟来尉永兴，久之，告归。仆多其来，而重其去，乃为诗以送之》诗。女真花：即女贞花。又名桢木、将军树。原产我国，为木樨科、女贞属常绿乔木。株高二三丈，枝条开展，树姿优美；叶椭圆形，深绿而光亮；花生枝顶，小花繁密，色青白，有芳香。　　[2] 稽期：延期，误期。

戏别颜令[1]

趣驭不遑辞地主，趁晴唯且荷天公。县楼归去劳东望，早就新篇寄好风。

校注

[1] 颜令：当为颜复（1034—1090），字长道。彭城（今江苏铜山）人。仁宗嘉祐六年（1061）试中书第一，赐进士，知永宁县。神宗熙宁中为国子直讲。哲宗元祐初为太常博士，迁礼部员外郎，兼崇政殿说书。元祐四年（1089），拜中书舍人。五年（1090），改天章阁待制、国子祭酒，未拜而卒。

九月八日薄晚离赣城十余里而雷雨作遂倚舟以宿九日晓行又十余里而逆风暴甚乃泊于白鹇滩侧虔之史君相留不可屡以亟行见谑今日会宾席间当语及濡滞以为笑矣因书以自戏云[1]

佳辰来可喜，久客去难论。为忆东篱菊，因辞北海罇[2]。逆风吹急浪，单舸泊孤村。缅想茱萸宴，卢胡有后言[3]。

校注

[1]白鹇滩：离赣州城二十余里。常有白鹇出没，因名之。　[2]北海罇：孔北海性格宽容好客，致仕在家，更是宾客盈门，常叹曰："座上客常满，樽中酒不空，我无忧啊。"亦作"北海尊罍"。柳永《玉蝴蝶》词："好雍容、东山妓女，堪笑傲、北海尊罍。"　[3]卢胡：笑声在喉间。《后汉书》卷四八《应劭传》："夫睹之者掩口卢胡而笑。"注："《阚子》曰：宋之愚人得燕石梧台之东，归而藏之，以为大宝。……客人见之，俯而掩口，卢胡而笑曰：'此燕石也，与瓦甓不殊。'"

次韵社日且以善谑[1]

社日江南眼屡经，春天峤北寄春城。双飞海燕知时节，半醉田翁舞泰平。漫把杯盘为小饮，频催案牍况垂成。却思廉割东方朔[2]，归遗那无动旅情。

校注

[1]社日：古时祭祀社神的日子，春、秋季各一次。立春后五戊为春社，立秋后五戊为秋社。此当指春社。社神之由来，《礼记·祭法》载："共工氏之霸九州也，其子曰后土，能平九州，故祀以为社。"　[2]"却思"句：见宋庠《遇雨放朝余至掖门方审戏呈同舍》注[4]。

和腊日初晴会同僚射饮投壶[1]

晓风吹雨作晴云，腊日山城已似春。林木欣欣初有趣，郡斋皦皦迥无尘[2]。祭军雅戏齐酣战，黉圃环观密布鳞[3]。此乐得为知所自，天将丰岁与滁人[4]。

校注

[1]投壶：古代的一种游戏，源于春秋时期，在酒席间以矢投入壶口中的多少决定胜负。《左传》："晋侯以齐侯宴，中行穆子相投壶。"系由礼射演变而来，《礼记·投壶》郑玄注："投壶，射之细也。射以燕射。"汉以后逐渐成为纯粹的游戏。　[2]皦皦：白净貌。　[3]祭军：借指射饮之同僚。黉圃：借指学宫。　[4]滁人：滁州人。知此诗作于滁州通判任上。

坐中闻击鼓殴傩声戏联数韵[1]

故岁妖疠逐，新春祥庆多。（绛）旌旗催出猎，箫鼓引殴傩。（骧）秃骳将军至，鬌髻罗刹过[2]。（宪）丹书神按籍，白昼士挥戈。（绛）革面徒为异，清门岂有魔。（骧）成功在搜厌，正气满天稣。（宪）

校注

[1]殴傩：即"方相殴傩"，是一种戴着面具、化装驱邪跳舞的少数民族风俗。　[2]秃骳：不安貌。韩愈《记梦诗》："我亦平行塌秃骳，神完骨蹻脚不掉。"鬌髻：形容事物的松散、散乱。白居易《长相思》二首其二："深画眉，浅画眉，蝉鬓鬌髻云满衣，阳台行雨回。"

雨后城上种蜀葵效辘轳体联句[1]

不惮移根远，姑怜向日姿。春风从自得，（绛）夜雨况相资。敏速飞霜镟，婆娑拥碧枝。幽葩兹有待，（骧）杂卉漫多奇。野藿非余尚，庭兰盍尔知。（绛）倾心安所守，卫足岂其私。得地何妨徙，（骧）干霄固可疑。采幢须夏节，绿饼与秋期[2]。莫以丛生陋，

（绎）唯其秀出宜。迁非拔茅进，爱岂揠苗为。（骧）色解凌溪锦，花应当酒卮。绕栏窠尚小，（绎）傍砌影犹卑。援护情宜倍，栽培力已施。（骧）桃蹊容烂熳，竹径箰参差。不待毛嫱妬，（绎）何嫌鲁相辞[3]。土筵忧压嫩[4]，竹插为扶敧。疏密齐行列，（骧）芳华递疾迟。纤茎箐闲导，繁蕊珥交垂。（绎）恐践禽须逐，防侵草必夷。养完先固本，采折俟乘时。屡戒园夫守，（骧）频烦墨客窥。拾来同地芥，吟就比江蓠。泛与萧蒿长，偏饶雨露滋。何如君子德，修直任荣衰。（绎）

校注

[1] 辘轳体：是一种衔头接尾的诗体，可像辘轳一样旋转而得诗。此体在宋以后特别流行，苏轼有《辘轳歌》，杨万里《诚斋集》中此体诗颇多。韦骧此诗既为辘轳体，又为联句体。　[2] 采幢：古时一种饰有羽毛，用作仪仗、军事指挥或舞蹈的日筒形旗帜。　[3] 鲁相：指公仪休。《史记·循吏列传》载：公仪休，复姓公仪，战国时鲁穆公相，有崇高的名望和优良的才德。公仪休做鲁相后，"使食禄者不得与下民争利，受大者不得取小"。他身体力行，有人送鱼给他，他拒不接受。他"食茹而美，拔其园葵而弃之。见其家织布好，而疾出其家妇，燔其机"，为的是叫农人女工能售出其产品。
[4] 筵，四库本作"培"。同"筛"。一种竹制器物，留粗漏细，使粗细不同的东西得以分开。用作动词，指用筛子过物。去粗细者也。

戏呈吴伯固同年[1]

白玉墀前共得仙，而今邂近半华颠。评文我辨异同字，由义君持难易权[2]。畏简不能成共酌，纾情莫惜寄新篇。上林春晚归鞭动，意思何如癸巳年[3]。

校注

[1] 吴伯固：即吴处厚，字伯固，邵武（今属福建）人。皇祐五年（1053）进士及第，授汀州司理参军。嘉祐中，为诸暨主簿。熙宁中，任定武管勾机宜文字。元丰四年（1081），擢将作监丞。王珪荐为大理寺丞。元祐四年（1089），知汉阳军，笺疏蔡确《车盖亭》诗奏上，蔡确贬，擢知卫州。未几卒。著有《青箱杂记》十卷。　[2] 由，四库本作"出"。　[3] 癸巳年：皇祐五年（1053），即中进士那年。

又次前韵答所和诗

裁句清如李谪仙，挥毫放浪近张颠。偶于贡部同官责，更向诗坛擅将权。戏笔谩追丹桂旧，报言还愧木瓜篇[1]。一樽何处偕吟啸，浩兴犹堪逐少年。

校注

[1]《木瓜》篇：指《诗经·木瓜》，出自民歌，描述情人互赠礼物，表示长久相爱。此指朋友间的馈赠以结永好。

戏答宋茂宗[1]

穿山君蹈险，逆浪我乘危。玉事以勤济，人生少暇时。多材看腾踔[2]，无补愧衰迟。已饱殊乡味，何烦觉后知[3]。

校注

[1] 题注："次韵"。　宋茂宗：宋肇（生卒年不详），字楸（茂）宗。哲宗元祐元年（1086），为通直郎，监在京市易务。元祐九年（1094），以朝奉郎充夔州路转运判官，在夔州与黄庭坚、苏轼多有唱和。　[2] 腾踔（chuō）：飞腾跳跃。　[3] 自注：予至部后岁余。

冯 山
（？ —1094）

字允南，初名献能，后改今名，又号鸿硕先生，安岳（今属四川）人，冯澥父。仁宗嘉祐二年（1057）进士。元祐间，范祖禹荐于朝。官终祠部郎中。著有《安岳集》，存诗十二卷。今录戏谑诗6首。

效皮陆体药名诗寄李献甫[1]

半夏劳奔走，当归计未成。向乌头雪白，虽远志澄清。白屋游偏早，青云梦数惊。预知皆系命，无患可伤生。泉水怀乡国，灵仙得古城。萎蕤差病力，安息愧民情[2]。兰草园池静，槐花道路平。野翁宜散诞，故纸任纵横。问话思黄叶，论文忆长卿[3]。余粮添瓮盎，乱发散簪缨[4]。紫菀江山秀，婆娑桂柏荣[5]。枫香余雨气，桐叶变秋声。险语尝钩吻，昏瞳屡决明[6]。鸬鹚闲自酌，琥珀向谁倾。莨菪官资浅，螵蛸活计轻[7]。每将苏子校，多谢使君名[8]。满把黄金屑，知音白玉英[9]。青箱空聚古，败将敢论兵[10]。苦练诗方就，旁通笔未精。前贤如及已，海藻愿题评[11]。

校注

[1] 李献甫：宋梅尧臣有《李献甫于南海魏侍郎得椰子见遗》诗，知李献甫与梅、苏、冯等人同时。此诗全部用中药名写出。　　[2] 萎蕤：别名"女萎""葳蕤"等。此草根长多须，如冠缨下垂之緌而有威仪，故以名之。安息：即安息香，别名"白花榔"。高大乔木。　　[3] 叶，南城李氏宜秋馆刊《宋人集》乙编《冯安岳集》（以下简称"宜秋馆本"）作"藁"。　长卿：螃蜞的异名。晋崔豹《古今注·鱼虫》："螃蜞，小蟹也。生长海边涂中，食土，一名'长卿'。"　　[4] 余粮：即禹余粮，味甘，寒。主咳逆寒热烦满；下赤白；血闭症瘕；大热，炼饵服之不饥，轻身延年。生池泽及山岛中。乱发：即发皮。　　[5] 紫菀：据《神农本草经》，即紫菀。为菊科植物紫菀的干燥根及根茎。润肺下气，消痰止咳。　　[6] 钩吻：又叫野葛、毒根、胡蔓草、断肠草、黄藤、火把花。弘景说：钩吻，入口则钩人喉吻。　　[7] 宕，《全宋诗》校：疑当作"菪"。莨菪：有毒。食之令人狂狠放宕，故名。螵蛸（piāoxiāo）：螳螂的卵块，螳螂产卵子的房，又名蜱蛸。产在桑树上的名桑螵蛸，可入药。　　[8] 苏子：性温、味辛，归肺、脾、大肠经。具有降气消痰、止咳平喘、润肠通便的功效。使君：即使君子。性味温，甘，无毒。主治小便白浊、泻痢。　　[9] 黄金屑：《药性论》："黄金屑、金薄亦同主小儿惊伤，五脏风痫，失志，镇心，安魂魄。"　　[10] 青箱：又名草蒿、萋蒿、昆仑、野鸡冠、鸡冠苋。子名草决明。其子明目，与决明子同功，故有草决明之名。其花叶似鸡冠，嫩苗似苋，故谓之鸡冠苋。[11] 前贤：中药名。

和徐之才春晴偶成句皆双关[1]

云容收雨意，草色妒花妍。诗苦是真乐，酒醒方烂眠。园亭无限景，笋蕨不论钱。耳目因成僻[2]，江山似有缘。

校注

[1] 徐之才：徐师旦，字之才。冯山《安岳集》卷五有元丰中作《贺利漕徐师旦之才文龙山水之秀》诗。《蔡襄全集》中亦有《前绛州防御推官监晋州折搏矾务徐师旦可大理寺丞制》）。　　[2] 僻，宜秋馆本、清汪文柏跋清抄本《安岳冯公太师文集》作"癖"。

和徐之才回纹[1]

行轺使指屡襟分，路去重看思纠纷。清夜峡前江照月，霁天郊外剑横云。情多苦近归褒汉，景物应难会见闻。荣虑俗缘因刺按，燕堂虚愧有移文[2]。

校注

[1] 回纹：即“回文”，又名“回环”。它是汉语特有的一种使用词序回环往复的修辞方法，文体上称之为“回文体”。　[2] 自注：见闻二亭。

和徐之才觜体[1]

菜蔓全除看绿槐，木阴秾合乍闻雷。田间虽荷沾濡泽，水际先忧荡溺灾。火气已随妖焰出，山光尤喜晚晴开。门前雅致无余事，惟见诗筒竞往来。

校注

[1] 觜体：不知是何体，不过从此诗每句开头字“菜、木、田、水、火、山”等大致可猜出与人们吃住有关。

戏谢赵良弼寄薏苡山药[1]

芊珠春出真珠颗，山药锹开白玉团。本草经中俱上品，故人书寄善加餐。轻投已获琅玕报，每饮兼资菽水欢[2]。欲把长篇酬厚意，吟肠无味苦搜难。

校注

[1] 赵良弼：赵衮，字良弼，江陵（今属湖北）人。冯山有《和果倅赵衮良弼平江亭》《送赵良弼知广安军》等诗。胡宿《文恭集》卷一八有《赵良弼自丰州刺史除抚州刺史制》，疑其亦为冯山所谢之人。薏苡：其叶似蜀黍叶而解散，又似芭黍之苗，故有解蜀、芑实之名。薏米乃其坚硬者，有赣强之意。苗名屋菼。《救荒本草》云：“回回米又呼西番蜀秫。俗名草珠儿。”　[2] 菽水欢：《礼记·檀弓下》：“子路曰：‘伤哉贫也，生无以为养，死无以为礼也。’孔子曰：‘啜菽饮水，尽其欢，斯之谓孝。’”极言生活清贫，以孝养父母为乐。

戏题辛叔仪花园[1]

前载闻君说种花，重来轩槛早芬葩。只知造化随人力，岂觉光阴换岁华。风雨不容孤客赏，馨香宁待主翁夸。牡丹珍重偏开晚，料得开时已到家。

校注

[1] 辛叔仪：生平不详。

王钦臣
（约1034—约1101）

字仲至。应天宋城（今河南商丘）人，王洙子。幼有志操，文彦博荐试于学士院，赐进士。一生极嗜藏书，虽秘府藏书亦不能比也。今录戏谑诗1首。

戏书长老院[1]

蜀国相如最好辞，武皇深恨不同时。凌云赋罢还无事，寂寞文园兴可知[2]。

校注

[1]《能改斋漫录》卷一一《荆公题王钦臣诗于扇》条：“熙宁中，王钦臣仲至自河北，被召用。荆公荐对，禅宗问所与游从。公奏宋敏求，帝默然，遣还任。公因留一诗，书长老院中云云。然荆公爱其诗，自题于所执扇。”　[2] 文园：汉辞赋家司马相如，曾任文园令。见《史记·司马相如传》。后因以文园喻指司马相如，并用以比喻文士。刘禹锡《咏古二首有所寄》：“金屋容色在，文园词赋新。”唐杜牧《为人题》诗：“文园终病渴，休咏《白头吟》。”

郭祥正
(1035—1113)

字功父（甫），自号醉吟居士、谢公山人、漳南浪士，当涂（今属安徽马鞍山）人。仁宗皇祐五年（1053）进士。后调武冈知县，为太子中舍人、桐城令，任签书保信军节度判官。元祐四年（1089），辞职隐居于当涂青山。有《青山集》三十卷。今录戏谑诗7首。

楮溪重九阻风戏呈同行黎东美[1]

不登高，不饮酒，漠漠黄沙翳衰柳。扁舟系缆未敢行，江头白浪蛟龙吼。故园菊花应烂漫，客路无穷但搔首。却忆齐山小杜歌，人世难逢笑开口[2]。

校注

[1] 楮溪：信江支流，又名罗桥河，在江西省上饶市境内。二源，东源出灵山东麓。东流折向南流，在清水镇汇合南源，南源出自灵山南麓。《上饶县地名志》载："楮溪。因两岸多楮木，故名。"黎东美：王安石侄婿。王安石改革时置修经局，使其婿黎东美访郑侠，被郑侠谢绝。黎东美无言而退。

[2] 齐山：在今安徽省池州市贵池区东。杜牧有《九日齐山登高》诗。

左蠡亭重九夕同东美玩月劝酒[1]

平生看月无今宵，一亭危在山之椒。下瞰扬澜连左蠡，白琉璃地覆鲛绡。欲披锦袍搥鼓过，世无贺老谁相和[2]。屈原憔悴湘水滨，夷齐自守西山饿[3]。且来登高望明月，拂拂霜风濯烦热。身心都在清凉宫，一点无尘光皎洁。与君同游执君手，况逢令节当重九。不忧短发还吹帽[4]，头上有巾先漉酒[5]。饮醇酒，望明月。我归姑孰溪，君赴黄金阙[6]。明年此会知谁健，细看茱萸莫轻别。

校注

[1] 左蠡：山名。在江西省都昌县西北老爷庙附近，一名蓝军，以临彭蠡湖东得名。山下有晋卢循所建的左蠡（里）城。亭应建在山上。　　[2] 贺老：指唐贺知章赏识李白，曾脱下所佩金龟换酒与李白共饮。在贺知章告老还乡时，李白赠以《送贺宾客归越》。　　[3] 夷齐：伯夷和叔齐的并称，商朝末年孤竹国君之子。《史记》卷六一《伯夷传》："武王已平殷乱，天下宗周，而伯夷、叔齐耻之，义不食周粟，隐于首阳山，采薇而食之。及饿且死，作歌。其辞曰：'登彼西山兮，采其薇矣！'"　　[4] 吹帽：指重九登高雅集。《晋书·孟嘉传》："九月九日，温（桓温）燕龙山，僚佐毕集，时佐吏并着戎服，有风至，吹嘉帽堕落，嘉不之觉。"　　[5]《宋书》卷九三《隐逸传·陶潜传》："贵贱造之者，有酒辄设，潜若先醉，便语客：'我醉欲眠，卿可去。'其真率如此。郡将候潜，值其酒熟，取头上葛巾漉酒，毕，还复着之。"葛巾于是被称为漉酒巾。　　[6] 姑孰溪：姑溪河，又名姑浦，在安徽当涂县。黄金阙：道教认为神仙居住的地方，亦常喻月宫。此譬黎东美入长安。

三妓顾予幽独戏作四韵

忤俗遭罗网，何缘即挂冠。闭门谁复过，独酌岂成欢。客久添衰疾，春余尚苦寒。幽花虽入眼，不似故园看。

闻陈伯育结彩舟行乐游湖戏寄三首[1]

其一

湖波渺渺浸残春，东郭开筵迥不群。闻结彩舟撑碧落，更携箫鼓度青云。自怜玉海终无敌，却忆琼浆竟未分[2]。珠履难陪空怅望，且凭诗句张吾军。

其二

东陈风义旧传闻[3]，雕鹗鸾凰果逸群[4]。青竹题诗才倚马，画船槌鼓气凌云。赏心自向明时得，乐事应容下客分。敌饮会须翻玉海，背河决胜看齐军。

其三

临漳多士冠南闽，况复高才更出群。笔下文章翻锦绣，坐中谈笑领风云。美名合预青钱选[5]，邪党今从白眼分。闻欲高亭张雅宴，寂寥应悯旧将军。

校注

[1] 原注：《永乐大典》卷二二六二引《清漳集》题作"知县林迪闻伯育承事结彩舟作乐游东湖戏寄四韵"。按，《永乐大典》引诗有误。此诗应属郭祥正。陈伯育：漳州（今属福建）人，官至承事郎。与郭祥正有交。　　[2] 自注：伯育先寄诗，有"与君分两石"之语。　　[3] 风义旧：《永乐大典》作"君义欲"。　　[4] 雕鹗：猛禽。比喻才望超群者。杜甫《奉赠严八阁老》诗："蛟龙得云雨，雕鹗在秋天。"范仲淹《雕鹗在秋天》便用杜甫句作诗题，托物言志。　　[5] 青钱选：又名"青钱万选""青钱学士"。赞美文辞出众或指科举考试必中之人。《新唐书·张荐传》载：员外郎员半千多次在公卿面前推举褒扬张鷟，夸张鷟的文章言辞如同青铜钱，"万选万中"，每篇文章都出类拔萃，故时人称张鷟为"青钱学士"。宋晏殊《示张寺丞王校勘》："游梁赋客多风味，莫惜青钱万选才。"

史充侍禁以简问予小舟摇兀绝句戏谢[1]

渡江乘兴泊江干，草衬残花色未乾[2]。惯在钓鱼船上住，一蓑一笠伴春寒。

校注

[1] 史充：不详其人。侍禁：宋内侍官阶，有左侍禁、右侍禁，均为宫禁中侍奉之官。摇兀：摇荡不定。　　[2] 乾：简体作"干"，为与首句"干"字区分，这里用繁体。

卷　十

张舜民 （约1034—1100）	字芸叟，自号浮休居士，又号矴斋。陈师道的姐夫。邠州（今陕西彬州）人。治平二年［1065，一说四年（1067）］进士，为襄乐令。元祐初，司马光荐为馆阁校勘兼监察御史。徽宗立，擢右谏议大夫，徙吏部侍郎。不久，以龙图阁待制知定州，改同州。坐元祐党人，谪楚州团练副使、商州安置。后复为集贤殿修撰，卒。著有《画墁集》一百卷。今录戏谑诗3首。

感时事戏作[1]

少年辛苦校虫鱼[2]，晚岁雕虫耻壮夫[3]。自是诸生犹习气，果然紫诏尽驱除[4]。酒间李贺皆投笔[5]，地下班扬亦引车[6]。惟有少陵顽钝叟，静中吟捻白髭须。

校注

[1]《宋诗纪事》卷二十四引《韵语阳秋》："熙宁四年，荆公预政，罢诗赋，专以经义取士。……故芸叟感而赋此。"　　[2]校虫鱼：《尔雅》有《释虫》《释鱼》等篇。此处指作者早年任校书郎。[3]雕虫：本一种书体名，后人常以为自谦之辞。扬雄《法言·吾子》："或问：'吾子少而好赋？'曰：'然，童子雕虫篆刻。'俄而曰：'壮夫不为也。'"　　[4]紫诏：指皇帝的诏书，古时天子诏书装于锦囊，封以紫泥，故云。　　[5]李贺：指李白、贺知章，二人皆以好饮而闻名，诗作神采飞动。[6]班扬：指班固、扬雄。引车：驱车回避。

旧闻台城辱井石上有胭脂泪痕，久未之信，今见之，似是淋漓涂抹之迹，失笑不已，因成此句[1]

平居已无奈，仓卒故难任。井上痕犹浅，水中痕更深。问鳌何至此，下石尔甘心。不及马嵬袜，犹能致万金[2]。

校注

[1]辱井：又名胭脂井，在今江苏南京。即隋军破金陵时陈后主与张、孔二妃藏身之处。《郴行录》载："辱井在佛殿前，深可寻丈，上加石槛，红痕点染若胭脂，俗云陈后主拉孔、张二妃入井，泣涕所沾也。石槛上刻后主事，八分小字，极其精古，乃大历七年张署文，颇详，为近年俗人题记刊刻所掩，甚可惜也。又有太和四年篆书，可见者数字。"　　[2]"不及"二句：乐史《杨太真外传》卷下："妃子（杨玉环）死日，马嵬妪得锦拗袜一只，相传过客一玩百钱，前后获钱无数。"

戏米元章以九物换刘季孙子敬帖[1]

请君出奇帖，与此九物并。今日投汴水，明日到沧溟。

校注

[1] 辑自《韵语阳秋》卷一四。刘季孙（1033—1092），字景文。子敬帖：即王献之（字子敬）之书法作品。

薛似宗 四明（今浙江宁波）人。官郡判。事见《甬上宋元诗略》卷三。今录戏谑诗1首。

戏题团扇自写山水[1]

拂将团扇点江春，难与班姬咏并珍[2]。非为墨池云雾好，自来不以笔干人[3]。

校注

[1]《甬上宋元诗略》卷三引《薛氏世风删》。 [2] 班姬：班婕妤。《汉书·外戚传》：昔汉成帝班婕妤失宠，供养于长信宫，乃作赋自伤，并为怨诗："新制齐纨素，皎洁如霜雪。裁作合欢扇，团圆似明月。……弃捐箧笥中，恩情中道绝。"后以"班姬团扇"形容失宠遭受冷遇；也用以表现孤寂冷落、凄婉哀怨的情感；或代指明月。 [3] 以笔干人：即"载笔干人"。以文才干谒权贵。汉初词人如邹阳、司马相如、伍被、枚乘等，皆尝载笔干人，声华籍甚。

孔文仲
（1038—1088） 字经父，清江（今江西峡江）人。仁宗嘉祐六年（1061）进士。官至中书舍人。与其弟孔武仲、孔平仲合称"清江三孔"，亦有"二苏联璧，三孔分鼎"之誉。元祐三年（1088），同知贡举，还家而卒。《清江三孔集》中有其诗文二卷。今录戏谑诗1首。

次韵穆父见戏

当年同望赭袍光[1]，万事争先落彩铓。一别已经陵谷变，再来方觉路岐长。黄金久压腰间重，白笔才容柱下藏[2]。唯愿山林息枹鼓[3]，免教鸱隼吓鸳凰[4]。

校注

[1] 赭袍：红袍。天子及贵臣所服。谓同朝为官。 [2] 白笔：古时居官者随身携带之笔。《古今注》："白笔，古珥笔，示君子有文武之备焉。"柱下藏：谓载于史册。柱下，即柱下史，周代官名。文仲曾任秘书省校书郎，故云。 [3] 息枹鼓：偃旗息鼓。此谓隐居。 [4] 自注："余家近被穿窬，累夕邻居擒盗者叫呼达旦，未尝获安寝也，持此以乞怜于京尹。"《庄子·秋水》："惠子相梁。庄子往见之……曰：'南方有鸟，其名鹓鶵……发于南海而飞于北海，非梧桐不止，非练实不食，非醴泉不饮。于是鸱得腐鼠，鹓鶵过之，仰而视之曰：吓！今子欲以子之梁国吓我邪？'"

舒　焕 字尧文，睦州人。神宗熙宁六年（1073）进士，熙宁十年（1077）为徐州教授。高宗建炎中（1127—1130）犹在世，年九十卒，苏轼诗所谓郎君欲出先自赞者也。其子舒彦举，亦有才，元祐九年（1094）进士。今录戏谑诗1首。

苦学涪翁夜过其家戏作[1]

先生堂前雪月苦[2]，弟子读书喧两庑。撞门入室书纵横，蜡纸灯笼似云母[3]。

校注

[1] 苏轼《夜过舒尧文戏作》诗："先生堂上霜月苦，弟子读书喧两庑。推门入室书纵横，蜡纸灯笼晃云母。……"舒焕，字尧文。苏轼一诗不知为何被舒焕本人偷换为《苦学涪翁夜过其家戏作》，且只录用前四句。　[2]《何逊集》载何真诗云："苍茫曙月苦。"　[3]《图经本草》：云母片，有绝大而莹洁者，今人咸以饰灯笼，亦古扇屏风之遗事也。

朱长文 （1039—1098， 一作1041—1098）	字伯原，号乐圃、潜溪隐夫，苏州吴县（今属江苏苏州）人。未冠，仁宗嘉祐四年（1059）进士，家居二十年。元祐中起教授于乡，召为太学博士。还秘书省正字、秘阁校理等职，卒。著有《琴台记》《乐圃集》等。今录戏谑诗1首。

雪夕，林亭小酌，因成拙诗四十韵以贻坐客。昔欧阳公与人咏雪，先戒勿用梨、梅、练、絮、白、舞、鹅、鹤等字，今篇中辄守此戒，但愧不工，伏惟采览

极望铺千顷，平观彻九霄。纵横随物象，合散委天飙。洒竹声微动，妆松势不摇。庭空飞鸟影，窗失远山椒。钓罢盈孤屿，行稀覆小桥。争先笼碧瓦，骋巧缀柔条。片片谁裁制，团团似琢瑚。丘陵平坎险，草木起枯焦。皎洁那容染，轻清只自飘。匊来便幼稚[1]，披去羡渔樵。篷冷孤舟泊，蹄轻逸骥骄。危楼明皓皓，虚室静萧萧。余霰霏残夜，层冰结霁朝。界疑华藏见[2]，境入洞天遥。向晦终难掩，居高却晚销。润滋甘井脉[3]，寒减暮江潮。思妇啼红袖，征夫拥皂貂。履穿愁践足，心悟任齐腰。就映犹开卷，频餐愈病痟。袁公当强起[4]，谢女尚能谣[5]。旋取茶铛泛，多收药匕调[6]。任令埋蜡屐，直欲鼓兰桡。扫处迷三径，吟余冻一瓢。因思良友至，急奔牧童邀。池馆增潇洒，杯盘奈寂寥。壶中闻笑语，物外睹风标[7]。真乐非弦管，奇辞脱篆雕。红尘荡涤尽，宿酒等闲消。烛映凝膏浅，香清切柏烧。谈围终易解，诗将可称骁[8]。闻道群贤集，方从五马招[9]。黄堂催盛宴，缇幕会英僚[10]。海气连平野，岩光满丽谯。缤纷沾寿罍，炫晃照华镳[11]。刘白才名重，枚邹笔力超[12]。袴襦歌美政，牟麦庆新苗。畎亩深盈尺，风云会再宵。贺声周四境，瑞奏达中朝。郡国仁风远，乾坤协气饶。年年书大有，击壤望唐尧[13]。

校注

[1] 匊：本义是两手合捧。即"掬"。《诗经·唐风·椒聊》："椒聊之实，蕃衍盈匊。"又《诗经·小雅·采绿》："终朝采绿，不盈一匊。"　[2] 华藏：佛教语。莲华藏世界（或华藏世界）的略称。佛教指释迦如来真身毗卢舍那佛净土，是佛教的极乐世界，由宝莲花中包藏的无数小世界组成。[3] 甘井："伯禽井"的别称。在山东曲阜东北。《嘉庆一统志·兖州府一》："伯禽井，在曲阜县东北三里周公庙东南。水清冽而甘，亦名甘井。"　[4] 袁公：亦作"猿公"。相传，越王勾践请来越女传授"剑戟之术"。越女道逢老翁，自称袁公，要求看一看越女剑法。袁公取林中枯竹为剑，以此掷越女，越女在枯竹未落地前接住，于是袁公飞身上树，化为白猿而去。　强起，诸本作"独卧"。　[5] 谢女：指西晋谢奕之女、王凝之妻谢道韫。道韫素有才名，所著诗赋诔颂并传于世。　[6] 药匕：取食药物的用具。《金镜内台方论·冯士仁序》："令深于医者，鉴轻重权衡、毫厘千里之辨，不敢轻下一匕。"　[7] 壶中：晋代葛洪《神仙传》卷五载：有壶公者，不知其姓名，"常悬一空壶于屋上，日入之后，公跳入壶中，人莫能见，唯（费）长房楼上见之"。后长房依壶公之言而入壶，"入后不复是壶，唯见仙宫世界，楼观重门阁道，公左右侍者数十人"。　[8] 谈围：名士清谈时所设遮蔽风尘的围屏。

诗将：作诗的人。　　[9]五马：太守的车驾或太守的代称。古代一乘有四马，按《汉官仪》，汉时太守出行增加一马，为五马。此指出仕。　　[10]黄堂：自汉至唐宋，郡太守、郡守别称或知州、知府、知军、知监的治事厅堂，号称黄堂。宋黄朝英《靖康缃素杂记》卷一《黄阁》："太守曰黄堂。黄堂者，太守听事之堂也，亦谓之雌堂。"宋范成大《吴郡志》卷六《官宇》："今天下郡治，皆名黄堂。"缇幕：浅绛色帐幕。　　[11]寿斝：古代青铜或玉制的酒器，多是用作温酒器，圆口，三足。华镳：装饰华丽的马车。　　[12]刘白：中唐诗人刘禹锡与白居易的并称。枚邹：西汉辞赋家枚乘和邹阳的并称，二人皆梁孝王幕客。　　[13]唐尧：古帝名。帝喾之子，姓伊祁（亦作伊耆），名放勋。初封于陶，又封于唐，号陶唐氏。以子丹朱不肖，传位于舜。

苏　辙
（1039—1112）

字子由，晚年自号颍滨遗老，眉州眉山（今属四川）人。与其父苏洵、兄苏轼合称"三苏"。仁宗嘉祐二年（1057）进士，官至尚书右丞、门下侍郎。为文以策论见长，唐宋八大家之一。著有《栾城集》。今录戏谑诗42首。

自陈适齐戏题[1]

庠斋三岁最无功，羞愧宣王禄万钟[2]。犹欲谈经谁复信，相招执篲更须从[3]。陈风清净眠真足，齐俗强梁懒不容[4]。久尔安闲长自怪，此行磨折信天工。

校注

[1]熙宁六年（1073）作。张方平改知齐州（今山东济南）。作者随行改任掌书记。　　[2]庠斋：古时学校。宣王：对孔子的尊称。汉时尊称宣尼，唐时尊称宣父，宋时尊称宣王。　　[3]执篲：即执彗的移用。原称做官之意。此言跟随张方平到齐州做官去。　　[4]陈：陈州（今河南淮阳）。齐：齐州（今山东济南）。强梁：强横、强悍之意。

施君既去复以事还戏赠[1]

令尹西行去又回[2]，西湖重把旧樽罍。吏民再见鸡栖乘，犹道吾公挽不来[3]。

校注

[1]施君：施辨（生卒年不详），江苏常州人。熙宁至元丰（1068—1086）年间任历城县令，任职内勤于政事，曾修沵源石桥，苏辙撰文记之，又有诗文送给他。后遭贬归常州。　　[2]令尹：泛称县、府等地方的行政长官。　　[3]吾公：对人的敬称。常用于函札。

雪中会孙洙舍人饮王氏西堂戏成三绝

其一
新岁逼人无一日，残冬飞雪已三回。百分琥珀从君劝，十里琼瑶走马来[1]。

其二
南国高人真巨源[2]，华堂邂逅接清樽。十年一见都如梦，莫怪终宵语笑喧。

其三
倾尽香醪雪亦晴，东斋醉卧已三更。佳人不惯生疏客，不尽清歌宛转声。

校注

[1]琼瑶：美玉。此指冰雪。　　[2]巨源：孙洙，字巨源。广陵（今江苏扬州）人。未冠中进士。元丰年间擢翰林学士，《宋史》有传。

闻王巩还京会客剧饮戏赠[1]

闻君归去便招呼，笑语不知清夜徂。结束佳人试银甲，留连狂客恼金吾[2]。烛花零落玉山倒[3]，诗笔欹斜翠袖扶。暂醉何年依锦瑟，东斋还复卧氍毹。

校注

[1] 王巩：字定国，自号清虚先生。莘县（今属山东）人，王旦之孙，曾从苏轼旅守徐州。著有《王定国诗集》等。　[2] 金吾：武职名。负责皇帝大臣警卫、仪仗以及徼循京师、掌管治安的武职官员。唐宋以后有金吾卫、金吾将军、金吾校尉等。　[3] 玉山倒：《世说新语·容止》："嵇叔夜之为人也，岩岩若孤松之独立；其醉也，傀俄若玉山之将崩。"后因以"玉山倒"形容人酒醉欲倒之态。

次韵张恕戏王巩[1]

二君豪俊并侯家，歌舞争妍不受夸。闻道肌肤如素练，更堪鬓发似飞鸦。

校注

[1] 题注：去岁此日大雪，仆醉定国东斋。张恕：张方平之子，性格懦弱。苏轼兄弟与之有交往。

马上见卖芍药戏赠张厚之二绝[1]

其一

春风欲尽无寻处，尽向南园芍药中。过尽此花真尽也，此生应与此花同。

其二

春来便有南园约，过尽春风约尚赊。绿叶成阴花结子，便须携客到君家。

校注

[1] 张厚之：即张恕，字厚之，又字忠甫。

联句嘲僧[1]

玉筋插银河，红裙蘸碧波。更行三五步，浸着老僧窠。

校注

[1] 东坡与子由、佛印同饮于水阁，偶见一妇人浣衣，脚白，东坡曰："可联句。"东坡云："玉筋插银河。"印云："红裙蘸碧波。"子由大笑，戏（作）后二句："更行三五步，浸着老僧窠。"

次韵王巩同饮王廷老度支家戏咏[1]

白鱼紫蟹早霜前，有酒何须问圣贤[2]。上客远来工缓颊，双鬟为出小垂肩[3]。新传大曲皆精绝，忽发狂言亦可怜。莫怪贫家少还往，自须先办买花钱。

校注

[1] 王廷老：字伯敭，睢阳人。东坡倅杭，伯敭使两浙。后子由为睢阳从事，伯敭居里中，多与唱酬。　[2] 紫蟹：即早蟹。《本草固经》曰："今南方人捕蟹差早。"　[3] 缓颊：婉言劝解或代人讲情。《史记·魏豹彭越列传》："（汉王）谓郦生曰：'缓颊往说魏豹，能下之，吾以万户封若。'"《汉书》颜师古注引张晏曰："缓颊，徐言引譬喻也。"

戏次前韵寄王巩二首

其一

白马貂裘锦幂冪[1]，离觞潋滟手亲持。头风欲待歌词愈，肺病甘从酒力欺[2]。不分归心太匆草，更怜人事苦萦縻。相逢借问空长叹，便舍灵龟看朵颐[3]。

其二

细竹寒花出短篱，故山耕耒手曾持。宦游暂比凫鹥集[4]，归计长遭句偻欺。歌舞梦回空历记，友朋飞去自难縻。悠悠后会须经岁，冉冉霜髭渐满颐。

校注

[1] 冪䍦：指覆盖头部下垂的头巾。《旧唐书·舆服志》："武德、贞观之时，宫人骑马者，依齐、隋旧制，多著冪䍦。" [2] 此联上用曹操事，下用杜甫句。头风：病症名。经久难愈之头痛。[3] 灵龟：有灵应的龟兆。朵颐：喻向往，羡馋。 [4] 凫鹥：《诗经·大雅·凫鹥》："凫鹥在泾，公尸（神主）来燕来宁。"程俊英注："凫：野鸭。鹥：鸥鸟。"

戏赠李朝散

江雾霏霏作雪天，樽前醉倒不知寒。后堂桃李春犹晚[1]，试觅酥花子细看。

校注

[1] 李，宋刻残本《苏文定公文集》（以下简称"宋大字本"）、明嘉靖蜀藩朱让栩刻本（以下简称"明蜀本"）作"杏"。

戏　答

银瓶泻酒正霜天，玉麈生风夜更寒[1]。下客不辞投辖饮[2]，好花犹恐隔帘看。

校注

[1] 生风：汉班固《白虎通·八风》："阴合阳以生风也。" [2] 投辖：《汉书·游侠列传·陈遵》："遵耆酒，每大饮，宾客满堂，辄关门，取客车辖投井中，虽有急，终不得去。"辖，车轴的键，去辖则车不能行。后遂以"投辖"喻主人好客，殷勤留客。陈遵，字孟公。

试院唱酬十一首（二首）

戏呈试官吕防（其一）

新秋风月正凉天，空馆相看学坐禅。满榻诗书愁病眼，隔墙砧杵思高眠。霜飞一叶凋琼玉，风绕双松奏管弦。闻道熊罴归梦数，侵天闱棘漫森然[1]。

戏呈试官（其七）

只隔墙东便是家，悁悁还似在天涯[2]。客心不耐听松雨，归信犹堪饮菊花。剪烛看书良寂寞，披沙见玉忽喧哗。自惭空馆难留客，试问姮娥稍驻车。

校注

[1] 闱棘：贡院的别称。闱指考场，因四周墙上遍铺荆棘，使人不能爬越，以防传递作弊，故名。亦作"棘院""棘闱"。 [2] 悁悁：忧闷的样子。《诗经·陈风·泽陂》："寤寐无为，中心悁悁。"

次前韵三首

其一

老去在家同出家，楞伽四卷即生涯。粗诗怪我心犹壮，细字怜君眼未花。霜落初惊衾簟冷[1]，酒酣犹喜笑言哗。归心知有三秋恨，莫学匆匆下坂车。

其二

门前溪水似渔家，流浪江湖归未涯。邂逅高人来说法，支离枯木旋开花。诸生试罢书如积，剧县归时讼正哗。安得骑鲸从李白，试看牛女转云车。

其三

浊醪能使客忘家，屈指归期已有涯。鱼化昨宵惊细雨，鹿鸣他日饮寒花。已谙江上肴蔬薄，莫笑衙前鼓笛哗。太守况兼乡曲旧，会须投辖止行车。

校注

[1] 簟，四库本作"枕"。

张愒山人即昔所谓惠思师也，余旧识之于京师，忽来相访，茫然不复省。徐自言其故，戏作二小诗赠之[1]

其一

昔日高僧今白衣，人生变化定难知。故人相见不相识，空怪解吟无本诗。

其二

听诵长江近章句，喜逢澄观已冠巾[2]。醉吟挥弄清潮水[3]，谁信从前戒律人。

校注

[1] 张愒山人：即诗僧惠思。苏辙之兄苏轼当年一到杭州，就去孤山访问诗僧惠勤、惠思。如今，诗僧惠思已还俗，苏辙因此而不胜感慨。　[2] 长江：指贾岛，早年曾出家为僧，号无本，后还俗。澄观：唐代僧人。华严宗四祖。见《宋高僧传》《佛祖统纪》。　[3] 潮，宋大字本、明蜀本作"湖"。

元老见访，留坐具而去，戏作一绝调之

石霜旧夺裴休笏[1]，坐具只今君自留。留放书房还会否，受降曾不费戈矛。

校注

[1] 石霜：即潭州石霜山。庆诸禅师（807—888），俗姓陈，13岁皈依佛门。相传，崇奉佛教的裴休曾执笏来石霜寺与庆诸讨论佛理，庆诸拈起裴休笏板问道："在天子手中为珪，在官人手中为笏，在老僧手中且道唤作甚么？"裴休无言以对。庆诸禅师于是留下裴休之笏为镇山之宝。

程之元表弟奉使江西次前年送赴楚州韵戏别

送君守山阳[1]，羡君食淮鱼。送君使钟陵[2]，羡君江上居。怜君喜为吏，临行不唏嘘。纷纷出歌舞，绿发照琼梳。归鞍踏凉月，倒尽清樽余。嗟我病且衰，兀然守文书。齿疏懒食肉，一饭甘青蔬。爱水亦已干[3]，尘土生空渠。清贫虽非病，简易由无储。家使赤脚妪，何烦短辕车。君船系东桥，兹行尚徐徐。对我竟不饮，问君独何欤。

校注

[1] 山阳：今江苏淮安。古属楚州。产淮白鱼。　[2] 钟陵：今江西南昌古称。唐宝应元年（762），为避代宗（李豫）名讳，更豫章为钟陵。故城在今江西南昌进贤县西北，钟陵也可看作今南昌进贤县的古称。　[3] 爱水：爱惜水。《韩诗外传》卷三："夏不敷浴，非爱水也。"

奉使契丹二十八首（二首）

赵君偶以微恙乘驼车而行戏赠二绝句[1]

其一

邻国知公未可风，双驼借与两轮红。它年出塞三千骑，卧画辎车也要公。

其二

高屋宽箱虎豹裀[2]，相逢燕市不相亲[3]。忽闻中有京华语，惊喜开帘笑杀人。

[1] 题中"驼",原作"驰",据宋刻递修本《苏文定公文集》（以下简称"宋文集本"）改，诗中同。　　赵君：即刑部侍郎赵君锡。是年为太皇太后（哲宗祖母高太后）遣贺辽主生辰国信使，苏辙则为皇帝遣贺辽主生辰使。　　[2]"高屋"句：指辽车的形制，富人使用的奚车加毡幌文绣，高屋宽箱，以虎豹之皮为稠褥，并有遮帘。　　[3] 燕市：燕京（今北京市）街市。辽时为南京，辽五京之一。

戏作家酿二首

其一

方暑储曲蘖，及秋舂秫稻。甘泉汲桐柏，火候问邻媪。唧唧鸣瓮盎，暾暾化梨枣[1]。一拨欣已熟，急捯嫌不早[2]。病色变渥丹[3]，羸躯惊醉倒。子云多交游[4]，好事时相造。嗣宗尚出仕[5]，兵厨可常到。嗟我老杜门，奈此平生好。未出禁酒国，耻为瓮间盗。一醉汁滓空，入腹谁复告[6]。

校注

[1] 暾暾（tūn）：火光炽盛貌，此指温热。　　[2] 捯（zǒu），明蜀本作"笞"。执持。　　[3] 渥丹：有光泽的朱砂。形容润泽鲜艳的红色。　　[4] 子云：扬雄，字子云。西汉后期辞赋家，蜀郡成都人。扬雄口吃，不善言谈，好深思，以文章闻名于世。扬雄早年极其崇拜司马相如，曾模仿司马相如的《子虚赋》《上林赋》，作《甘泉赋》《羽猎赋》等，故后世称"扬马"。　　[5] 嗣宗：阮籍，字嗣宗，阮瑀之子。陈留尉氏（今河南尉氏县）人。晚年做过步兵校尉，故世称"阮步兵"。　　[6] 自注云："俗谚有'入腹无脏'之语。"

其二

我饮半合耳，晨兴不可无。千钱买一斗，众口分须臾。月俸本有助，法许吏未俞[1]。悯悯坐相视[2]，馋涎落盘盂。颍溪旧乏水[3]，粳糯贵如珠。今年利陂堨[4]，碓声喧里闾。典衣易钟釜，入瓮生醍醐。欢欣走童孺，左右陈肴蔬。细酌奉翁媪，余润沾庖厨。诘朝日南至，相戒留全壶。一家有喜色，经冬可无沽。莫怪杜拾遗，斗水宽忧虞。

校注

[1] 俞：犹言"然"，表示应允。　　[2] 悯（mǐn）：同"悯"。　　[3] 颍溪（yì）：指颍河，在河南境内。　　[4] 陂堨：指蓄水的土堰。晋杜预《论水利疏》："陂堨岁决，良田变生蒲苇。"

城中牡丹，推高皇庙园，迟、适联骑往观，归报未开，戏作

汉庙名园甲颍昌[1]，洛川珍品重姚黄。雨余往看初疑晚，春尽方开自不忙。争占一时人意速，养成千叶化功长[2]。老人终岁关门坐，花落花开已两忘。

校注

[1] 汉庙名园：指汉初建颍昌高皇庙牡丹园。颍昌：府名，治所在今河南省许昌市。　　[2] 功：宋文集本作"工"。《三苏全书》亦作"工"，并注云："工：原作'功'，据宋刻递修本《苏文定公文集》、四部丛刊本《栾城集》改。"

蜀人旧食决明花耳，颍川夏秋少菜，崇宁老僧教人并食其叶，有乡人西归，使为父老言之，戏作[1]

秋蔬旧采决明花，三嗅馨香每叹嗟。西寺衲僧并食叶，因君说与故人家。

校注

[1] 决明：其种子称决明子，又名草决明。一年生草本。可代茶或为中医常用的药物之一。其有治

头风、目疾的神奇功效。宋黄庭坚有《种决明》诗。

戏题菊花

春初种菊助盘蔬，秋晚开花插酒壶。微物不多分地力，终年乃尔任人须。天随匕箸几时辍[1]，彭泽樽罍未遽无。更拟食根花落后，一依本草太伤渠[2]。

校注

[1] 天随：晚唐诗人陆龟蒙，自号天随子。匕箸：匙筷。指饮食。《三国志·蜀书·先主传》："先主方食，失匕箸。" [2] 本草：《神农本草经》。

久旱府中取虎头骨投邢山潭水得雨戏作[1]

邢山潭中黑色龙，经年懒卧泥沙中。嵩阳山中白额虎，何年一箭肉为土。龙虽生，虎虽死，天然猛气略相似，生不益人死何负。虎头枯骨金石坚，投骨潭中潭水旋。龙知虎猛心已愧，虎知龙懒自增气。山前一战风雨交，父老晓起看麦苗。君不见岐山死诸葛，真能奔走生仲达[2]。

校注

[1]《太平广记》卷四《尚书故实》："南中旱，即以长绳系虎头骨，投有龙处。入水，即数人牵制不定。俄顷，云起潭中，雨以随降。"邢山潭：在颍昌府，即今许昌。 [2] 仲达：司马懿，字仲达。

中秋新堂看月戏作

年年看月茅檐下，今岁堂成月正圆。自笑吾人强分别，不应此月倍婵娟。虚窗每怯高风度，碧瓦频惊急雨悬。七十老翁浑未惯，安居始觉贵公贤[1]。

校注

[1] 自注：闻都下诸家新建甲第壮丽，顷所未有。

闰八月二十五日菊有黄花园中粲然夺目九日不忧无菊而忧无酒戏作

年年九日忧无菊，今岁床空未有糟。世事何尝似人意，天公端解恼吾曹。金龟解去瓶应满[1]，玉液倾残气尚豪。门外白衣还到否[2]，今时好事恐难遭。

校注

[1]"金龟"句：解下金龟去换美酒，性情旷放。李白《对酒忆贺监诗序》："太子宾客贺公，于长安紫极官一见余。呼余为'谪仙人'，因解金龟，换酒为乐。"金龟：袋名，唐代官员的一种佩饰。[2] 白衣：即白衣人给陶渊明送酒之典。

戏题三绝

其一

懊恼嘉荣白发年[1]，逢人依旧唱阳关。渭城朝雨今谁听[2]，砑鼓跳踉一破颜[3]。

其二

谢傅凄凉已老年[4]，胡琴羌笛怨遗贤。使君于此虽不俗，挽断髭须谁见怜。

其三

遍地花钿叹百年[5]，苍颜白发意凄然。回头笑指此郎子，破贼将来知有天。

校注

[1] 嘉荣：即米嘉荣，中唐歌者。《乐府杂录·歌》："元和、长庆以来，有李贞信、米嘉荣、何

勘、陈意奴。" 　　[2] 此二句源于《送元二使安西》诗。 　　[3] 砑鼓：百戏之一。宋孟元老《东京梦华录·六月六日崔府君生日二十四日神保观神生日》："自早呈拽百戏，如上竿、趯弄、跳索……叫果子、学像生、倬刀、装鬼、砑鼓、牌棒、道术之类，色色有之。" 　　[4] 谢傅：即谢安。东晋时曾为尚书仆射，领中书令，进太保，卒赠太傅，世称"谢太傅"。 　　[5] 花钿：妇女的额饰。比喻盛妆艳抹的女子。

读乐天集戏作五绝[1]

其一

乐天梦得老相从，洛下诗流得二雄。自笑索居朋友绝，偶然得句与谁同[2]。

其二

乐天得法老凝师，后院犹存杨柳枝[3]。春尽絮飞余一念，我今无累日无思[4]。

其三

乐天投老刺杭苏，溪石胎禽载舳舻[5]。我昔不为二千石，四方异物固应无[6]。

其四

乐天引洛注池塘，画舫飞桥映绿杨。溵水隔城来不得，不辞策杖看湖光[7]。

其五

乐天种竹自成园，我亦墙阴数百竿。不共伊家斗多少，也能不畏雪霜寒[8]。

校注

[1] 叶寘《爱日斋丛钞》卷三：子由暮年赋诗，亦谓："时人莫作乐天看，燕望端能毕此身。"自注："乐天居洛阳日，正与予年相若。非斋居道场，辄携酒寻花，游赏泉石，略无暇日。予性拙且懒，杜门养病，已近十年，乐天未必能尔也。"或当日又以乐天称子由。香山一老，而两苏公共之。子由读白集五绝句，极论所处同异。 　　[2] 白居易与刘梦得诗酒相从。苏辙自己却索居无友。 　　[3] 杨柳枝：白居易家伎樊素，善唱《杨柳枝词》。 　　[4] 日，《苏辙诗编年笺注》作"百"，校云：原本作"日"，据日藏宋刻《类编颍滨先生大全文集》、明蜀本、丛刊本改。 白居易晚年还为歌儿舞伎操心，苏辙自己却无忧无累。 　　[5] 白居易罢杭州、苏州任，得天竺、太湖石、华亭鹤而归，充实其园亭。舳舻：指大船，引申泛指各种船只。 　　[6] 苏辙自己俸禄不过二千石，所建园宅没有四方异物来布置庭院。 　　[7] 白居易能引洛水入园池，供自己游赏，苏辙自己却只能策杖游颍昌西湖。溵水：源出河南省新密市东南大騩山，东南流经新郑市，亦曰洧河，入长葛市曰艾城河，又东南入许昌市建安区会石梁河，一名清流河。又名鲁姑河。此指许昌西湖。 　　[8] 苏辙觉得唯一可与白居易相比的是乐天园中有竹，自己园中也有竹，数量之多或许不如乐天，但傲寒之姿却可与之媲美。

邓忠臣
（？—1107？）

字慎思，号玉池先生，长沙（今属湖南）人。神宗熙宁三年（1070）进士。元丰四年（1081），擢秘书省正字。元祐三年（1088），通判瀛州，迁考功郎，充注《晋史》检校官。后入元祐党籍，出知汝州，以宫祠罢归。尝校注杜甫诗。著有《玉池集》十二卷，已佚。今录戏谑诗9首。

感兴复用钟字韵戏呈同舍

五年湘水听霜枫，长乐初闻此夜钟。辽鹤亦知华表在[1]，仙棋犹许烂柯逢[2]。蓬山道藏聊为戏[3]，石室真游久欲从。便拟作歌招隐去，人间得意不须浓。

校注

[1] 辽鹤：又作辽东鹤。传说丁令威化作辽鹤飞回故乡。晋陶潜《搜神后记·丁令威》："丁令威，本辽东人，学道于灵虚山。后化鹤归辽，集城门华表柱。时有少年，举弓欲射之。鹤乃飞，徘徊空中而言曰：'有鸟有鸟丁令威，去家千年今始归。城郭如故人民非，何不学仙冢垒垒。'遂高上冲天。"后常用以指重游旧地之人。诗文中亦比喻学道成仙或慨叹人世沧桑。华表：我国古代竖立在通衢大路旁边的标志，叫表木。又因为表顶交叉横木，形状如花，故称华（花）表。 [2]"仙棋"句：又称"观棋烂柯"。南朝梁任昉《述异记》卷上："信安郡石室山，晋时王质伐木至，见童子数人棋而歌，质因听之。童子以一物与质，如枣核，质含之。不觉饥。俄顷，童子谓曰：'何不去？'质起视，斧柯尽烂。既归，无复时人。"形容世事变迁。 [3] 蓬山：即蓬莱山。泛指仙境。也作蓬丘、蓬岛。司空曙《题玉真观公主山池院》："石自蓬山得，泉经太液来。"李商隐《无题》："蓬山此去无多路，青鸟殷勤为探看。"

和文潜嘲无咎夜起明灯诵予诗[1]

参横月转与天高[2]，归士飞心忆大刀。故作楚吟排滞思，吟成风叶更萧骚。

校注

[1] 文潜：北宋苏门四学士之张耒的字。无咎：苏门四学士之晁补之的字。 [2] 参横月转：参星横陈，月亮运转。

奉答张文潜戏赠

拚老工诗恨不高，苦心错玉与砻刀[1]。正如天禄秋风夜[2]，剔尽寒灯著广骚[3]。

校注

[1] 扬雄《法言·学行》："或曰：学无益也，如质何？曰：未之思矣。夫有刀者砻诸，有玉者错诸，不砻不错，焉攸用。砻而错诸，质在其中矣。否则辍。"砻，磨砺。错，磨石成玉。扬雄用"砻刀""错玉"来比喻说明学习对形成人的善恶品质的决定性作用，强调人的品质是依靠"砻""错"（学习）来形成的。 [2] 天禄：即天禄阁。汉未央宫内阁名。收藏各地所献秘籍。故址在今西安市长安区西北。刘向、扬雄曾校书其中。《汉书·扬雄传》："时雄校书天禄阁，上治狱事，使者来欲收雄。雄恐不能自免，乃从阁上自投下，几死。" [3] 广骚：《汉书·扬雄传》：旁《离骚》作重一篇，名曰《广骚》。

小诗戏无咎

文书盈几法筵埋[1]，香火秋来愿稍乖。得似鹿门携手去[2]，定随绣佛镇长斋[3]。

校注

[1] 法筵：宋御史台御史别称。宋周密《齐东野语》卷七《洪君畴》："朱应元既为御史，月课乃首劾李俊明。公论大不平。同舍生作书责之，略曰：'法筵之初疏，莫不延颈以听，乃及文溪之左螭（指左史李俊明）。'" [2] 鹿门：鹿门山，在今湖北襄阳市东南三十里。《襄阳记》："鹿门山旧名苏岭山。建武中，襄阳侯习郁立神祠于山，刻二石鹿夹神道口，俗因谓之鹿门庙，遂以庙名山也。"汉代名士庞德公、唐孟浩然皆曾隐于此山。 [3] 即"长斋绣佛"。供奉佛像，长期吃素。

初伏大雨戏呈无咎四首

其一

大明放朝官避暑，长廊翛翛绝尘土。汉家宫殿敞千门，紫阁拖云洒甘雨[1]。雷铓电笑洗蒸郁，荡荡青天滑流乳。忆昨三年田舍中，六月正服农家苦。岂望生还直旧庐，得见张晁说新语。初听钧天骤窃抃[2]，正似声闻躞起舞。喜乘初凉与晓歌，不忧庭潦垫垣户。径携斗酒相就醉，更置双鲤充君俎[3]。

校注

[1] 紫阁：金碧辉煌的殿阁。多指皇宫。　　[2] 钧天：指"钧天广乐"。钧天：古代传说天的中央。广乐：势大声洪的仙乐。原指神话传说中天上的音乐，后形容优美雄壮的乐曲。语出《吕氏春秋·有始》。窃抃：听到音乐声就私下跟着打拍子。　　[3] 君俎：古代祭祀时放祭品的器物。

其二

汗流龟趺如炊釜，蜉蝣飞空蚁运土。眼看纤云上太清，曾不崇朝八荒雨[1]。金柔火老旱太甚[2]，咀嚼冰雪如饷乳。丰隆列缺及时来[3]，苍生解除焦焚苦。张侯不辞茅屋漏，倚柱长吟可人语。爱君豪猛为君和，抚剑悲歌终起舞。南城酒垆醅新泼，不独黄公当门户[4]。满酌鸥夷极欢酌，细摘园蔬供鼎俎。

校注

[1] 崇朝：即终朝，从天亮到早饭时叫终朝。曾不崇朝：意谓不用一个早晨的时间，极言时间之短。语出《诗经·卫风·河广》："谁谓宋远，曾不崇朝。"　　[2] 金柔火老：犹秋老虎。金：古代五行之一，代指秋。　　[3] 丰隆列缺：霹雳、闪电。　　[4] 黄公：晋酒家名，即黄公酒垆。传说晋王戎经过黄公酒垆时曾追怀与嵇康、阮籍等共游的友人。后因以指朋友聚饮之所，用作伤逝怀旧之辞。也作黄公垆、黄翁。

其三

突洽尘鱼生甑釜，十年都城困风土。不辞挥汗过三伏，败屋怯听滂沱雨。张侯作诗召清风，渴读如饮雪山乳。笑我形容太瘦生，我亦悔前用心苦。晁子迭唱亦起予，两人终日同堂语。奈何拘学技艺穷，跛鳖欲趁骐骥舞。魁然围腹贮文史，朝来气爽宽酒户。为君急置槎头鳊[1]，缕翠霖红落雕俎。

校注

[1] 槎头鳊：鳊鱼的一种，又名缩头鳊。

其四

神龟不识烹鱼釜，生潜深渊长黄土。谁令误落鱼网中，白昼冥冥作雷雨。嗟予蟠然别旧隐，空岩无人滴钟乳。松菊满山胡不归，愿同妻子忍攻苦。长歌漫漫何时旦，起坐中夜私自语。茅茨十九漏如渑，谁知华堂醉歌舞。山中吾庐归去来，峰插翠玉朝南户。注目操刀必割时，尸祝何烦越尊俎[1]。

校注

[1] 尸祝：古代祭祀时对尸致祝词和为鬼神传话的人。

考校同文馆戏赠子方兼呈文潜

五年坎壈哀南方，江湖魏阙两相忘。洞萝岩桂寨孤芳，月潭风渚俦渔郎。单阏孟夏草木长，望都楼观郁苍苍[1]。谁令焚芰辞楚狂[2]，复来上君白玉堂。黄门戟曜羽林枪[3]，未央引籍班氏羌。云屯锦缚马斯臧，大官日膳琼为粮。追随威凤鸣南冈[4]，岂敢偃息复在床。投铃归休下殿傍，卫士传诏来如骧。馆闱阖外西城隍，书橐迫遽不及装。吁俊士集要言扬，得弓勿问何人亡。赵璧既入秦城偿，颖脱喜见锥出囊[5]。同人于野不择乡，峨峨羽翮整颜行。王闲玉勒皆骐骥，伯喈怀赎望金商[6]。魁梧奇伟值文房[7]，家令数术应帝王[8]。三英粲粲日争光，我辄与之较雌黄。芳菲满室兰生香，坐堂月久秋气凉。将军思归歌抚觞[9]，倚梧目送雁南翔。想见葭菼水中央，洞庭河汉遥相望。香枫叶老赤染霜，感慨少日七步章。长安城西约郑庄[10]，牵率不往有底忙。人生可意乃吉祥，快马划过小苑墙。入门烂醉银瓶浆，秦筝赵瑟喜高张。

校注

[1] 原注：忠臣。癸亥六月以家艰去国，丁卯四月还省。　　望都：旧县名，在河北省中部。

[2] 焚芰：指"焚芰裂荷"，比喻改变隐居初志而出山仕宦。南朝齐孔稚珪《北山移文》："尔乃眉轩席次，袂耸筵上，焚芰制而裂荷衣，抗尘容而走俗状。"楚狂：亦称"接舆狂"。《论语注疏·微子》：接舆，楚人，姓陆名通，字接舆。昭王时，政令无常，乃被发佯狂不仕，时人谓之"楚狂"也。后遂以此咏隐士或狂者。唐宋诗中多以楚狂自喻。　　[3] 黄门：指宦官。主管宫廷宿卫、侍从出入等事。又置小黄门及黄门令，皆由宦者担任。又指黄门侍郎、给事黄门侍郎简称。羽林枪：羽林军的戈戟。

[4] 凤鸣南冈：《诗经·大雅·卷阿》："凤凰鸣矣，于彼高冈"。　　[5] "颖脱"句：指"毛遂颖脱"。《史记·平原君虞卿列传》："秦之围邯郸，赵使平原君求救，合从于楚，约与食客门下有勇力文武备具者二十人偕……门下有毛遂者，前，自赞于平原君曰：'……愿君即以遂备员而行矣。'……平原君曰：'夫贤士之处世也，譬若锥之处囊中，其末立见。今先生处胜之门下三年于此矣，左右未有所称诵，胜未有所闻，是先生无所有也。先生不能，先生留。'毛遂曰：'臣乃今日请处囊中耳。使遂蚤（早）得处囊中，乃颖脱而出，非特其末见而已。'平原君竟与毛遂偕。"用"锥出囊""脱颖""囊中锥"等称誉有才华的人。　　[6] 原注：天启。伯喈：汉末蔡邕的字，东汉著名书法家、文学家。陈留围（今河南杞县南）人。少博学，喜好辞章、数术、天文，精通音律。　　[7] 原注：文潜。　　[8] 原注：无咎。　　[9] 原注：子方。　　[10] 原注：予与子方、无咎、文潜、天启尝有此约。

王氏　王安石长女，适宝文阁待制吴安持，封蓬莱县君。另有王文淑，荆公王安石妹，张奎妻，封长安县君。今录戏谑诗1首。

戏咏白罗系髻[1]

香罗如雪缕新裁[2]，惹在乌云不放回。还似远山秋水际，夜来吹散一枝梅。

校注

[1] 宋张邦基《墨庄漫录》：王荆公女适吴丞相之子封长安县君者能诗，尝见亲族妇女有服者带白罗系头子，因戏为诗云云。"蓬莱县君"误为"长安县君"。《全宋诗》按：《宋诗纪事》卷八七据以为荆公之妹长安县君诗，恐非。　　[2] 香罗：带有香味的轻软的丝织品，新裁成一条条丝带。

卷十一

彭汝砺
(1041—1095)

字器资。饶州鄱阳（今江西鄱阳）人。英宗治平二年（1065）进士第一。历官大理寺丞、入权兵、刑部侍郎，进吏部尚书。著有《易义》《诗义》及《鄱阳集》。今录戏谑诗15首。

察院学士灸焫连日戏作鄙句[1]

截艾作炷大如椽，三日彻夜烧丹田。心腹生火口生烟，皮毛润泽骨骼坚。舍杖趋走脚轻儇，赫如渥丹颜色鲜[2]。五十六岁如少年，顾我一生百迍邅。病多未老先华颠，欲灸自量无罪愆。一切久矣付诸缘，三月人家花欲燃。阳春水色碧于天，更欲载公青翰船[3]。唤取佳人舞绣筵，一饮一斗醉不眠。不怕世人笑逃禅，火中自会生金莲[4]。作诗问公奚若旃，肌肉忍自投戈铤。亶顾厥后勤著鞭，万事悉置心超然。服食不须求汞铅，公名已自列诸仙。

校注

[1] 灸焫：灸法。《素问·异法方宜论》："脏寒生满病，其治宜灸焫。"王冰注："火艾烧灼，谓之灸焫。" [2]"赫如"句：《诗经·邶风·简兮》："赫如渥丹，公言锡爵。"郑笺："硕人容色赫然，如厚傅丹。"《广雅·释诂三》："渥，厚也。" [3]青翰船：船名，因有鸟形刻饰，涂以青色，故名。 [4]金莲：指"火中金莲"。《维摩经·佛道品》："火中生莲华，是可谓希有。在欲而行禅，希有亦如是。"喻虽身处烦恼中而能解脱，达到清凉境界。

再用前韵呈察院学士

真人养真如养源，道士耕道如耕田。吐纳日月踏云烟，牢如金石齿牙坚。捷如猨猱身体儇，沐浴露雾甚荣鲜。受命一万有千年，既安且乐无回邅。后人好恶纷倒颠，湎淫蛊惑作罪愆。堕落世网缚尘缘，爱河流转业火燃。猗公淡泊其得天，泛泛乘世如虚船。精神采色照四筵，老鹤饮露夜不眠。戏笑中有第三禅[1]，净不著水花如莲。酬酢不停奚敏旃，赋诗马上横戈铤。不放祖生先著鞭[2]，北方灸焫自古然。其力十百倍凡铅[3]，功成不数饮中仙。

校注

[1] 第三禅：色界四禅天中之第三禅天，此中共有三天，即少净天、无量净天、遍净天。
[2] 祖生：祖逖，东晋名将。《晋书·祖逖传》载，晋元帝时，祖逖统兵北伐，击败石勒，收复黄河以南地区。 [3] 凡铅：与"真铅"相对。

城东行事去李简夫甚迩可以卜见而俱有往返之禁因戏为歌驰寄[1]

故人咫尺水东头，我欲见之心悠悠。有足欲往不自由，形骸静对莺花留。我思肥陵昔之游[2]，云雾密锁城上楼。把酒待月生海陬，月到行午醉未休。濡须南池水中洲，脱帽散发寻渔舟。夕阳扶栏持钓钩，白苹风起寒飓飚。别来纷纷几春秋，彼此待尽栖林丘。滴泪落水东争流，肺肝虽大不容忧。残息乃复如悬疣，得官相望真如囚。李夫子，借使复得把酒与子饮，其乐还如昔时不？我今鬓发已丝志已偷，力不能前钝如牛。泡浪亦悟吾生浮，尚壮欲以华簪投。日月逐逐同传邮，何用自与身为矛。我歌草草子须酬，欲读子歌销我愁。

校注

[1]《全宋诗》题注："简夫名似，时监东水门。"不知何据，疑误。李简夫：名宗易，字简夫。陈州宛丘（今河南淮阳）人。工诗，诗仿白居易。官至太常少卿。与晏殊相友善，以诗酬唱。 [2] 肥陵：《括地志》云："肥陵故县在寿州安丰县东六十里，在故六城东北百余里。"

执中学士以蔬菜见贶戏寄小诗

贷粟监河公自贫[1]，蔬菹投我觉情亲。不须乞饭去香积，谁会献芹如野人[2]。维笋及蒲全似古[3]，式歌且舞恰当春。投闲即拟同公醉，莫道无鱼可及宾。

校注

[1] 贷粟监河：表示求助。《庄子·外物》：庄周家贫，故往贷粟于监河侯。监河侯曰："诺。我将得邑金，将贷予三百金，可乎？"庄周忿然作色云云。 [2]"谁会"句：即"野老献芹"。指所献菲薄或见识浅陋。据《列子·杨朱》载：相传古代有个人觉得老水芹美味，便在乡里的富豪面前称道。富豪听言尝了以后，不仅觉得难吃，而且腹疼不已。大家都讥笑那个说老水芹美味的人，他自己也感到很惭愧。 [3]《诗经·大雅·韩奕》："其蔌维何？维笋及蒲。"

戏呈叶提举[1]

自笑肩舆钝似椎，不如马足快如雏。驱驰只似江西日，懒病全非年少时。熟睡疑空净石室，沉思若下董生帷[2]。道途不独输公敏，凡事相方总较迟。

校注

[1] 叶提举：不详。 [2] 董生帷：董仲舒的帷帐。代指教学之所。《史记·儒林列传》："董仲舒，广川（今属河北景县）人也。以治《春秋》，孝景时为博士。下帷讲诵，弟子传以久次相受业，或莫见其面，盖三年董仲舒不观于舍间，其精如此。"

戏呈子直[1]

步入松筠水石间，回眸方觉世途难。蒙茸草色萦行径，凌乱花阴覆钓湾。暇日还能邀我醉，清时未肯纵君闲。烹鲜酌酒且行乐，北圃春容今又残。

校注

[1] 子直：即张子直，程颢妹夫。作者有《寄张子直》等诗。见程颢《九日访张子直承出看花戏书学舍五首》注[1]。

千乘先生有草堂之吟而人或讥之因次其韵[1]

世俗无轻好遁讥，先生岂是爱山扉。圣人固重潜龙诫[2]，君子安为即鹿非[3]。白水会来朝草径，红尘不敢傍麻衣。金舆应有商岩梦[4]，即听东南一诏飞。

校注

[1] 千乘先生：指倪天隐，号茅冈，学者称千乘先生，睦州桐庐（今杭州市桐庐县）人。博学能文。仁宗时主桐庐讲席，弟子千人。著有《周易上下经口义》。 [2] 潜龙：《易·乾》："初九，潜龙勿用。" [3] 即鹿：鹿：通"麓"。逐鹿山麓。 [4] 金舆：帝王的车驾。借指帝王。商岩梦：谓武丁梦得圣人傅说。《史记·殷本纪》："武丁夜梦得圣人，名曰说。以梦所见视群臣百吏，皆非也。于

是乃使百工营求之野，得说于傅险中。是时说为胥靡，筑于傅险。见于武丁，武丁曰是也。得而与之语，果圣人，举以为相，殷国大治。故遂以傅险姓之，号曰傅说。"

粹老召饮滕王阁遂过徐亭泛舟戏呈粹老[1]

溪山高下绿参差，终日清风慰所思。何不并携安石妓[2]，却须一过习家池[3]。桐孙转影随朱槛[4]，莲子吹香入酒卮。晓色江湖秋更好，微云恰值雨来时。

校注

[1] 粹老：李顾的字。少举进士，后弃官为道士，晚居临安大涤洞天。善丹青。著有《古今诗话录》七十卷，已佚。　[2] 安石妓：亦称"东山妓"。晋谢安优游东山时，蓄妓相随。《世说新语·识鉴》："谢公在东山畜妓，简文曰：'安石必出，既与人同乐，亦不得不与人同忧。'"　[3] 习家池：指欢宴之处。见梅尧臣《嘲江翁还接篱》注[1]。　[4] 桐孙：桐树新生出的小枝。

答毛提举惠新酒鸡头依韵奉寄幸一笑

齐鹄顺风飞上天，空笼遂至扣犹全[1]。滑思琥珀千钟满，软忆珠玑一样圆[2]。举白醉攻愁自破，硫黄暖与病相便[3]。南归几梦凉堂会，咫尺书来更怆然[4]。

校注

[1] 遂，傅增湘校清抄本（以下简称"傅校"）作"远"。自注：正仲寄酒、鸡头至南阳。某既归襄阳，但有书，故云。　[2] 用"滑思琥珀""软忆珠玑"喻美酒与酒花。　[3] 举白：《汉书·叙传上》："设宴饮之会，及赵、李诸侍中皆引满举白，谈笑大噱。"颜师古注："谓引取满觞而饮，饮讫举觞告白尽不也。"犹今言干杯。　[4] 自注：南人谓鸡头为水硫黄。

途中食菜戏成呈诸僚友兄

草草盘蔬村野中，粗疏只似旧家风。猫儿虽有湖南笋[1]，勺子即无江外菘[2]。

校注

[1] 指湖南的特产猫儿头笋。元李衎《竹谱》卷五"猫头竹"条云："入冬视地缝裂处掘之，谓之冬笋，甚美。"　[2] 菘，原作"松"，据傅校改，注中同。自注：湖南产猫儿头笋，江南产勺子菘。菘：俗称"白菜"，江南特产。

役兵初自邓来戍邵，因问法曹弟动静，戏成小诗

戍卒初来自邓州[1]，问言曾见法曹否。只云白发青衫者，黑瘦三分似状头[2]。

校注

[1] 邓州：在今河南境内。旧南阳郡，武胜军节度。为上郡。政和二年（1112），升为望郡。
[2] 状头：状元的别称。

竹间见梅花，呈都运大夫提刑学士一笑

湖外春风未到时，竹间时复见梅枝。文章不似少陵客，漫对清风无好诗。

余宿鄂州崇阳县之麻步，使仆问途，曰：西去七里至南楼山，而余诗遂称南楼。及过山，有叟云：彼南劳山。余笑曰：培塿之土人妄名为山，又妄名为南劳。予妄问，彼又妄应，予又妄听，又从而妄言，是俱为一幻，然山为山而已。曰南劳亦可，曰南楼亦可，而彼皆无所与物有故常。予亦从其旧而已，因复作偈寄心师，师当为予一笑

高山人唤作南楼，便作篇章说事由。却得村翁亲说破，南劳即不是南楼。

戏招史秘校

春风醉死百金瓯，不记颠衣笑史鳅[1]。更欲画船留瞬息，花间一饮破离忧。

校注

[1] 史鳅：史鱼，春秋时卫国（都于濮阳西南）大夫。名佗，字子鱼。卫灵公时任祝史，负责卫国对社稷神的祭祀，故称祝佗。曾多次向卫灵公推荐蘧伯玉。《论语·卫灵公》称之为"直哉史鱼，邦有道如矢，邦无道如矢"。

戏招史秘校

画桡隐隐水中间，红粉相瞻几泪潸。行客自言归意乐，故人终惜别情难。羞惭俗吏浮生拙，叹息神仙一梦闲[1]。漫拾酒杯留客住，春风抵死笑人悭。

校注

[1] 傅校注：君有诗言闲是小神仙。

陆　佃 （1042—1102）	字农师，号陶山，越州山阴（今浙江绍兴）人，陆游祖父。神宗熙宁三年（1070）进士。封吴郡开国公，赠太师，追封楚国公。著有《陶山集》十四卷等。今录戏谑诗1首。

戏和郑通叔仲春晨起

春来燕姹复莺娇，不饮喉咽顿觉焦。桃被脸深将露洗，柳绿腰细得风饶。船中载酒犹嫌少，席上看花每恨遥。可惜襄王今老矣，不堪云雨梦朝朝[1]。

校注

[1] 指"襄王云雨梦"，也称"襄王梦""阳台梦""高唐梦"等。化用宋玉《高唐赋》中巫山神女故事。

释道潜 （1043—1106）	本名昙潜，号参寥子，赐号妙总大师。俗姓王，钱塘（今浙江杭州）人，一说姓何，于潜（今浙江临安西南）人。与当时文人士大夫苏轼等多有交游。著有《参寥子诗集》。今录戏谑诗3首。

子瞻席上令歌舞者求诗戏以此赠[1]

底事东山窈窕娘，不将幽梦嘱襄王[2]。禅心已作沾泥絮，肯逐春风上下狂[3]。

校注

[1] 东坡在徐州时，道潜从钱塘去访东坡，东坡令一妓戏向道潜求诗，道潜不假思索即口占此绝句，一座大惊，道潜从此闻名。　　[2]《冷斋夜话》卷六作"寄语巫山窈窕娘，好将魂梦恼襄王"。

[3] 肯，《冷斋夜话》作"不"。

戏招李无悔秀才[1]

淋漓一雨过秋山，洗出西湖小霁天。炯炯鱼鳞含倒景，飘飘羊角卷荒阡。野塘白芡珠盈斗，幽浦红蕖锦绕船[2]。冷炙残杯当已厌，好来波际弄婵婵。

校注

[1] 李无悔：龚明之《中吴纪闻》卷四："李无悔名行中。本雪川人，徙居淞江。高尚不仕，独以诗酒自娱。晚治园亭，号'醉眠'。东坡先生与之游从，尝以诗赠之。"　　[2] 白芡、红蕖：指野塘中

所生的芡、藕等可食之物。

戏书诚师秋景小屏

黄芦败苇两三丛[1]，仿佛江湖在眼中。雁鸭惊呼缘底事，一时昂首立秋风。

校注

[1] 黄芦：生长于低湿处的野生植物。

孔平仲
（1044—1102？）

字毅父，亦作义甫，延之三子。临江新喻（今江西新余）人，英宗治平二年（1065）进士。绍圣中出知衡州，后徙韶州、责为惠州别驾，英州安置。他学识渊博，才气四溢，与兄文仲、武仲并称"三孔"。有文集《清江三孔集》。今录戏谑诗43首。

戏张子厚[1]

子厚夸善棋，益我以五黑。其初示之赢，良久出半策。波冲与席卷，揉攘见败北。我师如玄云[2]，汗漫满八极。子厚若残雪，点点无几白。是时秋风高，万里鹰隼击。鹪鹩伏深枝[3]，顾视颇丧魄。勒铭亭碑阴，所以诧棋客[4]。

校注

[1] 张子厚：疑即张载（横渠先生）。司马光有《哀张子厚先生》一诗。 [2] 玄云：此指黑子。《古今图书集成》选此诗将"玄"改为"元"，是清朝人以避康熙帝讳而改。 [3] 鹪鹩：俗称黄脰鸟，形体小。庄子《逍遥游》："鹪鹩巢于深林，不过一枝。" [4] 所，《豫章丛书·朝散集》（以下简称"豫章本"）作"聊"。

答陈君佐戏吟

与君居两邦，如隔万里道。相从得旬日，所恨太不早。清谈已解忧，大笑时绝倒。赠我以古风，应手拾瑰宝。间亦藏戏言，顾我欲高蹈。答之以不答，羡子富文藻。沧溟在人外，中有群仙岛。相约逍遥游，餐霞食瑶草。

戏寄邵瞻远[1]

道人养金丹，笑我餐芝术[2]。青瞳何皎然，照映冰雪质。壶中玉楼好[3]，天外鸾骖逸。境清莫回顾，世味甜如蜜。

校注

[1] 瞻远，明抄本、豫章本作"彦瞻"。 [2] 餐芝术：中国古代方士以"长生不老"行骗的一种修炼术。 [3] 壶中：指神仙天地。

剪玫瑰寄晦之仍书此为戏[1]

去年君尝寄蔷薇，今年我亦寄玫瑰。蔷薇赭赤未足爱，玫瑰莹白花草魁[2]。南园春深桃杏落，但见芳草连莓苔。唯兹皎洁满栏槛，玉冠瑶佩天边来。主人爱惜屡顾眄，赏心未暇携樽罍。寄君凭君巧吟咏，仍须对景倾金杯。莫令蔷薇窃见此[3]，恐遂羞愧不复开。

校注

[1] 晦之：即叶晦之，作者朋友。生平事迹不详。 [2] 白，原作"赭"，据豫章本改。[3] 此，豫章本作"比"。

戏书劝人饮酒

金乌翩翩玉兔驰,流光上下矢发机。人生于其间,都无百岁期。乐府旧传金缕衣,劝言须惜少年时。我今为君一歌之,酒行到君君莫辞。朱颜绿鬓不行乐,白头面皱将何为。晋时八达唐李白[1],以伙驰名君所知。何须自苦意,方得为英奇。荣华有分难力取,可笑苏秦空引锥[2]。

校注

[1] 晋时八达:即"江左八达"。永嘉六年(312)时称谢鲲、毕卓、王尼、阮放、羊曼、桓彝、阮孚、胡毋辅之为"江左八达"。 [2] 苏秦空引锥:苏秦,战国人。《战国策·秦策一》:"读书欲睡,引锥自刺其股。"

戏寄叶县黄鲁直

西山曾梦巫山雨[1],南浦常迷洛浦珠[2]。古县寂寥官况冷,不知还忆旧欢无[3]。

校注

[1] 巫山雨:即"巫山云雨"。喻指男女欢合。宋玉《高唐赋序》:"妾在巫山之阳,高丘之阻。旦为朝云,暮为行雨,朝朝暮暮,阳台之下。" [2] 南浦:《楚辞·九歌·河伯》:"子交手兮东行,送美人兮南浦。"洛浦珠:"合浦珠"的误称,汉时合浦郡(今广东徐闻、雷州)不产五谷,而盛产珍珠。南朝梁沈约《少年新婚为之咏》:"盈尺青铜镜,径寸合浦珠。" [3] 欢,原作"观",据豫章本改。

黄道士求诗,戏为口号赠之

黄君有术吾将面[1],不似寻常问进身。二顷良田数间屋,几时得作一闲人。

校注

[1] 面,豫章本作"问"。

戏为难韵同官和之

稚柳将成线,残梅尚有柎。破春寒料峭,送晚角暗鸣。地僻闲宾榻,泥深隔酒垆。此时愁寂寞,幽闷寄操觚。

戏促二幕客

寄语红莲幕[1],当歌金缕衣。探春曾有约,今日已春归。

校注

[1] 红莲幕:幕府的美称。喻幕府得人才,如同渌水入莲池。《南史·庾杲之传》:"(王俭)用杲之为卫将军长史。安陆侯萧缅与俭书曰:'庾景行泛渌水,依芙蓉,何其丽也。'时人以入俭府为莲花池,故缅书美之。"

雨中戏梦锡

云横金岭迷驱辙,水溢沂河卷断梁[1]。预祝愁霖贯秋序[2],留君行色到重阳。

校注

[1] 沂河:源于山东省沂源县鲁山,南流临沂入苏北平原。 [2] 贯秋序:指雨经秋不停。晋张协《杂体诗·苦雨》:"有弇兴春节,愁霖贯秋序。"

戏呈叶秘校求蔷薇栽[1]

今岁花开应笑君,对花都不召嘉宾。东邻乞种归封植,我欲自为花主人[2]。

[1] 叶秘校：即叶晦之。　　[2] 我欲，豫章本作"春到"。

叶晦之送蔷薇栽仍贻诗因以韵和

曾约种花为主人，花开犹在来年春。只应未赏君先去，自是芙蓉幕下宾[1]。

[1] 自注：君有廉从事倅。芙蓉幕：见孔平仲《戏促二幕客》注[1]。

戏张天觉[1]（二首）

其一

踔跞英才比孟阳[2]，合排三戟坐朝堂[3]。鲈鱼莫忆江东鲙[4]，竹叶聊煎仲景汤[5]。屡选青钱文足羡，尝乘白马谏何强[6]。知君每厉霜崖操，未怕朱云请尚方[7]。

[1]《全宋诗》题注：皆用张姓。张天觉，即张商英，字天觉，蜀州新津（今四川省新津县）人。《宋史》卷三五一有传。　　[2] 此句云西晋张载。张载，字孟阳。生卒年不详。性格闲雅，博学多闻。传说张载貌丑，外出时顽童常以石掷之，以致"投石满载"。　　[3] 三戟：唐张俭（字师约，皖城郡公）、张大师（太仆卿）、张延师（左卫大将军）兄弟，门列三戟，世号"三戟张家"。　　[4] 即"莼鲈之思"。见《世说新语·识鉴》。　　[5] 仲景：张仲景。此处指仲景竹叶石膏汤。　　[6] 东汉张湛，字子孝，扶风平陵（今陕西咸阳西北）人。矜严好礼。建武初，任左冯翊，在郡推行儒化，有政绩。五年（29），拜光禄勋，直言敢谏。后历任光禄大夫、太子太傅。　　[7] 朱云请尚方：宋吴淑《剑赋》："白帝号大泽，朱云请尚方。"言雷焕与张华事。

其二

当路埋轮气慨慷[1]，身长九尺貌堂堂。高吟当似封侯祐，巧诋宁同小吏汤[2]。幽阁画眉多窈窕[3]，华巅饮酒自康强[4]。知君博物饶才思[5]，近试家传辟谷方[6]。

[1] 埋轮：《后汉书·张纲传》："汉安元年……而纲独埋其车轮于洛阳都亭，曰：'豺狼当路，安问狐狸！'遂奏弹大将军梁冀及其弟梁不疑，京师为之震惊。"咏官吏不畏权贵，勇于斗争。　　[2] 小吏汤：张汤（？—前115），西汉杜陵（今陕西西安东南）人。幼时喜法律，官至廷尉、御史大夫。[3] 画眉：指张敞画眉。见《汉书·张敞传》。　　[4] 巅饮酒，豫章本作"颜饮乳"。华巅：疑指唐代张旭（675—750），字伯高，吴郡（今江苏苏州）人。官任左率府长史，因称"张长史"。精楷书，尤擅草书。又因时常醉后作狂草，故有"张颠"之称。　　[5] 此句指西晋张华（231—300），字茂先，范阳方城（今河北涿州）人。"学业优博，辞藻温丽，朗赡多通，图纬方伎之书莫不详览。"　　[6] 指张良，字子房，西汉大将军。曾拜黄石公为师，学习兵法。刘邦谋士，被封为留侯，后辞官隐居。

新作西庵将及春景戏成两诗请李思中节推同赋[1]

其一

鄙性常山野，尤甘草舍中[2]。钩帘阴卷柏，障壁坐防风[3]。客土依云实，流泉架木通[4]。行当归老去，已逼白头翁[5]。

[1] 自注：以下药名。　　[2] 常山、甘草：药名。　　[3] 卷柏、防风：药名。　　[4] 云实、木通：药名。　　[5] 当归、白头翁：药名。

其二

昨叶何摇落，今逢淑景天[1]。山椒红杏火，岩石绿苔烟。炉火沉香烬，琴丝续断弦[2]。忍冬已彻骨[3]，衰白及长年[4]。

校注

[1] 昨，豫章本作"柞"。 景天：药名。 [2] 续断：药名。 [3] 忍冬：药。别名金银花、金银藤等。已彻骨，豫章本作"寒已彻"。 [4] 白及：一名甘根、连及草。

孙元忠寄示种竹诗戏以二十篇答

一

青钱买野竹[1]，持答翠琅玕[2]。深栽小斋后[3]，幽事颇相关[4]。自有烟霞质[5]，能令朱夏寒[6]。引溜加灌溉[7]，毋令雪霜残[8]。

校注

[1] 杜甫《北邻》句。青钱：青铜铸成的钱。即铜钱。 [2] 杜甫《与鄠县源大少府宴渼陂（得寒字）》句。翠琅玕：一种青绿色的玉石。古人常用作佩饰。 [3] 杜甫《江头四咏·丁香》句。[4] 杜甫《早起》句。幽事：闲事。 [5] 烟霞质，杜甫《画鹘行（一作画雕）》作"烟雾质"，指真鹘。此指孙氏有仙风道骨之质。鲍照《舞鹤赋》："烟交雾凝，若无毛质。" [6] 杜甫《营屋》句。朱夏：即夏天。《尔雅·释天》："夏为朱明。"后即称夏为"朱夏"。 [7] 杜甫《行官张望补稻畦水归》句。引来泉水加以灌溉。 [8] 杜甫《别董颋》句。毋、雪霜，《全唐诗》作"无""霜雪"。

二

冠盖满京华[1]，藩篱带松菊[2]。看君用幽意[3]，必种数竿竹[4]。婵娟碧鲜静[5]，窈窕一林麓[6]。排闷强裁诗[7]，清文动哀玉[8]。

校注

[1] 杜甫《梦李白二首》其二句。冠：官帽。盖：车上的篷盖。冠盖，指代达官。 [2] 杜甫《赤谷西崦人家》句。《归去来辞》：松菊犹存。言孙家景物甚幽。 [3] 杜甫《重过何氏五首》其四句。 [4] 杜甫《客堂》句。 [5] 杜甫《法镜寺》句。鲜，《全唐诗》一作"薜"。婵娟：此指美好的样子。碧鲜：指竹。《吴都赋》："玉润碧鲜。" [6] 杜甫《客堂》句。窈窕，《全唐诗》作"窅窱"。林麓：山林。 [7] 杜甫《江亭》句。 [8] 杜甫《奉酬薛十二丈判官见赠》句。称其长于诗文，又明治理，可谓诗文掷地有声，如哀玉之清音。古人以哀声为美。

三

秋风楚竹冷[1]，倚杖更徘徊[2]。想见阴山雪[3]，朱炎安在哉[4]。自今幽兴熟[5]，携手卧苍苔[6]。客居暂封殖[7]，腊月更须栽[8]。

校注

[1] 杜甫《送孟十二仓曹赴东京选》句。 [2] 杜甫《课小竖锄斫舍北果林，枝蔓荒秽，净讫移床三首》其三句。更，《全唐诗》校"一作独"。"徘徊"同"裴回"。 [3] 杜甫《热三首》其二句。山，《全唐诗》作"官"。阴官：奥深的宫室。 [4] 杜甫《雨》句。朱炎：太阳，烈日。 [5] 杜甫《重过何氏五首》其三句。《全唐诗》校："一作自逢今日兴。"幽兴：陈子昂诗"山深兴转幽"。[6] 杜甫《昔游》句。手，《全唐诗》作"子"。 [7] 杜甫《阻雨不得归瀼西甘林》句。封殖：培植，栽培。给花木根部培土叫封。也叫"封植"。 [8] 杜甫《舍弟占归草堂检校聊示此诗》句。

四

赏静连云竹[1]，移因风雨秋[2]。我圃日苍翠[3]，会心直罕俦[4]。若人才思阔[5]，文彩珊瑚钩[6]。新诗锦不如[7]，札翰时相投[8]。

校注

[1] 杜甫《徐九少尹见过》句。连，《全唐诗》作"怜"。言欣赏四周的寂静，怜爱这云竹交映的夜色。　[2] 杜甫《奉同郭给事汤东灵湫作（骊山温汤之东有龙湫）》句。　[3] 杜甫《雨》句。　[4] 杜甫《晦日寻崔戢、李封》句。直，《全唐诗》作"真"，为漏笔画所致。罕俦：少可相类。俦：同类。　[5] 杜甫《送长孙九侍御赴武威判官》句。若人：这个人。含赞叹意。语出《论语·宪问》："君子哉若人！尚德哉若人！"　[6] 杜甫《奉同郭给事汤东灵湫作（骊山温汤之东有龙湫）》句。珊瑚钩：比喻文章书画华丽珍贵。仇兆鳌注引师尹曰："珊瑚钩，言文章之可贵。"　[7] 杜甫《酬韦韶州见寄》句。　[8] 杜甫《送韦十六评事充同谷郡防御判官》句。

五

幽偏得自怡[1]，种竹交加翠[2]。雨露之所濡[3]，成长容何易[4]。叶密鸣蝉稠[5]，啅雀争枝坠[6]。客思回林埛[7]，萧疏外声利[8]。

校注

[1] 杜甫《独酌》句。　[2] 杜甫《春日江村五首》其三句。　[3] 杜甫《北征》句。濡：湿。　[4] 杜甫《枯楠》句。容何易，《全唐诗》作"何容易"。　[5] 杜甫《夏日李公见访》句。　[6] 杜甫《落日》句。啅："啄"的声旁替代俗字。　[7] 杜甫《桥陵诗三十韵，因呈县内诸官》句。林埛：山林郊野。　[8] 杜甫《送顾八分文学适洪吉州（集古录，顾戒奢善八分，英华题内无洪字）》句。

六

解榻秋露悬[1]，竹凉侵卧内[2]。幽姿可时睹[3]，密干叠苍翠[4]。况乃回风吹[5]，低昂各有意[6]。长啸一含情[7]，洒落富清制[8]。

校注

[1] 杜甫《赠李十五丈别》句。解榻：《后汉书·徐稚传》载，陈蕃为太守，不接宾客，唯稚来特设一榻，去则悬之。　[2] 杜甫《倦夜》句。　[3] 杜甫《太平寺泉眼》句。　[4] 杜甫《题衡山县文宣王庙新学堂，呈陆宰》句。　[5] 杜甫《病橘》句。况乃：更何况。回风：旋风。　[6] 杜甫《通泉县署屋壁后薛少保画鹤》句。　[7] 杜甫《公安县怀古》句。　[8] 杜甫《八哀诗·赠秘书监江夏李公邕》句。洒落：潇洒脱俗。清制：清丽新颖的文章。此句言其文章既好且多。

七

朱夏云郁陶[1]，种此何草草[2]。儿童汲井华[3]，颇亦恨枯槁[4]。寒雨下霏霏[5]，满眼颜色好[6]。临眺独踌躇[7]，山林迹如扫[8]。

校注

[1] 杜甫《大雨》句。朱，《全唐诗》校"一作清"。朱夏：《尔雅·释天》："夏为朱明。"因称夏季为朱夏。郁陶：暑气蒸郁，云气聚集。　[2] 杜甫《园人送瓜》句。　[3] 杜甫《大云寺赞公房四首》其四句。儿童，《全唐诗》作"童儿"。井华：亦作"井花"。指清晨初汲的水。　[4] 杜甫《遣兴五首》其三句。　[5] 杜甫《雨四首》其三句。　[6] 杜甫《园人送瓜》句。　[7] 杜甫《登兖州城楼》句。　[8] 杜甫《赠李白》句。

八

古墙犹竹色[1]，真作野人居[2]。青云羞叶密[3]，空翠扑肌肤[4]。寒日外惨淡[5]，泠泠风有余[6]。高斋坐林杪[7]，兴远一萧疏[8]。

校注

[1] 杜甫《滕王亭子》句。　　[2] 杜甫《重过何氏五首》其一句。　　[3] 杜甫《甘园》句。羞，《全唐诗》校"一作着"。语词倒置。实为"叶密青云羞"。意为叶密，青云羞而不如。　　[4] 杜甫《大历三年春白帝城放船出瞿塘峡久居夔府将适江陵漂泊有诗凡四十韵》句。空翠：指山中草木青翠之色。扑：轻拂。　　[5] 杜甫《飞仙阁》句。惨淡，《全唐诗》作"澹泊"。澹泊：形容寒日淡而无光。　　[6] 杜甫《寄李十四员外布十二韵》句。泠泠：清凉貌。　　[7] 杜甫《白水县崔少府十九翁高斋三十韵》句。林杪：林梢。　　[8] 杜甫《瀼西寒望》句。萧疏：冷落，稀疏。

九

竹光团野草[1]，秀气豁烦襟[2]。赠此遣愁寂[3]，萧然静客心[4]。枕簟入林僻[5]，鸟雀聚枝深[6]。兴趣江湖迥[7]，松筠起碧浔[8]。

校注

[1] 杜甫《屏迹三首》其三句。团，《全唐诗》校"一作围"。草，《全唐诗》作"色"。此句言既有竹子的幽雅又聚集了郊野的景色。　　[2] 杜甫《云》句。秀气：秀淡的云气。豁：豁然开朗。烦襟：烦闷的胸襟。　　[3] 杜甫《白水县崔少府十九翁高斋三十韵》句。　　[4] 杜甫《刘九法曹、郑瑕丘石门宴集》句。萧然：清净冷落貌。　　[5] 杜甫《巳上人茅斋》句。枕簟：枕头竹席。僻：偏僻，指幽深处。　　[6] 杜甫《暝》句。　　[7] 杜甫《西枝村寻置草堂地，夜宿赞公土室二首》其二句。迥：远。　　[8] 杜甫《风疾舟中伏枕书怀三十六韵，奉呈湖南亲友》句。筠，《全唐诗》校"一作篁"。竹子。浔：水边。

十

琳琅愈青荧[1]，绿竹半含箨[2]。霜露一沾凝[3]，秋风动哀壑[4]。才名四十年[5]，晚就芸香阁[6]。江上忆君时[7]，风林纤月落[8]。

校注

[1] 杜甫《桥陵诗三十韵，因呈县内诸官》句。愈，《全唐诗》校"一作逾"。琳琅：本指玉石，此喻美好。青荧：本指青光和白光，此指光明的样子。　　[2] 杜甫《严郑公宅同咏竹（得香字）》句。含箨：包着笋壳。　　[3] 杜甫《除草》句。露、凝，《全唐诗》校"一作雪""一作衣"。　　[4] 杜甫《壮游》句。哀壑：凄冷的深谷。　　[5] 杜甫《戏简郑广文虔，兼呈苏司业源明》句。　　[6] 杜甫《八哀诗·故著作郎贬台州司户荥阳郑公虔》句。芸香阁：藏书台的别称。亦借指管图书的官署。郑虔自广文博士迁著作郎。　　[7] 杜甫《寄杜位（顷者与位同在故严尚书幕）》句。　　[8] 杜甫《夜宴左氏庄》句。风林，《全唐诗》校"一作林风"。纤月：初生之月，所谓"新月曲如眉"，或弯弯的月。

十一

竹深留客处[1]，僻近城南楼[2]。眼边无俗物[3]，渐渐野风秋[4]。主人不世才[5]，老气横九州[6]。哀弦绕白云[7]，清绝听者愁[8]。

校注

[1] 杜甫《陪诸贵公子丈八沟携妓纳凉，晚际遇雨二首》其一句。　　[2] 杜甫《夏日李公见访》句。　　[3] 杜甫《漫成二首》其一句。边，《全唐诗》作"前"。　　[4] 杜甫《过故斛斯校书庄二

首》其一句。　　［5］杜甫《送高司直寻封阆州》句。不世才：绝世之才；杰出非凡的人才。　　［6］杜甫《送韦十六评事充同谷郡防御判官》句。老，《全唐诗》校"一作志"。　　老气：壮气。　　［7］杜甫《题柏大兄弟山居屋壁二首》句。云，《全唐诗》作"雪"。　　［8］杜甫《奉同郭给事汤东灵湫作（骊山温汤之东有龙湫）》句。

十二

入门高兴发[1]，而无人世喧[2]。丛篁低地碧[3]，疏林听晚蝉[4]。衰年旅炎方[5]，只想竹林眠[6]。安得骑鸿鹄[7]，飞去坠尔前[8]。

校注

［1］杜甫《与李十二白同寻范十隐居（李白集有寻鲁城北范居士诗）》句。　　［2］杜甫《阆州东楼筵，奉送十一舅往青城县，得昏字》句。　　［3］杜甫《秦州杂诗二十首》其九句。　　［4］杜甫《秋日夔府咏怀，奉寄郑监、李宾客一百韵》句。疏林，《全唐诗》作"萧疏"。　　［5］杜甫《七月三日亭午已后较热退晚加小凉稳睡有诗因论壮年乐事戏呈元二十一曹长》句。炎方：指南方。　　［6］杜甫《示侄佐（佐草堂在东柯谷）》句。　　［7］杜甫《三川观水涨二十韵》句。　　［8］杜甫《彭衙行（合阳县西北有彭衙城）》句。坠，《全唐诗》作"堕"。

十三

苔竹吾所好[1]，开轩纳微凉[2]。望中疑在野[3]，景物洞庭旁[4]。秋风亦已起[5]，洒面若微霜[6]。南客潇湘外[7]，与君永相望[8]。

校注

［1］杜甫《将别巫峡，赠南卿兄瀼西果园四十亩》句。吾，《全唐诗》作"素"。　　［2］杜甫《夏夜叹》句。　　［3］杜甫《天宝初南曹小司寇舅，于我太夫人堂下累土为山，一匮盈尺，以代彼朽木，承诸焚香瓷瓯，瓯甚安矣，旁植慈竹，盖兹数峰嵚岑婵娟，宛有尘外数致，乃不知兴之所至而作是诗》句。　　［4］杜甫《奉观严郑公厅事岷山沱江画图十韵（得忘字）》句。　　［5］杜甫《又上后园山脚》句。　　［6］杜甫《四松》句。　　［7］杜甫《冬晚送长孙渐舍人归州》句。　　［8］杜甫《新婚别》句。

十四

有竹一顷余[1]，舍下笋穿壁[2]。新苗才出墙[3]，满岁如松碧[4]。苍苍众色晚[5]，归鸟尽敛翼[6]。宇宙此生浮[7]，仰惭林间翮[8]。

校注

［1］杜甫《杜鹃》句。　　［2］杜甫《绝句六首》其五句。　　［3］杜甫《严郑公宅同咏竹（得香字）》句。苗，《全唐诗》作"梢"。　　［4］杜甫《树间》句。　　［5］杜甫《上水遣怀》句。［6］杜甫《别赞上人》句。　　［7］杜甫《重题》句。　　［8］杜甫《发同谷县（乾元二年十二月一日自陇右赴剑南纪行）》句。翮：鸟两翅的劲羽，此指代鸟。

十五

竹皮含旧翠[1]，鸟雀满樛枝[2]。冰壶动摇碧[3]，故作傍人低[4]。细雨荷锄立[5]，秋风独杖藜[6]。老来性情静[7]，不是傲当时[8]。

校注

［1］杜甫《遣闷奉呈严公二十韵》句。含，《全唐诗》作"寒"，音同致误。　　［2］杜甫《画鹘行（一作画雕）》句。鸟雀，《全唐诗》作"乌鹊"。　　［3］杜甫《赠崔十三评事公辅》句。摇，《全

唐诗》作"瑶"，应属笔误。　　[4] 杜甫《子规》句。傍人，《全唐诗》校"一作傍旅"。　　[5] 杜甫《暮春题瀼西新赁草屋五首》其三句。　　[6] 杜甫《送舍弟颎（一作颖，一作颕）赴齐州三首》其一句。秋，《全唐诗》作"清"。　　[7] 杜甫《渼陂西南台》句。性情：《全唐诗》作"苦便"。[8] 杜甫《独酌》句。

十六

执热何曾有[1]，亭午减汗流[2]。风飘连野色[3]，客意已惊秋[4]。应接非本性[5]，闭关人事休[6]。潇洒送日月[7]，兹焉心所求[8]。

校注

[1] 杜甫《大云寺赞公房四首》其四句。　　[2] 杜甫《七月三日亭午已后较热退晚加小凉稳睡有诗因论壮年乐事戏呈元二十一曹长》句。　　[3] 杜甫《远游》句。风飘，《全唐诗》作"竹风"。[4] 杜甫《夏日李公见访》句。　　[5] 杜甫《发秦州（乾元二年自秦州赴同谷县纪行）》句。[6] 杜甫《毒热寄简崔评事十六弟》句。　　[7] 杜甫《自京赴奉先县咏怀五百字》句。送，《全唐诗》校"一作迸"。　　[8] 杜甫《寄赞上人》句。兹，《全唐诗》作"斯"。

十七

寒城朝烟淡[1]，竹日静晖晖[2]。芊芊烟翠羽[3]，罗列潇洒姿[4]。清风左右至[5]，秋色有余凄[6]。日暮归几翼[7]，鷦鷯在一枝[8]。

校注

[1] 杜甫《两当县吴十侍御江上宅》句。　　[2] 杜甫《寒食》句。　　[3] 杜甫《行官张望补稻畦水归》句。烟，《全唐诗》作"炯"。　　[4] 杜甫《病橘》句。洒，《全唐诗》作"湘"。　　[5] 杜甫《夏日李公见访》句。　　[6] 杜甫《泛溪》句。　　[7] 杜甫《客居》句。　　[8] 杜甫《秦州杂诗二十首》其二十句。鷦鷯：黄雀名。体小嘴尖，常以茅苇等在林间或树穴造出精巧的巢窠，俗名"巧妇"。

十八

欻翕炎蒸景[1]，汗逾水浆翻[2]。凄凄自生凉[3]，风竹在华轩[4]。萧摵寒箨聚[5]，比公头上冠[6]。独在天一隅[7]，可望不可攀[8]。

校注

[1] 杜甫《热三首》其三句。欻翕：快疾的样子。　　[2] 杜甫《贻华阳柳少府》句。　　[3] 杜甫《雨》句。自生凉，《全唐诗》作"生余寒"。　　[4] 杜甫《奉汉中王手札》句。　　[5] 杜甫《法镜寺》句。摵（sè）：树枝光秃貌。箨（tuò）：即"笋壳"，竹类主干所生的叶。　　[6] 杜甫《石砚诗》句。　　[7] 杜甫《遣怀》句。《全唐诗》校："一作萧条病益甚，块独天一隅。"　　[8] 杜甫《前出塞九首》其七句。

十九

密竹复冬笋[1]，抽梢合过墙[2]。明涵客衣静[3]，阴过酒樽凉[4]。初月出不高[5]，茂林延疏光[6]。欣然淡情素[7]，丘壑道难忘[8]。

校注

[1] 杜甫《发秦州（乾元二年自秦州赴同谷县纪行）》句。　　[2] 杜甫《送韦郎司直归成都》句。　　[3] 杜甫《太平寺泉眼》句。涵：潜入水中，此指倒映在水中。　　[4] 杜甫《严郑公宅同咏竹（得香字）》句。　　[5] 杜甫《成都府》句。　　[6] 杜甫《夏夜叹》句。延：招来。疏光：稀疏

的月光。　　[7]杜甫《送高司直寻封阆州》句。　　[8]杜甫《奉观严郑公厅事岷山沱江画图十韵（得忘字）》句。

二十

碧色忽惆怅[1]，霜埋翠竹根[2]。啾啾黄雀啅[3]，宅舍如荒村[4]。侍婢艳倾城[5]，焕若灵芝繁[6]。天寒翠袖薄[7]，染泪在丛筠[8]。

校注

[1]杜甫《奉酬薛十二丈判官见赠》句。忽，《全唐诗》校"一作苦"。　　[2]杜甫《建都十二韵》句。　　[3]杜甫《枯棕》句。啅，《全唐诗》校"一作啄"。　　[4]杜甫《示从孙济（济字应物，官给事中、京兆尹）》句。　　[5]杜甫《奉送魏六丈佑少府之交广》句。　　[6]杜甫《木皮岭》句。灵芝：菌类植物，古代传说中的仙草，据说人吃了可以长生不老。　　[7]杜甫《佳人》句。[8]杜甫《湘夫人祠（即黄陵庙）》句。

累约慎思视事，今已入境，盘桓不进，欲以十四日交承。又云六甲穷日。戏作藏头一首[1]

工巧新诗寄递筒，同声稍稍变他宫。口传知受诸君指，日好何论六甲穷。躬自省愆方久仄，人多助虐更磨砻[2]。石渠旧友年家契[3]，大笑今朝已落空。

校注

[1]视，原作"亲"，据豫章本改。　　六甲穷日：古代以天干地支相配纪日，干支配得六十甲之末一天为癸亥，称"六甲穷日"。古人迷信，以为此日不吉利。　　[2]久，豫章本作"反"。　　磨砻：折磨。　　[3]年家：科举时代同年登科者两家之间的互称。

嘲承君[1]

已填实局余五黑，天数相符岂人力。虽于洪范少四畴[2]，若比武成多二策[3]。我诗杂组今几首[4]，鼫鼠技穷那复有[5]。泰山风拔大夫松[6]，彭泽霜陨先生柳。

校注

[1]承君：即董承君。　　[2]洪范少四畴：《尚书·洪范》记载了箕子的九种治国大法。洪范：大法；楷模。　　[3]武成：《孟子·尽心下》："尽信《书》，则不如无《书》。吾于《武成》，二三策而已矣。"《武成》，《尚书》篇名。　　[4]杂组：即《五杂组》，古乐府名。失作者。三言六句。
[5]鼫鼠技：鼫技。比喻浅薄的才能。北齐颜之推《颜氏家训·省事》："鼫鼠五能，不成伎术。"
[6]大夫松：咏松树，或喻受恩遇。秦始皇曾封泰山上的一棵松树为五大夫。也作大夫树、大夫材、大夫枝，省作大夫。《史记·秦始皇本纪》："乃遂上泰山，立石，封，祠祀。下，风雨暴至，休于树下，因封其树为五大夫。"

戏承君[1]（四首）

其一

一自棋输日望之，至今肃肃草生时。知君苦爱刀笔吏，使我长吟风雨诗。已共苞粮泉浸湿，更听甫草马鸣悲[2]。子云寂寞方无赖[3]，想见馨香杂祭脂[4]。

校注

[1]自注：萧侍人。　　[2]甫草：甫田之草。拾以护臂，做成马缰绳。　　[3]子云：西汉扬雄，字子云。他工于辞赋，曾侍从汉成帝游猎，任郎官，历仕成、哀、平三朝，不得升迁。诗文中常借以寄托怀才不遇的感叹。　　[4]馨香：指用作祭品的黍稷。祭脂：古代宗庙祭祀时用以熏香的牛肠脂。

其二

越上荒山浪得名，如何开邑在彭城。飘萧云意迷秋日，索寞人心恋玉京。花倚宫墙无限好，泉流古寺有余清。尽芟野艾栽修竹，更听虞弦奏九成[1]。

校注

[1] 弦，豫章本作"韶"。　自注：苏子美诗，秋日清淡云飘萧。　虞弦：语本《礼记·乐记》："昔者舜作五弦之琴，以歌《南风》。"后因以"虞弦"指琴。九成：犹九阕。乐曲终止叫成。

其三

至忠至朴少人知，思话胸中听者谁。长史移家真暂住，相君为冠定他时[1]。道斋不废持三宝[2]，资斧何须措一辞。更有闲堂奉清宴，客来檐雨看围棋。

校注

[1] 长史：官名。相君：旧时对宰相的尊称。　[2] 三宝：三种宝贵之物。《老子》："我有三宝，持而宝之，一曰慈，二曰俭，三曰不为天下先。"此以慈、俭、不居先为德行的三宝。

其四

次君门户想风标，千载齐梁已寂寥。隋后如何依异域，秋晨定不怨凉飙。半揎红袖能调瑟，满把真珠看结条。它日兰陵若归去，临江滩上略相邀。

与董承君棋辄胜四筹作药名五言诗奉戏

董子犷且狂，孔公孽更毒[1]。文楸石棋子，白及黑对局[2]。预知子轻敌，锐胆坐看覆[3]。一时罗列遍，先与推大腹[4]。欻如飞廉驱，窨若防风戮[5]。余兵尚百合，续断聊忽忽[6]。猛虎仗爪牙[7]，中涂佯踯躅。嗟嗟草草甚[8]，驱猪令迫逐。直前无夷险，觱拨下子速[9]。而我颇从容，莽草先设伏[10]。常山肆纵横，大戟挟长毂[11]。威灵先震荡，巨胜倅破竹[12]。萧萧马鸣退，战血余川谷。百步笑奔崩，独活嗟穷蹙[13]。葳蕤不复骋，销蚀神采缩[14]。作诗诮伊棋，我壮知子曲。

校注

[1] 孔公孽：药草名。　[2] 文楸：棋盘。古代多用楸木做成，故名。白及：药草名。　[3] 预知：即预知子。　[4] 推，豫章本作"摧"。大腹：即大腹皮。　[5] 飞廉：一名飞轻。《楚辞·离骚》："前望舒使先驱兮，后飞廉使奔属。"王逸注："飞廉，风伯也。"防风：药草名。　[6] 百合：多年生草本植物。亦可入药。续断：植物名。　[7] 仗，原作"伏"，据豫章本改。　[8] 嗟嗟，豫章本作"嗟子"。　[9] 觱（bì）：古代的一种管乐器，形似喇叭，以芦苇作嘴，以竹作管，吹出的声音悲凄。　[10] 莽草：植物名。　[11] 常山、大戟：药草名。　[12] 威灵：即威灵仙。巨胜：黑芝麻的别名。亦可入药。　[13] 独活：一名羌活。　[14] 葳蕤：药草名。即玉竹。

张商英
(1043—1121)

字天觉，号无尽居士。蜀州新津（今属四川）人。徽宗朝官尚书右仆射兼中书侍郎，即右相。今录戏谑诗1首。

跋东坡戏鸿举书[1]

去时八万四千，不知落在那边。若不斩头觅话，谁知措大参禅？

校注

[1]《苕溪渔隐丛话》后集卷三七。鸿举：贾善翔，字鸿举，北宋道士，蓬州（今四川蓬安）人。善谈笑，好琴嗜酒，混俗和光，默究修炼。"东坡尝过之，献书问曰：身如芭蕉，心似莲花，百节疏通，万窍玲珑。来时一、去时八万四千。末云：鸿举下语。善翔答曰：老道士这里没许多般数。"见宋赵道一《历世真仙体道通鉴》卷五一。

黄　裳
(1044—1130)

字冕仲，晚号紫玄翁、演山，南剑州延平（治今福建南平）人。神宗元丰五年（1082）状元。官兵、吏、工、礼部侍郎，迁礼部尚书，知青、郓、福等州。著有《演山先生文集》。今录戏谑诗5首。

惇礼兵部久不作诗偶成数韵奉戏

南宫先生好谈古[1]，齿牙所挂多老杜。剑气中盘几时吐，欲看光芒出庭户。平生气直易言语，不解聱牙斫诗句。先生莫学东野苦，我愿为云相逐去。

校注

[1] 南宫：尚书省的别称。后又称礼部为南宫，礼部属尚书省。

戏寄南华翁三首[1]

其一

南华翁也为官忙，能用牛刀亦是庄。归去来兮归未得，一山风月委寒堂。

校注

[1] 南华翁：宋林峒，字仲堪。福州罗源人。真宗朝特奏名。时宫中寝殿侧有古桧，秀茂不群，题咏者甚多，赐号"南华翁"，诗名由此大显。有《南华集》。

其二

山阴刘子无清策[1]，彭泽陶公有逸才。种秫剑溪休更问[2]，俸钱须买菊花栽[3]。

[1] 刘子：刘向，本名更生，字子政，西汉沛（今江苏省沛县）人。著有《新序》《说苑》等。

[2] 种秫：陶渊明为彭泽令，以俸田种秫，用于酿酒而求一醉。梁萧统《陶渊明传》："执事者闻之，以为彭泽令。不以家累自随，送一力给其子，书曰：'汝旦夕之费，自给为难，今遣此力，助汝薪水之劳。此亦人子也，可善遇之。'公田悉令吏种秫，曰：'吾尝得醉于酒足矣！'妻子固请种粳，乃使二顷五十亩种秫，五十亩种粳。" [3] 自注：延平官无圭田，酒醇而贱，百钱可以取醉。

其三

始闻佳耦得韩娘[1]，百里恩新绥与章[2]。月欲笼人笼未得，先生犹治鲁山忙[3]。

[1] 自注：用杨於陵故事。子山为簿再娶。 杨於陵，唐虢州弘农人，字达夫。杨震后裔。代宗大历六年（771）进士。时韩滉节制金陵，奇其才，妻以女。累官至侍御史。有《赠毛仙翁》诗。 [2] 新，四库本作"深"。 [3] 自注：用元德秀故事。昔为子山作《风月堂记》云：或笼吾醉魄而卧焉。

戏赠席上侍人

遮藏不得鬓边霜，空忆扬州一觉长。不学牧之狂可笑，紫云宜赠紫微郎[1]。

[1] 紫云：借指紫石砚。唐李贺《杨生青花紫石砚歌》："端州石工巧如神，踏天磨刀割紫云。"紫微郎：唐代中书舍人的别称。此指杜牧。

李之仪
（1038 或
1048—1117）

字端叔，自号姑溪居士、姑溪老农，沧州无棣（今属山东无棣）人。神宗熙宁三年（1070，一云六年，1073）进士。苏轼知定州时，曾为幕僚，后官枢密院编修。元符中，监内香药库。徽宗初，提举河东常平。官终朝议大夫。有《姑溪居士全集》。今录戏谑诗 11 首。

累日气候差暖，梅花辄已弄色，聊课童仆，芟削培灌，以助其发。戏成小诗三首

其一

京洛三十年作客，每见梅花欲忘食。时时魂梦到江南，足迹尘埃来不得。嗅香嚼蕊不忍舍，为怜绝韵真颜色。谁知晚得江南身，特此一株当舍北。寒根老楂初不辨，几与桑榆同弃掷。殷勤地主故指示，顿觉翛然超眼域。几山气候也深春，戢戢枝头危欲坼[1]。呼奴邻家借刀斧，穿断因之聊拂拭。便宜邀月作嘉宾，不惜淋漓慰畴昔。

[1] 几山：据《山海经》载，由杏山往东三百五十里，有座山名叫几山。此山主要生长楛树、檀树、杻树和各类香草。山上有一种野兽，身形像猪，周身皆黄色，只有脑袋和尾巴是白色的。这种野兽叫闻獜，它一出现，天下便要刮大风。戢戢：密集貌。

其二

邂逅梅花同作客，此理虽龟亦难食。道人无眼自超群，定里观之想应得。为惜花开将及时，枕上朝朝问天色。自是春工力尚坚，一向风头来自北。昨夜雪深几一尺，不觉起来欲跳踯。雪过春回固可期，聊与此花为畛域。今朝举头消息别，物理人情原未坼。

绿萼柔条宛相契，正色真香净如拭。更烦妙语为诠评，莫遣尘根迷凤昔。

其三

花是主人身是客，更欲花前罗酒食。花应笑我强相亲，毕竟人花谁是得。金樽到手我自醉，道人何妨且观色。三界观来即是空，醉里宁知渐游北[1]。等为圆镜随身现，认着分明却虚掷。持此问花花不答，嗟我与君徒入域。不如收却闲眼坐[2]，万境纷纷在披坼[3]。一番风雨便纷飞，念垢情尘漫磨拭。今年春尽有明年，花落花开几今昔。

校注

[1] 三界：佛教的空间观。佛教把世俗世界划分为欲界、色界、无色界，认为是有情众生存在的三种空间（境界）。　[2] 闲，清咸丰伍崇曜校刊《粤雅堂丛书》本（以下简称"粤本"）作"闭"。
[3] 万境：各种各样的境遇。　在，粤本作"任"。

读吴思道藏海诗集效其体[1]

唐末诗人自一家，剪裁风月间莺花。凭陵堕绪篇篇胜，点缀余妍字字斜。远水连天来怨笛，烂霞烘日带栖鸦。法书警句真如此，流落桑榆重叹嗟[2]。

校注

[1] 吴思道：吴可，字思道。金陵（今江苏南京）人。以诗为苏轼、刘安世、李之仪等人所推赏。尝著《藏海诗话》。　[2] 桑，粤本作"枪"。

戏子微兼次韵陈君俞寄题兰皋[1]

和风暖日作霜天，冰雪相投岂偶然。特枉新诗咏陈迹，便同佳趣赏当年。学优曼倩三冬足[2]，才过荆州十部贤[3]。为问醉衾应好在，莫教痴望似蚕眠。

校注

[1] 子微、陈君俞：均不详。当涂文士。　[2] 曼倩：东方朔，字曼倩。见宋庠《遇雨放朝余至掖门方审戏呈同舍》注[4]。　[3] 十部：即十部从事。谓众多辅助官吏。《三国志·魏志·刘馥传》"子熙嗣"裴松之注引晋孙盛《晋阳秋》："（刘弘）每有兴发，守书郡国，丁宁款密，故莫不感悦，颠倒奔赴，咸曰：'得刘公一纸书，贤于十部从事也。'"亦省作"十部"。

延之云：久迟公来，不谓迫之乃肯顾我，既开此路，却当以匪人为津梁矣。致我佳客，敢忘其德，口占为戏[1]

一水相忘辄自疲，青毡情厚失先期。从今不比鸬鹚数，更欲棠阴借异时[2]。

校注

[1] 延之：曾延之，曾任和州知州。宋徽宗初年，李之仪被贬谪太平，曾在和州鼓角楼受其热情款待。　[2] 棠阴：又作甘棠、棠树。多用以称美循吏、喻惠政。《诗经·召南·甘棠》："蔽芾甘棠，勿翦勿伐，召伯所茇。蔽芾甘棠，勿翦勿败，召伯所憩。蔽芾甘棠，勿翦勿拜，召伯所说。"

将过大乘，薄晚不能到。既见祖灯，以寄一笑[1]

踏尽田塍转尽山，芥塘犹在夕阳间[2]。主人缩地元多术[3]，何事今朝特见悭[4]。

校注

[1] 大乘：地名，在褒禅山即华阳山附近。见《李之仪年谱》。　[2] 自注：芥塘，大乘地名。　[3] 缩地：传说中化远为近的神仙之术。见晋葛洪《神仙传·壶公》。　[4] 特，原作"时"，据粤本改。

汤泉才到便问浴处何在戏呈长老[1]

欲从旷口过金陵，不惜汤泉两日程。因就故人求一浴，何妨随例得身轻。

校注

[1] 汤泉：在历阳大乘与苦竹寺之间。熙宁九年（1076），秦观和孙觉、参寥曾到历阳汤泉山游览名胜古迹，赋诗唱和。

得延之书书尾戏答

齿豁童头老可憎，艰难相值历何曾。吹箫问渡愧未达，终有心头一点蝇。

蒙宠惠朋樽深佩眷意聊奉一噱[1]

万国衣冠拱醉容，钧天梦断失云龙[2]。多情尚寄当时约，宛似阇黎饭后钟[3]。

校注

[1] 朋樽：《诗经·豳风·七月》"朋酒斯飨"，毛传"两樽曰朋"。亦借指二斗。 [2] 钧天梦：《史记·赵世家》："赵简子疾……语大夫曰：'我之帝所甚乐，与百神游于钧天，广乐九奏万舞，不类三代之乐，其声动人心。'"云龙：喻君臣风云际会。 [3] 阇（shé）黎：梵语"阿阇梨"的省称。意谓高僧。饭后钟：相传唐王播少年孤贫，客居扬州惠明寺木兰院，随僧斋食。日久，众僧厌恶，故意斋后才敲钟。王播闻声就食，扑空，因题下"上堂已了各西东，惭愧阇黎饭后钟"两句诗。见五代王定保《唐摭言》卷下。

伯成已归尚阻雨会聚聊申短唱容易一笑[1]

髯友新从塞上回，中元樽俎未能开[2]。更堪庭竹添幽思，只欠清风玉雨来。

校注

[1] 伯成：薛章，字伯成。当涂知县。 [2] 中元：指农历七月十五日。民间有祭祀亡故亲人等活动。 俎，原作"阻"，据清杨守敬跋明黄汝亨抄本、清宣统吴尉金陵督粮道署校刊本改。

黄叔达 （？—1100）	字知命，黄庭坚弟。分宁（今江西修水）人。今录戏谑诗1首。

戏答刘文学[1]

人鲊瓮中危万死[2]，鬼门关外更千岑。问君底事向前去，要试平生铁石心。

校注

[1] 为黄庭坚弟知命所作。刘文学：不详。 [2] 人鲊瓮：长江险滩之一。在今湖北秭归县西，瞿塘峡之下，号称峡下最险处。宋赵令畤《侯鲭录》卷三："瞿塘之下，地名人鲊瓮，少游尝谓无以对。南迁，度鬼门关，乃用为绝句云：'身在鬼门关外天，命轻人鲊瓮头船。'"

吕南公 （1047—1086）	字次儒，自号灌园先生，建昌军南城（今属江西）人。与曾巩友善。神宗熙宁初，举进士不第，遂罢举，以著书讲学为事。其子吕郁收拾遗稿编为《灌园集》三十卷，已佚。后辑为二十卷。今录戏谑诗5首。

戏作数目诗

一廛徒自受[1]，想象圣人甿。二耜惭沮溺[2]，疲羸不善耕。三时徒饱食，何力助戎兵。四部虽该涉，心非太学生[3]。五噫聊慷慨，那复慕光荣。六逸如堪继，相邀且倒倾[4]。七弦休抚弄，里耳悦铿轰[5]。八杀宾宜惧[6]，过门岂敢迎。九年储莫望，吟醉但忘情。十室论忠信，吾穷或有名。

校注

[1] 一廛：战国时国家授田制下之田宅单位。《汉书·扬雄传》："有田一堰（廛），有宅一区。"颜师古注引晋灼云："《周礼》，上地，夫一廛，一百亩也。"　　[2] 沮溺：《论语·微子》："长沮、桀溺耦而耕，孔子过之，使子路问津焉。"　　[3] 太学：古代的大学。太学之名始于西周，在周代是教育王孙子弟的场所，汉代始设于京师。　　[4] 倒倾：倒廪倾囷，唐韩愈《答窦秀才书》："遇足下之请恩恩，犹将倒廪倾囷，罗列而进也。"　　[5] 里耳：同"俚耳"。指低下的欣赏能力和趣味。《庄子·天地》："大声不入于里耳。"　　[6] 杀：通"煞"，表示"极度"之意。

道先贤良寄示长篇辄此酬和略希一笑

闭门却扫未足高，遇酒辄醉岂其豪。穷山终岁拥书坐，涧谷曷日兴云涛[1]。浮沉非工俗子恶，只与笔砚为朋曹。流年侵寻路婉娩，镜里已复惊苍毛。作为文章世不用，似对妇女论钤韬[2]。欲陈肝胆自荐进，恐类众蚁观连鳌[3]。尝闻声气有求应，此日寂寞谁相遭。当歌无和亦已矣，岂意或有怜悲嗸[4]。陈侯嵩丘降灵士[5]，传世事业师夔皋。有官未得断国论，昭代尚把浮名逃。陔兰芳香月桂老，静卧感古成忉忉。[6]题诗远寄巧及我，稍比陈敌轻兵撩。庞涓疏软孙膑锐，胜负不待明占招[7]。惟当释末往共饮，不必皎洁分桀尧。

校注

[1] 曷：古同"盍"，何。　　[2] 钤韬：即"韬钤"，古代兵书《六韬》《玉钤篇》的并称。后因以泛指兵书。　　[3] 连鳌：大鳌，善钓之典。《列子集释》卷五《汤问篇》："……而龙伯之国有大人，举足不盈数步而暨五山之所，一钓而连六鳌，合负而趣归其国，灼其骨以数焉。"　　[4] 悲嗸：《诗经·小雅·鸿雁》："鸿雁于飞，哀鸣嗸嗸。"后遂以"鸿嗸"形容饥民哀号求食的惨状。　　[5] 陈侯：即周代陈国国君。据出土金文，田氏之齐亦称陈侯。田齐：周朝诸侯国之一，都临淄。战国时期，齐相田和"迁齐康公姜贷（即吕贷）于海滨"，通过魏文侯的帮助，得到周天子承认，列为诸侯，建立了田氏齐国，史称"田齐"或"田齐国"。嵩丘：即"嵩山"。　　[6] 陔（gāi）兰：《文选·束皙〈补亡诗〉》："循彼南陔，言采其兰。"李善注："采兰以自芬香也。循陔以采香草者，将以供养其父母。"忉：忧愁，焦虑貌。　　[7] 这是指庞涓、孙膑二人，庞涓狡猾，孙膑志锐，庞涓用计陷害孙膑，暂时胜利，但是最终自食恶果，害人终害己。

戏题白鹤观[1]

辽海沉沉信息稀，苍松枯尽草侵扉。楼台有字知年岁，城郭无人辨是非[2]。像座风轻蛛作网，醮坛春老薛成围[3]。道翁久蓄瑶琴意，莫为闲名取次挥。

校注

[1] 白鹤观：道教宫观。在安徽省潜山市天柱山中。传为梁武帝时白鹤道人创建，自唐代至清道光时均有道士居观修炼，后渐被毁，今仅留遗迹及原观鹤鸣泉。　　[2] "辽海"四句：用丁令威故事。见邓忠臣《感兴复用钟字韵戏呈同舍》注[1]。　　[3] 醮坛：道士祭神的坛场。

戏题白鹤观

八月风高宇宙清，银河秋浪到天声。门前合有仙槎过，会待参随上玉京。

戏题妙灵观怪松[1]

二十年前看怒龙，鳞鬐半已召雷风。至今未拂层霄去，可是怀文与我同。

校注

[1] 妙灵观：位于江西省南丰县。吕南公元丰五年（1082）九月撰有《妙灵观兴造记》一文。

毕仲游
（1047—1121）
字公叔，管城县（今河南郑州管城区）人。毕士安之玄孙。官至吏部郎中。后堕党籍。与文彦博、司马光、苏轼等人有诗书往来，苏轼赏识其文。有《西台集》传世。今录戏谑诗5首。

寓宿乐明之殿直家戏作[1]

地狭开炉小，门深掩径斜。雨寒冰裹木，风怒雪翻车。北第频留客，南园欲探花。我身无定所，酒到是吾家。

校注

[1] 殿直：皇帝的侍从官。五代时名殿前承旨，后晋改称殿直。

会草堂尝酒戏成四十字呈子思舅[1]

白酒旋开封，身如鸟出笼。愁肠先抹倒，醉眼任曚松。瓮近那妨就，杯寒且更烘。翁居镇如此，我马又西东。

校注

[1] 子思：即陈子思，名知默，其曾祖父陈省华，仕至左谏议大夫；祖父尧叟，为真宗相；父师古，为郎中。尧叟两弟，尧佐为仁宗相，尧咨为节度使。毕仲游的母亲陈太夫人，便是陈尧叟的孙女。因称陈子思为舅。毕仲游作有《陈子思传》。

戏赠济阴令罗正之[1]

饮酒不论彭泽令，草书浑学右将军[2]。更知近日诗为苦，未及襄阳有几分[3]。

校注

[1] 罗正之：罗适，字正之，号赤城，宁海人。治平二年（1065）进士，任安徽桐城尉、山东泗水令、济阴令、河南开封令及两浙路、京西北路提督刑狱等职。　[2] 右将军：晋代王羲之曾任右军将军，故以右将军代称王羲之。　[3] 襄阳：此指王粲在襄阳15年未被重用，郁郁不得志，一腔愤懑化为《登楼赋》这一千古绝唱。

戏留僧圆益[1]

城头云景晓漫漫，未雪先惊特地寒。明夜若能沽美酒，诗僧应不问归鞍。

校注

[1] 圆益：僧人，作者的好友，生平不详。

自　嘲

箸下尝来新蟹美，瓮中笃得旧醅浑[1]。只今醉倒君休笑，便是当时吏部孙[2]。

校注

[1] 笃：用竹编成的滤酒器具。旧醅：陈酒，旧酿。　[2] 吏部孙：指诗人自己。其曾祖父毕士安为宋真宗时宰相。同时又暗用被尊为蟹神的晋时毕卓之典，毕卓，又称毕吏部。

赵令铄
(1048—?)

字伯坚。太祖五世孙。神宗朝进士。官光禄少卿、将作监。终太仆卿。赠宝文阁待制。今录戏谑诗2首。

子瞻和予致斋诗有端向瓮间寻吏部老来惟欲醉为乡之句因送薄酒兼成斐章冀发笑也[1]

古人醉以酒，盖亦有所寓。一饮百忧忘，陶陶朝复暮。公欲醉为乡，瓮间寻吏部。惜取青铜钱，浊醪安足酤。敢窃好事名，聊资子云具[2]。巧手斧鼻端[3]，此情知有素。

校注

[1] 瓮间寻吏部：即"瓮间吏部"。南朝宋刘义庆《世说新语·任诞》云晋毕卓为吏部郎，酷嗜酒，尝夜至邻舍瓮下盗饮，故称。后来用"瓮间吏部"来写嗜酒成癖、烂醉如泥的人及其醉态，或借写嗜酒。　　[2] 子云：终军，字子云，济南人。西汉著名的政治家、外交家。少好学，战前"请缨"的典故就是出自他出使南越的故事。一指扬子云，即扬雄。　　[3] 用"石匠与郢人"典。

子瞻辞免起居之命令铄复用前韵一首以勉之

登州与仪曹[1]，到官如旅寓。螭陛凤凰池[2]，翱翱未云暮。冰雪照人清，黄色盈中部。譬如千日酿[3]，一宿陋清酤。载笔无多时，公真济时具。叹息贺德基[4]，犹知我尸素。

校注

[1] 登州：辖蓬莱、黄县、牟平、文登四县，治所在蓬莱。仪曹：官署名。礼部郎官或泛称地方上掌管礼仪的属官。　　[2] 螭：古代传说中一种没有角的龙。陛：宫殿的台阶。螭陛：指雕有螭形的宫殿台阶。凤凰池：禁苑中池沼。唐代宰相称同中书门下平章事，故多以"凤凰池"指宰相职位。亦作池水的美称。　　[3] 千日酿：指美酒，即"千日酒"，古代传说中山人狄希能造千日酒，饮后醉千日。《搜神记》卷十九："狄希，中山人也，能造千日酒，饮之，千日醉。"　　[4] 贺德基：字承业，世传《礼》学。祖文发，父淹，仕梁俱为祠部郎，并有名当世。

王祖道
(1039—1108)

字若惠，福建闽县（今属福州市）人。英宗治平二年（1065，一云三年，1066）进士。元符元年（1098）入京为官，先后任兵部尚书、端明殿学士、刑部尚书等职。今录戏谑诗1首。

嘲杭州祥符寺久阇梨[1]

拗折床头旧杖藜，任教桃李自成蹊。如何昔日庐山远，却为陶潜一过溪？

校注

[1] 辑录自《芝园集》上。阇（shé）梨：梵语"阿阇梨"的省称。意谓高僧。亦泛指僧。

秦　观
(1049—1100)

字少游、太虚，号淮海居士，高邮（今属江苏）人。神宗元丰八年（1085）进士。曾任秘书省正字，兼国史院编修官等职。诗文为苏轼所赏识，是"苏门四学士"之一。有《淮海集》。今录戏谑诗5首。

偶　戏[1]

偶戏失班龙[2]，坐谪昆仑阴。昆仑一何高，去天无数寻。嘉禾穗盈车，珠玉炯成林。

天飘时一拂[3]，清哀动人心。一面四百门[4]，宫谯云气侵。阒然竹使符，难矣暂登临。群仙来按行，怜我久滞淫。力请始云免，反室岁已深。亲朋喜我来，感叹或沾襟。尘寰君勿悲，殊胜巢嵌嵚[5]。

校注

[1] 作于久谪之后，当在绍圣、元符年间。　　[2] 班龙：九色龙。《汉武帝内传》云王母乘紫云之辇，又驾九色之班龙。　　[3] 飘，明鄂州张绶刻本、四库本作"飓"。　天飘：天风。　　[4] 四百门：言昆仑天门之多。《淮南子·坠形训》："旁有四百四十门，门间四里，里间九纯，纯丈五尺。"[5] 嵌嵚：高大；险峻。

次韵范纯夫戏答李方叔馈笋兼简邓慎思[1]

楚山冬笋斸寒空，北客长嗟食不重。秀色可怜刀切玉，清香不断鼎烹龙[2]。论羹未愧莼千里[3]，入贡当随传一封[4]。薄禄养亲甘旨少，满包时赖故人供[5]。

校注

[1] 范纯夫：指范祖禹，字淳甫，或纯夫，成都华阳人，家传文史之学。曾负责《资治通鉴》唐纪部分写作。李方叔：李廌，字方叔，少以文为苏轼所知，誉之为有"万人敌"之才。邓慎思：邓忠臣，字慎思，自号玉池先生。　　[2] 烹龙：即烹龙炮凤。语出唐李贺《将进酒》："烹龙炮凤玉脂泣，罗帏翠幕围春风。"　　[3] 用"张翰思归"典。莼：莼菜。　　[4] 传一封：即封传。过关之凭证。《汉书文帝纪》十二年："除关无用传。"此句谓进贡方物时请随带一些。　　[5] 满，四库本作"蒲"。

戏云龙山人二绝[1]

其一

芳草未应羞鹎鵊[2]，潜鳞终是畏提壶[3]。蔡经背上痕犹在，更念麻姑指爪无[4]。

校注

[1] 此二首约作于熙宁十年（1077）。云龙山人：即张天骥，字圣涂，自号云龙山人，又称张山人，满腹才华，却不愿意做官，隐居徐州云龙山，醉心于道家修身养性之术，以躬耕自资，奉养父母。是当时徐州知州苏轼的好友。　　[2] 鹎鵊：鸟名，又称批鹎、批夹。似鸠，身黑尾长而有冠。春分始见，凌晨先鸡而鸣，其声"加格加格"，农家以为下田之候，俗称催明鸟。　　[3] 提壶：亦作"提壶芦""提胡芦"。鸟名，即鹈鹕。　　[4] 蔡经：后汉人。晋葛洪《神仙传》卷二《王远》载，传说其为道教神仙王远（方平）的弟子，于东汉时王远度其成仙，后用作咏神仙弟子的典故。晋葛洪《神仙传》：麻姑为王方平之妹，与王方平去蔡经家时，蔡经见其手指纤长，幻想其为己挠背，被王远看穿，用鞭子抽打他。

其二

选胜只携长胫鹤，入廛还驾短辕车。时人若问虚玄事，笑答无过李老书[1]。

校注

[1] 李老书：指李耳之《老子》。《后汉书·朱穆传》："嗟乎！世士诚躬师孔圣之崇则，嘉楚严之美行，希李老之雅诲，思马援之所尚。"

梦天女戏赠[1]

不知水宿分风浦[2]，何似秋眠借竹轩。闻道诗词妙天下，庐山对眼可无言？

校注

[1]《舆地纪胜》卷二六"隆兴府官亭湖"条引下二句作"闻道文章妙天下，庐山对面可无言"。

[2] 分风浦：传说苏轼被贬途中到达彭蠡湖时，为了赶时间到豫章（今庐山市），于是祈祷龙王分风护送，后苏轼一路顺利到达。因为这一传说，后人便将这个地方叫作"分风浦"。

梅 窗　《全宋词》载，宋代人，姓氏无考，疑为王梅窗。《全芳备祖》前集卷一有王梅窗《梅花》诗，《梅花字字香》前集亦集有王梅窗句"芳心暗恼凭谁诉"。今录戏谑诗 2 首。

西湖戏书二首

其一

蜿蜿翠麓秋烟涨，滟滟金波夜月澄。樽酒具时随兴遣，景多逢处曲栏凭。

其二

云巢望断望西湖，竹护梅藏隐士居[1]。芬草绿深春盎盎，客来同揽一山孤。

校注

[1] 云巢：高巢。语本《文选·张协〈七命〉》："仰倾云巢，俯弹地穴。"隐士居：宋林逋曾隐居杭州西湖、风景秀丽之孤山，居处遍植梅花。

刘 跂
（约 1048—1117）　字斯立，东光（今属河北）人，刘挚子，王巩婿。元丰二年（1079）进士，为亳州教授。后累官朝奉郎。晚年筑学易堂，时人又称学易先生。著有《学易集》二十卷。今录戏谑诗 7 首。

见苏黄邦字韵诗戏示王倅安国二首[1]

其一

与君南北人，斗粟聚此邦。维彼恶少年，潢池称下江[2]。白昼射大屋，屋破无完窗。绣衣募壮士，受馘不受降[3]。我弱异都卢[4]，岂敢学寻撞。君才过乌获[5]，九鼎一臂扛。悬金八十万，何啻白璧双。胡不骑赤兔，斫树收死庞[6]。坐宽刺史忧，不复念政厖[7]。凯旋夹道迎，父老集瓶缸。

校注

[1] 题自注：时倅欲往督捕。王安国：字平甫，王安石同母弟。熙宁进士。临川（今江西抚州）人。　[2] 潢池：即"潢池弄兵"。指发动兵变。《汉书·龚遂传》："其民困于饥寒而吏不恤，故使陛下赤子盗弄陛下之兵于潢池中耳。"下江：长江下游。　[3] 馘：古代战争中割取敌人的左耳以计数献功，后引申为取得的敌人首级。此指被杀头。　[4] 都卢：全部，全体。《道行般若经》释提桓因言："但行般若波罗蜜，不行余波罗蜜耶？"佛言："都卢六波罗蜜皆行。"佛语阿难："是般若波罗蜜汝谛受谛念，用慈孝于佛故，承用教故，都卢是过去、当来、今现在佛天中天所施教，用是供养。"　[5] 乌获：战国时秦国的大力士。与任鄙、孟说齐名。后用作力士的泛称。　[6] 斫树收死庞：即"斫树收庞"之典。《史记·孙子吴起列传》：庞涓率魏军攻韩，齐王命田忌、孙膑救韩，在马陵埋下伏兵，斫大树，白而书之曰："庞涓死于此树之下！"庞涓果夜至所斫树下，取火照树，读其书未毕，齐军万箭齐发。庞涓自知智穷兵败，乃自刭。　[7] 厖：杂乱。

其二

天下本无事，此语仅兴邦。得志不与物，誓心有如江。腐儒若腐萤，槁死读书窗。

谁能守笔研，心大云何降。终然气相许，霜钟不须撞。道虽千钧重，努力期自扛。他时侨与札[1]，日月声名双。只应南海赵[2]，便是襄阳庞[3]。慎毋强拣择，贵纯不贵庬。请见胸中物，止水琉璃缸。

校注

[1] 侨与札：指春秋郑国公孙侨（子产）与吴国公子季札。季札至郑，与子产一见如故，互赠缟带纻衣。事见《左传·襄公二十九年》。后因以"侨札"比喻朋友之交。　[2] 南海赵：即赵南海，谓赵植。广州一名南海郡，此以居官所在称赵植，是古人习惯。　[3] 襄阳庞：庞统，字士元，号凤雏，汉时荆州襄阳（治今湖北襄阳）人。三国时刘备手下的重要谋士。

七夕戏效西昆体[1]

终年情脉脉，此夕夜迟迟。玉宇秋来阔，珠帘夜后宜。仙娥月为姊，海实树生儿。露共云车下，风将鹊扇移。鲛盘空有泪，椽笔未成诗。借取挥戈便，金钉更百枝[2]。

校注

[1] 西昆体：宋初诗坛上以杨亿为首的一个诗歌流派，以《西昆酬唱集》而得名。　[2] 金钉：亦作"金缸"。金质的灯盏、烛台。百枝：形容灯烛繁多。

坐进庵戏作（三首）

其一

自吾营此庵，迁徙屡有无。壁间故人文，今独与我俱。

其二

结以不根茅，阖之无钥锁。坚密乌有身，非坐常宴坐。

其三

圆蒲与方竹，伴我守幽闲。夜阑得禅趣，明月窥窗间。

戏示语道

御史青骢持望重[1]，将军赤兔得勋多[2]。乘黄騕袅今相见[3]，垓下乌骓奈若何[4]。

校注

[1] 御史青骢：青骢，毛色黑白相杂之马。指御史所乘之马。　[2] 赤兔：即赤菟。《后汉书》卷七五《吕布传》："布常御良马，号曰赤菟，能驰城飞堑。"唐李贤注引《曹瞒传》曰："时人语曰：'人中有吕布，马中看赤菟。'"　[3] 騕袅：古骏马名。《文选·思玄赋》李善注："《汉书音义》应劭曰：'騕袅，古之骏马也，赤喙玄身，日行五千里。'"　[4] 乌骓：乌骓马，项羽所骑的宝马。

米　芾
（1051—1107）
初名黻，字元章，号襄阳漫士、海岳外史等。世居太原（今属山西），迁襄阳（今属湖北），后定居润州（今属江苏）。徽宗召为书画学博士，官礼部员外郎，人称"米南宫"。与蔡襄、苏轼、黄庭坚合称"宋四家"。今录戏谑诗10首。

将行戏呈彦楚彦昭彦舟[1]

沉沉静境在人寰，楼殿苍峦指顾间。弃汝又成朝北阙，杜门安得老西山。朱金有命趋时拙，穷达忘怀枉道难。主相圣贤公路启，长裾重曳旧青毡。

校注

[1] 彦楚、彦昭、彦舟：即王氏兄弟。诗人所提即王沔之（彦楚）、王汉之（彦昭）、王涣之（彦舟）三兄弟。王沔之，字彦楚，秘阁校理王介次子，衢州常山人。王汉之（1054—1123），字彦昭，王介三子。熙宁六年（1073）登进七甲科。王涣之（1060—1124），字彦舟。王介四子，汉之之弟。元丰二年（1079）进士。

戏成呈司谏台坐[1]

我思岳麓抱黄阁[2]，飞泉元在天半落。石鲸吐出湔一里[3]，赤日雾起阴纷薄。我曾坐石浸足眠，肘项抵水洗背肩。客时效我病欲死，一夜转筋著艾燃[4]。如今病渴拥炉坐，安得缩却三十年。呜呼！安得缩却三十年，重往坐石浸足眠。

校注

[1] 司谏：官名。台坐：古代称呼对方的敬辞。　[2] 抱黄阁：因抱黄洞而名也。米芾诗有"我思岳麓抱黄阁"，是先有阁，久废无存。抱黄洞，又曰蟒蛇洞，在禹碑左面山半，今土人犹能指其处。　[3] 湔，《襄阳诗钞》作"流"。　[4] 自注：关湔。　关湔，即关长源，关杞（蔚宗）长子。关杞曾在桂林为官，桂水，又称湔水。其子取名与此相关。与米芾有交往。见《书史》。

将之苕溪戏作呈诸友[1]（六首）

其一

松竹留因夏，溪山去为秋。久赓白雪咏，更度采菱讴。缕玉鲈堆案，团金橘满洲。水宫无限景，载与谢公游。

校注

[1] 是米芾游苕溪（今属浙江湖州）所作的一组诗，共六首，时年三十八岁。

其二

半岁依修竹，三时看好花。懒倾惠泉酒[1]，点尽壑源茶[2]。主席多同好，群峰伴不哗。朝来还蠹简，便起故巢嗟[3]。

校注

[1] 惠泉酒：指美酒。惠泉，位于江苏无锡，太湖之滨，惠山之麓，山有名泉，古称惠泉。泉水清澈甘润，用以酿酒，酒质纯美。　[2] 壑源茶：茶名。北苑官焙之南，出团茶，四方有名，称壑源茶。壑源茶属私焙，其绝品可敌北苑官焙，所产皆入贡，同称"正焙"。壑源，在建安东（今建瓯市东峰镇境内），宋代建安民间私焙最精良的团茶贡品产地。　[3] 自注：余居半岁，诸公载酒不辍，而余以疾，每约置膳清话而已。复借书刘、李、周三姓。

其三

好懒难辞友，知穷岂念通。贫非理生拙，病觉养心功。小圃能留客，青冥不厌鸿。秋帆寻贺老[1]，载酒过江东。

校注

[1] 贺老：贺知章，善饮酒。

其四

仕倦成流落，游频惯转蓬。热来随意住，凉至逐缘东。入境亲疏集，他乡彼此同。暖衣兼饱食，但觉愧梁鸿[1]。

[1] 梁鸿：即"梁鸿尚节"。南朝宋范晔《后汉书·卷八三》："梁鸿家贫而尚节介，博览无不通。而不为章句。学毕，乃牧豕于上林苑中。曾误遗火，延及他舍。鸿乃寻访烧者，问所去失，悉以豕偿之。其主犹以为少。鸿曰：'无他财，愿以身居作。'主人许之。因为执勤，不懈朝夕。邻家耆老见鸿非恒人，乃共责让主人，而称鸿长者。于是始敬异焉，悉还其豕。鸿不受而去，归乡里。"

其五

旅食缘交住，浮家为兴来。句留荆水话，襟抱卞峰开[1]。过剡如寻戴[2]，游梁定赋枚[3]。渔歌堪画处，又有鲁公陪[4]。

校注

[1] 卞峰：诗人家乡襄阳的一座山。　　[2] 寻戴：南朝宋刘义庆《世说新语·任诞》："王子猷居山阴，夜大雪……忽忆戴安道。时戴在剡，即便夜乘小船就之，经宿方至，造门不前而返。人问其故，曰：'吾本乘兴而行，兴尽而返，何必见戴？'"后因称访友为"寻戴"。　　[3] 游梁：《史记·司马相如列传》记载："（司马相如）以赀为郎，事孝景帝，为武骑常侍，非其好也。会景帝不好辞赋，是时梁孝王来朝，从游说之士齐人邹阳、淮阴枚乘、吴庄忌夫子之徒，相如见而说之，因病免，客游梁。"后以"游梁"谓仕途不得志。赋枚：指汉代辞赋家枚乘。　　[4] 鲁公：即颜真卿，字清臣，唐朝京兆万年人，著名书法家。此指友人。

其六

密友从春拆，红薇过夏荣。团枝殊自得，顾我若含情。漫有兰随色，宁无石对声[1]。却怜皎皎月，依旧满船行。

校注

[1] 石对声：江石与水声应答唱和。

阊门舟中戏作呈伯原志东二首[1]

其一

蘋风忽起吹舟悍，雨打图书藏裹乱[2]。阊门咫尺不安流，何况盟津与江汉[3]。非无轻楫并长棹，逆风流水适相遭。须臾风回水流顺，星宿浮槎问月高。

校注

[1] 伯原：朱长文（1039—1098），字伯原，号乐圃，自号潜溪隐夫。江苏吴郡人。琴家、书法家。著有《琴史》等。志东：苏激，字志东。舜钦子。余不详。两人在米芾著《书史》中均有记录。阊门：城门名。在江苏省苏州市城西。　　[2] "悍""裹"，《广东通志·金石略》作"杆""里"。《宋诗钞》《珊瑚木难》作"悍""裹"。　　[3] 盟津：即孟津。古黄河渡口名。在今河南省孟津县东北、孟州市西南。

其二

吴王故苑古长洲，潮汐池边一伫留。秀蕙芳兰无处所，荒莞丛苇满清流。

卷十三

| 华 镇
(1051—?) | 字安仁，号云溪居士，会稽（今浙江绍兴）人。宋神宗元丰二年（1079）进士。官终朝奉大夫。平生好读书，工诗文，有《云溪居士集》等，已佚。今录戏谑诗3首。 |

戏呈程民老

多才是处走华镳，问柳寻花九十朝[1]。春去光阴只恨晚，兴来行路莫知遥。谢安携妓情虽远[2]，崔烈为公臭不消[3]。应是醉魂伤骀荡，大歌楚些为君招[4]。

校注

[1] 华镳：精美的马勒。亦用以指马。问柳寻花：玩赏春景。九十：泛指多数。《诗经·豳风·东山》："亲结其缡，九十其仪。"　　[2] 谢安携妓：即"东山携妓"之典，形容人寓居游赏，纵情山水。　　[3] 用"崔烈铜臭"之典。《后汉书》卷五二《崔骃传》附《崔烈传》："寔从兄烈，有重名于北州，历位郡守、九卿。灵帝时，开鸿都门榜卖官爵……钧曰：'论者嫌其铜臭。'烈怒，举杖击之。"后用以讥讽卖官鬻爵、贪赃枉法或以钱买官。　　[4] 楚些：《楚辞·招魂》是沿用楚国民间流行的招魂词的形式而写成，句尾皆有"些"字。后因以"楚些"指招魂歌，亦泛指楚地的乐调或《楚辞》）。

鱼戏动新荷

风日向清和，游鱼水面多。逶迤浮巨壑，摇漾动新荷。密倚纤茄转[1]，轻翻绿影俄。参差吹弱藻，激滟起微波。跃跃同盈沼，洋洋类舞河[2]。因知濠上意[3]，不羡越溪歌[4]。

校注

[1] 茄，原按：茄，《尔雅·释草》："荷、芙蕖，其茎茄。"原本作"葭"，误。　　[2] 洋洋：同"养养"，盛大貌或众多貌。《诗·卫风·硕人》："河水洋洋，北流活活。"这里指荷叶繁多，看起来一片盛大貌。　　[3] 濠上：濠水之上。《庄子·秋水》：庄子与惠子游于濠梁之上，见儵鱼出游从容，因辩论鱼知乐否。后多用"濠上"比喻别有会心、自得其乐之地。　　[4] 越溪歌：隐者之歌。

闻酒香戏作

下蚓盈泉腹，高蝉溢露肠。如何不能饮，空羡瓮头香[1]。

校注

[1] 瓮头：刚酿成的酒。

李复
（1052—?）

字履中，学称潏水先生，原籍开封（今属河南），因其先人累官关右，遂为长安（今陕西西安）人。神宗元丰二年（1079）进士。官知郑州、陈州、翼州。尝从张载游，与张舜民、李昭玘为文字友。著有文集《潏水集》四十卷，已佚，现存十六卷。今录戏谑诗8首。

戏酬杨次公[1]

法云说法元非法[2]，六月洪炉舞飞雪[3]。宝香一瓣下天来，须弥座上金光发。三界风雨动雷音，八部人天归象设[4]。昔年关西旧夫子[5]，今日淮南大檀越[6]。扬眉师利倾千偈[7]，隐几维摩无一说。试开门户立家风，顿超初地无生灭。百川万折必朝宗，东南到海无分别。紫陌红尘拂面来，铁壁不容通水泄。众形毕现明镜静，浮云飞盖秋空澈。眼见亿万归弹指，境落毫厘差永劫。野犴不是师子儿[8]，磨了犀头三尺铁。全湖巨浸一浮沤，结果开花今几叶。昔人卷帘仰天笑，得道固应由慧业[9]。一言可尽千语迷，不如静看水中月。

校注

[1] 杨次公：杨杰，字次公，无为人。自号无为子。举进士，元祐中，为礼部员外郎，曾出知润州，除两浙提点刑狱。《宋史》有传。　　[2] 法云：宋代僧人。俗姓钱，字天瑞，号普润，又号无机子。长洲（今属江苏苏州）彩云里人。一说是梁代三大法师之一。　　[3] 此句用"洪炉点雪"典。指旺火盛燃之炉上的一片雪，意为十分渺小、不留痕迹，文人常以此自谦。在佛教中的含义是不留痕迹，即没踪迹之境地。　　[4] 八部：佛学中的"天龙八部"之意，是佛经中常见的"护法神"。人天：佛教语。六道轮回中的人道和天道。亦泛指诸世间、众生。象设：原指佛像，后亦泛指遗像。　　[5] 关西旧夫子：即关西夫子杨震，字伯起，陕西华阴人。见《后汉书·杨震列传》。　　[6] 淮南大檀越：指"黄公献地"的檀越佳话。　　[7] 师利：指南无文殊师利菩萨。　　[8] 野犴（àn）：一种走兽，似狐而小，黑喙。师子：即狮子，亦称狻麑。宋诗僧宗演有《颂古二十四首》等组诗，其一曰："一九与二九，相逢不出手。面面各相看，人人自知有。你若野犴鸣，我便师子吼。我若野犴鸣，你便狮子吼。十字纵横自在行，切忌随人背后走。"　　[9] 慧业：佛教语。指智慧的业缘。《维摩经·菩萨品》："知一切法，不取不舍，入一相门，起于慧业。"《太平广记》卷一一四引《法苑珠林·释僧护》："高齐时，有释僧护，守道直心，不求慧业，愿造丈八石像。"

依韵戏答胡沙汲[1]

去年闻君到漳浦，庭树鹊鸣帘燕舞。今年闻君入战场，眉间黄气如蒸雾[2]。风霜往回太行道[3]，空解寄声托飞鸟[4]。南城百里不著鞭[5]，轻逐归云高缥缈。知君苦吟尚如旧，他日相逢更惊瘦。明年射策对明光，曾听人歌炭庹否[6]。

校注

[1] 胡沙汲：宋人，生卒不详。《齐东野语》"刘壮舆"条引《老学庵笔记》提及胡沙汲。　[2] 黄气：古代迷信，以为黄色云气是祥瑞之气，亦指喜气。宋苏轼《送李公恕赴阙》诗："忽然眉上有黄气，吾君渐欲收英髦。"蒸雾：即"云蒸雾集"，如云雾之蒸腾会集，形容众多。　　[3] 太行道：在河阳北，守之，欲以断并、冀、殷、定之兵。　　[4] 空解：佛教语，谓悟入空义，得到解脱。寄声：托人传话。托飞鸟传达自己解脱自由的心声。　　[5] 反用"一鞭先著"之典。《晋书·刘琨传》：晋刘琨少负志气，与祖逖为友，共以收复中原为志，曾与亲故书曰："吾枕戈待旦，志枭逆虏，常恐祖生先

吾著鞭。"后以为争先的典实，亦泛指先行。　　[6] 扊扅：门闩。古代木门的门栅。借指曾共贫寒的妻子。春秋时，百里奚离家出游，其妻以扊扅烹鸡为之饯行。后喻夫妻情深，贫贱不移。扊扅歌，汉族古琴曲名，歌唱百里奚与其妻的故事。见《乐府解题》引汉应劭《风俗通》。

戏谢漕食豆粥[1]

石泉清甘出山麓，瓦釜贮泉烹豆粥。太行苦雾朝塞门，相与持杯暖寒腹。集仙学士著绣衣，瑞节前驱光照玉[2]。入境风生三十州，高廪临边溢红粟。公台深静兵卫严[3]，部吏趋承冠履肃。剪毛胡羊小耳肥，列瓮酿香浮蚁绿。尽嫌豪侈彻丰俎，坐刻鳖煤温冻足。拥炉招客学僧禅，争听敲鱼醒睡目。太师论诗歌蟋蟀[4]，千载遗音流晋曲。何曾方丈裂饼多，武子琉璃蒸乳熟[5]。只知齿颊快芳膻，岂料年龄愁嗜欲。但能举钵厌饥肠，便觉古风亲土俗。君不见锦帐匝地石季伦[6]，又不见冰澌渡河刘文叔[7]。灶间燎湿困潺沱，席上争先出金谷[8]。岂惟暂饱济艰难，犹贵速成胜珠玉。昔人不愿五侯鲭[9]，今我何知九鼎肉。杜陵春晚把锄归，常喜朝盘堆苜蓿。莫嗟粗粝百年殂，且免祸盈鬼瞰屋[10]。

校注

[1] 谢漕：担任漕运官的谢氏，名不详。　　[2] 瑞节：即玉节。古代朝聘时用作凭信的玉制符节。《周礼·地官·调人》："弗辟则与之瑞节，而以执之。"　　[3] 公台：古代以三台象征三公，因借指三公之位或泛指高官。　　[4] 太师：古代乐官之长。《国语·鲁语下》："昔正考父校商之名颂十二篇于周太师。"歌蟋蟀：《诗经·唐风·蟋蟀》："蟋蟀在堂，岁聿其莫。"　　[5] 武子：指王济，字武子，太原晋阳（今山西太原）人，才华横溢，风姿英爽，气盖一时，被晋武帝司马炎选为女婿，配常山公主，其生活生活奢侈。　　[6] 石季伦：晋石崇，字季伦，以生活豪奢著称。这里是指石崇生活奢靡。[7] 刘文叔：指刘秀。指刘秀穿越冰凌阻挡，渡过黄河。　　[8] 潺沱：亦作"潺沲"。金谷：指钱财和粮食。这两句意思是平民炉灶间的柴火因湿困而燃不起，席间上的贵族们却在争先出钱财和粮食。[9] 五侯鲭：指汉代娄护合王氏五侯家珍膳而烹饪的杂烩。五侯：汉成帝母舅王谭、王根、王立、王商、王逢时同日封侯，号五侯。鲭：肉和鱼的杂烩。　　[10] 鬼瞰屋："鬼瞰其室。"谓鬼神窥望显达富贵人家，将祸害其满盈之志。

江公著举棋无偶忽败于予有诗戏用其韵[1]

忘暑怜楸局，含风爱竹窗。料兵闻旧怯，筑垒纳新降。舟渡焚秦水，兵分泣楚江。君知猿臂将[2]，国誉世无双。

校注

[1] 江公著：字晦叔，桐庐人。治平四年（1067）进士。元祐初，以近臣荐，通判陈州，入为太学太常博士，出守庐陵。建中靖国初，知虔州。东坡北归至虔，晦叔时至，有诗唱和。　　[2] 猿臂：亦作"猨臂"。谓臂长如猿，可以运转自如。

戏答山人赵颖忆山居[1]

绿发年来改，相看忆去频。青山不厌客，黄屦自迷尘[2]。耳冷泉声淡[3]，松残药灶贫。白云他日见，应问世间春。

校注

[1] 赵颖：隐士，余不详。　　[2] 黄屦：指古代帝王及王后所穿的黄色的鞋子。《周礼·天官·屦人》："屦人掌王及后之服屦。"　　[3] 耳冷：听觉不灵敏。《类说》卷四〇引唐张鷟《朝野佥载》："孟弘微对宣宗曰：'陛下何以不知有臣，不以文字召用？'帝怒曰：'朕耳冷不知有卿。'"

陈再有诗诮梅开晚戏酬[1]

漠漠飞香散不收，无言对客似含羞。虽非雪里孤根暖，却免黄时细雨愁。争意竞先多浅俗，高情持重自风流。一株又见垂垂发，肯学江边取次休。

校注

[1] 陈：指前《依韵和秦倅陈无逸观梅》之陈无逸，时为秦州通判。

戏书德公轩后桃花（二首）[1]

其一

百叶仙桃倚故台，刘郎去后几时栽。红尘拂面人来看，只有灵云放眼开[2]。

校注

[1] 德公：一说是庞德公，字尚长，荆州襄阳人，东汉末年名士、隐士。 [2] 化用刘禹锡《有戏赠看花诸君》诗。

其二

花发双林七宝台[1]，出门是草不须栽。东风一夜都收去，为问仙桃甚处开。

校注

[1] 七宝台：即七宝楼台，传说中神仙所居之处，泛指堂皇华丽的楼台。

贺 铸 (1052—1125)	字方回，号庆湖遗老，卫州（今河南卫辉）人。太祖孝惠皇后族孙。早岁曾任武职，四十岁后转为文官，先后通判泗州、太平州。晚年归隐苏州、常州。才兼文武，但因秉性刚直，不阿权贵，一生屈居下僚。诗文俱工，诗风清朗，很有情致。有《庆湖遗老集》。今录戏谑诗1首。

戏答张商老[1]

扬子江头两信潮，送君西去木兰桡。依依暮雨鸳鸯梦[2]，袅袅春风豆蔻梢。细字碧笺随雁到，小帘朱户抵天遥。长安触绪牵情地，不特魂销骨亦销。

校注

[1] 题下原注："己巳九月赋。" 张商老：《送张商老西上》诗题下注："张名梦臣，吴郡人，己巳九月历阳赋。"张行简之祖父。 [2] 鸳鸯梦：比喻夫妻相会的梦境。李贺《谢秀才有妾缟练，改从于人，秀才引留之不得，后生感慨。座人制诗嘲诮，贺复继四首》诗其三："好作鸳鸯梦，南城罢捣碪。"

余 幹	字樗年，毗陵（今江苏常州）人。神宗元丰五年（1082）进士。哲宗元祐初与邓忠臣等同为考试官。今录戏谑诗1首。

次韵天启戏为禅句之作[1]

一片木柴投向釜，不是知音色如土。道途谩用运三车[2]，根性终然资一雨[3]。相逢倘获个中人，涓滴何辞北驴乳[4]。善才童子天质奇，抛官远遁修行苦。果向北山曾遇人，便解捐书寻一语[5]。而今脱却七斤衫[6]，相见山山惟作舞。秋闱何幸相握手，未厌夜深来叩户。莫愁客至将何待，困有眠床饥有俎。

校注

[1] 天启：蔡肇，字天启。与张耒、余幹、曹辅、邓忠臣等一起在同文馆唱和之诗人。 [2] 三车：佛教语。喻三乘。谓以羊车喻声闻乘（小乘），以鹿车喻缘觉乘（中乘），以牛车喻菩萨乘（大乘）。 [3] 根性：佛家认为气力之本曰根，善恶之习曰性。人性有生善恶作业之力，故称"根性"，本性，本质。一雨：佛经常以"一雨"喻教法；佛说一味之法，众生随机缘而有差别，如草木之于雨。 [4] 北，张耒《柯山集》作"比"。 [5] 用"韩果破敌于北山"之典。韩果，字阿六拔，代武川人，少骁雄，善骑射，曾从大将军破稽胡于北山。禅宗所说"即心即佛"，大沩和尚说是"心亦无处可寻"。一语截断众流，横扫我见。或说"即心即佛"，或说"非心非佛"。 [6] 七斤衫：即"赵州七斤衫"之典。《宗门拈古汇集》卷第十七："赵州因僧问：'万法归一，一归何处？'州曰：'我在青州做领布衫，重七斤。'"此指"卸下官职，远离官场"。

陈师道
(1053—1102)

字无己，一字履常，号后山居士，彭城（今江苏徐州）人。因苏轼、孙觉举荐，为徐州教授。一生贫困，耿介自守，不附权贵。徽宗即位，任太学博士，秘书省正字等职。与黄庭坚、陈与义被尊为江西诗派"三宗"，又与黄庭坚并称"黄陈"。著《后山集》。今录戏谑诗13首。

嘲秦觏

长铗归来夜帐空，衡阳回雁耳偏聪[1]。若为借与春风看，无限珠玑咳唾中[2]。

校注

[1] 耳偏聪：《晋书》殷仲堪父闻蚁斗，其云：少章孤衾独宿，听觉特别灵敏，常听那孤雁的声音。 [3] 珠玑：珠玉。比喻美好的诗文绘画等。咳唾：咳嗽吐唾液，《庄子·渔父》："窃待于下风，幸闻咳唾之音以卒相丘也。"

嘲无咎文潜[1]

诗人要瘦君则肥，便然伟观诗不宜。诗亦于人不相累，黄金九镮腰十围。一饥缘我不缘渠，身作贾孟行诗图[2]。穷人乃工君未可，早据要路肩安舆。

校注

[1] 清雍正赵骏烈刻本、四库本、张钧衡《适园丛书》本题作二首，以末四句别为一首。 无咎：晁补之。文潜：即张耒，字文潜，号柯山，两人皆为苏门学士。 [2] 行诗图：指唐代诗人白居易诗歌广泛流传，深受人们赏识的故事。唐段成式《酉阳杂俎》前集卷八载："荆州街子葛清，勇不肤挠，自颈以下，遍刺白居易舍人诗。成式尝与荆客陈至呼之，令其自解，背上亦能暗记……陈至呼为'白舍人行诗图'也。"此句作贾岛、孟郊行诗图。

戏元弼[1]（四首）

其一

浊泾清渭不同源，世好因循到子孙。只待白头能潦倒，不虞青眼已澜翻[2]。

校注

[1] 元弼：寇昌朝，字元弼，徐州人。曾任许州司户参军，嗜酒与诗，乡居时郡守苏轼与之游。
[2] 青眼："青白眼"之典。用"青眼、垂青"表示对人的尊重或喜爱，用"白眼"表示对人的轻视或

憎恶。《晋书·阮籍传》:"籍又能为青白眼。见礼俗之士,以白眼对之。常言'礼岂为我设耶?'时有丧母,嵇喜来吊,阮作白眼,喜不怿而去;喜弟康闻之,乃备酒挟琴造焉,阮大悦,遂见青眼。"

其二

山头落日著窗明,花里来禽起笑声。岂有诗成须白傅,独于酒可置公荣[1]。

校注

[1] 用"无酒酌公荣"典。形容士人相聚饮酒。《世说新语·简傲》:"王戎弱冠,诣阮籍,时刘公荣在坐。阮谓王曰:'偶有二斗美酒,当与君共饮。彼公荣者无预焉。'二人交觞酬酢,公荣遂不得一杯。而言语谈戏,三人无异。或有问之者,阮答曰:'胜公荣者,不得不与饮酒;不如公荣者,不可不与饮酒;唯公荣,可不与饮酒。'"

其三

翩翩别去七经年,特特归来两浩然。东道有时推谢令,后堂无地著彭宣[1]。

校注

[1] 用"入后堂"之典。《汉书》卷八十一《匡张孔马列传·张禹》:"禹成就弟子尤著者,淮阳彭宣至大司空,沛郡戴崇至少府九卿。宣为人恭俭有法度,而崇恺弟多智,二人异行。禹心亲爱崇,敬宣而疏之。崇每候禹,常责师宜置酒设乐与弟子相娱。禹将崇入后堂饮食,妇女相对,优人管弦铿锵极乐,昏夜乃罢。而宣之来也,禹见之于便坐,讲论经义,日晏赐食,不过一肉卮酒相对。宣未尝得至后堂。及两人皆闻知,各自得也。"

其四

车驰卒奔风雨过[1],白发故人余一个。幸是元无左阿君,何须不著陈惊坐[2]。

校注

[1] 车驰卒奔:用"韦叡车驰卒奔,助钟离败魏军"之典。《资治通鉴》卷一四六《梁纪二》:"叡曰:'钟离今凿穴而处,负户而汲,车驰卒奔,犹恐其后,而况缓乎!魏人已堕吾腹中,卿曹勿忧也。'" [2] 此联指陈遵狂荡放纵,不拘礼法,夜宿寡妇左阿君之事。《汉书》卷九二《游侠传》:"(其弟)劾奏:'……始(陈)遵初除,乘藩车入闾巷,过寡妇左阿君,置酒歌讴,遵起舞跳梁,顿仆坐上,暮因留宿,为侍婢扶卧。'" 陈惊坐:《汉书》卷九二《游侠传·陈遵传》:"陈遵字孟公,杜陵人也……时列侯有与遵同姓字者,每至人门,曰陈孟公,坐中莫不震动,既至而非,因号其人曰陈惊坐云。"

敬酬智叔三赐之辱兼戏杨理曹二首[1]

其一

龙争虎据竟成尘,只有青楼与白门[2]。令宰才高先得句[3],使君情重数开樽[4]。江山故国难留鹤,科斗荒池可著鲲[5]。直使颔须浑作白,未应投镮愧诸孙[6]。

校注

[1] 智叔:即朱智叔,曾为咸平令,建读书堂,元符三年(1100),陈后山在徐州,为其作《咸平读书堂》诗。杨理曹:《宋史·职官志》:"司法参军,掌议法断刑。"《徐州府志·宦绩志》:杨时,字中立,将乐人。元丰末,为徐州司法参军。疑即杨理曹也。 [2] 自注:青楼谓燕子楼也。 白门:城门。《后汉书·吕布传》:"布与麾下登白门楼。"注:"白门,大城之门也。"《南史·宋明帝纪》:"末年多忌讳,宣阳门谓之白门。" [3] 令宰:谓智叔为咸平令也。 [4] 退之诗:使君数开筵。又云:主人情更重,空使剑锋摧。《东坡乐府》亦有"主人情重"之句。 [5] 谓智叔将出仕。化用

韩愈《峡石西泉》诗："闻说旱时求得雨，只疑科斗是蛟龙。" [6] 自注：智叔有《叹白须》诗。投镵：陆游有诗《白发》："投镵三叹息，金丹岂无书。"

其二

险韵廋词费讨论[1]，真持布鼓过雷门[2]。更看九日台头句[3]，未用三人月下樽[4]。镜里黄花明白发，海边赤脚踏长鲲[5]。从来相戒莫打鸭，可打鸳鸯最后孙[6]。

校注

[1] 廋词：《太平广记》卷一七四引《嘉话录·权德舆》："或曰：廋词何也？曰：隐语耳。" [2] 比喻在高手面前卖弄。《汉书·王尊传》："太傅在前说《相鼠》之诗。尊曰：'毋持布鼓过雷门。'"雷门：谓会稽也。有大鼓，越击此鼓，声闻洛阳。 [3] 指二谢诗，借以与智叔相比，元稹又有诗云："更看吹帽落台头。" [4] 李白诗："举杯邀明月，对影成三人。" [5] 此意为欲为世外之游也。杜甫有诗曰："南望青松架短壑，安得赤脚踏层冰。"东坡诗："脚踏赤鲷公。" [6] 宋梅尧臣《打鸭》诗："莫打鸭，打鸭惊鸳鸯。"比喻人们相互关照，你打击其中的一些人，就会牵连到你不想打击的另一些人。

酬智叔见戏二首

其一

百念皆空习尚存，稍修香火踏空门。槌腰摩腹非春事[1]，割爱投闲覆玉樽[2]。白发情多犹可染[3]，骖鸾兴尽却乘鲲[4]。上界纷纷足官府，也容河鼓过天孙[5]。

校注

[1] 槌腰摩腹：乐天诗："小奴槌我足，小婢槌我背。"信老态也。 [2] 投闲覆玉樽：退之《进学解》："投闲置散。" [3] 自注：来诗有白发之叹。 [4] 江淹《别赋》曰："骖鸾腾天。"乘鲲，盖用李白骑鲸鱼之意。 [5] 河鼓：《尔雅注疏》卷六《释天》："北极谓之北辰，何鼓谓之牵牛。"亦作"河鼓"。星名，属牛宿，在牵牛之北。一说即牵牛。天孙：星名，即织女星。指传说中巧于织造的仙女。

其二

雨花风叶未宜春，私柳官渠白下门[1]。每度清溪嘲短发，时容使席近芳樽。雄蜂雌蝶元非偶，野马游尘不佐鲲[2]。若许成功当封赏[3]，请看子子与孙孙。

校注

[1] 白下门：白下本在金陵。此当指徐州白门。 [2] 野马游尘：《庄子·逍遥游》："野马也，尘埃也。生物之以息相吹也。"野马：形状如奔马的游气。言无复少年之气，助其狂心也。 [3] 自注：事具李待制席上篇。

戏寇君二首[1]

其一

杜老秋来眼更寒[2]，蹇驴无复逐金鞍[3]。南邻却有新歌舞，借与诗人一面看。

校注

[1] 寇君：指寇国宝，他住在陈师道的南面隔壁。陈师道《春怀示邻里》："屡失南邻春事约，只今容有未开花。"《谢寇十一惠端砚》诗戏称他是"南邻居士"。 [2] 杜老，宋刻《后山诗注》、高丽活字本《后山诗注》、文渊阁《四库全书》本《后山诗注》作"老杜"。 [3] 指杜老骑驴的故事。

其二

南邻歌舞隔墙听，想对朝窗晕倒青[1]。莫望唤人看娜袅，只凭幽梦寄丁宁。

校注

[1] 东坡诗云："倒晕连眉秀岭浮。"退之诗："白咽红颊长眉青。"与其有异曲同工之妙。

三月二十二日榴花盛开戏作绝句

五月榴花忽见春，白头喜遇一番新[1]。可能略不解春意，只有寻枝摘叶人[2]。

校注

[1] 退之诗：五月榴花照眼明。白头：指白头翁，一种鸟。亦指诗人自己。　　[2] 后山尝有《咏榴花》长短句："叶叶枝枝绿暗，重重密密红滋，芳心应恨得春迟，不会春工著意。"寻枝摘叶：《传灯录》：僧问风穴，云"寻枝摘叶"。

晁补之 （1053—1110）	字无咎，号归来子，济州钜野（今山东巨野）人。神宗元丰二年（1079）进士。与黄庭坚等并称"苏门四学士"。官吏部郎中，知河中府，迁湖州、密州。大观四年起知达州，改泗州，卒于任上。著有《鸡肋集》七十卷。今录戏谑诗12首。

邓御夫秀才为窟室戏题[1]

君不学冯驩弹铗从薛公[2]，贷钱烧券悦市佣[3]。又不学鲁连约矢射聊城[4]，笑夸田单取美名[5]。何为空郊独坐一茅屋，深如鱼潜远蛇伏。荒檐野蔓幽莫瞩，窥户下投如坠谷。其外桑麻杂蔬菽，白水寒山秀川陆。秋风萧萧吹苜蓿，晚日牛羊依雁鹜。朱书细字传老子，蠹穴蜗穿无卷轴。我来不暇问出处，但爱君居伯夷筑[6]。九月九日秋气凉，芙蓉黄菊天未霜。登高能赋岂我长，从君此庵时相羊[7]。不用糟丘讥腐肠，酒酣犹能歌楚狂[8]。我敬先生不敢量，二三子者亦自强，洁身乱伦非所望。

校注

[1] 邓御夫（1032—1107），字从义，济州钜野（今山东巨野）人。农学家。著有《农历》一百二十卷。详细记载了我国宋代以前北方农牧业、种植工艺等事。　　[2] 弹铗：即"弹铗而歌"。见《战国策·齐策四》。　　[3] 用"冯谖买义"之典。　　[4] 用鲁仲连（约前305—前245）约矢射聊城事。　　[5] 指田单雪地解衣救人的事。　　[6] 伯夷筑：《孟子·滕文公下》："仲子所居之室，伯夷之所筑与，抑亦盗跖之所筑与？所食之粟，伯夷之所树与，抑亦盗跖之所树与？是未可知也。"指邓御夫与陈仲子一般，脱离尘世，隐居僻壤。　　[7] 相羊：亦作"相佯""相徉"。《楚辞·离骚》："折若木以拂日兮，聊逍遥以相羊。"　　[8] 楚狂：见邓忠臣《考校同文馆戏赠子方兼呈文潜》注[2]。

扬州被召著作佐郎自金山回阻冰效退之陆浑山火句法[1]

二年官扬犹一炊，丞聋毋害守不讥[2]。帝知无功呼返之，具舟从江民不知。道傍愚叟为涕洟，岂无爱人如尔为。我谢叟归视汝儿，风号鸿潦水涸陂。冰塞川船不可移，白蜺横野光透迤。寒威上射小日规[3]，旦行一里方午维。十日系野儿啼饥，中无载盗过不窥。官令十夫为操椎，耶许相力哀复疲。我笑遣夫是安施，霜不杀草圣所欷。岁十一月冰固宜，逆天进亦不可几。为儿抟饭儿安嬉，宁三月暖犹流澌。

校注

[1] 陆浑山火：韩愈曾作《陆浑山火和皇甫湜用其韵》。 [2] 毋，原作"母"，据四库本改。丞聋毋害：《汉书·循吏传·黄霸》："许丞老，病聋，督邮白欲逐之。霸曰：'许丞，廉吏，虽老，尚能拜起送迎，正颇重听，何伤？且善助之，毋大贤者意。'后遂以"聋丞"为地方副佐之称。[3] 日规：日晷。古代测日影定时刻的仪器。亦以指太阳或日影。

答陈履常秀才谑赠[1]

驱车触热中烦满，苦无蔗浆冻金碗。陈君诗卷可洗心，持作终朝晤言伴。男儿三十四方身，布衣不化京洛尘。白驹皎皎在空谷[2]，黄鸟睍睆鸣青春[3]。子桑之居十日雨[4]，入门不复闻人语。形骸正是吹一呴[5]，安用虚名齐后土。文章初不用意成，黼黻帝躬临下民[6]。时花俚服诮新巧，牛马安所辞吾名。禹穴幽奇行可强[7]，江北江南正相望。乘涛鼓枻何当往，爱惜水仙桃竹杖。不应越女三年留，相见还须未白头。蓬生知非苦不早[8]，巨壑夜半遗藏舟。达人一言嚆矢疾[9]，相从琢磨悔去日。菖蒲正是可怜花，我独闻名不曾识。

校注

[1] 陈履常：陈师道（1053—1102），字履常，一字无己，号后山居士。 [2] 白驹：白色骏马。比喻贤人、隐士。语出《诗经·小雅·白驹》："皎皎白驹，食我场苗。絷之维之，以永今朝。"
[3] 睍睆：形容鸟色美好或鸟声清和圆转貌。《诗经·邶风·凯风》："睍睆黄鸟，载好其音。"毛传："睍睆，好貌。" [4] 子桑：《庄子》中寓言人物。《庄子·大宗师》："子舆与子桑友，而霖雨十日。子舆曰：'子桑殆病矣！'裹饭而往食之。至子桑之门，则若歌若哭，鼓琴曰：'父邪！母邪！天乎！人乎！'有不任其声而趋举其诗焉。" [5] 一呴：轻轻一吹的声音。呴，微声。《庄子·则阳》："惠子曰：'夫吹筦也，犹有嗃也；吹剑首者，呴而已矣。尧舜，人之所誉也，道尧舜于戴晋人之前，譬犹一呴也。'" [6] 黼黻：谓辅佐。唐柳宗元《乞巧文》："黼黻帝躬，以临下民。" [7] 禹穴：指会稽宛委山。相传禹于此得黄帝之书而复藏之。 [8] 蓬生知非：即"蘧瑗知非"。《庄子·则阳》："蘧伯玉（蘧瑗，卫国大夫）行年六十而六十化（化：变化，不墨守成规），未尝不始于是之，而卒诎（退）之以非也。未知今之所谓是之非五十九年非也。"又《淮南子·原道训》："蘧伯玉年五十而有四十九年非。" [9] 嚆矢：《庄子·在宥》："焉知曾史之不为桀跖嚆矢也？"陆德明释文引向秀注："嚆矢，矢之鸣者，俗称响箭。"成玄英疏："嚆，箭镞有吼猛声也。"

顺之将携室行而苦雨用前韵戏之[1]

十旬九雨龙淫荒，林蝉砌螾俱悲凉[2]。丰隆不闵行泽足[3]，犹唤脂车烦阿香[4]。我知此咎非风伯，凭凭幕天尔勍敌。王郎行李望秋晴，莫污北飞双凤翼[5]。

校注

[1] 顺之：从本诗结尾句"王郎行李望秋晴"，可断定此人姓王，字顺之。《鸡肋集》卷九有《赠王顺之歌》，题注云："王为邢和叔所厚。"余皆不详。 [2] 螾：古同"蚓"，蚯蚓。 [3] 丰隆：亦作"丰霳"。古代汉族神话中的雷神。后多用作雷的代称。 [4] 阿香：神话传说中推雷车的女神。《初学记》卷一引《续搜神记》："义兴人姓周，永和中出都。日暮，道边有一新草小屋，一女子出门望见周。周曰：'日暮求寄宿。'向一更中，闻外有小儿唤：'阿香，官唤汝推雷车。'女乃辞去。"宋苏轼《子玉家宴用前韵见寄复答之》："牵衣男女绕太白，扇枕郎君烦阿香。" [5] 尾联用黄庭坚《送王郎》诗意，抒发了自己与王郎之间诚挚深厚的情感。

次韵李秬灵山亭宴集宠戏之句

胜游谁继竹林贤[1]，岘首高情自邈然[2]。宝刹千寻出天半，灵山三面落樽前。梅花摘得宁烦驿[3]，桃叶呼来不用船[4]。南楚何须说穷巷[5]，且陪铃阁听鹍弦[6]。

校注

[1]竹林贤：指三国魏嵇康、阮籍等竹林七贤。　　[2]岘首：山名。即湖北省襄阳城南的岘山，亦指"岘山碑"。此句是借写岘山来赞羊祜高尚的情怀。　　[3]烦驿：苏籀《次韵王丈丰父待制荔枝二十韵》："芍药亦能烦驿置，蒲萄岂必擅西凉。"　　[4]自注：古诗"桃叶复桃叶，渡江不用楫"。　　桃叶：即"桃叶临渡"的风流佳话。　　[5]宋玉《登徒子好色赋》："且夫南楚穷巷之妾，焉足为大王言乎？"　　[6]铃阁：指翰林院以及将帅或州郡长官办事的地方。鹍弦：用鹍鸡筋做的琵琶弦。南朝梁刘孝绰《夜听妓赋得乌夜啼》："鹍弦且辍弄，鹤操暂停徽。"

复和定国惠竹皮枕谑句

老来山水兴弥深，不在长安侠少林。它日只为林下计[1]，不将锦被作呻吟。

校注

[1]林下计：树林之下。指幽静之地。此暗用"林下风流"典。"竹林七贤"不满暴政，不与统治者合作，放旷不羁，常于竹林下酣歌纵酒。后世名流士人欣羡称颂，誉为"林下风流"。

旧说庐山有紫芝田百亩，人莫得见，偶于开先栖贤林中步两日，各得一枝，正紫如玉，戏成一首

千古芝田人不到，深林继日拾琼瑰。从今为记晁夫子，曾到芝田百亩来[1]。

校注

[1]芝田：传说中仙人种灵芝的地方。东方朔《海内十洲记》："钟山在北海之中，地仙家数千万，耕田种芝草，课计顷亩也。"三国魏曹植《洛神赋》："尔乃税驾乎蘅皋，秣驷乎芝田。"

叔与戏云谓我穷我尝伤食从而嘲之[1]

羊踏胸中昨夜蔬[2]，不应扪腹怪如壶。妇家得餔犹须忍，莫索槟榔笑尔朣。

校注

[1]伤食：中医学病症名。由饮食过量，脾胃损伤所致。　　[2]羊踏胸中：三国魏邯郸淳《笑林》："行人常食蔬茹，忽食羊肉，梦五脏神曰：'羊踏破菜园！'"后因以"羊踏菜园"戏指常吃蔬菜的人偶食荤腥。

与子真诸人饮求仁不与作怨诗因戏答

结习徐看荡劫灰[1]，天花从自落空阶。似闻满室唯澄水，投砾何因出定来[2]。

校注

[1]结习：佛教称烦恼。多指积久难除之习惯。劫灰：佛教语。本谓劫火的余灰。　　[2]出定：佛家以静心打坐为入定，打坐完毕为出定。

奉答文潜戏赠[1]

倦游年少忆安巢，归梦尝惭断织刀[2]。老去周颙虽有妇[3]，黄经对几夜骚骚[4]。

校注

[1]宋邓忠臣《同文馆唱和诗》卷六。按：原缺署名，据宋张耒《柯山集》卷三〇定为晁补之之诗。　　[2]自注：乐羊子游学来归，妻何氏引刀趋机曰君捐失成功，犹断斯织也。　　[3]周颙：《南齐书》本传略曰："颙音辞辩丽，出言不穷，官商朱紫，发口成句。凡涉百家，长于佛理。著《三宗论》。西凉州智林道人遗颙书云云。其论见重如此。"亦用"周妻何肉"典。周颙有妻子，何胤吃肉，二人学佛修行，各有带累。比喻饮食男女影响事业。唐李延寿《南史·周颙传》："太子曰：

'累伊何?'对曰:'周妻何肉。'" 　　　[4] 黄经:黄道坐标系中的经度。骚骚:寂寞凄凉貌,亦指愁思貌。

考校同文馆戏赠子方兼呈文潜[1]

二十年来曹子方,新诗曾见未能忘。多才善戏称物芳,吴娃席上呼作郎。瞥然何许岁月长,只今未老毛发苍。自言逢掖非昔狂[2],传经华阴夫子堂[3]。何曾骑马身挟枪,诏随上将西击羌[4]。董蒲跗注谓我臧[5],夜行马顿饥无粮[6]。鼓鼙惊谷骑卷冈,吏呼为微醉在床[7]。前锋奄至灵武傍,中坚反后无敢骧[8]。城开三日牧蔽隍[9],百驰载笴千櫜装[10]。旌旗立垒乌鸟扬,还军不省一矢亡。坐师无获劳不偿,铙歌入奏虚锦囊。秋风鲈鱼思故乡,锐头宜董鹳鹅行[11]。得官犹领万骑骦,王城对巷如参商。那知连月居兹房,称多量少非我王[12]。群公古镜悬秋光,闭门饭饱庭叶黄。秋盘登兔官酎香,吴音讹变杂秦凉。令壶老柏笑覆觞,淹留平日梦欲翔。得君可乐殊未央,人生倾盖何所望。结交松柏要冰霜,中天号出玉玺章。青骢御史腾康庄,归期屈指未可忙。闻君况有梦虺祥[13],生女不恶嫁邻墙。扫轩留客具酒浆,与君更约城南张。

校注

[1] 子方:曹子方。文潜:张耒(1054—1114),字文潜,号柯山,人称宛丘先生、张右史。北宋文学家,擅长诗词,为苏门四学士之一。同文馆:宋代四方馆之一。专以接待青唐、高丽使节。
[2] 逢掖:古代读书人所穿的一种袖子宽大的衣服。逢,犹大也。大掖之衣,大袂禅衣也。亦可指儒生儒学。 　　[3] 夫子堂:又名夫子崖,是八里峡的一座天然石龛,高丈许,阔三丈余,传说是孔子西游,路经此地,授徒讲学的地方。 　　[4] 西击羌:指郭淮固西击羌。 　　[5] 跗注:古代衣裤相连的一种军服。《左传·成公十六年》:"楚子使工尹襄问之以弓,曰:'方事之殷也,有韎韦之跗注,君子也。'"杜预注:"跗注,戎服。若袴而属于跗,与袴连。"臧:古同"赃",赃物。 　　[6] 顿,原作"领",据《柯山集》卷二八改。 　　[7] 为,《柯山集》作"马"。 　　[8] 反,《柯山集》作"不"。 　　[9] 牧,原作"收",据《柯山集》改。 　　隍:本义指"城墙"。转义指没有水的护城壕。 　　[10] 这里指百驰载着满满的箭矢。笴:箭杆;弓材;器物像棍子的细长部分。指弓箭。 　　[11] 鹳鹅:亦指"鹳鹅军",列阵的军队。这里是暗指精锐的军队。 　　[12] 王,《柯山集》作"长"。 　　[13] 梦虺祥:《幼学琼林》:"梦熊梦罴,男子之兆;梦虺梦蛇,女子之祥。"

复用方字韵奉赠同舍慎思文潜同年天启

平生数子天一方,今夕何夕情难忘。荷衣揽蕙气芬芳,册府两公同舍郎[1]。昆仑方轨万里长,西城却望天苍苍。秋庭风雨翻幕狂,夜语蔡侯同一堂。张侯老笔森矛枪[2],文词楚些遗塞羌。胸中水镜谁否臧,学三百困羞裹粮。思如决渎万仞岗,大编小轴山压床。城南买屋君舍旁,疲骖日附骥尾骧。我惭昧道由四隍,人如燕宋初束装。听君雄辩神扬扬,却思得一愁十亡。邓侯韫椟价不偿[3],有方未试聊贮囊。起家牛斗玉笥乡,鸿骞早入鹓鹭行。和鸾采齐要骈骦[4],一铎便足谐宫商。知君云壑有松房,南阳未耕心霸王。玉池复说夜有光,仙人藏丹金鼎黄。愿分神潢浴骨香,非我其人惭德凉。蔡侯发迹江滥觞[5],闭笼只欲擘海翔。此公事业未渠央,六奇他日吾所望[6]。乌号张月刀莹霜,裂五单于加印章[7]。穰苴可但虚斩庄,遭时立志未忘。白狨得瞀宁非祥[8],嗟予企踵不及墙。逢君如渴御蔗浆,怯虽如鼠犹胆张。

校注

[1] 册府：一为古代帝王藏书之所；二为翰院。"册府两公同舍郎"指邓慎思、张文潜、蔡天启。　　[2] 张侯：指张耒。　　[3] 邓侯：指邓慎思。韫椟：即"韫椟而藏"之典，出自《东周列国志》，把东西放在柜子里藏起来，旧时也比喻怀才隐退。　　[4] 采，原作"乘"，据《柯山集》改。骕骦：亦作"骕骦"，良马名。　　[5] 蔡侯：指蔡肇，字天启。　　[6] 六奇：《汉书·陈平传》载，汉代陈平曾六出奇计，协助刘邦建立和巩固汉室政权。后泛指出奇制胜的谋略为六奇。　　[7] 五单于：《汉书》卷九四下《匈奴传下》载，西汉后期，匈奴势弱内乱，分立为五个单于。后泛指匈奴各部首领。　　[8] 白犊：即"牛生白犊"之典。《淮南子·人间训》：昔有宋人，家无故牛生白犊，以问先生。先生曰："此吉祥，以飨鬼神。"

杨　时
（1053—1135）

字中立，学称龟山先生。南剑州将乐（今属福建）人。神宗熙宁九年（1076）进士，调官不赴，又学于程颢、程颐。高宗即位，召为工部侍郎兼侍读。建炎二年（1128），以龙图阁直学士提举杭州洞霄宫。卒谥文靖。著有《龟山集》《二程粹言》等。今录戏谑诗2首。

戏赠詹安世[1]

彩舟驻阊门，初与子相识。长空翥秋隼，爽气横八极。摛辞镂圭璋[2]，吐论森剑戟。邓侯不愿仕，志在书竹帛。长缨系单于，落落蕴奇策。气吞流沙外，意无燕然北。虎牙有余勇，戎虏非强敌[3]。会当朔风劲，仗钺控鸣镝。老夫惭衰谢，见子徒感激。平生谬经纶，此意已寥寂。信哉功名会，事道古难必。穷通付时命，未足为悦戚。余生如鼹鼠，满腹微分毕。行矣脱簪缨，翛然适吾适[4]。

校注

[1] 题下自注：善谈兵，慕耿弇之为人，故有虎牙之句。　　[2] 摛辞：亦作"摛词"，铺陈文辞。圭璋：两种贵重的玉制礼器。语本《诗经·大雅·卷阿》："颙颙卬卬，如圭如璋。"　　[3] 戎虏非，原作"边塞失"，据清顺治杨令闻雪香斋刊本改。　　[4] 自注："安世乃司业之子，年少未受官。"

吴子正招饮时权酒局不赴作诗戏之[1]

寒炉火冷浮青烟，劲风刮面如戈铤。凝阴不动天欲雪，竟日兀兀成拘挛。广文才名四十年，天寒坐客犹无毡。参军官小技能薄，寂寞冷坐诚宜然。忘形杜老偶相觅，传呼歌舞开华筵[2]。嗟予简书固可畏，不得对饮檐花前。谩有糟浆逆人鼻，汝阳口角空流涎[3]。可能更似苏司业，只与时时送酒钱。[4]

校注

[1] 吴子正：名思，福建邵武人，元丰三年（1080）举进士，以监大观库致仕。大观元年（1107）卒。据称有文集五十卷，《契丹西夏录》十卷。杨时作《吴子正墓志铭》，见《龟山集》卷三十。　　[2] 李白《春夜宴从弟桃花园序》云："开琼筵以坐花，飞羽觞而醉月。"　　[3] 杜甫《饮中八仙歌》："汝阳三斗始朝天，道逢曲车口流涎，恨不移封向酒泉。"　　[4] 苏司业：指苏源明，《唐书》本传载：京兆武功人。天宝间及进士第，累迁太子谕德。出为东平太守。召为国子司业。安禄山陷京师，以病不受伪署。此联出自杜甫《戏简郑广文虔兼呈苏司业源明》："赖有苏司业，时时乞酒钱。"

谢举廉　字民师，新淦（今属江西）人。神宗元丰八年（1085）与其父懋、叔岐、弟世充为同第进士，时称"四谢"。著有《上金集》《蓝溪集》，均佚。今录戏谑诗1首。

戏题《指纹斗牛图》[1]

左者前其角，右者后其足。浼君双指螺[2]，战此两觳觫。草长水远日悠悠，不向桑间自在休。蜗头尚可屠蛮触[3]，壁上从今斗二牛。

校注

[1] 指纹：即指纹画。　　[2] 浼（měi）：污染。指螺：即六指螺，水字螺。螺旋形的指纹。
[3] 蛮触：《庄子集释》卷八下《杂篇·则阳》云：有建立在蜗牛角上的两个国家，右角上的叫蛮氏，左角上的叫触氏，双方常为争地而战，伏尸数万。后以"蛮触"比喻因小事争吵的双方。

吴　可　字思道，号藏海居士。金陵（今江苏南京）人，一说瓯宁（今福建建瓯）人。大观进士。宋室南渡后，流寓东南。著有《藏海居士集》《藏海诗话》等。今录戏谑诗2首。

过许醉吟痛饮月下戏书

尘埃没我马，掉鞅吟公诗[1]。诗中有江山，不觉在京师。下马自叩门，来寻元紫芝[2]。欲扫名利心，笑挹丘壑姿。东檐坐无毡，北风吹酒卮。蟹螯互劝酬，坠车两不辞[3]。听公击节吟，悲壮亦自奇。看公醉山倒，了不遣客归。客归意亦好，月色到处随。诗成月下写，淡墨任倾欹。平生不知韵，兴来聊续之。词达语更正，识者未必嗤。

校注

[1] 掉鞅：《左传·宣公十二年》："吾闻致师者，左射以菆，代御执辔，御下两马，掉鞅而还。"杜预注："掉，正也；示闲暇。"　　[2] 元紫芝：即元德秀（696—754），字紫芝，世居太原（今属山西），后徙鲁山（今属河南），郡望河南（今河南洛阳）。玄宗开元二十一年（733）进士及第。曾为鲁山令，世称"元鲁山"。　　[3] 用"王恺坠车"典。

戏作冷语[1]

□□□□□□，□□□□□□。□□□□思如冬，露下紫薇花影中。长哦白雪明光宫[2]，众泉涌此万卷胸。

校注

[1] 韩子苍（驹）与曾公衮（纡）、吴思道（可）戏作冷语，子苍云："石崖蔽天雪塞空，万仞阴壑号悲风。……"公衮云："万山云雪阴霾空，千林雾凇水摇风。……"思道云云。此格起于晋人之危语也。　　[2] 明光宫：汉宫名。汉武帝置。一在北宫，太初四年（前101）秋建，南与长乐宫相连。一在甘泉宫，为武帝求仙而建。

字文潜，号柯山，人称宛丘先生、张右史。祖籍亳州谯县（今属安徽），生长于楚州淮阴（今江苏淮阴），神宗熙宁六年（1073）进士，历任临淮主簿、著作郎、史馆检讨。哲宗绍圣初，以直龙图阁学士知润州，未几，改宣州。宋徽宗初，召为太常少卿，出知颍州、汝州。苏门四学士之一。著有《柯山集》《宛丘先生文集》。今录戏谑诗28首。

代 嘲

过作抛人去，非真我独知。如何立不定[1]，却有独来时。

校注

[1]《庄子·天地》："纯白不备，则神生不定；神生不定者，道之所不载也。"

围棋歌戏江瞻道兼呈蔡秘校[1]

蔡子围棋非我敌，我谨事之如大国。主盟召会不敢辞，近忽凭陵有骄色。邹人战鲁固非宜，于越入吴谁可测[2]。愿君勿以大自骄，知小深谋战须克。区区江子似邾娄[3]，我如强鲁端能役。凌兢螳臂屡见拒，我但怜子心难得。近来措置尤小狞，何异穿窬时有获[4]。可怜痴将不知兵，请视吾旗岂冥北。饥鱼贪饵不知钩，口虽暂美身遭食。虽然吾亦守疆场，防患犹须谨孟贼。上攀蔡子虽已辽，晋楚周旋终有日。下观江子行逾远，我进駸駸未知极。嗟予自谓敢忘谦，事有真诚难掩抑。为君聊发一笑端，欲开吾棋视斯檄。

校注

[1] 江瞻道：作者诗友，生平不详。张耒在福昌任上时，其与晁应之、陈器之、周楚望、荣子邕、张嘉甫、江瞻道等人相互酬唱。秘校：原指秘书省校书郎。后沿用指新擢第者。 [2] 于越：春秋时越国，地处今浙江省一带。《春秋·定公五年》："于越入吴。"杜预注："于，发声也。" [3] 邾娄：即邾国。春秋时诸侯国名。《公羊传·隐公元年》："三月，公及邾娄仪父盟于眜。"何休注："邾人语声后曰娄，故曰邾娄。" [4] "近来"二句：近来处置已经加重了，为什么偷窃仍时有发生呢？穿窬(yú)：亦作穿踰，挖墙洞和爬墙头，指偷窃行为。

和仲车元夜戏述[1]

华灯耀广陌，皎月临重城。惟我二三子，柴门通夜肩。展书对明烛，浊酒徐徐倾。峥嵘千万虑，一醉皆能平。

校注

[1] 仲车：徐积（1028—1103），北宋聋人教官。字仲车，楚州山阳（今江苏淮安）人。因晚年居楚州南门外，故自号南郭翁。三岁父殁，因父名石，终身不用石器，行遇石，避而勿践。事母至孝，母亡，庐墓三年，哭不绝音。

昨夜月中一睡殊有秋色觉书所见戏呈道孚[1]

幽人息遥夜，四听市声寂。月华清可掬，天色绀欲滴。候虫先知秋，微响出阴壁。精荧高露湿，断续残河白。兴怀我自出，抱器方待择[2]。感时当有作，陋巷奏金石[3]。予方问农圃，朝市嗟扫迹。先寒戒裘褐，岁暮养老客。

校注

[1] 道孚：杨克一，字道孚，一字吉龙。张耒甥。善画竹。哲宗元符初，为历阳州司法参军。

[2] 抱器：《易·系辞下》："君子藏器于身，待时而动，何不利之有。"后以"抱器"喻怀才待时，不苟求名利。　[3] 金石：指钟磬一类乐器。《国语·楚语上》："而以金石匏竹之昌大、嚣庶为乐。"韦昭注："金，钟也；石，磬也。"

嘲南商

两袖全匹帛，望知江淮客。深藏计算苦，好斗意气窄。愁逢汤饼碗[1]，遇鲊论瓷咋[2]。市南沽茅柴[3]，归店两颧赤。

校注

[1] 汤饼：水煮的面食。《释名·释饮食》："蒸饼、汤饼、蝎饼、金饼、索饼之属，皆随形而名之也。"宋黄朝英《缃素杂记·汤饼》："余谓凡以面为餐具者，皆谓之饼，故火烧而食者呼为烧饼，水瀹而食者呼为汤饼，笼蒸而食者呼为蒸饼。"　[2] 鲊（zhǎ）：古人为防止鲜鱼变质，加以处理的一种方法。以鱼加盐等调料腌渍之，使久藏不坏，古代称为"鲊"。《说文·鱼部》："鲊，藏鱼也。"

[3] 茅柴：茅柴酒，村酿薄酒。亦省作"茅柴"。明冯时化《酒史·酒品》："茅柴酒：恶酒曰茅柴。"

苏叔党吕知止许下见访叔党有诗戏赠以此奉答[1]

三年齐安有江山，可当中原故人面[2]。北来尘埃逢故人，眼前却作江山见。君似江山定不疏，能出吾言世亦无。苏郎下笔妙无敌，吕郎与谈惊未识。凤雏骥子未宜轻，囊空各有千金璧[3]。赠君锦绣与琼瑶，报我琅玕金错刀[4]。溪毛潢污未相弃，岁暮与君甘缊袍[5]。

校注

[1] 崇宁五年（1106），张耒自黄州贬所还许昌，苏过与吕知止造访，作诗戏赠。张耒作此诗回赠。苏叔党：苏过，字叔党，号斜川居士，眉山（今属四川）人，苏轼少子。许下：指许（地名），今河南省许昌市。　[2] 齐安：古郡县名。故治在湖北黄冈西北。故人：这里指苏过、吕知止。

[3]"凤雏"二句：凤雏：幼凤。《洞冥记》："方朔再拜于帝前曰：'臣东游万林之野，获九色凤雏。'"这里也有俊杰之意。骥子：良马。汉桓谭《新论·求辅》："于边郡求得骏马，恶貌而正走，名骥子。"比喻英俊的人才。囊空：袋中无钱。　[4]"赠君"二句：友人之间互赠美好的物品。锦绣：花纹色彩精美鲜艳的丝织品，比喻美丽或美好的事物。琼瑶：指美玉。《诗经·卫风·木瓜》："投我以木桃，报之以琼瑶。"琅玕：似珠玉的美石。《尚书·夏书·禹贡》："厥贡惟球、琳、琅玕。"金错刀：古代钱币名，泛指钱财。　[5]"溪毛"二句：溪毛：溪边野菜。语出《左传·隐公三年》："苟有明信，涧溪沼沚之毛……可荐于鬼神，可羞于王公。"杜预注："溪，亦涧也。毛，草也。"潢污：积水的低洼地。缊袍：以乱麻衬于其中的袍子。古贫者无力具丝絮，仅能以麻着于衣内，故称缊袍。

对莲花戏寄晁应之[1]

平池碧玉秋波莹，绿云拥扇青瑶柄[2]。水宫仙女斗新妆，轻步凌波踏明镜[3]。彩桥下有双鸳戏，曾托鸳鸯问深意。半开微敛竟无言，裹露微微洒秋泪[4]。晁郎神仙好风格，须遣仙娥伴仙客[5]。人间万事苦参差，吹尽清香不来摘[6]。

校注

[1] 晁应之：行十七，元丰年间知永宁县（今河南洛宁）。此诗大约是元丰三年（1080）所作，当时张耒在寿安（今河南宜阳）做县尉。永宁与寿安是邻县。张耒在寿安作有《赠晁十七》诗。

[2] 青瑶柄：形容莲叶的梗犹如绿色美玉琢成。　[3]"水宫"二句：水宫仙女，比喻荷花。曹植

《洛神赋》有"迫而察之，灼若芙蕖出绿波"之句，以出水荷花比喻洛神。这里反过来以仙女比喻荷花。　　[4]"彩桥"四句：半开微敛，形容荷花初开花瓣微微收敛的形态。　　[5]"晁郎"二句：作者《赠晁十七》诗云："应之风骨世绝伦，濯濯芳柳当青春。琼瑶冰雪照一坐，我恐子是神仙人。"仙娥，这里比喻荷花。　　[6]"人间"二句：人事难全，眼看荷花芳香将被秋风吹尽，却还不见晁郎来同赏荷花。

二十三日晨欲饮求酒无所得戏作

张君所欲一壶酒，百计经营卒无有。夜来客至瓶已空，晨起欲饮还戒口。努力忍穷甘寂淡，人间万事如反手。百壶一醉有底难，造物戏谑君须受。

未病臂比已平独挽弓无力客言君为史官何事挽弓戏作此诗

君不见吾乡少年曹子桓[1]，文章七步相后先。有时掷笔事弋猎[2]，邀轻截骏驰平原。濊貊名弓燕代马[3]，射雉归来燕清夜。一闻惊倒荀令君[4]，何物书生乃知射。我虽把笔笑腐儒，束腰待悬玉鹿卢[5]。自从病臂忧亲友，百嗜为之心一枯。降疠无名天悔祸，夺之而与复完躯。但惭未使杯安肘，犹负当年门挂弧[6]。便使凄凉身未伏，略闻弓马气犹粗。莫谓早衰须袖手，将军臂折尚平吴[7]。

校注

[1] 曹子桓：即魏文帝（220—226年在位），曹丕，字子桓。《燕歌行》是现存较早的文人七言诗。所著《典论·论文》，是我国文学批评的较早著作。有《魏文帝集》。　　[2] 弋，原作"戈"，据清康熙吕无隐抄本（以下简称"吕本"）改。　　[3] 濊貊：古族名。生活在华北一带，属于东夷的一支。《三国志·魏志·夫余传》记载："夫余……国有故城，名濊城，盖本濊貊之地，而夫余王其中。"[4] 荀令君：《襄阳记》："刘季和性爱香，尝上厕还，过番炉上。主簿张坦曰：'人名公作俗人，不虚也。'季和曰：'荀令君至人家，坐处三日香。为我如何令君，而恶我爱好也。'"东汉尚书令荀彧衣有浓香。后因用作咏宰相风度。　　[5] 玉鹿卢：古代长剑剑首鹿卢形的玉饰。后用以代称剑。唐杜牧《重送》诗："手捻金仆姑，腰悬玉鹿卢。"　　[6] 挂弧：语本《礼记·内则》："子生，男子设弧于门左。"后因以"挂弧"指生男孩。宋程大昌《感皇恩·生朝》词："七十有三番，挂弧门首。此事从来信希有。"　　[7] 用西晋名臣羊祜早年因堕马折臂之事，抒发为国立功的壮志和爱国精神。

二月三日舣舟徐城戏呈戚郎[1]

自嗟为客久，羁旅过淮时。雪野挑蔬瘦，霜天暖酒迟。流年下坡毂，万事一枰棋。异日怀陈迹，孤舟近古祠[2]。

校注

[1] 戚郎：不详。　　[2] 化用宋苏舜钦《淮中晚泊犊头》："晚泊孤舟古祠下，满川风雨看潮生。"

僦居小室之西有隙地不满十步新岁后稍暖每开户春色斗进戏名其户曰嬉春因为此诗

苍苍老桧已消雪，冉冉烟芜欲斗妍。围得青春数亩地，断将平楚一方天。春风入户如相觅，新月低窗最可怜。老子婆娑便终日，一壶春酒与周旋。

大暑戏赠希古[1]

去年挥汗对淮流，寒暑那知复一周。土润何妨兼伏暑，火流行看放清秋。鬓须总白难相笑，观庙俱闲好并游。只怕樽前夸酒量，一挥百盏不言休。

[1] 希古：常安民，字希古，邛州（今四川邛崃）人。神宗熙宁六年（1073）进士，授应天府军巡判官。徽宗立，提点永兴路刑狱公事，改通判郓州。入元祐党籍，流落二十年。

中秋无月戏呈希古年兄[1]

放逐江湖一钓舟，萧条故国又逢秋。炎凉始信来如旧，岁月相催逝不留。日落千蛮喧户牖，风高一雁下汀洲。地无积潦蟾华好，谁买新醪作夜游。

校注

[1] 年兄：科举制度中同榜登科者称为同年，互称年兄。主试人对所取中的门生有时亦用此称呼。

戏赠张嘉甫[1]

铁锁沉渊谁敢干，塔中古佛澹无言。岁穷故里何时到，舟泊危亭尽日闲。博士虀盐稀把酒，腐儒冰葛惯冲寒[2]。篮舆未怯浮梁险，兴发犹能走马鞍[3]。

校注

[1] 张嘉甫：一作张嘉父，名大亨，诗人朋友，亦为东坡旧友。　[2]"博士"二句：博士：博通古今的人。虀（jī）盐：腌菜和盐，指清贫生活。　[3]"篮舆"二句：浮梁：即浮桥。兴发：高兴起来。

戏同小儿作望南京内门[1]

别都制度拟王畿，双阙岩峣望太微[2]。万乘旂常难望幸[3]，九天楼观自相辉。百年龙虎兴王气，万雉金汤却敌威。一梦江南尚淹泊，风尘似欲变征衣。

校注

[1] 南京：古都名。宋大中祥符七年（1014），因应天府为赵匡胤旧藩，建为南京。地址在今河南商丘市南。建炎元年，高宗继位于南京，即此。　[2]"别都"二句：描写了南京城宏大的规模、高峻的城阙。别都：五代时商丘称宋州，真宗景德三年（1006），升宋州为应天府，大中祥符七年（1014）又升应天府为南京，时人又称南都、别都，其地位及建筑规模仅亚于京畿之地——汴京。王畿：古指王城周围千里的地域，泛指帝京。岩峣（tiáo yáo）：亦作"岧峣"，高峻；高耸。太微：古代星官名。三垣之一。位于北斗之南，轸、翼之北，大角之西，轩辕之东。诸星以五帝座为中心，作屏藩状。用以指朝廷或帝皇之居。　[3] 万，原作"高"，据吕本改。旂常：旂画交龙，常画日月，指王侯的旗帜。

耒尝病痹亲友以酒为戒作小诗戏答[1]

离骚仅得比痛饮[2]，旨酒何曾废善言。因病细斟尤有味，无人独酌亦成欢。何须巾漉醅浮蚁，不待杯邀月入樽。但看井眉瓶作土，鸱夷仍自稳随轩[3]。

校注

[1] 病痹：患风痹病。　[2] 离骚：《史记·屈原贾生列传》："离骚者，犹离忧也……屈平之作《离骚》，盖自怨生也。"　[3] 鸱夷：指盛酒器。《艺文类聚》卷七二引汉扬雄《酒箴》："鸱夷滑稽，腹如大壶，尽日盛酒，人复藉酤。"

戏呈希古[1]

半世辛勤守黄卷，白头容易过青春。枕前亦觉春晴否，试问东邻晚起人。[2]

校注

[1] 希古：常安民，字希古。见前注。　[2] 晚，吕本校：一作未。

晁二家有海棠，去岁花开，晁二呼杜卿家小娃歌舞，花下痛饮。今春花开，复欲招客，而杜已出守，戏以诗调之[1]

颇疑蜂蝶过邻家，知是东墙去岁花。骏马无因迎小妾，鸱夷何用强随车。

校注

[1] 晁二：晁补之，字无咎，行二。见《宋史》卷四四四《晁补之传》。小娃：杜卿家姬，妙歌舞。尝为张文潜、晁二等诗人侑酒。后小娃随杜卿去往他地。文潜再去觅寻芳踪，却见景物依然，人去楼空，于是作此诗叹息。

黄州酒务税宿房北窗新种竹戏题于壁[1]

异时小杜高眠地，几向秋风听楚江[2]。身世浮云那可计，试留双竹守寒窗[3]。

校注

[1] 绍圣四年（1097），元祐旧臣多被编管，居处安置，张耒被贬黄州，监黄州酒税、矾务。这首诗就是张耒被贬黄州时所作。　　[2]"异时"二句：小杜：即杜牧。会昌二年（842），杜牧外放为黄州刺史。　　[3] 寒窗，原作"窗寒"，据吕本乙改。

斋中列酒数壶皆齐安村醪也今旦亦强饮数杯戏成呈邠老昆仲二首[1]

其一

曾尝玉皇碧琳腴[2]，不醉长安市上酤[3]。饮湿先生今已矣[4]，啜醨留得与门徒[5]。

校注

[1] 邠老：潘大临，字邠老，本闽人，后占籍齐安（今湖北黄冈）。为江西诗派著名诗人。[2] 碧琳腴：传说中的仙酒。　　[3] 此联自注：作史官时，岁六节赐御醪。酤：指买酒。　　[4] 饮湿：谓家贫酒少，饮之仅能湿唇。饮湿先生指苏轼。　　[5] 醨，原作"醪"，据吕本改。此联自注：东坡云三年黄州城，饮酒但饮湿。

其二

放逐江边长苦饮，壶浆尚敢较醇醨[1]。中都光禄多新酿，不解随人得一卮。

校注

[1] 醇醨：厚酒与薄酒，酒味的厚与薄。宋王禹偁《北楼感事》诗："樽中有官酝，倾酌任醇醨。"

嘲无咎夜起明灯听慎思诵诗[1]

翠屏香暖秋眠稳，霜冷宝奁金错刀[2]。谁信苦吟无睡客，挑灯起听楚人骚。

校注

[1] 无咎：晁无咎。慎思：邓忠臣，字慎思，一字谨思，长沙（今属湖南）人。神宗熙宁三年（1070）进士。《同文馆唱和诗》十卷中收有与余干、张耒、晁补之等人唱和诗。　　[2] 金错刀：古代钱币名，泛指钱财。

出伏调潘十[1]

伏尽热随尽，古语常有凭。淮南岁苦旱，秋暑郁方蒸。老火炽而焰，弱金融未凝。火云大江沸，烈日群山颓。平生白羽扇，挥拂何功能。蓬头卧永昼，起冠汗沾缨。柯山屡空子，贫病复相仍。衡茅未可诣，作诗问寝兴。

校注

[1] 潘十：潘大临，字邠老，行十。此诗描写黄州城夏天炎热之情形。

迁居罗溪潘邠老昆仲比以火惊相见殊阔作诗调之[1]

毕方逐未去[2]，里巷时狂走。念君箪瓢外，颜室空空有。误忧黎元谩，炟赫惊户牖。我虽厌迁次，寒突黔已久。平生昧奇字，安得君载酒。

校注

[1] 溪，原作"汉"，据吕本改。　　[2] 毕方：木神。《韩非子·十过》云："昔者黄帝会鬼神于泰山之上，驾象车而六蛟龙，毕方并辖。"《淮南子·氾论训》云："木生毕方。"注曰："毕方，木之精也，状如鸟，不食五谷。"

戏二潘[1]

眊矂柯山客，还家只醉眠。桂堂浑忘却，蝉室故依然。未用临书卷，聊须办酒钱。所欣家有弟，乡校首称贤。[2]

校注

[1] 二潘：潘大临（1090 年前后在世），字邠老，一字君孚，潘鲠之子。其弟潘大观，世人皆称其为二潘。　　[2] 自注：黄州奉行学制，仲达首与学谕之选。

闻邠老下第作诗迎之

淡墨高张动禁城，风驰电落走寰瀛。从来万卷贮便腹，可得千人无一名。且向江边伴逐客，会须天上冠群英。遥思匹马千山里，孤店村深听晚莺。

久不见潘十作诗戏之闻其别墅晚稻稍收[1]

谁云世不容吾道，自是穷常逐我曹。未能下帷授老子[2]，且复痛饮读《离骚》。雨多园圃一惨淡，秋霁山川开泬寥。裹饭送君吾岂敢，黄云杷穜连东皋。

校注

[1] 潘十：潘大临。在柯山脚下，张耒与苏轼弟子潘大临结为紧邻，相互往来，饮酒作诗。
[2] 下帷：放下室内悬挂的帷幕。指教书。《史记·儒林列传》："下帷讲诵，弟子传以久次相授业，或莫见其面，盖三年董仲舒不观于舍园，其精如此。"

戏作雪狮绝句[1]

六出装来百兽王[2]，日头出后便郎当。争眉霍眼人谁怕，想你应无熟肺肠。

校注

[1] 雪狮：用雪塑的狮子。北宋的贵族之家，每逢隆冬，开筵宴乐，塑雪狮是一种豪华的排场。
[2] 六出：所谓"六出"，即是雪花六出之略，又是唐宋狮子戏的术语。来，《山堂肆考》作"成"。

卷十四

潘大临
（1090 年前后在世）

字邠老，一字君孚，潘鲠之子。江西诗派诗人，黄州（今属湖北黄冈）人。从苏轼、黄庭坚、张耒游，雅所推重。今录戏谑诗 2 首。

诗一首[1]

胡子云中白鹤，林生初发芙蓉。吴十九成雅奏，饶三百炼奇锋。南州复见高士，东山行起谢公。信祖真成德祖，立之无愧行中。吴生可共南郡，老夫宁附石崇。闻雅已倾重客，说谈仍得王戎。冠盖城南高会，山阴未扫余风。客散日衔西壁，主人不道尊空。

校注

[1] 宋阮阅《诗话总龟》前集卷八引《王直方诗话》：癸未三月三日，徐师川、胡少汲、谢夷季、林子仁、潘邠老、吴君裕、饶次守、杨信祖、吴迪吉见过，会饮于赋归堂，亦可为一时之盛。潘一作诗，历数其人云云。徐师川辈皆言此诗殊不工，又六字无人曾如此作。想为五言亦可，遂去一字，句皆可读。至"老夫附石崇"，坐客无不大笑。

张文潜齐安行解嘲[1]

为邦虽陋勿雌黄，我曾侍立苏公旁。见公颜色不憔悴，不似贾谊来江湘。它州虽粗胜吾州，无此两公相继游。

校注

[1] 宋阮阅《诗话总龟》前集卷三引《王直方诗话》。

刘廷世

疑为刘延世之误。延世，字王孟，一字述之，新喻（今江西新余）人。刘敞从子，少有盛名。诗人、画家，善写竹墨。今录戏谑诗 1 首。

戏作墨竹[1]

霜雪不侵君子操，丹青难貌野人心。须向翰林邀墨客，潇湘烟雨伴行吟。

校注

[1]《声画集》卷五。

陈　瓘
（1057—1124）

字莹中，号了斋，南剑州沙县（今属福建）人。神宗元丰二年（1079）进士探花，授招庆军掌书记。历任礼部贡院检点官、越州、温州通判、左司谏等职。著有《了斋集》，已佚。今录戏谑诗 2 首。

文饶自京师还欲往昌国而风作不可渡乃为绝句戏之[1]

欲冲高浪却沉吟，酒近瀛洲懒得斟。莫道颠风无好意，为君吹过远归心。

校注

[1] 文饶：即苏文饶，生平不详，官大监。

花光仁禅师以墨戏见寄以小诗致谢

禅心已出包区宇[1]，墨海翻腾作雪梅。三昧笔端俱戏事[2]，定余幽室暗香来。

校注

[1] 禅心：佛教语。谓清静寂定的心境。 [2] 三昧：佛教语。梵文音译。又译"三摩地"。意译为"正定"。谓摒除杂念，心不散乱，专注一境。《大智度论》卷七："何等为三昧？善心一处住不动，是名三昧。"

张继先 (1092—1127)	字嘉闻，又字道正，号翛然子。贵溪（今属江西）人。北宋末著名道士。元符三年（1100）嗣教，徽宗崇宁四年（1105）赐号"虚靖先生"。靖康二年（1127）羽化，葬安徽天庆观。著有《虚靖语录》七卷。今录戏谑诗1首。

戏　吟

落魄正当年，人皆笑我颠。乾坤时运动，沧海渺无边。

孙　实	字若虚，吴中（今属江苏苏州）人。早年从朱长文学，后游太学，哲宗元祐三年（1088）进士。孙实性聪敏滑稽，尝作赋嘲笑郡庠牛姓学生，又集经籍语作诗讥笑同舍生。《全宋诗》存诗二首。今录戏谑诗1首。

书语集句诗讥一老生[1]

孜孜为善鸡鸣起[1]，先生之道斯为美[2]。四十五十无闻焉，斯亦不足畏也已[3]。

校注

[1]《孟子·尽心上》："鸡鸣而起，孜孜为善者，舜之徒也；鸡鸣而起，孜孜为利者，跖之徒也。" [2]《论语·学而》曰："礼之用，和为贵，先王之道斯为美。" [3]《论语·子罕》曰："后生可畏，焉知来者之不如今也，四十五十而无闻焉，斯亦不足畏也已。"

李　廌 (1059—1109)	字方叔，号太华逸民、济南先生。华州（今属陕西渭南）人。早年以文章受知于苏轼，但两次应举均告失败，遂绝意仕进。有《济南集》（一名《月岩集》）二十卷，已佚。今辑为八卷，其中诗四卷。今录戏谑诗3首。

求茶戏丘公美

公美方自灵隐来[1]，面上灰土衣尘埃。自言夜借僧榻眠，白日买酒不惜钱。半月等得头水茶[2]，欲求善价先还家。君不见边孝先[3]，瞌睡昼多眠。点茶追清兴，诚与真性便。闻君结交素奇伟，朋友须求无逆意。苟惠上品一斤来，庶全见利而思义。

校注

[1] 灵隐：山名，在浙江杭州西湖畔，山麓有灵隐寺。 [2] 头水茶：即上品茶。 [3] 边孝

先：边韶，东汉人，字孝先。以文学名，从之者数百人，常昼日假寐，弟子私嘲之曰："边孝先，腹便便，懒读书，但欲眠。""韶潜闻之，应声对曰：'边为姓，孝先字。瞋便便，五经笥，但欲眠，思经事。寐与周公同梦，静与孔子同意，师而可嘲，出何典记。'闻者大惭。"

戏赠史次仲[1]

世俗匪吾谋，嘉篇常见投。旧交皆炫曜，夫子独淹留[2]。礼乐尚虚器，衣冠何自囚。只应凉冷后，萧飒更清秋。

校注

[1] 史次仲：《舆地纪胜》卷一九一《大安军》载："史次仲，为大安教授，逢逆曦之变，为逆曦所招，欲以伪污之，遂以桐油点两目，不能视物，得归医疗。曦被诛，始复入仕。" [2] 独，近人李之鼎宣秋馆《宋人集》丙编本作"犹"。

晓至长湖戏赠德麟[1]

桐实离离楸带长[2]，玉鞭骄马度垂杨。黄茆野店人争看，篱上红眉粉额妆。

校注

[1] 长湖：位于荆州、荆门、潜江三市交界处，是湖北省第三大湖泊，由古云梦泽变迁而成的长条状河间洼地大湖泊。德麟：当是赵令畤，字德麟。 [2] 楸，原作"秋"，据《永乐大典》卷二二六七改。

> **蔡 肇**
> **（？—1119）**
> 字天启，润州丹阳（今属江苏）人。神宗元丰二年（1079）进士。官拜中书舍人。工诗善画，曾受知于王安石，又从苏轼游，诗名尤盛。著有《丹阳集》。今录戏谑诗 3 首。

和无咎奉答文潜戏赠

邓子词锋鲁孟劳[1]，刿钟刿玉尽铅刀[2]。风流陶谢枝梧困[3]，击节期君仆命骚。

校注

[1] 邓子：指邓慎思。孟劳：鲁国宝刀，后用作宝刀通称。《穀梁传·僖公元年》："孟劳者，鲁之宝刀也。" [2] 刿：刀砍。刿：割、截断。 [3] 枝梧：抵触、对抗。杜甫《夜听许十损诵诗爱而有作》："陶谢不枝梧，风骚共推激。"

小诗戏无咎

吴山楚水未忘怀[1]，暮雨朝云恨已乖[2]。纵免摩伽能毁戒，未妨泽室会千斋[3]。

校注

[1] 吴山楚水：指古时吴、楚两国所属地域。后指长江中下游一带。唐白居易《江南送北客因凭寄徐州兄弟书》："故园望断欲何如，楚水吴山万里余。" [2] 乖：不顺、不和谐。 [3] 泽室会千斋：即"泽室犯斋"。《后汉书·儒林传》：周泽少习《公羊严氏春秋》，建武末，征试博士。永平十年，拜太常。十二年，泽行司徒事，如真。泽性简，忽威仪，颇失宰相之望。数月，复为太常。清洁循行，尽敬宗庙。常卧病斋宫，其妻哀泽老病，窥问所苦，泽大怒，以妻干犯斋禁，遂收送诏狱谢罪。当世疑其诡激。时人为之语曰："生世不谐，为太常妻，一岁三百六十日，三百五十九日斋。"

和文潜初伏大雨戏呈无咎

城中鼎食排翠釜，羊胛驼峰贱如土。青衫学士家故贫[1]，斗米束薪炊湿雨。纵横图史照屋壁，呫嗫诗骚从稚乳[2]。省中无事骑马归，雨声一洗茅檐苦。急呼南巷同舍郎，听我临风有凉语[3]。且贪青简事文章，未有黄金买歌舞。往来诗卷牛腰许[4]，太羹玄酒并在户[5]。吾诗老涩邀使前，政坐可口收艰俎。

校注

[1] 故：通“固”，本来。 [2] 呫嗫（tiènié）：小声低语。《史记·魏其武安侯列传》：“生平毁程不识不值一钱，今日长者为寿，乃效女儿呫嗫耳语。”裴骃集解引韦昭曰：“呫嗫，附耳小语声。” [3] 凉，张耒《柯山集》作“清”。 [4] 牛腰：即“牛腰卷”。唐李白《醉后赠王历阳》诗：“书秃千兔笔，诗载两牛腰。”王琦注：“言其卷大如牛腰也。”后以“牛腰卷”喻诗文数量之多。宋周孚《赠萧光祖》诗：“田园一蚊睫，书卷百牛腰。” [5] 太羹：传说尧以肉汁作羹，没有盐等调味品，称为太羹。玄酒：祭祀用的清水。

宗 泽
(1059—1128)

字汝霖，婺州义乌（今属浙江）人，哲宗元祐六年（1091）进士，官东京留守兼开封府尹。整修武备、收容溃兵、联络义军，屡败金军。著有《宗忠简公集》。今录戏谑诗1首。

道逢乡人笑仆骀马之瘦

生笑长裾曳，仍羞下泽奔。据鞍非马援，叱驭岂王尊[1]。汗血能观国，的卢终感恩[2]。莫欺骀马瘦，挥策诸金门[3]。

校注

[1] 马援（前14—49）：东汉初期名将，字文渊，扶风茂陵（今陕西兴平东北）人。汉光武帝时，官至伏波将军，封新息侯。后进击武陵“五溪蛮”，病死军中，以马革裹尸而葬。王尊：西汉涿郡高阳（今河北高阳东）人，字子赣。少孤，牧羊泽中。 [2] 汗血、的卢：均指良马。的卢，三国时期刘备的坐骑，其奔跑的速度飞快，在三国历史中最显眼的一处便是背负刘备跳过阔数丈的檀溪，摆脱了后面的追兵，救了刘备一命。 [3] 金门：即金马门。

晁说之
(1059—1129)

字以道、伯以，因慕司马光之为人，自号景迂生，济州钜野（今山东巨野）人。神宗元丰五年（1082）进士，官中书舍人。与晁补之、晁冲之、晁祯之皆为当时文学家。今录戏谑诗35首。

夜行自戏六五言

触热褦襶几许[1]，我生何艰哉。九天星斗初转，汲井意徘徊。不解鸣珂帝所，踉蹡没尘埃。为问晚嫁卢姬[2]，一笑为谁开。

校注

[1] 褦襶（nàidài）：粗重肥大的衣服。大热天穿着粗重肥大的衣服。比喻不晓事理，不知进退。三国魏程晓《嘲热客》诗：“平生三伏时，道里无行车。闭门避暑卧，出入不相过。只今褦襶子，触热到人家。主人闻客来，嚬蹙奈此何。”宋章樵注：“褦襶，不晓事之名。” [2] “为问”句：卢姬，即卢女也，善奏乐器。相传为三国魏武帝时宫女。《乐府诗集·杂曲歌辞十三·卢女曲》宋郭茂倩题解：“卢女者，魏武帝时宫人，故将军阴升之姊。七岁入汉宫，善鼓琴。至明帝崩后，出嫁为尹更生妻。梁简文帝《妾薄命》曰：‘卢姬嫁日晚，非复少年时。’盖伤其嫁迟也。”

偶得双头莲花戏作

君子不见昭仪飞燕姊妹在汉宫[1]，同妍共丽媚赤凤，赤凤一日与俱逝长空[2]。又不见大舅小舅兄弟专晋亦何有，兄招千里兵，弟殒一杯酒[3]。嗟尔芙蓉芬芳姿，出水无染称瑰奇。亭亭各映清涟漪，高下浅深何不宜。尝游镜湖五月时，目极万叠青罗衣，一花独出擅朝晖。譬如神情散朗王夫人，不争铅黄桃李春[4]。又如君子立朝廷，朋而不倚自修正。何乃反常为异失故态，比之人事那足爱。只恐横塘知我有恨处[5]，故教绝艳相并语。莫言才气世无双，并蒂何如君看取。不然戏我坎壈此世每不偶，逢人好匹开笑口。

校注

[1] 子，四库本无"子"字。　昭仪：古女官名。汉元帝始置。为妃嫔中的第一级。昭仪，言昭显女仪，以示隆重。飞燕：指汉成帝赵皇后。《汉书·外戚传下·孝成赵皇后》："孝成赵皇后，本长安官人……学歌舞，号曰飞燕。"　[2] 赤凤：汉成帝皇后赵飞燕所通宫奴名。旧题汉伶玄《赵飞燕外传》："后所通宫奴燕赤凤者，雄捷能超观阁，兼通昭仪。"　[3] 此与"六卿专晋"典有关。[4] 铅黄：铅粉和雌黄。古代妇女化妆用品。唐卢纶《皇帝感词》："铅黄艳河汉，笑语合笙镛。"[5] 横塘：古堤名。三国吴大帝时于建业（今南京）南淮水（今秦淮河）南岸修筑。为百姓聚居之地。亦为约会之地。晋左思《吴都赋》："横塘查下，邑屋隆夸。"

大热戏作

仕板三十年，罪籍乃十岁[1]。妻儿叹朝夕，欲免饥寒累。尔来官南陬，长夏苦炎炽[2]。自疑吾其鱼，釜鬵方尽沸[3]。金石方流烁，况此病而悴。却顾妻儿笑，聊取一嬉戏。饥肠虽自鸣，寒冻非吾事。

校注

[1] "仕板"二句：从元丰五年（1082）中进士，到崇宁元年（1102）落邪籍十年。说之入仕三十年。　[2] 南陬：陬，阪隅也。此指说之出任之地。　[3] 釜鬵（qín）：皆为古代炊具。

乘小艇戏作

知章骑马似乘船[1]，我今乘船若骑马。舳鸣舻喷索莫驭，左磐右控手不把。稍稍风恬可骋望，忽忽波骇难游冶。既信河流怒颊豪[2]，不疑瞿唐不可下[3]。婆儿未用伧儿怪[4]，赤马能战驰马败[5]。伧儿自哂亦以屡，愧尔会稽夏仲御[6]。

校注

[1] 知章：贺知章。杜甫《饮中八仙歌》："知章骑马似乘船，眼花落井水底眠。"　[2] 怒颊：鼓腮。唐韩愈《祭河南张员外文》："钩登大鲔，怒颊豕狗。"　[3] 瞿唐：即"瞿塘峡"。　[4] 婆儿：年老的妇人，或指女仆。伧儿：粗蠢的童仆。[5] 自注：赤马是晋船名，驰马是吴船名。[6] 会稽：郡名。秦置，今江苏省东部及浙江省西部地区。夏仲御：即夏统。《晋书·夏统传》："后其母病笃，乃诣洛市药。会三日上巳，洛中王公已下并至浮桥，士女骈填，车服烛路。统时在船中曝所市药，诸贵人车乘来者如云，统并不之顾。太尉贾充怪而问之，统初不应，重问，乃徐答曰：'会稽夏仲御也。'"后形成"药船"之典，谓才学或孝行受人仰慕。

园中戏作白纻[1]

人间春色不须臾，芳草妌华不萦纡，杨花不分上空虚。宓妃一去百代无[2]，不如云外万乐俱。南斗鼓瑟北斗竽，与酬酢者非君徒[3]。

校注

[1] 白纻：亦作"白苎"。乐府吴舞曲名。南朝宋鲍照《白纻歌》之五："古称《渌水》今《白纻》，催弦急管为君舞。"　[2] 宓妃：相传伏羲氏之女，为洛水之神。《楚辞·离骚》："吾令丰隆乘

云兮，求宓妃之所在。"王逸注："宓妃，神女。" [3] 酬酢：宾主相互敬酒。酬，向客人敬酒；酢，向主人敬酒。泛指应酬交际。

闻圆机累日病酒戏作存问之[1]

善人有怒而无嗔，美酒何曾病著人。夫君自是愁鬼著，愁鬼一勺百气振[2]。夫君何以致愁鬼，十年一官冷于水。况令复似未第时[3]，酩酊长编痛料理。君言不觉身无聊，西家醾胜东家醪。是中有米亦可饱，枉费东坡歌小槽[4]。

校注

[1] 圆机：姓郭，名执中。华亭人。累官枢密承旨，哲宗元符中言事忤执政，斥居同谷，因家焉。高宗绍兴初，金人犯成州，执中集乡豪御之。金人遣使来招，执中斩其使于雷洞之垒前。晁说之多与之交往。 [2] 愁鬼，四库本作"美酒"。 [3] 令，四库本作"今"。 [4] 自注：圆机正看刘道原《长编疑事》。

戏 作[1]

终日一杯终日醉，看潮初上看潮回[2]。自疑前世陶贞白[3]，乘兴闲游鄮县来[4]。

校注

[1]《两宋名贤小集》题作"鄞江"。 [2] 上，四库本作"见"。 [3] 陶贞白：指南朝梁陶弘景。《云笈七签》卷五："（陶弘景）大同二年告化，时年八十五，颜色不变，屈伸如常，屋中香气，积日不散，诏赠中散大夫，谥贞白先生。" [4] 鄮县：指宁波。

予今春多入城戏作村里来绝句村里来是蛱蝶名滕王所画者[1]

蝴蝶催花一夜开，却愁春尽重徘徊。我身亦使滕王恨[2]，日日随渠春里来。

校注

[1] 村，四库本作"春"。 [2] 滕王：李元婴（？—684），祖籍陇西成纪（今甘肃秦安西北）。唐高祖李渊第二十二子，唐太宗李世民之弟。"工书画，妙音律，喜蝴蝶"，其画《滕王蛱蝶图》成为传世之作。

依韵和蔡天启任四明绝句三首时暂来四明便还丹阳颇不乐此后篇为四明解嘲[1]

其一

行尽三江失所夸[2]，便教信美岂吾家。却回扬子江头去，看种瓜洲子母瓜。

校注

[1] 蔡天启、任四明：皆作者朋友，生平不详。 [2] 三江：《尚书·禹贡》："三江既入，震泽底定。"蔡沈注："三江在震泽下分流，东北入海为娄江，东南入海为东江，并松江为三江。"《韵府群玉》："三江乃钱塘、扬子、松江。一云松江、钱塘、浦阳，一云在苏州。"

其二

真隐闲从鄮县来，三山仙蕊眼中开。此身自有华阳洞[1]，肯学秦阳叹老槐。

校注

[1] 华阳洞：传说中神仙所居的洞府。韩愈《答道士寄树鸡》："烦君自入华阳洞，直割乖龙左耳来。"

其三

未识凉风宝殿西[1]，宁惊海角有遗黎。玉筝无日尝瑶柱[2]，金马何人赏木犀[3]。

[1] 凉风：古代传说中的仙山名。在昆仑山上。《淮南子·地形训》：“县圃、凉风、樊桐，在昆仑闾阖之中。”　[2] 筝：四库本作“京”。　[3] 自注：二物明州之珍。　金马：指金制的马匹。木犀：常绿灌木或小乔木，叶有极浓郁的香味，可制作香料。通称桂花。有金桂、银桂、四季桂等品种。

秋日有感因诵王元之送文元公诗云追思元白在江东不似晁丞今独步之句戏作[1]

三吴山水喜秋风[2]，白蟹青虾甬水东。独步晁丞孙子到，谁怜憔悴众人中。

[1] 王元之：王禹偁（954—1001），字元之，济州钜野（今山东巨野）人。元白：中唐诗人元稹、白居易的并称。　[2] 三吴：一般是指吴郡、吴兴郡和会稽郡。

九日戏作[1]

无高可登无节序，无菊与泛无酒罇。归计知时凌海岳[2]，伤心成醉迷乾坤。冥冥烟雨翻愁思，急急风霜若苦言。安得北人来见我，会须暮出水东门。

[1] 九日：指农历九月初九，即重阳节。　[2] 知，四库本作“几”。

戏呈通叟年兄索其近诗[1]

归期若可数，何事此时情。春色雨中尽，客愁天际生。离骚烦尔传，月旦莫余评[2]。早韭周妻厌[3]，因因不肯鸣。

[1] 通叟：王观（生卒年不详），字通叟，如皋（今江苏省如皋市，一说海陵，即今泰州）人。胡瑗门人。嘉祐二年（1057），任大理寺丞、知江都县。　[2] 月旦：指旧历每月初一。月旦评：谓品评人物。　[3] 即“何肉周妻”。《南齐书·周颙传》：“（周颙）清贫寡欲，终日长蔬菜，虽有妻子，独处山舍。卫将军王俭谓颙曰：‘卿山中何所食？’颙曰：‘赤米白盐，绿葵紫蓼。’文惠太子问颙：‘菜食何味最胜？’颙曰：‘春初早韭，秋末晚菘。’时何胤亦精信佛法，无妻妾。太子又问颙：‘卿精进何如何胤？’颙曰：‘三涂八难，共所未免。然各有其累。’太子曰：‘所累伊何？’对曰：‘周妻何肉。’其言辞应变，皆如此也。”指修行中有所难舍，周有妻子，何要吃荤。

花开未几忽已落尽戏作

天涯花信误心期，狼藉残红只往时。怪底小怜浑不睡[1]，夜深惆怅梦周师[2]。

[1] 小怜：《北史·后妃传下·齐后主冯淑妃》：“冯淑妃名小怜，大穆后从婢也……慧黠能琵琶，工歌舞。”后用为弹琵琶的典故。宋张表臣《听琵琶》诗：“小怜破得春风恨，何似今宵月正高？”
[2] 周师：李商隐《北齐二首》其一：“小怜玉体横陈夜，已报周师入晋阳。”

二十六弟寄和江子我竹夫人诗一首爱其巧思戏作二首[1]

其一

莫愁妩媚主人卢，纤质交竿巧得模。绿粉敢争红粉丽[2]，鱼轩休比鹤轩疏[3]。女英漫对湘君泣[4]，子政徒青天禄书[5]。夹膝得名何不韵，秋来卧病竟何如[6]。

[1] 二十六弟：指晁冲之，行二十六。竹夫人：又叫青奴，是一种圆柱形的竹制品。暑时置床席

间，以憩手足的消暑器。呈笼状，用竹或金属制成。　　[2]绿粉：竹的别名。新笋成竹时，节间有粉，故称。红粉：借指美女。　　[3]鱼轩：古代贵族妇女所乘的车。用鱼皮为饰。鹤轩：指仙车。[4]女英：舜夫人，为尧之二女之一。唐韩愈《黄陵庙碑》："以余考之璞与王逸俱失也。尧之长女娥皇为舜正妃故曰君，其二女女英自宜降曰夫人也。"　　[5]子政：汉刘向，字子政。《汉书》卷三六《楚元王传》附《刘向传》："向字子政，本名更生。"传说他在天禄阁校书时，有仙人太一老向他传授典籍。天禄：即天禄阁。　　[6]自注：今竹夫人，唐人谓之竹夹膝，陆龟蒙《竹夹膝》诗云："最宜秋一室，偏与病相当。"　　夹膝：即竹夫人。

其二

寥寥故国漫玄卢[1]，内子可怜殊不模。拟比封君宁有实[2]，欲为节妇亦何疏。且休深妬斫桃树，枉是多愁织锦书[3]。贫士一妻常不饱，更烦讥谪几人如。

校注

[1]自注：玄、卢二水在孤竹国。　　[2]封君：受有封邑的贵族。秦汉以后，亦及妇女。[3]自注：阮宣武叹美桃花，妻便大妒，斫去其树。出自《妒记》。

河中戏作绝句

人物英雄异姓王，山河生气尚光铓。可怜只解夸佳丽，花落春空更断肠。

村馆寒夜忽忽不乐学古乐府当句对[1]

将此愁来同彼恨，肯饶庾信让江淹。雪翻愁绪风牵怨，月恋山空人倚帘。昨夜梦垂今日泪，一机素胜十端缣。无烦言话谁能听，小叔狂来阿母严。

校注

[1]忽忽，原作"匆匆"，据四库本改。　　当句对：严羽《沧浪诗话》："有就句对者，又曰当句有对。如少陵'小院回廊春寂寂，浴凫飞鹭晚悠悠'是也。"

八月十五戏作

称意中秋月满楼，只嫌歌扇遏云浮。不如风雨连天起，要得伊人也解愁。

次韵江子我见戏长句[1]

江家宅在多文史，兄弟论文讵我遗。长逝不来荒马鬣，后生亦老倦车帷。契成自卖宁无恨，诗到相嘲雅见知。山水尚怜天付与，暮年漂薄向仇池[2]。

校注

[1]江子我：江端友（？—1134），字子我，陈留（今属河南）人。靖康初（1126），为承务郎，赐进士出身，历官至太常少卿、两浙福建路抚谕使。有文集，已佚。　　[2]向，四库本作"尚"。仇池：山名，在甘肃省成县西。山有东西两门，盘道可登，上有水池，故名。

即事戏作五言[1]（二首）

其一

何处寂寥好，山城太守家。轻觜木竹笋[2]，大裹白朱砂[3]。君与旱莲比[4]，实非火候赊。一官还此是，百务莫淫哇。

校注

[1]《全宋诗》题注：诗原连作一首，据四库本改二首。　　[2]觜，自注：平。　　[3]白朱砂：人乳的别名。　　[4]旱莲：药草名。有两种，苗似旋覆而花白细者为鳢肠，花黄紫而结房如莲房者为

小连翘。都可入药。

其二

何处寂寥好，山城太守官。龙钟五品服，豹变一还丹[1]。旧恐三杯竭，新添两角寒。只应归去是，无责有余骧。

校注

[1] 豹变：喻人的行为变好或势位显贵。还丹：指炼就这种仙丹，得道成仙。

郡斋戏句（七首）

其一

乌髭四皓应无术[1]，沉醉三闾岂有方。将此衰残斋戒里，郡人应笑使君狂。

校注

[1] 四皓：指秦末隐居商山的东园公、甪里先生、绮里季、夏黄公。四人须眉皆白，故称商山四皓。高祖召，不应。后高祖欲废太子，吕后用张良计，迎四皓，使辅太子，高祖以太子羽翼已成，乃消除改立太子之意。事见《史记·留侯世家》《汉书·张良传》。

其二

一夫肆力能排闼[1]，万旅无谋漫仰关[2]。成败是非今有底，忍将鞭扑作威颜[3]。

校注

[1] 排闼：推门，撞开门。用《汉书》典。　[2] 仰关：仰攻函谷关。中国地势西高东低，故云。　[3] 鞭扑：亦作"鞭朴"。用作刑具的鞭子和棍棒。亦指用鞭子或棍棒抽打。

其三

雪中猎户来呈虎，月下田夫走献麛[1]。讳道山成应不得，关东谁肯有书题[2]。

校注

[1] 麛：指幼鹿或泛指幼兽。　[2] 关东：指函谷关、潼关以东地区。书题：指书信。

其四

斞升白米能供酒[1]，暝目红裙难听歌。为谢黄州王内翰[2]，莫言官职也蹉跎[3]。

校注

[1] 斞：《玉篇》俗斗字。原缺，据四库本补。《汉书·平帝纪》："民捕蝗诣吏，以石斞受钱。"《后汉书·仲长统传》："令亩收三斛，斞取一斞。"　[2] 黄，原缺，据四库本补。　黄州王内翰：指王禹偁，性刚简傲物。　[3] 自注：王元之诗："官职蹉跎犹上疏。"

其五

萧条吏散如堪适，萧洒诗成亦可娱。王谢异时同惠我[1]，只惭笔力不能俱。

校注

[1] 王谢：指晋王坦之与谢安。

其六

杂号将军人所薄，东宫赞善自曾嘲[1]。如何今日余为守，黄独白床夸大庖[2]。

校注

[1] 赞善：官名。即"赞善大夫"之省称。　[2] 黄独：植物名。大庖：善于烹调的人。《吕氏

春秋·贵公》："大匠不斫，大庖不豆。" 床，四库本作"禾"。

其七

朝困十催何敢饱，菖虞百罚更生寒[1]。鸡山小石凤山柳[2]，移植庭前少白窗。

校注

[1]百罚：屡次受罚。多指罚酒。 [2]凤山。今浙江杭州凤凰山的省称。宋蔡绦《铁围山丛谈》卷六："政和壬辰，鲁公（指蔡京）在钱塘居凤山下之私第。"

笑

笑乐真情岂可无，乐而不笑是何拘。日中无事逢棋局，春后有花兼酒壶。轻侠儿前抚手掌，滑稽传后抚髭须。江南陆后还安否[1]，乞与笻枝使自扶。

校注

[1]陆后：当指宋代丞相陆云忠之女。

荔枝送郭玄机戏作[1]（二首）

其一

祸根妃子尝珍嗜，今日何须有荔枝。玉树后庭那结实，也能亡国更堪悲[2]。

校注

[1]郭玄机：即郭圆机，名执中，华亭人，累官枢密承旨，建中靖国初应诏言事入邪等，斥居同谷二十余年，后以功累迁新安郡王。 [2]玉树后庭：《玉树后庭花》为宫体诗，作者南朝陈后主陈叔宝，是南朝亡国之君。传说陈灭亡时，陈后主正在宫中与姬妾孔贵嫔、张丽华等人玩乐。王朝灭亡的过程也正是此诗在宫中盛行的过程。

其二

荔枝一骑红尘后，便有渔阳万骑来。郭令诸孙今得味，却同羯鼓逞诗才[1]。

校注

[1]羯鼓：羯鼓是一种出自外夷的乐器，据说来源于羯族。羯鼓两面蒙皮，腰部细，用公羊皮做鼓皮，因此叫羯鼓。

闻八弟朝议二十一弟朝奉二十弟迪功与安郎仓部谢郎比部诸人集于葆真宫戏作绝句[1]

葆真宫是何年有，游子相将便得真[2]。闻道流霞醒不醉，只应人世恨还新。

校注

[1]晁八：晁将之，字无斁。晁二十：晁贲之，字饰道。官承仪郎，建炎四年（1130）旨差权郡。晁二十一：晁谓之，字季此。 [2]葆，原作"德"，据四库本改。 葆真宫：据孟元老《东京梦华录》"南段御街"载："过龙津桥南去，路心又设朱漆杈子，如内前。……东至贡院、什物库、礼部贡院、车营务、草场。街南葆真宫，直至蔡河云骑桥。御街至南熏门里，街西五岳观，最为雄壮。"葆真宫在汴京南街。

有客喜予为江东之役者辄效齐梁体[1]

翡翠钩寒陪晓月，珊瑚枕净揖高丘[2]。人间聚散何须问，梦断西陵更送秋。

校注

[1]齐梁体：齐梁体是南朝齐、梁时期出现的一种诗风。以讲究声律对偶、绮丽浮艳为基本特

征。 [2] 翡翠钩：玉钩。珊瑚枕：镶嵌珊瑚的枕头。

晁冲之 字叔用，济州钜野（今山东巨野）人。晁说之、补之从弟。未中第。绍圣年间因牵涉新旧党争，退居具茨山（今河南新密东）下。曾从陈师道学诗，为江西诗派诗人。有《晁具茨先生诗集》。今录戏谑诗5首。

戏李相如携妇还金乡[1]

舍人固多奇，奉璧登章台。君王击缶罢，将军负荆来[2]。长卿束发时，亦复悦名字。一从临邛游，心迹了不似。茂陵未得仕，要是才足依。高堂援哀琴，月出载妇归。文君入成都，乃复愧四壁。晚见负弩来，良悔抱颈泣[3]。

校注

[1] 金乡：县名，在山东省西南部。 [2] 将李相如比作蔺相如。负荆：《史记·廉颇蔺相如列传》："廉颇闻之，肉袒负荆，因宾客至蔺相如门谢罪。" [3] 将李相如比作司马相如。

戏 成

长夏轩窗倚碧岑，人间尘土莫相侵。榴花不得春风力，颜色何如桃杏深。

戏留次褒三十三弟[1]

白下春泥尚未干[2]，汴流更待小潺湲。不知汝定成行不，寒食今无数日间[3]。

校注

[1] 自注：颂之。晁三十三：即晁颂之，字褒道。标题中少一"道"字。 [2] 白下：南京古称。 [3] 寒食：即寒食节，亦称"禁烟节""冷节""百五节"。在夏历冬至后一百零五日，清明节前一或二日。

王敦素许纸不至戏简促之[1]

摩娑垢面戏陶泓，拂拭苍髯笑管城。已与陈玄俱绝倒，从君更召楮先生[2]。

校注

[1] 王敦素：冲之姊夫。其与僧惠洪亦过从甚密。惠洪在金陵时，与王敦素等人多有唱和。 [2] 陶泓：古代称砚。"楮先生"通"褚先生"。唐韩愈《毛颖传》："颖与绛人陈玄（墨）、弘农陶泓及会稽褚先生（纸）友善，相推致，其出处必偕。"因以陶泓称砚，管城称笔，陈玄称墨，褚先生称纸。

范元章惠然相过见问奇章公服钟乳三千两事因为长句戏之[1]

君家文物冠先朝[2]，破甑生尘久寂寥。借有三千两钟乳，定无八百石胡椒。湘妃暗鼓江边瑟[3]，秦女高吹月下箫[4]。不待青春行乐了，直持玉检上宸宵。

校注

190

[1] 范元章：不详。 [2] 文物，原校：一作"清节"。 [3] 湘灵鼓瑟：《楚辞·远游》："使湘灵鼓瑟兮，令海若舞冯夷。"传说舜帝死后葬在苍梧山，其妃子因哀伤而投湘水自尽，变成了湘水女神；她常常在江边鼓瑟，用瑟音表达自己的哀思。 [4] 三国魏曹植《仙人篇》："湘娥抚琴瑟，秦女吹笙竽。"黄节注："《列仙传》曰：'萧史者，秦穆公时人也，善吹箫。穆公有女，号弄玉，好之，公遂以妻焉。遂教弄玉作凤鸣吹，似凤声，凤凰来止其屋。'"

卷十五

邹 浩

(1060—1111)

字志完，自号道乡居士，常州晋陵（今江苏常州）人。神宗元丰五年（1082）进士。官吏部侍郎、兵部侍郎、中书舍人等，直龙图阁、赠宝文阁学士，为官敢于直谏，遭蔡京等迫害。后羁管新州、昭州。有《道乡集》四十卷。今录戏谑诗33首。

戏世美[1]

杨家绝艺十六弦，公卿往往趋宾筵。妙龄才子更豪酌，月中醉倒西湖船。楚宫残梦几春晓，五陵好事犹喧传。只今展江尝托足，香风带恨留苔钱。谁令故人不他寓，揭来亭上仍秋天[2]。幽花脉脉鉴清溉[3]，似与当日争蚩妍。此心如水亦混漾，那堪鼙拨还锵然[4]。骅骝夜半解归镫，青灯炯炯空韦编[5]。砧声渔唱起何许，坐久波面生寒烟。故应鸥鹭有深意，忽焉鼓翅鸣窗前。

校注

[1] 世美：苏京（？—1117），字世美。润州（治今江苏镇江）人，苏颂第五子。　[2] 揭：古通"曷"，何。　[3] 清溉：流经许昌的一条河流名。　[4] 鼙拨：即捍拨。弹奏琵琶用的拨子。[5] 韦编：用熟牛皮绳编连竹简。

仲益约游延庆不至作此戏之[1]

出门无他岐，一径指山麓。余寒弄晴阴，淅沥散轻玉。我仆亦赏心，我马亦飞肉[2]。回首幕中英，文书正拘束。

校注

[1] 仲益：即李友谅，字仲益，钱塘人，时任襄阳府从事。与苏轼等人厚善。延庆：即延庆寺，在襄阳岘山后。《乾隆襄阳府志·寺观》"延庆寺"条云："古为兴国寺，《旧志》云在城南岘山后。"[2] 飞肉：借指禽鸟。

戏督潜亨作春羹[1]

先生家中余玉粒[2]，粉以为饼陪春羹。春羹品物谢时味，江流暖泛园中英。晴窗对案忽举首，径走长须呼友生。襄阳大夫腹如鼎，一著九牛犹未盈。欢然放筯即过我，自叹珍庖逾大烹。且言初意亦在我，属我府事留西城。先生饭不饭俗客，若苦转昕相倒倾。东风雕刻物物好，槎头缩颈尾不赪[3]。药苗蔬甲破土出，似与刍蒙争功名[4]。应怜十载瘦藜苋，为我一除饥肠鸣。

校注

[1] 潜亨：即唐既，字潜亨，质肃之侄，自号真淡翁。江陵人，少举进士，后因其伯父介之荐调巴陵尉，未几谢去，隐居汉水之南二年。于书无所不读，于事无所不能。著有《邦典》二卷。《宋史·艺文志》有载。　　[2] 中，正德七年邹翎刻本作"资"，四库本作"中"。　　[3] 颈，四库本作"项"。　　指鳊鱼。斋汉水流域，人们常用槎（树枝）拦截，禁止擅自捕杀，故有"槎头鳊""槎头缩颈鳊"等称呼。杜甫《解闷》："即今耆旧无新语，漫钓槎头缩颈鳊。"赪：红色。　　[4] 刍豢，《道乡先生邹忠公文集》作"米齐"，四库本作"刍豢"。　　刍豢：牛羊犬豕之类的家畜，泛指肉类食品。

次韵仲益解嘲[1]

真宰斡万物[2]，物物相乘除。童角赎以牙，毕竟均有无。江山与丝竹，等为荐虚徐。江山寂寞生，丝竹富贵余。要知谢安石[3]，青史端几书。达人眼目开，洞照无亲疏。安用欣厌间，浪取尔与余。独喜丰蔀幽[4]，坐获骊龙珠[5]。

校注

[1] 仲益：李友谅。　　[2] 真宰：宇宙的主宰者。《庄子·齐物论》："若有真宰，而特不得其朕（迹象）。"　　[3] 谢安石：即谢安（320—385），字安石，陈郡阳夏（今河南太康）人，出身士族，东晋著名政治家、军事家。　　[4] 丰蔀：咏屋之典。《周易·丰卦》："上六，丰其屋，蔀其家，窥其户，阒其无人。"唐孔颖达疏："既丰厚其屋，而又覆障其家屋。"　　[5] 骊龙珠：骊龙，传说中的一种黑龙。见《庄子·列御寇》。

嘲仲益[1]

低檐荫茅竹，陋如野人居。夫子莞尔笑，曰此真吾庐。庭前郁乔木，庭后犹榛芜。芟削随手净，春兰植扶疏。光影动窗几，馨香袭文书。皎然纫佩心，邂逅同三闾。尔来基构新，百事凌往初。突兀焕华屋，茅竹扫莫余。双楠庭之珍，斩伐殊荣枯。要知碧油幢，特立当阶除。念念入勋业，不与蓬荜俱。兰虽不生门，安能谊诛锄[2]。剖琴如剖薪，烹鹤如烹鱼。珠玉抵飞鸟，镈钟委洪炉。逝矣覆辙存，来车犹此涂。尚欲取修竹，永以娱朝晡[3]。问竹竹无言，冷风一虚徐。

校注

[1] 自注：春时殖兰甚勤，比新东轩，遂悉锄去，或者讥笑，则曰："予将易竹于此。"作此戏之。　　[2] 谊：逃避。　　[3] 朝晡：朝时（辰时）至晡时（申时）。

戏示柄[1]

汝为狮子时[2]，而作狮子吼[3]。他年毛骨成，一顾百兽走。

校注

[1] 示柄：诗人编管昭州时的当地朋友。　　[2] 此句《永乐大典》卷一三三四四作"汝乃狮子儿"。　　[3] 而，《永乐大典》作"时"。　　狮子吼：佛经称佛为"人中狮子"，并用"狮子吼"来形容他庄严的法音。据说，这种吼声能够震撼天地、扫荡邪恶，具有无比的威力。

除　名

前年除名窜新州，今年除名窜昭州[1]。我名无实浪自得，坐此人间多怨雠。恩深天地贷斧钺，除之又除名不留。虽然未即听逐便，已觉此身民是俦。裂冠毁冕散车马[2]，幅巾杖屦西南陬。行者争道舍争席，所向尔汝纷应酬。洞山有语久弗契[3]，忽然一笑知来由。我追我随非我患，那用避如韩伯休[4]。

校注

[1] 新州：在今广东广州西南。此地多瘴雾毒气。昭州：平乐郡，辖四县，治平乐，即今广西平乐古城。　　[2] 裂冠毁冕：冠冕，代指衣服。比喻破坏中原文明，推行落后的风俗习惯。《左传·昭公九年》："我在伯父，犹衣服之有冠冕，木水之有本原，民人之有谋主也。伯父若裂冠毁冕，拔本塞原，专弃谋主，虽戎狄，其何有余一人。"　　[3] 契：古同"锲"，用刀子刻。　　[4] 韩伯休：韩康，字伯休，东汉士人，皇甫谧著《高士传》中的隐逸高士。因卖药三十多年从不接受还价而为世人得知。遂以泛指采药、卖药者。

戏　作

作自我作，止自我止。莫被傍人，推倒扶起。

戏浯溪长老伯新[1]

永州怀素精草书[2]，毫端万象纷卷舒。浑身是眼看不破，一笔至今藏物初。浯溪得之不自用[3]，却要他人书作图。蓦然打个筋斗去，觅纸觅绢一物无。急将床上被来拆，手忙脚乱纵横铺。五云和尚巧言语[4]，扫尽六幅裁须臾。叠了又开开又叠，喜欢胜获衣内珠[5]。二三子笑几绝倒，左右僮仆咸惊呼。宁比酸寒杜陵老[6]，海图拆应家人须。脱巾漉酒解龟当[7]，表里空旷真丈夫。吾行天下何啻半，常恨眼前无此徒。那知兴发乃方外，与彼嗜好同根株。小中现大大可睹，跳出规矩渠非愚。他时风雪夜参半，灰炉冰冷灯影孤。坐披破絮似鱼网，数挽不掩皴肌肤。只应侍者隔壁私自语，我师为谁说法声呜呜。

校注

[1] 长老伯新：长老，旧时对年纪大的和尚的尊称。黄庭坚《书摩崖碑后》称宣和二年勒石，有浯溪长老伯新跋，记诗稿上石经过。黄庭坚《题浯溪崖壁》又称之为"长老新公"。　　[2] 怀素：怀素（725—785），唐时永州零陵人，字藏真，僧名怀素，俗姓钱。他与唐代另一草书家张旭齐名，人称"张颠素狂""颠张醉素"。　　[3] 浯溪：在湖南郴州祁阳县城东南。公元763年，诗人元结出任道州刺史时，乘舟过湘江而上，路过此地，爱其胜异，自造"浯"字，将溪命名"浯溪"，即"唯吾独有"。　　[4] 五云和尚：《景德传灯录》载："杭州五云和尚《坐禅箴》。"　　[5]《禅宗全书》有《示见谁禅人》诗："记得当年入室时，天公始涉不疑谁。虽然瑚器堪成用，更觅贫人衣内珠。"　　[6] 酸寒，四库本作"寒酸"。　　[7] 脱巾漉酒：亦作"漉酒巾"。见郭祥正《左蠡亭重九夕同东美玩月劝酒》注[5]。

戏孙扬休[1]

耿耿僧坊寄日边，晚移穷巷避諠阗。羹藜不饱同攻苦，秣马言归独处先。木叶已随风力远，霜轮行作璧形圆。衣冠返敝文昌路，何似高堂坦腹眠[2]。

校注

[1] 孙扬休：作者朋友，余不详。　　[2] 坦腹：东床坦腹。见《世说新语·雅量》《晋书·王羲之传》。

戏社正李子温[1]

红莲上客有新篇[2]，不见长安驿使传。寄语持纲社中老[3]，可怜三百青铜钱。

校注

[1] 社正：即里正，为一里之长。里社行祭，担任主祭。《唐会要·后土·诸里祭社稷仪》："前一日，社正及诸主社人应祭者，各清斋一日，于家正寝。"　　[2] 篇，四库本作"编"。　　[3] 持纲：即担任主祭。

戏王宽之[1]（二首）

其一

晚来闻说醉黄封[2]，弦管欣欣急雨中。应笑西邻少风味，一炉沉水对梧桐。

校注

[1] 王宽之：作者朋友，余不详。　[2] 黄封：即"黄封酒"。宫廷酿造之酒，因用黄罗帕束封而得名。宋梅尧臣《依韵和正仲寄酒因戏之》："上字黄封谁可识，偷传王氏法应真。"

其二

墨龙翻海几朝昏，今日晴阴似欲分。不道谷飞多作蛊，犹教歌扇过行云。

戏史述古多问相[1]

穷当益坚愧枉道，心不胜术思齐贤[2]。如何东里史夫子，骨相勤勤挥酒钱。

校注

[1] 史述古：邹浩有《送史述古序》，见《道乡集》卷二十七。　[2] 术，四库本作"述"。心不胜术：观察人的形态面色，不如考察他的思想，考察他的思想不如鉴别他所作所为的方法，相貌不及思想重要，思想不及行为的方法重要。

曾存之以伫云名庵以待缁流因作此戏之[1]

不见从来庵内人，结茅濑水更殷勤。云飞日日满天地，借问如何能伫云。

校注

[1] 曾存之：曾诚，字存之，晋江人。元符（1098—1100）间为秘书监。伫云庵：疑为苏州留园伫云庵。缁流：指佛教僧人。因僧衣一般用缁色（黑色）布做成，故称。

仲弓意欲协律作此戏之[1]

王郎豪翰落明珠，自合鹓行俨帝居。底事奉常思协律[2]，不归天禄更雠书。

校注

[1] 仲弓：王仲弓，名实。京兆人，王陶之子，王襄之兄。见《过庭录》《研北杂志》。叶梦得《醉蓬莱》序云："辛丑寓楚州，上巳日有怀许下西湖，作此词寄曾存之、王仲弓、韩公表。"　[2] 奉常：官名，秦置，为九卿之一，掌宗庙礼仪。

戏明豫

西幕情真庭驻云，东幕心机门闭春。无端幽梦落蛇虺，漏泄风光来近邻。

戏舜俞游西湖[1]

湖光收尽只芙蕖，决眦飞来白鸟孤。想见城南葛藤老，又将心境示妻孥。

校注

[1] 舜俞：郭舜俞，生平不详。曾任职颍昌。

送郭舜俞再任颍昌[1]

谷雨冥冥春尽头，故人重解去时舟。西湖好在一百顷，为我传声到白鸥。

校注

[1] 颍昌：府名。元丰三年（1080）升许州置，治所在长社（今许昌市）。

仲益遽塞便门作此戏之[1]

闭门不啻似泄柳，排闼何由如舞阳[2]。怜君肝胆便楚越，使我南北成参商[3]。

[1] 便门：指建筑物之旁门或主大门之副门，指装在大门上成为大门的一部分或设于大门旁边的小门。　[2] 排闼：推门，撞开门。用《汉书》典。　[3] 参商：指的是参星与商星，二者在星空中此出彼没，彼出此没，古人以此比喻彼此对立，不和睦，也指亲友隔绝，不能相见。《左传》有载。

冒雪渡江游朝阳火星二岩既归戏作[1]

踏雪寻山亦自奇，归来追想欲吟诗。孺人顾我忽然笑，却道君今休更痴。

校注

[1] 朝阳岩：在永州古城西郊潇水西岸，又名西岩、丹岩。朝阳岩之名，是唐代宗永泰元年（765）诗人元结任道州刺史时命名的，元结并挥笔写就《朝阳岩铭》和《朝阳岩下歌》勒于石上。火星岩：《永州府志》载：火星岩在永州府西江外群玉山，为零陵最奇绝处。

戏泽老[1]

要识漳州李秀才，无髭无发恶追陪。如今熟也君知否，不独江西有大梅[2]。

校注

[1] 自注：用祖灯韵。　泽老：即祖泽长老。从此诗中可知，泽老姓李，漳州人。　[2] 江西有大梅：禅宗公案中，唐朝法常禅师体悟"即心即佛"的真谛，师父江西马祖道一禅师因而赞叹道："梅子熟了！"认为法常的禅法圆满成熟，法常从此有"大梅禅师"之称。

梦立求轩名以其面莲池十许顷名之曰妙喜轩[1]

莲华千叶满前开，断取应从妙喜来[2]。色带日光飞缥缈，香乘风力转徘徊。休寻物外庵罗果[3]，且进池边鹦鹉杯。一笑真能契无染，不妨游戏挟霆雷。

校注

[1] 妙喜轩：当在广西平乐。　[2] 妙喜：佛教语，界名，维摩居士之国土也。《维摩经》里佛说维摩居士本缘，维摩本是妙喜佛国无动如来来生此土。　[3] 庵罗果：庵摩罗迦果，香盖。

以常宁铅炉合供政首座因用旧韵发一笑[1]

十年流落见无由，谁识江东有赵州[2]。凭仗炉烟寄消息，定中应亦展眉头。

校注

[1] 常宁：位于湖南南部、湘江中游南岸。　[2] 江东有赵州：指江东的赵州禅师。六祖惠能大师之后第四代传人，俗姓郝，曹州郝乡人。幼年时孤介不群，厌于世乐，稍大辞别双亲，来到本州扈通院出家，法号从谂。

览镜戏作（二首）

其一
寒时骤热热时寒，一等阴阳几百般。发脱面黄肌肉瘦，北人应作岭蛮看。

其二
赤脚蛮中过一年，受持读诵日精专[1]。只应果满同诸佛，丈六金身色莹然。

校注

[1] 受持：佛教语。领受修持。从师所学曰受，义解修行曰持。思想上接受相关的戒律，并坚持身体力行。信受之后能以行持。

元礼乘渔船见访作此戏之[1]

一棹翛然一幅巾，汀鸥集处亦逡巡。功名正逐天机露，不似钓鱼船上人。

[1] 元礼：宋僧人。初参法演于舒州（今安徽潜山）太平寺，及法演迁五祖，命之分座，不就。崇宁间（1102—1106）复至五祖。归老于四明（今浙江宁波）瑞岩寺。　渔，四库本作"钓"。

寓寿宁方丈州人求识面继来焚香作礼戏呈晓老[1]

维摩丈室一张床[2]，暂寄清宵梦几场。却被闲人作禅看，竞来合掌要焚香。

校注

[1] 寿宁：地处闽东山区。　[2] 维摩丈室：《维摩经·观众生品》："时维摩诘室有一天女，见诸大人闻所说法，便现其身，即以天华散诸菩萨、大弟子上，华至诸菩萨即皆堕落，至大弟子便著不堕。一切弟子神力去华，不能令去。"

戏灵川令王洵仁仲[1]

长官贪著祖师禅[2]，有甚心情问我船。一只逃归两只破，谩凭江槛望灵川。

校注

[1] 灵川：广西灵川。王洵，字仁仲。生平不详。　[2] 祖师禅：南宗禅法，是禅宗初祖菩提达摩传来，传至六祖惠能以下五家七宗的禅法。它主张教外别传，不立文字，不依言语，直接由师父传给弟子，祖祖相传，心心相印，见性成佛，所以叫作祖师禅。祖师禅的精髓是赵州禅。

观真珠花留戏陈莹中[1]

古观无人花自开，真珠颗颗映莓苔。留教合浦居士看[2]，何似海边新蚌胎[3]。

校注

[1] 陈莹中：陈瓘（1057—1124），字莹中。　[2] 合浦居士：指陈瓘。陈瓘在合浦贬所，与释惠洪保持着密切的联系，曾借偈抵惠洪曰："大士游方兴尽回，家山风月绝尘埃。杖头多少闲田地，挑取华严入岭来。"　[3] 蚌胎：指珍珠。

戏简钱济明[1]（二首）

其一

雨雪相仍势未休，御寒惟酒胜重裘。谁知旱久犹干涸，不见玉泉东向流。

校注

[1] 钱济明：名世雄，钱君倚之子。苏轼任杭州通判时，钱世雄亦在杭幕。苏轼赴御史台狱时，钱世雄为选人。钱君倚为仁宗、英宗、神宗时名臣。

其二

载酒无如君最频，年来缘底断音尘。只应咫尺谯门住，也学兵厨不送人[1]。

校注

[1] 兵厨：《三国志》卷二十一《魏书·王粲传·阮籍》：三国魏阮籍闻步兵校尉厨贮美酒数百斛，营人善酿，乃求为校尉。后以"兵厨"代称储存好酒的地方。

嘲龚彦和[1]

衣领从教虱子缘，夜深拜得席儿穿。道乡活计君知否，饥即须餐困即眠[2]。

校注

[1] 龚彦和：名夬。瀛洲（今河北河间）人。少年好学，性情刚直，平素清介自守，苦学好思。曾任殿中侍御史。与米芾为书画友。　[2] 宋阮阅《诗话总龟》前集卷三九引《冷斋夜话》云："龚彦和谪化州，持不杀戒，日夜礼佛，对客虮虱满衣领，不恤也。邹志完嘲之云云。"

毛滂

（1060—?）

字泽民，号东堂居士，衢州江山（今属浙江）人。元祐中，苏轼守杭，毛滂为法曹，颇受器重。政和四年（1114），以祠部员外郎知秀州。宣和六年（1124）尚存世。著有《东堂集》十卷。今录戏谑诗12首。

昨夜陪诸公饮，今尚委顿未能起坐。闻孙守出送陈祠部，供帐溪上，见招不果往，戏作小诗寄之[1]

孙公金作骨，何独无燥湿。雄姿逼龙虎，风雨坐巢岌[2]。黄堂烂绣筵，春瓮融玉汁。银台三见跋[3]，醉眼梦欲入。公张两瞳电，照我毛发立。平明郭西门，钟鼓仍盛集。我方拥黄绅，势作蚯蚓蛰。乃知千里姿，追趁何翅十。春溪葡萄碧，饮渴谁当吸。愿君苦留客，堕翠应可拾。未用奏伊凉，舞红催玉粒[4]。

校注

[1] 本篇题目《毛滂集》作《孙公》。孙守：疑为孙冕（生卒年不详），字伯纯，新淦（今江西新干）人。雍熙进士，天禧中（1017—1021）为尚书礼部郎中，直史馆，出守苏州。　　[2] 巢岌：高峻。　　[3] 银台：灯台。见跋：显出烛根。　　[4] 伊凉：曲调名。指《伊州》《凉州》二曲。宋苏轼《子玉家宴用前韵见寄复答之》诗："自酌金樽劝孟光，更教长笛奏伊凉。"玉粒：粟之类的谷物，出自南朝梁简文帝《序》。

六月二十日，舍贾耘老溪居。旦起，蔡成允见访。仆方蓬头赤脚坐溪上，乃用此见成允。而君不以为无礼，反寄诗有褒借意，甚愧过情，戏作一首奉报[1]

寒溪破晓喜相过，不怪蓬头尚养疴。跃马怀金君蚤晚[2]，历阶歃血我蹉跎[3]。诗人自与尘埃远，病骨终惭粉泽多。别寄钓鱼船上曲，要留风月伴烟蓑。

校注

[1] 本篇题目《毛滂集》作《寒溪破晓》。《毛滂简谱》：元符二年（1099）己卯四十岁。在武康。政平讼简，暇则宴饮东堂，吟游山水，多有诗词篇章。与当地文人释维琳、贾耘老、蔡成允等来往甚熟。　　[2] 跃马怀金：策马腾跃，怀揣金印，谓显贵发达。　　[3] 歃血：古代举行盟会时，微饮牲血，或含于口中，或涂于口旁，以示信守誓言的诚意。此指盟誓兄弟中的我命运蹉跎。

仆罢官，东归过杭州，寓六游堂。而楼阁倚空，江山在目，仆甚乐之。无畏老师自武康送客至此，过仆于此堂之上，留饭终日。顷仆作武康令，居县之东堂，每与师饭于堂上。数称东堂饭美，每食辄兼人。别十数年，饭犹健也。然师于世故，泊然了无芥蒂；独于东堂故人，若不能忘情者，亦复可怪。戏作诗一首，其末并道所怀[1]

道人送客过林扃，先识穿云拄杖声。内苑深居无一念[2]，东堂久阔尚余情。且欣能善将军饭，未怪频翻吏部羹。小住家风殊不恶，一江明月看潮生。

校注

[1] 本篇题目《毛滂集》作《道人送客》。六游堂：在杭州七宝寺巷内。据《西湖游览志》："七宝寺，在盐桥北。梁贞明七年，钱王建，名上方多福院。宋大中祥符间改额，有六游堂、临辉阁。郡守王钦若诗。"　　[2] 此句自注："内苑，老师新作弥勒殿桥名。"

某获造司空府，得至便座，见文禽五六夷犹曲池上，意甚得所。慨然有感于衷，戏作二绝句[1]

其一

许近清池养羽仪，恩波稳暖自忘归[2]。长依竹石供潇洒，不学苍鹰饱便飞。

校注

[1] 文禽：色彩鲜艳之鸟。　[2] 稳暖：衣食饭饱，冬暖夏凉。

其二

几年不解向沧洲，矰缴曾伤质转幽[1]。端倚主人怜采色，要随鹓鹭濯清流[2]。

校注

[1] 矰缴：系有丝绳、弋射飞鸟的短箭。　[2] 鹓鹭：此指自然界的鸟类。后比喻班行有序的朝官。《隋书·音乐志中》："怀黄绾白，鹓鹭成行。文赞百揆，武镇四方。"

顷刘子先学士守姑苏，尝寄洞庭春酒，得为西湖十日之醉。今流落于此，但觉村醪可憎。戏作一首，奉寄吴天用使君舍人[1]

刘郎曾寄洞庭春，小暖西湖十日贫。老去餔糟无拣择，高风空愧汨罗人。

校注

[1]《毛滂集》题作《刘郎》。魏庆之《诗人玉屑》"刘子先"条云："章子厚尝与刘子先定有场屋之旧，又颇相厚善。隔阔十年，子厚拜相。亦不通问，寄书请其相忘远引之意。子先以诗谢曰：'故人天上有书来，责我疏顽唤不回。……'公得诗甚喜，即召为宰属，遂迁户部侍郎。"

蔡天逸以诗寄梅，诗至梅不至

应念萧寒槁木身[1]，殷勤分寄岭头春。冰肌玉骨终安在，赖有清诗为写真。

校注

[1] 槁木："槁木死灰"省称。《庄子·齐物论》："形固可使如槁木，而心固可使如草灰乎？"喻毫无生气或心情极端消沉。此为作者自况。

见　戏[1]

薄命何须问大来[2]，时时废卷只孤咍。故园松竹空荒径，可胜渊明一赋催。

校注

[1] 本篇题下原案："此题疑有脱字。"　[2] 大来：吉祥亨通。《易·泰》："小往大来，吉，亨。"指阴暗面逐渐消逝，光明面逐渐增长。

子温以诗将菊本见遗数日，适病伏枕。今少间，戏作三绝句以报

其一

破烟涵雨得春丛，想见当年老范公[1]。多病未须求茗草，此诗浑欲愈头风[2]。

校注

[1] 老范公：疑指范宽。宋初画家，华原（今属陕西耀州）人，初学李成，继法荆浩，后感"与其师人，不若师诸造化"，终于自成一家，与关同、李成形成当时北方山水画的三个流派。　[2] 原注：南人作菊茶以治头风。

其二

尽锄芳草春应怪，初种黄花秋未知。花外种松松外竹，渐无蝴蝶到东篱[1]。

[1] 东篱：陶渊明《饮酒》："采菊东篱下，悠然见南山。"因以"东篱"指种菊花的地方或小院。

其三

更作天随求枸杞，试从子美觅黄精[1]。但知一饱轻方文，不为秋毫要眼明。

校注

[1] 黄精：为黄精属植物，根茎横走，圆柱状，结节膨大。叶轮生，无柄。药用植物，具有补脾、润肺生津的作用。

散药过东湖戏作绝句寄陈巨中[1]

谁为苍生起病瘫，参军药裹欲何如。湖东道义为针石[2]，不用先生肘后书。

校注

[1] 陈巨山：作者朋友。疑为"陈并，字巨中。洪州南昌（今属江西）人。陈执中之孙。元丰中，登进士第。……后知建昌军"。　　[2] 针石：古代针刺工具名。又名箴石。《素问·血气形志篇》："病生于肉，治之以针石。"

郭　思 （？—1130）	字得之，郭熙之子。河阳府温县（今属河南）人。神宗元丰五年（1082）进士。官至秦凤路经略安抚使、徽猷阁直学士。集其父《山水训》《画意》《画诀》《画题》等，汇编为《林泉高致》。今录戏谑诗1首。

秋日游合江戏题之亭上[1]

秋风锦水乐无涯，独上亭轩四望嘉。橘子满林金作块，芦梢拂岸雪飞花。酒旗高挂芙蓉港，渔棹斜趋菡萏家。描入画图收取去，故人相对饮流霞[2]。

校注

[1] 合江亭：位于四川成都郫江（今府河）与流江（今南河）交汇处。唐贞元年间，川西节度使韦皋始建。北宋重建，并达到鼎盛，是官民饮宴、市井游玩的热闹场所。　　[2] 流霞：泛指美酒。

李　新 （1062—？）	字元应，自号跨鳌先生，仙井监（今四川仁寿）人。哲宗元祐五年（1090）进士。刘泾尝荐于苏轼。崇宁初，入党籍，羁管遂州。宣和中，累官至茂州通判。著有《跨鳌集》。今录戏谑诗8首。

妇　嘲

岁晚随君色色无，嫁时我自有琼琚。借令值客休扪虱[1]，幸未能诗勿跨驴。宁与渔樵安旧隐，莫言封禅著新书[2]。夜寒憎见牛衣泣[3]，起执晨炊触釜鱼[4]。

校注

[1] 扪虱：指按捺着虱子。形容毫无顾忌的样子。亦比喻贤士举止不拘小节。语出《晋书·王猛传》。　　[2] 封禅，封为"祭天"，禅为"祭地"。即古代帝王在太平盛世或天降祥瑞之时祭祀天地的大型典礼。封禅，最早出现于《管子·封禅篇》。　　[3] 牛衣泣：牛衣对泣。谓夫妻共守贫穷，或形容寒士贫居困厄的凄凉之态。《汉书·王章传》：汉代王章为诸生学于长安，生病无被，躺在牛衣中，向妻涕泣、诀别。
[4] 釜鱼：甑里积了灰尘，锅里有蠹鱼。形容家贫困顿断炊已久。见《后汉书·独行传》。

月下口占戏子温（二首）

其一

桂华已出海边山，雨叶翻光作夜寒。陶令骨清无鼻息，苦吟休倦倚阑干。

其二

万里层阴宿雾消，冰轮初上镜天遥。此时仙汉栏干曲，竹影梅风笑寂寥。

戏书元明厅壁[1]

涨急滩流随眼落，市忙乌合转头空。一年三百六十日，却有半年闲守穷。

校注

[1] 元明：疑为黄大临，黄庭坚之兄。

戏子常携妓见访[1]

红英浑似识刘郎，迎笑千株夹路傍。曙色松窗留不得，断云无处觅残香。

校注

[1] 子常：刘子常。作者朋友。另有《刘子常约赏海棠》等诗。

春闲戏书三首

其一

几家桃李高低树，一望江山表里春。寂寞无心看花去，悬知自有看花人。

其二

春天行乐若为伤，青鬓吹蓬半染霜。莫道一生甘淡薄，十年前亦为春狂。

其三

老病空怀云水乡，涪江春浪接天长[1]。扁舟拟下巫阳去，不听巴猿已断肠。

校注

[1] 涪江：因流域内绵阳在汉高祖时称涪县而得名，长江支流嘉陵江的右岸最大支流。

晁咏之 初名深之，字深道，后改今名，字之道，又字叔予，济州钜野（今山东巨野）人，晁说之弟。以门荫入官，调扬州司法参军，未上任。元祐间，复举进士，又举宏词，为河中府教授。今录戏谑诗1首。

戏葛试官

没兴主司逢葛八[1]，贤弟被黜兄荐发。细思堪惜又堪嫌，一壁有眼半壁瞎。

校注

[1] 葛八：陆游《老学庵笔记》卷四云："晁之道与其弟季比同应举，之道独拔解。时考试官葛某眇一目，之道戏作诗云云。"名不详。主司：科举的主试官。

王 当

字子思，眉州眉山（今属四川）人。元祐中，因苏辙之荐，举贤良方正，任龙游县尉。蔡京知成都，举为学官，辞不就。其后蔡京为相，遂不复为官。卒年七十二。著有《经旨》《史论》等。今录戏谑诗2首。

戏画古松真清斋前

轮囷复离奇[1]，不柏亦不栗。吾庐非夏社，嘉树伊谁植。刳心谢吹嘘[2]，强骨余霹雳。峥嵘历风霜，偃蹇岂朝夕。客从何方来，一睹心眼惑。怪此苍蛟龙，落莫依屋壁。不知造物工，输写入笔力。轻明绝纤埃，冥晦滴浓黑。皮坚皲鳞甲[3]，叶老攒予戟。古工予不师，挥扫恣淋沥。盘礴醉且狂，讵识韦与毕。虽云不造极，要自出胸臆。当知后凋操，不在翰墨迹。地瘠山骨出，天低云气逼。俯仰辄有碍，巨干那能直。翻令栋梁姿，郁屈自局蹐[4]。安得少陵绢，一扫二千尺。会看十八公，高压三品石。

校注

[1] 轮囷：盘曲貌和硕大貌。　　[2] 刳心：道教语。谓摒弃杂念。　　[3] 皲（què）：树皮裂坼。　　[4] 局蹐：亦作"跼脊"。谨慎恐惧貌。

戏画松柏壁

穷山数家聚，官况羁若旅。冰厅昼日永，眇眇谁与语。眷彼苍髯生，结友得新甫。奋笔写瑰姿，双虬见墙堵。饱霜柯叶老，积日皮骨枯。上有云垂天，惨淡阁寒雨。下有溪漱石，荦确绝埃土。材奇生长艰，根瘦卓立苦。交柯寒相依，雷陈共然许[1]。分干或相避，廉蔺驯两虎。信非同根生，要是岁寒侣。众木猥连林，哙等何足伍[2]。君看桃与李，秾丽相媚妩。情态能几时，纷纷可堪数。

校注

[1] 雷陈：《后汉书·独行传》载，东汉陈重少时即与雷义结为朋友，二人一起学习诗书。陈重被举为孝廉，让给雷义；雷义被举为茂才，也让给陈重，结果没有成功，他就装疯而去。乡里人编为歌谣曰："胶膝自谓深，不如雷与陈。"言二人友谊真挚牢固。　　[2] 哙等：樊哙之流。喻平庸之辈。

吴则礼
（？—1121）

字子副，号北湖居士。兴国军永兴（今湖北阳新）人。吴中复幼子，曾布女婿。以荫入仕。累官至直秘阁、知虢州。崇宁初，坐事编管荆南。后遇赦，徙居洪州以终。著有《北湖集》。今录戏谑诗5首。

从王谨常求墨戏[1]

阿常为官真拓落，胸次平生著丘壑。权奇突兀要举似[2]，毛颖从来有能事。老子于此兴不浅，孤鸿斜日秋江远。忘怀丹青以句鸣，只数辋川王右丞。

校注

[1] 王谨常：生平不详。苏过《斜川集》卷四有诗《王谨常再和前诗，后次其韵》。　　[2] 权奇：多形容良马善行。

谨常以墨戏见遗作此答之

吾人著作翰墨场，得此三昧惟阿常[1]。平生韵语真戏剧，化作轮囷抱孤石。胸中块磊安用浇^[2]，端要吐出惊儿曹。畴能与渠办兹事，唤取从来管城子。

校注

［1］三昧：见陈瓘《花光仁禅师以墨戏见寄以小诗致谢》注［2］。　［2］胸中块磊：块磊，指书家郁积在心胸中的不平之气。宋黄庭坚《题王观复书后》云："此书虽未及工，要是无秋毫俗气，盖其人胸中块磊，不随俗低昂，故能若是。"

戏作简朱天球

江头雪花一尺围，不妨屋角梅垂垂。江头三日浪簸船，不妨老子被底眠。权奇突兀众所嗔，大是个中英特人。何曾论渠破与堕，余生且办担板过^[1]。嗟我星星复种种，四十八年环堵梦。君看后省粱肉盘，只似荜门葵苋供^[2]。莫云依诗太愁绝，半世全凭毛颖脱。熟处难忘却自嫌，面目堪憎为饶舌。腐儒诸方饱行脚，习气偶存言语缚。独忧汤饼唤睡魔，背贴蒲团鼻雷恶。拈时勿著文字相^[3]，肯对痴儿夸伎俩。屈宋真眼向前会，阿球端知有此事。

校注

［1］担板：呆板。　［2］荜门：即蓬门。用蓬草等编织的简陋之门。　［3］勿著文字相：禅宗"不立文字"，意味着运用文字的最高境界，没有文字相，才是创作文字的极致，才能把握住禅机。

戏简狄周臣

帘卷秋风烛影红，少年公子倒金钟。艳歌声入流云去，肯问西邻有病翁。

戏嘲壁上画轴

寒林淡墨人争看，对面奇峰孰会心。可是世人唯识假，只缘清景少人寻。

卷十六

赵令畤
（1061—1134）

字景贶，后改字德麟，自号聊复翁。涿郡（今属河北）人。太祖次子燕王赵德昭玄孙。从宋高宗南渡，官至右监门卫大将军，同知行在大宗正事。袭封安定郡王。著有《侯鲭录》《聊复集》。今录戏谑诗1首。

次韵晁以道嘲陈叔易得官入京[1]

闻道诸公置齿牙，买鞯卖展趁年华。太平起隐无遗策，空尽嵩山处士家。

校注

[1] 晁以道：即晁说之（1059—1129），字以道、伯以，自号景迂生，济州钜野（今山东巨野）人。元丰五年（1082）进士。工诗善画，通六经，尤精《易》学。有《景迂生集》等。陈叔易：陈恬，字叔易。居阳翟（今河南省禹州市）。与鲜于绰、崔鸥齐名，号阳城三士。又与晁以道同隐嵩山。大观中，被召赴阙，除校书郎。有《涧上文人集》。

袁 灼
（1070—?）

字子烈，一字光晦，袁毂长子。明州鄞县（今属浙江宁波）人。哲宗元祐六年（1091）进士。宣和末年（1125），召为仓部郎中，面劝天子，言辞切直，遭贬而为泗州知州，以朝议大夫而终。今录戏谑诗1首。

戏贺何端明得子[1]

庆门昨夜梦熊罴[2]，晓得明珠照凤池。却忆刘郎诗句好，海中仙果子生迟。

校注

[1] 宋袁燮《絜斋集》卷八《跋先仓部戏贺何端明得子诗》。　　[2] 熊罴：皆为猛兽。此为生男之兆。

李作乂

字知刚。官池州司理参军（陆佃《边氏夫人行状》）。今录戏谑诗1首。

戏马巨济[1]

太学有马涓，南省无马涓[2]。秋榜有马涓，春榜无马涓。

校注

[1]《家世旧闻》卷上：马巨济在太学有声，及赴省试，作乂拟杜子美《杜鹃》诗体作诗戏之云

云。马巨济：即马涓（生卒年不详），字巨济。四川阆中保宁府（今四川南部）人。哲宗元祐六年（1091）状元。著《老子注》。　　[2]南省：唐宋时期尚书省别称。

洪 朋 （1072—1109）	字龟父，号清非居士，洪州（今江西南昌）人，黄庭坚外甥。与兄弟刍、炎、羽并称"四洪"。工诗，其警句往往能道前人所未道，为江西诗派的著名诗人。两举进士不第，以布衣终身。有《洪龟父集》《清非集》，已佚。今录戏谑诗11首。

绍圣二年秋七月乙未夜梦游一胜处非平生所经行见一道士延余坐饮以醇酒酒酣道旧故恍然不知所以因而赋诗既觉漫不复记忆戏作五言以补之

鸡鸣深林里，犬吠幽径中。不知谁子宅，乃是仙人宫。竹柏荫清浅，楼观上虚空。芝草隐翳郁，璇树翠青葱[1]。升堂见仙伯[2]，欢然燕笑同。侍立十余辈，玉女桃李容。告我存三一，使我寿无穷。吁嗟人间世，局促何所通。愿言归白水，更议登阆风[3]。

校注

[1]璇树：传说中的赤玉树。　　[2]伯，洪汝奎《晦木斋丛书》辑清光绪朱氏惜分阴斋刻本（以下简称"朱本"）作"侣"。仙伯：仙人之长。亦泛称仙人，出自《太平广记》。　　[3]阆风：山名。传说中神仙居住的地方，在昆仑之巅。

北寺小阁戏作呈广心诸公

帝青一色女墙头[1]，况复龙山影里游。草阁柴扉依佛界，白沙翠竹使人愁。可惜可怜空揣度，罗袜凌波渺何处。会须桃叶倚春风，判却扁舟入烟雾。

校注

[1]帝青：亦称"帝天"。指青天，碧空。古认为天帝主宰青天，故名。宋王安石《古意》诗："帝青九万里，空洞无一物。"

七峰阁作呈广心从老[1]

七峰层叠割人境，宝阁排空春昼静。朱甍碧瓦势欲飞，琼树瑶林烂相映。谪仙对此佳兴发，人物山川两清绝。维摩方丈夜阑寥，老人宴坐无言说。

校注

[1]七峰阁：又名七峰亭。位于镇江金山西侧的金鳌岭上。从老，鲍廷博批校本（以下简称"鲍校本"）、清丁氏八千卷楼抄本（以下简称"丁本"）、朱本作"长老"。

戏作公子歌送宣明府

人间天上张公子，宰邑弹琴艺桃李。门前五柳卧桁杨[1]，刃无全牛有如此。三年墨绶何必迟[2]，万里青云从此始。壁阴多暇清昼同，生尘罗袜醉春风。东飞伯劳西飞燕[3]，南飞乌鹊北飞鸿。红妆倚楫君青骢，但愿主人黑头公。

校注

[1]桁杨：古代套在囚犯脚或颈部的一种枷。　　[2]墨绶：结在印纽上的黑色丝带。　　[3]"东飞"句：伯劳：鸟名。善鸣。《玉台新咏·古词〈东飞伯劳歌〉》："东飞伯劳西飞燕，黄姑织女时相见。"后借指离别的亲人或朋友。

春雨戏赵立之[1]

花枝欲动濡须坞，无赖春风吹小雨。如随蝴蝶梦中翻，愁向垂杨堤上度。闻道君家种逸香，婆娑紫艳占年芳。何当丽日浓花气，乱插佳人翡翠梁。

校注

［1］赵立之：疑为赵闻礼，字立之，《阳春白雪》的编选者。吴印臣辑赵立之《钓月词》。但此人与洪朋生活年代相差甚远。

戏汪汲[1]

汪童躯小胆良大，读书气欲吞渤澥[2]。银钩玉唾不作难，已向笔端风雨快。昔过重湖喙欲鸣，还来南浦羽犹铩。坐窗软语戒寒秋，阴壑收声虚万籁。可怜脱身疟疠余，槁项黄馘一何惫[3]。石脆山中足条草[4]，谁能折来已君疥。

校注

［1］汪汲：字子迁，歙州绩溪（今属安徽）人。年二十，登嘉祐进士第。知慈溪县，疏浚德门乡河道，溉田数千顷。迁太平州推官，平反赞善大夫陈知规冤狱。元丰中卒。　　［2］渤澥：古代称东海的一部分，即渤海。　　［3］槁项黄馘：《庄子·列御寇》："夫处穷闾阨巷，困窘织屦，槁项黄馘者，商之所短也。"槁：枯干；项：颈项；馘：本义为古代战争中为计数报功而割下敌人的左耳，这里则是指"脸"。面色苍黄。形容不健康的容貌。　　［4］石脆山：今陕西泾阳南，关中盆地的一座矮山。

戏效吴语[1]

风絮鹅毛乱，春畴鲜血肥。恼侬故乡梦，鸟劝不如归。

校注

［1］吴语，又称江东话、江南话、吴越语。主要分布在浙江、江苏南部、上海、安徽南部。

戏赠弹筝小妓

小鬟弹啄木，写出林间曲。空闻剥啄声，虚堂耿华烛。

戏作呈广心

清樽歌舞影徘徊，谁唤逃禅苏晋来[1]。我自木人人桃李[2]，黄蜂紫蝶莫惊猜。

校注

［1］苏晋（676—734），雍州蓝田（今属陕西）人。登进士第，做过中书舍人，后出任泗州刺史。袭封河内郡公。官至太子左庶子。能诗善文。杜甫《饮中八仙歌》有描写。　　［2］木人：指木制的人像，木夯等。《战国策·燕策二》："宋王无道，为木人以写寡人，射其面。寡人地绝兵远，不能攻也。"第二个"人"字，鲍校本、丁本、朱本作"入"。

戏呈王立之[1]

主人爱客未渠央，每遣纤纤酌酒缸。杯杓不胜还醉著，真成渴梦欲吞江。

校注

［1］王立之：即王直方（1069—1109），字立之，号归叟，汴（今河南开封）人。舍人王棫子，补承奉郎。喜从苏、黄游，江西诗社中人。有《王直方诗话》。

戏　简

夭桃秾李为谁新，占断风光不与人。憔悴明窗独醒客，便应虚掷艳阳春。

洪刍
（约1127年在世）

字驹父，洪州（今江西南昌）人。洪朋之弟。哲宗绍圣元年（1094）进士，钦宗靖康中为谏议大夫。有《老圃集》。今录戏谑诗9首。

戏用荆公体呈黄张二君

金华牧羊儿[1]，稳坐思悠哉[2]。谁人得似张公子[3]，鞭答鸾凤终日相追陪[4]。长夏无所为[5]，垒麴便筑糟邱台[6]。古今同一体[7]，吾人甘作心似灰[8]。南方瘴疠地[9]，郁蒸何由开[10]。永日不可暮[11]，渴心归去生尘埃[12]。人生会合安可常[13]，如何不饮令心哀[14]。张公子，时相见[15]。我能拔尔抑塞磊落之奇才[16]，只愿无事常相见[17]，有底忙时不肯来[18]。

校注

[1] 李白《古风五十九》句。此句指传说中入金华山成仙的黄初平。见晋葛洪《神仙传》卷二《黄初平》、《太平广记》卷七《神仙七·黄初平》。黄初平十五岁时牧羊山中，有道士带他到金华山石室里住了四十余年。有一天他哥哥在街上遇一道士，问之。道士说："金华山中有一牧羊儿，姓黄名初平，是卿弟非疑。"于是哥哥找到了弟弟，问他羊何在，他说近在山东。哥哥去看时，只看到白石头，初平叫一声："羊起！"石头都变成羊，有几万头。后指得道成仙，或喻有点石成金之神奇魔力。　[2] 杜甫《放船》句。稳坐思，《全唐诗》作"坐稳兴"。寇准《忠愍诗集》卷中《秋夜独书勉诗友》诗"西风惊万木，危坐思悠哉"与之相似。　[3] 杜牧《登池州九峰楼寄张祜》句。张公子：指诗题中的张君。　[4] 韩愈《奉酬卢给事云夫四兄〈曲江荷花行〉见寄并呈上钱七兄阁老张十八助教》句。鞭答鸾凤：指仙家驾鸾凤遨游。鞭答，鞭策。鸾凤，为仙人驾车的鸟。　[5] 杜甫《课伐木》句。长夏：即夏天。　[6] 李白《襄阳歌》句。麴：俗称酒母、酒曲，酿酒时用的发酵糖化剂。糟邱：积糟成丘，极言酿酒之多，沉湎之甚。　[7] 杜甫《狄明府（一作寄狄明府）》句。只截取后五字。　[8] 杜甫《曲江三章，章五句》其二句。　[9] 杜甫《雷》句。瘴疠：受瘴气而染的疾病。　[10] 杜甫《夏日叹》句。　[11] 杜甫《夏夜叹》句。　[12] 卢仝《访含曦上人》句。[13] 杜甫《湖城东遇孟云卿，复归刘颢宅宿宴，饮散因为醉歌》句。　[14] 杜甫《苏端、薛复筵简薛华醉歌》句。　[15] 汉成帝时童谣："燕燕尾涎涎，张公子，时相见。"见《汉书·五行志中之上》《汉书·外戚传·孝成赵皇后》。　[16] 杜甫《短歌行，赠王郎司直》句。拔尔抑塞：排解你的郁闷。　[17] 杜甫《病后遇（一作过）王倚饮，赠歌》句。　[18] 韩愈《同水部张员外籍曲江春游，寄白二十二舍人》句。

翠岩道人莳猫头竹，生大笋十余，调护甚谨，为予从者髡盗殆，尽戏作长句解嘲[1]

触藩大笋闯猫头，窃屡真成从者廋[2]。山鹿恰看逢角解，箨龙端有剖胎忧。因供蒲塞桑门馔，殊胜渭川千户侯[3]。翻恐痴儿痴黠半，为君净尽破除休。

校注

[1] 莳：栽种。猫头竹：宋范成大《桂海虞衡志·草木》："猫头竹质性类筋竹。"戴凯之《竹谱》："猫竹一作茅竹，又作毛竹。干大而厚，异于众竹，人取以为舟。"髡：指僧人。　[2] 廋：古同"搜"，索求。　[3] 蒲塞：蒲，樗蒲。塞，应作"簺"。樗蒲和簺是古代的两种博戏。亦泛指博戏；赌博。桑门：僧侣。概指佛教僧侣。"沙门"的异译。

戏酒官

吏部瓮间应烂醉[1]，渊明篱下只空杯。径须道士常持满，拉取青州从事来[2]。

校注

[1] 吏部瓮间：晋毕卓为吏部郎，酷嗜酒，尝夜至邻舍瓮下盗饮，故称。唐白居易《家园三绝》之二："篱下先生时得醉，瓮间吏部暂偷眠。""篱下先生"指陶潜。参阅《晋书·毕卓传》。 [2] 青州从事：《世说新语·术解》："桓公（温）有主簿善别酒，有酒辄令先尝，好者谓青州从事，恶者谓平原督邮。"青州有齐郡，平原有鬲县。从事，言到脐；督邮，言在鬲上住。

戏余天申[1]（二首）

其一

十年不见君如许，一日相逢我便倾。结绶合为金马客[2]，裁诗已至玉溪生。

校注

[1] 余天申：作者朋友，余不详。 [2] 结绶：指出仕。金马客：《史记》卷一二六《滑稽列传》：朔行殿中，郎谓之曰："人皆以先生为狂。"朔曰："如朔等，所谓避世于朝廷闲者也。古之人，乃避世于深山中。"时坐席中，酒酣，据地歌曰："陆沉于俗，避世金马门。宫殿中可以避世全身，何必深山之中，蒿庐之下。"金马门者，宦者署门也，门傍有铜马，故谓之曰"金马门"。

其二

贾谊洛阳推最少，相如蜀郡更多才[1]。异书且觅金楼子，俊采空归玉镜台[2]。

校注

[1] 贾谊（前200—前168）：西汉洛阳（今河南洛阳）人。曾任长沙王太傅，故世称贾太傅、贾生、贾长沙。相如：司马相如，西汉辞赋家。 [2] 金楼子：梁元帝萧绎撰写的《金楼子》是南北朝时期的一部重要子书，却不载于《梁书·元帝本纪》。玉镜台：典出《世说新语·假谲》，比喻妆镜。

戏答王雍[1]

临池端欲写黄庭，笼赠鹅群重有情[2]。我亦年来无复杀，不应怪我太憎生。

校注

[1] 王雍：不详。疑为王旦长子王雍（988—1045），字子肃。但此人比戏答之王雍要早多年，似非此人。 [2] 黄庭：道家经典《黄庭经》。此联用王羲之用书法《黄庭经》换鹅典故。

中秋戏赵公子

南国佳人翠自颦[1]，西山爽气我相亲[2]。只应此夜团团月，偏照寒窗独宿人。

校注

[1] 自，鲍校本："自，疑眉之误。" [2] 西山：在南昌西郊，重峦叠嶂，绵亘三百里。山上名胜古迹甚多。西山积翠和洪崖丹井，皆为古豫章十景之一。东晋以来，西山即为道家三十六小洞天之一。

戏赠僧庵二首

其一

海棠红映梨花白，拄杖芒鞋绕屋檐。深树提壶空好语，无人沽酒送陶潜。

其二

风枝雨叶春无赖，石径芳茨昼不开[1]。绿竹笋高人未觉，紫荆花谢我重来。

[1] 晋道猷（又作“帛道猷”）《陵峰采药触兴为诗》：“茅茨隐不见，鸡鸣知有人。”

林 迪	字吉夫，兴化（今福建仙游）人。哲宗绍圣元年（1094）进士。调福州司理，知龙溪县。著有《咏唐史诗》一卷、《林吉夫文集》一卷。今录戏谑诗2首。

闻伯育承事结彩舟作乐游东湖戏寄四韵[1]

湖波测测浸残春[2]，东郭开筵迥不群。闻结彩舟撑碧落，更携箫鼓度青云。自怜玉海终无敌[3]，却忆琼浆意未分[4]。珠履难陪空怅望[5]，且凭诗句张吾军。

校注

[1] 伯育承事：即陈伯育承事。郭祥正任漳州知州时，林迪任漳州属下知县。东湖：指福建漳州东湖。郭祥正、林迪均题有东湖诗。　　[2] 测测：寒冷的样子。　　[3] 玉海：酒器。宋赵彦端《瑞鹤仙·为寿》词：“笑相看玉海，别来浅如故否？”宋周密《癸辛杂识前集·健啖》：“会史忠惠进玉海，可容酒三升。”　　[4] 自注：伯育先寄诗。有“与君分两石”之语。　　[5] 因春申君的门客皆穿着缀有珍珠的鞋子，故以珠履借指门客。

次前韵

东陈君义欲传闻，雕鹗鸾凰果逸群[1]。青竹题诗才倚马，画船槌鼓气凌云。赏心自向明时得，乐事应容下客分。敌饮会须翻玉海，背河决胜看齐军。

校注

[1] 雕鹗：凶悍的鸷鸟。比喻人才力雄健。唐杜甫《奉赠严八阁老》诗：“蛟龙得云雨，雕鹗在秋天。”鸾凰：鸾与凤。皆瑞鸟名。常用以比喻贤士淑女。《楚辞·离骚》：“鸾皇为余先戒兮，雷师告余以未具。”王逸注：“鸾皇，俊鸟也。皇，雌凤也。以喻仁智之士。”

饶 节 （1065—1129）	字德操、次守，自号倚松道人，抚州临川（今属江西）人。就学于吕希哲，与谢逸、汪革、谢薖并称江西诗派“临川四才子”。元符间，曾为曾布门客，与曾布论新法不合，遂去之。崇宁二年（1103），落发为僧，法名如璧，驻锡杭州灵隐寺。著有《倚松诗集》。今录戏谑诗33首。

赵元达妇孕不育后数日其犹子生一女子二子皆有戚戚之色戏作此诗开之

十年不见陈惊座[1]，二子相逢心亦可。高帝子孙果隆准[2]，杜陵先生岂欺我。甘陵夫子孕不育[3]，世无元化操五毒[4]。乳医袖手辄瘝生[5]，不药而喜神所福。君家阿济颐未髯[6]，颇恨生子不生男。人间久乏古烈女[7]，世上多叹吾儿凡。应当有子问贤否，弄璋弄瓦诗人口[8]。木兰买马替爷征，班昭嗣兄成汉表[9]。人生得此二子者，安用痴儿闹昏晓。况君各自富春秋，有女如玉方好逑。必欲商瞿有男子[10]，殷勤更问东家丘[11]。

校注

[1] 陈惊座：见《汉书·游侠传·陈遵》。此借指赵元达。　　[2] 高帝：即高皇帝。常与太祖庙号一起赋予王朝创始者。此指宋太祖、太宗之孙。隆准：《史记·高祖本纪》：“高祖为人，隆准而龙

颜，美须髯，左股有七十二黑子。"裴骃集解引文颖曰："准，鼻也。"后以"隆准"代指汉高祖刘邦。

　　[3] 甘陵：指甘陵郡，故清河国。《郡国志》注，桓帝建和二年（148）改今名，治甘陵。甘陵县故城，在今山东临清市东北。甘陵夫子指赵元达。　　[4] 五毒：石胆、丹砂、雄黄、礜石、慈石五种有毒的药。《周礼·天官·疡医》："凡疗疡以五毒攻之。"　　[5] 乳医：《汉书·霍光传》："显爱小女成君，欲贵之，私使乳医淳于衍行毒药杀许后。"颜师古注："乳医，视产乳之疾者。"寤生：逆生。谓产儿足先出。《左传·隐公元年》："庄公寤生，惊姜氏，故名寤生，遂恶之。"杜预注："寐寤而庄公已生，故惊而恶之。"杨伯峻注："杜注以为寤寐而生，误。寤当属庄公言，乃牾之借字，寤生犹言逆生，现代谓之足先出。"　　[6] 阿济，自注：王湛之侄。　　[7] 乏，原作"之"，据清吴允嘉抄本改。

　　[8] 弄璋弄瓦：《诗经·小雅·斯干》，"乃生男子，载寝之床，载衣之裳，载弄之璋。……乃生女子，载寝之地，载衣之裼，载弄之瓦。"璋是好的玉石；瓦是纺车上的零件。男孩弄璋、女孩弄瓦，体现了古时候父母对于子女的期盼。　　[9] 班昭继承兄长班超遗志，续写《汉书》。《后汉书·曹世叔妻传》："扶风曹世叔妻者，同郡班彪之女也，名昭，字惠班。博学高才。世叔早卒，有节行法度。兄固著《汉书》，其八表及天文志未及竟而卒。和帝诏昭就东观藏书阁踵而成之。帝数召入宫，令皇后诸贵人师事焉，号曰'大家'。每有贡献异物，辄诏大家作赋颂。时《汉书》始出，多未能通者，同郡马融伏于阁下，从昭受读。"　　[10] 商瞿（前522—?），字子木，春秋末鲁国人，比孔子小二十九岁。孔子的七十二弟子之一。商瞿喜好《易经》，孔子就传授之。《孔子家语》卷一〇《七十二弟子解》："梁鳣……年三十未有子，欲出其妻，商瞿谓曰：'子未也。昔吾年三十八无子，吾母为吾更取室。夫子使吾之齐，母欲请留吾。孔子曰："无忧也。瞿过四十，当有五丈夫。"今果然。吾恐子自晚生耳，未必妻之过。'从之。二年而有子。"　　[11] 东家丘：东家丘即孔丘。孔子的西邻不知孔子的学问，称孔子为"东家丘"。指对人缺乏了解。

立之作诗讥仆沉浮于酒次韵答之

　　颓俗不可挽，我思陈孟公[1]。胸中一噫气[2]，浩荡沧海东。初余亦拙谋，堕身尺度中。昔为吾家驹，今为客子蓬。人生百年耳，过鸟欻无踪。何至自矛盾，身与众敌逢。仲尼固玄圣，道大自不容。落落少年场，谁复识吕蒙[3]。古今一丘貉[4]，同赴三尺封[5]。乃知常满尊[6]，慰藉吾人穷。君诗苦相厄[7]，欲抗辄丧雄。但恐百钱债，负我葛陂龙[8]。

校注

　　[1] 陈孟公：《汉书》卷九二《游侠列传·陈遵》：陈遵，字孟公，杜陵人也。……遵嗜酒，每大饮，宾客满堂，辄关门，取客车辖投井中，虽有急，终不得去。尝有部刺史奏事，过遵，值其方饮，刺史大穷，候遵沾醉时，突入见遵母，叩头自白当对尚书有期会状，母乃令从后合出去。遵大率常醉，然事亦不废。　　[2] 噫，自注：去声。噫气：气壅塞而忽通，即吐气。庄子《齐物论》："夫大块噫气，其名为风。"　　[3] 吕蒙（178—219）：字子明，汝南富波（今安徽阜南东南）人。三国时吴国重要将领。　　[4] 一丘貉：貉：一种形似狐狸的野兽。一个土山里的貉。比喻彼此同是丑类，没有什么差别。《汉书·杨恽传》："若秦时但任小臣，诛杀忠良，竟以灭亡，令亲任大臣，即至今耳，古与今如一丘之貉。"　　[5] 三尺封：三尺指法律。古时把法律条文写在三尺长的竹简上，故称法律为三尺法，简称三尺。　　[6] 常满尊：意谓使酒樽常溢满。《周礼·天官·酒正》"大祭三贰，中祭再贰，小祭壹贰。"汉郑玄注："三贰、再贰、一贰者，谓就三酒之尊而益之也……益之者以饮诸臣，若今常满尊也。"

　　[7] 相厄：亦作"相戹"。互相困辱；彼此妨碍。　　[8] 葛陂龙：葛陂，即龙须竹。劈为篾，平细柔韧，宜作马鞭。晋葛洪《神仙传·壶公》记载，费长房遇到仙翁壶公，壶公给他一竹杖让他骑着回家。倏忽之间他就到家了，把所骑竹杖扔入竹丛，它化为青龙而去。

戏汪信民教授[1]

汪侯思家每不寐，颠倒裳衣中夜起。岂惟蓐食窨僮奴[2]，颇复打门搅邻里。凉风萧萧月在庭，老夫醉著呼不醒。山僮奔走奉嘉客，铜瓶汲井天未明。

校注

[1] 汪信民：汪革，字信民，临川人，历任长沙、宿州、楚州教授。　[2] 蓐食：早晨未起身，在床席上进餐。谓早餐时间很早。《左传·文公七年》："训卒，利兵，秣马，蓐食，潜师夜起。"又《史记·陈平传》：陈平家贫，常到朋友家叨食，时间长了，惹得朋友很厌烦，就每天清早坐在床上就将早餐吃完，让陈平扑空，《史记》用了"蓐食之"三字。蓐：草垫。

次韵卿山主解嘲[1]

道人竹瘦松柏刚，饱更风雨惯雪霜。堂堂自住一法界[2]，岂与萧艾相短长。利刀割水风吹光，以空坏空竟谁伤。君不见湖边飞来两白鹭，终朝容与水云乡。

校注

[1] 卿山主：诗人朋友，余不详。　[2] 一法界：又称缘起法界、真如法界、一真法界、清净法界。缘起法界，指无明、行、识、名色、六处、触、受、爱、取、有、生、老死十二缘起法。因为有无明，所以有行，因为有行所以有识，乃至因为有生所以有老死。此缘起法非佛所作，亦非余人所作，若佛出世，若不出世，法性常住。

赵元达久不至池上作诗戏之

雨后新荷拥岸青，菰蒲相向立蜻蜓。此中佳处君知否，应对文君赋小星[1]。

校注

[1] 自注：赵细君颇严。　文君：指卓文君。小星：小而无名的星。《诗经·召南·小星》："嘒彼小星，三五在东。"毛传："小星，众无名者。"

再用韵

杨柳池塘表里青，鱼儿偷眼畏蜻蜓。夜来雨过菖蒲静，倒浸中天四五星。

戏赵元达

竹木王孙不嗣音，老夫多病转侵寻。可怜一息绝缨会[1]，破坏经年设醴心[2]。

校注

[1] 绝缨会：绝缨之会。表示宽宏大量。三国曹植《求自试表》："绝缨、盗马之臣赦，而楚、赵以济其难。"唐陈子昂《座右铭》："秦穆饮盗马，楚客报绝缨。"　[2] 设醴：《汉书·楚元王列传》："元王每置酒，常为穆生设醴。"颜师古注："醴，甘酒也。"后以"设醴"指礼遇贤士。

次韵吕原明侍讲欢喜四绝句[1]

麦　熟

黄云千顷起邱山，餠缶村村自往还。悬知大作今年社，我欲从渠季孟间[2]。

校注

[1] 吕原明：吕希哲（1036—1114），字原明，元祐七年（1092）六月为崇正殿说书，元祐八年（1093）二月改为右司谏。　[2] 季孟间：《论语·微子》："齐景公待孔子，曰：'若季氏则吾不能，以季孟之间待之。'"何晏集解："鲁三卿，季氏为上卿，最贵，孟氏为下卿，不用事。言待之以二者之间。"上下之间的中间等级为"季孟之间""季孟"。

拾 麦

抈镰霍霍穟纷纷，多谢遗余畀后人[1]。负载归来对妻子，始知身是太平民。

校注

[1] 抈：通"挥"。舞动，摇摆。畀：给予，投畀豺虎。

蚕 熟

丝在机头角未干，儿孙衣褐眼中完。茅檐翁妪自相寿，饱暖浑家感县官。

盗 获

似闻有盗起空舍，闻说驱除唾手间[1]。桴鼓不惊鸡自午[2]，先生闭户养三关[3]。

校注

[1] 闻说驱除，原校：一作"已见成擒"。　[2] 桴鼓：同"桴鼓"，指报警之鼓。《汉书·张敞传》："（张敞）穷治所犯，或一人百余发，尽行法罚。由是桴鼓稀鸣，市无偷盗，天子嘉之。"[3] 三关：身体食、视、听三要处。《淮南子·诠言》："三关交争，以义为制者，心也。"又《四十八法诀·封闭法》："手讲三关脚伸屈，一手三关脚直迁。肩肘腕胯膝可用，缩颈空胸步带躯。"在八卦掌系中以肩、肘、腕为手的"三关"，以胯、膝、踝为脚的"三关"。

喜官人悟道

白崖峰顶绝跻攀，到者方知到者难。闻道裴公才一喏[1]，便从偎老破三关[2]。人生有限随流去，佛法无多掣电间。喜见伽陀辨端的[3]，倒骑驴子上幡竿[4]。

校注

[1] 裴公：裴休，字公美，河南济源人，博学多能，工于诗画，擅长书法。官至中书侍郎和宰相。晚年遭贬任荆南节度使，潜心研究佛家经学。　[2] 破三关：禅宗的破三关是一种参究的方法，三关的第一关是破本参；第二关是破重关；第三关是破牢关。禅宗本来是主张顿悟的，但学人根机有利钝，智慧有深浅，为了适应学人的根性，所以有破三关的办法，除了上上根机之外，一般禅宗行人，都要经过三关的阶段，其中以破本参为最重要。　[3] 伽陀：亦作"伽他"。梵语译音。偈语。佛经中的赞颂之词。伽陀为十二部经之一，亦译句颂、孤起颂、不重颂。参阅《翻译名义集·十二分教》。南朝陈徐陵《东阳双林寺傅大士碑》："言无重颂，句备伽陀。"端的：究竟。　[4] 倒骑驴子：指的是张果老倒骑驴，因为他看到了一个理，向前走就是往后退，所以倒过来骑。幡竿：系幡的杆。此指佛寺里悬挂长幡的竹竿。

龟山戏赠谐文章[1]

水母潭边窣堵波[2]，下头有个老禅和[3]。蒲鞋旧日曾供母[4]，宝寿平生不渡河。衣钵三千旧风景[5]，形模十二古头陀[6]。是凡是圣人休问，门外寒松卷薜萝。

校注

[1] 龟山：一指武汉龟山；一指江苏徐州龟山。此龟山在江苏省连云港市赣榆区，是徐福君房出生地。　[2] 水母：水神。《楚辞·王褒〈九怀·思忠〉》："玄武步兮水母，与吾期兮南荣。登华盖兮乘阳，聊逍遥兮播光。"窣堵波：亦作"窣堵坡"。梵语 stūpa 的音译。即佛塔。唐玄奘《大唐西域记·呾蜜国》："诸窣堵波及佛尊像，多神异，有灵鉴。"　[3] 禅和：禅和子。谓参禅之人。唐裴铏《传奇·马拯》："众怒曰：'朝来被二贼杀我禅和，今方追捕之，又敢有人张我将军。'"　[4] 旧，原校：一作"异"。　[5] 风景，原校：一作"只夜"。衣钵：佛教用语，指法衣和食钵。泛指继承某人的思想体系、学术知识或技巧技能。　[6] 头陀：出自梵语，原意为抖擞浣洗烦恼，佛教僧侣所修的苦

行。又作"駅都、杜多、杜荼"。

戏乞石菖蒲[1]

古涧灵苗不易遭，寸根拳石著身牢。齐如秧稻刺春水，小似神龟负绿毛。未与幽人供寿考，曾随迁客赋离骚。阿师垂手入廛去[2]，应许珍奇付我曹。

校注

[1] 石菖蒲：属天南星科、菖蒲属禾草状多年生草本植物，其根茎具气味，常作药用。多生在山涧水石空隙中或山沟流水砾石间。　[2] 阿师：即僧人。廛：古代城市平民的房地，廛里，古代城市中住宅的通称。

晁以道赠杨中立诗有谈禅诋毁之语盖以讽予因用其韵解嘲且开之云[1]

西来碧眼困津梁，只要教渠识旧乡。常恐佛魔相蹂躏，故提邪正为平章[2]。好随鱼化禹门去[3]，莫学蝇钻窗纸忙。诵帚忘苕解成道[4]，可怜楚些漫沉湘[5]。

校注

[1] 杨中立：杨时（1053—1125），字中立。南剑州将乐（今属福建）人。熙宁进士。调官不赴，学于二程。高宗时，官至龙图阁直学士。以著书讲学为事。晚年隐居龟山，学者称龟山先生。有《二程粹言》《龟山集》。　[2] 平章：品评。唐刘禹锡《同乐天和微之深春》之十五："追逐同游伴，平章贵价车。"　[3] 鱼化禹门：《辛氏三秦记》："河津一名龙门，禹凿山开门，阔一里余，黄河自中流下，而岸不通车马。每逢春之际，有黄鲤鱼逆流而上，得过者便化为龙。"后以喻举业成功或地位高升。禹门，又名龙门，在山西河津。　[4] "诵帚"句：苕，应作"笤"。释迦牟尼在世的时候，有一比丘迟钝，没有什么理解能力。释迦牟尼让其诵读"笤帚"两个字。（比丘）日夜诵念（笤帚）。念"笤"就已经忘记了"帚"，念"帚"就又忘记了"笤"。每次都自己责怪自己，念诵不停止。忽然有一天，能说"笤帚"（二字），从此大彻大悟。后来，他终于练成了对答如流的口才。　[5] 楚些：泛指楚地的乐调或《楚辞》。沉湘：屈平沉湘，《史记·屈原贾生列传》：楚顷襄王立，屈原遭谗毁，谪于江南，"于是怀石遂自投汨罗（湘江支流）以死"。喻含冤屈死。

比复僧相不愚戏作三颂恐傍观以谓吾徒实有喜愠故复次来韵不免道破兼寄祖禹同参道人[1]

圣主生知本解禅，故教勘破普周天。一原大似东西水[2]，同体何殊左右肩。把定丝毫浑沮丧，放开顷刻便芳鲜。衲僧败阙知多少，且笑髯舒三十年[3]。

校注

[1] 祖禹：字淳甫，一字梦得。中进士甲科。从司马光编修《资治通鉴》，在洛十五年，不事进取。书成，光荐为秘书省正字。时王安石当国，尤爱重之。王安国与祖禹友善，尝谕安石意，竟不往谒。　[2] 一原：一个本原。　[3] 自注：交游中惟祖禹独了此事，盖自不凡。

再次韵且召游山

劳生扰扰苦推迁，拟疏行藏细问天。壮岁同尊曲阜履，老来几拍洪崖肩[1]。自闻新泽春雷动，喜见清诗蜀锦鲜。莫怪招呼玩花草，要回皓首作丁年[2]。

校注

[1] 曲阜履：孔子家乡曲阜生产的鞋子。洪崖肩：晋郭璞《游仙诗》："左把浮丘袖，右拍洪崖肩。"意为想象中的神仙居处和生活情态。属于游仙诗体。浮丘和洪崖都是地名。　[2] 丁年：即成年，壮年。《日生录》记载"人生始为黄，四岁为小，十六岁为中，二十一岁为丁，六十岁为老""唐武德六年制定十八岁以上为中，二十三岁为丁"。

适承再示佳句亦强勉再成一首

摆落红尘罢作缘，从渠早晚离西天。何妨展轴卧翘足，未暇随人笑胁肩[1]。但许南泉到痴钝，莫依投子觅新鲜[2]。佛魔一扫双无用，陋矣庄生大小年。

校注

[1] 笑胁肩：讨好地强装笑脸，缩敛肩膀。形容阿谀逢迎的丑态。　　[2] 投子：相传三国时吴将鲁肃兵败后将子投此为僧，故名投子山，山中有寺，即名投子寺。

昨日一诗乃是见赠亦复次韵为报

阿师卧处白云连，几外千峰秀接天。渐畏声名收虎视，何尝骨相露鸢肩[1]。雄风高论鹢飞退，皓雪新诗鹤夺鲜。老眼熨摩今有待，征书同到起延年[2]。

校注

[1] 鸢肩：为谓两肩上耸，像鸢鸟栖止时的样子。　　[2] 自注：昔严延年丞相、御史府征书同日到。

复用韵成一首特作狡狯尔勿诮吾作梦也想当一笑

忆昔儿曹气尚全，逢人箕踞辄谈天。摄衣便欲探龙颔[1]，唾手何辞举虿肩。自免敝冠归落寞，便磨余墨坏华鲜。如今事事皆慵退，大似黄杨厄闰年[2]。

校注

[1] 摄衣：提起衣襟。出自《管子·弟子职》。龙颔：指骊龙的下巴。传说其下有珠。《庄子集释》卷一〇上《杂篇·列御寇》："夫千金之珠，必在九重之渊而骊龙颔下。"　探，自注：平声。　　[2] 黄杨厄闰年：旧时传说，黄杨木难长，遇到闰年，非但不长，反而会缩短。比喻境遇困难。

复用韵自咏倚松一首[1]

庵外无人谁过前，老松千丈独参天。煮茶春水渐过膝，却虎短墙才及肩。已退晚云归浩浩，未分芽菊竞鲜鲜。客来问我何时住，笑指松枝数岁年[2]。

校注

[1] 倚松：自号倚松道人。　　[2] 自注：凡木惟松枝一岁则长一层，历历可数。

昨日承佳赠浮实甚矣谨再用韵酬赠

尝遍诸方五味禅[1]，不须鼻孔便撩天[2]。自应猊座长垂手[3]，只许巢云暂息肩。世外岂无羊氏鹤，人间多滞禹门鲜[4]。便当勉为众生起，趁取灵芝三秀年。

校注

[1] 五味禅：一味禅的对称。指五味交杂的禅，即外道禅、凡夫禅、小乘禅、大乘禅和最上乘禅。盖宗密力主教禅一致，以教内所说之一行三昧为根本王三昧，认为佛祖所传之真实禅不外乎此，然而禅门之徒贬之为五味交杂，谓与一味清净之祖师禅全然不同。　　[2] "不须"句：仰起头来鼻孔朝天。宋陆游《入蜀记》卷五："荆州绝无禅林，惟二圣而已。然蜀僧出关，必走江浙，回者又已自谓有得，不复参叩。故语云：'下江者疾走如烟，上江者鼻孔撩天。徒劳他二佛打供，了不见一僧坐禅。'"[3] 猊座：佛教语。即狮子座。谓佛、菩萨所坐之处。亦谓高僧之座。　　[4] 禹门鲜：禹门，即龙门；鲜，指鱼。即鱼跃龙门。

复用前韵寄伯容兼其三子[1]

高阁巍临汉水边，从来谈舌自摩天。华公不用徒辞位，哙等何堪复比肩。他日屡藏闾里骨，而今时纵校人鲜[2]。庞公父子皆知道[3]，试问王家三少年[4]。

校注

[1] 伯容：即曾纮，字伯容。曾巩从弟曾阜之长子。因其父曾阜转漕湖南为官而后定居于湖北襄阳，并号临汉居士。 [2] 校人：官名。《周礼》谓夏官司马所属有校人，设中大夫二人，上士四人，下士十六人，以下有府、史、胥、徒等人员，掌马政，讲究良马的选择、畜养、使用。 [3] 庞公：即东汉庞德公。襄阳人，躬耕于襄阳岘山之南，曾拒绝刘表的礼请，隐居鹿门山而终。见晋皇甫谧《高士传》卷下。 [4] 王家三少年：指王羲之和王悦、王承三位少年英才。此指曾家三子。

再用韵戏作二庵图

人说双庵鹊壁巅，妙高峰顶四禅天[1]。梦魂似亦曾招手[2]，千里犹堪论比肩[3]。渌水白云同一妙，苍松翠竹自相鲜。谁能为作虎头画，传与人间五百年[4]。

校注

[1] 四禅天：指修习四禅定而得生色界天之处所，或成为色界天中的有情（天人界）。 [2] 自注：昔定光师先居天台佛陇峰，其后智者后至，定光曰：此处金地，吾已居之，北峰银地，师可居焉。智者尝有招手之梦。 [3] 自注：古语云千里一士，尚曰比肩。 [4] 自注：顾长康尝画谢幼舆在岩石里。 虎头画：东晋画家顾恺之的小字"顾虎头"。此借指画家。唐杜甫《题玄武禅师屋壁》："何年顾虎头，满壁画沧洲。"

不愚兄示上元佳句谨次韵为笑[1]

溪云酿雪展还收，数日春严罢出游。月竹萧萧香转座，饼汤隐隐被蒙头。一灯聊破上元梦，半夜稍增涂足油。说妙谈玄吾不会，从教高挂雪峰球[2]。

校注

[1] 不愚：作者诗友，余不详。 [2] 自注：时二庵各戏作一灯球。

再次前韵

佳节山家事事休，一庵容膝自优游。残梅韵胜窥篱落，满月光寒上陇头。不待玄沙行乞火[1]，何须投子更携油。夜深自倚蒲团困，谁问渠侬马打球。

校注

[1] 玄沙：唐福州玄沙山宗一禅师，名师备。少年为渔者，年三十，忽慕出家，投芙蓉之训禅师，剃发受具。寻就雪峰之存禅师契悟玄旨，初住普应院，后迁玄沙。闽主以师礼待之，学徒八百余。梁太祖开平二年寂，寿七十五。

再用韵戏纪山中之胜

人既无心境自幽，问渠何事世间游。连云自种兰千本，带雪新栽橘数头。已架酴醾连外户[1]，便留蒼卜压香油[2]。明年不怕春寒重，收拾东风柳絮球。

校注

[1] 酴醾：见刘敞《探花郎送花坐中与邻几戏作七首》注[9]。 [2] 蒼卜：佛经中记载的一种花。色黄，香浓，树身高大。或以为即栀子花。

用韵奉赠巢云兄

南有雪峰北赵州，横担挂杖遍曾游。四方丛席闹如市，几个衲僧真到头。万里山川困行李，三冬文史费膏油。何如了事巢云老，解打湍流水上球。

老懒一首亦次元韵

枕石眠云漱碧流，胸中元自有天游。庄生达士方疑梦，演若狂夫正怖头[1]。未了色空鱼畏绕[2]，不忘念慧钵持油[3]。老夫无此闲家具，一任年华若转球。

校注

[1]"演若"句：《楞严经》四曰："汝岂不闻，室罗城中，演若达多，忽于晨朝，以镜照面，爱镜中头，眉目可见。嗔责己头，不见面目，以为魑魅，无状狂走。于意云何？此人何因，无故狂走？富楼那言：是人心狂，更无他故。"同十曰："乃至虚空，皆因妄想之所生起。斯元本觉妙明真精，妄以发生诸器世间，如演若多迷头认影。" [2]绕：絮衣服的新丝绵。 [3]自注：见《大涅槃经》。 念慧：是佛教中最重要的心所法"想蕴"（想、念、慧、寻伺、信、疑）中之两者。

双池通老以笋见遗发之皆腐矣作颂戏之[1]

竹雏何事出山迟，据案开缄谩朵颐。闻道苍筤三十万，可能浑长化龙枝。

校注

[1]双池：《名胜志》：铜陵市东北隅有陈公园，园内有双池，苏子瞻、黄鲁直常游。

闰老求席因以戏之

百丈曾于堂上卷[1]，赵州只向日中铺。赠师七尺高低具，尚打当年鼓笛无。

校注

[1]百丈：唐代名僧怀海，住洪州百丈山，因以为号，称"百丈禅师"。

戏邀道人观残花

尚有残春已可怜，那堪宿雨夜溅溅。道人若有惜春意，赤脚来看也直钱。

嘲杜鹃

杜鹃终日苦言归，只解言归不见机。青山本是渠归处，犹向风前怨落晖。

苏 庠
（1065—1147）

字养直，初以病目，自号眚翁，后改称后湖病民、后湖居士。镇江府丹阳（今属江苏）人。苏坚之子。少能诗，工翰墨。苏轼见其《清江曲》，大爱之，由是知名。今录戏谑诗2首。

戏成小诗留子静兄[1]

秋霜一夜到枯荷，奈此江南秋色何。蕲君未作一成去[2]，同听竹窗鸿雁过。

校注

[1]米芾《画史》"苏养直留客诗帖"条录此诗，并云："右苏后湖留客诗帖真迹一卷，宝庆丙戌七月得之吴门僧惟永。" [2]一成：古谓方十里之地。

德友求蔷卜花栽戏作小诗代简

问讯云萝小隐家，剡藤醉墨半欹斜[1]。酒余落笔已殊绝，发兴不须蔷卜花。

校注

[1]剡藤：剡溪出产的藤可以造纸，负有盛名。后因称名纸为剡藤。

李昭玘 （？—1126）	字成季，自号乐静先生。济州钜野（今山东巨野）人，一说齐州历城（今山东济南）人。少与晁补之齐名，为苏轼所知。神宗元丰二年（1079）进士，调徐州教授。累官至太常少卿、起居舍人。崇宁初入元祐党籍。著有《乐静集》。今录戏谑诗2首。

戏赠阎汉臣庙令

香火余金月十千，指呼巫觋示威权[1]。如何报得君王赐，沥酒殷勤祝万年[2]。

校注

[1] 巫觋：古代称女巫为"巫"，男巫为"觋"，合称"巫觋"。　[2] 沥酒：洒酒于地，表祝愿或起誓。

又戏赠汉臣

萧散官资近十千，不须亲旧祝无权。虎头食肉非虚语[1]，可待谁人报有年。

校注

[1] 虎头食肉：虎口夺食。南宋陆游《对酒》诗："牛角挂书何足问，虎头食肉亦非豪。"

慕容彦逢 （1067—1117）	字叔遇，宜兴（今属江苏）人。哲宗元祐三年（1088）进士，累官中书舍人、尚书吏部侍郎、刑部尚书。卒谥文友。今存《摛文堂集》十五卷。今录戏谑诗1首。

次韵答翟公巽见戏[1]

鞘中长铗鸣，将军出天山。前驱七萃士[2]，铁衣照朱颜。万马饮瀚海，丸泥封玉关[3]。何必学孙吴，功成谈笑间。西顾净无尘，仰视太白闲。归来佐天子，坐使淳风还。

校注

[1] 翟汝文（1076—1141），字公巽，丹阳（今属江苏）人。举进士，徽宗时，拜中书舍人。高宗绍兴初，除参知政事。秦桧劾其专权，罢官。好古，工画，尤精书法，写篆隶大字出名。有《忠惠集》。　[2] 萃士：代指勇士。　[3] 丸泥封玉关：用一团小泥丸就可把函谷关封闭住，形容地势险要，只要少量兵力就可以把守。《后汉书》卷一三《隗嚣公孙述列传·隗嚣》：王元对隗嚣说："元请以一丸泥为大王东封函谷关，此万世一时也。"

释清远
(1067—1120)　号佛眼，临邛（今四川邛崃）人。俗姓李。年十四岁出家，为南岳下十四世，五祖法演禅师法嗣。今录戏谑诗1首。

嘲道行侍者[1]

川僧蘿苴，浙僧潇洒[2]。诸人若也不信，看取山僧侍者。

校注

[1] 辑自《丛林盛事》卷上"雪堂行"条。　　[2] 蘿苴（lǎ zhǎ）：叠韵词，宋方言词汇，落拓不羁之意。宋黄庭坚《宋黄文节公全集·别集》卷一一《论俗呼字》有最近切的解释："蘿苴，泥不熟也。中州人谓蜀人放诞不遵轨辙曰川蘿苴。"另，犹邋遢、不整洁之意。

刘韐（gé）
(1067—1127)　字仲偃，崇安（今福建武夷山）人。哲宗元祐九年（1094）进士，曾知越州、建州、福州等地。今录戏谑诗1句。

答郡推官戏语[1]

穷坑难满是推官[2]。

校注

[1]《渔隐丛话》后集卷三六引《复斋漫录》：刘韐始为尉于洪之丰城，性不饮酒，饮则面色为烘然。郡推官沿檄抵邑，能饮啖，与公同会，以谚语戏公云："小器易盈真县尉。"刘答云云。　　[2] 穷坑难满：本形容人贪心不足，后比喻豪饮暴食。

洪 炎
(1067—1133)　字玉父，南昌（今属江西）人。黄庭坚之外甥。元祐末、绍圣元年（1094）进士。与兄朋、刍，弟羽号"四洪"，皆能诗。累官秘书少监。有《西渡集》。今录戏谑诗2首。

戏和公实感秋对酒

青山爱客长青眼，白水知时泛白云[1]。少日悲欢才一瞬，中星寒暑又平分[2]。稻粱狼藉余栖亩，雀鼠穿窬自立勋[3]。一叶已惊秋意早，映阶黄落更纷纷。

校注

[1] 青眼：用阮籍典。白水：河流名。　　[2] 中星：二十八星宿分布四方，按一定轨道运转，依次每月行至中天南方的星宿，称为"中星"。　　[3] 栖亩：将余粮存积田亩之中，以颂丰年盛世。《初学记》卷九引《子思子》："东户季子之时，道上雁行而不拾遗，耕耰余粮宿诸亩首。"穿窬：打洞穿墙行窃。

十月十五日山中下视云气自山椒出已而弥漫咫尺不辨岩谷戏成五言一首[1]

一岁下元日，千山小雪天。云层生远壑，雨潦隔平川[2]。放牧虚横笛[3]，樵苏乐静眠。遥知载酒客，无路到斋前。

校注

[1] 山椒，四库本作"山间"。　　[2] 隔，四库本、丛书本作"割"。　　潦：同"淹"，淹没。[3] 虚，四库本、丛书本作"吹"。

绍圣时人　失名。哲宗绍圣四年（1097）科举，章惇子章持举礼部第一，时人作讥刺。事见《清波杂志》卷四。今录戏谑诗1首。

讥章持[1]

何处难忘酒，南宫发榜时[2]。有才如杜牧，无势似章持。不取通经士，先收执政儿。此时无一盏，何以展愁眉。

校注

[1] 章持：权相章惇之子，与其弟章援同科进士。章援第一，章持第十。　[2] 南宫：礼部的别称。职掌会试。

释行持　《全宋诗》《全宋诗辑补》皆作"释持"，录诗计10首1联。《宋代禅僧诗辑考》作"释行持"，是。雪窦行持，号牧庵。《嘉泰普灯录》卷十、《五灯会元》卷十八皆云"雪窦持禅师"，《佛祖统纪》卷四六则称"余姚法性行持禅师"，并云："师号牧庵，得法于象田卿和上。其家为四明卢氏，于志盘为高伯祖。历住雍熙、云门、雪窦、护圣，名列祖图。"今录戏谑诗2首。

嘲妙普偈

咄哉老性空，刚要馁鱼鳖。去不索性去，只管向人说。

戏宏智[1]

收得一宗（翠岩宗白头也），失却一崇。面前合掌，背后槌胸。

校注

[1] 《丛林盛事》卷下"崇野堂"条。崇野堂，四明人。久依天童宏智禅师，以大事不决，竟上江西见帅堂。未几，果有所得。后住育王，乃拈香为帅堂之嗣。雪窦持以四句戏宏智云云。

谢逸
（1068—1113）　字无逸，自号溪堂居士。临川（今属江西抚州）人。与从弟谢薖并称"二谢"。博学工文词。尝从吕希哲学。屡举进士不第，遂不仕。其多咏蝶诗，至有三百首。著有《溪堂集》等。今录戏谑诗27首。

寄洪驹父戏效其体[1]

令尹吴楚豪，奇胸开八窗。人物秀春柳，诗句妙澄江。筑室名壁阴，凿牖延朱光。呻吟六艺学[2]，心醉倚胡床。毛锥摘秋颖[3]，茧纸截水苍。浑洒有能事，著勋翰墨场。翼翼鲁泮宫[4]，国士征无双。行且职教事，儒风成一邦。

校注

[1] 洪驹父：即洪刍。谢逸所云"洪驹父体"，是指洪刍早年创作的立意新奇、句法险硬的五言古诗，当然也有"酷似其舅"（黄庭坚）的一面。　[2] 六艺：即礼、乐、射、御、书、数，是中国古代教育中要求学生掌握的六种基本技能。《周礼·保氏》："养国子以道，乃教之六艺：一曰五礼，二曰六乐，三曰五射，四曰五驭，五曰六书，六曰九数。"　[3] 毛锥：指毛笔。《旧五代史·史宏肇传》：

"宏肇又厉声言曰：'安朝廷，定祸乱，直须长枪大剑，至如毛锥子，焉足用哉！'" [4]泮宫：与周天子辟雍类似，是国家最高学府，同时也是按时举行祭祀、庆功等多种礼乐活动的场所。辟雍中央为高台建筑，四面环水（圆环），而诸侯泮宫等级逊于辟雍，仅有三面环水（半圆环）。如郑玄所说："泮之言半也，半水者，盖东西门以南通水，北无也。"

寄徐师川戏效其体

不见徐侯久，梦绕西山阳。斯人天下士，秀拔无等双。捉麈望青天，意气吞八荒。平生学古功，胸次罗典章。商略造理窟，清论排风霜。弄笔有佳思，哦诗怀漫郎[1]。恐非江湖客，黑头侍明光。不忘温处士[2]，群书亦可将。

校注

[1] 漫郎：指唐诗人元结。《新唐书·元结传》："上授著作郎。益著书作《自释》，曰：……少居商余山，著有《元子》十篇，故以元子为称。天下兵兴，逃乱入猗玗洞，始称猗玗子。后家瀼滨，乃自称浪士。及有官，人以为浪者亦漫为官乎？呼为漫郎。" [2] 温处士：名造，字简舆，并州（今山西太原）人，时隐居于洛阳，与石处士同为韩愈之友，继石处士之后，亦被乌重胤召至河阳节度使幕下。韩愈有《送温处士赴河阳军序》。

寄洪龟父戏效其体[1]（二首）

其一

落落匡山老[2]，晴江莹眉宇。问道崆峒墟[3]，枯槎泛江浒。归欤谢远游，曲肱卧环堵[4]。磅礴万物表，动植见吞吐。曜灵旋磨蚁[5]，四气遽如许。咄咄千载事，俯仰变今古。安得仙人杖，颓龄为君拄。

校注

[1] 洪龟父：即洪朋。 [2] 匡山：指吉州（今江西吉安）匡山。 [3] 崆峒：崆峒山，道教圣地，在甘肃省平凉市。传说黄帝问道于崆峒山的广成子，因此被称为道家第一山。 [4] 曲肱：《论语·述而》："饭疏食饮水，曲肱而枕之，乐在其中矣。"喻清贫而闲适的生活。 [5] 曜灵：指太阳。磨蚁：喻指日月在天体中的运行。亦用以比喻忙碌不停的人或循环不已的事物。

其二

幡然起东皋，曳裾入西洛。且捧毛义檄[1]，莫蹑虞卿屩[2]。智囊发新縢[3]，经笥启尘钥[4]。治国端有计，何惜万金药。回睨黄公垆[5]，夐尔河山邈。

校注

[1] 捧毛义檄：即"毛义捧檄"。指孝子为母出仕的典故。《后汉书·刘平等传序》："东汉毛义家贫，以孝出名，府檄召义为守令。义捧檄色喜。后其母死，辞职不干。" [2] 虞卿：名信，卿是他的官职，卿姓的得姓始祖，邯郸（今河北邯郸）人，战国名士。虞卿善于战略谋划。 [3] 縢：古通"幐"，袋子。"其缣帛图书，大则连为帷盖，小乃制为縢囊。" [4] 经笥：《后汉书·边韶》："腹便便，五经笥。"后以"经笥"比喻博通经书的人。 [5] 黄公垆：黄公垆指朋友聚饮之所，抒发物是人非的感叹。

嘲潘邠老未娶

潘侯平生心，初不喜婚宦[1]。中年又丧妻，二子尚幼眇。孤灯秋梦寒，颇思美目盼。初时似不堪，既久亦习惯。斯人天机深，坚壁却忧患。浊醪只独斟，布衣谁补绽。岂不溉釜鬵，无人煮藜苋[2]。买婢供使令，颇遭俗子讪。北风吹枯桑，天寒岁云晏。人生不百年，一世如梦幻。勿谓渊泉深，巨鱼亦可汕[3]。何当呼蹇修[4]，便可买羔雁。中馈端有人[5]，嫁娶岂难办。为君乞樊素[6]，伴我老山涧。

校注

[1] 潘侯：指潘邠老，名大临。　　[2] 釜鬵：釜和鬵，皆古代炊具。　　[3] 汕：古代称抄网类的捕鱼用具。　　[4] 蹇修：传说中伏羲氏之臣，古贤者。　　[5] 中馈：指妻室。　　[6] 樊素：唐朝著名诗人白居易的家姬，与小蛮齐名。托白居易之名，闻名遐迩。有诗云：樱桃樊素口，杨柳小蛮腰。

汪信民顷赴符离约谒告还家为盛集戏作诗嘲之以助一笑仍率诸友同赋[1]

君如霜鹘精爽老，目睨云霄长侧脑。不种河阳满县花[2]，手披泮水收芹藻[3]。闭门较艺防请谒，门外宾朋迹如扫。饥肠得酒吼怒雷[4]，牙颊生烟喉吻燥。青灯枕上梦蛾眉，惊魄酷怕寒砧捣。纵未休粮仙骨轻，丹田亦合生梨枣。归来清狂尚未减，怀抱向人辄倾倒。不作孟公投辖饮[5]，乃欲悲吟效郊岛。明年东风破柳条，万里晴江波浩浩。此时扁舟挽不留，依旧儒官守枯槁。只今有酒不浪饮，迎腊寒梅为谁好[6]。相将风雪不饶人，拂面飞花故相恼。期君三日不如盟，定作回波嘲栲栳[7]。

校注

[1] 汪信民，胡思敬《豫章丛书》本（以下简称"豫章本"）作"信民"。　　[2] 河阳满县花：晋潘岳，字安仁，中牟人。才名冠世，藻思如江濯锦绮而增绚。美姿容，少时挟琴弹出洛阳道，妇人皆投以果，满车而归，乡邑号为奇童。尝为河阳令，满县种桃李，人称河阳满县花。累官太常卿，封安昌侯。　　[3] 泮，豫章本其下底本校云"原误半"。　　[4] 饥，豫章本作"愁"，其下底本校云"原误怒"。　　[5] 用"陈遵投辖"典。见苏辙《戏答》注[2]。　　[6] 迎，豫章本其下底本校云"原误迥"。　　[7] 栲栳：用竹篾或柳条编成的盛物器具。唐卢延让《樊川寒食》诗："五陵年少粗于事，栲栳量金买断春。"

同信民出城南访正叔共约南湖之游至今不果信民即有长沙之行恐遂爽约戏作诗以督之

初见南湖冻未消，只今流水又平桥。驱除腊雪烦梅蕊，收拾春风倩柳条。岂有故人行作别[1]，不将樽酒慰无聊[2]。府中诸史皆英妙[3]，早晚相从幸见招。

校注

[1] 作，豫章本作"在"。　　[2] 樽，豫章本作"尊"。　　[3] 妙，豫章本作"俊"，其下底本校云"原阙"。

王立之寄书言其子阿宜渐学作诗及问余稚子梦玉安否作诗奉戏

求田问舍是何时，随分生涯可乐饥[1]。梦玉今年初学语，阿宜他日定能诗。两家子弟俱无恙，一体文章是有师。但得耕桑了门户，吾人不用宁馨儿[2]。

校注

[1] 求田问舍：用许汜典。指只知道置产业，谋求个人私利。比喻没有远大的志向。乐饥：指充饥，出自《诗经·陈风·衡门》。　　[2] 宁馨儿：《晋书·王衍传》："总角尝造山涛，涛嗟叹良久，既去，目而送之，曰：'何物老姬，生此宁馨儿？'然误天下苍生者，未必非此人也。"宁馨：本为晋宋时的俗语，意为"如此、这样"。宁馨儿，即这样的孩子。后用来赞美孩子或子弟。

复用前韵寄李声之子阿大

东都曾见汝生时，客舍孤吟夜忍饥。忆昨能为鸲鹆舞，只今应诵脊令诗[1]。侬无气节如元礼[2]，便有功名似药师[3]。问道若知真理窟，且分余论及吾儿。

校注

[1] 脊令：亦作脊鸰、鹡鸰。水鸟名。喻兄弟友爱，急难相顾。　　[2] 元礼（？—619）：隋朝人。曾官拜武贲郎将。大业十三年（617），元礼与宇文化及、宇文智及、司马德戡等发动江都兵变弑杀隋炀帝。　　[3] 药师：药王。

以水沉香寄吕居仁戏作六言二首

其一

纸帐竹窗夜永，蒲团靠几人闲。万籁声沉沙界[1]，一炉香篆禅关。

校注

[1] 沙界：佛教语。谓多如恒河沙数的世界。

其二

海上人多逐臭，水沉价不论钱。自是渠无佛性，非关鼻孔寥天[1]。

校注

[1] 鼻孔寥天：仰起头来鼻孔朝天。形容高傲自大。

闻幼槃弟归喜而有作（二首）

其一

门前杨柳未藏鸦，溪上樱桃已著花。午梦觉来闻好语，阿连有信欲还家[1]。

校注

[1] 阿连：《宋书》卷六七《谢灵运传》："灵运既东还，与族弟惠连……共为山泽之游，时人谓之四友。惠连幼有才悟，而轻薄不为父方明所知。灵运……谓方明曰：'阿连才悟如此，而尊作常儿遇之……'灵运载之而去。"南朝宋诗人谢灵运，甚喜族弟谢惠连，称之为"阿连"。后因以"阿连"作为弟弟的美称。

其二

风雨多年不对床[1]，便当携被过溪堂。曲肱但作吉祥卧[2]，浇舌惟无般若汤[3]。

校注

[1]"风雨"句：对床风雨，亲友或兄弟久别重逢，在一起亲切交谈。　　[2] 吉祥卧：佛教的一种修行姿势，意即朝右侧卧躺。　　[3] 浇舌：指饮酒。般若汤：僧人称酒之隐词。般若，梵语，意为智慧。宋窦苹《酒谱·异域酒》："天竺国称酒为酥，今北僧多云般若汤，盖庾辞以避法禁耳，非释典所出。"宋苏轼《东坡志林》："僧谓酒为般若汤。"

戏题百叶梅花[1]

细朵斜枝恼意香，月明疏影媚横塘。悬知不结青青子，故作无情淡淡妆。

校注

[1] 百叶梅：梅花之一种，又称百叶黄梅，不结实，所以才有"悬知不结青青子"一句。

梨花已谢戏作二诗伤之

其一

冷香消尽晚风吹，脉脉无言对落晖。旧日郭西千树雪，今随蝴蝶作团飞。

其二

剪剪轻风漠漠寒，玉肌萧瑟粉香残。一枝带雨墙头出，不用行人著眼看。

南湖绝句戏高彦应司理[1]（五首）

其一

平湖夆镜净无尘，地接西坛共一云。安得御风如列子[2]，更邀明月访元君[3]。

校注

［1］高彦应：当地官员。余不详。　　［2］御风如列子：列子拜壶丘子为师，与伯昏瞀人为至交好友，尽其力学习他们的技能。学会了凭虚空御风后，就很高兴地乘风归来，造成了一时的轰动。

［3］元君：道教对崇高女仙的尊称。明彭大翼《山堂肆考·女仙》："男高仙曰真人，女曰元君。"

其二

野情萧散不便书[1]，老大无心赋子虚[2]。待借南湖双艓子，绿荷阴里看游鱼。

校注

［1］书，《永乐大典》卷二二六五作"吾"。　　［2］赋子虚：汉司马相如作《子虚赋》，假托子虚、乌有先生、亡是公三人互相问答。后因称虚构或不真实的事为"子虚"。

其三

芰荷香里文章静，苹藻汀边职事清。若使渊明知此味，折腰五斗可忘情。

其四

山色波光入座中，笑谈不觉酒杯空。掾曹莫作刑官看，兼有江湖隐者风。

其五

碧瓦朱甍午影凉，软风翻袂送清香。荷花也似知秋近，故敛羞容避夕阳。

文美约游南湖戏作绝句（二首）

其一

疏疏小雨阁春云，步屧轻便不涴尘。湖上沙鸥莫惊顾，吾曹岂是觅鱼人。

其二

沙井泉甘自试茶，匆匆一饭野僧家。翛然放棹各归去[1]，不踏城西晚鼓笽。

校注

［1］放棹、翛然：无拘无束貌；超脱貌。　　放棹，《永乐大典》卷二二六五作"于筯"，疑为"放筯"。

亡友潘邠老有满城风雨近重阳之句今去重阳四日而风雨大作遂用邠老之句广为三绝句

其一

满城风雨近重阳，无奈黄花恼意香。雪浪翻天迷赤壁，令人西望忆潘郎[1]。

校注

［1］潘郎：指潘邠老大临。潘大临，字邠老。黄冈（今湖北黄冈）人。哲学元祐中前后在世。江西诗派代表诗人。尝与黄庭坚、苏轼等人交游。著有《柯山集》二卷，已佚。

其二

满城风雨近重阳，不见修文地下郎[1]。想得武昌门外柳，垂垂老叶半青黄。

校注

[1] 修文地下郎：旧指有才文人早死。

其三

满城风雨近重阳，安得斯人共一觞。欲问小冯今健否[1]，云中孤雁不成行。

校注

[1] 小冯："小冯君"的省称。称誉他人之弟。明杨慎《昆明邝尹升万州守歌幛词》："难兄难弟，麟仪仪而凤师师；大冯小冯，印累累而绶若若。"

仲邦惠菊花诗以戏之[1]

重九登高折未残，霜蕤犹带晚香寒。莫嫌烂熳开何益，秀色侵人若可餐。

校注

[1] 仲邦：作者友人，生平不详。

赵鼎臣
（1071—1124）　字承之，自号竹隐畸士，又自号苇溪翁，滑州韦城（今河南省滑县东南）人。哲宗元祐六年（1091）进士，绍圣二年（1095）举博学宏词科。累官太学博士、度支员外郎、太府卿等。著有《竹隐畸士集》等。今录戏谑诗30首。

读史戏作

相如故倦游，偃蹇临邛市[1]。主人敬嘉宾，供具邀车骑。酒酣乐未阑，跪进丝桐戏。勉鼓一再行，四坐皆心醉。潜有知音人，独会求凰意。倾城不待媒，半夜行云至[2]。忽驾软轮车，遂抛沽酒肆。建节还故乡，拜爵文园吏[3]。卫霍老疆场，严朱死谋议[4]。摇头唤不前，日高花里睡。

校注

[1] 相如：司马相如。临邛市：古地名，即今四川邛崃。《汉书·司马相如传》载：相如客临邛，适遇卓文君新寡，相如知其好音，乃以琴心挑之，"文君窃从户窥，心说（悦）而好之"，遂"夜亡奔相如，相如与驰归成都"。　[2] 行云，用巫山神女之典。指男女欢会。　[3] 建节：指司马相如。《史记·司马相如列传》："（天子）乃拜相如为中郎将，建节往使。"文园：见王钦臣《戏书长老院》注[2]。　[4] 卫霍：指卫青和霍去病。严朱：指严助和朱买臣。

嘲春诗

天公是春父，后土是春母。风雨作春媒，桃李为春妇。桃李嫁春来几时，春工不肯使人知。昨夜小桃微破萼，漏泄春情春不觉。

子庄猎于近郊志康闻之盛赞如皋之举且督分鲜之饷再以诗往而子庄不报夫践霜雪跨陵谷以从禽荒之游乐则乐矣然未必贤伉俪之所喜也不然鲜胡为而不至哉故余再次来韵以索其情[1]

爱君谈兵如赵涉，往与西人锋刃接。尊前或诋次公狂，市上颇疑韩信怯。忽然结束变轩昂，驽马自驱千骑猎。狐狸博硕正吾须，鸟雀细微谁女慑。风驰白羽欻惊飞，火点红旗时一晔。将叔无狃戒其伤，君足正应防妇蹑。千金之子不垂堂，坐使颦眉羞美靥。径当去剑释皮冠，腥血淋漓休使喋。贤如孟光不与谋，搏兽于原毋乃辄。闻君三日静思愆，谢过莫如吾计捷。熊膰兔首速分张，好客庶几闾里侠。归家一笑定卿卿，止猎之书犹满箧。

校注

[1] 子庄：疑为孔宗愿，字子庄，延泽子、延世从子。天圣中以叔父孔道辅荫补太庙斋郎，终潍州通判任上，卒年六十六岁。志康：孙觌（1050—1120），字志康，宁都（今属江西）人。元祐三年（1088）进士，授奉宁军节度推官。历冀州幕属、郓州教授，知舒州太和县、岳州，归老于陈州。

再次前韵戏志康

贾侯少日规原涉[1]，酒徒剑客交相接。官成忽绾县令章，文墨能令豪士怯。满庭牒诉若沉迷，过眼诗书聊领猎。发狂正尔不能堪，大叫赫然胥吏慑。西城晓出颇匆匆，日射围场光有晔。鹿伤鹤膝畏雕盘，兔中鹘拳愁犬蹑[2]。获多意解始开颜，暗觉微涡生两靥。逡巡下令释前禽[3]，尚恐流殷人竞喋。不知谁忽遣君知，佐饔而尝心颇辄[4]。新诗不减子虚篇，喜意似书城濮捷[5]。更因乞肉苦讥嘲，句险词夸终类侠。莫瞋令尹少须之，报聘已装珠一箧。

校注

[1] 贾侯：贾子光，东汉游侠。原涉：新朝王莽时期著名游侠。 [2] 鹘拳：指善于搏击的苍鹰。 [3] 前禽：在前面逃逸的禽兽。古时以不逐前禽喻统治者的怀柔政策。《易·比》："显比，王用三驱，失前禽，邑人不诚，吉。"《晋书·李雄李班等载记论》："授甲晨征，则理均于困兽；斩关宵遁，则义殊于前禽。" [4] 佐饔而尝：比喻助人为善者得善报。《国语·周语下》："佐饔者得尝焉，佐斗者伤焉。" [5] 城濮捷：指蔡邕，创"飞白"书体，对后世影响甚大。

戏杨丞许尉

杨侯作书倚庭柱，不觉震雷掀屋去。许侯一盏便醺酣，遮莫王公也箕踞。两君落魄不堪闻，愁杀当年郑广文[1]。看却聋丞并酒尉，何曾敢说故将军[2]。

校注

[1] 郑广文：郑虔，字弱斋。其诗、书、画被誉为"三绝"。事见《新唐书·郑虔传》。 [2] 聋丞：《汉书·循吏传·黄霸》："许丞老，病聋，督邮白欲逐之。霸曰：'许丞廉吏，虽老，尚能拜起送迎，正颇重听，何伤？且善助之，毋失贤者意。'"后遂以"聋丞"为地方副佐之称。故将军：指汉代杰出将领李广。见《史记·李将军列传》。

属疾在告郡中诸公相继服药戏作病中九客歌

将军胆气凌秋天，百札曾将一箭穿。倒床忽作儿女眼，悲啼出泪如涌泉。会稽令尹形悍坚，新买蛾眉费万钱[1]。未容纤腰小回旋，径烦药饵亲调煎。山阴大夫祖文渊，弯弓射贼口垂涎[2]。壮士亦苦头风偏，河润九里风化传。坐令丞簿相牵联，请医买药争后先。剡中有宰正鸣弦，携琴忽泛子猷船[3]。入城卮酒不下咽，但饮柴胡如吸川[4]。沃洲公子黠可怜，斩关夜遁呼不前。道中挥断九铁鞭，抱病谁复能轻便。铸钱短簿非凛然，捧心欲效西子妍。青衫从事世所捐[5]，亦遭病鬼相傍缘。戏成嘲语如怪颠，一读坐使沉痼痊。

犹子奕来乞酒戏以诗饷之

滏阳从事如瓠壶[1]，虽如瓠壶中不粗。十围腰腹八尺躯，出行不敢用肩舆。马壮如牛形虎如，载之喘汗蹶不趋。倒床甘寝鼻辄呼，隐如雷霆惊里闾。觉来长啸忽轩渠[2]，口吻咳唾出明珠。诋嘲风月戏鸟鱼，攗摭草木穷根须。大声铿锵金石俱，小声要眇韵笙竽。泠泠清风濯暑余，玉壶之冰列坐隅。夷甫卫玠谈玄虚[3]，蒙庄执策算有无[4]。乃知公孙不硕肤[5]，炯如列仙形甚臞。瑶泉之酒出中厨，时节贡献帝所须，颇亦沾丐及吾徒。知汝燥吻思江湖，作书亟遣长须奴[6]。焦山未沃东海枯，笑我一勺安可濡。

校注

[1]滏阳：古县名，治所即今河北省邯郸市磁县。瓠壶：喻虚有其表。《三国志·蜀志·张裔传》："张府君如瓠壶，外虽泽而内实粗。"晋葛洪《抱朴子·疾谬》："然率皆皮肤狡泽，而怀空抱虚，有似蜀人瓠壶之喻，胸中无一纸之诵，所识不过酒炙之事。"　　[2]轩渠：欢悦貌；笑貌。　　[3]夷甫：即王衍，字夷甫。琅邪郡临沂县（今山东临沂北）人。西晋时期著名清谈家。卫玠，字叔宝，安邑（今山西夏县西北）人。西晋玄学家，好言《易》《老》，王澄推服备至，曾叹息绝倒，时称"卫玠谈道，平子绝倒"。见《晋书·卫玠传》。　　[4]蒙庄：指庄周。　　[5]公孙：诸侯之孙。硕肤：大的美德。亦指德高望重之人。《诗经·豳风·狼跋》："公孙硕肤，赤舄几几。"　　[6]长须奴：汉王褒《僮约》："资中男子王子渊，从成都安志里女子杨惠，买亡夫时户下髯奴便了。"后因以"长须"指男仆。

驿中燕北使戏成[1]

夜长更长睡复觉，欲雪不雪寒且风。人如胡越不觉异，酒味圣贤聊复中。客来不语虽礼简，宾去献弓而爱同。书生多口慎勿出，累圣消兵在此中[2]。

校注

[1]燕：同"宴"。北使：指辽国使者。　　[2]"书生"二句：谓宋方接待人员言语须慎之又慎，以免祸从口出。《宋辽交聘考》云："接送馆伴使副，职责虽不若出疆者之重，但话默动止，稍不合度，亦足贻讥辱国，故选择乃不得不慎。"

翟经国筑室于乡里人夸传以为盛其西吾苇溪也以诗戏之

故人高隐处，近在郭门西。数仞檐楹敞，满城门户低。便当容驷马，何止卜幽栖。更请开三径[1]，时来过苇溪[2]。

校注

[1]三径：归隐者的家园。陶渊明《归去来兮辞》有"三径就荒"。晋赵岐《三辅决录》："蒋诩归乡里，荆棘塞门，舍中有三径，不出，唯求仲、羊仲从之游。"　　[2]苇溪：赵鼎臣自号苇溪翁。

嘲咏诗

尧俗虽勤俭，并儿可叹嗟。井牵长颈盎[1]，山驾破辕车。八月霜如霰，三春雹似瓜。头蓬非愿女，膏沐欠油麻[2]。

校注

[1]长颈盎：长颈鼓起来。　　[2]膏沐：古代妇女润发的油脂。

少夷见和戏以其韵赠之

南郭先生心似灰[1]，一官偶向此间来。诗才举世当归逊，德行何人敢望回。三径就荒知有命[2]，十年不调惜无媒[3]。更添贫病相料理，颇遣黄花近酒杯。

校注

[1] 南郭先生：南郭处士。常比喻无才而居其位的人。《晋书·刘寔传》："推贤之风不立，滥举之法不改，则南郭先生之徒盈于朝矣。" [2] 三径就荒：见欧阳修《戏书拜呈学士三丈》注[3]。
[3] 十年不调：骆宾王诗句"三冬自矜诚足用，十年不调几遭回"。

暇日过西曹谒何安中得之李倧冲季咸许出近诗而未也戏以诗索[1]

眼看簿领眩生花，共指墙阴待日斜。水部诗名今独步[2]，河梁句法旧传家[3]。未容碧海归深阔，应许阳春办咻嗟。莫为琼瑶生校计，古人初不废投瓜[4]。

校注

[1] 西曹：刑部的别称。元稹《送复梦赴韦令幕》："西曹旧事多持法，慎莫吐他丞相茵。"何安中，字得之。北宋末南宋初人。曾撰写《宋觉印禅师塔》。顾湄《虎丘山志》云："在东庵，开封府司士曹事何安中铭。"见《墨庄漫录》卷七。 [2] 水部诗名：指西曹何安中之诗。 [3] 河梁句法：指李倧冲季的诗。 [4] 琼瑶、投瓜：语出《诗经·卫风·木瓜》："投我以木瓜，报之以琼瑶。"比喻酬谢的礼物或投赠的诗文。

春日燕百花堂有怀前太守许子大以诗戏之[1]

风流谁似许南阳，人到于今尚不忘。笔下涌成三峡水，胸中盖就百花堂。召公棠荫家家满[2]，潘令桃蹊处处芳[3]。借问蔡州何所似，瓠壶形势若为长。

校注

[1] 自注：百花堂，子大建，今守蔡州，蔡州城号悬瓠。 百花堂，在河南南阳。许子大，名份，字子大。许知邓州时曾在百花洲建百花堂。后改知蔡州（今河南汝南）。蔡州城北汝水屈曲，形如垂瓠，故号悬瓠。悬瓠，有柄的瓠瓜。 [2] 召（shào）公：《史记·燕召公世家》："召公之治西方，甚得兆民和。召公巡行乡邑，有棠树，决狱政事其下，自侯伯至庶人各得其所，无失职者。召公卒，而民人思召公之政，怀棠树不敢伐，哥（同"歌"）咏之，作《甘棠》之诗。" [3] 潘令：指晋潘岳。岳曾为河阳令，故称潘令。桃蹊：指潘岳在河阳令时栽种桃李树，有"河阳满县花"之称。

顷官会稽与江彦文赵胜非为僚盖二十余年于今矣前日相会于庭中道旧乐胜非许以家酿饷我久而不至尝请为后堂之客屡矣辄复未果意者殆余请之未坚也因以诗戏之并约彦文同赋[1]

天上王孙驰誉早，江南官舍结交深。举头共惜湖山隔，屈指空惊岁月侵。青社欲颁从事酒[2]，绨袍尤见故人心[3]。绝闻列屋皆倾国，何日纤纤手自斟。

校注

[1] 江彦文：江纬，字彦文。三衢（今浙江省衢州市）人。元符中为太学生。建中靖国元年（1101），赐进士及第。赵胜非：作者朋友，生平不详。曾出守潍州。 [2] 青社：祀东方土神处，借指东方之地。 [3] 绨袍：战国时魏人范雎先事魏中大夫须贾，遭其毁谤，笞辱几死。后逃秦改名张禄，仕秦为相，权势显赫。魏闻秦将东伐，命须贾使秦，范雎乔装，敝衣往见。须贾不知，怜其寒而赠一绨袍。迨后知雎即秦相张禄，乃惶恐请罪。（范）雎以（须）贾尚有赠袍念旧之情，终宽释之。见《史记·范雎蔡泽列传》。

既以诗乞酒于胜非而彦文云吾酒殆不减渠当以饷子九日绕菊独对空樽而彦文使至因次前韵戏之

雨里黄花愁正绝，篱边白酒意殊深。曲拳自觉我无用，然诺谁知公不侵。便许舖糟真好事，独令染指亦何心[1]。小哉正恨鸱夷腹[2]，倾倒聊堪一再斟。

校注

[1]染指：《左传·宣公四年》：楚人献鼋于郑灵公，公子宋与子家将见。子公之食指动，以示子家。曰："他日我如此，必尝异味。"及入，宰夫将解鼋，相视而笑。公问之，子家以告。及食大夫鼋，召子公而弗与也。子公怒，染指于鼎，尝之而出。事又见《史记·郑世家》。　　[2]鸱夷：指盛酒器。汉扬雄《酒赋》："鸱夷滑稽，腹如大壶，尽日盛酒，人复藉酤。"

时可屡欲尝白酒会有客馈余因分以饷之既而惠诗讥酒器之隘因复次深字韵为答时可新买舞鬟甚丽而尚稚故云

解揆先生空觊觎[1]，草玄夫子独精深[2]。谈诗亹亹心常折[3]，使酒时时气颇侵。欲炙已勤知子意，投醪虽俭盖吾心。端知皓腕如绵弱，故遣涓涓只细斟。

校注

[1]自注：赵乙（壹）作《解揆》。解揆先生：指作《解揆》《刺世疾邪赋》的作者汉阳西县（今甘肃天水西南）人赵壹。　　[2]草玄夫子：指以草《太玄》而淡泊自守的扬雄。《汉书》卷八七下《扬雄列传下》："哀帝时丁、傅、董贤用事，诸附离之者或起家至二千石。时雄方草太玄。"　　[3]亹亹（wěi）：勤勉不倦貌。《诗经·大雅·崧高》："亹亹申伯，王缵之事。"

史东美置酒见招偶以释奠致斋不果往因为诗戏之以请他日之约兼呈周与刘敏叔[1]

登车未肯便埋轮，置酒邀宾一笑春。北海尊罍知意重[2]，太常官职恨斋频[3]。愁霖已逐清欢失，胜欓空随好梦新。唤取江潭憔悴客，莫教偏作独醒人。

校注

[1]史东美：史微，字东美，盐官人，崇宁进士，累官户部侍郎。建炎初护驾遇害。刘敏叔，生平不详。　　[2]北海：指孔融，字文举，曾为北海相。　　[3]太常：职官名，掌理宗庙礼仪。用"太常妻"（周泽）典。

闻苏叔党至京客于高殿帅之馆而未尝相闻以诗戏之[1]

小坡不见二年余[2]，闻到都城信有诸。雪里便回非兴尽，鱼中不寄是情疏。朱门但识将军第，陋巷难逢长者车。别后欲知安否在，试凭青鸟问何如[3]。

校注

[1]殿帅：即殿前都指挥使，武官名，统领皇帝卫队并分掌全国禁军。高殿帅：疑是高俅。
[2]小坡：指苏过。《宋史·苏过传》："过（苏轼子）字叔党……其《思子台赋》《飓风赋》早行于世。时称为'小坡'，盖以轼为'大坡'也。"　　[3]"别后"二句：化用李商隐《无题》"蓬山此去无多路，青鸟殷勤为探看"。

辛丑二月二十四日以故事被檄诣贡院榜下诃止观者五鼓至院前榜未出假寐门台之上忽忆秦夷行在院中因作小诗戏之预约西池之游秦出当以呈也[1]

不妨骯脏倚朱门，坐睡聊醒宿酒醺。顾我尚犹堪御侮，逢公那敢更论文。水添池面今三尺，花减春光已二分。颇许韩非同传否，西城行乐念相闻。

[1] 秦夷行：生平不详。王履道（字安中）有诗《次秦夷行〈观老杜画像〉韵》。

榜出即事戏成

黄纸争看淡墨书[1]，人人自恐姓名无。用心正似争蛮触[2]，出手何如得雉卢[3]。路入广寒人共羡[4]，捷传城濮气争呼[5]。回思三十年前事，华发萧萧一病夫。

校注

[1] 黄纸：写在黄麻纸上的诏书。　　[2] 蛮触：见谢举廉《戏题〈指纹斗牛图〉》注[3]。
[3] 雉卢：古代樗蒲戏五种采色中的两种。古樗蒲法，五子俱黑为"卢"，二雉三黑为"雉"，皆为胜采，故赌徒于赌博时呼之，希望得彩获胜。　　[4] 路入广寒：即入广寒宫折桂，指高中。　　[5] 城濮：古地名。春秋卫地。公元前632年，晋文公和齐、宋、秦等国联军，战败楚国于此。

容之在藁城闻欲从帅辟用前韵戏之[1]

使者争飞荐鹗书[2]，论才何止朔方无。从军更欲投毛颖[3]，仗剑还思跨的卢[4]。塞北吏民方眷恋，晋阳耆旧已欢呼[5]。可怜公绰堪廊庙，漫作区区薛大夫[6]。

校注

[1] 藁（gǎo）城：在今河北省西南部，石家庄市东侧。　　[2] 荐鹗书：孔融荐祢衡，说他才高，有"鸷鸟累伯，不如一鹗"语，因而后人称推荐英才为"鹗荐"。　　[3] 毛颖：毛笔的别名。唐韩愈作《毛颖传》。　　[4] 的卢：一种凶马。典出东晋轶事小说裴启撰《庾公的卢》《庾公乘马有的卢》。叙写庾亮不肯卖"的卢"凶马的故事。　　[5] 晋阳：今山西省太原晋源区的古城以及附近区域一带。　　[6] 公绰：指孟公绰，《史记·仲尼弟子列传》记载：孔子之所严事：于周则老子；于卫，蘧伯玉；于齐，晏平仲；于楚，老莱子；于郑，子产；于鲁，孟公绰。《论语·宪问》："孟公绰为赵、魏老则优，不可以为滕、薛大夫。"

七月朔集于河沙方允迪辞疾不至已而闻新买妾甚美用葆真韵作俚语戏之[1]

解佩时时梦汉滨[2]，不将喜事报交亲。围棋赖作争先客，买妾方成得意人。乍看梳装传内样，剩供头面买时新[3]。拚须一醉金钗侧，莫向鳟前著暗巡。

校注

[1] 允：原误作"免"。方允迪：字元若，政和初中进士。方滋之大弟。靖康元年（1126），李纲以右丞为亲征行营使，命大将姚平仲谋劫敌寨。初出师，以为功在顷刻，令属官方允迪为露布。又除右使秘书少监。靖康中，官吏部郎中，后隐鸬鹚谷。　　[2] 用"郑交甫遗佩"之典。　　[3] 用白居易新乐府《时事妆》语。

以双蟹杯酒饷阿宝作诗戏之[1]

双螯才映筯，一勺仅盈瓯。未足多沉湎，聊堪小拍浮。

校注

[1] 题注：阿宝，奇小字也。

雁荡山中逢雨戏成诗[1]

试凭溪鸟谢青山，莫遣愁霖碍往还。身是江南趋走吏，暂来能得几多闲。

校注

[1] 雁荡山：在浙江省东南部。山多悬崖、奇峰、瀑布。

仲春至王官铺壁间读时可诗戏次其韵云簿领堆中不举头坐令双鬓欲惊秋苍生未必须安石自为青衫作滞留已而时可见之复次韵解嘲十二月复过此重次前韵[1]

微官相缚共低头，两见燕南塞草秋。说向苍生应大笑，为谁奔走为谁留。

校注

[1] 王官铺：地名。在河北省玉田县。

谒子约不遇戏书其壁[1]

几年不识城东路，今日相思特地来。正使朱门堪炙手，不能一为故人开。

校注

[1] 子约：马纯，字子约，自号朴樕翁，单州单父（今山东单县）人。作者友人。尝为郎官。高宗绍兴中除江西转运副使。绍兴二十一年（1151），由直秘阁落职。著有《陶朱新录》。

犹子弃画盘谷图戏书其后[1]

欲买青山未有钱，每逢佳处但垂涎。一庵所占无多地，赊我盘中数亩田。

校注

[1] 犹子：此指诗人的侄子。盘谷：在孟州济源县（今河南济源），地处太行山南端。唐贞元中，韩愈的友人李愿归隐盘谷，韩愈作序送行，即有名的《送李愿归盘谷序》，诗人侄子所画《盘谷图》或与此有关。

戏马子约

罗敷十六鬓如云，五马徘徊动使君[1]。见说黄金难可意，试凭青翼去相闻。

校注

[1] 晋崔豹《古今注·音乐》："《陌上桑》出秦氏女子。秦氏，邯郸人，有女名罗敷，为邑人千乘王仁妻。王仁后为越王家令，罗敷出采桑于陌上，赵王登台见而悦之，因饮酒欲夺焉。罗敷乃弹筝，乃作《陌上歌》以自明焉。"五马：太守的车驾。

余有鉴，其制如书册，戏号勋业簿，取子美诗所谓"勋业频看鉴"者，马子约题诗其上云"勋业簿中频点捡，只添白发与苍颜"。和之

人心各自如其面，白首论交尚不情。惟有个中真莫逆，时时相对说平生。

戏书纸尾寄犹子弃问锦绣亭春色

新年桃李渐胚胎，锦绣亭边处处栽。寄汝馆陶三尺素，要知春色写将来[1]。

校注

[1] 自注：弃善画。 此指在三尺素上作画。

卷十八

唐 庚
（1071—1121）

字子西，人称鲁国先生，眉州丹棱（今属四川眉山）人。哲宗绍圣元年（1094）进士。曾担任过州县官的职司，后贬惠州。与苏轼为同乡，又同贬一地，有"小东坡"之称。著有《眉山集》。今录戏谑诗11首。

腊岭戏书[1]

上世有鞭能走石[2]，今人无铎可驱山。一回凭膝一移足，老尽行人未老颜。

校注

[1] 自注："岭多乱石，过者苦之。"腊岭：《大清一统志》卷三四一《韶州府·山川》：腊岭，在乳源县西南七里，壁力峭拔，夏日长寒，又名支岭，以其为郴州骑田岭之支陇。又有大腊岭，在翁源县南七里。与狮子岭相接，山气高寒，盛暑如腊。又有小腊岭，在县东北八里，形如大腊，为县主山。此言戏书，盖以极尽夸张为能事。姑系于大观四年（1110）末。 [2] 鞭石：传说秦始皇作石桥，欲渡海观日出之处。时有神人，驱石下海，石去不速，神则鞭之，使之流血，石至今犹赤。见《太平寰宇记》卷二〇《登州·文登县》引《三齐略记》。

闻勾景山补盩厔丞，仍闻学道有得。以诗调之，发万里一笑[1]

人言盩厔似江湖，莫对丞哉叹负余。别后耳根无正始[2]，向来纸尾有黄初[3]。可怜鬼谷纵横口[4]，今读神溪缥缈书[5]。臣朔许长钱许少，何当天子念公车[6]。

校注

[1] 勾景山：《蜀中广记》卷九九载："勾涛，字景山，成都人，崇宁中登进士第。史馆修撰，重修哲宗、徽宗《实录》。……有《勾景山文集》十卷。"盩厔，古县名。山曲曰盩，水曲曰厔。其县因山水曲折而得名。今陕西周至县。据"万里发一笑"，当作于惠州贬所。 [2] 耳根，本佛家语，指耳朵听音的功能。此为耳边不能听见正始文学的慷慨悲凉之音者。正始，三国时魏国曹芳的年号，指代正始时期的文学。称为"正始体"。《世说新语·赏誉》："王敦为大将军，镇豫章，卫玠避乱，从洛投敦，相见欣然，谈话弥日。于时谢鲲为长史，敦谓鲲曰：'不意永嘉之中，复闻正始之音。阿平若在，当复绝倒。'" [3] 有，《宋诗钞》作"得"。黄初：本指三国时曹丕的年号。此则指这时的文学有建安文学的余风。 [4] 鬼谷：即鬼谷子，战国时纵横家之祖。著有《鬼谷子》兵书十四篇传世。[5] 缈，清抄本作"白"。 [6] 公车：汉代官署名，后也代指举人进京应试。原指入京请愿或上书言事，也特指入京会试的人上书言事。臣朔公车，盖指东方朔公车上书事及识物受赏事。见《史记》卷一二六《滑稽列传》。

端孺籴米龙川得粳糯数十斛以归作诗调之[1]

倒拔孤舟入瘴烟，归来百斛泻丰年。炊香未数神江白[2]，酿滑偏宜佛迹泉[3]。饱去定知频梦与，醉中何至便妨禅。凭君为比长安米[4]，看直公车牍几千[5]。

校注

[1] 端孺政和三年（1113）秋后到惠州，籴米事姑系政和四年（1114）。籴米，即买米。陆游《初夏杂兴》："问邻家书到，贷叶籴又平。"粳穤，即粳穤，一种了黏之米。龙川，当指时惠州属邑龙川县，见《读史方舆纪要》卷一〇三《惠州府》。 [2] 神江白，自注：米名。 神江，惠州水名，盖龙川支流。 [3] 酿滑，明嘉靖任佃刻《唐先生文集》（以下简称"明刻任本"）作"滑酿"。 佛迹泉，在惠州博罗县象山白水岩。《读史方舆纪要》卷一〇三《惠州府·博罗县》："（白水岩）有悬泉百仞，山八九折，折处辄为潭，深者至五六丈，旁有佛迹岩，岩西有泉二，东曰汤泉，西曰雪如泉，二泉相去仅步武，而凉燠迥别云。" [4] 长安米，盖用尤袤《全唐诗话》卷二《白居易》事。此以粳穤之贵比拟长安米。 [5] 公车牍几千，盖用东方朔公车上书受赏事。见《史记》卷一二六《滑稽列传》。

戏题醉仙崖[1]

谁家翠岭高亭亭，白崖隐起仙人形。仙人昔尝为酒星[2]，乘兴痛饮干北溟。五湖一吸聊解酲，江妃丧魄鳌失灵[3]。上帝震怒呵出庭，酡然影落秋山青[4]。行人几见霜叶零，醉仙醉去不复醒[5]。何须荷锸随刘伶[6]，河沙劫填归冥冥[7]。

校注

[1] 醉仙崖：盖在丹棱县北的赤崖山。《嘉庆重修一统志》卷四一〇《眉州·丹棱县》："赤崖山，在丹棱县北二十里。其山高峻，色赤有棱状，如飞旗拱翼县治。县以此名。"据唐庚弟唐庾《序》，此诗作于十四岁时。即元丰七年（1084）。 [2] 酒星：即酒旗星。《后汉书》卷七〇《孔融传》："（曹）操表制禁酒，融频书争之。"注引孔融《与操书》："酒之为德久矣……故天垂酒星之耀，地列酒泉之郡，人著旨酒之德。" [3] 北冥五湖被吸干后，一切水族即失魂落魄。江妃：传说中的神女。[4] 酡然，饮酒脸红貌。以象山之赤崖。 [5] 醉仙：即酒仙。杜甫《饮中八仙歌》："李白斗酒诗百篇，长安市上酒家眠。" [6] 刘伶荷锸：刘伶，字伯伦，晋沛国人。与阮籍等为"竹林七贤"。纵酒放诞。常乘鹿车，携酒一壶，使人荷锸相随。说："死便埋我。"尝著《酒德论》自称："惟酒是务，焉知其余。" [7] 河沙劫：即恒河沙数劫，佛语无量劫。即无限的时间流逝。末句意即任何存在在无限的时间面前，终将归于空无，不管是旷达，还是山崖，都会随着时间的推移而消逝于溟蒙之中。参见《金刚经·一体同观分》。 填，《全宋诗》作"坏"，误。

戏赠王推官诚中[1]

乃祖赋混成[2]，津涯极深远。家学到诸郎，文字复清婉。今作劾鼠吏[3]，于理诚未稳。怒草三千牍，驰驿奏龙衮[4]。上问今安在，幕职补阆苑[5]。召赐数刻对，叹息相见晚[6]。纵未置青琐，亦应校黄本[7]。九万里扶摇，忽若驰峻坂[8]。

校注

[1] 王诚中：不详。广西"清秀山题名"中有此人："杜唐臣、张通夫、王诚中……元符三年八月旦同游。" [2] 乃祖，即王粲，建安七子之一。据曹丕《典论·论文》："王粲长于辞赋，徐幹时有齐气，然粲之匹也。如粲之《初征》《登楼》《槐赋》《征思》……虽张、蔡不过也。"混，明刻任本作"浑"。 [3] 劾鼠吏：即"张汤劾鼠"。形容官吏治狱，严厉老练。亦盖诗人生造之语，极言其官位之低，其官职之无聊，以见人才之浪费。 [4] 怒草、驰奏：盖用《史记》卷一二六《滑稽列传》东方朔上书事。龙衮，天子礼服，上绣龙纹。以代指皇上。 [5] 阆苑：阆凤山之苑，传说中神仙居住之处，旧时诗文中常用来指宫苑。此代中央机构。 [6] 赐数刻对：是皇帝礼贤的高姿态。《史记》卷八四《屈贾列传》："上因感鬼神事，而问鬼神之本，贾生因具道所以然之状。至夜半，文帝前席。" [7] 纵，《四部丛刊》之《眉山唐先生集》作"总"。琐，《全宋诗》作"锁"。 青琐：指代

官廷。《汉书》卷八九《元后传》："曲阳侯极骄奢僭上，赤墀青琐。"注："青琐者，刻为连环文，而青涂之也。"泛指豪华富丽的房屋建筑。黄本：宋时称用雌黄书写的国史。此言王诚中即使不能任职中央机关，也可任校书郎之职。校书郎之职，虽地位卑微，但亦有清名，为人称道。　　[8] 万里扶摇：见《庄子·逍遥游》。峻坂：意指陡坡。见《史记·袁盎晁错列传》。　　若，明刻任本作"然"。

嘲陆羽[1]

陆子作《茶经》，竟为茶所困。其中无所主，复著《毁茶论》。简贤傲长者，彼自愚不逊。茶好固自若，于我有何恨[2]。便当脱野服，洗瓒为一献。饮罢挈茶去，譬彼浇畦畹[3]。君看祢正平，意气真能健[4]。达与不达人，何啻相千万。

校注

[1] 姑系政和五年（1115）前。陆羽（733—804），字鸿渐，唐复州竟陵（今湖北天门）人。著《茶经》三篇，为我国最早的茶学专著。民间祀为茶神。《新唐书》有传。　　[2] 何，清雍正汪亮采南院草堂活字印本《唐眉山集》（以下简称"清刻汪本"）作"所"。　　[3] 瓒：古同"盏"，小杯子。《新唐书》卷一九六《隐逸》："御史大夫李季卿宣慰江南，次临淮，知伯熊（即常伯熊，陆羽茶艺的追随者）善煮茶，召之。伯熊执器前，季卿为再举杯。至江南，又有荐陆羽者，召之。羽衣野服，挈具而入，季卿不为礼，羽愧之，更著《毁茶论》。"　　[4] 祢正平：即祢衡，是孔融的一个好朋友，才高但十分自傲，裸衣大骂曹操。

会饮尉厅效八仙体[1]

尉公不忝东州英，坐上拍满樽中盈。令尹学道眼目明，作佛肯后灵运成[2]。户掾句法令人惊，登坛抗臂从我盟。法曹静如不能鸣，胸中自有百万兵。会稽少年富才情，墨竹中含楚辞声。泮宫老人驾虚名[3]，赋诗饮酒畏后生。

校注

[1] 尉厅：当绵州公署之尉厅。八仙体，盖杜甫《饮中八仙歌》中以速写笔法绘群像的格调。此诗为绵州之作，故系元符元年（1098）。　　[2] 灵运：即谢灵运。《宋书》卷六七《谢灵运》："（会稽）太守孟顗事佛精恳，而为灵运所轻，尝谓顗曰：'得道应须慧业文人，生天当在灵运前，成佛必在灵运后。'顗深恨此言。"　　[3] 泮宫：州府学官之称。自汉文帝命博士撰《王制》，遂谓天子之学有辟雍，诸侯之学有泮宫，后说经者皆以泮宫为学官。生员入学即入泮。泮宫老人，盖作者自谓。以唐庚于绵州主管学事，故自称泮宫老人。虽唐庚时未三十岁。

调华阳尉[1]

家世传儒素，平生学古文。三年思故国，一命荷君恩[2]。折节羞黄版[3]，归休许白云。吟诗无废事，薄俸不禁分[4]。

校注

[1] 华阳：即华阳县，宋时为成都东南以近的畿县。今四川成都龙泉驿一带。此诗作于元祐六年（1091），唐庚进士及第，即赴华阳为尉。三年后赴益昌判司任。　　[2] 一命：周时官阶从一命至九命，一命为起码官阶。《周礼·地官·党正》："一命齿于乡里。"　　君恩，明刻任本、清刻汪本作"明君"。　　[3] 黄版：盖指黄牒。即委任官员的政书，用黄纸书写。《宋志》："元丰法，凡入品者给告身，无品者给黄牒。元祐中，以内外差遣并职事官本等内改易或再任者，并给黄牒，乃与无品人等。"　　[4] 自注："孟东野尉平阳，淫于诗，曹务尽废，郡置假尉以代之，分其半俸。"

自笑二绝[1]

其一

案头故纸如拨山，三年只有马上闲。贵官眼高不解颜，紧推不去何其顽。

其二

平生所学尽虚谈，为吏文书百不谙。唤作参军真漫浪，军中底事更须参[2]。

校注

[1] 自笑：笑己满腹经纶，竟只能镇日同官吏文书打交道。诗盖作于为益昌判司时，时诗人为官最卑微。据"三年"，姑系于绍圣三年（1096）。　[2] 须，明刻任本作"能"。

自　笑

已白穷经首，仍丹许国心。那能天补绽，更欲海填深。儿馁嗔郎罢，妻寒望藁砧[1]。世间南北路，何用尔沾襟。

校注

[1] 望，明刻任本作"怨"。　藁砧：稻草与砧板。古代行刑时，犯人席藁伏砧，以铁（斧）腰斩之。"铁、夫"谐音，古乐府因以"藁砧"为妇女称丈夫的隐语。《玉台新咏·古绝句四首》："藁砧今何在，山上复有山。何当大刀头，破镜飞上天。"

释德洪
（1071—1128）

一名惠洪，亦作慧洪，号觉范，筠州新昌（今江西宜丰）人。俗姓彭（一作姓喻）。十四岁时，父母双亡，依三峰靓禅师为童子。哲宗元祐四年（1089），试经于东京天王寺，冒惠洪名得以剃度为僧。二十九岁始，游方庐山、衡山等地，住金陵清凉寺。冒名事发，入狱一年，勒令返俗。后至东京，入丞相张商英、枢密郭天信门下，再得度，赐名宝觉圆明禅师。著有《石门文字禅》《天厨禁脔》《冷斋夜话》《林间录》《禅林僧宝传》等。今录戏谑诗41首。

大雪戏招耶溪先生邹元佐[1]

昨夜颠风吹裂石，晓来雪片大如席。耶溪先生醉不知，拥絮雷霆喧鼻息。痴奴搥门呼不应，但闻含糊语呵叱。先生行世如行川，虚舟触人无怨言[2]。逢人觅钱即沽酒，得钱不谢犹傲然。我欲看君堕帻醉[3]，便觉两颊微涡旋。款段自能驮醉起[4]，归路逆风吹冻耳。入门儿女啼饥寒，瞠目瞠然作直视。

校注

[1] 邹元佐：邹正臣，字元佐，号耶溪先生，新昌人。著有《洪范福极彝伦奥旨》五卷、《贵命四十九格》行于世，时号新昌三奇，谓洪觉范奇于诗，彭渊材奇于乐，邹元佐奇于命。　[2] 虚舟触人：《庄子》曰："泛若不系之舟，虚而遨游者也。"《刘子》："虚舟触人，人不知怨。"庄周以为虚舟触人，虽有褊心不怒。　[3] 堕帻醉：《晋书》卷五〇《庾峻传》附《庾敳传》："敳字子嵩。……参东海王越太傅军事，转军咨祭酒。……敳有重名，为搢绅所推，而聚敛积实，谈者讥之。……时刘舆见任于越，人士多为所构，惟敳纵心事外，无迹可间。后以其性俭家富，说越令就换钱千万，冀其有吝，因此可乘。越于众坐中问于敳，而敳乃颓然已醉，帻堕几上，以头就穿取，徐答云：'下官家有二千万，随公所取矣。'舆于是乃服。越甚悦，因曰：'不可以小人之虑度君子之心。"庾敳于堕帻醉态之中应付

233

了刘舆对他的陷害。　　[4] 款段：《后汉书·马援传》："士生一世，但取衣食裁足，乘下泽车，御款段马……斯可矣。"李贤注："款，犹缓也，言形段迟缓也。"东汉马少游曾劝其兄马援满足于掾吏生涯，有"御款段马""可矣"之语。后因以"款段"指马，并以骑款段马表示掾吏生涯。元稹《纪怀赠李六户曹崔二十功曹五十韵》："有时鞭款段，尽日醉傞僜。"

洽阳何退翁谪长沙会宿龙兴思归戏之[1]

何郎西州来，逸气扫秋晚。平生贮书腹，中有文武胆。材如骆宾王，其直亦不减。上书论国事，忌讳失料拣。居然为逐客，安免投手板。世方例皮相，我亦作白眼。闭门古寺中，一榻聊医懒。迩来偶病渴，意绪觉萧散。颇怀当垆人，楚岫屡欲铲[2]。我从山中来，携被夜假馆。地炉拥红金，妙语容细款。凛然忠义气，不肯受盘绾。正恐复一吐，与民作温暖。坐觉舟壑走，岁月不可挽。人生一梦耳，勿作镜中叹。何当结后期，相携游汗漫。

校注

[1] 何退翁：疑为何大受。宋潘自牧《记纂渊海》卷一六《郡县部》成都府路雅州人物："何大受，元祐党人。"考清陆心源《元祐党人传》卷四，何大受坐元符末上书谤讪，勒停，羁管襄州。崇宁三年（1104）入党籍，五年降两官收叙。何大受上书遭贬之事与何退翁相类，疑当同一人。退翁当为大受之别号。洽阳：在今陕西省合阳县西北。即在洽水的北边，即古莘国的所在地。《诗经·大雅·大明》："在洽之阳，在渭之涘。"　　[2] 楚岫：楚地山峦。

戏廓然[1]

久不对睿语，便觉牙颊强。独行溪山间，清鹄失群伴。温软闻吴音，攀翻忽东向。试问识睿否，客曰甚无恙。但遭吕吴兴[2]，拽手不少放。欲使开笑齿，说法人天上。掉头掣肘去，不顾西兴浪。登舟翻然行，万众皆目断。平生勇于道，气韵真迈往。安肯逐儿辈，低首投世网。但恐吕望之[3]，追法薛廷望。茶盐以加之，趁出白云嶂。要看呵佛祖，瘦拳捉藜杖[4]。

校注

[1] 廓然：释惠洪诗中有两"廓然"，一从其《陪张廓然教授游山分题得山字》《送廓然》等"湘西十月留，笑语烟云间""长沙古都会，何以冠荆楚"诗句中可知此廓然乃张廓然，是湖南人。曾任长沙教官，后馆于道林寺。另有一睿廓然，是诗僧在杭州期间，交往最密切者之一。至今《石门文字禅》仍保存有惠洪与睿廓然在杭州唱和的十余首诗作。此诗所戏当是睿廓然。其亦是一个性情高远、狂放不羁的禅者。　　[2] 吴兴：古代吴地"三吴"之一。　　[3] 吕望之：吕望之才，意为具有姜太公一样的才华。吕望就是姜子牙，姜姓，字子牙，号飞熊，也称吕尚。　　[4] 薛廷望：河东人，武陵（朗州）太守，唐宣宗大中初年（约847）薛廷望重修德山精舍（号"古德禅院"，即今湖南常德德山乾明寺），屡请宣鉴禅师出任精舍住持，均被辞谢。薛廷望"乃设诡计，遣吏以茶盐诬之，言犯禁法，取师入州瞻礼，坚请居之"，遂就任，时人称其为"德山和尚"。宣鉴在此大阐宗风，上堂时呵佛骂祖，又惯于以棒敲打学僧来猛截学人的情思理究以使其契悟，人称"德山棒"，与"临济喝"并传为禅门千古佳话。

景醇见和甚妙时方阅华严经复和戏之[1]

夫子和雪诗，放意如注瓦。手搏华严界[2]，笑中已见借。高词师枣柏，宁暇数班马。如登妙高峰，如游广莫野。怪公个中人，亦入此保社。朝来谁扣门，寂音老尊者。扶筇坐山堂，诗眼不知夜。不入人间世，谁将作图画。但欠维摩女，玉骨无一把。纷纷散奇英，梨花风雨打^[3]。湖山晚多态，应接殆未暇。此诗聊戏公，诗成还自写。

校注

[1] 景醇：彭景醇，号湖山居士。曾以奉议郎知湘阴。宋代有"彭景醇诗社"，该诗社是彭景醇在湘阴所结，活动时间大约在1123年，参与人员还有僧人释德洪。 [2] 华严界："华严"源自梵语avatamsaka的汉译名。华严宗以《华严经》为主要典籍，探讨以毗卢遮那佛为中心的一真法界。主张认识的最高境界是万物成为一个和谐的整体，互相关联，互相依存，并以毗卢遮那佛为中心形成和谐世界。 [3]《月上女经》（《月上童女授记经》）记载维摩女月上成佛之事。

雪霁谒景醇时方筑堤捍水修湖山堂复和前韵

筑堤盖南堂，雪霰响新瓦。我踏雪泥至，自携双不借。爱公有俊气，句法洗凡马。清婉继彭泽，寒陋笑东野。愿为西崦邻，投名入诗社。余年吾事济，过从有公者。何时闻折竹，灯火共清夜。晓堂人未扫，如开辋川画。平生学牧牛，鼻索尝自把。而今失所在，宁复事鞭打。吾诗一寄耳，雕琢特未暇。且欣两俱健，意气要倾写。

和景醇从周廷秀乞东坡草虫^[1]

周髯迂阔亦自笑，安乐饥寒奈嘲诮。东坡墨戏偶得之，保藏更作千金调。自言吾富可埒国，痴病已深那可疗。坡初画此适然耳，髯以夸人无乃剿。彭侯满腹是精神，翰墨行藏两俱妙。应嗟玩物非尚德，未欲夺攘投火疗。乞之如易紫香囊，岂弟高风珠自照。此诗醇酽等佳酝，为君满引那辞醮。

校注

[1] 周廷秀：不详。诗僧《跋周廷秀酬唱诗》："宣和二月初吉日，予送客松下，浅丘纵望。廷秀一髯男子，但是时湘西雪尽，众峰苍然，我与廷秀皆是画图。廷秀袖出与张公酬唱之词，读之，便觉与众峰争秀。岂其愧从聚落中来，故以此句弹压清境耳？"

长沙邸舍中承敏觉二上人作记年刻舟之诮以诗赠

道人天姿心匠妙，漆瞳含秋看飞鸟。气和不减华林风，韵高胜却霜岩晓。心胸冰壶不隔尘，争传落笔如有神。不画凌烟大羽箭^[1]，来写山林梦幻身。清秀摩云洞冰雪，更将己素称三绝。不作能痴顾虎头^[2]，定为露顶王摩诘。传神写照谁与功，吾闻成在阿堵中^[3]。拟将万匹鹅溪绢^[4]，为写沤中胜义空。

校注

[1] 凌烟：凌烟阁，是唐朝为表彰功臣而建筑的绘有功臣图像的高阁。大羽箭：李世民的弓箭，《资治通鉴》卷一八八："世勣尝自帅轻骑觇敌……为贼所及，世民以大羽箭射殪其骁将，贼骑乃退。" [2] 顾虎头：东晋画家顾恺之小字虎头，故称。亦借指画家。见《太平广记》卷二一〇《画一·顾恺之》。 [3] 阿堵：眼睛。《世说新语·巧艺》："顾恺之画人，或数年不点目精。人问其故，顾曰：'四体妍蚩，本无关于妙处，传神写照，在阿堵中。'" [4] 鹅溪绢：唐代为贡品，宋人书画尤重之。见《新唐书·地理志六》。

送瑶上人往临平兼戏廓然^[1]

鹄瑶脑骨紧，脚力健生云。叠数一万里，捷于臂屈伸。肉佛不讥诃，称之返云云。坐诵觉范诗，抄录亦甚勤。群儿争欺之，伪杂以佗（他）文。瑶独颔不语，饭沙俱一吞。湘西雪达旦，万树吐奇芬。冻行如鹭鸶^[2]，雪泥溅衣裙。解包呵直指，又作饥猨蹲。放意说临平，想见禅诵群^[3]。坐令冷斋中，忽然变春温。明朝别我去，掣肘径出门。便觉西湖月，夜坐生梦魂。

校注

[1] 瑶上人：与释惠洪、李之仪有交往。余不详。廊然：睿廊然。 [2] 鹭鸶：水鸟名，翼大尾短，颈和腿很长。因其头顶、胸、肩、背部皆生长毛如丝，故称。 [3] 禅诵：佛教语。谓坐禅诵经。

初到鹿门上庄见灯禅师遂同宿爱其体物欲托迹以避世戏作此诗[1]

上庄俯汉江，古木杂桑柘。槐衙阴广陌[2]，麦浪涨平野。连云对困廪，用谷量牛马。我来二月破，解鞍绿阴下。纵望烟霏中，领略见楣瓦[3]。耆年骨柴崖，迎客意倾写。干戈争夺余，身在相惊诧。山空啼杜鹃，龛灯自清夜。敛眉问儋州，亟口谈江夏。以余游二公，老大知识寡。暮归逢醉人，往往遭捶骂。鹿门有余地，贤钊如君者。为连修竹林，规以构茅舍。伏春旧所能，犁钼当学把。相见水过膝，蓑笠清入画。

校注

[1] 鹿门：鹿门山之称。在湖北襄阳。后汉庞德公携妻子登鹿门山，采药不返。后因用指隐士所居之地。 [2] 槐衙：指古代长安天街两旁排列成行的槐树。南唐尉迟偓《中朝故事》："天街两畔槐树，俗号为槐衙；曲江池畔多柳，亦号为柳衙，意谓其成行列如排衙也。" [3] 楣瓦：用来连接脊瓦和主瓦交接的地方所用的瓦片。

宋迪作八境绝妙人谓之无声句演上人戏余曰道人能作有声画乎因为之各赋一首[1]（八首）

平沙落雁

湖容秋色磨青铜，夕阳沙白光濛濛。翩翩欲下更呕轧，十十五五依芦丛。西兴未归愁欲老，日暮无云天似扫。一声风笛忽惊飞，羲之书空作行草。

远浦归帆

东风忽作羊角转，坐看波面纤罗卷。日脚明边白岛横，江势吞空客帆远。倚栏心绪风丝乱，苍茫初见疑凫雁。渐觉危樯隐映来，此时增损凭诗眼。

山市晴岚

宿雨初收山气重，炊烟日影林光动。蚕市渐休人已稀[2]，市桥官柳金丝弄。隔溪谁家花满畦，滑唇黄鸟春风啼。酒旗漠漠望可见，知在柘冈村路西[3]。

江天暮雪

泼墨云浓归鸟灭，魂清忽作江天雪。一川秀发浩零乱，万树无声寒妥帖。孤舟卧听打窗扉，起看宵晴月正晖。忽惊尽卷青山去，更觉重携春色归。

洞庭秋月

橘香浦浦青黄出，维舟日暮柴荆侧。涌波好月如佳人，矜夸似弄婵娟色。夜深河汉正无云，风高掠水白纷纷。五更何处吹画角，披衣起看低金盆。

潇湘夜雨

岳麓轩窗方在目，云生忽收图画轴。软风为作白头波，倒帆断岸渔村宿。灯火荻丛营夜炊，波心应作出鱼儿。绝怜清境平生事，蓬漏孤吟晓不知。

烟寺晚钟

十年车马黄尘路，岁晚客心纷万绪。猛省一声何处钟，寺在烟村最深处。隔溪修竹露人家，扁舟欲唤无人渡。紫藤瘦倚背西风，归僧自入烟萝去。

渔村落照

碧苇萧萧风渐沥，村巷沙光泼残日。隔篱炊黍香浮浮，对门登网银戢戢。刺舟渐近桃花店，破鼻香来觉醇酽。举篮就侬博一醉，卧看江山红绿眩。

校注

[1] 宋迪：字复古，往往不名而以字显。洛阳（今河南洛阳）人，道弟，声誉大过其兄。以进士擢第为司封郎。嗜古好作山水，尤工平远，师李成。八境：宋迪所作的潇湘八景初未尝命名，释德洪为其画作赋，后人乃以释德洪的赋名之，此为八境也。 [2] 蚕市：蜀地旧俗，每年春时，州城及属县循环一十五处有蚕市，买卖蚕具兼及花木、果品、药材杂物，并供人游乐。见高承《事物纪原·岁时风俗·蚕市》。 [3] 柘冈：山名。在今江西省金溪县西，与抚州市临川区灵谷山相接，旧有宋王安石读书堂。

四月二十五日智俱侍者生日戏作此授之[1]

与佛同生月，犹迟十八朝。参禅唯自肯，求法转相辽。谷响千斤重，虚空五采描。布毛吹起处[2]，豁尔万缘消。

校注

[1] 智俱侍者：惠洪门人。据《楞严经合论》卷一〇《统论》载，智俱曾化缘刊刻惠洪所撰《尊顶法论》，然其生平已不可考。又智俱为侍者，当在南台寺时。侍者：僧执事之一，随侍师父、长老之侧，听从其令，予以服侍者。 [2] 布毛：布上的绒毛。佛教禅宗语。喻佛法无所不在，不可粘着。见《景德传灯录·前杭州径山道钦禅师法嗣》。

与客啜茶戏成

道人要我煮温山[1]，似识相如病里颜[2]。金鼎浪翻螃蟹眼[3]，玉瓯绞刷鹧鸪斑[4]。津津白乳冲眉上[5]，拂拂清风产腋间。唤起晴窗春昼梦，绝怜佳味少人攀。

校注

[1] 温山：在湖州乌程。唐陆羽《茶经·七之事》："山谦之《吴兴记》：'乌程县西二十里有温山，出御荈。'"后由山名转作茶名，南朝时充贡。 [2] 相如病里颜：司马相如晚年因患消渴病病重而死，作者把嗜茶比作相如所患的消渴病，香茶解酒病。 [3] 螃蟹眼：古时称煮茶之水沸腾之前的状况，即水中出现小泡泡，气泡如螃蟹眼大小。 [4] 鹧鸪斑：古代茶具名。建盏的雅称。因有鹧鸪斑点的花纹，故称。 [5] 白乳：名茶的一种。见《宋史·食货志下五》："（茶）有龙、凤、石乳、白乳之类十二等，以充岁贡及邦国之用。"

偶读和靖集戏书小诗卷尾云"长爱东坡眼不枯，解将西子比西湖。先生诗妙真如画，为作春寒出浴图"。廓然见诗大怒前诗规我又和二首

其一

居士多情工比类，先生诗妙解传真。只知信口从头咏，那料高人作意瞋。云堕鬒垂初破睡，山低眉促欲娇春。何须梦境生分别，笑我忘怀叹爱频。

其二

轻狂举世谁非伪，迟钝知余却甚真。未把僻怀投俗好[1]，且将狂语博君瞋。已嗟心

折垂垂老，忍看花飞片片春。满眼闲愁图不得，江南无奈到心频。

校注

[1] 僻，四库本作"鄙"。

蜀道人明禅过余甚勤久而出东山高弟两勤送行语句戏作此塞其见即之意

众中闻语识巴音，京洛沉湘久访寻。张口茹拳君聚落[1]，垂膺拭涕我山林[2]。碧岩花堕鸟飞去[3]，蒲坐叶飘针正纫。袖里两勤太饶舌，丈夫声价老婆心[4]。

校注

[1] 张口茹拳：道士厉归真，异人也，莫知其乡里。善画牛虎，兼工鸷禽雀竹，绰有奇思。惟著一布裘，入酒肆如家。每有人问其所以，辄大张口茹其拳而不言。梁祖召问云："君有何道理？"归真对曰："衣单爱酒，以酒御寒，用画偿酒，此外无能。"梁祖然之。见《图画见闻志》卷二。 [2] 垂膺拭涕：唐天宝年间，从嵩山来到衡山的一位和尚，法号叫明瓒，绰号叫"懒残"或"懒瓒"。唐德宗闻其名，遣使召之。使者至其室宣言："天子有诏，尊者当起谢恩。"瓒方拨牛粪火，寻煨芋而食，寒涕垂颐，未尝答。使者笑曰："且劝尊者拭涕。"瓒曰："我岂有工夫为俗人拭涕耶！"竟不起。见《碧岩录》卷四。 [3] 碧岩花堕：出自《碧岩录》。 [4] 老婆心：佛教语。谓禅师反复叮咛，急切诲人之心。《大慧普觉禅师语录》："老僧二十年前有老婆心，二十年后无老婆心。"参见"老婆禅"。

禅首座自海公化去，见故旧未尝忘追想悼叹之情。季真游北游大梁，闻其病，忧。得书，辄喜。为人重乡义，久要不忘湘西，时访史资深，亦或见寻，此外闭门高卧耳。宣和二年三月日，风雨。有怀其人，戏书寄之[1]

前时无际曾入梦，近日真游又得书。一味岁寒甘淡薄，十分欢喜说乡闾。闲寻老偁台南寺，更过史髯湖上居。想见朝来闭深阁，卧听檐雨滴阶除。

校注

[1] 此诗作于宣和二年（1120）三月。时惠洪在南台寺。禅首座，法名不可考。当为惠洪同乡。海公：岳麓智海禅师，号无际。季真游、史资深，均不详。此诗为怀禅首座而作。首座：指位居上座的僧人。

唐生能视手文乞诗戏赠之[1]

草芜门径过从少，那料秋来夜话同。屋漏移床时发笑，粥稠当饭巧于穷。我留痴绝传身后[2]，君见平生似掌中。明日渡江应转首，数峰无语晚连空[3]。

校注

[1] 手文：同"手纹"。手上的纹理。相术因以推测休咎祸福。《神相全编·许负相手篇》："手纹乱锉，合有福禄，永无灾害。"《周礼·考工记·弓人》："合灂者背手文。" [2] 痴绝：见《晋书·顾恺之传》。 [3] 王禹偁《村行》："万壑有声含晚籁，数峰无语立斜阳。"

要阿振出门山已暝而烟翠重重一抹万叠秀峰缺处日脚横度红碧相通余晖光芒倒射作虹霓色微风忽兴新秧翻浪如卷轻罗坐新丰亭流目而长吟读云庵老人戏墨为诗[1]

壁上龙蛇飞动，坐中金玉枪然[2]。起望微云生处，一声相应残蝉。

校注

[1] 新丰：镇名。在今江苏省镇江市丹徒区，产名酒。诗文中用以泛指美酒产地。云庵老人：谢逸

《林间录序》云释惠洪"得自在三昧于云庵老人",洪有《次韵云庵老人题妙用轩》。　　[2]枪然:形容金属器物等响亮、清脆的声音。

戏呈师川驹父之阿牛三首[1]

其一

今代南州孺子,要是万人之英[2]。安得际天汗漫,著此海上长鲸。

其二

风鉴晴云霁月,衣冠紫陌黄尘。勿笑铎驼长卧,起来便自过人。

其三

阿牛骨相似舅,文章定能世家。差胜宗武不袜,犹作添丁画鸦[3]。

校注

[1]师川:徐俯(1075—1141),字师川,自号东湖居士,原籍洪州分宁(今江西修水)人,后迁居德兴天门村。徐禧之子,黄庭坚之甥。驹父:洪刍,字驹父,南昌(今属江西)人。与兄朋、弟炎、羽并称"四洪"。黄庭坚之甥。阿牛:指徐俯、洪刍之甥,名不可考。　　[2]南州孺子:南州即洪州。孺子本指徐稚,但此指徐俯。《后汉书·徐稚传》:"徐稚字孺子,豫章南昌人也……及林宗有母忧,稚往吊之,置生刍一束于庐前而去。众怪,不知其故。林宗曰:'此必南州高士徐孺子也。'"文中把徐俯称作当代的徐稚。万人之英:本指周瑜。此指徐俯。刘备问曰:"公瑾文武筹略,万人之英,顾其器量广大,恐不久为人臣耳。"　　[3]宗武:杜甫的儿子宗武。此指阿牛。不袜:《北征》:"见耶背面啼,垢腻脚不袜。床前两小女,补绽才过膝。"添丁画鸦:唐代卢仝生子,取名"添丁",添丁喜欢乱涂乱写,常把卢仝的书册弄得又乱又脏。卢仝因此写了一首诗:"忽来案上翻墨汁,涂抹诗书如老鸦。"

道逢南岳太上人游京师戏赠其行[1]

野外相逢一笑新,十年峰顶卧云人。却将南楚登山脚,去踏东华没马尘[2]。

校注

[1]太上人:南岳寺僧。　　[2]苏轼《赠清凉寺和长老》:"代北初辞没马尘,江南来见卧云人。"

琛上人所蓄妙高墨戏三首并序[1]

淮上琛上人袖妙高老墨戏三本来,阅此,不自知身在逆旅也。妙高得意懒笔,而琛公能蓄之,琛之好尚盖度越吾辈数十等也。为作三首,结林间无尘之缘。

其一

年年长恨春归速,脱手背人收拾难。那料高人笔端妙,一枝留得雾中看。

其二

修叶闹花增秀色,为谁幽径撒秋香。还如此老行藏处,不为无人亦自芳。

其三

一幅湘山千里色,碧天如水盖秋宽。磨钱作镜时一照,乞与禅斋坐卧看[2]。

校注

[1]妙高:宋僧,即华光妙高仲仁(约1051—1123),南岳惟凤法嗣。善画梅。会稽(今浙江绍兴)人,据翁同文所编年谱书,仲仁游历南方之后,栖身湖南禅僧聚居地,约1093年定居在衡山(在今衡阳)华光寺,开始声名鹊起。　　[2]磨钱作镜:黄庭坚《题华光画》:"华光懒笔,磨钱作镜所见

耳。"华光指释仲仁，是中国墨梅画的始祖。此谓其画技高超。

英上人手录冷斋为示戏书其尾[1]

五鼎八珍非我事[2]，曲眉清倡乞人争。一帙冷斋夜深话，青灯相对听秋声。

校注

[1] 冷斋：指《冷斋夜话》。　　[2] 五鼎：见欧阳修《数诗》注[6]。八珍：古代八种烹饪法。《周礼·冢宰》膳夫："珍用八物。"郑玄注："珍，谓淳熬、淳母、炮豚、炮牂、捣珍、渍、熬、肝膋也。"宋人陆佃《埤雅》认为牛、羊、麋、鹿、麜、豕、狗、狼是八珍。

读和靖西湖诗戏书卷尾

长爱东坡眼不枯，解将西子比西湖。先生诗妙真如画，为作春寒出浴图。

介然馆道林，偶入聚落，宿天宁两昔，雨中思山，遂渡湘，饭于南台。口占两绝戏之。介然住庐山二十年，尚能详说山中之胜（二首）[1]

其一

城中信宿无所诣，径作思山破雨归。偶过南台同野饭，听公放意说岩厞。

其二

楞伽本在海中央[2]，钵具悬知挂旧房。不泛木杯惊俗眼[3]，一蓑烟雨渡潇湘。

校注

[1] 介然：南海僧守端，字介然。生于治平二年（1065）。广东连州人，故曰"南海僧"。南台：即南台寺。　　[2] 楞伽：山名。梵文音译。在古师子国（今斯里兰卡）境内。相传佛在此山说经。[3] 泛木杯：即杯度。南朝梁慧皎《高僧传》卷一一："杯度者，不知姓名，常乘木杯度水，因而为目。初见在冀州，不修细行，神力卓越，世莫测其由来，尝于北方寄宿一家，家有一金像，度窃而将去，家主觉而追之，见度徐行，走马逐而不及。至孟津河，浮木杯于水，凭之度河，无假风棹，轻疾如飞，俄而度岸，达于京师。"

古诗云芦花白间蓼花红一日秋江惨淡中两个鹭鸶相对立几人唤作水屏风然其理可取而其词鄙野余为改之曰换骨法[1]

芦花蓼花能白红，数曲秋江惨淡中。好是飞来双白鹭，为谁妆点水屏风。

校注

[1] 换骨法：惠洪《冷斋夜话》卷一《换骨夺胎法》云："山谷云：诗意无穷，而人之才有限，以有限之才，追无穷之意，虽渊明、少陵不得工也。然不易其意而造其语，谓之换骨法；窥入其意而形容之，谓之夺胎法。""换骨"是指借鉴前人的构思，而换用自己的语言去表达，"骨"用以喻语言。

陈处士为予画像求颂戏与之

吴侬戏人笔三昧，老俨分身缣素间。平昔垂须曾跨海，暮年留眼饱看山。肯甘梦幻所折困，不受丛林辄见删。我不是渠渠是我[1]，谩余名字落人寰。

校注

[1] 唐洞山良价禅师《过水偈》："切忌从他觅，迢迢与我疏。我今独自往，处处得逢渠。渠今正是我，我今不是渠。应须凭么会，方得契如如。"

游龙山断际院潜庵常居之有小僧乞赞戏书其上

赵州只有一个齿，潜庵一个恐不趍。虽然下下都咬著，咸酸自分盐醋味[1]。龙兴古寺曾闭门，断际云孙第十世[2]。劝人莫信马大师，一口吸尽西江水[3]。

校注

[1]"赵州"四句："赵州"指赵州从谂禅师。"只有一个齿"出自《五灯会元》卷第四："师因赵王问：'师尊年有几个齿在？'师曰：'只有一个。'王曰：'争（怎）吃得物？'师曰：'虽然一个，下下咬着。'师寄拂子与王曰：'若问何处得来，但说老僧平生用不尽者。'师之玄言，布于天下。时谓赵州门风，皆悚然信伏矣。" [2]龙兴古寺：杭州有一龙兴寺；忠州亦有龙兴古寺；山西亦有龙兴寺。按诗中方言来看，此寺应是忠州龙兴古寺。 [3]吸尽西江水：宋释道原《景德传灯录·居士庞蕴》："传灯录襄州庞居士蕴参马祖云：不与万法为侣者，是什么人？祖云：待汝一口吸尽西江水，则与汝道。居士言下顿悟。"

戏赠刘跛子[1]

相逢一拐大梁间[2]，妙语时时见一斑。我欲从公蓬岛去，烂银堆里见青山。

校注

[1]刘跛子：青州（今山东益都）人，拄一拐，每岁必一至洛中看花，馆范家园，春尽即还京师。为人谈噱有味，范家子弟多狎戏之。见《冷斋夜话》卷八。 [2]大梁：战国时魏国首都，即开封。

嘲临川景德寺失第五尊罗汉像[1]

十八应闻解唾根，少丛罗汉乱山门。不知何处进斋去，未见云堂第五尊。

校注

[1]《冷斋夜话》卷一"罗汉第五尊失队"条云：予往临川景德寺，与谢无逸辈升阁，得禅月所画十八应真像，甚奇，而失第五轴。予口占嘲之曰云云。

廖 刚
（1071—1143）

字用中，号高峰先生，南剑州顺昌（今属福建）人。尝从陈瓘、杨时学。徽宗崇宁五年（1106）进士。权吏部侍郎兼侍讲、召拜御史中丞。有《高峰文集》十二卷。今录戏谑诗6首。

戏呈吴江令张明达[1]

陆羽甘泉冷似冰[2]，松江因向令贤明。要须更取中桥水，欲看三君子斗清[3]。

校注

[1]《全宋诗》题注：注文中一处作明达，三处作达明，未知孰是。 [2]陆羽：字鸿渐。著有《茶经》，被尊为"茶圣"。 [3]自注：甲午夏，沿檄自润还秀，持惠山泉与达明，书此代简。吴江第四桥，自古传取水处。明达得诗，因说修桥日，惟是桥下柱不得，凡两日，后用铁裹柱头如锥状，方下得定。盖其下皆有青泥，滑而水急，当泉涌处也。是日，达明招饮于垂虹亭。因遣人取水较之。水轻，甘于惠泉。余戏达明曰："水则胜矣，但未知今如何耳。"二人相与掀髯，尽醉而后归。然惠泉虽味淡而体差重，以石置器中，可经岁不坏。居无几时，朝廷有旨月进，虽为禁泉，品之居上，岂正其不坏耶？惟淡不坏耳。

招康朝小饮不至以诗来谢次韵戏答[1]

谁遣声名速置邮，不才如我自休休。知君只惯红裙饮，可是官身不自由。

校注

[1]康朝：薛昌宋，字康朝。平阳（今属浙江温州）人。哲宗绍圣四年（1097）进士，徽宗宣和中因冒犯童贯被除名。绍兴年间任福建转运司判官，后知袁州。

戏赠万花翁[1]

武陵溪上万花翁，花落花开醉脸红。应笑误游尘世客，却随风水去匆匆。

校注

[1] 万花翁：不详。从诗句"武陵溪上"可知此翁生活在朗州（今湖南常德）。

戏谢万花翁

万花翁广余韵作八句，和者甚众。一日惠然携示，因复和其韵云。

风流那复有斯翁，端为论文访蜀雄[1]。凤髓欲追千古调[2]，锦囊拚著一生功。看花想见频挥玉[3]，骑马何曾羡著红。闻道碧桃春更晚，归鞭底事苦匆匆。

校注

[1] 蜀雄：扬雄（前53—18年），字子云，西汉蜀郡成都。　[2] 凤髓：凤凰的骨髓。借为烛油的美称。　[3] 看花：唐时举进士及第者有在长安城中看花的风俗。

廖常山人惠珠副以诗文戏谢之

至宝人所秘，感君轻暗投[1]。还君祝君富，不是薄隋侯[2]。

校注

[1] 暗投：典出《史记》卷八三《邹阳列传》。犹明珠暗投。比喻贵重的东西落到不识货的人手里。　[2] 隋侯：隋侯珠。昔隋侯因使入齐，路行深水沙边，见一小蛇，于热沙中宛转，头上出血。隋侯哀之，下马以鞭拨入水中。一夕，梦见一山儿持珠来，见隋侯，且拜且曰："曩蒙大恩，救护得生，今以珠酬，请勿却。"及旦，见一珠在床侧。其珠璀璨夺目，世称"隋侯珠"，乃稀世之珍也。见《搜神记》。

擢太学录戏寄所知[1]

二十年前录辟雍[2]，而今官职俨然同。何当三万六千岁，赶上齐阳鲁国公。

校注

[1] 辑自《夷坚志》甲志卷一〇。　[2] 辟雍：亦作"璧雍"。本为西周天子为教育贵族子弟设立的大学。取四周有水，形如璧环为名。其学有五，南为成均，北为上庠，东为东序，西为瞽宗，中为辟雍。其中以辟雍为最尊，故统称之。《礼记》又有辟雍、上庠、东序（亦名东胶）、瞽宗与成均为五学，皆为大学。

卷十九

苏过
(1072—1123)

字叔党，号斜川居士，眉州眉山（今属四川）人。苏轼第三子，时称为"小坡"。与兄苏迈、苏迨并称，有"苏氏三虎，季虎最怒"之说。徽宗政和二年（1112），监太原税。五年，知郾城。宣和五年（1123），通判定州。苏过去世后葬于河南郏县。能文，有《斜川集》二十卷行世。今录戏谑诗4首。

戏题姚美叔睡轩[1]

姚侯不学苏季子[2]，佩取六印夸闾里[3]。又不斩取楼兰王[4]，立功万里还故乡。两俱茫茫空白首，车轮马迹环四方[5]。忽焉投劾赋陶令，亦复近市师韩康[6]。结发少来遭物役，不在功名在刀笔。不如一觉获安眠，收拾散亡归此室。

校注

[1] 姚美叔：诗人的朋友，生平不详。　　[2] 苏季子：苏秦，字季子，战国时期著名的纵横家、外交家和谋略家。　　[3] "佩取"句：指苏秦兼佩六国相印。见《战国策·苏秦佩六国相印》。[4] 斩取楼兰王：引用傅介子计斩楼兰王的典故。　　[5] 此言姚美叔辛勤奔走于四方。　　[6] 韩康：汉赵岐《三辅决录》卷一："韩康，字伯休，京兆霸陵人也。常游名山，采药卖于长安市中，口不二价者三十余年。时有女子买药于康，怒康守价，乃曰：'公是韩伯休邪，乃不二价乎？'康叹曰：'我欲避名，今区区女子皆知有我，何用药为？'遂遁入霸陵山中，博士公车连征不至。"事亦见《后汉书·逸民传·韩康》。后遂以"韩康"借指隐逸高士。

李方叔治颍川水磨作诗戏之[1]

君不见相如昔隐临邛市，文君当垆身涤器。未逢给札赋凌云[2]，岂免辛勤穿犊鼻[3]。又不见苏秦大困还家时，失计颇遭妻子訾。谁令奔走事口舌，不学周人营什二[4]。李侯平生无一廛，只有便便五经笥[5]。儒冠半世已误身，老欲归耕无耒耜。近闻颍川有瀑布，碓磨能穷溪谷利。酾渠凿石激清流，机动轮旋人力易[6]。今年麦熟春雨足，车载斗量应有备。勿嫌巾袂缤纷纷，饱看溪渠鸣苣苣。堆盘坐想雪如山，梦中已觉钱流地[7]。待君结庐秋风初，我欲叩门来上瑞。起搜汤饼扫飞罗，轹釜操刀定中馈[8]。千金何必羡鸱夷，少有属餍而已矣[9]。嵇康好锻季主卜[10]，达人未免兹游戏。

校注

[1] 李方叔：李廌，字方叔。治颍川水磨：李方叔在颍水之上营造水磨竣工。　　[2] 给札：朝廷对文士的特殊礼遇为"给札"。《史记·司马相如列传》："蜀人杨得意为狗监，侍上。上读《子虚赋》而善之，曰：'朕独不得与此人同时哉！'得意曰：'臣邑人司马相如自言为此赋。'上惊，乃召问相如。

相如曰：'有是。然此乃诸侯之事，未足观也。请为天子游猎赋，赋成奏之。'上许，令尚书给笔札。" 　[3]犊鼻：短裤，一说围裙。形如犊鼻，故名。汉司马相如以琴挑富家卓王孙新寡的女儿卓文君，文君私奔，与相如在临邛卖酒。"文君当垆，相如身自著犊鼻裈与佣保杂作，涤器于市中。"后用为卖酒的典故。 　[4]周人訾什二：《史记·苏秦列传》："出游数岁，大困而归。兄弟嫂妹妻妾窃皆笑之，曰：'周人之俗，治产业，力工商，逐什二以为务。今子释本而事口舌，困，不亦宜乎!'苏秦闻之而惭，自伤，乃闭室不出，出其书遍观之。" 　[5]"李侯"二句：李侯，即李廌。此言李廌家贫，没房没地，只有一肚子学问。便便五经笥：用以称精通经学的人。《后汉书·文苑传上·边韶》："腹便便，五经笥。"言其腹中装满经学，有如藏五经的竹箱。 　[6]"酾渠"二句：疏通渠道，安上石磨，利用水力磨面，这样可以省很多人力。 　[7]雪如山：白面如山。钱流地：理财得法，钱财充裕。《新唐书·刘晏传》："诸道巡院，皆募驶足，置驿相望，四方货殖低昂及它利害，虽甚远，不数日即知，是能权万货重轻，使天下无甚贵贱而物常平，自言如见钱流地上。" 　[8]飞罗：飞罗面，极细的面粉。轹釜：刮锅有声。见《汉书·楚元王刘交传》"轹釜"唐颜师古注："服虔曰：'轹，轹也。'以勺轹釜，令为声也。"操刀：指持刀宰割。中馈：指家中供膳诸事。 　[9]"千金"二句：没有必要去羡慕范蠡的千金家产，只要能吃饱肚子就行了。鸱夷：即范蠡，字少伯，春秋楚人。事越王勾践二十年，灭吴后，功成隐退，泛舟五湖。《史记·越王勾践世家》："范蠡浮海出齐，变姓名，自谓鸱夷子皮，耕于海畔，苦身勠力，父子治产。" 　[10]嵇康好锻：嵇康，不仅精通诗文、音乐、玄学，还擅长打铁。见《世说新语·简傲》。季主卜：汉代卜筮者司马季主。《史记·日者列传》："司马季主者，楚人也。卜于长安东市。"后用以指代卜筮者。此句用来附李方叔，谓其游戏人生。

小子籥与其友作濄亭置酒泛舟唱酬之什予亦戏用其韵[1]

胜事随年阿堵中，老夫久绝马牛风。消磨药石一春过[2]，寂寞樽罍万事空。亭下麦秋惊翠浪，山前雨脚卷晴虹。渡头试验丰穰意，半是村醪入颊红。

校注

[1]小子籥：儿子籥。濄亭：在郾城，《徐州志》卷八"郾城县"曰："濄亭，在县南濄河之阳，裴晋公平淮西时，筑此以为游息之所，今废。" 　[2]消磨药石：这里指作者生病，需要吃药。药石：药剂和砭石。泛指药物。《列子·杨朱》："及其病也，无药石之储；及其死也，无瘗埋之资。"

戏赠吴子野[1]

从来非佛亦非仙，直以虚心谢世缘[2]。饥火尽时无内热，睡蛇死后得安眠[3]。饥肠自饱无非药，定性难摇始是禅[4]。麦饭葱羹俱不设，馆君清坐不论年[5]。

校注

[1]吴子野：名复古。海阳蓬洲（今属广东揭阳）人。唐宋"潮州八贤"之一。与苏轼交往密切。 　[2]和尚期于成佛，道士期于成仙。此谓吴子野非通常之成仙求佛。 　[3]饥火：白居易《旱热》诗之二："壮者不耐饥，饥火烧其肠。"睡蛇：喻烦恼。《遗教经论》："烦恼毒蛇，睡在汝心。譬如黑蚖，在汝室睡，当以持戒之钩，早拟除之。睡蛇既出，乃可安眠。" 　[4]定性：佛教语。谓精神专一不散乱。唐刘商《题道济上人房》诗："门外水流风叶落，唯将定性对前山。" 　[5]自注：子野绝食不睡。 "麦饭"二句：言不设食馔，请君长坐而已。盖戏之也。馆君：为君备房。

许景衡

（1072—1128）

字少伊，人称横塘先生，温州瑞安（今属浙江）人。哲宗元祐九年（1094）进士。高宗朝至尚书右丞，罢为资政殿大学士，提举洞霄宫。卒谥忠简。有《横塘集》。今录戏谑诗4首。

次韵杨时可戏高潜翁[1]

青衫白马佳公子，山东豪俊知名氏。平生青云期自至，仓庾一官聊复尔[2]。丞公家风继伯起，笑渠扬糠两眼眯。乘田委吏古不耻[3]，端恐前言戏之耳。

校注

[1] 杨时可，生卒年不详，与许景衡同时人。《诗说隽永》有杨时可遂孙伯野诗。此人与南宋绍定二年（1229）黄朴榜进士杨时可同名。　[2] 仓庾：贮藏粮食的仓库。《史记·孝文本纪》："发仓庾以振贫民。"　[3] 乘田：春秋时鲁国主管畜牧的小吏。委吏：古代管理粮仓的小官。

和陈文仲嘲梦[1]

天公真个解撩人，不独虚名老搢绅。闻道高眠闲白日，也教幽梦落红尘。此生出处元无意，平日文章漫有神。百岁都来如一觉，却须嘲取自由身。

校注

[1] 题注：文仲已罢科举，忽梦预秋荐。　陈文仲：一举子，已罢科举，忽梦预秋荐。

坠马戏作

病躯自觉海天遥，瘦马谁教作意跳。也是诸侯老宾客，不妨造物恶相撩[1]。

校注

[1] 杜甫《醉为坠马，诸公携酒相看》："甫也诸侯老宾客。"

戏远大师[1]

庐阜远公真好事，白莲社里尽高才[2]。师今更不曾沾酒，底事渊明日日来。

校注

[1] 远大师：晋高僧慧远，居庐山东林寺，世人称为远公。唐孟浩然《晚泊浔阳望庐山》诗："尝读远公传，永怀尘外踪。"　[2] 白莲社：东晋释慧远于庐山东林寺，同慧永、慧持和刘遗民、雷次宗等结社精修念佛三昧，誓愿往生西方净土，又掘池植白莲，称白莲社。见晋无名氏《莲社高贤传》。

葛胜仲

（1072—1144）

字鲁卿。常州江阴（今属江苏）人。葛书思之子。哲宗绍圣四年（1097）进士。元符三年（1100），中宏词科。累迁国子司业，官知汝州、湖州、邓州，文华阁待制。卒谥文康。著有《丹阳集》。今录戏谑诗11首。

嘲茶山

吴兴紫笋，实产顾渚[1]。唐昔底贡，阚山芽吐[2]。隼旟出临，虎岩亲驻[3]。邻邦刺史，金匏相遇[4]。木瓜堂前，穿云浥露。烹蒸包发，及春未暮。天子称珍，分甘当路[5]。今则不然，名毁势去。金沙弗湘，玉食弗御。敷荣穷山，牢落谁顾。如女失宠，空闺自媚[6]。请以千金，买长门赋。

校注

[1]吴兴：古郡名，隋朝改为湖州，即今浙江湖州。紫笋：名茶名。唐时湖州顾渚所产的紫笋茶最著名。　[2]唐昔底贡：唐制，湖州造贡茶，每岁至一万八千斤以上，称顾渚贡焙。底（zhǐ）：致。　[3]隼旟：画有隼鸟的旗帜。　[4]金匏：《文选·王融〈三月三日曲水诗序〉》："葆俏陈阶，金匏在席。"吕向注："金匏，皆乐器也。"即金、石、土、革、丝、木、匏、竹八类。钟、铃等属金类，笙、竽等属匏类。泛指乐器。　[5]"天子"二句：唐代清明日，朝廷将顾渚茶分赐臣僚。　[6]嫭（hù）：美好。

茶山解嘲

众万之生，于世暂寓。一偾一兴，孰知其故。退黜奚戚，进升奚慕。岂以通塞，顾改常度。有如我翁，昔尝掀髯。戴缅垂缨，去天尺五。今屏山城，亦皆时数。左右佩剑，畴可笑侮。翁具退省，前言大悮。用与不用，智力何预。幸同此邦，邂逅承晤。结为金兰，安此贫素。

嘲渊明代答[1]

君不见七百石了曲蘖事，二千石充雀鼠耗[2]。浇肠果腹固有余，糟丘米山何足道。不如酒尽仍从酒家觅，瓶中粟空聊乞食。

校注

[1]原校：原本此首前有嘲渊明一首，今编入七绝。　[2]雀鼠耗：《梁书·张率传》："在新安，遣家童载米三千石还吴宅，既至，遂耗太半。率问其故，答曰：'雀鼠耗也。'率笑而言曰：'壮哉雀鼠！'"后以指正税外加征之粮。

工部兄新治小阁垒土为火炉戏作劝召客

简许开尊杀青竹，俎有肥羜簋饛粟[1]。招呼未听洗盏声，故复吟哦小诗促。能使将军赏不贫，请召宗姓仍及身。拥炉便是入窟室，于粲洒扫情无文。我今愁如居广柳，万斛量之应更有。内典暂辍算海沙，群经尤慵开户牖。政欲酣畅融心神，村郊鱼鸟皆来亲。不忧坐上无武子，群从一一天麒麟[2]。

校注

[1]肥羜：肥嫩的羊羔。《诗经·小雅·伐木》："既有肥羜，以速诸父。"簋饛（guǐ méng）：盛满熟食的器皿。《诗经·小雅·大东》："有饛簋飧，有捄棘匕。"　[2]群从：指堂兄弟及诸子侄。晋陶潜《悲从弟仲德》诗："礼服名群从，恩爱若同生。"

次韵王得之方池父子玩月

先生夜不眠，爱月真痴绝[1]。呼儿饮文字[2]，桃黍聊一雪。清光入酒堕胸次，照见万卷非涉躐。商容颢气寒彻骨，况是冰轮圆不缺。中宵影倒万顷池，上下金盘两澄彻。广寒灵媛多飞琼[3]，烟凝露暖收群声。鱼冷跳波闻静岸，鹊惊绕树当前楹。辞直道山来膝上，郎君吟兴纷纵横。诗成父子定知已，门有佳儿真宁馨。不须灵液玻璃盎[4]，一梦瑶台亦非远。

校注

[1]痴绝：《晋书·顾恺之传》："恺之在桓温府，常云：'恺之体中痴黠各半，合而论之，正得平耳。'故俗传恺之有三绝：才绝，画绝，痴绝。"后以"痴绝"为藏拙或不合流俗之典。　[2]饮文字：即文字饮。谓文人间把酒赋诗论文。唐韩愈《醉赠张秘书》："不解文字饮，惟能醉红裙。"

[3] 飞琼：仙女名。后泛指仙女。《汉武帝内传》："王母乃命诸侍女……许飞琼鼓震灵之簧。"

[4] 灵液：仙液。三国魏曹植《升天行》之一："灵液飞素波，兰桂上参天。"《文选·郭璞〈游仙诗〉》："圆丘有奇草，钟山出灵液。"李善注："灵液，谓玉膏之属也。"喻指美酒。盌：同"碗"。

戏　书

木强与世异酸咸，扫洒真祠屡入衔。新格似闻惟半俸，旧官那计是常参[1]。茶炉僧钵随时用，手板朝衫竟月缄[2]。赖有班书贫可贴，且谋蒲笋慰饥馋[3]。

校注

[1] 新格：新法。常参：群臣每日于前殿朝见皇帝，称常参。　[2] 手板：亦作"手版"。即笏。古时大臣朝见时，用以指画或记事的狭长板子。　[3] 班书：指汉班固所著的《汉书》。《宋书·谢灵运传》："惟昔《小雅》，逮于班书。"

嘲渊明

粟贮瓶中能几何，头巾漉酒苦无多[1]。虽然清操标千古，试问还曾醉饱么。

校注

[1] 粟贮瓶：陶渊明《归去来兮辞序》："余家贫，耕植不足以自给。幼稚盈室，瓶无储粟，生生所资，未见其术。"头巾漉酒：即巾漉酒。见郭祥正《左蠡亭重九夕同东美玩月劝酒》注[5]。

梦良以书献吉梦戏作二绝

其一

山林皋壤乐无厌，况是寒灰岂复炎。蹇足上天无是理，固应此梦不须占。

其二

枕中佳兆远相夸，未敢凭虚便拜嘉。老去定心如止水，不随闲梦入人家。

以糟水灌芍药戏题（二首）

其一

年年国艳赏敷腴，酪酊供人就燕胥[1]。此段固应先骨醉，餔糟聊学楚三闾[2]。

其二

金边山畔汁偏美，玉井峰头船最多[3]。未敢磨刀供大嚼，却愁藏扎有修罗[4]。

校注

[1] 敷腴：唐杜甫《遣怀》诗："两公壮藻思，得我色敷腴。"仇兆鳌注："敷腴，喜悦之色。"燕胥：共宴。《诗经·大雅·韩奕》："笾豆有且，侯氏燕胥。"　[2] 骨醉：谓沉醉。宋苏轼《老饕赋》："各眼涩于秋水，咸骨醉于春醪。"餔糟：比喻屈志从俗，随波逐流。语出《楚辞·渔父》："众人皆醉，何不餔其糟而歠其醨？"楚三闾：指屈原。因其曾任楚国三闾大夫，故称。　[3] 玉井峰：位于浙江遂昌。　[4] 藏扎：寺庙名。修罗：梵语 Asura 的译音，"阿修罗"的省称。意译为"不端正"或"非天"，是古印度神话中的一种恶神，住在海底，常与天神战斗。

曾　纤　字公衮，南丰（今江西南丰）人，曾布第四子。为司农少卿，直宝文
(1073—1135) 阁，知衢州。有《空青集》。今录戏谑诗1首。

戏作冷语

万山云雪阴霾空，千林雾松水摇风。冻河彻底连三冬，嘉平晓猎峤函中。十二律吕

相与宫[1]，安得此候疏烦胸。

校注

[1] 十二律吕：《国语·周语》中将十二律名称为"黄钟、大吕、太簇、夹钟、姑洗、仲吕、蕤宾、林钟、夷则、南吕、无射、应钟"。其中单数各律称律，双数各律称吕，故十二律也常称"十二律吕"。

谢 薖
（1074—1116）

字幼槃，号竹友。抚州临川人。江西诗派诗人，与兄谢逸齐名，时称"二谢"。弟兄二人又同学于吕希哲。曾举进士，礼部试落第，遂绝科场之意，以琴弈诗酒自娱。著有《竹友集》。今录戏谑诗2首。

无逸病目以诗戏问[1]

六根无牢强，万事有戕败。丹白岂不佳，能令眼根坏[2]。溪堂老居士，学道入三昧[3]。空花结空果[4]，过眼了无碍。偶然幻翳侵[5]，恼此清净界。道人不易得，定为天所爱。恐君堕尘劫[6]，豫比小惩戒[7]。病眸点空青，勿作儿女态。为君祷于天，君病立当瘥[8]。未忘觑诗书，不敢窥粉黛。

校注

[1] 无逸：谢逸，字无逸，号溪堂。　　[2]"佳"，四库本、《小万卷楼丛书》本、《两宋名贤小集》本卷三六作"加"。　　眼根：佛教语。六根之一。指眼睛因接触客观事物而产生的视觉和认识。《圆觉经》："心清净，故见尘清净；见清净，故眼根清净。"　　[3] 三昧：见陈瓘《花光仁禅师以墨戏见寄以小诗致谢》注[2]。　　[4] 空花：佛教语。隐现于病眼者视觉中的繁花状虚影。比喻纷繁的妄想和假象。　　[5] 幻翳：佛教语。谓假象的障蔽。《楞严经》卷六："见闻如幻翳，三界若空华。"《楞严经》注："见闻幻翳，指妄根也。"　　[6] 尘劫：佛教称一世为一劫，无量无边劫为尘劫。后亦泛指尘世的劫难。《楞严经》卷一："纵经尘劫，终不能得。"　　[7] 比，《续古逸丛书》绍兴原刊本《谢幼槃文集》、四库本、《小万卷楼丛书》本作"比"。《两宋名贤小集》本卷三六作"此"。《全宋诗》作"出"。　　[8] 立当，《两宋名贤小集》本卷三六作"当立"。

戏咏鼠须笔[1]

编须将取猯毛磔，裁管缚成鸡距长[2]。谁言鼠须不足齿，也复论功翰墨场。

校注

[1] 将，《续古逸丛书》绍兴原刊本《谢幼槃文集》作"捋"，四库本作"将"。　　鼠须笔：用鼠须制作的一种名笔。刘义庆《世说新语》："王羲之得笔法于白云先生，先生遗之鼠须笔。"王羲之《笔经》："世传张芝、钟繇用鼠须笔，笔锋劲强有锋芒。"张彦远《法书要录》：王右军写《兰亭序》用"鼠须笔，道媚劲健，绝代无比"。　　[2] 鸡距：为毛笔名。明王志坚《表异录·器用》："山谷诗'宣城变样蹲鸡距，诸葛名家捋鼠须'，皆笔名。"　　[3] 须，《续古逸丛书》绍兴原刊本《谢幼槃文集》作"辈"，四库本"须"。

赵 崇
（？ —1135）

字仲藏，号高逸上人。哲宗绍圣四年（1097），为朝邑令。徽宗政和六年（1116）由京畿转运使改知杭州，宣和元年（1119，一云宣和六年，1124）移知潭州，绍兴五年（1135）卒。今录戏谑诗1首。

云叟道人自夫子林骡款段先我而归口占一诗戏之[1]

道人乘款段，辄尔驰山川。翻然两角巾，似与风争颠。左手不停勒，右手复争鞭。

乌裙拍马腋，欲拟鹤升天。释耕观者人，莫知所以然。定疑云路阔，坠落骑鹿仙。

校注

[1] 云叟道人：姓侍其，名璃，号云叟，"住钓鱼台，隐居不仕，乡里推为经师"。

李彭
（约 1094 年前后在世）

字商老，南康军建昌（治今江西永修）人。公择从孙。精释典，称"佛门诗史"。与苏庠并称"苏李"。诗文富赡，书法精妙。诗属江西诗派。著有《日涉园集》。今录戏谑诗 57 首。

戏赠兼简李翘叟[1]

荆州有醉客，踏雪至我庐。缺月寒皎皎，挂在东南隅。索我五字句，惭非竞病徒[2]。卖菜欲求益，故态发狂奴。寄声李夫人，聊为一笑娱。

校注

[1] 李翘叟：曾在荆州为官，任法曹，余不详。　[2] 竞病：指作诗押险韵。南朝梁曹景宗，破魏而归，武帝于华光殿宴饮联句，令沈约赋韵。至景宗，韵已用尽，唯余"竞、病"二字，景宗操笔立成一诗："去时儿女悲，归来笳鼓竞。借问行路人，何如霍去病。"武帝及群臣惊叹不已。见《南史·曹景宗传》。

和季敌戏书[1]

短草被南陌，晴丝扬幽轩。心静境云寂，默居宣妙言。林深鸟乌乐[2]，花繁蜂蝶喧。是中即真意，何须祇树园[3]。

校注

[1] 季敌：李彤，字季敌，南康军建昌（今江西永修）人，李彭之弟，常从孙。尝编次山谷之集，为《山谷外集》。　[2] 鸟乌：乌鸦。《左传·襄公十八年》："师旷告晋侯曰：'鸟乌之声乐，齐师其遁。'"杨伯峻注："鸟乌只是乌。"　[3] 祇树园：佛寺。"祇树给孤独园"的简称。印度佛教圣地之一。相传释迦牟尼成道后，憍萨罗国的给孤独长者用大量黄金购置舍卫城南祇陀太子园地，建筑精舍，请释迦说法。祇陀太子也奉献了园内的树木，故以二人名字命名。

雪夜戏玉侯

望舒离金虎[1]，晚雨幻玉沙[2]。触楹势颇疾，打窗风正斜。西家有胜士，梦回笔生花。孺人近行迈，章江驻云车。银屏拥绛桃，绣帐戏兰牙。暂停短辕驭，清欢春思赊。陌巷笑短李[3]，柴门蓬藋遮。裋褐对孟光[4]，冰柱吟刘叉[5]。想君独乐时，觅句剩欲夸。脉脉无由语，疏林集暝鸦。

校注

[1] 望舒：神话传说中为月神驾车的御者。亦借指月亮。屈原《离骚》："前望舒使先驱兮，后飞廉使奔属。"张协《杂诗十首》之八："下车如昨日，望舒四五圆。"金虎，西方七宿的通称。《文选·陆机〈赠尚书郎顾彦先〉诗》："望舒离金虎，屏翳吐重阴。"李善注："《汉书》曰：西方，金也……然西方七星，毕昴之属，俱白虎也。"刘良注："毕星，西方宿，故云金虎也。"　[2] 玉沙：比喻雪花。宋苏轼《小饮清虚堂示王定国》诗："天风淅淅飞玉沙，诏恩归沐休早衙。"　[3] 短李：唐代知名诗人李绅，因身材矮小而号曰"短李"。后因以为李绅之代称。　[4] 孟光：东汉贤女，梁鸿的妻子。貌丑而黑，举案齐眉以事夫，夫妇因相敬如宾。后比喻贤妻。　[5] 唐刘叉《冰柱》诗："旋落旋逐朝暾化，檐间冰柱若削出交加，或低或昂，小大莹洁，随势无等差。"

观诸少移瑞香花诗皆属意不浅次转字韵戏之

托讽本寓辞，语亦要流转。歘观移花作，老眼顿忘倦。勿矜风露姿，未入麒麟殿[1]。行将顾昒称，深衷自兹见。

校注

[1] 麒麟殿：汉代宫殿名。《汉书·佞幸传·董贤》："后上置酒麒麟殿，贤父子亲属宴饮。"亦省称"麒麟"。

醉中戏赠淳上人[1]

上人汤休徒[2]，肯顾亦云屡。衣上凤栖云，辨我林壑雨。殊方怨别余，苦乏碧云句。禅间傥能来，聊用慰衰暮。

校注

[1] 淳上人：不详。释惠洪有《题淳上人僧宝传》一文，知其与释惠洪有交往。 [2] 汤休：即汤公、汤师、汤惠休。《宋书》卷七一《徐湛之传》："时有沙门释惠休，善属文，辞采绮艳，湛之与之甚厚。世祖命使还俗。本姓汤。"

五月二十四日晨起隔壁闻季敌营诗戏作此嘲之

阿敌觅新诗，踪迹真诡秘。如偷发关键，大惧惊邻里。微吟虫得秋，幽讨虫搜耳[1]。排句归阵鸿，细字列行蚁。诗成胆力壮，巨轴书侧厘。远寄赏音人，稍欲见名字。但求皇甫序[2]，何暇公荣醴[3]。吾言可并案，嘲竟聊自洗。

校注

[1] 虫，胡思敬刻《豫章丛书》（以下简称"豫章本"）作"口"。 [2] 皇甫序：皇甫谧为左思《三都赋》撰序。 [3] 公荣醴：《世说新语·简傲》："王戎弱冠诣阮籍，时刘公荣在座。阮谓王曰：'偶有二斗美酒，当与君共饮。彼公荣者，无预焉。'二人交觞酬酢，公荣遂不得一杯。而言语谈戏，三人无异。或有问之者，阮答曰：'胜公荣者，不得不与饮酒；不如公荣者，不可不与饮酒；唯公荣，可不与饮酒。'"南朝梁刘孝标注："《刘氏谱》曰：'昶字公荣，沛国人。'《晋阳秋》曰：'昶为人通达，仕至兖州刺史。'"其与三国魏名士阮籍为友。为人通达而嗜酒，乐于与人共饮。也能看人饮酒，不获一杯而不介意。

夜坐怀师川戏效南朝沈炯体[1]

鼠鏖触蛮兵，客梦寒窗短。牛斗挂阑干，起视夜参半。虎头丹青手，欲画涩回腕。兔尖渴陶泓[2]，得句亦不漫。龙沙怀石友[3]，羽觞旧无算。蛇飞梵王壁[4]，络绎壮神观。醉踏吴沙归，转眄岁月换。羊肠自诘曲，驰道方晏晏。旋携古菱花，悟罢如冰泮。鸡园谈妙口[5]，当我一笑粲。狗监浪延誉[6]，凌云非吾愿。猪蹄祝污邪，举世良可叹。

校注

[1] 沈炯（502—560）：字初明，吴兴武康（今浙江省德清县）人，南朝梁时曾为吴县令。梁元帝时为给事黄门侍郎。入陈后，为通直散骑常侍等官。他与编《玉台新咏》的徐陵齐名。 [2] 陶泓：陶制之砚。砚中有蓄水处，故称陶泓。 [3] 龙沙：指白龙堆沙漠，在丝绸之路的西部地区。《后汉书·班超传赞》："坦步葱岭，咫尺龙沙。"石友：情谊坚如金石之交。晋潘岳《金谷集作诗》："投分寄石友，白首同所归。" [4] 梵王：指色界初禅天的大梵天王。亦泛指此界诸天之王。 [5] 鸡园：指鸡头摩寺，佛教传说中的圣地。谈妙口：谈说佛教义理。 [6] 狗监：汉代掌皇帝猎犬的内官。蜀人杨得意为狗监，因其荐举，司马相如才得以入朝。见《史记·司马相如列传》。后因以指荐举人才

的人。

戏答棕笋[1]

髯翁落落缘坡竹，肥如瓠壶书满腹[2]。好客勤炊烛代薪，中厨羹金仍脍玉。春风渺渺生微澜，欲向吴江把钓竿[3]。引帆伐鼓阅三岁，候雁不来衣带宽。阿蛮虎子能哼吼，千金扫除似无寻。却甘杞菊侵我畦，固穷不障谈天口。剩夸棕笋馋生津，章就旁搜不厌频。锦绷娇儿直欲避，紫驼危峰何足陈[4]。出为小草居远志，藜藿盘中长此味。客来不废董娇娆[5]，安用啁啾见真意。年来我亦食无鱼[6]，莫遣此老专怀瑜[7]。时时酒浇茶苯蕈，乱我玄藁俱扶疏[8]。

校注

[1] 棕笋：即棕榈子，又称木鱼子，是古代较常见的食物原料。这首诗中就称赞了棕笋的佳美，可与竹笋、紫驼峰相比。　　[2] 瓠壶：一种盛液体的大腹容器。　　[3] 吴江：吴淞江的别称。
[4] 锦绷娇儿：指竹笋。紫驼：指用驼峰做成的珍贵菜肴。　　[5] 董娇娆：此处指棕笋之美。
[6] 食无鱼：见《战国策·齐策四》。言待客不丰或不受重视、生活贫苦。　　[7] 瑜：美好。
[8] 玄藁：即指藁本，香草名。又称西芎，根入药。

食鳆鱼戏呈夏侯

君不见吴良斋郡吏，敛板居高随掾史[1]。诸郎元日寿府君，觞酒谀言败人意。口角击节五马贤，鳆鱼百辈为君赐[2]。又不见江左之褚渊[3]，此鱼一尾售数千。丈夫须发果如戟，但知堪炙宁论钱。平生刚直卧江汉，非吴非褚何由羡。疗饥渐台亦可悲[4]，味比疮痂良可贱。谓言此物不拟尝，饷我因君累十箱。汉阴槎头推不御[5]，徐州秃尾甘走藏[6]。藜苋箱中初未识，已觉盘餐惨无色。凭君遣使更函封，莫令子羽吟头责。

校注

[1] 吴良：字大仪，齐国临淄人。掾史：官名。汉以后中央及各州县皆置掾史，分曹治事。多由长官自行辟举。[2] 五马：太守的代称。百辈：言多。　　[3] 褚渊（435—482）：字彦回，河南阳翟（今河南禹州）人。南朝宋文帝婿。　　[4] 渐台：台名。　　[5] 槎头："槎头鳊"即鳊鱼。缩头，味鲜美，以产自汉水者最著名。　　[6] 秃尾：鲢、鳙等类鱼的俗称。

东庵舒老出徐兔图障求诗章末兼戏行叟[1]

宛陵包虎天下无，徐生之兔画作殊。眼明忽见此粲者，在笥不独藏于菟。平冈雄兔脚扑朔，草树深烟纷漠漠。悬知丹青相拂研[2]，不怕苍鹰头戴角。坡陀雌兔眼迷离，拊怜大儿携小儿。衔粟分甘且疗饥，学母由来无不为。东庵道人念俱寂，遣予不复嘲热客[3]。生绡新图聊一出，便觉野风来四壁。缅怀中有衣褐徒，不牙不角真趺居[4]。莫令举网拔豪族，汤沐管城还自娱。黑头归来能自了，岩壑犹堪伴猿鸟。

校注

[1] 图障：指绘有图画的屏风，软障。　　[2] 研，豫章本作"研"。　　拂研：书画用笔中啄磔之类的技法。　　[3]"衔粟"四句：杜甫诗："晓妆随手抹，学母无不为。"热客：常来常往之客。
[4]"缅怀"二句：唐韩愈《毛颖传》："筮者贺曰：'今日之获，不角不牙，衣褐之徒，缺口而长须，八窍而趺居。'"

客有以戏鱼竹枕见饷作此谢之

蕲州笛竹含风漪，缥瓷研月聊相依。白头苦风痴女问，岁晚乃知非所宜。公从何处得此枕，劲节储霜余凛凛。游戏真同赴壑鱼，小窗夕阳助酣寝。饵甘钓深安可图，长网横江嗟已疏。我宁低昂弄清泚，绝胜缕切太官厨[1]。莫作枯鱼过河泣，寄声鲂鲡慎出入[2]。长伴幽人蓑笠眠，梦破寒沙风雨急。

校注

[1] 太官厨：官名。 [2] 汉乐府《枯鱼过河泣》："枯鱼过河泣，何时悔复及？作书与鲂鲡，相教慎出入。"鲂鲡：两性的隐语，比如情窦初开、春意荡漾、处于热恋中的青年男女。

戏答赋蚊

江湖白鸟传自古，蛰蛰孙曾亦如许[1]。聚雷岂解殷晴空，媒孽耳根良自苦。野人睡美不闻钟，草木苯蓴森蟠胸[2]。唼肤攻喙漫不省[3]，跃跃自喜安足雄。若人才高乐讥评，滑稽能发古人兴。勾引西风麾细虫，小丑何劳霍去病。

校注

[1] 蛰蛰：众多貌。《诗经·周南·螽斯》："螽斯羽，揖揖兮，宜尔子孙，蛰蛰兮。"朱熹集传："蛰蛰，亦多意。" [2] 苯蓴：《玉篇》云：苯蓴，草丛生也。张衡《西京赋》云：苯蓴蓬茸。《南都赋》云：森蓴蓴而刺天。 [3] 唼（shà）：叮咬。

游东园戏作长句[1]

久客殊方无永味，排遣春愁逐遨戏。晓济吴榜访东园，欣欣草木多佳气[2]。缥瓷竹叶沃春心，黑面酪奴驱昼睡[3]。亲党诸郎意气豪，挽强对弈真能事。鄙夫鲁钝独长吟，一声望帝动归思。

校注

[1] 东园：泛指园圃。 [2] 张九龄《感遇》其一："欣欣此生意，自尔为佳节。" [3] 酪奴：茶的别名。

阻风雨封家市

往时李成写骤雨[1]，万里古色毫端聚[2]。行人深藏鸟不度，便觉非复鹅溪素[3]。龙眠老腕作阳关[4]，北风低草云埋山。行人客子两愁绝，未信蒲萄能解颜。两郎了了解人意，似是画我封家市。戏作新诗排昼睡，忽有野雁鸣天际。

校注

[1] 李成：字咸熙，五代宋初画家。原籍长安（今陕西西安），先世系唐宗室，祖父于五代时避乱迁家营丘（今山东青州），故又称李营丘。擅画山水。 [2] 色，《玉涧小集》作"意"。 [3] 鹅溪素：鹅溪绢。借指书信。 [4] "龙眠"句：宋代著名画家李公麟致仕后，归老于龙眠山，自号龙眠居士。苏轼诗："龙眠独识殷勤处，画山阳关意外声！"

观法华牛斗戏呈戒上座

鸡栖于埘晚山碧，两牛偃蹇万钧力。黄钟满膛鸣相欢[1]，歘起缘何作勍敌。水牯败绩秋风前，穿林蔹棘蹂人田。几无将军破燕房，适堪卫尉驾车辕。碧眼山僧可人意，大牛小牛与穿鼻。更须宴坐三十年，直待无鞭更无箠。

校注

[1] 宋刘克庄《赋得牛驼各一首》："黄钟满膛有时鸣。"

正月二十六日寇顺之饮仆以醽渌酒径醉闻横笛音李仲先顺之有苍头能作龙吟三弄偶不果戏成此诗[1]

髯奴不及缘坡竹，柱车守阃各有局[2]。苟不上券吾不欲，僮约卒音几恸哭。劣于郫公常奴尔，性不茹荤少陵喜[3]。吐茵西曹第忍之[4]，封侯骨相多小史。苍头乃复在琳房[5]，柯亭横吹节饱霜[6]。炊饭作糜缘底事，心写泉声风韵长。寇谦酌我次翁狂[7]，如鱼听曲首低昂。恨不临风作三弄，不减当时桓野王[8]。

校注

[1] 寇顺之：不详。醽渌：亦作"醽醁"。美酒名。苍头：言头发斑白。此指年老的仆人。三弄：曲名。即梅花三弄。　　[2] 韩愈《试大理评事王君墓志铭》："鼎也不可以柱车，马也不可使守阃。"柱：支撑。鼎不可用来支车。守门是狗的事，不是马的事。　　[3] 郫公：古代蜀地豪侠。常奴：平庸的奴仆。茹荤：指吃葱、韭等辛辣的蔬菜。后指吃鱼、肉等。　　[4] 吐茵："吐车茵"，醉后过失为"吐车茵"。西曹：官名。　　[5] 琳房：炼丹房的美称。　　[6] 柯亭：传为汉蔡邕用柯亭竹所制的笛子。后泛指美笛。也比喻良才。　　[7] 寇谦：即寇谦之。　　[8] 桓野王：即桓伊，字叔夏。小字子野（一作野王）。谯国铚县（今安徽宿县西南）人。初任淮南太守，后迁都督豫州诸军事、西中郎将、豫州刺史等。秦苻坚南攻，他与谢玄、谢琰大破秦军于淝水，以功进右将军，封永修县侯，但从不居功自傲。喜音乐，善吹笛，得蔡邕柯亭笛，常自吹之，时称"江左第一"。

舟中戏作杂言

昨日观画策，李成山水真难忘[1]。寒林远近烟暗澹，绝壑稠叠云微茫。忽看清溪下野艇，惊残鸥鸟不成行。我尝指此语座客，安得仙骨来中央。此事数日尔，忽落图上鸣渔榔。山重水复滩濑急，雅飞不过吴天长[2]。嗟予老矣两鬓苍，放浪自得宜深藏。烦于画笈试检校，恐我割取附益欧峰旁。

校注

[1] 李成：见《阻风雨封家市》注[1]。　　[2] 雅：疑为"鸦"。李白《庐山谣寄卢侍御虚舟》："翠影红霞映朝日，鸟飞不到吴天长。"吴天：由于庐山一带春秋时属吴国，故称。

次文虎韵戏晖书记[1]

孤舟泛湛水，心法已圜融[2]。诗律期三昧，庵居役二空[3]。住山须拙斧，阅世任寒蓬。慢着寻幽履，雪泥殊未通。

校注

[1] 文虎：何腾（1101—?），字文虎。小名天喜，小字庆孙。开封府（今河南开封）人，绍兴十八年（1148）进士。　　[2] 心法：佛教语。指经典以外传受之法。以心相印证，故名。　　[3] 三昧：见陈瓘《花光仁禅师以墨戏见寄以小诗致谢》注[2]。二空：佛教语。人空与法空。即悟入无我、无法之理，以破烦恼障和所知障。

次九弟韵后篇戏奉世十一弟二首

其一

少成怜季子，拔俗似安丰[1]。逸气期公幹，钩深似国风[2]。未须轻小伎，著意要参同。聊语诗家病，尘窗研滴空。

校注

[1] 季子：指战国时洛阳人苏秦。后借指穷困者或先穷后通者。安丰：王戎，字安丰。"竹林七

贤"之一。《世说新语·安丰眼亮》裴令公目"王安丰眼烂烂如岩下电"。 [2]公幹：刘桢（？—217），字公幹，东平宁阳（今山东宁阳）人。"建安七子"之一。

其二

莫学中郎将，休怀阴丽华[1]。三余游竹素，两部有鸣蛙[2]。乃肯亲庞老[3]，多情过押衙。吾衰那复此，羡尔乐无涯。

校注

[1]阴丽华（5—64）：南阳郡新野县（今河南新野）人。光武帝刘秀原配，东汉第二任皇后。春秋时期名相管仲后裔，汉明帝刘庄的生母。 [2]三余：董遇的"读书三余"："冬者，岁之余；夜者，日之余；阴雨者，时之余也。"两部：古代乐队中坐部乐和立部乐的合称。两部俱备的音乐表示隆重盛大。鸣蛙：蛙鸣。比喻俗物喧闹。 [3]亲庞老：《三国志·蜀志·庞统传》："由是渐显"，裴松之注引《襄阳记》："德公（庞德公），襄阳人。孔明每至其家，独拜床下，德公初不令止。"

戏　赠

王谢风流在[1]，星星映角巾。属文无少尽，结社有迁轮。颇作餐霞侣，愿充观国宾[2]。径须呼伯雅[3]，且入醉乡春。

校注

[1]王谢：指晋王坦之与谢安。 [2]观国宾：语本《易·观》："观国之光，利用宾于王。"周制，乡大夫举其贤者能者，以饮酒之礼宾客之，既则献其书于王，此代指应举之士。 [3]伯雅：古酒器名。三国魏曹丕《典论·酒诲》："荆州牧刘表跨有南土。子弟娇贵，并好酒，为三爵：大曰伯雅，次曰仲雅，小曰季雅。伯雅受七胜（升），仲雅受六胜，季雅受五胜。"

戏次居仁见寄韵[1]

长芦老人半圣号，眉毛不惜为谈空[2]。静委耽禅如缚律，悬知选佛胜封公[3]。影沉寒水雁无意，春入幽园花自红。欲向池阳参百问，却惭勾贼乱家风[4]。

校注

[1]自注：居仁见督参雪窦下禅。 [2]长芦老人：当指吕本中。长芦，古县名，北周大象二年（580）置，治所在今河北沧州市西。 [3]耽禅：耽味禅悦。亦谓潜心学佛。宋邓椿《画继·李公麟》："以其耽禅，多交衲子。"封公：封翁。因儿子功名而得到封赠的人。 [4]池阳：古县名，在今陕西泾阳西北。 乱，原校：一作破。

用韵戏呈仲诚[1]

蒲萄政复得凉州，底事微官章水头。早岁已能交北海，高怀乃肯顾韩休[2]。手妙他时扫银夏[3]，胸蟠佳处协沧州。谁言京兆画眉妩[4]，后院悬知多莫愁。

校注

[1]仲诚：彭铉，字仲诚，龟年次子。 [2]北海：北海太守李邕。唐天宝四年（745）夏，与李白、杜甫交好，曾在齐州历下相会。李白作《上李邕》，李邕亦题写《登历下古城员外孙新亭》诗。韩休：唐代官吏。"性方正，不务进趋"，宋琛誉为有"仁者之勇"。 [3]银夏：银、夏、宥三州，用以指代北宋与西夏的战事，宋失永乐城。 [4]京兆画眉：见《汉书·张敞传》。

葺茅屋戏成

朔风卷我屋间茅，乌鹊含将去作巢[1]。执扑鸠工课奴客，巡檐长啸望江郊[2]。谢公五亩似能保，扬子一区聊解嘲[3]。欲学参谋怀广厦，苦无凤觜续弦胶[4]。

校注

[1] 含，豫章本作"衔"。 [2] 鸠工：聚集工匠。唐黄滔《泉州开元寺佛殿碑记》："乃割俸三千缗，鸠工度木。"奴客：家奴。《汉书·胡建传》："盖主闻之，与外人、上官将军多从奴客往，奔射追吏。" [3] 似，豫章本作"自"。 谢公：指谢安，字安石。见《晋书·谢安传》。此诗中用"谢公五亩"指暂隐的贤士。扬子一区：即"扬子一区宅"。《汉书·扬雄传》："扬雄字子云，蜀郡成都人也。……楚汉之兴也，扬氏溯江上，处巴江州。而扬季官至庐江太守。汉元鼎间避仇复溯江上，处岷山之阳曰郫，有田一廛，有宅一区，世世以农桑为业。"后泛指平民、读书人安身生活的住所。 [4] 续弦胶：古代传说西海之中有凤麟洲，仙家以凤喙及麟角合煎作胶，名之为续弦胶，又名集弦胶、连金泥。见旧题汉东方朔《海内十洲记》、晋张华《博物志》卷三。唐杜牧《读韩杜集》诗："天外凤凰谁得髓，无人解合续弦胶。"

戏次人韵

人言鼓吹来诗思，鸣鹤遂闻长皋音[1]。细读一犁新句好，始知三语用功深[2]。自甘散木傲霜节，懒作幽云出岫心。茗碗炉芬清昼永，流莺捎蝶过墙阴。

校注

[1] 鼓吹：即鼓吹乐。《艺文类聚》卷六八引俗说曰："桓玄作诗，思不来，辄作鼓吹，既而思得，云：'鸣鹄响长皋。'叹曰：'鼓吹固自来人思。'"长皋：长长的土山。孙绰"居于会稽，游放山水，十有余年，乃作《遂初赋》以致其意"，其《遂初赋序》云："余少慕老庄之道，仰其风流久矣。……建五亩之宅，带长皋，倚茂林，孰与坐华幕击鼓者同年而语其乐哉？" 遂，豫章本作"远"。 [2] 三语：即三语掾。《世说新语·文学》载：晋王戎向阮瞻问："圣人贵名教，老庄明自然，二者的主旨是相同呢，还是不同？"即老庄与儒教异同，瞻以"将无同"三字答之，犹言该是相同吧。王戎很欣赏这个回答，立即聘他为自己的掾属。后以指应对隽语。

予以王褒僮约授嗣行叟叟有书抵予并求跛奚移文且云要与僮约作伉俪以此诗戏之[1]

髯奴上券归公许，跛奚移文犹见催[2]。臧获要令成伉俪[3]，文章相与挟风雷。目成眉语似真尔，足蹑心邀安在哉。大士好奇聊一戏，不应禅寂便寒灰[4]。

校注

[1] 王褒《僮约》：记奴婢的契约。后泛称主奴契约或对奴仆的种种约束规定。跛奚：跛足奴。宋黄庭坚《跛奚移文》："女弟阿通，归李安诗，为置婢无所得，乃得跛奚，蹒跚离疏，不利走趋。"嗣行叟：不详。李彭《日涉园集》卷四有《送嗣行叟住云岩》诗。 [2] 髯奴：汉王褒《僮约》："资中男子王子渊从成都安志里女子杨惠，买亡夫时户下髯奴便了，决价万五千。"上券：右券，右契。券，指契约。券分左右，订约双方各执其一，而以右券为上。 [3] 臧获：古代对奴婢的贱称。《荀子·王霸》："大有天下，小有一国，必自为之然后可，则劳苦秏悴莫甚焉；如是，则虽臧获不肯与天子易执业。" [4] 禅寂：佛教语。释家以寂灭为宗旨，故谓思虑寂静为禅寂。《维摩诘经·方便品》："一心禅寂，摄诸乱意。"

戏何人表[1]

示疾维摩难共语，谁堪问疾坐绳床[2]。也知世乏长桑手，尽用枕中鸿宝方[3]。马价不须劳广汉，牛衣何用泣王章[4]。清凉心地俱安稳，特访名园顾辟疆[5]。

校注

[1] 何人表："二何"之何颙，字人表，黄冈人。兄何颉，旧名颀，字颉之，后经黄庭坚"奉字曰

'斯举'"，易名颐，一名颐之。 　　[2] 示疾：佛教语。谓佛菩萨及高僧得病。唐刘轲《〈大唐三藏大遍法师塔铭〉序》："（玄奘）自示疾至于升神，奇应不可殚纪。"绳床：一种可以折叠的轻便坐具。以板为之，并用绳穿织而成。又称"胡床""交床"。 　　[3] 长桑：长桑君的省称。后借指良医。唐李白《送方士赵叟之东平》诗："长桑晓洞视，五藏无全牛。"枕中鸿宝：《汉书·刘向传》："上（宣帝）复兴神仙方术之事，而淮南有枕中《鸿宝》《苑秘书》。书言神仙使鬼物为金之术，及邹衍重道延命方，世人莫见。"后泛指珍秘的书籍。 　　[4] 牛衣：汉代王章在出仕前家里很穷，没有被子盖，生大病也只得卧牛衣中，他自料必死，哭泣着与妻子决别。妻子怒斥之，谓京师那些尊贵的人谁能比得上你呢，"今疾病困厄，不自激卬，乃反涕泣，何鄙也"。见《汉书·王章传》。后以"牛衣对泣""牛衣夜哭"谓因家境贫寒而伤心落泪。 　　[5] 辟疆：辟强，顾氏名辟强，有名园。即古人镇恶、弃疾、去病意也。

仲豫买侍儿作小诗戏之[1]

霜鹗横空河汉秋，聊随鸡鹜稻粱谋[2]。却将属国旧长剑，换得石城新莫愁。要遣短辕无复驭，定看遥集解忘忧。匡山醉客时相访，莫下疏帘作障羞[3]。

校注

[1] 仲豫：苏迨（1070—1126），字仲豫。初名叔寄，又名竺僧。苏轼次子。 　　[2] 霜鹗：猛禽。此喻苏迨。宋黄庭坚《次韵杨叔明见饯》之六："元之如砥柱，大年若霜鹗。"鸡鹜：鸡和鸭。比喻小人或平庸的人。《楚辞·九章·怀沙》："凤皇在笯兮，鸡鹜翔舞。" 　　[3] 匡山醉客：诗人李彭自谓。

扇上画雪景戏书

醉余潑墨写生绡，咫尺真成万里遥。短棹船归剡溪曲[1]，披蓑人渡浣花桥[2]。暑中松雪俄辉映，月里山河俱动摇。凛凛寒生立毛发，从今襗襫不须嘲[3]。

校注

[1] 剡溪曲：即剡溪一曲。在越州，今浙江绍兴。开元中，诗人贺知章要求还山归隐，唐玄宗诏赐镜湖、剡溪一曲。 　　[2] 浣花桥：杜甫由城返回草堂必经之桥。《华阳风俗录》载："浣花亭，在州之西南，江流至清，其浅可涉，故中有行车。"襗襫：衣服粗重宽大，既不合身，也不合时。比喻不晓事；无能。

度章水道中戏用城字韵呈驹甫师川[1]

楚波不动晚山青，顾兔西来照我行[2]。野鸟钩辀如有意，渔歌欸乃亦多情[3]。湖边倒载思山简，机上回纹念始平[4]。欲觅澄江如练句，乞灵须向谢宣城[5]。

校注

[1] 章水：赣江西源。位于江西南部。至赣州与东源贡水汇合后称赣江。驹甫、师川：指洪刍、徐俯。 　　[2] 顾兔：亦作"顾菟"，古代神话传说月中阴精积成兔形，后因以为月的别名。 　　[3] 钩辀：鹧鸪鸣叫声。 　　[4] 倒载："山公倒载"，倒卧车中。亦谓沉醉之态。见梅尧臣《嘲江翁还接篱》注[1]。始平：不详其人。 　　[5] 谢宣城：指南朝齐谢朓。朓曾任宣城太守，故称。

戏书山水枕屏四段

其一
遥岑天南端，野彴垂杨下。萧散策寒藤，绿云复观化[1]。

其二
澄江真皎镜，短艇戏鸣榔。无复机心动，不惊鸥鸟行[2]。

其三

孤峰上排霄，群木尽生意。持竿坐石矶，高怀在云际。

其四

复阁耿苍烟，斜晖挂木末。卷帆何处船，危樯待明发。

校注

[1] 野杓（zhuó）：野外小桥。观化：观察变化。　　[2] 鸣榔：同"鸣根"，敲击船舷使作声。用以惊鱼，使入网中，或为歌声之节。机心：巧诈之心。

夜坐兼戏环上人[1]（三首）

其一

蠹简聊宽岑寂，榴花颇慰榛芜。莫问草玄上白，须令看碧成朱[2]。

其二

毛发早惊蒲柳，衣裾又变风烟。我是一丘一壑，君应三要三玄[3]。

其三

落木霜猿到耳，风高候雁横空。觅句深凭料理，解围俄听晨钟。

校注

[1] 环上人：不详。　　[2] 草玄：指汉扬雄《太玄》。《汉书》卷八七下《扬雄列传下》：哀帝时丁、傅、董贤用事，诸附离之者或起家至二千石。时雄方草《太玄》，有以自守，泊如也。上白：虚室生白，又作虚室上白。《庄子·人间世》："瞻彼阕者，虚室生白，吉祥止止。"心无任何杂念，就会悟出"道"来，生出智慧。　　[3] 是，豫章本作"自"。　　一丘一壑：指山林幽深之处。多用喻隐者放情山水的生活。三要三玄，原作"三玄三要"，佛教术语。其目的乃教人须会得言句中权实照用之功能。《临济录》："师又云：'一句语须具三玄门，一玄门须具三要，有权有用。'"

寄赠择言两绝句

其一

忆昨同倾三昧酒，论文时掇百家衣。他年准拟兰亭会，好画高人支遁师[1]。

其二

逍遥儒墨两专场，万遍莲花嫁马郎。心若死灰诗欲尽，乞侬西国更生香[2]。

校注

[1] 三昧：佛教的一种修行方法。掇百家衣：喻集句诗及拼凑而成的文章。兰亭会：晋代王羲之、谢安、孙绰等贵族高官四十二人在会稽郡山阴县（今绍兴越城区）兰亭聚会宴咏，作有《兰亭序》。支遁师：俗姓关，字道林，世称"支公""林公"。东晋名僧，佛教学者，是般若学派"六家七宗"之一的"即色宗"的主要代表。　　[2] 自注：择言与参寥相厚善，故戏作吴语戏之。　　莲花：喻佛门的妙法。马郎：即马郎妇。佛教菩萨名，观世音的化身。见《释氏稽古略》卷三引《观世音菩萨感应传》。西国：指佛教发源地。

戏赠行密上人[1]

东风未解北风愠，腊雪半消春雪深。欲向僧房觅清昼，细听山暝孤猿吟。

[1] 行密上人：不详其人。

戏赠嗣誉二首坐（二首）

其一

谈禅高出沩仰右，著论耻居生肇傍。更有新诗堪抵罪，与君约法定三章。[1]

其二

僧中君是玉花骢，气逸浑将入古风。欲向松窗翻妙语，愧无笔力到方融。[2]

校注

[1] 沩仰：佛教禅宗五家之一，唐代沩山灵祐禅师及其弟子仰山慧寂禅师所创。因其先后在沩山（今湖南醴陵）和仰山（今江西宜春）发扬禅宗，自成一派，故名。　　[2] 方融：禅师名。

戏刻真牧堂竹间[1]

风微雨细花梢动，日落钟鸣雀语多[2]。未有池塘春草句，戏成户外竹枝歌[3]。

校注

[1] 真牧堂：湖北通山境内幕阜山脉中段的九宫山之瑞庆宫后面一石殿，据传是张清道静修之所，宁宗曾御书“真牧堂”三字赐之。　　[2] 日，豫章本作“月”。　　[3] 户，豫章本作“湖”。“未有”二句：谢灵运《登池上楼》诗：“池塘生春草，园柳变鸣禽。”竹枝歌：本为巴渝（今四川东部）一带民歌，唐诗人刘禹锡据以改作新词，歌咏三峡风光和男女恋情，盛行于世。

戏呈子苍[1]

一杯相属步兵酒，三叠共听中散琴[2]。有慨余心成独写，雨余汀草晚来深。

校注

[1] 子苍：韩驹，字子苍。　　[2] 步兵酒：古代酒名。《晋书·阮籍传》：“闻步兵厨营人善酿，有贮酒三百斛。”《酒小史》称“晋阮籍步兵厨”。三叠：古奏曲之法，至某句乃反复再三，称三叠。中散琴：《三国志·魏书·王粲传》附《嵇康传》南朝宋裴松之注引《魏氏春秋》：“康临刑自若，援琴而鼓，既而叹曰：‘雅音于是绝矣！’”《晋书·嵇康传》：嵇康“拜中散大夫。常修养性服食之事，弹琴咏诗，自足于怀”。

舟中戏作俳体（二首）

其一

皓齿青娥倚柁楼，楚波微动晚风秋。不辞自去迎桃叶，两桨还须送莫愁[1]。

其二

目成可意亦不浅，思是罗敷旧姓秦。莫道使君自有妇，愿为解佩汉皋人[2]。

校注

[1] 柁楼：船上操舵之室。亦指后舱室。因高起如楼，故称。桃叶：指桃叶渡。莫愁：古乐府中所传女子，善歌谣。南朝梁萧衍《河中之水歌》：“河中之水向东流，洛阳女儿名莫愁。……十五嫁为卢家妇，十六生儿字阿侯。”　　[2] 汉皋：山名。在湖北襄阳西北。相传周郑交甫于汉皋台下遇二神女，二神女解佩相赠。

戏书（四首）

其一

虐雪饕风春事晚，轻红未放入夭桃。即看倚杖花经眼，便许堆盘黍雪毛[1]。

其二

晴檐已复听提壶，浊酒聊堪释荷锄。短短长长爱园柳，三三两两数溪鱼[2]。

其三

溧井寒泉彻底清，不容私地有蛙鸣。修除何独充庖易，要看筰龙将雨行。

其四

止酒废诗春昼长，颇知易戒复难忘。戏于窗下还诗债，便欲花前唤索郎[3]。

校注

[1] 虐雪饕风：又是刮风，又是下雪。形容天气非常寒冷。黍雪：用黍子来擦拭桃子上的毛。 [2] 提壶：鸟名。即鹈鹕。"浊酒"句：东晋陶渊明《归园田居·种苗在东皋》："虽有荷锄倦，浊酒聊自适。" [3] 索郎：酒名。桑落酒的别称。亦泛指酒。

代二螯解嘲[1]

臞儒他日倦龟壳，蛤蜊自可破愁颜[2]。不似二螯风韵好，那堪把酒对西山。

校注

[1] 二螯：指代螃蟹。此诗与黄庭坚《代二螯解嘲》基本相同。疑为同一人所作。 [2] 倦龟壳：《淮南子·道应》：卢敖游乎北海，至蒙谷之上，见一士，方倦如龟壳而食蛤蜊。蛤蜊：软体动物。生活在浅海泥沙中。壳卵圆形、三角形或长椭圆形，两壳相等，肉可食，味鲜美。

解嘲（二首）

其一

平生痴绝百无忧，党友相嘲顾虎头。痴黠胸中各相半，要之与我不同流[1]。

其二

丘林久矣自耘锄，罕识心劳瓜芋区。不复论文传幼妇，安能索笔著潜夫[2]。

校注

[1] 顾虎头：东晋画家顾恺之小字虎头，故称。亦借指画家。痴黠：痴黠各半，刘义庆《世说新语·文学》："恺之体中，痴黠各半，合而论之，正得平耳。" [2] 幼妇：少女。借指"妙"字。著潜夫：王符所著的《潜夫论》。

醉中戏次师言韵兼简少逸（四首）

其一

不觉庞公隐鹿门，逢场作戏任吾真。风烟久着双蓬鬓，脱帽公应恕醉人[1]。

其二

笔下疾雷惊四邻，勒兵小试颂声新。司空城旦余波尔，六籍纷纶井大春[2]。

其三

往日风流京兆眉，却穿习薄败荷衣。新诗浑作莺花语，只欠天街便面归[3]。

其四

愧乏金椎控颐手，偷儿何苦向人来。囊空四壁亦云静，只有丹铅勘玉杯[4]。

校注

[1] 庞公：指庞德公。东汉襄阳人。躬耕于襄岘山之南，曾拒绝刘表的礼请。后隐居鹿门山，采药以终。鹿门：鹿门山之省称。在湖北襄阳。后汉庞德公携妻子登鹿门山，采药不返。后因用指隐士所居之地。　[2] 司空：主管刑徒之官。城旦：古代刑罚名。发配修筑城墙的劳役。六籍：指儒家经典。井大春：井丹，字大春，东汉郿（今陕西眉县）人。他受业于太学，博通《五经》，善于谈论，时有"五经纷纶井大春"之谚。　[3] 京兆眉：见《汉书·张敞传》。便面：古代用以遮面的扇状物。[4] 金椎控颐手：铁铸的捶击具。《庄子·外物》："儒以金椎控其颐。"用金椎固定住其面颊。丹铅：指点勘书籍用的朱砂和铅粉。亦借指校订之事。玉杯：《汉书·董仲舒传》："说《春秋》事得失，《闻举》《玉杯》《蕃露》《清明》《竹林》之属，复数十篇。"颜师古注："皆其所著书名也。"后因泛称重要著作为"玉杯"。

卷二十

王安中
（1076—1134）

字履道，号初寮，中山阳曲（今山西太原）人。哲宗元符三年（1100）进士。宣和三年至五年（1121—1123），累官至尚书左丞，授庆远军节度使等。著有《初寮集》。今录戏谑诗4首。

达之质衣不售作诗某次韵达之有田在蒲阴日以侵削旧居尝质人家既还而井亡于是箪瓢益艰故有争畔改井之嘲[1]

颜癯虽巨堪，幸列圣科四。瓢箪顾自给，所乐真细事。君穷欲谁依，月旦无高议[2]。邻贪故争畔，困收复易匮。吏懵辄改井，罋汲亦难致。空有能诗声，度越侯叔起[3]。时裁乞米帖[4]，韵缀古风里。娇怜啼门儿，愠奈曳泥婢。喧喧闻发廪，共诟管城子。君云姑安之，吾肯屑嚄尔。篋中敝袍在，质当今可以。榱窗豕腹生，列肆跨两市。掉头相闭拒，竟日却携至。似云儒酸悭，所得毫发利。寒暑递回换，钱出几还此。由来刺绣工，不如市门倚。以彼居货心，必求速化理。近闻高赀郎，禁与士夫齿。盖防驵侩态，岁久熏犹似[5]。众富乃良规，力古贫莫耻。

校注

[1] 蒲阴：古县名。太平兴国初改义丰置，治所在今河北安国。为祁州治所。　　[2] 月旦：谓品评人物。《后汉书·许劭传》："初，劭与靖俱有高名，好共核论乡党人物，每月辄更其品题，故汝南俗有'月旦评'焉。"　　[3] 侯叔起：侯喜（？—822），字叔迟，一作叔起，行十一。贞元十九年（803）进士。元和七年（812）为校书郎，十一年（816）为协律郎。终国子主簿。其诗文深受韩愈赏识。　　[4] 乞米帖：向人借贷的书牍。唐代大书法家颜真卿向李太保借米的信。又称《与李太保帖》。　　[5] 驵（zǎng）侩：说合牲畜交易的人。后泛指经纪人、市侩。《史记·货殖列传》："通邑大都酤一岁千酿……佗果菜千钟，子贷金钱千贯，节驵会。"裴骃集解引《汉书音义》："会亦是侩也。"熏犹：喻善恶、贤愚、好坏等。

以魏花两枝送梁才甫花不甚大作二诗解嘲[1]

其一

老去无心梦楚台，行云欲见仗谁媒[2]。春风魏后尤骄蹇，只遣红巾稗女来。

其二

求花闻道筑金台，国色怀春肯自媒。送入华堂应大笑，不令乳媪与俱来。

校注

[1] 魏花：即魏紫，是名贵的牡丹花品种。因出自宋代洛阳魏仁博家而得名。梁才甫：作者友人。

《桂林石刻》有"宋梁才甫挈家游览题名"。　　[2]楚台：指楚王梦遇神女之阳台。行云：用巫山神女之典。比喻所爱悦的女子。此指魏花。

同名诗[1]

蜀客更名缘好尚[2]，汉臣书姓为同官[3]。孟公自合名惊座[4]，子夏尤宜便小冠[5]。益号文章缘两李[6]，翃书制诰有诸韩[7]。二元各自分南北[8]，付与时人子细看。

校注

[1] 宋费衮《梁溪漫志》：王履道左丞（安中）在京师，见何人家亭上题字，笔势洒落，不著姓，而其名则安中也，王惊问何人所书，守者曰："此何安中，亦河朔人也。"王以与己名同，恐人莫之辨，戏书一诗于其后云云。终篇皆用同名事云。　　[2]"蜀客"句：蜀客指汉代著名辞赋家司马相如。司马相如（前179？—前118），字长卿，蜀郡成都人。因好辞赋，作《子虚赋》。司马相如本名犬子，后因"慕蔺相如之为人也，更名相如"。　　[3]"汉臣"句：未详。　　[4]"孟公"句：此言汉人陈遵事。据《汉书·游侠传》载："时列侯有与遵同姓字者，每至入门，曰陈孟公，坐中莫不震动。既至而非，因号其人曰陈惊坐。"此为二人同姓同字。　　[5]"子夏"句：汉杜钦，字子夏，好经史；杜邺，也字子夏，多才能。钦遂自制小冠，以示区别。　　[6]"益号"句：此言李益事。据唐赵璘《因话录》载："李尚书益，有宗人庶子同名，俱出于姑臧公。时人谓尚书为'文章李益'，庶子为'门户李益'，而尚书亦兼门地焉。尝姻族间有礼会，尚书归，笑谓家人曰：'大堪笑，今日局席两个坐头，总是李益。'"《旧唐书·李益传》等均载两李益事。　　[7]"翃书"句：言唐有两韩翃事。唐孟棨《本事诗》载：翃"罢府闲居将十年……一日，夜将半，韦（巡官）扣门急。韩出见之，贺曰：'员外除驾部郎中，知制诰。'韩大愕然曰：'必无此事，定误矣。'韦就座曰：'……德宗批曰：与韩翃。时有与翃同姓名者为江淮刺史，又具二人同进，御笔复批曰：春城无处不飞花，寒食东风御柳斜。日暮汉宫传蜡烛，轻烟散入五侯家。又批曰：与此韩翃。'韦又贺曰：'此非员外诗耶？'曰：'是也。'"　　[8]"二元"句：未详。

> **张扩**
> （？—1147）
>
> 字彦实，一字子微，德兴（今属江西）人。徽宗崇宁五年（1106）进士。历中书舍人，擢左史，掌外制。后因事罢，提举江州太平观。著有《东窗集》四十卷、诗十卷。今录戏谑诗16首。

子温作驱疮诗伯初与顾景蕃皆属和蕃以谓不当止酒初以谓宜炼元气予亦戏次其韵[1]

小儿私化权，令行错穷冬。淫疡薄皱肤，欲战垒块胸。道人寝不平，怒发忽上冲。馋夫犹收痂，义士唯呎痈。快无仙爪爬，滥有苦剂攻。坐令费讥诃，沾汗文字中。虎头笔有神[2]，众妖避其锋。似闻以意医，请用三杯通。阿兄言更深，细述葆炼功。二说俱可人，而子将何从。酒醇傥消忧，气厚定保躬。自然四体胖，那复百病凶。吾闻柳州语[3]，祸物人犹虫。旻苍厌呻呼，疴痒应汝容。疾去会有时，未为吾道穷。汝自多识者，吾言犹匆匆。

校注

[1] 子温：诗人侄子，张子温。张杲《医说》："房州虞侯张进……因送还郡守，逢道人，买酒与饮，得其治痈疽方。……张子温五岁儿，生疮于鬓边，继又发于脑后，证候可忧，亦以付进。凡所用皆一种，不过三夕，二者皆平。"《医说》所载与此诗正好吻合。伯初：张伯初。顾景蕃：顾禧，字景繁，一作景蕃。《苏诗补注》卷八附录《苏州府志》载其简略生平。　　[2] 虎头：晋代画家顾恺之字。唐杜甫《题玄武禅师屋壁》诗："何年顾虎头，满壁画瀛州。"　　[3] 柳州：唐柳宗元遭贬后，徙为柳州

刺史，因以为其代称。

短句调子温侄

阿丞善谈诗，眼如九方皋[1]。相马空马群，妙在遗骨毛。衰老钻不入，钝愚如枣膏。后生不应尔，笔力生波涛。黄绢幼妇语，莫负秋风高[2]。

校注

[1] 九方皋：春秋时人，善相马。见《淮南子·道应训》《列子·说符》。 [2] 黄绢幼妇："绝妙"二字的隐语。见宋刘义庆《世说新语·捷悟》。

盛暑得竹簟甚精戏为之赋

南山小箨龙，离立身苍苍。旧任管城子，脱帽栖文房。诗书每误身，或得败塚殃。泠鸠稍知音，与致雏凤凰。人云不如肉，笨伯岂我当[1]。何如碎其身，织翠供文章。舒卷得自试，作配六尺床。主人冰玉洁，风味如潘郎。奉身无长物，却暑有奇方。空庭贮明月，皎皎夜未央。卧看河汉移，使我侵肌凉。床间老夫人，面冷如严霜。相与有瓜葛，未用或参商。孤高自可守，炎热安得长。君看白羽扇，秋后徒悲伤。

校注

[1] 笨伯：《晋书·羊聃传》："聃字彭祖。少不经学，时论皆鄙其凡庸。先是，兖州有'八伯'之号，其后更有'四伯'。大鸿胪陈留江泉以能食为谷伯，豫章太守史畴以大肥为笨伯，散骑郎高平张嶷以狡妄为猾伯，而聃以狼戾为琐伯。盖拟古之'四凶'。"本讥人肥胖，行动不敏捷。后泛称愚笨者。

酒官张君造曲以十八仙为名作诗戏之[1]

旧闻饮中有八仙，日多铛杓相周旋。今之十八岂其裔，何为复效枕曲眠。痴人但作从事呼，妄起清浊分圣贤。那知风味古无有，名字真从天上传。留侯旧与赤松游，余韵到今千百年。看君风骨颇似祖，日酌九酝追天全。我嗟谱系漫难考，流落恐缘濡发颠。穷愁政在禁酒国，未免口角生馋涎。出门欲作一斗计，谁乞三百青铜钱[2]。

校注

[1] 酒官：执掌造酒及有关政令的官员。《周礼·天官·酒正》"酒正"，汉郑玄注："酒正，酒官之长。" [2] 三百青铜钱：指酒钱。唐杜甫《逼仄行》："速宜相就饮一斗，恰有三百青铜钱。"

古律诗戏简汪彦章学士[1]

湖边乐色喧丝筦，湖上春风桃李晚。使君招客试行乐，粉面如花照金盏。知君好事已数往，想见清阴集飞伞。倾家共寻一日胜，得醉宁论万金产。谁怜有客扃户牖，坐抱穷肠读书懒。登楼追望不堪东，一片飞虹挂愁眼。

校注

[1] 汪彦章：汪藻，字彦章。

文之暇日作诗戏用其韵

古事费寻检，近诗关谤伤。掉头无好语，结舌自良方。风露挟秋意，帘帏生晚凉。传闻市南米[1]，渐可补饥疮。

校注

[1] 南米：南方各省漕粮的总名，旧时的一种实物税。自南方征得粮米，经漕运至京师等地，供官军食用。

再和戏子公[1]（二首）

其一

棋局画行新触手，帐文龟壳净围床。合材近取复何好，法意防贪未可凉。自此铅华须痛遣，疑于缟素或相妨。夜阑天女来求法，君看如何是革囊。

校注

[1] 子公：张子公。施彦执《北窗炙輠录》"张子公为户侍"条。

其二

背人阿堵未中方，纸合文书不碍床。正似复裈羞北阮，绝胜斗酒换西凉[1]。来诗肯办十分赏，去辙犹关一水妨。对面更看枯淡在，应无儿辈紫罗囊。

校注

[1] 南朝宋刘义庆《世说新语·任诞》："阮仲容步兵居道南，诸阮居道北，北阮皆富，南阮贫。七月七日，北阮盛晒衣，皆罗绮。仲容以竿挂大布犊鼻裈于中庭，人或怪之，答曰：'未能免俗，聊复尔耳。'"以"北阮"代称亲族之富者。斗酒换西凉：引用孟陀斗酒博凉州的故事。

子公复和亦次韵（二首）

其一

我惭问舍未知方，君亦依然卧上床。有纸遮风良不恶，无人炙手自生凉。应怜佛屋钟鱼近[1]，不自官居屏障妨。相去九龄今几代，风流未减笋为囊。

校注

[1] 自注：公寓居西林寺。　钟鱼：寺院撞钟之木。因制成鲸鱼形，故称。亦借指钟或钟声。

其二

昨日规摹屋一方，今晨诗卷已填床。安知事似猬毛起，自觉心如水月凉。故纸有缘殊未了，红尘无路略相妨。客来暖热浪自喜，断却来章真智囊。

顾景蕃以诗乞西汉书于子公子公以奏议唐鉴遗之戏次其韵[1]

腹中图史自纷纶，况有新文似过秦。犹访汲书真好事，谬怜野骛定痴人[2]。补亡疑是君过计，就读未妨吾卜邻。他日两家俱外府，断编遗简得终身。

校注

[1] 子公：即张子公。　　[2] 野骛：喻指外姓人家的书法技艺。晋何法盛《晋中兴书·颍川庾录》："（庾翼）书，少时与王右军齐名，右军后进，庾犹不分（忿），在荆州与都下人书云：'小儿辈厌家鸡爱野雉（一作骛），皆学逸少书，须吾下当北之。'"

嘲　鹊

抵玉谁家解汝嗔[1]，定应饶舌诳痴人。平生作室自拘忌，晚岁填河良苦辛。风急未妨翎翮健，日长无奈语音频。君看屋上乌元好，何用开门延窦申[2]。

校注

[1] 抵玉：比喻大材小用。汉桓宽《盐铁论·崇礼》："南越以孔雀珥门户，昆山之旁以玉璞抵乌鹊。"本谓中原所贵者，边陲贱之。　　[2] 窦申：窦申者，窦参之族子。累迁至京兆少尹，转给事中。参特爱之，每议除授，多访于申，申或泄之，以招权受赂。申所至，人目之为喜鹊。

文之雪霰落砚诗戏用其韵[1]

玄璧无尘中作泓，偏宜净几集飞霙[2]。柳花可染已无迹，鹄羽不黔如幻成[3]。小试桑根犹耿介，结为冰面更晶明。痴儿呵冻为渠赋，费尽壶中墨客卿。

校注

[1] 文之：不详。　　[2] 飞霙：飘舞的雪花。　　[3] 鹄羽不黔：《庄子·天运》："夫鹄不日浴而白，乌不日黔而黑。"

与客争棋客有所负坐人以目无解围者客怒甚而去作诗戏之

不论别墅自心降[1]，风急西南势转忙[2]。那辨旁呼白鹦鹉[3]，坐看豪夺紫罗囊[4]。

校注

[1]《晋书·谢安传》："谢安，字安石。……太元八年（383）冬，苻坚率众百万，次于淮淝，京师震恐。……方与玄围棋赌别墅。安棋常劣于玄，是日玄惧，便为敌手而又不胜。安顾其甥羊昙曰：'以墅乞汝。'……玄等既破坚，有驿书至，安方对客围棋，看书既竟，便摄放床上，了无喜色，棋如故。客问之，徐答曰：'小儿辈遂已破贼。'"　　[2]《南史·谢弘微传》："弘微（谢密，字弘微）性宽博，无喜愠。末年尝与友人棋，友人西南棋有死势，复一客曰：'西南风急，或有覆舟者。'友悟，乃救之。弘微大怒，投局于地。"　　[3] 宋马永易《实宾录》："唐韩偓与姚泊皆为翰林学士，从昭宗幸岐，偓每与两敕使会棋，两使稍不胜，泊即以手坏之，偓呼为'白鹦鹉'。如此者不一。若泊不在座，两使将输，必大呼'白鹦鹉'。泊应声而至，即为坏局。偓曰：'求知之道，一何卑耶！'因拨局而起。"白鹦鹉，指代扰乱棋局者。　　[4] 紫罗囊：用紫罗缝制的香囊。《晋书·谢玄传》："玄少好佩紫罗香囊，安患之，而不欲伤其意，因戏赌取，即焚之。"

戏成二毫笔绝句

包羞曾借虎皮蒙，笔阵仍推兔作锋[1]。未用吹毛强分别，即今同受管城封。

校注

[1] 笔阵：晋王羲之《题〈笔阵图〉后》："夫纸者，阵也；笔者，刀矟也；墨者，鍪甲也；水砚者，城池也；心意者，将军也；本领者，副将也；结构者，谋略也。"

蜡梅近出或谓药中一种不结子非梅类戏作数语为解嘲云[1]

梅花孤高少辈行，蜡梅晚出辄争长。素妆落额岂不好，浅黄拂杀更官样。檀心半迎寒日吐，暗香坐待初月上。春风不是苦靳惜，未办开花大如掌。君不见桃李开花到结果，削梗钻核终奇祸[2]。蜡梅沾蜡如幻成，渠要调羹身后名[3]。

校注

[1] 蜡梅：落叶灌木。冬末开花，色如黄蜡，香味浓，供观赏。　　[2] 钻核：钻通李核。语本《晋书·王戎传》："（王戎）家有好李，常出货之，恐人得种，恒钻其核。以此获讥于世。"　　[3] 调羹：《书·说命下》："若作和羹，尔惟盐梅。"喻治理国家政事。

265

释怀深
（1077—1132）

俗姓夏，号慈受，寿春六安（今属安徽）人。为青原下十三世，长芦信禅师法嗣。其著述有弟子释善清等编《慈受怀深禅师广录》四卷，收入《续藏经》。今录戏谑诗5首。

初至包山大雪戏题[1]

老僧昨夜包山宿，茅屋青灯火满炉。料得山神心喜我，晓来岩树雪模糊。

校注

[1] 包山：即洞庭西山，一称西洞庭山，俗称西山，古称"包山"。在江苏省苏州市西南太湖中，是太湖中最大的岛屿。《文选·左思〈吴都赋〉》："指包山而为期，集洞庭而淹流。"李善注："王逸曰：太湖在秣陵东，湖中有包山，山中有如石室，俗谓洞庭。"

次日有鹊巢于庵前枣树上树高数尺因笔戏题

鹊巢低树绝惊猜，可验庵僧心已灰。与汝林间缄口过，不须虚喜报人来。

题一笑庵[1]（二首）

其一

旋转茅茨蔽雨风，土床蒲荐自雍容。荣枯过眼人间事，尽付山僧一笑中。

校注

[1] 一笑庵：诗僧曾住镇江府焦山、真州长芦诸寺，疑其在江苏镇江。

其二

老觉形骸渐渐衰，放怀终日眼如眉。畏人知处闲名出，犹喜归庵未甚迟。

睡起戏题

吃粥吃饭过，听风听雨眠。莫将安乐法，容易与人传。

陈公辅 （1077—1142）	字国佐，自号定庵居士，台州临海（今属浙江台州）人。政和三年（1113）上舍两优释褐，官至司谏、礼部侍郎。有文集二十卷等，已佚。今录戏谑诗2首。

雪晴可喜戏作四韵奉呈

盈尺阶前瑞已多，晓来天色渐晴和。青阳一气应回暖，黄竹三章且罢歌。小雨洗时岚滴翠，细风吹处沼生波。东郊便好寻芳去，桃李争妍映绮罗。

戏和德升赏梅因记十三日梅园之游发诸兄一笑[1]

我闻永庆梅，孤标寄岩阴[2]。衰年苦多病，咫尺未暇寻。公心亦似铁，惜花情却深。爱此独株好，何必须满林。兹游恨莫陪，有酒谁与斟。因思东郊上，琼蕊满鬓簪。黄昏月下归，翠袖寒易侵。想公见戏语，一笑开胸襟。

校注

[1] 德升：程龠，字德升，乐平县（今江西省乐平市）人。大观三年（1109）己丑科贾安宅榜进士。仕至密州司户。见《乾隆乐平县志》卷一四。 [2] 永庆：毗陵（今江苏常州）永庆阁。孤标：此指梅花。

叶梦得 （1077—1148）	字少蕴，号石林居士，吴县（今属江苏苏州）人。哲宗绍圣四年（1097）进士，历任翰林学士、户部尚书、江东安抚大使等官职。晚年隐居湖州石林，故号石林居士。著有《石林诗话》等。今录戏谑诗6首。

陈子高移官浙东戏寄[1]

幕府陈琳老，官身恋故溪[2]。解谈孙破虏，那厌庾征西[3]。未拟烦刀笔，聊应谢鼓鼙。登临如得句，小字与亲题。

[1] 陈子高：陈克（1081—？），字子高，北宋末临海（今属浙江台州）人。侨寓金陵。自号赤城居士。有《天台集》，已佚。 [2] 陈琳，字孔璋，初从袁绍。后归曹操，为记室。军国草檄，多出其手。故溪：指故乡的苕溪。 [3] 孙破虏：即孙坚（155—191），字文台，吴郡富春（今浙江杭州富阳）人。史书云"容貌不见，性阔达，好奇节"。庾征西：《晋书》卷七三《庾亮传》："陶侃薨，迁亮都督江、荆、豫、益、梁、雍六州诸军事，领江、荆、豫三州刺史，进号征西将军。"

戏示幕客

不用黄金更筑台，一时倾盖尽奇材。关中岂是穰侯物[1]，浪怕诸侯客子来[2]。

[1] 穰侯：本名魏冉，亦作魏厓，战国时秦国大臣。 [2] 浪，四库本作"须"。

戏方仁声四绝句[1]

其一

戏弄扁舟泊宅村，却寻三径筑茅墩[2]。云边此意真谁解，剩作新诗与细论。

[1] 方仁声：即方勺，字仁声。著有《泊宅编》。 [2] 三径：即"三径就荒"典。见赵鼎臣《翟经国筑室于乡里人夸传以为盛其西吾苕溪也以诗戏之》注[1]。

其二

水槛新开似浣花，傍溪须更作浮槎。只应屡费王弘酒，时要清樽对落霞[1]。

[1] 用陶渊明"白衣送酒"典。

其三

不惜囊钱信手空，荒田却拟望年丰。天公可是怜风月，判遣诗人一例穷。

其四

卢橘杨梅已及时，我归先自在前期。平生不作宣明面[1]，浪愧将军建鼓旗[2]。

[1] 宣明面：《南史·谢晦传》："晦美风姿，善言笑，眉目分明，鬓发如墨。"谢晦，字宣明。宣明面，是像谢宣明那样，言笑逢迎，善作姿态动人。后因用为逢迎官场，善于言笑，以和美的面孔对人的典故。 [2] 自注：仁声旧居城东泊宅村，张志和常所游也。今徙西溪，作云茅庵，因东岗为小亭，号茅墩。欲傍溪开水槛，久无资。会郡守有馈之酒五十壶，不敢饮，亟易之，乃克成。有田数十亩，常苦下潦。余居石林，与云茅南北正相望，故四章皆及之云。

钱伯言
（？—1138）

字逊叔，越州会稽（今浙江绍兴。一作开封府）人，勰子。宣和元年（1119），于中散大夫知袭庆府任上，特赐进士出身，加直秘阁。历吏部侍郎，出知杭州、镇江府。仕终于军器少监。今录戏谑诗2首。

戏书送澹山入院[1]（二首）

其一

云本无心出岫，水岂有意趋东。势或使之然者，何妨巾拂谈空。

校注

[1]澹山：在零陵。此指澹山一师。

其二

子好逢场作戏，我方置散投闲。世味久如嚼蜡，合向兹山往还。

卷二十一

程 俱

(1078—1144)

字致道，号北山。衢州开化（今属浙江）人。以荫补官。宣和二年（1120）赐上舍上第。绍兴元年（1131）为秘书少监，后擢中书舍人。著有《北山小集》四十卷。今录戏谑诗67首。

即事戏作四首

其一

老乌作巢一何拙，柳条垂丝今秃缺。衔枝复堕苦饶舌，编条作巢枝错节。老乌柳好汝勿伤，藏乌待得春叶长。安巢令汝著哺母，密叶更能庇风雨。[1]

校注

[1] 自注："斋前数柳树为老乌取新条作巢几尽。"

其二

黄雀黄雀飞相逐，相呼门前啄遗粟。啄粟饱即休，有人挟箒扫泥待作粥[1]。

校注

[1] 自注："数日门外输苗，遗粒狼戾，黄雀喧集。贫家小儿争扫去，谓之扫泥米。" 输苗：纳绢帛和输苗是宋代的两税法，《宋会要·食货·赋税杂录》："所谓民间二税，自有经常，夏纳绢帛，秋输苗米。"

其三

鹤唳固有似，云何啄泥取蚯蚓。蚯蚓食泉曾不恶，鳅鲋蜿蜒尤不忍。何如忍饥向芝田，腥涎溷尔不得飞上天[1]。

校注

[1] 自注："畜一鹤，颇食腥秽，可厌。" 芝田：传说中仙人种灵芝的地方。溷：混乱。《楚辞·屈原·离骚》："世溷浊而不分兮，好蔽美而嫉妒。"

其四

乌啼未必恶，麾去恨不早。鹊噪两耳聋，主人亦言好。安知一喙鸣，喜戚自颠倒。朝来群鹊噪不已，童稚无知助吾喜。群鹊自与乌争巢，慎勿喜欢真误尔[1]。

校注

[1] 自注："斋前群鹊时噪。" 描述早晨群鹊鸣噪不已，原来是它们在与乌鸦争夺巢穴。

秋将获水行田中不复留因窾塍通沟引水过堂下小儿以芒苇作车其上昼夜决决不休戏书[1]

水行山原溉平畴，时当断壶获且收。功成则退逝不留，去彼畖遂来清沟。测之深咫浅可杯，循除瀗瀗环一丘。堆沙累石隘厥流，势激滟湒吞黄牛。谁持机缄设中洲，折芒断苇驾两辀[2]。置之不汩亦不浮，六辐眩转无时休。推行作止莫可诹，孰居无事供其求。迫而后动真无尤，眩转自彼非吾谋。屈伸臂顷一万周[3]，我无欣厌何名忧。孰能观身与此侔，众假合集成坚柔。沉轻燥湿交相仇，逝川洄洑更春秋。滔滔南北东西游，死生壮老休王囚[4]。形骸流运我则不，物境万变何其幽。

校注

[1] 自注：壬辰。 诗作于政和二年（1112）壬辰秋，当时程俱35岁，在泗州临淮县（今属江苏淮安）任。田之积水，程俱带领百姓窾塍通沟引水。 [2] 芒，原作"芸"，据四库本改。 机缄：《庄子·天运》："天其运乎？地其处乎？日月其争于所乎？孰主张是？孰维纲是？孰居无事推而行是？意者其有机缄而不得已耶？"唐成玄英疏："机，关也；缄，闭也……谓有主司关闭，事不得已。"
[3] 臂，四库本作"俄"。 [4] 王囚：阴阳五行家用语。犹兴衰。王：旺盛；囚：禁锢，引申为衰弱。宋苏轼《今和》诗："山川不改旧，岁月逝肯留。百年一俯仰，五胜更王囚。"

戏呈虞君明察院謩[1]（二首）

其一

三仕三已心如空，一壑一丘吾固穷[2]。门施雀罗正可乐，车如鸡栖良不恶[3]。胸中九华初欲成，彩衣玉斧双鬓青[4]。世间何乐复过此，不失清都左右卿[5]。

校注

[1] 自注：癸巳。 君明：虞謩。阳羡（今江苏省宜兴市）人。徽宗崇宁元年（1102）为浙东提点邢狱，政和中再任。高宗建炎元年（1127），金人陷汴京，立张邦昌为楚帝，謩时官考功员外郎，弃官归。察院：监察御史。謩：同"谟"，人名。 [2] 三仕三已：指宦途多波折。《论语·公冶长》："子张问曰：'令尹子文三仕为令尹，无喜色；三已之，无愠色。旧令尹之政，必以告新令尹。何如？'子曰：'忠矣。'"一丘一壑：语本信守道义，安于贫贱穷困。《论语·卫灵公》："子曰：'君子固穷，小人穷斯滥矣。'" [3] 门施雀罗：诗人罢官后来人少，乐得清闲。车如鸡栖：形容车小。《后汉书·陈蕃传》："车如鸡栖马如狗，疾恶如风朱伯厚。" [4]"胸中"句：指虞謩有才华。"彩衣"句：《艺文类聚》卷二〇引《列女传》："昔楚老莱子孝养二亲，行年七十，婴儿自娱，常著五彩斑斓衣，为亲取饮。"指孝养父母。 [5] 清都：传说中天帝所居住的宫阙。

其二

长安陆海知洪炉，五金出入无精粗[1]。平生椎钝坚重质，一往融液随流珠[2]。请观五石大瓠种，正以濩落浮江湖[3]。环中何者为荣辱，一钟何如三金粟。坦途缓步东方明，大胜跨虎临深谷[4]。

校注

[1] 知：疑为"如"。长安陆海：古长安湖泊和沼泽很多，因美称"陆海"。洪炉：亦作"洪垆"。大火炉。《后汉书·何进传》："今将军总皇威，握兵要，龙骧虎步，高下在心，此犹鼓洪炉燎毛发耳。" [2] 椎钝：宋苏辙《燕赵论》："劲勇而沉靖，椎钝而少文者，燕赵之俗也。" [3] 濩落浮江湖：即"魏王瓠"。见《庄子·逍遥游》，喻人才不得其用。唐储光羲《贻王侍御出台掾丹阳》诗：

"南华在濠上，谁辩魏王瓠?" 　　[4]跨虎：南朝宋刘敬叔《异苑》卷一〇载："顺阳南乡杨丰，与息名香于田获粟，因为虎所噬。香年十四，手无寸刃，直搤虎颈，丰遂得免。"

君明见和再作（二首）

其一

十年接淅家屡空，门无八关延五穷[1]。谁言浩浩有余乐，世故撩人工作恶。君不见韩非白首终无成，至今说难书汗青。要之赋命默有制，巧拙安知司马卿。

校注

[1] 接淅：《孟子·万章下》："孔子之去齐，接淅而行。"宋朱熹集注："淅，渍米水也。渍米将炊，而欲去之速，故以手承水取米而行，不及炊也。"五穷：韩愈《送穷文》云"智穷、学穷、文穷、命穷、交穷"五种穷鬼。

其二

羡公腹有金丹炉，凡泥六一何其粗。枣梨扶疏荆棘尽，夜半北海收明珠。尔来问舍浙江曲，正以画笥观西湖。我生抗脏今耐辱，贫病欲贷监河粟[1]。他年公伴赤松游，遗我刀圭固玄谷[2]。

校注

[1] 抗脏：高亢耿直貌。《后汉书·文苑传下·赵壹》："伊优北堂上，抗脏倚门边。"李贤注："抗脏，高亢婞直之貌也。"　　[2] 玄谷：一指胃。宁全真《上清灵宝大法》卷一："二气分判，上生泥丸而下生玄谷。玄谷水府也。"一谓肾。《云笈七笺》卷一二《黄庭外景经·上部经》"下有长城玄谷邑"注："肠为长城，小肠为邑，肾为玄谷，上应南北也。"见《道藏》。

出北关再以前韵作寄（二首）

其一

从公十日羁愁空，超然似欲忘途穷。神游八极共天乐，浮白不应嫌客恶[1]。中年偃塞百无成，唯有见贤双眼青。狂歌时有眇道士，拟赋瞿仙非长卿[2]。

校注

[1] 自注：元次山以不饮者为恶客。　　浮白：原意为罚饮一满杯酒。语出刘向《说苑·善说》魏文侯与大夫饮酒的故事。《素问》云"浮白"亦是人身一穴名。　　[2]《史记·司马相如列传》：相如拜为孝文园令。天子既美子虚之事，相如见上好仙道，因曰："上林之事未足美也，尚有靡者。臣尝为大人赋，未就，请具而奏之。"

其二

平生清梦游香炉，云岩荦确衢山粗。不应近舍武林秀，僧宝况多沧海珠。胜游屡约不成往，白雨连日翻平湖。公如二疏方不辱，我亦三吴甘脱粟[1]。会当乘雪叩公门，正恐鸣驺还入谷[2]。

校注

[1] 二疏：指汉宣帝时名臣疏广与兄子受。疏广，字仲翁，西汉东海兰陵（今枣庄市峄城区）人。自幼好学，博通经史，被朝廷征为博士。汉宣帝时，选疏广为太子太傅。疏广的侄子疏受，当时亦以贤明被选为太子家令，后升为太子少傅。疏广、疏受在任职期间，曾多次受到皇帝的赏赐，并称朝中之"二疏"。　　[2] 叩，原作"叨"，据四库本改。

数诗述怀[1]

一生共悠悠，今者曷不乐。二十起东山，误为微官缚。三年瞬眸耳，邮传那久托。四壁自萧然，青编束高阁。五更霜钟动，起视星错落。六律聿其周，忽忽更岁籥。七哀哦幽韵[2]，感念惊独鹤。八极岂不广，衰怀了无托。九原叹多贤，死者那可作。十里望烟村，天随去寥廓[3]。

校注

[1] 自注：庚辰。　　[2] 哦，《北山小集》作"我"，据四库本改。　　[3] 廓，《北山小集》作"廓"，据四库本改。

雨霁同仲嘉小酌久之云开月出光照席上颇发清兴戏作此诗[1]

初月脱氛翳，微云递疏光。徘徊照庭户，皎皎涵清觞。牢愁不可排，磊块如高冈。烦君著酒浇，身世得暂忘。举觞漱明月，似觉幽桂香。拟吹三江水，浣此九转肠[2]。中宵起四顾，河汉生微凉。飘然想风驭，梦寄无何乡。

校注

[1] 自注：癸巳。　　[2] 三江：《尚书·禹贡》："三江既入，震泽底定。"蔡沈注："三江在震泽下分流，东北入海为娄江，东南入海为东江，并松江为三江。"《韵府群玉》："三江乃钱塘、扬子、松江。一云松江、钱塘、浦阳，一云在苏州。"

西安谒陆蒙老大夫观著述之富戏用蒙老新体作（二首）

其一

丈人意何长，纵目文史足。琅然五行落，洞视不再读。作书兼远裘，众妙探玄竺[1]。时时歌四始，笑捧五经腹[2]。高堂发新稿，重复罗簸轴。观之类窥管，讽味得膏馥[3]。

校注

[1] 自注：公作《庄颂》《般若颂》数百篇。　　[2] 五经腹：即"孝先便腹"。《后汉书·边韶传》："边韶字孝先"，"以文章知名，教授数百人，韶口辩，曾昼日假卧，弟子私嘲之曰：'边孝先，腹便便，懒读书，但欲眠。'韶潜闻之，应时对曰：'边为姓，孝为字。腹便便，《五经》笥。但欲眠，思经事。寐与周公通梦，静与周公同意。师而可嘲，出何典记。'嘲者大惭。"原为腹大的戏谑之语，此暗指学识丰富。　　[3] 自注：蒙老号为连韵，如云风捧讽馥。　膏馥：本指脂膏的香味，借喻对诗文的美好的回味。

其二

白头书生黑头翁，长安时花幽涧松。远飞近啄虽异志，天命厚薄无雌雄。钩深采博燥喉吻，守此一亩蓬蒿宫。杜门不出交二仲，木阴涧曲遥相通。紫囊贝叶资艺苑，款关一见蹢三冬。亭亭漫吏多所历，干死书萤心似漆。王门宾阁不留行，赭颜跰足搜泉石。茅檐正欲结云根，竹叶榴花荐余沥。当从元亮赋言归，木茹麻衣永投笔[1]。

校注

[1] 自注：蒙老号为合离药名，如当归、木笔。此诗全篇皆用此法。

戏示江协律汉[1]

酸寒北山尉，憔悴孔州守[2]。枯鱼同处陆，濡沫赖诗酒。当时年尚壮，意气亦何有。只今双鬓华，十载一回首。仕初君似遇，游倦吾已丑。邂逅记昔游，空嗟汉南柳[3]。

[1] 江汉：字朝宗，曾知密州。与程俱、吴芾、范成大等人交笃。协律：协律都尉、协律校尉、协律郎等乐官的省称。 [2]"酸寒"二句：北山尉，代指程俱；孔州守，代指江汉。 [3] 汉南柳：北周庾信《枯树赋》："桓大司马闻而叹曰：'昔年种柳，依依汉南；今看摇落，凄怆江潭。树犹如此，人何以堪！'"此追述与江汉相识年数已久。

再和一篇以答固穷之句

车行有险夷，初不入天守。乘颠了无择，正自全于酒。我身天地间，毫末寄九有。正当带笭箵，章甫误加首[1]。久知田园乐，不信村野丑。平生笑何人，戚戚柳州柳[2]。

校注

[1] 笭箵：打鱼用的竹制盛器。胡仔《满江红（泛宅浮家）》："任家风鲊艇，在涯笭箵。三尺鲈鱼真好脍，一瓢春酒宜闲饮。"章甫：古礼帽。《论语·先进》："宗庙之事，如会同，端章甫，愿为小相焉。"《释名·释首饰》："章甫，殷冠名也。甫，丈夫也。" [2] 柳州柳：柳宗元贬柳州作《种柳戏题》："柳州柳刺史，种柳柳江边。谈笑为故事，推移成昔年。垂阴当覆地，耸干白参天。好作思人树，惭无惠化传。"《评点柳柳州集》："兴致洒落，正以戏佳。"《柳柳州诗集》："种柳柳州，柳果为一典故矣。"

江再和戏答四篇

其一

当年季将军，晚节河东守。谁令一人誉，挥去坐使酒[1]。长卿起遐陬，落笔赋乌有[2]。要之乃雕篆，意不在黔首[3]。穷通付造物，世俗浪妍丑[4]。何必送五穷，呼奴结车柳。

校注

[1]"当年"四句：述西汉名将李广之事。元狩四年（前119），漠北之战中，李广任前将军，因迷失道路，未能参战，愤愧自杀。 [2]"长卿"二句：述司马相如之事。司马相如未遇时家徒四壁，后为武帝所赏识，以词赋名世，有《子虚赋》《上林赋》传于后世，"乌有先生"是《上林赋》中的假托人物。遐陬：边远一隅。《宋书·谢灵运传》："内匡寰表，外清遐陬。" [3]"要之"二句：作文章的意图并不是给百姓欣赏。 [4]"穷通"二句：人生的困厄与显达交给运气，用世俗的标准去评价美丑。

其二

长言屹秦城，古例开墨守[1]。三年不窥园，一吻莫饮酒[2]。斯人浪自苦，初不系无有。何如从子微，亦复问贤首[3]。此身未能了，何暇念亿丑[4]。超然方丈间，观化肘生柳[5]。

校注

[1] 墨守：战国时，墨翟善于守城。后因称善于防守为墨翟之守，简称墨守。 [2]"三年"句：述董仲舒之事，《史记·儒林列传》载："董仲舒下围讲诵，弟子传于久次相授业，或莫见其面，盖三年董仲舒不观舍园。" [3] 子微：东汉谢子微见到许子将兄弟（按：哥哥许虔，字子政，弟弟许劭，字子将），称赞许子政品质忠诚、正直，有治国的才能。贤首：佛教菩萨名。此谓不用去问有才能的人，也不用去问菩萨。 [4] 亿丑：谓官有十万类属，此处云没有闲暇顾及做官之事。 [5] 自注：右二篇写怀。 肘生柳：《庄子·至乐》："支离叔与滑介叔观于冥伯之丘，昆仑之虚，黄帝之所休。俄而

柳生其左肘，其意蹶蹶然恶之。"王先谦《庄子集解》："瘤作柳，声转借字。"后以"肘生柳"比喻生死、疾病等意外的变化。

其三

君家翠岩翁，三一久已守[1]。与沉爱欲泥，宁饮声闻酒[2]。当知华藏海，正在十二有[3]。他年涅槃门，燕路须北首[4]。胖然一心定，六贼如获丑[5]。感彼志冰霜，吾衰等蒲柳[6]。

校注

[1] 三一：传说中的天一、地一、太一三神，这里指皈依佛门。 [2] 用耳朵听酒，即不喝酒。 [3] 华藏海：佛教名词，即华藏世界，为释迦如来真身毗庐舍那佛净土之名。 [4] 燕，原作"无"，据四库本改。 涅槃：佛教语，梵语的音译，是佛教全部修习所要达到的最高境界，一般指熄灭生死轮回后的境界。北首：头朝北，古礼，人死入葬，尸体头朝北，《礼记·檀弓下》："葬于北方北首，三代之达礼也。"这里指信佛的意志坚定，以后要是过世，无须按照世俗的方式埋葬。 [5] 六贼：佛教语，即色、声、香、味、触、法六尘。谓此六尘能以眼、耳等六根为媒介，劫掠"法财"，损害善性，所以称六贼。 [6] 自注：右一篇属仲嘉。

其四

太平一春台，好在四夷守[1]。持盈何足道，饱德醉以酒[2]。君为乐歌词，嘉瑞无不有[3]。不知府中士，谁子号称首。如君真妩媚，孰谓施嫱丑[4]。故应洗余累，令君继温柳[5]。

校注

[1] 春台：礼部官员，《周礼》："春官宗伯"为礼官，后因称礼部为"春台"。 [2] 持盈：通达。《老子》："持而盈之，不如其已。"指人生起伏。饱德醉以酒：《诗经·大雅·既醉》："既醉以酒，既饱以德。"又《毛诗序》："既醉，太平也。醉酒饱德，人有士君子之行焉。"言江汉喜欢喝酒。 [3] "君为"二句：言江汉喜欢作诗填词，诗中蕴含祥瑞之意。据李心传《建炎以来系年要录》卷五三载："（绍兴二年四月）庚辰，朝奉郎江汉者，初以本乐府撰制曲，得官。" [4] 施嫱：西施和王嫱（王昭君）的并称，称赞江汉有才华。 [5] 温柳：指温庭筠和柳永。唐宋著名词人。此两句言应该去除心中的拖累，劝江汉继续填词。

季野见和次韵二首[1]

其一

谈迁太史令，赵卫浙西守。妙龄中青钱，大笔笑玄酒[2]。一麾分隼旟，七载去螭首。行看贾生还，固异颜驷丑[3]。何许从宸游，金鞍系宫柳。

校注

[1] 自注：季野尝为左右史，先后知润州。 季野：林虞，字季野。林希之子。福州福清人。元祐六年（1091）进士。官终秘阁修撰。 [2]《全宋诗》按：此下当夺有韵二句。 [3] 颜驷丑：《汉武故事》载：一日，汉武帝辇过郎署，见颜驷龙眉皓发。问道："叟何时为郎，何其老也？"颜驷答道："臣文帝时为郎，文帝好文而臣好武，至景帝好美而臣貌丑，陛下即位，好少，而臣已老，是以三世不遇。"上感其言，擢拜会稽都尉。

其二

此身非匏瓜，圭窦可长守[1]。初为弦歌计，肯饮中山酒[2]。深虞委司败，政术空无有。故将老衡茅，敢复叹华首。公诗金错刀，刻画无盐丑[3]。应怜五穷韩，定作三黜柳[4]。

校注

[1] 圭窦：《礼记·儒行》："荜门圭窬，蓬户瓮牖。"东汉郑玄注："圭窬，门旁窬也，穿墙为之，如圭矣。"南朝梁昭明太子（萧统）《七契》："荜门鸟宿，圭窦狐潜。"圭窦犹圭窬，简陋的居舍，在墙上挖玉圭形洞穴以代窗。　[2] 中山酒：仙酒名。产于中山，相传饮后能醉千日，因又名"千日酒"。晋干宝《搜神记》卷一九："狄希，中山人也。能造千日酒，饮之千日醉。"　[3] 金错刀：古代钱币名。王莽摄政时铸造，以黄金错镂其文。此喻诗之珍贵。《东观汉记·邓遵传》："诏赐遵……金错刀五十。"无盐丑：即无盐丑女钟离春。　[4] 穷，原作"霸"，据四库本改。　三黜柳：《论语·微子》："柳下惠为士师，三黜。"

次韵江司兵寄示所和赵司录相从饮解嘲之句[1]

卜居林塘静，禽鱼乐融融。阳和一披拂，照烂黼绣工。柔条胃繁枝，幽香来晚风。谁谓武陵远，临清千树红。俯仰村郭间，从容圣贤中[2]。暮见月圆缺，余光入疏栊。朝乘日车作，坐守四壁空。遥想赵与江，屈身薄书丛。正类鹳雀碧，未为覆盆烘[3]。禄隐寄簪笏，神游在方蓬。时时望西山，把酒一笑同。茗碗倾石鼎，山蔬出筠笼。不妨问中圣，何暇赋恼公[4]。赵子五车腹，春秋富终童[5]。居然出其类，俨如黄发翁。江子事超旷，町畦漫无封。但见磊砢姿，温温若春浓。人生迭相笑，伧父嘲吴侬[6]。鸱夷与井瓶，忧乐殊初终。且当从所好，迁卺若为容。

校注

[1] 江司兵：江仲嘉，政和三年（1113）三月，仲嘉在湖州司兵任。赵司录：赵子昼（一作画），字叔问，号西隐老人，燕王德昭五世孙，徽宗大观元年（1107）进士，授签书大名府判官，南渡后，历太常少卿、知秀州，奉祠以归。有《崇兰集》二十卷，已佚。　[2] 圣贤：清酒和浊酒的并称，这里泛指酒。　[3] "正类"二句：言裴宽之事。裴宽，唐河东闻喜人，以廉明清正、刚正不阿、执法如山而名垂青史。其曾遭人陷害，唐玄宗听信谗言，将裴宽贬为睢阳太守，裴心灰意冷，表奏唐玄宗，决意出家为僧，玄宗不许，稍许迁升东海太守，又拜吏部尚书。鹳雀碧：裴宽的绰号。《新唐书·裴宽传》："诜（韦诜）引为按察判官，许妻以女。归语妻曰：'常求佳婿，今得已。'明日，帏其族使观之。宽时衣碧，瘠而长，既入，族人皆笑，呼为'碧鹳雀'。诜曰：'爱其女，必以为贤公侯妻也，何可以貌求人？'卒妻宽。"　[4] 恼公：唐李贺有《恼公》诗，以浓词丽笔写冶游情事。恼公犹言扰乱我心曲。　[5] 五车腹：《庄子·天下》："惠施多方，其书五车。"读书多，学识渊博。终童：《汉书·终军传》载："终军，济南人，字子云，少好学，年十八选为博士弟子。武帝任为谒者给事中累擢谏议大夫。后奉命赴南越（今两广地区）说南越王入朝，南越王愿举国内属而其相吕嘉不从，举兵杀王及终军，死时年仅二十余，时称'终童'。"　[6] "人生"二句：伧父，晋南北朝时，南人讥北人粗鄙，蔑称之为"伧父"。吴侬：吴地自称我侬，称人曰渠侬、个侬、他侬。这里代指南方人。此联之意是人生接连有嘲笑之事，北方人嘲笑南方人。

戏赠江仲嘉司兵

君不见谢公栖迟乐东土，起作司马征西府。莫年谈笑有穰孙，鹤唳风声走强虏[1]。又不见子猷剡川高兴阑，肯随鹤书落人间[2]。不知骑曹底官职，朝来挂颊看西山[3]。平生清真翠岩老，泉石膏肓偶同调[4]。岁寒落落见孤松，不忍低眉宁枯槁。年来无米继朝炊，闻说吴兴富鱼稻。不妨来作古司兵，士卒投醪止凫藻[5]。美哉洋洋雪溪水，秋塘百里荷花绕。当年钓徒放浪处，醉目悠然送归鸟[6]。斯人不死世不识，往往凌波弄瑶草。君方参同构龙虎，我欲治荒种梨枣[7]。会当月夜见庞眉，一笑超然凌八表[8]。

校注

[1] 鹤唳风声：《晋书·谢玄传》："坚众崩溃，自相蹈藉投水而死者，不可胜计，淝水为之不流，余众弃甲宵遁，闻风声鹤唳，皆以为王师已至。"描述东晋淝水之战，前秦苻坚散军之惨败状。谢公：指谢安。　[2] 子猷剡川高兴阑：子猷，东晋王徽之的字，王羲之第五子，性爱竹，曾说："何可一日无此君！"居会稽时，雪夜泛舟剡溪，访戴逵，至其门不入而返。人问其故，则曰："本乘兴而行，尽兴而返，何必见戴！"鹤书：书体名，也叫鹤头书，古时用于招贤纳士的诏书，亦借指征聘的诏书。[3] 骑曹：有名士习气，不理事务。见《晋书·王徽之传》。　[4] 泉石膏肓：谓爱好山水成癖，如病入膏肓，此言爱好游山玩水。　[5] 司，原作"同"，据四库本改。　投醪：《吕氏春秋·顺民》："越王苦会稽之耻……下养百姓以来其心，有甘脆，不足分，弗敢食；有酒，流之江，与民同之。"此指江仲嘉在吴兴做司兵期间，军民同甘苦。凫藻，原指凫戏于水藻，喻欢悦。　[6] "当年"二句：述唐张志和之事，张志和去官后，居江湖间，每垂钓，不设饵，自娱而已，自称"烟波钓徒"。　[7]治，自注：平。　[8] 自注：张志和自号为"江湖钓徒"。　庞眉：眉毛黑白杂色，形容老貌。

同赵奉议离吴兴江仲嘉与其兄仲举送百余里醉中戏作此句一首

大江饮酒如浇灰，小江纵酒颠如雷。扁舟相送不道远，百二十里云帆开。云亭老人穷不死，故园茅屋荒苍苔。阖庐城中一亩地，已辨瓮牖锄蒿莱[1]。吴兴上佐吾党士，十年纵赏西王台。眉间黄色祛彩服，柁楼长啸春风回[2]。要须酩酊酬此别，不离万顷添金杯。明朝相望即湖海，纵有美酒何为哉。

校注

[1] 阖庐城：指苏州。此指诗人在苏州自己开垦土地，铲除杂草建屋，号蜗庐。　[2] "眉间"二句：眉间黄色：古代相书讲，额上眉间有黄气，预示主人有喜庆之事。此指诗人即将离开吴兴与友人喝酒相送，是喜庆之事。祛（xuàn）：盛服。柁楼：柁，同"舵"，船上操舵之室，亦指后舱室，高起如楼。

蜗庐有隙地三两席稍种树竹已有可观戏作七篇[1]

菊

吾闻郦侯国，产菊千丈潭。采华食其叶，垂根渍芳甘。遂令郦川氓，难老如彭聃[2]。庭前有古井，秋霖发清涵。殷勤东篱绿，覆此白玉奁。时能嚼新蕊，汲月散余酣。

校注

[1] 蜗庐：《江南通志》卷三一《兴地志》载："（程）俱政和间自监舒州茶场，上疏论时政不和，来家于吴，葺小屋，号蜗庐。"蜗庐在长洲县（故地在今江苏苏州）城北。　[2] 渍，《全宋诗》本作"清"。　"吾闻"六句：郦侯国，《后汉书·地理志》："南阳郦侯国。注曰：'县北八里有菊水，饮者上寿一百二三十。'"郦：古县名，秦置，故地在今河南南阳西北。彭聃，彭祖与老聃的并称。传说二人均极长寿。

竹

种玉未渠久，疏篁长儿孙[1]。胜会不在多，何须辟疆园[2]。我观榛芜地，尘思纡且烦。萧森对此君，清凉彻心源。草木初无情，妄作净秽观[3]。乃知识种子，正是生死根。

校注

[1]“种玉”二句：种玉，形容雪景。晋戴凯之《竹谱》：“篁竹坚而促节，体圆而质坚，皮白如霜粉，大者宜行船，细者为笛。”渠（jù）：通“讵”，岂，哪里。 [2]辟疆园：晋顾辟疆的名园，唐时尚存，园址在今江苏省苏州市。 [3]“草木”二句：言草木本身没有感情，不要强加给它清净或秽恶之名。净秽：《三藏法数》：“净秽者，谓佛说华严经，或在清净之土，或在秽恶之土也。”

凤 仙

微华若么凤，倒挂茂蔚中[1]。鸣鸟不可见，幽怀寄芳丛。初移几寸苞，稍展两翅红。能使寂寞滨，余妍映蒿蓬。

校注

[1]么凤：鸟名，体型较燕子小，羽毛五色，每至暮春，来集桐花，故又称桐花凤。宋苏轼《西江月·梅花》：“海仙时遣探芳丛，倒挂绿毛么凤。”

鸡 冠

峨冠百草头，意象出其类。望之似木鸡，正自五官废[1]。宁须断其尾，无乃假予臂。可复近幽窗，谈玄有深诣[2]。

校注

[1]似，四库本作“如”。 木鸡：典出《列子古注今译》卷二《黄帝篇》，这里指修养深厚以镇定取胜者。 [2]幽窗：一作“幽悾”。悾，诚恳。

红 苋[1]

嘉生苦不荣，凡草忽猥大。君看庭中苋，易长剧稂稗[2]。初无封植意，不见虫鸟害。穰穰筠菊间，红紫不可杀。微功尚足收，染我盘中菜。

校注

[1]红苋：一年生草本植物，叶对生，嫩苗可作蔬菜。 [2]稂稗：莠、稗子一类的草，对禾苗有害。

芭 蕉

芭蕉中无坚，譬彼泡梦幻。了然观我身，生死知一贯。学书端未暇[1]，覆鹿真自乱[2]。一雨过空庭，秋声入深宴。

校注

[1]端未暇：陈王端忧多暇，南朝宋谢希逸《月赋》：“陈王初丧应刘，端忧多暇，绿苔生阁，芳尘凝榭，悄焉疚怀，不怡中夜。”唐李善注：“假设陈王应刘，以起赋端也。陈王，曹植也……言无复娱游，故绿苔生而芳尘凝也。” [2]覆鹿：覆鹿寻蕉，谓诗人心绪恍惚。《列子·周穆王》：“郑人有薪于野者，遇骇鹿，御而击之，毙之。恐人见之也，遽而藏之隍中，覆之以蕉，不胜其喜，俄而遗其所藏之处，遂以为梦焉。顺途而咏其事，旁人有闻者，用其言而取之。既归，告其室人曰：‘向薪者梦得鹿而不知其处，吾今得之，彼直真梦者矣。’”

水 青

水青虽楚楚，不复中栋梁[1]。黄封入雕槛，亦足被宠光[2]。朝离粪壤区，暮上君子堂。胡为伴幽独，堕此一亩荒。

校注

[1]水青：指水青树，是稀有植物品种，可入药，木材无导管。 [2]黄封：指以黄绢帕封口的

御赐物品，多为名酒、名茶。之所以封固，是恐被传送者偷换。

仲嘉被檄来吴按吏用非所长既足叹息而或者妄相窥议益足笑云戏作十二辰歌一首[1]

驱骥搏鼠难为功，不如置之牛皂中[2]。平生暴虎笑冯妇，岂向兔脚分雌雄[3]。龙山从事盛德士，达观已悟蛇怜风[4]。马曹五斗直如寄，羊仲三径终当同[5]。群猴憎猿坐殊趣，瓮中醯鸡无远度[6]。从渠狗曲诮王生，欲辨龙猪复谁语[7]。

校注

[1] 仲嘉：江仲嘉。 [2] “驱骥”二句：驱使千里马去追捕老鼠。比喻大材小用。牛皂：鼠李的别名，《本草纲目》名牛皂子。落叶灌木或小乔木。 [3] “平生”二句：暴虎，《诗经·小雅·小旻》：“不敢暴虎，不敢冯河。”空手搏虎，徒步渡河。冯妇，古男子名，善搏虎。 [4] “龙山”二句：龙山，《晋书·孟嘉传》载，九月九日，桓温曾大聚佐僚于龙山，后遂以“龙山会”称重阳登高聚会。蛇怜风，《庄子·秋水》：“夔怜蚿，蚿怜蛇，蛇怜风，风怜目，目怜心。”万事万物都有自己的天然属性，不要盲目地羡慕他人的本能。 [5] “马曹”二句：马曹，同“骑曹”，见前《戏赠江仲嘉司兵》注[3]。羊仲三径：见赵鼎臣《翟经国筑室于乡里人夸传以为盛其西吾苇溪也以诗戏之》注[1]。此谓马曹这样的小官也可以做得很正直，终会有志同道合之人。 [6] “群猴”二句：群猴憎猿：猿跟猴子很像，比猴子大，却因不同的兴趣而遭到猴的憎恨。此谓有一部分人因为一个人的志趣不同，大部分人就憎恨、排挤他。瓮中醯（xī）鸡：《庄子·田子方》：“孔子出，以告颜回曰：‘丘之于道也，其犹醯鸡与？微夫子之发吾覆也，吾不知天地之大全也。”后借指见识狭小的人。醯鸡，古人认为酒醋上的白霉变成。 [7] “从渠”二句：即使有人很轻贱地责备你，也不要同他们争辩，又去跟谁说呢。王生：王生结袜。古代的袜子是用布帛、熟皮做的，穿袜子时要用带子系上，故称“结袜”。见《汉书》卷五〇《张冯汲郑列传·张释之》。龙猪：传说中猪与龙有血亲关系。见《北梦琐言》。

园居荒芜春至草生日寻野蔬以供匕筯今日枯枿间得蒸菌四五亦取食之自笑穷甚戏作此诗一首[1]

平生嗫嚅口，出语无媚悦。定非肉食姿，赋分在藜蕨。侨居得空园，穷陋亦清绝。分阴岂不惜，饱睡送日月。芜菁不须种，众草今已茁[2]。朝来一雨过，青细皆可掇。东篱有更生，杞狗仅堪埒[3]。乃知天随生，岂羡五鼎列[4]。堂萱不吾负，芽甲破春雪[5]。縻身荐瓢箪，解我忧思结。荠花虽未繁，著地烂于缬。惊雷发蒸菌，自可当夏鳖。马兰亦芳脆，人苋固凡劣。晴朝当炙背，俯偻事挑抉[6]。家人各盈襜，汲井手自挈。满炊太仓陈，侑以冬菹冽[7]。盘中长阑干，置馈每虚撤。恨无箨龙苞，此味那得阙[8]。长谣青青槐，馋涎想庭樾。妻孥覆相诮，男子志勋烈。君非老浮图，菜本可长啮。况兹闲草木，岂为刀匕设[9]。乃翁笑摩腹，万事付一吷。此中有真趣，勿为儿辈说[10]。

校注

[1] 匕，袁氏贞节堂《北山小集》（以下简称“袁氏本”）、四库本作“七”。 匕筯：亦作“匕箸”，指饮食。枿（niè）：古同“蘖”，指树木砍去后又长出的芽子或指树木砍去后留下的树桩子。 [2] 芜菁：又称“蔓菁”“大头菜”。一年生或二年生草本，根及嫩叶可供食用。 [3] 埒，四库本、《全宋诗》作“捋”。 更生：菊花的别名。杞狗：谓枸杞所化之犬，旧传千年枸杞，其形若犬，故名。埒（liè）：矮墙。 [4] 五鼎：见欧阳修《数诗》注[6]。 [5] 堂萱：代指母亲。芽甲：草木初生而未放的嫩叶。 [6] 当，自注：去。 “马兰”四句：马兰，多年生草本植物，形似菊花，嫩草可食，又可作猪的饲料。苋：苋菜，嫩苗可做蔬菜。此指诗人吃的都是粗劣的食物。 [7] 襜

（chān）：系在身前的围裙。太仓：胃的别名，本以太仓喻胃，后径称胃为太仓。菹（jū）：腌菜。[8] 苞，袁氏本作"包"。　　[9] 况，自注：去。　　匕：四库本、袁氏本作"七"。　　[10] 映，袁氏本作"哇"。　　一映（xuè）：轻轻一吹的声音。映：以口吹物发出的细小声音，喻微不足道。

南窗夜集叔问戏取樟木脑然雪为灯因与仲嘉叔问联句一首[1]

性空本无方，水火不留碍。（致）阳生至阴中，此理固有在。（问）初疑水焚槐，忽若镜加艾。（致）又如大海中，神龙出光怪。冰姿映烈焰，势恐不两大。原燎正燉腾，汤沃忽崩败。（嘉）涓涓暖泉涌，熠熠寒光碎。（问）伟哉六合间，恢诡不胜载。阴风结飞雨，来自九天外。苍樟出芳液，根节依大块。初非气相求，又岂天所配。如何冰炭仇，乃作坎离会[2]。因知造化机，幻手端可贷。（致）

校注

[1] 叔问：赵子昼（1089—1142），字叔问。宋宗室燕懿王赵德昭五世孙。登进士第。宣和元年（1119），充详定《九域图志》所编修官。绍兴五年（1135），以徽猷阁直学士知平江府，寻奉祠，寓居衢州（今属浙江）以终。　　[2] 坎离会：坎卦和离卦会合，即水火既济。此亦为吉兆之征。

和柳子厚诗十七首（一首）

终日块坐无与晤言戏作[1]

大音无成亏，寂寞无暇谪。莫嗟无往还，正自主忘客。谈玄日挂壁[2]，对镜心似石。相向两无言，秋山倚空碧。

校注

[1] 题注：《溪居》。　　[2] 谈玄：指汉魏以来以老庄之道和《周易》为依据而辨析名理的谈论。日，《全宋诗》作"口"。

戏书古句题山居

青山秀色若可餐，卷书饥坐看南山。乐哉洋洋岩下水，可以乐饥仍洗耳[1]。石田硗埆不敢荒，时耕带月归带霜。田中不了麹蘖事，蝉腹且追张子房[2]。

校注

[1] 洗耳：表示厌闻污浊之声。见司马光《送酒与邵尧夫因戏之》注[2]。　　[2] 麹蘖：亦作"曲蘖"，酒曲。蝉腹：蝉饮而不食，腹内清空。喻高洁。张子房：张良，字子房。辅佐刘邦统一天下后归隐。

戏题钱守宋汉杰《泉岩古刹》[1]

广文斗酒邀同襟，胸中嵩衡郁千寻。醉来盘礴吐幽怪，惨淡崖谷森相临。向来三绝信珠璧，肯用抵鹊荆山岑。诗中有画画中句，两峰高并蓝田阴。只应摩诘可方驾，老向海角嗟英沉。何人左手作右字，题此古刹藏烟林。不知眼力尚能尔，叠嶂巃嵸穷幽深[2]。使君家世旧湖海，戏假尺素资讴吟。更登日观望八极，中有山水无穷音[3]。

校注

[1] 题注：和韵。戊申。　　宋汉杰：字子房。宋郑州荥阳（今河南洛阳）人，宋迪之侄，擅画山水。宋徽宗时授画院博士，官至正郎。程俱另有《题钱守宋汉杰〈清梦图〉二首》。　　[2] 巃嵸：山峻貌，云气瀚郁也。《楚辞·招隐士》："岚巃嵸兮石嵯峨。"司马相如《上林赋》："崇山矗矗，巃嵸崔巍。"　　[3] 自注：古诗山水有清音。

初到书局以万七千钱得一老马盲右目戏作古句自嘲一首

蹄间三寻汗流赭，九逵雷雹争飞洒。我穷那得骋追风，正拟虺隤行果下[1]。平生畏途饱经历，夜半临深无驭者。故应造物巧相戏，却比盲人骑瞎马。李南知音当促步，广汉腾嘲不相假。执鞭良称塞翁儿，并辔聊从杜陵夏。庞然病颡岂其类！老矣问途那可舍[2]。径烦一夫事刷秣，似桂新刍不盈把。向来伯厚亦安在，结驷鸡栖同土苴[3]。他年东去把撩风，纵尔逍遥汴东野。

校注

[1] 骋，四库本作"逞"。　追风：骏马名。北魏杨衒之《洛阳伽蓝记·法云寺》："探在秦州，多无政绩，遣使向西域求名马，远至波斯国，得千里马，号曰'追风赤骥'。"虺隤：马疲极致病貌。《诗经·周南·卷耳》："陟彼崔嵬，我马虺隤。"毛传："虺隤，病也。"　[2] 颡（sǎng），一本作"显"；《四库丛刊续编》所收影宋抄本《北山小集》作"颣"。　颡：额头。　[3]"向来"二句：宋苏轼《林子中以诗寄文与可及余》诗："坐令鸡栖车，长载朱伯厚。"结驷，一车并驾四马。《楚辞·招魂》："青骊结驷兮齐千乘，悬火延起兮玄颜烝。"此指乘驷马高车之显贵。鸡栖，古代一种制作简陋的小车。土苴（jū）：以之为土苴，比喻贱视。

避寇村舍戏踏杷颠仆

试踏百齿杷，怳如乘风航。硗觑不自持，寻丈得仆僵[1]。牛惊更疾足，天全偶无伤[2]。代斫既创手，学制安可尝。田翁一笑粲，何日千斯仓[3]。

校注

[1]"硗（qiào）觑"二句：硗：指高。仆僵：《论衡·状留》："非唯腹也，凡物仆僵者，足又在上。"这里指踏杷的危险性。　[2] 足，《全宋诗》作"走"；四库本作"足"。　[3] 千斯仓：《诗经·小雅·甫田》："乃求千斯仓，乃求万斯箱。"形容因年成好，储存的粮食非常多。

渐寒补治篱壁防盗戏书

元龙湖海士，豪气老不除[1]。庞公解脱人，法界一蘧庐[2]。宝藏且不顾，家资何足储。一朝四壁空，聊与妻孥居。今我贫病老，视身犹赘余。室中亦何有，但有数箧书。饥寒士之常，肯叹食无鱼。一官有微禄，二顷亦可鉏。腾腾苟任运，水到自成渠。

校注

[1] 元龙：指三国魏陈登，字元龙。湖海：泛指四方各地。常称人具有豪侠气概。据《魏书·吕布传·陈登》载：陈登者，字元龙，在广陵有威名。后许汜与刘备并在荆州牧刘表坐，表与备共论天下人，汜曰："陈元龙湖海之士，豪气不除。"　[2] 庞公：即东汉庞德公，襄阳人，躬耕于襄阳岘山之南，曾拒绝刘表的礼请，隐居鹿门山而终。见晋皇甫谧《高士传》卷下。蘧（qú）庐：《庄子·天运》："仁义，先王之蘧庐也，止可以一宿，而不可久处。"郭象注："蘧庐，犹传舍。"即古代驿传中供人休息之所。

自宽吟戏效白乐天体

武陵谪九年，下惠仕三已[1]。或窘如拘囚，或了无愠喜。吾生忧患余，年忽及耆指[2]。偏痹未全安，抱病更五襦。进为心已灰，弃置甘如荠。坐狂合投闲，佚老宜知止。向令身安健，不过如是耳。每思古穷人，我幸亦多矣。照邻婴恶疾，羁卧空山里。缠绵竟不堪，抱恨赴颍水[3]。文昌两目盲，无复见天地[4]。简编既长辞，游览永无冀。吾今虽抱病，蹇曳非顿委。时时扶杖行，积步可数里。校之卧床席，欲坐不能起。虽扶不能行，悬绝安可比。时从亲故谈，亦不废书史。右臂故依然，运笔亦持已[5]。篮舆时出游，初不废牢体[6]。况无他证候，色脉苦无异。详观动息间，悗有全安理。侍祠了无庸，窃禄愧索米。借居浮屠宫，非村亦非市。廷堂甚爽垲，高屋敞窗几[7]。郊林接溪水，眼界颇清关。尝闻天地间，祸福更伏倚。藉今寄寨身，终老只如此。何须苦嗟咨，未必非受祉。形如支离疏，饱食逸终世。目盲如宋人，全生免傜使。平生叹远游，今我在桑梓。田园接家山，区处及耘籽。平生困鞅掌，今我恬无事[8]。寝兴纵所如，出处不违己。病来益尊生，对境空相似。永无贪欲过，稍习卫生旨。不为六贼牵，岂受三彭毁?[9]人言病压身，往往延寿纪。大钧默乘除，万一理如是。安全固自佳，寒废亦可尔。死生犹寤寐，况此一支体。细思安否间，相去亦无几。如何不释然，万事付疑始。

校注

[1]下惠：即柳下惠，姬姓，展氏，名获，字子禽，一字季，食采柳下，谥号"惠"，故称柳下惠，春秋战国人。《论语·微子》："柳下惠为士师，三黜。人曰：'子未可以去乎?'曰：'直道而事人，焉往而不三黜?枉道而事人，何必去父母之邦。'"　　[2]耆指：《礼记·曲礼上》："六十曰耆，指使。"郑玄注："指事使人也，六十不与服戎，不亲学。"后以"耆指"谓年老。　　[3]"照邻"四句：卢照邻与王勃、杨炯、骆宾王并称"初唐四杰"。据《旧唐书》本传载：照邻既沉痼挛废，不堪其苦，尝与亲属执别，遂自投颍水而死，时年四十。　　[4]"文昌"句：张籍，字文昌。据《吴中先贤谱》记载，元和元年（806）张籍调补太常寺太祝，在其为太祝的十年，因患目疾，几乎失明，明人称为"穷瞎张太祝"。元和十一年（816），转国子监助教，目疾初愈。　　[5]已，四库本作"匕"；《四库丛刊续编》所收影宋抄本《北山小集》作"已"。　　[6]体，四库本作"醴"。　　[7]垲（kǎi）：地势高而干燥。　　[8]鞅掌：《诗经·小雅·北山》："或栖迟偃仰，或王事鞅掌。"谓职事纷扰烦忙。毛传："鞅掌，失容也。"郑玄笺："鞅犹何也，掌谓捧之也。负何捧持以趋走，言促遽也。"　　[9]六贼：道家术语，即眼、耳、鼻、舌、身、心。三彭：三尸、三尸虫、三尸神。张读《宣室志》卷一："契虚因问桱子曰：'吾向者谒观真君，真君问我三彭之仇，我不能对。'桱子曰：'夫彭者，三尸之姓，常居人身，伺察功罪，每至庚申日，籍于上帝。故凡学仙者，当先绝其三尸，如是则神可得，不然虽苦其心无补也。'"道教认为，人体内有三尸虫，危害人的性命，故称三尸虫。因均姓彭，又称三彭。《太上三尸中经》说上尸彭倨，在人头中；中尸彭质，在人腹中；下尸彭矫，在人足中。上尸好宝物，令人陷昏危。中尸好五味，惑人意识。下尸好色欲，迷惑人。道家认为三尸欲人速死，是谓邪魔，当以庚申日守一，灭三尸。谓役人魂魄、识神、精志的三种因素。宋陆游《病中数辱》诗："凡药岂能驱二竖，清心幸足制三彭。"这二句说，不被眼耳鼻舌身心六贼所牵制，难道能被三尸虫所毁坏?

秀峰游戏效李长吉体[1]

玉龙冲碧萦山脊，蜿蜿踏龙上穿碧。神奇鬼巧镶高青，露压春烟染山色。举头便足千里游，太湖万顷涵天白。剪霞㘝雾湿青红，锦楣花础明清空。松声拂枕破幽梦，冰轮逗滑寒朣胧。殿角联珠挂星斗，透冷飞光射疏牖。古香飘桂夜阴阴，云楼报晚生铜吼[2]。摧颓羁客青山人，悠悠九土飞红尘。眼前历历千古意，琴台不见吴宫春[3]。

校注

[1]李长吉体：李贺，字长吉。严羽《沧浪诗话》特标举为"李长吉体"，云："太白天仙之词，长吉鬼仙之词。"后世多效其诗体。　　[2]生铜吼：古铃为青铜所铸，此用生铜代指铜铃，生铜吼即铜

铃鸣声。　　[3]"琴台"句：指吴王夫差为西施扩建的宫殿，名馆娃宫，包括响屐廊、琴台等，后被越国焚烧，故址在苏州灵岩山上。此借典说明往昔繁华，如今只剩下凄凉一片。

癸巳岁除夜诵孟浩然归终南旧隐诗有感戏效沈休文八咏体作[1]（八首）

北阙休上书

说将且不暇，于时真自疏[2]。深惭叔孙子，未办茂陵书[3]。正自饥欲死，敢言忠有余。平生畎亩志，本不羡严除[4]。

校注

[1] 沈休文：沈约（441—513），字休文，吴兴武康（今浙江德清）人。八咏体：南朝齐沈约守金华时，建元畅楼，并作《登台望秋月》《会圃临春风》《岁暮悯衰草》《霜来悲落桐》《夕行闻夜鹤》《晨征听晓鸿》《解佩去朝市》《被褐守山东》诗八首，称"八咏诗"。《金华志》曰：八咏诗，南齐隆昌元年，太守沈约所作，题于玄（元）畅楼，时号绝唱，后人因更玄畅楼为八咏楼。　　[2] 且，四库本作"日"。　　[3]"深惭"二句：叔孙子：即叔孙通。秦薛县（今山东省滕州市南故薛城）人，初秦待诏博士，后被秦二世封博士。汉王刘邦统一天下后，叔孙通自荐为汉王朝制定朝仪。茂陵书：见《史记·司马相如列传》。　　[4]"平生"二句：指归隐之志。

南山归敝庐

故庐今茂草，新构羡茅茨。久慕泉石约，空令猿鹤悲[1]。一廛端可共，三径复谁期[2]。会结忘年友，归云茹紫芝[3]。（批：明久有归隐之心。）

校注

[1] 猿鹤：借指隐逸之士。　　[2] 廛：泛指一块土地，一处居宅。唐柳宗元《柳长侍行状》："无一廛之土以处其子孙，无一亩之室以聚其族属。"三径：即"三径就荒"典。　　[3] 紫芝：秦末商山四皓作《紫芝曲》（《采芝操》），中有"晔晔紫芝，可以疗饥"之句，故称。

不才明主弃

沃壤有多稼，良工无废材。固知时不弃，正坐老无媒。病骥终难驾，寒花不易开。古来天下士，取次没蒿莱。（批：恨壮志难酬，老病孤舟。）

多病故人疏

雁足慵难寄，鸡栖出厌频[1]。路长时有梦，人远遽如新。胶漆唯穷士，云泥隔要津[2]。嚣嚣亦何病，懒放任天真。（批：果然失意故人疏。）

校注

[1] 鸡栖：即鸡栖车。古代一种制作简陋的小车。宋苏轼《林子中以诗寄文与可及余》诗："坐令鸡栖车，长载朱伯厚。"　　[2] 云泥：《后汉书·逸民传·矫慎》："遗书以观其志曰：'仲彦足下，勤处隐约，虽乘云行泥，栖宿不同，每有西风，何尝不叹。'"云在天，泥在地。后因用"云泥"比喻两物相去甚远，差异很大。

白发催年老

转眼过三纪，搔头见二毛[1]。先秋同柳弱，早白误山高。种种从渠落，青青竟莫逃。形骸姑置此，痛饮读离骚。（批：白发悲秋。）

校注

[1] 三纪：古代一纪是十二年。

青阳逼岁除

顑頷身仍健，峥嵘岁又穷[1]。天寒春未应，腊尽雪初融。万化岂有极，一生常转蓬。谁知元不动，日月自西东。（批：冬去春来，年老奔波。）

校注

[1] 顑頷：同"憔悴"。

永怀愁不寐

膈膊南枝鹊，铿宏半夜钟[1]。寥寥数寒漏，唧唧类吟蛩。马革思强仕，牛衣慕老农。此身何处是，展转听朝春。（批：年近强仕仍旧报国无门。）

校注

[1] 膈膊（bì bó）：象声词。形容鸡鸣前拍翅连续起伏的声音。

松月夜窗虚

透隙风号屋，翻檐雪洒窗。遥知迷九泽，似欲卷三江[1]。引睡翻书帙，浇愁泥酒缸[2]。无因踏松月，痴坐对青釭。

校注

[1] 九泽：泛称深渊湖泊。三江：古代各地众多水道的总称。　[2] 泥，自注：去。

戏呈叔问[1]

野寺萧条独掩扉，了无才术赴时危。未成鸿鹄举千里，且比鹪鹩足一枝[2]。短发望秋如叶落，壮怀因病与年衰。何时负郭通三径，鸠杖相将醉习池[3]。

校注

[1] 叔问：赵子发，字叔问。宋宗室。疑即此人。　[2] 鸿鹄：即天鹅。《管子·戒》："今夫鸿鹄，春北而秋南，而不失其时。"鹪鹩：《庄子·逍遥游》："鹪鹩巢于深林，不过一枝；偃鼠饮河，不过满腹。"　[3] 鸠杖：杖头刻有鸠形的拐杖。习池：即习家池。因山简醉酒闻名。

郁郁涧底松[1]

郁郁千山麓，常嗟涧底松。老应从禹贡，清不受秦封[2]。偃蹇龙虵蟹，摧藏冰雪容。地偏难耸擢，根固独凌冬。天近知材大，辰来有栋隆。山苗应见笑，穴蚁莫相攻。

校注

[1] 自注：戏作省题。　[2] 禹贡：《禹贡》是《尚书》中的一篇。秦封：《史记·秦始皇本纪》："（始皇）乃遂上泰山，立石，封，祠祀。下，风雨暴至，休于树下，因封其树为五大夫。"因松树有护驾之功，就封松树为五大夫。唐王睿《松》："丁固梦时还有意，秦王封日岂无心。"

观元章帖有寄王宝文绝句戏和[1]

好奇不减猗玗叟，放论犹嫌石户农[2]。怪底西山增爽气，佳城萧瑟阒滕公[3]。

校注

[1] 王宝文：不详。官至侍郎。宋韦骧《钱唐韦先生文集》中有《问候成都王宝文侍郎》一文。　[2] 猗玗（àn）叟：元结，字次山，号漫郎、聱叟，因避难于猗玗洞，又号猗玗子。石户农：《庄子·让王》："舜以天下让其友石户之农。石户之农……以舜之德未至也，于是夫负妻戴，携子入于海，终身不返也。"后因以之喻高士。　[3]"佳城"句：滕公佳城，指西汉夏侯婴墓地。夏侯婴，官至太仆，初滕令奉车，故号滕公。见《西京杂记》卷四。

戏题画卷（二首）

其一

五载京尘白鬓须，丹青遐想寄衡巫。如今扫迹长林下，却对真山看画图。

其二

胸中云梦本无穷，合是人间老画工。常恨无因继三绝，倩人拈笔写胸中。

庭菊烂开招子我共赏，而空无酒饮，闻瓜洲酒美，遣酤数升，殆如灰汁，戏作三绝句，因以酬九月四日戏赠之作[1]

其一

悭囊不瘿空四壁，只有黄花如散金[2]。急遣蓝舆唤居士，饮溪餐菊对幽吟[3]。

其二

蒲萄余沥不到我，买酒得浆翻自嗟。安得长江化为酒，亦分春色到贫家[4]。

其三

疥瘭终非腹心疾，身如空聚任爬搔。恶酒未应胜茗饮，消忧聊以永今朝[5]。

校注

[1] 子我：江端友，字子我。瓜洲：亦作"瓜州"。在江苏省祁江县南部、大运河分支入长江处。与镇江市隔江斜对。　　[2] 悭囊：即扑满，古代储钱用的罐子。以黏土制成，亦有瓷质者。有小口，钱易入而难出，储满后扑碎方可取用，故名。俗称闷壶卢、储钱罐。《西京杂记》卷五："扑满者，以土为器以蓄钱，有入窍而无出窍，满则扑之。"　　[3] 自注：楚词"夕餐秋菊之落英"，孟郊诗云"日暮饮溪三两杯"。　　[4] 自注：酒有洞庭春色。　"安得长江化为酒"想象力非凡。　　[5] 自注：时子我方苦疥瘭不饮。

戏题郭慎求所寄书尾[1]

老罢归来寄一廛，交亲南北散如烟。诵君雪暗天涯句，离合升沉二十年[2]。

校注

[1] 郭慎求：宋宰相兼枢密使。　　[2] 自注：慎求为海州幕官，行县（谓巡行所主之县），尝有诗云："晓乌啼哑哑，游子初去家。去家向何许？雪暗天一涯"，云云。断句云："举头语天公，殷勤推日车。"颇为吾党所推。

新作纸屏隆师为作山水笔墨略到而远意有余戏题此句末句盖取所谓柴门鸟雀噪游子千里至也[1]

急雨初收山吐云，清溪曲曲抱烟村。抛书午枕无人唤，归梦真疑雀噪门[2]。

校注

[1] 自注：时守秀州，屡乞宫观归山居，未遂。　　[2] "归梦"句：诗人借杜甫诗句表达自己想远离纷扰、回到家乡的心愿。

戏简陆学士宰[1]

泉石膏肓老更慵，岂堪华发抗尘容[2]。千岩万壑空图画，遗我壶中第一峰。

校注

[1] 陆学士宰：陆宰（1088—1148），字元均，山阴（今浙江绍兴）人，陆佃之子，陆游之父，官

朝请大夫、直秘阁。著有《春秋后传补遗》。　　[2]泉石膏肓：比喻嗜好山水成癖。

归至山居戏集古句

终日思归此日归[1]，野人休诵北山移[2]。且看欲尽花经眼[3]，可忍醒来雨打稀[4]。

校注

[1]唐韩愈《郴口又赠二首》其一句。　　[2]宋王安石《松间（被召将行作）》句。北山移：即孔稚圭《北山移文》。　　[3]唐杜甫《曲江二首》其一句。　　[4]唐杜甫《三绝句》其一句。来，《全唐诗》作"时"。

九日夜月色如昼，山林清绝，念无以共此赏者。闻元长宗正、仲长隐居、陪端殿枢公过彦文太常，因游招福，戏简彦文三首[1]

其一

明月行空照胆寒，翠微高处倚栏看。寥寥物外非尘世，万籁无声清露溥。

其二

人间急景矛头过，林下闲官物外游。寻壑经丘穿紫翠，相从一笑万缘休。

其三

野人谈舌久不掉，上客高轩何日过[2]。又恐柴门不容辙，旋锄幽径剪庭莎。

校注

[1]元长宗正：范冲（1067—1141），字元长。范祖禹长子。成都府华阳（治今四川成都）人。绍圣元年（1094）进士。绍兴四年（1134），召为宗正少卿兼直史馆，奉诏重修《神宗实录》《哲宗实录》。著有《春秋左氏讲义》《宰辅拜罢录》等，今不存。仲长隐居：江袤，字仲长，号谷崀，衢州开化人。江仲举裦（同"袖"）之弟。见《北山小集》卷三三《江仲举墓志铭》。　　[2]高轩过：唐李贺七岁能辞章，韩愈、皇甫湜始闻未信，过其家，使赋诗。贺援笔辄就，自题曰《高轩过》。两人惊奇之，自是有名，事见《新唐书·李贺》。后遂以"高轩过"为敬辞，意谓大驾过访。

李光
(1078—1159)

字泰发，号泰定，晚年自号转物老人，越州上虞（今属浙江绍兴）人。徽宗崇宁五年（1106）进士，历官秘书少监，吏部侍郎，江东安抚大使、知建康府，参知政事。因与秦桧不合，贬藤州安置。后复左朝奉大人，致仕，行至江州卒。孝宗时谥庄简。其诗清绝可爱。著有《前后集》《椒亭小集》《庄简集》。今录戏谑诗37首。

九月二日徙居双泉翌日徐自然使君李申之监郡携酒见过退成古调百三十言戏简二公一笑[1]

南行踰万里，公馆烦造请。主人怜老病，为卜林庐静。郊居偶然遂，俗虑尽可屏。双泉信奇绝，岁久浑泥泞。稍觉藻荇繁，渐已产蛙黾。涤除赖众力，倾颓费修整。幽窦响佩环，平地散林影。潺潺来枕上，客梦安得永。邦人日夜汲，携挈杂罂皿。秋蔬灌百畦，夏稻溉千顷。端能滴冷泉，那复逊冰井[2]。使君屏歌吹，政恐煞风景。我亦惯穷独，客至但煎茗。

校注

[1] 监郡：古代地方监察官员。它由御史大夫府派出，对各郡实行监督。双泉：在偃师市南青萝山下浏河之滨。二泉相距百米，呈东西对峙状，径丈许，东水小而西水大，渊而不流，天旱而不涸，雨涝而不溢。李申之：号勇退居士，潭州湘阴县人。政和二年（1112）登进士第，历知灌阳县，未满，乞致仕，转承事郎归。 [2] 自注：苍梧冰井，元次山遗迹存焉。

近买扁舟篷棹悉具戏示诸儿

此生云水兴，今日买扁舟。著岸从人系，乘风逐处浮。山歌和渔子，净社结江鸥。夜泛寒潮稳，朝寻古寺幽。谢安空雅量，范蠡漫多谋[1]。岂若吾无事，平湖尽日留。

校注

[1] 谢安：字安石，陈郡阳夏（今河南太康）人。范蠡：字少伯，春秋楚国宛（今河南南阳）人。

又德循补之宠示七夕酬唱聊发狂言以当一笑[1]

好事多应与愿违，经年消息却如期。匆匆旧约重寻处，耿耿银河欲渡时。绰约肌肤云路远，低迷帘幕玉钩垂。夜凉风露非尘世，天外弯弯堕月眉。

校注

[1] 德循：柴天赐，字德循，与弟天因同登元符三年（1100）庚辰榜进士。

客醉而亟归不虑畏涂之可戒当为罪首丞令不行与吏慢丞命其罪均也以为不然则县令先入又何逃焉因次韵戏答德循且诮深山道人眷眷炬火非胥靡登危而不栗者遂并以寄之[1]

肩舆归去未全醒，倚户何人念远征。事在赦前皆可罪，过因酒后各原情。壶中未便乘风去，夜半何妨秘息行[2]。不向险中求不死，却因何处觅长生。

校注

[1] 胥靡：特指腐刑。　　[2] 壶中：即"壶中天地"，汉代费长房事。

甲寅仲秋水涨，独民先兄、元发弟徙居招提，日有登览棋酒之胜，连日雨复大作，水且洊至，举室几于湿浸，仰二公之旷达，叹辎重之为累。辄成鄙句以寄，并呈志尹宣教表兄，泊往来诸友兄一笑[1]

活计从来只旋营，急难方悟此生轻。资身但有书盈腹，润屋不将金满籯。尘榻晓寒资酒力，空阶夜雨杂棋声。茗瓯时赴汤休约，肯念人间雨与晴[2]。

校注

[1] 绍兴四年甲寅（1134）作。"是年，居家乡上虞。仲秋，水盛涨。有诗与诸兄弟交游唱和。"民先、孚先为泰发堂兄弟，元发为泰发胞弟，志尹宣教为表兄弟。洊至：再至，相继而至。　　[2] 汤休：即惠休。南朝宋僧。俗姓汤，善诗文，得徐湛之赏识。宋孝武帝令还俗受职，位至扬州从事。

比见客谈东福昌之胜，若可避世，恨未能一游。偶杜某出诸公宿云庵诗轴，戏题其后[1]

闻道招提枕半冈，结茅真在白云乡[2]。岚光滴沥衣裳冷，爽气空蒙枕簟凉。幻灭不传神女梦，心清时到赞公房[3]。是身直与云相似，肯与众生出岫忙。

校注

[1] 杜某，自注：谓得之。　　东福昌：福昌，县名。属河南府，在今河南宜阳。宿云庵：庐山五老峰下有一个庵名宿云庵。　　[2] 招提：四方僧房。　　[3] 赞公：唐代僧人。曾与杜甫相过从。

宫使少卿作喜雨诗予辄续貌然连日尜郁雨意殊未解霅川地濒太湖畏雨而喜旱亦有足忧者辄再和贺子忱韵并呈少卿公一笑[1]

老钝安能济中兴，知君此意每推诚。邦人虽喜天心格，农夫预忧禾耳生[2]。秋后竹阴侵簟冷，梦回蛩响杂阶声。雨溪自昔传佳咏，云水相依夜自明。

校注

[1] 诗人"知湖州期间，有诗与贺允中唱和"。子忱，贺允中，字子忱，蔡州汝阳（今河南汝南）人。徽宗政和五年（1115）进士，授颍昌府学教授。累官著作郎，假太常少卿使金贺正旦归、参知政事，以资政殿大学士致仕。　　[2] 禾耳：指禾头上的耳状芽蘖。

己巳二月己发书殊不尽意偶成长句寄诸子侄并示元发商叟德举资万里一笑[1]

囊空无物寄妻儿，万里惟凭一首诗。旧日琴书都磊磊[2]，新年行步渐羸垂。时开竹户通幽径，旋结茅庵傍小池[3]。永日无人惟宴坐，不贪杯酒不枰棋。

校注

[1] 元发：名宽，乃高公五子，泰发胞弟。商叟：王宗衡，字商叟，泉州南安县人。绍兴十八年

（1148）登进士第。德举：高选（1107—?），字德举，小名寿儿，小字宜老。绍兴府余姚（旧治在今浙江余姚北）人，年四十二，绍兴十八年（1148）中进士。师事尹焞，官终武当军节度推官。　[2] 藞苴（lǎ）：不中貌；粗率，不检点。　[3] 自注：去冬郡差土丁开芙蓉后小池。

昨晚约逢时使君今日食后过宾燕瀹茗观莲今日雨忽作因记东坡游西湖遇雨诗云湖光潋滟晴方好山色空蒙雨亦奇之句作雨中观莲诗戏呈并示同行诸君[1]

城南方沼尽栽莲，得雨花开晚更妍。自有清芬来袭袂，不须红粉笑当筵。彤霞晕脸深还浅，碧盖跳珠碎复圆。更拟中秋陪燕赏，月娥休妒水中仙。

校注

[1] 逢时：古革，字逢时，祖籍江西，后迁至梅州（今属广东）。北宋绍圣四年（1097），与胞弟董、巩同榜登第，一时满贵，哲宗拍案称奇："一门三贵，旷世盛闻。"石昌国，字逢时。饶州乐平县人。绍兴二年登进士第。历知长乐县。疑此"逢时使君"为古革。

吴德永远寄干栗五百颗荷其厚意戏作长句谢之[1]

海山深处住多年，容貌虽衰齿尚坚。长使玉泉归绛阙，每留真火暖丹田[2]。感君特地贻干栗，知我犹能咬石莲。土物欲寻香翠报，近来行市正增钱[3]。

校注

[1] 吴德永：作者友人，余不详。　[2] 真火：道教语，谓心中的火。比喻旺盛的生命力。
[3] 自注：来书言仆笔力不异往年，乃深究仙经道录之效，因以为戏。所寄栗硬如铁石，煮终不软。

离阳寿县百余里遇大风雨溪流涨溢宿修仁境小寺新洁可喜不复有滞留之叹偶成长句老病字画攲斜辄自笑也仲子孟坚同来[1]

逐客多年住海滨，今朝喜作北乡人。飘风扫地卷烦暑，骤雨翻空洗瘴尘。境恶乍离宾馆陋，眼明欣睹佛祠新。松林竹径俱幽胜，留滞何庸叹苦辛[2]。

校注

[1] 阳寿县：象州（桂林）属县，有象山、阳水。李孟坚（1116—1170），字文通，李光次子。越州上虞（今属浙江）人。以荫补为右承务郎。其父谪岭南，随至贬所。　[2] 自注：绍兴丙子六月十九日。

五月八日雨大作闻守倅游湖以前日白莲见寄戏成小诗谢之

守倅风流好事同，笙歌都在雨声中。似知坐上多狂客，不许佳人酒面红。

洞下宗风冷秋初地而近时了觉二老化行淮甸今复盛于闽浙学徒常千余人予固疑之昨天童访予于五松山交臂立谈之顷疑情顿释因成偈四句奉呈大众一笑可也[1]

一条枯木如青盖，古庙香炉散紫烟。百鸟却衔花作供，恁时方会祖师禅[2]。

校注

[1] 洞下宗风：佛教语。耶律楚材《湛然居士文集》卷八《评唱天童拈古请益后录序》云："天童觉和尚拈颂洞下宗风，为古今绝唱，迨今百年，尚无评唱者。予参承余暇，固请万松老师评唱之。"初地：佛教寺院。五松山：在宣州南陵（今安徽南陵县）铜井西五里。《舆地纪胜》载："山旧有松，一本五枝，苍鳞老干，黛色参天"，故名"五松山"。李白曾三次登五松山，有诗赞曰："五松何清幽，胜境美沃洲。"　[2] 祖师禅：佛教语。禅宗称祖祖相传、不立文字的禅法为"祖师禅"，是以心印心的教外别传。

戏成寄介然先辈[1]

鸣鸠隔屋报新晴，小阁幽窗分外明。怪底女僮来涤砚，无人知是和诗成。

校注

[1] 介然：魏安石，字介然，建溪（今属福建）人，寓居琼山。赵汝腾《庸斋集》卷二《赠魏安石》题曰："魏子本建溪人，而寓居琼山。建士多深中，而魏子谅直；琼人喜营利，而魏子固穷。予以是爱魏子。顷居双泉，与魏子居相邻也，日从之游。及予迁儋耳，魏子不远数百里，重趼过予者三。今予居益贫，无以资魏子之行，魏子垂橐而归，笑买松明一担曰：'是可以资夜读也。'戏作小诗赠行。魏子名安石，字介然云。"

览义叟秋香二首词情凄惋使人感叹义叟新有闺房之戚因戏续其韵且知予感念故人不忘之意[1]

其一

小诗清绝与招魂，香雾依然湿鬓云。一夜狂风都扫尽，鼻端无复嗅余芬。[2]

其二

冷艳孤芳孰与俦，此花飘尽更非秋。岭头赖有寒梅在，接续幽香入品流。

校注

[1] 义叟：疑为陈朴，字义叟，福州侯官县人。淳熙八年（1181）登进士第。淳熙《三山志》卷三〇《人物类·科名·本朝》："淳熙八年辛丑黄由榜。陈朴，字义叟，侯官人。" [2] 自注：《维摩经》云：如入薝葡林，不嗅余香。

雨中承厉吉老送芍药色微黄者尤奇戏成二小诗为谢[1]

其一

残红剩紫辇车尘，雨浥丰肌浴太真[2]。老眼年来超色界，定应辜负一枝春[3]。

其二

胜韵幽香敢自珍，静中风味见天真。乱红千点飘零尽，留得奇葩殿晚春。

校注

[1] 厉吉老：不详。 [2] 太真：唐杨贵妃号。 [3] 色界：佛教语。三界之一。在欲界之上，无色界之下。有精美的物质而无男女贪欲。一枝春：指芍药。

予与天台才上座相别逾二十年惠然抱琴见访老懒日困朱墨度不能款戏赠小诗[1]

当时指法杳难寻，二十年来枉用心。却抱孤桐林下去，青山流水自知音[2]。

校注

[1] 天台：天台山，佛教圣地。惠然：顺心貌。 [2] 孤桐：即"峄阳孤桐"。峄山南坡生长的梧桐。古代认为是制琴的绝好材料。《尚书·禹贡》："峄阳孤桐。"孔传："峄山之阳，特生桐，中琴瑟。"

与善借示鲁直集雕刻虽精而非老眼所便戏成小诗还之

墙角年来弃短檠，捐书默坐眼方明。知君欲嗣江西派，净几明窗付后生[1]。

校注

[1] 自注：近日吕居仁舍人作《江西宗派序》，以鲁直为宗主也。　江西派：宋代诗歌流派。得名于北宋末吕本中所作《江西诗社宗派图》，开创者为黄庭坚。

戏题林庭植茅亭

半亩茅亭倚壁开，中安五寸黑香台[1]。小窗容膝频招客，呼出丁香佐一杯[2]。

校注

[1] 半，原作"十"，据清乾隆翰林院抄本改。　香台：烧香之台。佛殿的别称。　[2] 丁香：女仆名。

癸亥上元余谪藤江是时初开乐禁人意欣欣吴元预作纪事二绝颇入风雅戏和其韵[1]

其一

曾见端门万炬灯，天街追逐少年行。如今老病惟贪睡，懒向州衙看乐棚。

其二

再闻韶乐共欣然，太守推行诏墨鲜。山郡莫嫌娼女拙，嫁他蜑户已多年[2]。

校注

[1] 藤江：即广西浔江。浔江在藤县界，名藤江。乐禁：关于举乐的禁令。吴元预：当为藤州镡津县令，名里不详。李光邻居。　[2] 蜑户：蜑人散居在广东、福建等沿海地带，不许陆居，不列户籍。他们以船为家，从事捕鱼、采珠等劳动，计丁纳税于官，名曰"蜑户"。

昨以酒熟邻士皆来戏作小诗而国幹和章独未至今日天气温和再成鄙句促之[1]（二首）

其一

朝来风静冻云消，帘静窗明瓦不飘。鸦叫三声乾鹊喜，故应知我有嘉招[2]。

其二

星河湛湛夜寥寥，闭户微闻麝篆飘[3]。况有南邻爱酒伴，兴来不假楚辞招。

校注

[1] 国幹：不详，诗人朋友。　[2] 自注：南人谚云鸦叫三声，酒食不停。魏介然云。　乾鹊：即喜鹊。其性好晴，其声清亮，故名。　[3] 麝篆：麝香调墨写成的篆书。

五月望日市无鱼肉老庖撷园蔬杂以杞菊作羹气味甚珍戏成小诗适梁军判送酒头来并成三绝谢之

其一

旋撷园蔬二寸长，牙龈脆响菊苗香。欲招邻友同来啜，恐被鸡豚越短墙[1]。

其二

疏帘冉冉度茶香，日午谁陪竹户凉。陋巷箪瓢已清绝，更将诗句搅空肠。

其三

曲米新篘只隔墙，西风吹过酒头香[4]。故知王母怜愁独，烦送瑶池九酝觞[2]。

校注

[1] 自注：小说有郡守携具访一山人，是夕寤惊，云谁令羊群践我菜圃也。 鸡豚：指平民之家的微贱琐事。 [2] 自注：国斡送酒。 九酝：一种经过重酿的美酒。

陈氏面北小亭远依林壑下瞰长江主人每醉卧其下叹羡不足戏留小诗云

赫日晓林起瘴烟，小亭风景独萧然。门前剥啄须轻手，窗下幽人正醉眠。

德举予屮角友生也书来寄三小诗并示杜门圆妙方指趣深远因次韵为谢仍寄出门散方亦反招隐之义也兼示商叟一笑[1]

杜门一法有深机，胜把玄关叩祖师[2]。覆罢忘忧还独酌，免陪歌酒免论棋。

校注

[1] 题注：《出门散方》别见。 德举：高选，字德举。见前注。圆妙：佛教语。谓圆满融通。指趣：犹志趣。 [2] 深机：犹秘诀。事物内在的关键性要素。

老野狐并序

琼士吴志宁居城之东北隅，深居简出，若素隐者。已而来儋耳，托言学《易》，且云愿见异人，予始甚嘉之，已而乃闻与一老妇游。一日坐间为陈守所诘，惭沮不自安，夜半挈之而遁，戏作此诗欲追寄之，不及。

变化形容似老儒，南来权作白髭须。只应座上无鹰犬，走作人间老野狐。

庖人宋奕请告往琼般家怪久不至闻已设厨矣戏赠朱推[1]

市无鱼肉爨无烟，晨起斋厨每索然。欲识先生真乐地，饭蔬饮水曲肱眠。

校注

[1] 请告：请求休假或退休。设厨：官家的厨房。因常办宴席，故称。朱推：不详。胡寅《斐然集》卷二有《赠朱推》诗。

戊辰冬，与邻士纵步至吴由道书会，所课诸生作梅花诗，以"先"字为韵，戏成一绝句。后三年，由道来昌化，索前作，复次韵三首，并前诗赠之[1]

其一

冰容幽胜肯争妍，独树亭亭近水边。不但色香俱第一，品流宜占百花先。

其二

清影扶疏晚更妍，每教移植小池边。一枝独守凌寒操，肯与群花较后先。

其三

月娥姑射妒清妍，白发羞将插鬓边[2]。冷艳独排残腊破，孤芳长占小桃先。

校注

[1] 吴由道：不详。书会：原是读书课诗的场所。李光因受秦桧排斥，绍兴二十年（1150）移昌化军。戊辰，即南宋绍兴十八年（1148）。李光所谓的"前诗"作于此年。昌化：昌化军。 [2] 姑射：《庄子·逍遥游》："藐姑射之山，有神人居焉，肌肤若冰雪，淖约若处子。"

陈渭老今夕开阁诚为盛事戏成二小诗以侑坐客[1]

其一

酿成春瓮胜玻璃，旋压真珠味更奇。饮客莫辞今夕醉，黄河清后卒无期[2]。

其二

长堤杨柳映门垂，南北行人认酒旗。坐上饮流须强醉，休将河水较醇醨[3]。

校注

[1] 陈渭老：不详。开阁：汉公孙弘为宰相，"起客馆，开东阁以延贤人，与参谋议"。见《汉书·公孙弘传》。后以"开阁"指大臣礼贤爱士。 [2] 黄河清：东晋王嘉《拾遗记》云："丹丘千年一烧，黄河千年一清，皆至圣之君以为大瑞。"古有"圣人出，黄河清"的说法，黄河清被视为祥瑞的征兆。 [3] 醇醨：厚（浓）酒与薄酒。宋王禹偁《北楼感事》诗："樽中有官酝，倾酌任醇醨。"后用以喻教化、风俗等的敦厚与浇薄。

宇文虚中
（1079—1146）

初名宇文黄中，字叔通，别号龙溪居士，华阳（今属四川成都）人。徽宗大观三年（1109）进士，赐名"虚中"，历仕徽、钦、高宗三朝，迁为黄门侍郎。南宋建炎二年（1128），出使金国被扣押。金熙宗继位，加授礼部尚书、翰林学士承旨，封河内郡开国公，加特进，后因图谋南奔而被杀。今录戏谑诗1首。

庭下养三鸳鸯忽去不反戏为作诗

先生久忘机，为尔虞矰缴[1]。一朝长羽翮，万里翔寥廓。谁信恶沟鸥，忽作华表鹤[2]。岂无三玉环，遗音嗣黄雀。

校注

[1] 忘机：消除机巧之心。常用以指甘于淡泊，与世无争。矰缴：比喻暗害人的手段。 [2] 华表鹤：见邓忠臣《感兴复用钟字韵戏呈同舍》注[1]。

汪 藻
（1079—1154）

字彦章。饶州德兴（今属江西）人，一说徽州婺源（今属江西）。徽宗崇宁二年（1103）进士，为宣州教授。后历知湖、抚、徽、泉、宣等六州府，官显谟阁学士，封新安郡侯。绍兴十二年（1142），言者论其尝为蔡京、王黼门客，夺职居永州。累赦不宥，死于贬所。著有《浮溪集》等。今录戏谑诗8首。

孙益远试归堕车败面已而荐书至作诗戏之以送其行[1]

羊公作三公，政办一肱折[2]。功名方鼎来，讵叹养生拙。孙郎少奇伟，面满若霜月[3]。胡为忽颠跻，有物食之缺。宁非造物意，怪子卧岩穴。长年脸边红，漫自供酒缬。顾令冠盖底，未省识此杰。何妨暂相顾，一访唐举决[4]。朝来清镜里，黄色两眉彻。居然万马群，老骥已超绝。聊将钓竿手，遮日向西阙。琼林风帽稳，醉度樱笋节。从渠关宴上，儿女笑靧蔑[5]。谁能为公豪，玉瑑挥作雪[6]。

校注

[1] 孙益远：不详。汪藻有《题孙益远三士堂》诗，原注：取东坡《三士图》，身与渊明、稚川为三也。 [2] 羊公：晋人羊祜，字叔子，人称羊公。仁德善政，为人称道。见《晋书·羊祜传》。三公：古代中央三种最高官衔的合称。 [3] 孙郎：指孙益远。 [4] 唐举：战国梁人。以善相术著名，能知人凶吉寿夭。尝为李兑、蔡泽相面，言称两人皆有诸侯相，后皆如其言。见《史记·蔡泽列

传》。后因以"唐举"为咏占卜之典。亦用以咏仕途感怀之典。钱起《同邬戴关中旅寓》："吞悲问唐举，何路出屯蒙。" [5] 髊（zōng）蔑：齐臣。齐庄公之母称髊声姬，髊蔑可能是庄公母系亲属。崔杼弑庄公后，在平阴杀髊蔑。其事见《左传·庄公二十五年》。 [6] 玉瑑（zhuàn）：玉琮四角雕刻花纹。

戏孙仲益暮春自尚书郎予告迎妇渭东留毗陵久之[1]

尊酒相逢禊饮初，花飞柳暗忽春余[2]。不嗔太史牛马走，许醉郎官樱笋厨[3]。幸有雪儿歌妙句，何妨云液载行车[4]。只愁人误刀头约，新月娟娟已镜如。

校注

[1] 孙仲益（1081—1169），名觌，号鸿庆居士，常州晋陵（今常州武进区）人。大观年间进士。予告：古代凡大臣因病、老准予休假或退休的都叫予告。 [2] 禊饮：谓古时农历三月上巳日之宴聚。 [3] 牛马走：自谦之辞。指为皇帝服务，如牛马为皇帝奔走。太史：汉官名，此指汉太史公马迁。樱笋厨：《秦中岁时记》："四月十五日，自堂厨至百司厨，通谓之樱笋厨。"韩致光《湖南食含桃诗》："苦笋恐难同象匕，酪浆无复莹蠙珠。"自注云："秦中三月为樱笋时。"唐时长安于初夏樱桃、竹笋上市时，官府皆以樱笋为馔，故称。 [4] 云液：扬州名酒名。白居易《对酒闲吟赠同老者》："云液洒六腑，阳和生四肢。" [5] 刀头约：即大刀头，《汉书》卷五四《李广传》载：李陵字少卿，将兵击匈奴，兵败投降。汉昭帝立，"遣陵故人陇西任立政等三人俱至匈奴招陵。立政等至，单于置酒赐汉使者，李陵、卫律皆侍坐。立政等见陵，未得私语，即目视陵，而数数自循其刀环，握其足，阴谕之，言可还归汉也"。刀环在刀之头，后即以"大刀头"作为"还"字的隐语。谓归家之言也。《玉台新咏》卷一〇《古绝句四首》其一："藁砧今何在，山上复有山。何当大刀头，破镜飞上天。"宋赵长卿《忆秦娥·初冬》词："有人应误刀头约，情深翻恨郎情薄。"

嘲人买妾而病二首

其一

但知琼树斗清新，不道三彭捷有神[1]。处仲未闻开阁事，维摩空对问禅人[2]。封侯燕颔何妨瘦，伐性蛾眉却怕颦[3]。从此空花扫除尽，定须嚼蜡向横陈。

校注

[1] 三彭：即三尸神（虫）。见程俱《自宽吟戏效白乐天体》注[9]。 [2] 处仲：王敦，字处仲，西晋末镇东大将军。开阁：指大臣礼贤爱士。维摩：即维摩诘菩萨。是古印度毗舍离城一个神通广大的居士菩萨。 [3] 封侯燕颔：《东观汉记·班超传》："超行诣相者。曰：'祭酒，布衣诸生尔，而当封侯万里之外。'超问其状，相者曰：'生燕颔虎头，飞而食肉，此万里侯相也。'"后果立功异域，封为定远侯。亦见于《后汉书·班超传》。伐性蛾眉：即"攻性之兵"。《吕氏春秋》卷一《孟春纪·本生》："靡曼皓齿，郑卫之音，务以自乐，命之曰伐性之斧。"东汉高诱注："以其淫辟灭亡，故曰'伐性之斧'者也。"攻性之兵犹伐性之斧。《吕氏春秋》认为淫声美色是戕害生命的利斧。

其二

何须天气水边新，便好尊前赋洛神[1]。定自中年多作恶，非关尤物解移人[2]。莫愁阿鹜烦君嫁，且学西施为我颦[3]。争似农家无一事，从来婚嫁只朱陈[4]。

校注

[1] 何须天气水边、好，《陶朱新录》作"温柔乡里事还""拟"。 洛神：为古代神话中伏羲氏（宓羲）之女儿，因其于洛水溺死，而成为洛水之神。曹植有名篇《洛神赋》。 [2] 自，《陶朱新录》作"向"。 移人：使人的精神情态等改变。 [3] 阿鹜：三国魏荀攸之妾的小名。荀攸死后，友人

钟繇为阿鹜觅婿，加以安置。后世作咏亡友妻妾的典故。见《三国志》卷二九《魏书·朱建平传》。

[4] 农，《陶朱新录》作“侬”。 朱陈：唐白居易《朱陈村》诗：“徐州古丰县，有村曰朱陈……一村唯两姓，世世为婚姻。”宋苏轼《陈季常所畜朱陈村嫁娶图》诗：“何年顾陆丹青手，画作朱陈嫁娶图。”后用作两姓联姻的代称。

德劭亲迎而归乃有打包辟谷之兴以诗见贻戏用其韵[1]

解事无人似乐天，玉簪旧语世相传。打包就使从前话，弹指安能断后缘。寂寂空房惟法喜，茫茫何处问臞仙[2]。冬之夜永宜长虑，百计真从若个边。

校注

[1] 德劭：李璜，字德劭，号檗庵。扬州江都（今江苏扬州）人，流寓庆元府（治今浙江宁波）。少负隽才，举进士不第，遂无意功名，终身不娶。晚笃信佛教，曾从宏智禅师游。著有《蘗庵文集》。

[2] 法喜：佛教语。谓闻见、参悟佛法而产生的喜悦。臞仙：旧时借称身体清瘦而精神矍铄的老人。文人学者亦往往以此自称。

戏题寂庵[1]

是心长不起，宴坐一团蒲。安得龙眠手[2]，添成憩寂图。

校注

[1] 寂庵：释清了（1090—1151），号真歇，又自称寂庵。石泉军安昌（今四川省绵阳市安州区）人。俗姓雍。历主持真州长芦崇福寺、福州雪峰寺、明州阿育王山广利寺、温州龙翔兴庆禅院、杭州崇先显孝禅院。卒谥悟空禅师。著有《劫外录》《一掌录》。 [2] 龙眠：画家李伯时号龙眠居士。

万上人将游三吴袖杼山居士赠言见过戏成两绝送之

其一

参得汤休五字禅，一瓶一钵去飘然[1]。定知游历名山遍，吟入江湖万顷天。

其二

韩子由来未识真，欲还澄观作诗人。若教早被儒冠误，那得云山自在身[2]。

校注

[1] 汤休：即汤惠休、汤公、汤师。《宋书》卷七一《徐湛之传》：“时有沙门释惠休，善属文，辞采绮艳，湛之与之甚厚。世祖命使还俗。本姓汤。” [2] 自在身：佛教语。谓心离烦恼、舒适自在的身躯。

左 鄯

临海（今属浙江）人。誉弟。寓居临安西湖。今从《全宋诗辑补》录戏谑诗1首。

歇后语刺嘲诸官任命[1]

木易已为工部侍，弓长肯作集英修。如今台省无杨叶，豚犬超升卒未休。

校注

[1]《容斋随笔》三笔卷一五：（绍兴）二十八年，杨和王之子偰除权工部侍郎，时张循王之子子颜、子正皆带集英修撰，且进待制矣。会叶审言自侍御史、杨元老自给事中徙为吏、兵侍郎，盖以缴论之故。左用歇后语作绝句云云。

韩 驹
（1080—1135）

字子苍，陵阳先生，蜀仙井监（今四川仁寿）人。政和二年（1112）召试，赐进士出身。历官秘书少监、中书舍人等。有《陵阳集》。今录戏谑诗25首。

善相陈君持介甫子瞻手字示予戏赠短歌[1]

古来相马失之瘦，仲尼亦作丧家狗[2]。唇红齿白痴小儿，不羞障面欺群丑。鹤冲居士术如神，东走梁宋西峨岷[3]。诸公蹭蹬未遇日，座中知是非常人。只今白发无余产，短褐逡巡列侯馆。世人胸中无黑白，不如居士明双眼[4]。嗟予尘貌天所付，不须强觅封侯处。书生只倚一片心，他日相逢记裴度[5]。

校注

[1] 善相：善于看相。介甫：指王安石。子瞻：指苏轼。　[2] 相马失之瘦：汉司马迁《史记·滑稽列传补》："相马失之瘦，相士失之贫。"丧家狗：《史记·孔子世家》载：孔子适郑，与弟子相失，孔子独立郭东门。郑人或谓子贡曰："东门有人……累累若丧家之狗。"子贡以实告孔子。孔子欣然笑曰："形状，末也。而谓似丧家之狗，然哉！然哉！"　[3] 鹤冲居士：指陈君。梁宋：指汴京一带，今河南开封。峨岷：峨眉山与岷山的并称。唐韩愈《送惠师》诗："回临浙江涛，屹起高峨岷。"[4] 如，《宋诗钞》作"如"，《全宋诗》作"知"。　[5] 记，萧山王氏十万卷楼旧藏抄本（以下简称"王本"）、清宣统二年沈植仿宋刊本（以下简称"沈本"）校：一作说。　裴度：指裴度还带的典故。唐代裴度拾宝不昧因而救人性命，最终得中状元。

至国门闻苏文饶将出都戏赠长句兼简其兄世美[1]

去年夷门十月雪，九衢日昃行人绝[2]。骑驴兀兀无所之，破袖迎风手龟裂。度桥并堑得君家，入门脱帽犹凛冽。急燃湿束暖我寒，徐出清酤宁我渴。君家自无儋石储，蟹黄熊白能俱设[3]。平生见酒唇不濡，是夕连舣耳方热。群奴夜僵唤不闻，我亦鼾鼻眠东阁。明朝起过城南翁，尚记新声一笑发。东归每叹怀抱真，西来又喜颜色接。方将慷慨豁心胸，未用峥嵘惊岁月。城南诗翁况远来，门前雪泥又活活[4]。岂知万事不可期，却树吴樯背城阙。人生动若参与商，咫尺无论限秦粤[5]。君闻吾语虽少留，但恐一欢成电掣。念昔相见无它娱，诵诗征事相夸捷[6]。气凌俗子旁若无，偶坐时闻窃嘻嘻。于今落落谁汝怜，老屋陈编自怡悦。寄言诗翁倘留滞，岁晚勤迁故人辙。

校注

[1] 苏文饶：苏敖，字文饶。官主簿、大监、仙居县令。徽宗封其为"灵应真人"。事见《苕溪渔隐丛话》后集卷三六引《许彦周诗话》。苏世美：苏颂之子苏京。徐度《却扫编》卷下："苏京字世美，丞相子容之子也。尝为许州观察判官，时韩黄门持国知州事，甚器爱之，荐之于朝，其辞曰：'窃见某人读书知义理，临事有风力。'前辈之不妄称人如此。"　[2] 夷门：大梁（开封）的别称，泛指城门。　昃，沈本作"午"。　[3] 无，《蟹略》卷三作"有"。　儋石储：《南史·刘毅传》："刘毅家无儋石储，樗蒲一掷百万。"儋石：即罂，储米具，容量二斛。樗蒲，一种博戏。"蒲"亦作"蒱"。蟹黄：借指螃蟹。熊白：熊背上的脂肪，色白，为珍贵美味。　[4] 城南诗翁：指苏敖。活活：泥泞；滑。　[5] 动若参与商：唐杜甫《赠卫八处士》："人生不相见，动如参与商。"参与商都是星名，两星东西相对，一星升起，另星西沉，不易相见。以星作比喻，说人生在世，两人各自一方，如同参星与商星，相见非常不易。秦粤："秦"是西秦，在西北；"粤"即百粤、两粤，在东南。诗人用相隔极为遥远的秦地与粤地来作比喻。　[6] 诵诗：诵读《诗经》。征事：征引故事。

分宁大竹取为酒樽短颈宽大腹可容二升而漆其外戏为短歌

此君少日青而癯，尔来黑肥如瓠壶[1]。缩肩短帽压两耳，无乃戏学驺侏儒[2]。人言腹大中何有，不独容君更容酒。未须常要讬后车，滑稽且作先生友[3]。少陵匏樽安在哉，次山石臼空飞埃[4]。茆檐对客夜惊笑，麹生叩门何自来[5]？老向人间不称意，但觉渊明酒多味。乞取田家老瓦盆，伴我年年竹根醉[6]。

校注

[1] 黑肥：污垢的样子。瓠壶：一种盛液体的大腹容器。　[2] 驺侏儒：养马的侏儒。[3] 讬：同"托"。讬后车：坐在车后边。滑稽：这里把酒壶比作人，形容圆转顺俗的态度。　[4] 匏樽：匏制的酒樽，亦泛指饮具。次山：元结（719—772），字次山，号漫叟、聱叟。中唐诗人。石臼：用石凿成的舂米谷等物的器具。　[5] 茆：同"茅"，茅草。麹生：作酒的别称。　[6] 竹根：竹根制作的酒器。

湖南有大竹世号猫头取以作枕仍为赋诗[1]

湖南人家养狸奴，夜出相乳肥其肤[2]。买鱼穿柳不蒙聘，深蹲地底老欲枯[3]。谁将作枕置榻上，拥肿似惯眠氍毹[4]。慵便玉枕分已无，孙生洗耳非良图[5]。茆斋纸帐施团蒲，与我同归夜相娱。更长月黑试附卧，鼠目尚尔惊睢盱[6]。坐令先生春睡美，梦魂直绕赤沙湖。更烦黄妳好看取[7]，走入旁舍无人呼。

校注

[1] 猫头：竹名。猫头竹，清厉荃《事物异名录·树木·竹》："猫竹，一名猫头竹，其根类猫头，又名潭竹。"　[2] 狸奴：猫的别称。　[3] 聘：访问，探问。　[4] 氍毹：一种毛织或毛与其他材料混织的毯子。可用作地毯、壁毯、床毯、帘幕等。　[5] 慵便：慵懒安适。洗耳：见司马光《送酒与邵尧夫因戏之》注[2]。　[6] 附，王本、沈本作"拊"。睢盱：睁眼仰视貌。　[7] 黄妳：亦作"黄奶"，书卷的别称。

二十九日戎服按军城外向仪曹亦至戏赠一首[1]

旌旗杂沓饶鼓鸣，使君小队来郊坰[2]。旧时视草判花手，今学操剑驱民丁[3]。逆胡未灭壮士耻，子虽年少有典型[4]。短衣匹马肯从我，与子北涉单于庭。

校注

[1] 向仪曹：不详。仪曹，官名。　[2] 郊坰：泛指郊外。　[3] 视草：古代词臣奉旨修正诏谕一类公文，称"视草"。《汉书·淮南王刘安传》："每为报书及赐，常召司马相如等视草乃遣。"此两句有作者弃笔从戎之意。　[4] 逆胡未灭，原作"边围未靖"，据王本、沈本改。　逆胡：旧称侵扰中原地区的北方少数民族。典型：典范。

戏作冷语三首

其一

北风刮地寒阴凝，铁马夜蹋黄河冰。冻鸢瑟缩乌凌兢[1]，破庐卧雪僵不兴[2]。严霜透屋衣生棱，未若冷语销炎蒸[3]。

校注

[1] 鸢：一种鹰。　[2] 卧雪：安贫清高之典。《后汉书·袁安传》"后举孝廉"李贤注引晋周斐《汝南先贤传》："时大雪积地丈余。洛阳令身出案行，见人家皆除雪出，有乞食者。至袁门，无有行路，谓安已死。令人除雪入户，见安僵卧。问何以不出。安曰：'大雪人皆饿，不宜干人。'令以为贤，举为

孝廉。”　　〔3〕冷语销炎蒸：冷语，嘲讽的话语。比不上嘲讽的话语使炎热消除。此有使人倍感心寒之意。

其二

五更和霜蹋积雪，冰坚滑道行人绝。边城十月地冻裂，两崖雨冰万木折。琉璃为家白银阙，未若冷语祛炎热。

其三

石崖蔽天雪塞空，万仞阴壑号悲风。纤绤不御当玄冬[1]，霜寒堕落冰溪中。斫冰直侵河伯宫，未若冷语清心胸[2]。

校注

〔1〕纤绤（chī）：细葛布。晋潘岳《秋兴赋》：“于是乃屏轻箑，释纤绤。”玄冬：《汉书·扬雄传上》：“于是玄冬季月，天地隆烈。”颜师古注：“北方色黑，故曰玄冬。”　　〔2〕清心胸：使心胸纯正之意。

顺老寄菜花干戏作长句

道人禅余自锄菜，小摘黄花日中晒。峨嵋檽脯久不来[1]，曲糁姜丝典型在。封题寄我纸作囊，中有巴蜀斋厨香[2]。起炊晓甑八月白[3]，配此春盘一掬黄[4]。

校注

〔1〕自注：檽，软木耳。　　〔2〕巴蜀：秦汉设巴蜀二郡，皆在今四川省。后用为四川的别称。〔3〕自注：八月白，稻名。　　〔4〕春盘：古代风俗，立春日以韭黄、果品、饼饵等簇盘为食，或馈赠亲友，称春盘。帝王亦于立春前一天，以春盘并酒赐近臣。

戏留圆首座元上人[1]

老夫晏坐菩提坊，二士接迹来升堂。疏眉哆口辩舌张[2]，问胡至此皆同乡。少年发足参诸方，尔来马解高挂墙。资虽东川近陵阳[3]，左绵稍远亦相望[4]。不辞爆饭豉作汤[5]，肯更十日留山房。

校注

〔1〕圆首座、元上人：均不详。　　〔2〕哆口：张口。　　〔3〕陵阳：今四川仁寿。韩驹，字子苍，号牟阳。陵阳仙井人。人称陵阳先生。　　〔4〕左绵：地名。即今绵阳。　　〔5〕爆饭：爆，同“炒”。

李氏娱书斋[1]

欲乐诳凡夫，须臾皆变坏。惟书有真乐，意味久犹在。李君名家流，事业窥前辈。澹然无他娱，开卷与心会。忆吾童稚时，书亦甚所爱。传抄春复秋，讽诵昼连晦。饮食忘辛咸，污垢失盥颒[2]。尔来欢喜处，乃在文字外。卷藏二万签，案几静相对。此乐君未知，狂言勿吾怪。

校注

〔1〕李氏：指李常，字公择，建昌（今江西省南城县）人，一说江西修水县人。仁宗皇祐年间进士。李常少时读书于庐山五老峰下白石庵僧舍。及第后，留所抄书九千余卷。山中人称其藏书处为“李氏山房”。　　〔2〕咸，原作“盐”，据王本、沈本改。　盥颒（huì）：洗手洗面。

夜与疏山清公对语因设果供戏成长句[1]

落叶屑窣鸣风廊，四无人声夜未央。道人过我谈真常，客舍有底相迎将。竹炉篝火曲木床，乌桕为烛枫脂香。青梨累累钉坐光[2]，黄甘十子近著霜。酯梅蜜杏经年藏[3]，红糁缀枝加柘浆[4]。莼藕薯芋襄荷姜，堆盘满桉次第尝。忆初见翁修水旁，转头八十须眉苍。尔时尊宿略丧亡[5]，屹如枞桧老不僵。而我昔漫参朝行，十年投闲坐老狂。人生一梦炊黄粱，诸法本闲人自忙。况今世故甚扰攘，与翁幸憩菩提坊。夜阑一酌余甘汤，他年此乐不可忘。

校注

[1] 疏山：在江西省金溪县西北五十里，相传为梁周迪起兵处，唐时有何仙舟隐居于此读书，因名书山，南唐改为疏山，有疏山寺，中和中建。清公：疑即释清了（1090—1151），号真歇，又自称寂庵。　　[2] 钉坐：同"钉座梨"。《新唐书·崔远传》："远有文而风致整峻，世慕其为人，目曰'钉座梨'，言座所珍也。"钉座梨，席间供陈设之梨，比喻受人敬慕的秀异之士。　　[3] 酯梅：酸梅。[4] 红糁：红色的米糁。柘浆：甘蔗汁。　　[5] 尊宿：对前辈有重望者的敬称。

闻富郑公少时随侍至此读书景德寺后人为作祠堂因跋余旧诗后以自嘲[1]（二首）

其一

藤床瓦枕快清风，破闷文书亦漫供。乡信未传霜后雁，羁怀生怯晚来钟。淹留已办三年计，流落应无万户封。犹有壁间诗句在，他时谁肯写尘容[2]？

其二

海气昏昏又啸风，一杯扶病要时供[3]。三年闭户儿童怪，千古闲情我辈钟。若得黄甘应手种，更求青李莫函封。疏顽自笑将安适，寄谢江山好见容。

校注

[1] 富郑公：即富弼（1004—1083），字彦国，洛阳人，宋时名相，封郑国公，故称。景德寺：在兴化茅山镇，为海陵属地。富弼少时曾随侍其父就读于景德寺。韩驹在游览泰州后即往茅山，见"五贤祠"和"读书堂"后，不想离去，便寓于昔年富弼读书处，奋发读书，并留下诗篇。　　[2] 当时名相、资政殿学士富弼曾在古寺读书，廊柱有联为"人文有富弼，山水小蓬莱"，读书处又有匾为"读书堂"。　　[3] "一杯"句：指靠酒支撑病体工作读书。

便衣访徐师川坐定陈莹中太守亦至余避入室已而同语良久戏呈师川[1]

两都宾主尽雄名，我独何人共宴荣。微服岂宜从刺史，瓦巾端为访先生[2]。山阴甚愧群贤集[3]，蜀客初无一坐倾[4]。庾亮兴来殊不浅，临风数语逼人清[5]。

校注

[1] 徐师川，徐俯（1075—1141），字师川，自号东湖居士。韩驹"就食江南"时期的重要诗友，二人唱和较多。于徽宗建中靖国元年（1101）来泰州从陈莹中游。陈莹中：名瓘，号了翁，南剑州沙县（今福建沙县）人，元丰进士，官右司谏，权给事中。建中靖国元年（1101）以右司员外郎知泰州。韩驹其时正在泰州，寓茅山景德寺读书。　　[2] 瓦巾：瓦，陈旧的陶制酒器。巾，裹头或缠束、覆盖用的丝麻织品。　　[3] 山阴：晋王羲之的代称。王羲之与群贤曾在兰亭饮集。　　[4] 蜀客：指汉司马相如。相如为蜀郡人，故称。　　[5] "庾亮"二句：《世说新语·容止》载：庾亮在武昌，佐吏殷浩、王胡之等人登南楼游赏，庾亮至南楼，殷浩等人欲起而避之，庾亮说："诸君少住，老子于此处兴复不浅。"于是众人咏谑尽欢。

芜湖戏赵德夫[1]

西来有客共征途，不恨维舟日日孤。爱子清明似秋月，当涂见了又芜湖[2]。

校注

[1] 芜湖：宋人祖丌宝八年（975）平江南，芜湖属宣州。太宗太平兴国二年（977）升南平军为太平州，芜湖属江南路（后为江南东路）太平州。赵德夫：即赵明诚，字德父（夫），密州诸诚（今山东诸城）人。父赵挺之是当朝宰相。少为太学生，历官知湖州军州事。赵明诚醉心于金石研究，是著名女词人李清照之丈夫。　[2] 当涂：地名。在安徽。

信州连使君惠酒戏书二绝谢之[1]

其一

上饶籍甚文章守，曾共紫薇花下杯[2]。铃阁昼闲思老病[3]，故教从事送春来[4]。

其二

忆倾南库官供酒[5]，共赏西京敕赐花。白发逢春醒复醉，岂知流落在天涯[6]。

校注

[1] 连使君：即连南夫，字鹏举，安陆人。知信州于绍兴初，与韩驹交往密切，其文学政事高于一时。　[2] 紫薇：靖康元年（1126）七月十八，诗人曾与连使君同时"复徽猷阁待制"。　[3] 铃阁：指翰林院以及将帅或州郡长官办事的地方。　[4] 从事：官名。汉以后三公及州郡长官皆自辟僚属，多以从事为称。　[5] 南库：宋代储藏钱币与物资的仓库。　[6] 自注：故事，每岁洛阳贡花，赐馆职百朵，并赐南库法酒。

世谓七夕后雨为洗车雨又七夕后鹊顶毛落俗谓架桥致然戏作二绝[1]

其一

云阶月地一相过[2]，未抵经年别恨多。最恨明朝洗车雨，不令回脚渡天河[3]。

其二

上界鸾骖凤驾多，不消野翮强填河[4]。可怜无数颠毛落，只得云軿一再过[5]。

校注

[1] 洗车雨：旧称"七夕"前后下的雨。一说专指农历七月初六日下的雨，此说法与原文不符。架桥致然：指七夕后鹊顶毛落是造桥所导致的。　[2] 云阶月地：以云彩作台阶，以月亮为大地，指天上仙境。　[3] 按：《全唐诗》卷五二七杜牧名下误收此诗。此句意为：最可恨的是明天的洗车雨，它分明是不让牛郎再回去重渡天河与织女相见。　[4] 野翮：禽鸟羽毛中间的硬管，代指鸟翼，鸟。　[5] 云軿（pēng）：神仙所乘之车。以云为之，故云。

嘲　蚊

物微深可悯，畏雨复兼风。适见传呼宠，俄成扑地空。

嘲　蝉

资身惟朽壤，得意只繁阴。浪自声凄急，人谁听汝音。

嘲　萤

孤光辞腐草，强拟帖天飞。中路霜风急[1]，还寻腐草归。

[1] 自注：中，去声。

嘲　蝇

忆昔趋闉阇，朝鸡促晓声。何关蝇辈事，也复强飞鸣。

曹山老送笋蕨与诸禅客同食戏成

野寺瓶罌至[1]，吾庐水竹幽。开缄喜风韵，唤客少淹留。蕨带寒山酱，笋兼头子油[2]。谁能知许味，一饱并无忧。

校注

[1] 瓶罌：指装竹笋与蕨菜的小口大腹的陶瓷容器。　　[2] 寒山酱、头子油：皆形容蕨笋之美味。

刘一止
(1078—1160)

《全宋诗》小传生卒年作"1080—1161",字行简,号苕溪。湖州归安(治今浙江湖州)人。徽宗宣和三年(1121)进士。累迁至中书舍人兼侍讲。与李光、廖刚、周葵等人相善,忤宰相秦桧,落职罢祠。著有《苕溪集》五十五卷。今录戏谑诗7首。

无言兄以银壶作粥糜颇极其妙舟居夜饥顷刻可办戏作此诗[1]

少年爱酒不废沽,滑稽鸱夷每随车[2]。春禽似是知我意,日日劝我提葫芦。侵寻老境筋力异,宿昔百嗜今一无。羁穷未免走四方,是口时赖薄粥糊。怜君巧作此瓢壶,善为口计真不疏。上盖下丰腹胍胵[3],空洞可置升米余。釜汤外沸如隔膜,气塞不作声卢胡。须臾已复成淖糜[4],匀滑不减倾醍醐。篷窗夜饥急星火,咄嗟而办功可书。山僧歙钵未足诧[5],考父古鼎非时须[6]。我闻壶中有高隐,日月或类蓬莱居。神仙有无事恍惚,山泽形貌常多臞。不如一饱睡清熟,个中便是真华胥。

校注

[1] 崇宁元年(1102)壬午刘焘任监察御史时作。无言:刘焘(1071?—1131?),字无言,长兴(今属浙江)人。行简族兄。元祐三年(1088)进士及第。苏轼尝荐其人,谓其文章典丽,可备著述科。　[2] 滑稽鸱夷:唐司马贞《索隐述赞》曰:"滑稽鸱夷,如脂如韦。"滑稽和鸱夷是两种酒器。滑稽,为流酒器,能转注吐酒,终日不已。鸱夷,一种皮制的酒袋,容量大。可随意伸缩、卷折。
[3] 自注:昔人以腹大者为胍胵,上孤下都。　胍(gū):本指大腹。　[4] 淖糜:烂糊粥。
[5] 歙钵:古代歙州出产的一种钵。　[6] 考父(约前845—?):为大正(太仆),迁左丞相。考:成也。父:对有才德的男子的美称。

家侄季高作诗止酒戏赋二首[1]

其一

渊明出从任,初亦计林田[2]。一朝倦束带[3],唾弃如飘烟。无酒每从人,兹事若可怜。醉来便逐客,卿去我欲眠。了知此贤胸,醒醉皆超然。胡为遽止酒,而作止酒篇[4]。此身役万物,不使一物偏。有偏即是累,在性皆非圆[5]。我樽可忘酒,我琴故无弦。携琴玩空樽,惟我乐也天。

校注

[1] 季高:刘岑(1087—1167),字季高,晚号杼山老人。刘一止堂弟(家侄)。湖州归安人,迁居溧阳。宣和六年(1124)进士。止酒:戒酒。　[2] 任,初,四库本作"仕""务"。　[3] 束带:指官服。引申谓公务。　[4] 陶渊明曾作《止酒篇》。陆游《试茶》:"难从陆羽毁茶论,宁和陶潜止

酒诗。"　　[5] 在，四库本作"任"。

其二

渊明赋止酒，止酒未尝止。今朝诗固云，从此真止矣。我观他日诗，说酒特未已。必饮诚有累，必止亦非理。无如作病何[1]，聊用忘忧耳。得失定相半，随遇无彼此。胡为我阿咸[2]，深拒坚壁垒。子言故多师，乌有与亡是。独此止酒诗，字字如信史。恐子昧圆通[3]，未究真正义[4]。当观诸世间[5]，一一等幻戏。死生尚云尔，何乃较醒醉。操瓢起相从，无为乏我事。

校注

[1] 无如：无奈。常与"何"配搭，表示无法对付或处置。　　[2] 胡，四库本作"何"。　阿咸：侄子的美称。《晋书·阮咸传》：晋阮籍之侄阮咸，性情放达不拘，妙解音律，善弹琵琶，为"竹林七贤"之一，极有才名，故世人以"阿咸"美称之。　　[3] 圆通：佛教语。圆，不偏倚；通，无障碍。谓悟觉法性。　　[4] 正，四库本作"止"。　　[5] 当，四库本作"尝"。

山居作拆字诗一首寄江子我郎中比尝以拆字语为戏然未有以为诗者请自今始[1]

日月明朝昏，山风岚白起。石皮破仍坚[2]，古木枯不死。可人何当来[3]，意若重千里。永言咏黄鹄，志士心未已。

校注

[1]《刘一止集》题作"山居作拆字诗一首"，"寄……"一句以小字作题注。应是。江子我：江端友，字子我。休复之孙。拆字诗：用拆字方式作诗。　　[2] 仍坚，四库本作"拈壁"。　　[3] 可人：有才德的人。

从子非登月波楼戏用前韵并简何子楚[1]

洗盏初尝曲米春[2]，一樽相属是前因。忽惊万顷月波上，相对九霄风露人。十载京尘如梦破，半生鸥鸟已心亲。他时唤取何郎到[3]，要遣官梅动兴频。

校注

[1] 月波楼：古楼名。旧址在湖北省东部、长江北岸的黄冈市西。何子楚：何蓮（1077—1145），字子楚、子远，号"韩青老农"，人称"东都遗老"，建宁浦城（今属福建）人。博学多闻。著有《春渚纪闻》。　　[2] 米，四库本作"蘗"。　　[3] 何郎：三国魏驸马何晏仪容俊美，平日喜修饰，粉白不去手，行步顾影，人称"傅粉何郎"。后即以"何郎"称喜欢修饰或面目姣好的青年男子。

卢叔才相过夜话戏成一首[1]

七年诗酒恨难同，未省相看作么容。多病襄阳长瑟缩，古心东野更龙钟。已知昔者非今者，莫问渠侬胜我侬。手剪西窗深夜烛，细听吴语话心胸。

校注

[1] 卢叔才：不详。宋葛立方有诗《和卢叔才食蛹》。

戏题法真师见南山斋一首

看山终日自夷犹[1]，清净谁如此比丘[2]。莫指妙高南向是，德云还在别峰头[3]。

校注

[1] 夷犹：从容自得。　　[2] 比丘：佛教语。梵语的译音。意译"乞士"，以上从诸佛乞法，下就俗人乞食得名，为佛教出家"五众"之一。指已受具足戒的男性，俗称和尚。　　[3] 德云：佛经中人名。善财童子所参的五十三知识之一。

王庭珪

（1080—1172）

字民瞻，号卢溪真逸，一作泸溪。吉州安福（今属江西）人。徽宗政和八年（1118）进士。宣和末，不满时政，遂筑草堂于卢溪之上，弃官隐居，著书教授。绍兴十二年（1142），胡铨上疏乞斩秦桧，谪新州，以诗送行。后坐谤讪罪，编管辰州（今湖南沅陵）。乾道中，屡被召至朝廷，授以国子监主簿，均不受。著有《卢溪集》。今录戏谑诗8首。

欧阳公制粮尽扣门索米戏书绝句送之[1]

闻道瓶中无积粟，不忧甄里有尘埃。饥时且就我索食，更恐胡奴送米来。

校注

[1] 欧阳公制：不详。王庭珪有《用前韵赠欧阳公制》诗。

雪中遇胡烈臣归自郴阳戏成一绝[1]

路傍有客骑牛过，乞与蓑衣作席眠。邂逅若能相顾问，和公画上钓鱼船。

校注

[1] 胡烈臣：不详。王庭珪有《美胡烈臣晚年生子》诗。

游沅陵刘道人庵中唯一禅椅不置卧榻云不睡四十年矣戏作二绝[1]

其一

一庵茅屋白云深，坐待丹砂欲变金。谁信庵中人不睡，满池春水听龙吟。

校注

[1] 沅陵：辰州之属县。

其二

九曲江边云欲净[1]，三更海上月华孤。金刀直入沧溟底，夺得骊龙颔下珠[2]。

校注

[1] 九曲：指沅江。因其河道曲折，故称。　　[2] 骊龙颔下珠：骊龙：黑龙。传说中骊龙颔下的珠，比喻珍贵的人或物。

戏赠文彦明[1]（二首）

其一

江淹才尽一双笔[2]，庾信穷生万斛愁[3]。对客安能吐佳句，墙东老驵正操矛[4]。

校注

[1] 文彦明：连州人，崇宁二年（1103）登进士第。累迁知梧州。　　[2] 江淹：南朝梁江淹，少有文名，世称江郎。晚年诗文无佳句，时人谓之才尽。后来常用"江淹才尽"比喻才思衰退。[3] 庾信：字子山，南阳新野人也。官至骠骑大将军、开府仪同三司，故又称"庾三府"。代表赋作有《哀江南赋》和《枯树赋》。万斛：极言容量之多。古代以十斗为一斛，南宋末年改为五斗。　　[4] 老驵（zǎng）：马贩子。好马。

其二

酒酣拔剑悲生事，病起扶藜踏浅莎。逆旅正如蝴蝶梦，还家试听冢庐歌[1]。

[1] 试听，傅增湘校语作"休唱"。 牂牁歌：古琴曲名。相传百里奚在楚为人牧牛，秦穆公闻其贤，以五羊之皮赎之，擢为秦相。其妻为佣于相府，堂上作乐，妇自言知音，因援琴抚弦而歌曰："百里奚，五羊皮。忆别时，烹伏雌，炊牂牁；今日富贵忘我为！"见《乐府解题》引汉应劭《风俗通》。

南岳张道人见访言论亹亹若有所自非鹿鹿然者也撷其语作诗赠之三十年相见为汝掀髯一笑考其所自也[1]

唤起赤龙耕玉池，池边龙虎自交驰。周天一毂三十辐，十二楼前看雪飞[2]。

[1] 自，原作"目"，据四库本改。 亹亹：谓诗文或谈论动人，有吸引力，使人不知疲倦。鹿鹿：亹亹。掀髯：笑时启口张须貌；激动貌。 [2] 十二楼：指神话传说中的仙人居处。

戏向文刚生子[1]

平生只欠掌中珠，天与此儿聊慰渠。郎罢新来著彩服[2]，要令啼戏觅银鱼。

[1] 向文刚：不详。王庭珪有《次韵向文刚》等诗。文刚家藏《兰亭序》一本，王庭珪撰有《跋向文刚〈兰亭序〉后》。 [2] 郎罢：方言。闽人用以称父。

孙觌
(1081—1169)

字仲益，号鸿庆居士，常州晋陵（今江苏武进）人。徽宗大观三年（1109）进士。政和四年（1114）又中词科。官吏部侍郎、兼权直学士院、提举鸿庆宫。有《鸿庆居士集》。今录戏谑诗9首。

壁上人开轩辟地栽花种橘戏留小诗[1]

看云随卧起，饮水自敷腴[2]。秀色共斋钵，寒声落坐隅。未开花五叶，且种橘千株[3]。幽事相关处，时来近酒壶。

[1] 壁上人：不详。 [2] 敷腴：喜悦貌。 [3] 株，明抄本、四库本作"奴"。

涂子野九岁子名驹字千里戏作绝句（二首）

其一

日角珠庭秀两眉[1]，谁家有此宁馨儿[2]。莫惊堕地驹千里，久见参天桂一枝。

[1] 日角珠庭：形容人额角宽阔，天庭饱满，相貌不凡。 [2] 宁馨儿：晋宋时俗语，犹言这样的孩子。

其二

碌碌为生笑阿奴[1]，九龄重见此英雏。千回健走非黄犊，一洗群空定白驹。

[1] 阿，原缺，据明抄本、四库本补。

熊夫人遣介欲婿泽民小诗戏之[1]

墙头邻女三年望[2]，户外文君一笑窥。欲得贤夫嫁张耳[3]，此真佳婿是羲之。定知不折飞梭齿，似说先齐举案眉[4]。不信侯门深似海，水流红叶谩题诗[5]。

校注

[1] 遣介：派遣一个人。泽民：不详。 [2] 邻女：宋玉《登徒子好色赋》："楚国之丽者莫若臣里，臣里之美者莫若臣东家之子……然此女登墙窥臣三年，至今未许也。"指怀春的少女。 [3] 张耳：《汉书·张耳传》："张耳……尝亡命游外黄，外黄富人女甚美……父客谓曰：'必欲求贤夫，从张耳。'女听，为请决，嫁之。" [4] 用"孟光举案齐眉"典。孟光，汉时梁鸿的妻子。案，像是长方形托盘，三面起边，四角矮脚。用以盛饮餐具。举案齐眉，是送茶、端饭给对方时很恭敬的样子。
[5] 用"红叶题诗"故事。

何嘉会以侍儿归彭生小诗戏之[1]

浮苍宛宛两眉长，泻碧汪汪一鉴光[2]。山海相逢非浪语，小孤明日嫁彭郎[3]。

校注

[1] 何嘉会：不详。孙觌有《何嘉会寺丞嫁遣侍儿袭明有诗次韵》诗。 [2] 汪汪，明抄本作"茫茫"，四库本作"泓泓"。 [3] 小孤：山名。在江西省彭泽县北长江中，与大孤山遥遥相对。彭郎：江西省彭泽县南岸有澎浪矶，隔江与大、小孤山相望，俚因转"孤"为"姑"，转"澎浪"为"彭郎"，云"彭郎者，小姑婿也"。后遂以此相传。

志新遣两介致书，馈以巴源纸、黄甘、珠榄、大栗、鹅鲊、枯虾为饷，戏作长句为谢[1]

巴江新捣万谷皮，褚生粉面肤凝脂。故人千里持寄我，落笔宛宛天投霓。绨囊丹果十袭包，爆栗飞烬石火敲[2]。红盐著树落青子，香雾喋手披黄苞[3]。苍鹅无罪见菹醢[4]，苦酒濯之光五采。虾跧久已成枯腊，咫尺波涛渺江海[5]。客舍争席纷满前，馈羹不复五浆先。殷勤重饷有吾子，两夫担荷赪其肩[6]。

校注

[1] 源，四库本作"蜀"。 [2] 绨囊：丝囊。绨，古代一种粗厚光滑的丝织品，厚缯也。石火：以石敲击，迸发出的火花。此指烘烤爆开的栗子。 [3] 此两句写的是橄榄（珠榄）、黄甘。[4] 菹醢：古代把人剁成肉酱的酷刑。此指将鹅宰杀。 [5] 此联写枯虾。 [6] 此联写仆人肩膀都磨成红了。赪（chēng），浅红色。

蜀妇新寡从何纯中读左氏戏呈纯中[1]

麟经束高阁[2]，掩卷有三叹。朱弦久零落，鸾胶续其断[3]。英英左阿君，独唱音节缓。故是我辈人，吹箫得幽伴。先生拥绛纱，弟子褰素幔。一挥斫鼻斤[4]，便举齐眉案[5]。

校注

[1] 何纯中：作者朋友，余不详。 [2] 麟经：孔子有"西狩获麟"之说。《春秋·哀公十四年》："十有四年春，西狩获麟。"孔子作《春秋》至获麟而止，因而麟经指《春秋》。 [3] 鸾胶：据《海内十洲记·凤麟洲》载，西海中有凤麟洲，多仙家，煮凤喙麟角合煎作膏，能续弓弩已断之弦，名续弦胶，亦称"鸾胶"。 [4] 斫鼻斤：喻谓技艺高超。《庄子·徐无鬼》："郢人垩慢其鼻端，若蝇翼，使匠石斫之。匠石运斤成风，听而斫之，尽垩而鼻不伤，郢人立不失容。"喻技艺精湛，出手不凡。宋黄庭坚《题王黄州墨迹后》诗："世有斫泥手，或不待郢工。" [5] 举齐眉案：用梁鸿、孟光夫妇典。汉代梁鸿、孟光夫妇相敬如宾，孟光每为梁鸿奉食，必举食案与眉毛相齐。

四月十五日牧之赴南昌辟某与季野从周饯于松沛佛舍竟酒步月至垂虹亭久之遂别戏作数句送牧之[1]

宛宛白虹贯，曾梯出天半。乘云来帝旁，立侍玉皇案。银河径千里，水接天漫漫。一杯属明月，俯见人影乱。张公江海客，坐啸白鸥伴。寥寥如清风，一啸亦可唤[2]。明朝驾戎轩，插羽流白汗。行矣且勿驱，未怪安石缓。神光射斗南，绚若金碧烂。出门问何祥，铜章付雷焕[3]。

校注

[1] 垂虹亭：亭名。在江苏省苏州市长桥上。宋仁宗庆历年间县令李问建。　　[2] 一啸亦可唤，明抄本、四库本作"一笑亦可唤"。　　[3] 铜章：县令所执印章。雷焕：西晋豫章（治今江西南昌）人，字孔章。善观天象，司空张华以为丰城令。到县，掘狱屋基，得龙泉、太阿两剑。送一与华，华以为干将，后俱失。

绍兴壬子某南迁，过疏山，上一览亭，见拟东坡煨芋诗刻龛之壁间，诗律句法良是，殆不能辨，乃宣卿侍郎守临川时所拟作也。后数日，道次安仁县，一士人吴君出宣卿诗数十解示余，奇丽清婉，咀嚼有味，如噉蔗，然读之惟恐尽，于是拊卷三叹，而后知公置力于斯文久矣。又二十年，宣卿筑室荆溪，山中别营一堂，以平生所蓄东坡诗文、杂言、长短句，残章断稿，尺牍游戏之作，尽椟藏其中，号景坡，自书榜仍为记，刻之。某欲具小舟造观，而宣卿召用今以集撰守吴门乃赋诗为之先[1]

王公制练衣，谢傅捉葵扇[2]。歘若置邮然，一昔遍海县。东坡百世师[3]，乘云上骑箕[4]。文争日月光，气敌嵩华齐。诸儒望先觉，坐待成风斫。一斤应手挥，郢鼻无留垩。公生不并时，关楗同一机。识真属具眼[5]，造的今中眉[6]。诗亡束皙补[7]，书受伏生所。神交接混茫，参差梦中睹。授我笔如椽[8]，五色光属联。醉上金銮殿，挥泉洒谪仙。

校注

[1] 煨芋：唐衡岳寺有僧，性懒而食残，自号懒残。李泌异之，夜半往见。时懒残拨火煨芋。见泌至，授半芋而曰："勿多言，领取十年宰相。"见《宋高僧传》卷一九、《邺侯外传》。多指方外之遇。　　[2] 谢傅：指晋谢安。安卒赠太傅，故称。　　[3] 百世师：谓人的品德学问永远为后代的表率。　　[4] 骑箕：亦作"骑箕翼"。《庄子·大宗师》："傅说得之，以相武丁，奄有天下，乘东维，骑箕尾，而比于列星。"因以指游仙。　　[5] 具眼：谓有识别事物的眼力。　　[6] 中眉：犹中榜。眉，题额，比喻榜。　　[7] 束皙：字广微，阳平元城（今河北大名东）人。他是西汉名臣疎（疏）广的后代。王莽末年，疏广的曾孙即疏孟达为了避难，迁居到沙鹿山南，因此去掉了姓氏的偏旁，改姓束。

[8] 笔如椽：《晋书·王珣传》："珣梦人以大笔如椽与之，既觉，语人曰：'此当有大手笔事。'俄而帝崩，哀册谥议，皆珣所草。"后因以"笔如椽"喻大手笔或重要的文墨之事。

周紫芝
（1082—1155）

字少隐，号竹坡居士，宣城（今属安徽）人。高宗绍兴十二年（1142）以廷对第三释褐。绍兴十五年（1145）为礼、兵部架阁文字。历任枢密院编修官、右司员外郎。绍兴二十一年（1151）出知兴国军（今湖北阳新），后退隐庐山。著有《太仓稊米集》《竹坡诗话》。今录戏谑诗41首。

病中戏作本草诗[1]

长空青云昼风卷，雨余凉生开病眼。垣衣洗雨绿生光，芍药翻阶红照晚。幽人却扫惊半夏，独杜衡门心颇远。提壶劝酒意甚劳，花间伏翼终日号。大枣如爪安可得，竹叶岂宜空蟹螯。何当如淮注石斛，天南星移碎红烛。锦缠更命刘寄奴，回雪香柔体如玉。人生富贵不早休，乌头成白空自愁。浩歌自驾木兰去，范蠡实能知远游。君不见赤车使者将君命，五加皮币不少留。一朝逐客便当去，王不留行空泪流。又不见浪荡子长负羁橐，石下长卿无住著。贾论空高远志孤，屈草初成奇祸作。何如独活考涧槃，不遇自然同此乐。嗟余知此解马衔，蜗庐僻在陵阳角[2]。谁能更朝紫真坛，丹砂岂解驻衰颜。五色神符亦安用，菖蒲谩说能引年[3]。玉泉泠泠漱虚壑，独寻鹤虱负朝暄。故人远引羁旅夕，寒水石畔思清言。何时从容乃如此，烟蓑去作牵牛子。平生甘遂丘壑贫，常有忧怀思洗耳。

校注

[1] 此诗中涉及的本草有空青、垣衣、芍药、半夏、杜衡、伏翼（蝙蝠）、石斛、天南星、刘寄奴、乌头、木兰、赤车使者、五加皮、王不留行、石下长卿（徐长卿）、远志、屈草、独活、紫真坛（紫真檀）、菖蒲、鹤虱、牵牛子、甘遂等。　　[2] 陵阳：即陵阳山，在宣州，《大清一统志》载："在府城内：祝穆《方舆胜览》：'陵阳山在宣城，一峰为叠嶂楼，一峰为谯楼，一峰为景德寺。'乐史《太平寰宇记》：'山高一千余丈，为陵阳子明得仙之所名。'"　　[3] 引年：延长年寿。

戏　蛙

梦回闲看绕灯蛾，窗外蛙声两更多。莫遣盘中种鲑菜[1]，要留水底作笙歌。

校注

[1] 种，清徐时栋跋抄本（以下简称"徐本"）作"当"。　　鲑菜：古时鱼类菜肴的总称。晋干宝《搜神记·马势妇》："我入其家内，架上有白米饭，几种鲑。"

为蛙答

偶作长吟君莫嗔，一泓聊占小池春。斗升虽未分公廪，青紫犹堪作卖人[1]。

校注

[1] 自注：语在《建康实录》及《南史》中。

蔡生缚毡根毛笔戏书小诗[1]

卧沙细肋策勋余，点鼠何劳强挽须[2]。毛颖典型空复在，髯郎今已号中书。

校注

[1] 蔡生，南宋笔工。生平里贯待考。以善缚"毡根毛笔"著称。周密曾有小诗赠他。此诗所写为散卓笔，即没有笔柱的毛笔。　　[2] 卧沙细肋：《本草纲目》："黄羊出关西、西番及桂林诸处，有

四种，状与羊同，但低小细肋，腹下带黄色，喜卧沙地。"点鼠：小黑鼠。

蔡长源以老马见借驽甚戏作

羸骖已老莫嗔渠，涉世迂疏我自愚。马不能言当臆对，未知吾孰与君驽。

玉友初成戏作二首

其一

小瓮鹅黄拨不开，晚风吹蚁转荷杯。灯前细酌情何限，病后朱颜老却回。我亦平生笑余耳，人今何处有陈雷[1]。方从欢伯作幽事[2]，莫唤酪奴相继来[3]。

校注

[1] 陈雷：《后汉书·独行列传》："太守张云举（陈）重孝廉，重以让（雷）义，前后十余通记，云不听。……重后与义俱拜尚书郎，义代同时人受罪，以此黜退，重见义去，亦以病免。"东汉陈重和雷义的并称。　[2] 欢伯：酒的别名。幽事：雅事。　[3] 酪奴：茶的别名。

其二

旧交谁复可相忘，晚向林中得此郎。政恐大儿妨笑语，频呼小友共回翔[1]。坐来乌有聊为客，醉后无何即是乡[2]。多谢故人分玉粒，夜灯和雨捣新香。

校注

[1] 回翔：指任职或施展才干。　[2] 无何：无何有之乡。见《庄子·逍遥游》。

捡故书得旧写真戏书

杨柳春风濯濯枝，深惭张绪少年时[1]。期期尚有胸中意，种种真成鬓上悲。暮四朝三心已了，年头月尾老俱遗[2]。此中空洞今何有，曲尽周郎更不知[3]。

校注

[1] 张绪：南朝齐吴郡（今江苏苏州）人。字思曼。少有文才，善谈玄理。官至国子祭酒，风姿清雅。武帝置蜀柳于灵和殿前，常曰："此柳风流可爱，似张绪当年。"　[2] 暮四朝三：《庄子·齐物论》："狙公赋芧，曰：'朝三而暮四。'众狙皆怒。曰：'然则朝四而暮三。'众狙皆悦。名实未亏而喜怒为用，亦因是也。"　[3]《三国志》卷五四《吴书九·周瑜》载："瑜少精意于音乐，虽三爵之后，其有阙误，瑜必知之，知之必顾。故时人谣曰：'曲有误，周郎顾。'"

于潜道中戏作

徐娘虽老风流在[1]，学得啼眉时世妆。只有于潜旧家女，但携篷沓嫁新郎[2]。

校注

[1] 徐娘：称尚有风韵的中老年妇女。《南史》卷一二《列传第二·后妃下·梁元帝徐妃》载："徐娘虽老，犹尚多情。"指南朝梁元帝妃徐昭佩。　[2] 篷沓：银梳子。

四月二十八日江元楷置酒坐客皆醉卧已而主人亦就睡戏作数语以纪其事

西园春事阑，歌管罢丝竹。青钱落高榆，幽鸟啭空谷。江侯不能闲，折简到吾属。净扫南窗尘，共把一樽玉[1]。重觞各颓然，睡味久乃熟。齁齁两鼻雷，艳艳当筵烛。因知欢有余，谁谓饮不足。伟哉三玉人，曾不愧坦腹[2]。应怜俗子陋，礼法困窘束。坐中饮湿生，起舞自成曲。主人亦忘客，去留随所欲。可笑陶渊明，欲睡客须逐。

校注

[1] 把，徐本作"此"。　[2] 用王羲之"坦腹"典。

道卿论吴中夏果，词颇夸，且借苏内相春菜诗韵作诗，仆亦同赋，聊为江南解嘲

江南五月菱垂叶，叶底紫菱如紫蕨。梨香溅齿蔗浆寒，瓜熟堆盘水精滑。红姜抹缕杂吴盐，红于沱梅带微辣。芳林露下摘金桃[1]，入眼胭脂红脸抹。木瓜甘酸天下无，百果论功谁可甲。朱樱万颗滴阶红，满架蒲桃更肥苴。橙香栗大芋如鸥，此品秋来不胜说。老翁空作解嘲诗，但恐年衰左车脱[2]。

校注

[1] 金桃：桃的一种。南朝梁任昉《述异记》卷上："日本国有金桃，其实重一斤。"唐杜甫《山寺》诗："麝香眠石竹，鹦鹉啄金桃。"仇兆鳌注引朱鹤龄曰："崇仁饶焯景仲与余言：尝见武林有金桃，色如杏，七八月熟。因知《东都事略》所记外国进金桃、银桃种，即此。"　　[2] 左车：左面的牙床，亦指左面的牙齿。唐韩愈《与崔群书》："近者尤衰惫，左车第二牙无故动摇脱去。"

闻张伯真割奉粟二十斛，见遗而书未至，戏题小篇[1]

老去空嗟守钱虏，我亦无钱买田亩。未容残月喘吴牛，空对杏花耕宿雨。昨宵夜诵偶连明，今日晨炊忽停午。长腰闻有尺素书，腹饱先悬待椎鼓。浣花老人殊可怜，忍饥更索饥肠语。故人禄米肯长供，司业酒钱时亦与[2]。平生无句可惊人，未审何由坐斯苦。几时去作多田君，满田稑穄多黄云[3]。长年饱饭作谷伯，且免劳人勤指囷[4]。

校注

[1] 张伯真：道士，余不详。　　[2] 司业酒钱：杜甫《戏简郑广文兼呈苏司业源明》诗记其事云："赖有苏司业，时时与酒钱。"参见《新唐书·郑虔传》。　　[3] 多，徐本作"堆"。　穄稑：稻子。黄云：比喻成熟的稻麦。宋王安石《同陈和叔游齐安院》诗："缲成白雪桑重绿，割尽黄云稻正青。"　　[4] 指囷：喻慷慨资助。《三国志·吴志·鲁肃传》："周瑜为居巢长，将数百人故过候肃，并求资粮。肃家有两囷米，各三千斛。肃乃指一囷与周瑜。"

黄文若携秦别驾侍儿像见过戏题二绝[1]

其一

能事空传王右丞，句如徐庾转难名[2]。明眸正似溪光样，自古无人画得成。

校注

[1] 黄文若：不详其人。杨万里有《跋黄文若诗卷》："五字长城璧不如，鼠肝虫臂得关渠。《竹坡集》里曾相识，惊见兰亭茧纸书。"　　[2] 王右丞：王维。徐庾：南朝陈徐陵和北周庾信的并称。难名：难以称述。

其二

谢家林下小梅花[1]，不著红蓝染绛纱。莫笑画师无国手，玉肌元不受铅华[2]。

校注

[1] 谢家林下：即谢家林下客。指南朝宋代诗人谢灵运，小名客儿，人称谢客。好游山水，相传他曾在灵隐山翻译佛经。　　[2] 自注：秦别驾名亘。　秦亘，绍兴十五至十七年（1145—1147）任安丰军（今安徽）郡守。

莒雪舟中戏题[1]

永日扁舟破浪迟，青苹不动柳垂垂[2]。满川安得飞来雨，看湿红裙雪藕丝。

[1] 题注：进赴官行在，官舍在西湖上。　苕霅：苕溪、霅溪二水的并称，在今浙江湖州境内，是唐代张志和隐居之地。　[2] 垂，徐本作"低"。

再赋二首

其一

故国辞家远，苕溪转柂深[1]。交游千里隔，岁月二毛侵[2]。满意悲烟树，移时看水禽。唯应陆鲁望[3]，相见可知心。

校注

[1] 苕溪：水名。有二源，出浙江天目山之南者为东苕，出天目山之北者为西苕。两溪合流，由小梅、大浅两湖口注入太湖。柂，同"舵"。　[2] 二毛：用潘岳典。　[3] 陆鲁望：陆龟蒙，曾长期生活在苕溪。

其二

云暗千家雨，寒生两岸秋。水翻波入户，人靓玉明楼[1]。山色遮愁眼，荷香满客舟。水晶宫里梦，还作此生游。

校注

[1] 玉明楼：在湖州境内。

湖上戏题

一湖春水绿漪漪，卧水桃花红满枝。去住云情浑不定，阴晴天色故相欺。风前柳作小垂手，雨后山成双画眉。何必娉娉仍袅袅，西湖应便是西施。

客有为予言笋不可食，食之令人瘦者，戏作二绝为解嘲

其一

庾郎三韭坐清贫[1]，眼看将军肉十斤。会遣胸中有千亩，不妨人似沈休文[2]。

校注

[1] 庾郎三韭：《南齐书》卷三四《列传第十五·庾杲之》载："庾杲之字景行，新野人也。……清贫自业，食唯有韭菹、瀹韭、生韭杂菜。任昉尝戏之曰：'谁谓庾郎贫，食鲑尝有二十七种。'"陆龟蒙《中酒赋》："周子之菘向晚，庾郎之韭初春。"黄庭坚《戏赠彦深》："庾郎鲑菜二十七，太常斋日三百余。"二十七，三九（韭）的谐声。　[2] 沈休文：即沈约（441—513），字休文。南朝吴兴武康（今浙江德清西）人。曾做东阳太守，因生病日渐消瘦，革带常常移孔。

其二

园蔬本自不全贫，今日真成笋作斤。已恨此生相见少，更须依作解嘲文。

酴醾小壶色香俱绝灯下戏题二首[1]

其一

芳条秀色净如霜，折得残枝近笔床[2]。月冷灯青花欲睡，可怜虚度此时香。

校注

[1] 小壶，二字明抄本校、清金氏文珍楼抄本作"赏以新茗"。　酴醾：见刘敞《探花郎送花坐中与邻几戏作七首》注[9]。　[2] 笔床：卧置毛笔的器具。南朝陈徐陵《〈玉台新咏〉序》："翡翠笔

床，无时离手。"

其二

春事何时属老人，好花知复为谁分。何当碧玉壶中雪，飞作香罗鬓上云。

碧岩子作诗为小儿求纹裤戏作三绝[1]

其一

近来闻道得明珠，丹凤今年第几雏。会遣梦中分赤锦，不妨衣上有天吴[2]。

校注

[1]碧岩子：僧人，余不详。周紫芝有《木鱼歌和碧岩子（并引）》诗。　　[2]天吴：《山海经·海外东经》："朝阳之谷，神日天吴，是为水伯。"《山海经·大荒东经》："有神人，八首人面，虎身十尾，名日天吴。"

其二

逸骥忽生千里马，新诗来乞百家衣。老夫安得天孙段[1]，只有羊裘坐钓矶。

校注

[1]天孙：《史记·天官书》："婺女，其北织女。织女，天女孙也。"唐司马贞索隐："织女，天孙也。"

其三

旧来人说陈惊坐，真有诗如孟浩然。莫厌敲门觅纹裤，此翁衣钵要渠传。

小儿灯下读细书戏作[1]

一生青白强锱铢[2]，老眼昏昏亦废书。长剑竟辜真事业，短檠空照旧虫鱼。临风忘酒殊妨事，隔雾看花不管渠。犹与蝇头较多寡[3]，小儿曹合戒前车[4]。

校注

[1]细书：小字。南朝梁元帝《金楼子·聚书》："又聚得细书《周易》《尚书》《周官》《仪礼》《礼记》《毛诗》《春秋》各一部。"　　[2]锱铢：锱和铢。比喻微小的数量。也比喻微利，极少的钱。　　[3]犹与：指犹豫。《礼记·曲礼上》："卜筮者……所以使民决嫌疑，定犹与也。"　　[4]戒前车：指戒前车之鉴。《荀子·成相》："前车已覆，后未知更何觉时。"

次韵鲍仲山官居临大池傍鲍题以协趣取谢宣城所谓复协沧洲趣之句也[1]

参军诗古清而臞，清瑶绕屋分西湖。长安城中开八陌，心知此地人皆无。草阁波平少傍舍，卧看晴沙鸟飞下。眼无公事儿自痴，句有澄江官颇暇[2]。吾生已老心怀羞，为饥索米亦有求[3]。闻君稍动谢守趣，令我转忆江南洲。诗成况复终少味，五字故坚不知畏[4]。可怜未识故将军，应似当年灞陵尉[5]。

311

校注

[1]复，原作"后"，据诸本改。清叶德辉跋明抄本、清金氏文珍楼抄本题下注"鲍名黉"，徐本注"鲍黉"，而四库本缺。　　鲍黉：《建炎以来系年要录》载："右宣教郎主管官告院鲍黉博学有文、优于吏事。（四月癸卯，召对不称旨）"谢宣城：谢朓，字玄晖。陈郡阳夏（今河南太康）人。　　[2]此二句化用黄庭坚《登快阁》诗："痴儿了却公家事，快阁东西倚晚晴。落木千山天远大，澄江一道月分明。"　　[3]见宋庠《遇雨放朝余至掖门方审戏呈同舍》注[4]。　　[4]故，徐本作"攻"。　　五字：即五言诗体。　　[5]灞陵尉：苏轼《铁淘行赠乔太博》："明年定起故将军，来肯先诛霸陵尉。"

食鮰鱼颇念河鲀戏作二诗[1]

其一

皤腹鳞鳞品自珍[2]，红鮰浪欲与争新。世间那有西施乳[3]，宁有河鲀解药人[4]。

校注

[1] 鮰鱼：鮰鱼是长江水产的三大珍品之一，学名"长吻鮰（鮠）"，因与"回"同音，民间通称"回鱼"。　[2] 前一"鳞"字徐本作"纤"。　皤腹：即大腹。鳞鳞：明亮貌。鮰鱼无鳞，腹大且白，故云。　[3] 西施乳：河豚腹中肥白的膏状物。宋赵彦卫《云麓漫钞》卷五："河豚腹胀而斑，状甚丑，腹中有白曰讷，有肝曰脂，讷最甘肥，吴人甚珍之，目为西施乳。"宋薛季宣《河豚》诗："西施乳嫩可奴酪，马肝得酒尤珍良。"　[4] 有，明抄本作"说"，徐本作"可"。　河鲀：即河豚，鱼名。

其二

芦笋初生水绕村，河鲀旋煮荐清樽。十年不踏江南岸，杨柳飞花欲断魂。

王兴周以苏养直诗见借，今日偶携至直舍且诵且已自喜，亦自笑也，为题三诗因效其体[1]

其一

江湖久入平生梦，猿鹤空怀老去羞[2]。输与苏郎门日月[3]，小舟长系白蘋洲。

校注

[1] 直舍：古代官员在禁中当值办事之处。唐韩愈《与华州李尚书书》："独宿直舍，无可告语，展转歔欷，不能自禁。"　[2] 猿鹤：借指隐逸之士。　[3] 苏郎：苏庠（1065—1147），字养直，初以病目，自号眚翁，澶州（今河南濮阳）人，宋词人，终生未仕，放浪于山水。　门，徐本作"闲"。

其二

身如倦鸟欲归去，盟与白鸥真复寒[1]。更把后湖风月句，著官仍对吏书看[2]。

校注

[1] 盟与白鸥：用"白鸥盟"典故。谓与鸥鸟订盟同住水乡。喻退隐。白鸥，水鸟名。唐李白《江上吟》："仙人有待乘黄鹤，海客无心随白鸥。"　[2] 书，徐本作"曹"。　吏书：旧时在官府主管文书工作的人员。

其三

有树移云尽欲平，牙签卷尽俗尘清[1]。谁知吏案文书里，时有沧江风雨声。

校注

[1] 有，明抄本、徐本作"省"。　牙签：系在书卷上作为标识，以便翻检的牙骨等制成的签牌。唐韩愈《送诸葛觉往随州读书》诗："邺侯家多书，插架三万轴；一一悬牙签，新若手未触。"

读韦庄浣花集戏题二诗[1]

其一

春风吹绉一池波[2]，付与蛾眉席上歌。试倩韦郎追正始[3]，风流犹不似元和[4]。

校注

[1] 韦庄：字端己，杜陵（今陕西长安附近）人。与温庭筠同为"花间派"重要词人，有《浣花

集》。 　 [2] 南唐冯延巳《谒金门·风乍起》："风乍起，吹皱一池春水。闲引鸳鸯香径里，手挼红杏蕊。" 　 [3] 试，徐本作"拟"。 　 正始：三国魏齐王芳的年号。当时玄风渐兴，士大夫唯老庄是宗，竞尚清谈，世称"正始之风"。当时诗人嵇康、阮籍等人的诗，称为"正始体"。 　 [4] 元和：唐宪宗李纯的年号（806—820），此指白居易、元稹等人争奇斗艳的元和诗坛。

其二

晚唐风月一番新，弄粉调膏点注匀[1]。谁与花材诗宰相，聘将花蕊作夫人[2]。

校注

[1] 点注：点染注色。三国魏锺会《孔雀赋》："五色点注，华羽参差。"唐杜甫《江雨有怀郑典设》诗："宠光蕙叶与多碧，点注桃花舒小红。" 　 [2] 材，徐本作"林"。 　 花蕊：（？—约965）五代后蜀诗人。姓费，青城（今四川都江堰）人，为后蜀主孟昶之妃。作有《宫词》百余首。

河鲀之美唯西施乳，得名旧矣，而未有作诗者，戏作此诗[1]

吴王宫中半吴女，选入吴宫歌白苎[2]。姑苏台上看西施，羞得红妆不歌舞。青丝笼鬓云剪衣，玉垂双乳肤凝脂。香罗对画两鸂鶒[3]，半约胸酥人未知。迩来红鱼新入馔[4]，西施乳入诗翁眼。酽白还惊春雪温，细理不知燕玉软[5]。坐中嘉名思昔人[6]，未许八珍当禁脔[7]。更将人乳作蒸豚[8]，可笑此郎风味浅。不知柱下风流张相君[9]，暮年饮乳不饮醇。帐中侍儿知有几，当时西子今未闻。白头自笑竹坡老[10]，烹鲜谁饷杯中珍。江瑶敛袂敢争席[11]，一尊伴我抛青春。

校注

[1] 河鲀：亦作"河豚"。宋苏轼《惠崇春江晚景》诗"正是河豚欲上时"。西施乳：见前《食鲥鱼颇念河鲀戏作二诗》注[3]。 　 [2] 白苎：歌名。 　 [3] 鸂鶒（xīchì）：水鸟名。形大于鸳鸯，而多紫色，好并游。俗称紫鸳鸯。唐温庭筠《开成五年秋以抱疾郊野一百韵》："溟渚藏鸂鶒，幽屏卧鹧鸪。"顾嗣立补注："《临海异物志》：鸂鶒，水鸟，毛有五采色，食短狐，其中溪中无毒气。" 　 [4] 红，徐本作"江"。 　 [5] 燕玉：如玉的燕地美女。亦泛指美女。唐杜甫《独坐》诗之一："暖老须燕玉，充饥忆楚萍。"仇兆鳌注："旧注：古诗：'燕赵多佳人，美者颜如玉。'须燕玉，所谓八十非人不暖也。"一说，指杨伯雍种玉事。伯雍种玉之无终山为古燕地，故称美玉为"燕玉"。 　 [6] 嘉名，徐本作"嘬炙"。 　 [7] 八珍：泛指珍馐美味。《三国志·魏志·卫觊传》："饮食之肴，必有八珍之味。"唐杜甫《丽人行》："黄门飞鞚不动尘，御厨络绎送八珍。"禁脔：比喻珍美的、独自占有而不容别人分享、染指的东西。唐杜甫《八哀诗·故秘书少监武功苏公源明》："前后百卷文，枕藉皆禁脔。"
[8] 蒸豚：蒸熟的小猪。《孟子·滕文公下》："阳货瞰孔子之亡也，而馈孔子蒸豚。" 　 [9] 柱下：周秦置柱下史，后因为御史的代称。张相君：指张苍。《汉书·张苍传》："（张苍）秦时为御史，主柱下方书。" 　 [10] 白头，原缺，据徐本补。 　 竹坡老：周紫芝自号竹坡老人。撰有《竹坡诗话》，又称《竹坡老人诗话》。 　 [11] 江瑶：一种海蚌。敛袂：整饬衣袖。行礼拜揖的准备动作。《史记·货殖列传》："故齐冠带衣履天下，海岱之间敛袂而往朝焉。"

课吏抄书戏作[1]

雪花飞上白髭须，茧纸犹抄细字书。莫笑老翁儿戏子，政缘长日要销除[2]。

校注

[1] 课吏：官吏。主要考核官吏的政绩。 　 [2] 子，明抄本、徐本作"事"。 　 政缘：正因为。政，即"正"。

大冶山中有东方寺，世传东方曼倩尝读书于此。寺后有圣泉，凡邑人之乞子于此者，随愿辄得。僧慧满住持十载，无日不醉。癸酉冬十二月之吉，跏坐示寂，九日而色不变，人皆携酒来酬，师至暮必赪颊泚颡，状如醉人然，其事甚怪。金山贯道人将赴东方之请，于其行也，戏作三诗送之，因纪其事，使刻之山中，以传好事者[1]

其一

先生自以滑稽雄，何事偷身入汉宫。跨鹤乘鸾本无定[2]，安知不到此山中。

校注

[1] 大冶山：即曼倩山、东方山。亦名灵峰山，位于湖北大冶。上有十二面，四向望之如一，近则低小，远则高大，昔东方朔读书于此。今坛基犹存。周紫芝此诗便记此事。圣泉：《夷坚志》云：大冶县山中东方寺，世传曼倩尝读书于此，以是得名。寺后有泉一泓，凡邑人妇女来求嗣者，随愿辄得，故名曰圣泉。僧慧满：唐代僧。生卒年不详。河南荥阳人，俗姓张。曾投僧那门下参禅。贞观十六年（642），任洛州（河南）会善寺住持。其后，迁住相州（河南）隆化寺。与师僧那共传四卷《楞伽经》。年七十余坐化于洛阳。赪颊（chēng jiá）：脸红。泚颡（cǐ sǎng）：泚额。　[2] 跨鹤：乘鹤，骑鹤。道教认为得道后能骑鹤飞升。乘鸾：传说春秋时秦有萧史善吹箫，穆公女弄玉慕之，穆公遂以女妻之。史教玉学箫作凤鸣声，后凤凰飞止其家，穆公为作凤台。一日，夫妇俱乘凤凰升天而去。

其二

平生著酒满葫芦，醉上禅床不用扶。更把酡颜惊世俗，方知肉眼是凡夫。

其三

谁谓灵泉易感通[1]，解令少妇却愁容。道人应为众生说，此事如何著得侬[2]。

校注

[1] 灵泉：即圣泉。　[2] 著：明了。《庄子》："彼知丘之著于己也。"侬：我。

十月十七日，大风，约客登虎渡亭观浪，人言"今日下水风，不可往也"，戏作此篇

长江水自光摇空[1]，阳侯欲与风争雄[2]。涛头不受水犀弩[3]，鲸波欲卷冯夷宫[4]。径须便入虎溪口[5]，净洗平吞云梦胸[6]。人言上水得风浪，下水得风终少功。平生万事尽难偶，政要东风渠不东。江边一叹良细事[7]，而亦龃龉烦天公。儿时望事到白首，事不如意十八九。不如快饮风流泉[8]，夜看青山衔北斗。

校注

[1] 自，徐本作"白"。　[2] 阳侯：《楚辞·九章·哀郢》："凌阳侯之泛滥兮，忽翱翔之焉薄。"马茂元注："阳侯，波涛之神，这里用作波涛的代称。"　[3] 水犀弩：以水犀角制成的弩。亦借指强劲的弓弩。　[4] 冯夷宫：传说中的水府，水神宫殿。　[5] 溪，徐本作"渡"。　虎溪：溪名，在江西省九江市南庐山东林寺前。相传晋慧远法师居此，送客不过溪，过此，虎辄号鸣，故名虎溪。　[6] 云梦：古薮泽名。　[7] 良细："良民""细民"，指平民百姓。　[8] 风流泉：在衢州。周紫芝尝作《风流泉铭序》云："石室酒出三衢，名倾浙右。辛未之秋，余得其法于衢人，后两月赴官江西，以授富水兵厨，使酿之。既成，取以酌客，无不喜者，以为深醇雅健，自是一种风流。永兴宰郭君元寿欲余命名，为此邦故事。余笑曰：'当用坐客语，名以风流泉。'"

戏作小诗用少陵事

百尺寒松老干枯，韦郎笔妙古今无[1]。何如莫扫鹅溪绢[2]，留取天吴紫凤图[3]。

校注

[1] 韦郎：韦庄（约836—约910），字端己，杜陵（今陕西长安附近）人。　　[2] 鹅溪绢：产于四川省盐亭县鹅溪的绢帛。唐代为贡品，宋人书画尤重之。　　[3] 紫凤：古代传说中的神鸟，人面鸟身，九头。亦指衣上凤鸟花纹。杜甫《北征》："床前两小女，补缀才过膝。海图拆波涛，旧绣移曲折。天吴及紫凤，颠倒在裋褐。"

李正民
（？—1151）

字方叔，江都（今江苏扬州）人。李定之孙。徽宗政和二年（1112）进士。历任给事中、吏部侍郎、中书舍人等职。著有《己酉航海记》《大隐集》等。今录戏谑诗8首。

徐元美甲第新修同诸公赋诗[1]

大厦沉沉结绮栊，诛茅新就化人宫[2]。春台乱落桃花雨，北牖遥披柳叶风。[3]遁迹娱游同梓泽[4]，卜居穷僻似萧公。人生适意方为乐，何必箪瓢叹屡空。

校注

[1] 徐元美：不详其人。　　[2] 诛茅：亦作"诛茆"。指芟除茅草，引申为结庐安居。化人宫：仙人所居之处。　　[3] 此联属对精工。"桃花雨""柳叶风"对得巧妙。　　[4] 梓泽：晋富豪石崇别墅金谷园的别称。在洛阳西北，又名梓泽。后遂为咏洛阳或富贵之家园林的典故。唐彦谦《汉代》："梓泽花犹满，灵和柳未消。"

再赋戏元美

绵绵千载亢华宗[1]，大栋高甍辟广宫。柳径乍穿迷去路，桃蹊初过面春风。闲居不羡潘常侍[2]，投辖当如陈孟公[3]。竹外梅花犹可折，莫教碧玉鬓鬟空。

校注

[1] 华宗：对同族或同姓者的美称。　　[2] 潘常侍：指潘岳。　　[3] 投辖：指殷勤留客。《汉书》卷九二《游侠列传·陈遵》："遵耆酒，每大饮，宾客满堂，辄关门，取客车辖投井中，虽有急，终不得去。"辖，车轴的键，去辖则车不能行。陈遵为留住客人，把客人车上的辖取下投到井里去。后遂以"投辖"喻主人好客，殷勤留客。陈遵，字孟公。

先畴戏简尹叔[1]

檇李城东雀墓边[2]，先畴芜没仅名传。南来书契今无有，岁远比邻屡变迁。剪叶旧疆几并沃[3]，钓璜遗业久输田[4]。莫言鸡肋难料理[5]，犹胜区区贷子钱[6]。

校注

[1] 先畴：先人所遗的田地。　　[2] 檇（zuì）李：古地名。在今浙江嘉兴西南。　　[3] 剪叶：犹剪桐。唐白居易《答桐花》诗："戒君无戏言，剪叶封弟兄。"　　[4] 钓璜：垂钓而得玉璜。喻臣遇明主，君得贤相。《尚书大传》卷一："周文王至磻溪，见吕望，文王拜之。尚父云：'望钓得玉璜，刻曰："周受命，吕佐检德合，于今昌来提。"'"　　[5] 鸡肋：鸡的肋骨。比喻无多大意味，但又不忍舍弃之事物。《三国志·魏志·武帝纪》"备因险拒守"裴松之注引晋司马彪《九州春秋》："时王欲还，出令曰'鸡肋'，官属不知所谓。主簿杨修便自严装，人惊问修：'何以知之？'修曰：'夫鸡肋，弃之如可惜，食之无所得，以比汉中，知王欲还也。'"　　[6] 贷子钱：指借贷所产生的利息。《汉书·王

子侯表》：“旁光侯殷，元鼎元年（前116），坐贷子钱不占租，取息过律免，此贵人自行放债者。”

和叔来谒李守值其在告作诗戏之[1]

赤袍画戟拥朱门，铃阁晨扃正谢宾[2]。京兆欲行犹案事，杜陵投老尚论亲。蕙帷鹤怨空寒夜[3]，名纸毛生踏路尘[4]。南郡高风非托疾，未应吐哺愧前人。

校注

[1] 在告：官吏在休假期中。告：古时官吏休假。　　[2] 铃阁：亦作“铃阁”。指翰林院以及将帅或州郡长官办事的地方。正谢：谓正式上朝谢恩。　　[3] 鹤怨：南朝齐孔稚圭《北山移文》：“蕙帐空兮夜鹤怨，山人去兮晓猿惊。”意谓鹤因隐士出山、蕙帐空空而愁怨。后以“鹤怨”指期待着归隐的人。　　[4] 名纸毛生：《后汉书·祢衡传》载：东汉祢衡初至颍川，怀揣名刺欲干谒当地名流，过了很长时间也没有寻到他认为值得拜谒的人，以至于名刺上的字都磨损起毛漫灭。后以喻长时间求谒而不得见。刘鲁风《江西投谒所知为典客所阻因赋》：“无钱乞与韩知客，名纸毛生不肯通。”

戏德邵[1]

漫说灵犀一点通[2]，人生谁肯困途穷。远同汉代东方朔，近比江西黄仲熊[3]。休戴南金双德胜[4]，幸逢膏泽屡年丰。薄田正可捐鸡肋，义上于今少古鸿[5]。

校注

[1] 德邵：黄龟年（1083—1145）字，号竹溪先生。福州永福（今福建永泰）人，徙居明州鄞县（治今浙江宁波）。崇宁五年（1106）进士。　　[2] 灵犀一点通：旧说犀角中有白纹如线直通两头，感应灵敏。因用以比喻两心相通。　　[3] 黄仲熊：“庶公六子，字仲熊，生于至和二年（1055）乙未八月，殁于元祐四年（1089）己巳。”黄庶六子：大临、庭坚、叔献、叔达、苍舒、仲熊。　　[4] 南金：南方出产的铜。后亦借指贵重之物。　　[5] 古鸿：古代鸿门宴。

戏和叔

耆年多病心未老，异县久羁家益穷。贻书乞米朝不饱，作赋教子文尤工。春风不消两鬓雪，酒力尚借双腮红。归来群芳已零落，苦恨鹧鸪鸣匆匆[1]。

校注

[1] 鹧鸪：即杜鹃鸟。

自　嘲

寥落羁栖向海隅，终年局促卧蜗庐。闲如白傅不饮酒，穷似虞卿懒著书[1]。永夜悲凉听蟋蟀，几回圆缺看蟾蜍。扶摇何日乘风去，独跨鲸鱼上碧虚。

校注

[1] 虞卿：邯郸（今河北邯郸）人，战国名士。虞卿善于战略谋划，在长平之战前主张联合楚魏迫秦求和；邯郸解围后，力斥赵郝、楼缓的媚秦政策，坚持主张以赵为主联合齐魏抵抗秦国。后因拯救魏相魏齐的缘故，抛弃高官厚禄离开赵国，终困于魏都大梁，于是发愤著书。著有《虞氏征传》《虞氏春秋》15篇。

元叔易去假服戏作[1]

几岁飘零领外祠，新衔不带假银绯。寻鱼不管娇痴女，措大从来自绿衣[2]。

校注

[1] 元叔：李长民字，李正民之弟。江都（今江苏扬州）人。作有《广汴都赋》。　　[2] 措大：旧指贫寒失意的读书人。《类说》卷四〇引唐张鷟《朝野佥载》：“江陵号衣冠薮泽，人言琵琶多于饭甑，措大多于鲫鱼。”

后 记

笔者在完成拙著《宋代集句诗校注》（上海古籍出版社 2013 年版）、《宋代集句诗研究》（中国社会科学出版社 2015 年版）、《宋代集句词评注》（暨南大学出版社 2016 年版）及发表系列宋代集句诗词论文之后，有关宋代集句诗词的研究总算告一段落，基本完成当初的预设目标。这十多年间的甘苦，可用黄庭坚的诗句"桃李春风一杯酒，江湖夜雨十年灯"来形容和概括。宋代集句诗只是古代游戏诗中的一小部分，笔者紧接着便转向属同一大类的宋代戏谑诗的文献搜集与整理，从《全宋诗》《全宋诗订补》《全宋诗辑补》中共辑录北宋戏谑诗 1300 余首，其中 10（含 10）首以上诗歌的有 42 位诗人。排名前 10 位的分别是程俱、李彭、孔平仲、苏辙、刘敞、释德洪、周紫芝、梅尧臣、李光、晁说之，都是当时著名诗人。这些诗人之中，前贤已有校注或笺注成果的只有黄庭坚、苏轼、周紫芝、梅尧臣等少数几家，其余基本无人校注或笺注，尤其是那些中小诗人乃至无名诗人的诗歌更是无人问津。因苏轼、黄庭坚诗歌校注成果多且成熟，故本书未收录其二人所作戏谑诗，除此以外，对北宋戏谑诗可谓进行了全面整理。

在做好前期资料搜集之后，笔者即在汉语言文学专业选修课"宋诗导读"课上，让 2013 级和 2014 级以及卓师班学生分组以课程作业的形式对北宋戏谑诗进行初步的校注整理。笔者在汇总校注稿之后，又花费了两三年时间对全部校注稿进行重新梳理与注释，最终完成了《北宋戏谑诗校注》。应该说这是师生共同完成的一部成果，它不仅反映我院汉语言文学专业和卓师班学生在古代文献整理中的水平，而且也真实地呈现了笔者多年来的学识积累与文献整理经验。

本书得以顺利出版，要感谢韩山师范学院副校长黄景忠教授和教务处领导的大力支持，感谢暨南大学出版社副总编张仲玲的精心策划和责任编辑陈绪泉的辛勤劳动，感谢 2013 级、2014 级所有选修"宋诗导读"课同学的努力！全书修改时参阅了大量的前贤时彦整理的笺注或校注成果，在此表示深挚的感谢！由于本人学识浅陋，本书虽经过不断修改，但还是存有不当之处，敬请专家批评指正。

张福清
2020 年 9 月 28 日写于韩山师范学院水岚园